U0920159

桃花满园

TAOHUA MANYUAN

长篇小说

成刚／著

山东城市出版传媒集团·济南出版社

图书在版编目（CIP）数据

桃花满园/成刚著.—济南：济南出版社，2017.3（2021.7 重印）
ISBN 978-7-5488-2505-0

Ⅰ.①桃… Ⅱ.①成… Ⅲ.①长篇小说—中国—当代
Ⅳ.①I247.5

中国版本图书馆 CIP 数据核字（2017）第 054527 号

桃花满园　　成　刚　著

出 版 人　崔　刚
责任编辑　丁洪玉　郑　敏　张智慧　陈玉凤
装帧设计　文豪社　刘　畅
出版发行　济南出版社
地　　址　山东省济南市二环南路 1 号（250002）
电　　话　0531-86131729
网　　址　www.jnpub.com
经　　销　各地新华书店
印　　刷　阳信龙跃印务有限公司
版　　次　2017 年 8 月第 1 版
印　　次　2021 年 7 月第 2 次印刷
开　　本　170 毫米 ×240 毫米　16 开
印　　张　23.5
字　　数　375 千字
印　　数　1—10000 册
定　　价　72.00 元

目　录

上 篇

尽管许多人过着一贫如洗的日子，多如牛毛的苛捐杂税梦魇一样压得人们喘不过气来，但多少年来太平的日子还是让他们麻木不仁。当日本人的炸弹把人们从天堂拽到地狱的时候，他们才惊醒过来，战争已经来临，灾难从天而降。

——内容节选

开春头一天，老天爷就下了一场透雨。

民国二十六年的这场春雨淅淅沥沥地下了一整夜。清晨起来，李尹氏站在园屋子外，望着白云山顶弥漫的雾气，突然想起那句耳熟能详的谚语：“春雨贵如油。”除了这句话，男人还常说：“开春落雨到清明，一日落雨一日晴。”

依丈夫李望彦的这个说法，明日肯定是个艳阳天。

这场春雨来得正是时候。整整一冬天气干燥，西山顶上光积云不下雪，大道上的浮土盖过了脚脖子，每当车马碾过，尘土飞扬，腚后头飘起条黄龙。好在村外的乌龙河常年不枯，苦苦菜、婆婆丁、青青菜早早地从阳坡湿润的土地里钻出了嫩芽。而这场春雨让满坡悄然改变了模样，尘埃掠去，麦苗青幽幽的，一些植被耐不住寂寞率先开出各种奇异的花朵来。

漫山遍野绿肥红瘦争奇斗艳，桃林像打翻了染缸，粉红一片，宛若仙境。李尹氏看得入了迷，每天坐在园屋子前的石台上眺望西山，一看就是几个时辰。

李家的桃园子就在乌龙河岸边，勤快的男主人早在入冬前就修整了水渠，清净了淤泥，以便开春时赶早把河水引到围堰里来。水车由一头棕色的骡子驾着，它体力充沛，从没有偷懒的时候。这样，这头被蒙住眼睛的牲口让水车无止尽地旋转着，清澈的河水就顺着轮沟哗啦啦地流淌进地里。瓜果梨桃因为这得天独厚的自然条件和主人精心的培育而长势旺盛。乡亲们每每经过地头总不由自主地停下脚步，弯腰从田畦里薅下一把韭菜或是生菜放在嘴里，贪婪地咀嚼着，夸赞说：“望彦哥，你种的菜使上神仙药了，又肥又壮。你真是个好庄稼把式！”

“相了！相了！（山东方言：算了，不是）托山神和河神的福，种瓜得瓜，种豆得豆！不过是多出些笨力气。”李望彦总是谦虚地回答。

他得到了全体村民的敬重，当然，他神秘的身世和审慎的为人处世态度才是山里人真正敬重的原因。人们总拿他跟那些闯荡过江湖而又急流勇退的绿林好汉相提并论。定居村子这些年，从未见他与外界有任何联系，连个亲朋好友都没有。当然，那个国军团副是例外。

桃花峪坐落于白云山东麓，这里家家户户种桃树，出产的桃子曾上了皇宫的贡桌和老慈禧的镶金法兰果盘。尤其是一种叫作“七月红”的桃子，格外受皇宫的青睐。后来这个品种失传了，李望彦又奇迹般地复种成功，凭着“七月红”在一大堆桃农中脱颖而出。

春华秋实的日子有些遥远，李尹氏总是陷入怀旧和淡淡的愁绪中无法自拔。那日，天色昏暗，掌灯已经很大一会儿了，李尹氏还茶不思饭不想地盘坐在炕头发怔。笸箩里放着她纳了半年之久的鞋底。她幽幽地说：“开春了，花沟又要下桃花水了。今年下桃花水，说啥我也要办一场热热闹闹的婚礼！”

女儿凯儿趴在方桌上写作业，方桌太高，她不得不双腿跪在椅子上，身体遮住了洋油灯的光线，在山墙上投下一个巨大的阴影。听到娘这么说，她扑哧一声笑道：“娘，过了年我都十三了，你和爹咋还没拜过堂、成过亲？”

凯儿是李尹氏的独生女。也是全村公认的俊俏女子，圆圆的脸，黑黑的眼睛，再配上齐耳的短发，浅蓝色的学生装，青春靓丽。闺女出落得大方，母亲也生得年轻，走在大街上人们都说像一对姐妹。女儿正接受新式教育，村里一共俩女学生，她就是其中之一。

另外一个女子便是王珂，她跟凯儿是闺蜜。珂儿的爹在乌河镇上开油坊，时间久了，连自己都不承认是山里人。论身材长相，凯儿发育得好，身体结实，脸色也好看；王珂则纤纤弱弱，脸色苍白，十三四岁的人了胸脯还跟鸡肋似的，这总让她自卑。

人们提及凯儿更多的还是联想到她爹李望彦。数年前他经族人引荐来到桃花峪。那个暮霭沉沉的黄昏，他身穿青布长衫，打着黑布裹腿，布鞋上落满了尘埃，脚步稳健地跟在马车后面。他穿过花沟的青纱帐，越过村边那座连接着外面世界的石桥，走上村中斑驳的青石路，也从此走进了人们的视野。马车上坐着的，似乎是这一家年轻的女主人，不时地撩起遮帘，小心地瞭望着陌生的街道和行人。偶尔还会有一张稚嫩的脸争抢着从帘子角探出来，像墙角一朵挤着开放的小喇叭花。

多年后人们仍然清晰地记得那个梦幻的傍晚以及那两张鲜明生动的脸，耳畔仍回响着木轱辘碾过青石路面发出的沉闷声响。李望彦挺拔的身姿、稳健的步履从此拓进桃花峪人们的心底，他鲜为人知的过去和低调的生活态度成为人们久久议论的话题和猜不透的谜团。

那天后晌（山东方言：夜晚），当李尹氏说出那句话的时候，洋油灯惊讶而不甘寂寞地爆了一下，发出特别清脆的声响，整个屋子随之亮堂了许多。

“凯儿，当年我和你爹是拜过堂，喝过交杯酒的，只是，那时候兵荒马乱，没有好好办场婚礼，所以娘决心要补回来。”

油灯亮过之后，屋子里比先前倒暗了，凯儿开怀地大笑起来。梁间一只栖息的燕子受了惊吓，扑棱着翅膀想飞走，扇起的尘土簌簌地往下掉。她掩上作业，不假思索地大声说道：

“那太好了！到时候你和爹就举行一场西洋婚礼吧。穿上白婚纱，我和珂儿当你们的伴童……”

桃花峪东临胶济铁路，北临黄河，地理位置十分重要。村里最初周姓族人居多，然自明朝五代以后而人愈众，姓氏也愈复杂。

桃花峪的兴盛除了与家族繁衍有关，更得益于这里得天独厚的自然条件。村子西南是山，乌龙河穿境而过，土壤肥沃，雨水充沛。村子建在半山腰上，晴好天气里，往东望去，一览数十里。越过蜿蜒曲折的小道和稀稀落落的村庄，可以隐约地听到火车的声音，那便是商埠重镇——乌河镇。这种徘徊于现代与古老，隐于现实与梦幻的倚望让人陡生感慨。

提及桃花峪就不能不提乌龙河，这条发源于白云山腹地的河流绕村而过，九曲十八弯，似一道天然屏障把村庄和外面的世界隔离开来。与河流相伴的是一条灰白的砂石路，它春夏秋季掩映在苍绿的树丛和无边的青纱帐里，只有冬天才露出轮廓来。而这个季节天地一片银白，这条宽宽窄窄的路看上去不过是大地上一条浅浅的划痕罢了。

桃花峪的险要和绮丽构成了它的全部，而世代聚住在此的人们依照着他们对这个世界的理解，尽情地筑建这世外桃园一般的家园。古色古香的街道，深深浅浅的小巷，方石垒成的整幢房屋和碎石砌的石堰，集成了这个山村的鲜明特色。

村子四周垒有城墙，蜿蜒数里。一座石桥连接内外。城门上方一方石印：桃花峪，苍劲有力。乌龙河平均水深三尺，宽约数丈，最深处可没过两个成人的头顶。

李望彦的马车店离城门二里。这块地原是周善人家的。地呈三角形，正冲着个岔路口，右边一条道通往村子，左边一条道绕过地块通向北洼。

买下周善人的二亩地还是头些年的事。这里不单是进出村的必经之地，也是去黄河的必经之所，是块宝地，他早就想在这里开个马车店。周善人也早就想卖了这块地，却因为这里缕缕发生杀人劫道的事儿而使人闻之色变。甭说花钱买，就是白送也没人要。相传自从周善人接手家业，家里就一直没安宁过，不是遭抢劫就是盖屋坠梁出人命。

周善人曾多次请西山寺的和尚化解。色空和尚指着乌龙河说道：“你看这乌龙河，它上游是花沟，七道脊八副爪，分明是上古时黄帝战蚩尤骑的蛟龙，因黄帝死了，闲卧在这里，化成一条河。你再回头看地北面，这一座矮山叫卧虎山，这可是蚩尤战黄帝时的坐骑。想当年，黄帝杀蚩尤，怕其生还，把其身首分别掩埋，坐骑也被流放到这里，化为一座青山。这虎头冲着的地方正是这块山坡地。数千年来这两条生灵相安无事，可毕竟是两个神物，一般凡人怎能镇得住它们？”

周善人问有啥法子化解，色空沉吟须臾，胸有成竹地说：“你在这两者之间埋一块无字碑，再在碑下压几锭金元宝，等神灵来取。到时候，我会率寺众做七七四十九天的法事。元宝当众埋到地里，到了大限你可派人挖开，如果还在，说明神灵不收你的奉礼，要是照单全收，从此周家可以消灾避难，尽享平安富贵。”

色空的脸上透着少有的坚定，语气也不容置疑。周善人知道即使是下套子也只能硬着头皮钻。他取了值钱的物件，到当铺全部换成金元宝，数量不够又押上了祖上留下的一对古董花瓶和一套紫檀家具，让和尚埋进地里。为防备和尚动心思，他专派了两个长工日夜看守。

七七四十九天上他陪色空挖开了石碑前的土，那些埋进去的金子一块也找不见了，细问两个长工，都发誓从没离开过一步，眼都没眨一下。周善人虽心疼家业从此消失殆尽，但想到日后托神灵保佑，平安无事，也就打落了牙往肚子里咽。

可好日子没过多久，土匪绑了他的儿子，钱不够撕了票。他从此卧病在床，怀揣着迷惑和不甘离开了人世。

家产已被折腾一空，老婆甚至无钱办丧事，只好告知乡邻卖身葬夫外加那块山坡地。岂不知光第一个条件还好，等两条同时招示众人的时候竟没有一个人愿意接手。

李望彦就这样轻而易举地买下了那二亩山坡地，他不但买下了地，还出面主持了周善人的葬礼。

出殡那天他让马家旺专门跑了趟寺里，请色空来做法事。色空坚持不接这活，说让他主持法事也行，要收双倍的香火钱。老马垂头丧气地回来了。李望彦思量片刻，说：“劳您再跑一趟腿。他不见你，你就隔墙放话，说我李望彦要亲自去请他。”

老马带着疑惑重返山寺，没等他放完话，色空出乎意料地开了山门，答应以寺里最高的规格为周善人做法事七天，一文钱不收。

当人们以空前的不解和惊讶议论这件事的时候，色空已经在周善人的灵柩前跪了三天，水米未进。埋葬周善人的乡亲们在太阳落山前把最后一锨土迎风撒向新筑起的土冢，色空一阵晕厥直挺挺地倒在了坟前。

了却了孤寡女人的心愿，李望彦并没有收她为妻或为奴。他出盘缠护送女人回了山西娘家，从此以后安心经营这二亩薄地。围出院墙，淘了井，修了厅堂，种花养草。屋前种的是两棵石榴树，名曰“榴开百子”，含人丁兴旺之意。后院种了枣树和榆树，意为“早立子，早发财”。

大门修好的时候李尹氏站在门石嵌上（山东方言：门槛上），口中念念有词：“门前一棵槐，银子滚滚来！”李望彦便笑道：“凯儿她娘，借你吉言，咱就种上一棵大槐树！”亲自去苗圃选了一株碗口粗的洋槐种上，捎带着买回来许多树栽子。没几年，这里便长成了一片错落有致的果园，有梨树、苹果树、李子树、枣树和葡萄树，凡北方抗冻好成活的果树全有。

春华秋实，下果木子（山东方言：水果）的时候，他摘了摆在大道边上卖。他常常把瓜果筐子扔在道边，而人却在园子里的树下喝茶。有人喊：“喂，掌柜的，果木子咋卖？”他隔着篱笆回答：“相了！你拣着好的吃！”村里的孩子走过，眼巴巴地盯着那些果木子看，他总是拿起最好的递过去，说：“自家园子里种的，让孩子们尝尝鲜。”大人们忙不迭地掏钱，他挥挥手说：“相了，不值几个钱，只要孩子喜欢吃就行。”

接手这块地后并没有发生任何龙虎相犯的事，就连一向抢劫断道的也不见了，李望彦以这样的形式走上了一条迅速富裕的道路。最初走进桃花峪时的怀疑被一夜大风吹散了，大伙儿都把佩服的目光投向他。人们预言李望彦注定是一条强龙，他盘踞在这块龙虎之地，那些猛兽已俯首称臣了。

人们对于他的所作所为早已习以为常，这足以证明桃花峪人的宽容。村中的街上有几处店铺，常有村民来打酱油、称盐、买针线。稍走几步转入小巷，就是李望彦的家：天井不大，进门是一道影壁墙，墙下种了一株蔷薇，春天里开出很好看的粉碎花来。脚步向西一转便是院落，种了葡萄和葫芦竹，谐音“福禄”。葡萄架下摆了石桌椅，凯儿有空就坐在石桌前陪父母亲喝茶、聊天。有风的晚上葡萄叶沙沙作响，竹叶拥拥簇簇地似在说些闲话，这种惬意就是紫禁城里的皇帝也享受不到。

尚武庄跟桃花峪搭界，数年前有一武林奇人姓吕名无常。据说曾凭一身武艺闯天下，爱上了上海滩一个帮主的小妾。这场旷世奇恋最终以小妾被人毁容卖身，他被逐出上海滩为代价收场。落叶归根以后他靠朋友资助，买下了乌龙河边一块水浇田，以种瓜为生，正好跟李望彦的桃园子隔河相望。此人嗜酒如命，还常常到赌场玩牌九，有一次玩输了向李望彦求助，李望彦掏出几块大洋扔给他，关切地拍拍他的肩膀说：“兄弟，日子长着哩，好自为之！”

然而那一次他又一如既往地输了，输了个精光。债主来收他的地，李望彦愤愤地说：“他欠的债我来还！地是绝对不卖的，如果你们哪个想为难他，我李望彦也不是吃素的！”来人也不是存心要房子要地，是要钱，见好就收，他们拿了李尹氏送过来的银元和首饰二话没说就走了。吕无常深感无颜面对李望彦。

“望彦哥，既然你为兄弟还了债，这几亩瓜地就是你的了。若你实在不收，就替兄弟看管着。如果哪一天兄弟回来，你就还给俺，俺不回来就说明死在外头了，你也别记挂着。兄弟一场，你只要每年寒食在河边为我烧刀纸就行了！”

吕无常在一个伸手不见五指的黑夜悄然走了，这便是乌龙河边李尹氏经常坐着望风景的那片地。李望彦精心守护并耕耘着这块土地，他希望在某一天胖胖的、光脑袋的吕兄突然现身。随着日子一天天过去，他的希望之火一天天黯淡下去，那片水浇田却愈发肥沃起来。有一年春上，李望彦做了一个梦，梦见吕无常回来了，人老得一塌糊涂。醒来他突发奇想，在地里种上几十棵桃树，如果哪一天吕兄回来了，人不能劳动了，就指望着地里的桃树养老。然而桃树愈来愈粗壮，吕无常始终无消息，后来有人看见吕无常死在了异乡。

当李望彦想在那块三角地建个马车店的时候，李尹氏还有一丝犹豫，劝丈夫稳稳当当地过日子。那时候日本人已经占领了东三省，正步步向南推进。国民党光撤退不抗战的消息一个接一个传来。也有人说国军正沿黄河大规模修筑工事，国民政府围绕胶济铁路、黄河两岸、白云山脉划定了一个特别战区，乌河镇正处在旋涡的中心，桃花峪也沾上了边。

黄河上一连架设了两座浮桥仍不能满足通行的需求，大批南下的难民乱哄哄地滞留在桥头，情绪日渐浮躁。战区指挥部要求开辟一条临时大道从乌河镇直通黄河南岸，从而解开这个死结。临时通道把隐匿在大山之中的桃花峪一下子暴露在光天化日之下。马家旺家的老六在乌河镇当镇长助理，挑头干这事。

马家祖上打铁鞋钉马掌，家境不好也不坏，就是香火不旺，三代单传，稍不留神就会吹灯拔蜡。马家旺的爹马蹄子上钉出点儿小财富来，忙着置宅子置地，且有意替儿子找个大腚的媳妇传宗接代。几年过去了，马家旺的大腚媳妇也没生出半个带把的来。眼瞅着就要绝望了，有年春上竟生了一个宝贝儿子，这就是马六子。

听说儿子要领着修路，马家旺忧心忡忡。

“六子分明是不明事理，兵荒马乱的还挑头修路，这不是引狼入室？”

马家旺话说得有根有据。太平天国闹土匪，土匪想打桃花峪的主意，结果走岔了道。往后可倒好，明晃晃的大道直通村前。

李望彦笑道：“家有家的打算，国有国的想法，咱们平头百姓管不了那么多。如今都啥年代了，有路没路还管多少用？隔着好几里地炮弹就打头顶上飞过去了，枪子儿隔着几百步就把人撂倒了。六子也是想显显能耐，为桃花峪谋个方便，做件功在千秋的好事。”

马家旺一脸的懊恼：“早知今日，何必让他谋这个官差。我教他点儿手艺，掌个鞋、钉个马掌，也混吃混喝，比现在心里头安生多了。”

李望彦道：“此一时彼一时！我看你家六子跟政府做事多年，长了不少本事，这些道理也明白。”马家旺骂道：“明白个屁！他八月里的鲜姜——嫩着呢！这村里俺就佩服你，行事说话，句句靠谱在理，往后俺有事就常找你商量。”

马家旺唠叨完，倒背起手走了。

望着他佝偻的背影，李望彦也有些无名的忧虑。虽说世道不太平，但他还是下决心要建起这个马车店来。李尹氏也摸透了男人的脾气，他要办的事，八头骡子也拉不回来。然而这毕竟是大事，兵荒马乱的，算计不好就会把积攒下来的家业打了水漂。李望彦早就瞅好门前这条道了，这条曾经的古驿道就是条金道银道！上胶东、下河南、进省城，哪个不打这门前走？至于打仗，老百姓过的是日子，不能因为听着蝼蛄叫就不种庄稼了。

“想当年梁山好汉占山为王，孙二娘还占个要道开铺子呢。”

李望彦开玩笑地说。听他这么比喻，李尹氏扑哧一声笑了，嗔道：“我可不是母夜叉，也没那个狠心卖人肉包子。”李望彦乘机夸她：“你当然不是母夜叉，你比孙二娘强一百倍！脑袋瓜子灵透不说，人也漂亮，当个老板娘绰绰有余。”

女人怕哄怕恭维，这一哄一恭维就放弃了反对意见。夫妻俩细细地做规划，在原先果园子的基础上进行扩建。时逢马六子催缴修路款，天天打门前经过。马老六让手下背了一面铜锣，走到哪儿敲到哪儿。累了渴了便钻到李家的茶棚子底下喝口茶。他戴礼帽、披风衣，装扮得跟高官似的，惹得路人们纷纷往这里凑，祈盼着沾点儿官运财气。乡亲们常过来搭把手，铺子还没开张，就已经是人流熙攘了，正应了李望彦那句话：这里是一方风水宝地！

上梁那天，李望彦足足买了二十万响火鞭（山东方言：鞭炮），从村头的树梢上一直挂到马车店前，招得邻村的人都跑来看热闹。牌匾由李望彦亲笔书写，请夏庄最有名的石匠操錾雕刻，七尺青石高悬在宽阔的门上方，气势如定海神针。连一向自认为名门之后的伏生嫡孙伏八爷也暗自称奇，这李望彦竟然十八般武艺样样精通！

李记马车店迎面是厅堂，青砖黑瓦非常宽敞。南墙根建了一溜马棚，石桩子、石槽子、石眼子，足可以拴三十头牲口。东南角是草料房，安放着两口锋利的铡刀和三口大水瓮。东边则一排六间厢房，屋梁上隔不远挂一盏马灯，夜里头明晃晃地耀眼。靠北头的通道用作账房，安了茶桌和条凳，便于客人临时休息。布局合理，十分讲究。

马六子的修路计划比马车店整整早了半年，但当马车店开业的时候他还雇了人，腰间扎了腰带，脊梁上绑着根颤颤巍巍的竹坯子，挑面铜锣，锲而不舍地满街吆喝：

“国家有难，匹夫有责！”

“备战备荒！”

“有钱出钱，无钱出夫，无夫出粮！”

人们似乎对马六子的吆喝习以为常，但钱还是陆陆续续地收了一些，这条大道也得以停一阵修一阵。即使是这样，难民们仍然像蝗虫一样铺天盖地扑过来。到了今年春上情况陡然变得糟糕起来。庄稼收了，大地脱去了伪装，露出老人筋脉一般突暴的田畦。有人顺着小道，更多的难民干脆踏着没有犁好的庄稼地蝗虫一样地向南奔走。

向南！向南！

这场人祸的洪水席卷着大地，家园沦丧的北方国民们选择一种盲目、仓皇的出逃方式来躲避战争。桃花峪的人们还处在隔岸观火的状态，觉得这只是外面世界的动荡，与己无关。那些战争和杀戮似乎遥不可及，他们心怀麻木或庆幸，冷眼观望难民从眼前走过。

难民南下的潮头终于过去了，零星的逃难者试图留在村上，为此甲长王大贵显得尤其烦躁不安。

大贵子当了东街的甲长实属意外，这个光棍老男人半年前还在马寡妇的门里当觅汉（山东方言：长工或短工），是这场难民潮把他推到了前台。马家男人在外经商多年，小有成就，买房子置地并且娶了城里的女人。大老婆马程氏是他在发迹前早已娶进家的，相当于紫禁城里的正宫娘娘，即使闲置也终有名分。马家男人生得瘦弱矮小。而马程氏人高马大，马家男人省亲，春里回来到来年秋后老婆必定生出个小美人儿，而且一生就是仨。大闺女起名凤子，二闺女起名唤子，三闺女起名改子。

有好事的推算出两个闺女下种的时候她男人根本不在家，孩子爹不是她丈夫而是觅汉大贵子。

大贵子在马家一直扮演着不清不楚的角色，在马程氏男人死后他正式成为马家炕头的一员，不过没有正式的名分，只能够在全家人吃饭时跟三个闺女坐在矮桌上。马程氏高高在上，一个人盘坐在右太师椅上，左边的椅子永远是空着的，桌子上摆着丈夫的碗筷。马程氏总是在茶前饭后抽上一袋旱烟，打几个饱嗝，然后才上炕铺被子睡觉。

后来凤子出了嫁，嫁给了后山小马峪一户看风水的人家。唤子也大了，嫁给了大马峪一个铁匠，只剩下改子跟娘过。因为马程氏这段历史不光彩，俩闺女出门都抬不起头来，人一旦嫁出去从不登门。改子年龄虽小却长得白里透红人见人爱，胸脯子更像加多了发面的馍馍膨胀得挺高，娘扯了几尺白布做成裹胸都裹不住。

县里好几年前便推行新县制，村民自行推选保长。桃花峪推选的这人姓周名兴财，因为长了两颗长门牙，人送绰号周大牙。周大牙是个窝囊财主，选他做保长是因为村里周姓家族人多势众，再加上姑爷在县教育科当个小科副，经常坐着小鳖盖子汽车到乡下看老丈人，大伙儿有巴结的意思。

马寡妇是村里出了名的泼妇，但比较起苏婶子和贾仙桃，还属于那种刀子嘴豆腐心的女人。别看女人们背后常指指点点，但当着面开口闭口都叫她马嫂子。马寡妇不是傻瓜，她后腚锤子上长触须，脊梁骨上镶着眼珠子，长舌妇背后说她啥她都知道得一清二楚。只是她抱定一个原则，别人不指着鼻子说三道四，她一概装傻子。

不过树活一张皮，人活一张脸。有一天睡晌觉（山东方言：午睡），她隔着窗户喊大贵子。马寡妇怕吵，马家屋深墙厚，门上挑个竹帘子，门外烈日炎炎屋里却凉意阵阵。马寡妇喊他到北屋一趟，大贵子忙趿拉起鞋，光着膀子挑帘进去。

那天这座高墙深院里格外宁静，稍早的时候窗前石榴树上飞来一只梢老钱（山东方言：蝉，也叫知了），它似乎是被房间里弥漫出来的某种味道吸引过来的，亢奋地大声鸣叫着。女人侧过脸，透过开着的窗户瞧着那只虫子翘着的尾部，莫名其妙地说了一句：“人物一理！”大贵子刚刚在女人身上出了阵臭汗，此刻躺在炕席上一动不动，马寡妇感慨地说：“你啥时候往人堆里扎，活出个人样来就好啦！”

当天过晌午（山东方言：下午），马寡妇描眉画眼了一番去找周保长，说要给大贵子谋个差事。周保长犯了难，马寡妇说：“俺不是想让大贵子到县上，俺家那死鬼走得早，剩下俺孤儿寡母的，家里地里还有一大堆活路指望他，能不能在村里给他找点儿事干？”

她一提到孤儿寡母，周保长便联想起她俩闺女的来历，脸上便堆起猥琐的笑容。

“是啊！过日子没个男人是不行，可是……”

他觉得机不可失。平时村里的老少爷们没少打她的主意，但这个女人只让大贵子赚足了便宜。如今她为这个野男人求上门来，只要给她点儿甜头，说不定自己就能抱上这个发骚的女人。

他含混地说道：“事倒也是有得做，只是不知大贵子能不能胜任？”

马寡妇扑哧一声笑了，凑近了一步，胭脂粉熏得周保长只想打喷嚏。

“有屁快放！我就瞧不起你们这些臭男人敢想不敢当！”

这似乎是一种暗示，周保长脸涨得通红，嗫嚅道：“我也没想啥……”

马寡妇已完全笑出声来，手却搭上了周保长的胸膛。

“你敢说没想？”

周保长汗都出来了，欲火难耐地说：“想啥你也都知道了。村里正在选甲长，要是街坊推举，我肯定不拦着！”

说罢便欲扑过去，不料却被马寡妇一把推开，说：“你就省着点力气给你家老婆吧！我这就去和街坊邻居说。大贵子做了甲长则罢，做不了可就……”

女人说罢暧昧地瞟了周保长一眼，扭着腚颤悠悠地走了。

按马寡妇的说法，那天的谈判进行得直截了当。乡亲们不信，认为周保长肯定占了马寡妇便宜，不然不会这么痛快地答应。不过这种事，没人亲见，也就胡乱猜猜，没人知道到底发生了啥。但大贵子当了甲长是事实，他从一个下贱的觅汉一跃成为东街的甲长。

大贵子甲长的位子还没捂热，难民潮就一拨又一拨地袭来了。

难民进了村，占据了村里的街道和空地，这让一村人难以承受。马寡妇的门石阶上坐满了衣衫褴褛的难民，大清早的一开门就看见这些穿得破烂、满脸菜青的乞讨人，是再晦气不过的事了。村民们找周保长，周大牙慢条斯理地说：“既然村上选了甲长，就得由甲长层层汇报，咋也轮不到你们直接找上门来。”

马寡妇当初对选举人许了愿，大贵子如果当了甲长，上管治安联防下管邻里纠纷，逢年过节的还能分点儿份子钱。女人们被周大牙挡在门外，嘴上没个把门的，说啥难听话的都有。马程氏脸上挂不住，让王大贵子想法子解决。这事可难坏了他，他一个扛活的啥时候管过别人的闲事？马寡妇手指点着他的额头骂道：“你女人肚皮上的能耐呢！”大贵子梗着脖子说：“一码归一码！”

他硬着头皮去找周大牙，不料周大牙一句话推得干干净净：一保十甲，各家自扫门前雪！马寡妇给他出主意，说别指望周大牙，去找李望彦。大贵子却不动弹，嫌李望彦我行我素，不跟自己商量就在马车店设了粥棚赈济难民，把些该走的难民都截留下来了。

设粥棚是李尹氏的主意，她在大道边上搭了凉棚，支了两口大锅，算是临时舍粥点。到这时候才发现光靠她和男人根本忙活不过来，身边缺少人手。李望彦趁机凑过来说：“凯儿她娘，俺正想着跟你商量，其实俺早就帮你物色好了一个人。”

望生就这样站在了李尹氏的眼前。他是由凯儿领过来的，在这之前一直藏在灶房里。他个头不高，瘦瘦的，黑不溜秋，头发蓬乱，脖子上的泥厚厚的，看上去好久没洗过澡了。

李望彦赔着笑脸说：“咱店里早就缺个人手，找来找去也没找着合适的。夜儿（山东方言：昨天）正好赶上这孩子和他娘上门讨水喝,俺一眼就相中了。他是个老实孩子，人也长得出挑。他娘愿意让孩子留在咱店里混口饭吃，所以……”

“所以你就擅自做主？”

李尹氏很生气，厉声质问。这件事爷俩做得过分，添人丁在乡下算得上是头等的大事，特别是兵荒马乱的年景。添张嘴等于从其他人的嘴里抠出一份粮食来。可是当她打量这个黑孩子的时候却无论如何也挑不出毛病。这孩子长得十分出挑：大大的眼睛，宽宽的额头，尖尖的下颌。李尹氏瞅着他，气竟然消了不少。

凯儿一看娘的脸色就知道有希望留下这个孩子了。她一直想有个伴儿，便说：“都是我擅自做主，硬缠着爹留下他的。夜儿早上我出门，看到他跟他娘躺在咱家的门洞子里。夜里冷，有露水，这孩子冻得都快不行了。我端了碗热啥喝（山东方言：汤、稀饭之类）才把他暖过来。这孩子心眼儿好，醒来头一句话是让娘先喝。”

这时候李望彦接过话茬，连连点头说道：“是啊！是啊！这些都是我亲眼所见。咱们不是一直盼个男孩子嘛，凯儿一个人，是有些单薄。”

李尹氏已经缓过脸色来，叹息地说：“望彦，看来今生今世我是欠你的，你该说的理由也说了，该留他也留了，还跟我商量啥？”然后问孩子：“你娘是说准不要你了？”孩子点点头，眼里噙着泪说：“娘扔下俺就走了，临走时她叮嘱俺，好好听您的话，只要能活着，不能忘了报恩。”李尹氏眼睛湿润了，忙扭过头去掩饰地对凯儿说：“凯儿，烧锅热水，带他去洗澡。”

孩子退后了两步，趴到地上冲着李尹氏磕了三个响头，嘴里说道：“谢谢嫂子！”

李尹氏愣在那里，凯儿也大不解，大声质问道：“你这是啥叫法？你十岁，俺十三。你都得叫俺姐，咋能叫俺娘嫂子？”

孩子爬起来，红着脸局促不安地站在那里不敢说话，目光求助地望着李望彦。李望彦窘迫地说：“是我让他这么叫的。忘了告诉你们，这孩子是从盘龙镇逃难过来的。我论了一下辈分，这孩子人小辈大，所以……”

盘龙镇是哪儿凯儿从没有听说过，也不明白爹和娘今天是咋了。一说到盘龙镇，爹的语气就变了，娘的神情也怪怪的。她盯着娘看，娘沉默了许久才喃喃地说：“盘龙镇是个很远的地方……这个世界真这么小？”

娘回北屋去了，随手把门关上，任凭凯儿大呼小叫就是不开门。凯儿又去问爹，娘到底咋了，为啥一提到盘龙镇就脸色大变，还有这个找上门来的孩子，街上那么多难民，为啥爹偏偏留下他。爹躲在牲口棚里不吭声，拼命地铡草。他铁青着脸，铡刀高起高落。地上已经切了满满一大堆草料了还是不歇手。续草的长工满头是汗，担心手不麻利让掌柜的一刀切下去。直到天黑了，铡刀钝得切不动了，李望彦才直起腰长嘘了一口气。

就在爹敞开怀站到马棚外让晚风吹拂一脸汗水和周身燥热的时候，北屋的窗户突然爆出一丝光亮。光亮从窗户纸里洇出来，照亮了整个天井，那是娘点上了灯，随之传来她清晰的声音：“凯儿，到北屋里来。”

凯儿应着快步推门进去，见娘端坐在椅子上，看不出一丝的沮丧，相反脸色平静安详。她柔声说：“凯儿，去叫你桐子叔炒几个菜，再去拿把锡壶给你爹烫上一壶酒。你爹一把年纪了咋铡得了那么久的草料，凯儿，你也大了，有些事也不该瞒你。你爹提到的盘龙镇是我和他的祖籍，我和你爹很多年前就来到了桃花峪，所以看到老家来的人格外亲。不怪你爹，就是我也要收留他。”

凯儿将信将疑，她长这么大从来没听爹娘说起过祖籍的事，即使如娘所言他们真是那地方出来的，也不会如此讳莫如深。娘的脸半映在灯光里，半罩在阴影里，闪着奇异的光芒，这种明暗的反差也让凯儿的心陷入困惑，她预感到娘的内心也正有光明和黑暗两个方面，极力掩饰着不让人看出来。

爹给男孩起了个“望”字辈的名字——望生。凯儿对望生人小辈大十分抵触。剃头匠刘瘸子平时挑着剃头挑子走街串巷，隔三岔五地在村头摆摊。凯儿领望生去剃头的时候，好多人都问她领的是谁，她憋了半天才在嗓子眼里说：“俺小叔。”

刘瘸子首先发问：“没听望彦哥说过有这么个亲戚啊。”水兽也跟着应和。水兽可刁钻得很，喜欢打破砂锅问到底。这人好水性，不务正业，下河捉鳖摸鱼，没人把他当把胡琴。有人说他是属王八的，本身没有体温，全靠晒太阳取暖。他晒一个时辰的太阳能在水里头潜上三个时辰，连头也不露。他还喜欢扎女人堆。好在那天他见一群女人到喇叭湾去洗衣裳，坐不住了，光着脚丫子摇摇摆摆地朝着乌龙河的方向去了，凯儿才没遇大的尴尬。

刘瘸子一边给望生剃头一边讲着笑话：“有一回望彦哥到集上剃头，剃头匠是个新手，刮葫芦手艺不到家，刮得望彦哥头皮上尽是口子。换了旁人还不知道咋咋呼呢，猜人家望彦哥咋说？”

众人显然都被他的话吸引了，纷纷凑过来。刘瘸子在块破皮条上反复蹭着他的剃头刀子，学着李望彦的腔道：“伙计，急着抢饭食啊？要是忙不过来，先割下一块头皮来，我帮你择巴着点儿！”

这故事把人们都说笑了，大伙儿笑完了都去瞅凯儿。凯儿知道大伙儿并没有坏心，你越发脾气他们越疯，干脆不理他们。望生的头还有一撮毛没剃净，凯儿拉起他就跑，急得望生一个劲儿地喊：“还差一刀，你也让我自己择巴啊。”

身后跟了乡亲们一串的笑声。

望生剃了头又洗了澡，脸和脖子白生了不少，换上干净衣裳，仿佛变了一个人。只是这孩子沉默寡言，见谁也不说话也不笑。李望彦让栓柱子在草料房里腾出块地处来，新搭了一个地铺，铺上干草，就算是给望生安了家。

望生的到来使李家有了生气。春忙的季节梧桐子和栓柱子经常三天打鱼两天晒网，望生就成了里里外外唯一的劳力。这孩子看上去木讷但十分听话，干活也勤快，很快他就把家里地里的活路全揽下来了。

春荒导致粮囤里的粮食见了底，李望彦和李尹氏也是吃糠咽菜。只有凯儿例外，娘总是给她做些好吃的。凯儿经常偷偷拿给望生，不过每次她在递给望生的时候总是缩回手，带着明显的挑衅问：“望生，叫俺啥？”望生踌躇着，他的确不知道该叫这个比自己大三岁的女孩子啥。凯儿咯咯地笑个不停，然后说：“叫我姐，叫我姐我就都给你吃。”望生倔强地咬着嘴唇，凯儿等上半天也听不到他叫一声姐，只好失望地把食物扔给他，嘴里不依不饶地挖苦道：“你嘴是棉裤腰啊，又厚又笨！吃，吃，噎死你！”

望生当然噎不死，凯儿也不会真生气，望着他狼吞虎咽的样子也会心疼地叫起来：“慢点儿吃，又没人抢你的！”

望生的到来也给李家添了麻烦，周保长当初签保甲规约，明确写了保甲内户长共具联保连坐。先甭说匪患这样的大事，就是上户口这样的小事哪家不是七盘子八碗地请他，不然他腰荷包里的红戳子可不是好盖的。可李望彦装糊涂，把望生说成是亲戚投靠他，这样不但不用上临时户口，而且连请他的份子钱也省了，这的确让人恼火。

周大牙想敲李望彦一笔竹杠，又担心人说闲话，想来想去想到了大贵子。让他当甲长纯粹是受了马寡妇的诱惑，不过周大牙也想有个狗腿子跑前跑后。大贵子的人品他清楚，年轻时偷鸡摸狗，老了更成不了大事，啥人啥用途。

大贵子受周大牙暗中撮弄去找李望彦。院子里没人，阳光悄悄泻了一地，十分安静，只有马棚里拴着一匹高头大马，见了生人咴咴直叫。他想都没想就大声呼喊起来："李望彦在家不？"

大贵子头一回以甲长的身份办公事，一进门口气强硬。他见没人出来应声，脑门子顿时冒出一股无名火，话也就不那么好听起来："有喘气的吗？出来说话！"

话难听当然有人就不愿意听。店里刚好来了位贵客，李尹氏吩咐望生烧壶开水泡茶喝，望生刚坐上壶生着火，便听到有人在院子里咋呼。放在平时他根本不理茬，但今天这人出言不逊，望生噌地从灶屋蹿出来，手里攥着根烧火棍，闷声闷气地说："你这人会说人话不？"

冷不丁地从灶屋里蹿出个小人儿，让大贵子猝不及防。不过等他看清是那个新来的孩子时，脸上不禁露出一丝狰狞，心里说我正为此事而来，你倒自己送上门了。于是呵斥道："臭小子，我找的就是你！你倒厉害，小心我揪了你脑袋当猪尿泡踩。"

话音未落，望生就一个箭步蹿过来，抡起棍子朝他的脑袋砸去。他慌忙抬手去挡，烧火棍咔嚓一声从当中断成两截，震得胳膊又麻又疼，脑门子也不轻不重地挨了一下，脑袋嗡嗡作响。

这才是太岁头上动土！大贵子怒火中烧，一把掠过那截棍子，抡起手臂，一巴掌打在望生脸上。望生没有防备，脸上霎时起了五个红指印，一腚跌倒在地上。大贵子还不解气，抬脚就要踢，却不料踢在一件硬物上，磕得脚生疼。他骂骂咧咧抬起头来，这才看见眼前站了一个人，一把带鞘的军刀抵住了他的胸口。

大贵子做梦也没有想到会被人用刀抵住胸口，而且这拿刀的人还是个军官。身穿黄呢子大氅，脚蹬高筒马靴，头戴大盖帽。再看他的脸，脸堂白净，高鼻梁，眉阔睛黑，年轻英俊，不过他看人的眼神可不温柔，充满杀气。只见军官左手持刀鞘抵住大贵子的胸口，右手抓住他的脖领子，只是轻轻一提，大贵子便感到力拔千斤，双脚不由得离了地。当年鲁智深怒拔垂杨柳也不过如此。军官冷笑道："我看看今天在哥姐这里出言不逊，还想打我小兄弟的人是谁？"

一听他说这话，大贵子就知道遇上茬儿了。本来今天他是来找李望彦的茬，混点儿好酒好肉，得几块大洋花花，想不到半路杀出个程咬金来。他惊出一身冷汗，幸亏自己没做出太过分的举动。如果刚才动作稍大一点儿，这人早就拔刀出鞘了。

好汉不吃眼前亏，他忙赔笑着说道："好汉，有话咱们慢慢说！"

这时候李望彦已经听到动静跑出来了，见是王甲长，急忙说："辰岗，这是咋了？我晚来一步，你们兄弟之间就打起来了？"

大贵子见李望彦来，急忙找机会下台，连声说："是啊，是啊！刚才我一直喊，望彦哥在不在，这不，先是这位小兄弟出来，后是这位大兄弟出来，差点儿打了我。"

李尹氏也赶了过来，赔着笑脸打圆场："刚才我正在厨房里做饭呢，没顾得上迎王甲长。望生这孩子也是，也不看看是谁就动手！"

巴掌不打笑脸人。听到哥姐一口一个"王甲长"地叫，叫辰岗的军官忙松开手，收起刀讪讪地说道："原来是王甲长，我这也是急不暇择。平日哥姐对人都是掏出心来，乍一看着有人欺负小兄弟，心里就着了火。"然后双手抱拳对大贵子说："这位兄长，对不住了！"

大贵子受宠若惊，急忙抱拳回礼，但无论如何也想不起李望彦啥时候有这么个兄弟。有心打听一下，可一想到此人那双能拧断铁条的手就赶紧收敛起性子，换了笑脸说道："本是想来跟望彦哥说说话的，不曾想有客人，我就不打扰了。"说罢拂袖而去。

大贵子把在李家的遭遇当作是受了辱耿耿于怀，马寡妇起初没放在心上，后来看他腚巴骨上淤青了一大片，这才意识到他在外面吃了亏，就问他咋磕碰的。

去找李望彦是周大牙的主意，大贵子压根就没跟马寡妇提。平日里大贵子挺会揣摩马寡妇的心理，早就清楚马寡妇挺看重李望彦，马寡妇一心认定他是个英雄。他背着她去找茬多少也有点儿泄私愤的因由，没想到头回出马就让个军官给搅黄了。

他支支吾吾地说："没啥事，就是夜儿突然觉得心口窝憋得慌，到坡里转转，结果摔了一跤。"马寡妇冷笑一声："你少在我面前装蒜，你腚锤子是跌青的吗？是被人踹青的。不会是调戏人家媳妇，让人家打了吧？"大贵子变了张笑脸说道："哪能呢！守着你我咋敢，就是……"

他瞒不过，就把去马车店的事添枝加叶地述说了一遍。马寡妇惊叫起来："人家不欠丁不欠税的，上人家店里做啥？"大贵子嘟囔道："他是不欠丁不欠税。周保长说他家新近来了个小伙计，得上户口，让我去问问，所以……"

马寡妇听罢冷笑一声："你真是根直肠子，直得一张嘴就看得见腚眼子！这得罪人的事他咋不去？人家有房子有地有营生，雇个把人有啥奇怪的？"

她越想越气，恨不得把周大牙吃她豆腐的事也一股脑说出去。大贵子委屈地嘟囔说："我就是弄不明白，这李望彦两口子平日里也看不出咋个样来，哪来那么大的势力？你看他家盖的那马车店，那叫店吗？简直就是皇帝行宫。还有那个军官，威武得像皇帝身边的带刀侍卫。"马寡妇思量道："我早就说过这李望彦不同寻常，你以后少招惹人家。人家兴许衙门上有人，咱就一庄户人，往后也说不定有用得着人家的地方。"

她打算亲自到李望彦那边一趟，圆成（山东方言：说和，通融）一下这事。冷不丁地看见改子倚在门框上嗑瓜子，身子挡住了去路。改子慢条斯理地说："娘，你这是没事往自己身上抹狗屎呢！他的事跟你啥关系，用得着你上门赔不是？"娘说："我不是赔不是，我只是想跟人家圆成一下。"改子不依不饶地说："那还是赔不是！我不是不同意娘去，而是去了你说啥？你是他啥人？背地里你想咋着都行，可在外人面前你还是个寡妇呢！俺俩姐为这事嫁了都不回来了，俺现在也老大不小的了，你还想让俺嫁人不？"

改子的话犹如晴天霹雳，打得马寡妇目瞪口呆。改子过了年十六岁了，马寡妇一直把她当作孩子。可是自打去年春上撞见马寡妇跟大贵子在炕上扳跟头，改子从此就变得脾气乖戾，整天不拿正眼瞅她，说话也是怪声怪气的。让娘更担心的是她三天两头往外跑，说是找一把联子（山东方言：一起长大的孩子）玩，深更半夜才回来，满身烟味。娘问她做啥了，她不是说听说书的了就是说在街上闲逛了。马寡妇这才意识到闺女大了，她那日益丰腴的身子和流盼的眼神无声地告诉她，闺女正迅速地成长。她似乎经历着某种事情而又懵懂不清，所以总是跃跃欲试、患得患失。她有时候喜悦，有时候沉默寡言。她那成熟的肢体和稚嫩的行为形成巨大的反差，这让马寡妇又爱又恨又惊又怕。改子提醒得对，是不能莽撞地找人家，她跟大贵子到底算啥关系？

马寡妇让改子几句话轻易拦住了，但这既不表明大贵子和李望彦日后的矛盾化解了，也不表明改子深思熟虑一言九鼎成大人了，改子在娘眼里还是个孩子。

认为改子还是孩子的只有马寡妇，闺女再大在娘面前也总是孩子。去年秋上水兽跟人去大连贩粮食，来回两个月，他先坐火车又坐轮船，后来再坐汽车，回来跟大闺女小媳妇们一学，都觉得他是见了大世面的人，把他敬若神明。女人家甭说这辈子坐火车轮船，就是赶集上店能坐上胶皮轱辘大车也是一种荣耀。水兽在村里算是闲人一个，老大不小了还没说上媳妇，和瞎眼的老娘住在村头的破草屋里。说他是闲人是因为他从来不下地干活，祖上留下的一亩三分薄地让他换了酒喝。娘从此也就跟着喝西北风了,饥一顿饱一顿，全靠乡亲们接济。水兽不做农活，只喜欢下河打鱼摸虾。他水性极好，一年四季都围着乌龙河转。乌龙河生长着许多鱼虾，水兽天天背了网和泥罐子到河里摸鱼捞虾，每次总是满载而归。水兽出了名的吝啬，不管谁要个一星半点儿的他都不给，谁想讨他的猎物必须拿钱物换，他说老娘要靠他养活。

当然事情也有例外，村里漂亮的大闺女小媳妇如果想要点儿活鱼活虾养在罐头瓶或瓦罐里的时候，他总是非常痛快地答应。水兽平时不穿衣裳，五冬六夏在腰间围块兽皮算是遮挡。水兽身材健美，让那些女人们暗里心动。水兽有两大爱好，除了下河就是睡觉。他下河的时候脱得光光的也不管近前有没有女人。他睡觉的时候连兽皮也不围,随便找块大石头就四仰八叉地躺下，也不管有人没人，只要有太阳晒着就好。

夏天的一个午后，改子无聊，提着瓦罐出了村子去河里捉鱼。河上游就是喇叭湾，有个水坝。水是从花沟里淌下来的山水，汇集到这里的河水很浅，滋生着许多芦苇。离岸不远处有几块大石头,被厚厚的芦苇包围着，十分隐蔽。平时这里经常有一些水长虫（山东方言：水蛇）出没，所以一般人不敢到这里来。改子的性格跟男孩子差不多,从不怕这些玩意儿。她伏身捉了一会儿鱼，一条也没抓着，失望地歪在那青石上晒太阳。天气太热，衣裳都被水打湿了，箍在身上又皱又热，十分难受。看四下里无人，改子大胆地脱了衣裳，放到石头上晾晒,自己则赤条条地一丝不挂。这样的感觉真好！太阳明晃晃地刺眼，石头滚烫滚烫，烙得她娇嫩的肌肤又疼又痒。就在这时候她听到水流涌动的声音，尽管这水声很小很轻，但她还是如惊鸿般一跃而起。

“谁？”她喊着。水面上没有一点儿声响，甚至连一丝波纹都没有，她怀疑自己耳朵听错了，要不然就是鱼跃打水漂的声音。她重新躺下来，静静地享受这静谧的时光，直到听到啥东西哗啦一声冲出水面……

再想看清楚是啥已经来不及了，水面上跃出一个人来。这人连泥带水赤条条地一丝不挂，头上顶着个用柳条编织的帽子。改子吓了一跳，竟是水兽。水兽哈哈大笑着说：“以为谁占了俺的地方呢，原来是你！”

改子又羞又恼，双手护住胸脯和下身，怒目道：“好一个不要脸的水兽，大闺女家洗澡你也偷看。你就不怕俺找人打断你的腿，挖了你的眼！”水兽也不恼，双手一撑，腚锤子坐在石头沿上，离她近了点儿，欠着身子说：“俺有啥不要脸的，是你让看的。再说，这原来是俺的地处，你占了也就罢了，咋还猪八戒倒打一耙？”

改子低头细瞧，这地方有一些草屑儿被太阳晒干了，还泛着绿色，一旁，一根麻绳拴在石头眼子上，伸到水里。水里有一个水篓子，里面盛着些鱼，刚才的水声就是从那儿传上来的。

水兽大概平时常在这里晒太阳。改子忙着去寻衣裳。不料越慌张越出事，手还没有触到，顺河刮来了一阵风，竟把小褂和裤子吹到水里去了。水兽又是一阵大笑，然后一头扎进水里，用脚踏着水看她在那里无计可施。改子气得红了眼，骂道：“臭水兽，你再看俺，俺挖了你的眼珠子当猪尿泡踩！”水兽幸灾乐祸地晃着身子，露出发达的胸肌，说：“你下来啊，俺就是看了，你想咋样？”改子不敢再吭声,因为风吹着她的衣裳朝深水漂去。下游有个漩涡，衣裳被漩涡吞了，再有本事也晚了，她只好忍气吞声地说：“水兽，你帮俺把衣裳捞回来，俺就不告诉别人。”水兽说：“也行，不过俺也有个条件，你答应了俺就帮你捞。”改子说：“说说看！”水兽不怀好意地说：“你把捂着的手拿开，让俺看看你。”改子脸都气白了，大声骂道：“流屎（山东方言：流氓），你生个儿子没屁眼！”水兽又厚颜无耻地笑起来，说：“俺连媳妇都娶不起，还生个屁儿子！你不答应俺这就走，让你回不了家。”

说着一个猛子扎到水里，水面上泛起几朵水花，然后不见了踪影。

水面上起风了，吹得芦苇丛哗哗作响。天空飘过来一块场院大的乌云。改子光着身子竟觉得有一丝冷意，更可怕的是她的衣裳越漂越远，转眼到了河的对岸，被根树枝子挂住了。水兽依然没有露出水面，这让她陷于水的包围，深感无助和害怕。总不能光着身子跑回家吧。想到这里她无助地哭起来，对着水面可怜巴巴地喊：“水兽，俺答应你，只要你把俺的衣裳捞回来！”

话音未落，忽听得身后水面哗啦一声，仿佛钻出条大鱼来，接着传来水兽的笑声：“小妮子，这可是你说的！”再回头看，水兽正踩水浮在水面上，手里举着根棍子，棍子上挑着她的衣裳。

后来那个午后发生了啥事没人知道，水兽在改子穿上衣裳要走的时候往她的瓦罐里放了好几条鱼。

那天老天十分作美，空然就下了一场大雨。改子湿着衣裳，提着瓦罐回村的时候，那些洗衣裳的女人们同样淋了个透湿。打照面的时候纷纷掩饰着胸前的隆起，责怪这鬼老天爷跟孩子脸似的说变就变。

出了正月，李尹氏去了尚武庄一趟，请罗瞎子择个良辰吉日。

“我觉得定在清明以后不错，三月十八（农历）咋样？未到惊蛰雷先鸣，必有四十五天阴。今年惊蛰前一天，俺正在地里头干活，明明听到雷声了。”她迟疑地说。

罗瞎子惊愕地抬头望着她，他想象不出眼前这个乡下女人会是一个什么样的人，她的这几句话连他也是头一回听说。

李尹氏兀自笑了，不知是因为自己的话吓到了罗瞎子还是看出他白眼球后面所隐藏的秘密。她早就按自己的想法看定了日子，只不过是想用算命先生的话印证一下。算命先生连连点头，在这样睿智的女人面前他找不出反驳的理由来。

当天后晌李尹氏就把这个决定告诉了丈夫。李望彦正坐在椅子上打盹，听了她的话，所有困神都飞到九霄云外去了，李望彦结结巴巴地说：“凯儿她娘，你不是发高烧……说胡话吧？”

李尹氏翻箱倒柜地找出些旧衣裳来借着灯光比试，这些都是她珍藏在箱子底的衣裳。她穿来穿去总是不满意，不是太瘦就是样子古怪。这才意识到岁月催人老，衣裳都过时了。她失落地坐在炕沿上，片刻之后泪水涟涟，雨打梨花般滴落在手里捧着的一件旗袍上。那是一件清式旗袍，看上去还有九成新，绸缎面料，精密的手工缝线，因长年放在箱子里而散发出浓重的樟脑气味。

李望彦一时不知道怎么安慰这个沉浸在梦幻中的女人，他们相濡以沫几十年了，从未见她像今天这样任性和痴迷。近半生的同甘共苦，无论从哪个方面他都觉得愧对于她，何况只是一个小小的夙愿。他叹口气说：“凯儿她娘，俺欠你的。这么多年了，你不明不白地跟着俺过这种穷日子，我连一个明媒正娶的许诺都没有给你。可是有些事不能重来，有些东西一辈子都不能回首。”

李尹氏呆呆地坐着，她知道这样太难为丈夫，在外人眼里他们早已是夫妻了，如果凭空里再来一场婚礼，人们就会怀疑他们过去的隐情。她拭了一把眼角的泪，轻轻叹一声，便开始把摊在炕上的衣裳收起来，不好意思地说：“可俺都跟凯儿说了。说出去的话泼出去的水，咋好意思再收回去。”

李望彦看着女人脸上的乌云有一些淡了，笑着说：“这还不好说，到时候我套上骡子，驾辆车，拉上你和凯儿到乌河镇走一趟。”李尹氏固执地问：“那俺要是还想穿婚装呢？”李望彦干脆道：“依着你！”

李尹氏笑了，灯影里十分迷人。“俺要是还想请上吹鼓手，一路上呜哩哇啦地吹打着呢？”李望彦在鞋底上磕了磕烟袋锅，直起腰大声说道：“既然是这样，我就一路上呜哩哇啦地吹，还要请镇上最好的戏班子在场院上唱三天大戏。你喜欢《贵妃醉酒》还是《打渔杀家》随便点！”李尹氏咯咯地笑出声来，不过马上意识到这只是开玩笑，失落地收起笑容来，叹道："看来这只是痴人说梦了。"倒是李望彦安慰她说："到你选定的日子再说！"

李尹氏的想法到此为止，虽说她有一种强烈的愿望，想身穿绫罗绸缎，头披红盖头，脚踏红毛毡，乘着花轿，在众人吹吹打打的鼓乐声中做一回新娘；她甚至梦里千回温习和演绎那一时刻，但最终清醒地意识到这只不过是痴人说梦。

当翌日早上醒来的时候，她就像没提过这话茬一样。

自从开了马车店，操心的事情渐渐多了起来。客人要住店，她得安排住宿伙食。房间要打扫，被褥要换洗。男人主管赶集买菜、买盐打油、称米购面。往往天不亮就套车出门，等太阳湿漉漉地从雾气中露出脸儿的时候，他早已经置办齐全回来了。每天要起早，李望彦怕惊动她们娘俩，便睡到北屋的外间。丈夫的脚步总是轻轻的，连偶然的咳嗽也压得很低。倒是那头驾辕的骡子不以为然，每当主人为它套上鞍子，它就晃动着脑袋，打着响鼻，在原地踏步，弄得脖子下的铃铛一阵乱响，偶尔还会昂头咴咴地叫几声。主人听到了，急忙喝住它："欢了你了！"牲口便安静了许多，任由主人牵着缰绳，铃声叮当地出了院子，一路走远，铃声渐失。而李尹氏根本就不是那种贪睡的女人，这时候她一边穿衣裳一边支起耳朵聆听院里的动静。鸡已叫三遍，赶路的客人多该起身了，牲口需要添草料了，客人也准备吃饭了。天色尚暗，四处静寂，李尹氏只得隔着窗户喊："大觅汉，二觅汉，该喂头牯（山东方言：牲口、牲畜）了！"长工睡眼惺忪地应着。有时候喊了几遍了长工还不见动静，李尹氏就提高了声音："多早了，还不起来！"这时候长工便慌慌张张地应着跑出来。

等长工喂饱牲口，李尹氏也早已起来，到灶间里把客人的吃喝准备好了。自带干粮的她帮着馏上，还在桌子上摆上花碗，里面有她腌的咸菜。客人不带口粮也没关系，早摊好了煎饼，蒸好了窝窝头，舀好了蒸锅水侍候着。等这 切都收拾妥当，李望彦的大车也叮当着回来了。骡子喜悦而自豪地打着响鼻，鼻孔里喷出热气，毛发也湿漉漉的。望着客人们牵牲口背褡子上路，李望彦亲切地同他们打着招呼："掌柜的，一路走好！"客人们惬意地打着饱嗝儿，回复他："酒足饭饱了，李掌柜，生意兴隆！"有的客人喜欢开玩笑，就说："李掌柜，摊上个好女人比啥都强，大清早的你不在家，小心别人钻了你女人的被窝。"李望彦并不恼，憨厚地笑着，来句："相了，谁稀罕她！"然后双手打个拱，目送客人消失在驿路的尽头。

在那年春上，李望彦遇上的最大难题是如何答复女人提出的要求。当年他们简单而仓促地把命运合二为一，那些陈年旧事仿佛是一幅旧水墨画，随着岁月早已褪尽了颜色，只剩下模糊的线条，有些细节已经记不起来了。而现在重拾这些记忆，他怅然若失，闷了好几天也理不出个头绪。

凯儿体会不到父母的心情，潜意识里早就认为爹娘是天造地设的一家人。而当娘提出来要重办一场婚礼的时候她觉得又好笑又好玩。能亲手牵着娘的婚纱，看着娘光鲜如月地当一回新娘一定很开心，所以当爹和娘好久都再没有提及这件事的时候，她反倒着急起来。

学校礼拜天放假，一大早凯儿就帮着娘洗客人用过的单子和被头。西墙边是眼水井，井台是用整块的青石头凿成的，春天的早晨天气有些凉，但打上来的水却是温的。

凯儿嫩胳膊嫩手拧不动辘轳，这活儿落在望生身上。别看他身子骨瘦小，但力气却是凯儿的好几倍。只见他光着膀子，打着赤脚，三下五除二就打上一桶水来，倒进井边的大盆里。接着又双手掐着辘轳头，让水筲带着绳索飞快地坠向水面，那辘轳把像一只旋转的风火轮，呼呼作响，惊得凯儿尖叫声不止，每每这时候望生的脸上会浮现出一丝得意的笑容来。

李尹氏早已在大盆里泡好了皂角，把那些脏的衣物泡到大盆里，架上搓板，高高地挽了袖管，随意拖出一件来揉搓。她胳膊白皙圆润，腰身起伏也显得格外柔韧，这让凯儿看了都嫉妒。

“娘，你咋比俺还好看，身子软得像柳条。”娘用湿漉漉的手理一下额前的刘海，或者干脆吹一下，抬起头来嗔笑说：“傻闺女，娘多大了，还跟你比。”凯儿噘嘴说：“娘，可俺现在还是只丑小鸭，俺也没长大，还等着看娘和爹的婚礼呢。”

说到婚礼李尹氏神色渐显凝重，瞥了一眼凯儿说：“娘是说着玩的。”

凯儿双手拾起抹布使劲地扔到娘的盆子里，水花溅了娘一身，然后赌气地说：“就信！就信！俺就是想看娘结婚。娘穿上白色的婚纱一定很好看。”李尹氏叹息道：“娘没那个命。甭说婚纱，就是蒙头红也没有戴一回。”凯儿惊诧地问：“娘，那为啥啊？”娘知道又说漏了嘴，支支吾吾地说：“你爹娶亲那会儿穷。”

凯儿再问，娘低头不再回答。

那天黑夜李尹氏翻来覆去睡不实。丈夫在炕的另一头一动不动地躺着，第一次离她很远。李尹氏隐约感觉到男人有心事。正当她蒙眬入睡的时候，却听得丈夫说：“凯儿她娘，俺决定了，为你隆隆重重地补办一场婚礼！”李尹氏反倒有些迟疑：“当家的，俺只是说着玩的。”李望彦于黑暗中郑重地说：“君无戏言！”

桃花峪向东行二十里就是乌河镇。

乌河镇很有名，有名在有一条大街历史可追溯到六百年前，远近富商巨贾争相云集，逐渐成为布行、杂货行聚集经营的商贸中心。

虽说乌河镇和桃花峪相隔只有二十里地，但风俗截然不同。乌河镇的人常以城里人自居，笑话桃花峪的人是乡下人。一来二去，桃花峪的人也自卑起来，认定不如城里人体面，以能经常到乌河镇赶集上店为炫耀。如果哪家的姑娘嫁到镇上，就好似被选中进了皇宫。近些年情况有所改观，乌河镇通了火车，各种新鲜时髦的事儿都随着铁路的延伸渗透到了桃花峪，乌河镇与桃花峪都有了鲜活的内容，一来二去两地通婚也多了起来。

马六子修路并不像当初想象的那么简单，也远没有那么风光。在地图上画线是一回事，但一锹一镐地修又是另一回事。何况正值战乱灾荒，这条道修修停停，到了春上还没有彻底修通。

不管路修得如何，马六子回家的次数却一天天多起来，原因是有一天他在街口看到了一个女子。这女子细腰肥臀，面目姣好，尤其是身后拖着条乌黑的大辫子，走起路来晃晃悠悠，晃得马六子心旌摇动，闭上眼睛满是她的身影。他决定打听打听这个女子是谁家的。

那天傍晚他偷骑了镇长的坐骑回家。刚穿过城门洞子，马就前腿高高跃起，抽筋似的在那里乱蹬，差点儿把他从马背上扔下来。这是一匹枣红色的高头大马，是从前线上退役下来的，可是见过世面打过大仗的，从没有这般惊慌失措过。他急忙勒紧缰绳，抬眼朝前面看，这才看清原来马前袅袅娜娜地走过来一个小女子。这女子似乎看到了他却又显然并不在意，胳膊肘挽着个荆条筐，慢腾腾地走在街心。筐里放着把镰刀，盛了些嫩草。

打猪草是农家孩子必干的农活，但一般都是小丫头和男孩子干，像她这般大的姑娘都躲在家里绣花纳鞋底，还没见哪家会舍得指使干粗活。所以马六子有些好奇，其实还是这个女子的漂亮吸引了他，非一探究竟不可。

马蹄声脆，女子就是不让道，不是这个女子没看到他，而是故意装作没看见。于是他翻身下马，牵着缰绳跟在后面，一边走一边饶有兴致地欣赏她的背影。

夕阳西下，玉兔东升，街道十分寂静，他俩一前一后走在石板路上，竟都没有搭话。前面就是街心了，马六子不死心，刚想打声招呼，女子却突然站下，把筐撂在脚边，扭身面带着挑衅地冷笑道：“马六子，看够了姑奶奶没有？”

马六子吓了一跳，好好的小女子说话咋这等刻薄？于是心虚地道：“我看你啥？你挡着道不让过去，我还没好意思说你！”

女子顿时笑开了，语气也娇嗔了许多：“男子汉大丈夫，看了就是看了，还不敢承认。”马六子定下神来，故作老成地问：“你是谁家的闺女？这十里八村我还没有不认识的，咋就没见过你？”女子轻蔑地回答：“那是你马六子大鼻子朝上，不认得俺小平民百姓。”马六子说：“啥大鼻子朝上，是你这闺女没礼貌。你爹娘是谁，我马六子也是你叫的吗？”

女子听罢仰脸大笑起来，然后说：“叫你马六子有啥了？要从俺姑夫的辈分上讲,你还得叫俺一声姑奶奶呢！”马六子问：“你姑夫是谁？”女子说：“你甭问，你叫俺一声姑奶奶，俺就给你让道！”马六子又好气又好笑，这女子说话行事都带着一种刁蛮，但却透着让人无法抵抗的魅力，于是，忍下口气，打个拱道：“小姑奶奶，你让个道行了吧？我回家看俺爹，半夜里还要急着赶回去哪。”女子听罢，这才抿着小嘴挪开草筐子，笑吟吟地看他牵马过去。

马六子回家便魂不守舍起来，到爹房上去问。爹按照他的描述将全村人过了一遍筛子也没想起是谁来。马六子疑惑地说：“难道遇上鬼了？”爹说：“这世上啥都有，就是没有鬼。”马六子顺口说：“那就是遇上狐仙了！”爹听罢受了启发，一拍大腿说：“尿啊，你是遇上狐狸精了！”马六子讪笑道：“爹，你刚才还说这世上没有鬼，咋就信有狐狸精？”爹说：“俺说的这狐狸精不是真狐狸，是人。”马六子问：“是谁？”爹说：“她叫你喊她姑奶奶，肯定是东头马寡妇家的三闺女改子。这女子精明得跟她娘似的，不是狐狸精是啥？”马六子听罢心里豁然敞亮，但还是跟印象中的那个黄毛丫头对不上号，心里的邪火一下子去不掉，越烧越炽盛起来。

李望彦终于套了车去了乌河镇。他是去找陆辰岗商量夫人提出的事。

俩人认识纯属偶然。当年李望彦夫妇漂泊南下，在火车上认识了一个饥寒交迫的年轻人，被黑狗子盘问。李尹氏情急之下上前，一把拉住他的手对黑狗子说这是她弟弟，跟姐夫出门做点儿生意。李望彦也偷偷往黑狗子手里塞些钱，这才化险为夷。

坐下来一叙，李望彦夫妇了解了他的身世。他是在家乡打了逼税的税狗子逃出来的。问他有何打算，陆辰岗说已没有退路，破釜沉舟去当兵。乱世出英雄，兴许还会有卷土重来的希望。看他相貌端庄，眉宇间嵌着豪情，李尹氏就让李望彦给了他些盘缠，感动得陆辰岗扑通一声跪在李尹氏的面前，泣声说：“要不是您舍身相救，俺今天就该坐牢了。就让俺叫您一声姐吧！”

本来李望彦夫妻没指望行下春风有秋雨，但这秋雨却如期而至。有一年，李望彦往外地贩山货，路过国军防区，哨兵见他有不少山货，想要占为己有，便把他扣下带往兵营。没想到在兵营里见到带班的长官正是陆辰岗。陆辰岗把当年分手后投靠了中央护国军，从一个小列兵做起，一步步当了团副的经历告诉了他。

“滴水之恩当涌泉相报。要不是当年您和姐救助，我早没信心活在这个世上了。最初我在南方当兵，但一想到你们就觉得该回北方来。我家里已没什么人了，就打算守着你们当自己的亲人，没想到真如愿了！”陆辰岗如是说。

那天大贵子上门找茬，碰到的正是陆辰岗，陆辰岗告诉李望彦，他已调防到乌河镇来了，往后可以随时来看哥和姐了。李尹氏有些疑惑，这队伍调防这么简单？陆辰岗笑道：“哪能这么简单，这也是巧合。东北让日本人占了，不定哪天就会打到中原来。乌河镇是东西铁路枢纽，战略要地。我们团长身体不好，借故回南京述职休养去了，就让我来替他防务。从现在起白云山就是我的防区。”陆辰岗以团副身份行团长之职在杂牌军里十分常见。

陆辰岗听说姐要再举行婚礼十分惊愕。李望彦也觉得夫人的想法未免荒唐。但陆辰岗反过来劝他，既然是姐的心愿就一定要满足。

“看姐和哥的年龄相差不少，这里边肯定有故事。俺姐当年肯定是万里挑一，嫁给哥您说明也是看中了哥的为人。这郎才女貌便是上等的佳话！”

李望彦笑道：“相了，都快成老人啦！”

陆辰岗说过日子要由着心情才是。不过是举办一场婚礼，那还不是小菜一碟，哥姐的事兄弟他全包了！李望彦还有些犹豫，一直以来桃花峪的乡亲们都认可了他们，对他们的身世深信不疑，现在突然要补办一场婚礼，他们会咋想？还有凯儿，她会怎么理解爹娘的举动？

陆辰岗似乎看透了李望彦心里的矛盾，扔出一句话：“哥，你休担心那些老婆舌头。只要订下日子，你就大大方方地发喜帖子。我这几年的军饷可是一文没动过，又不用他们凑份子钱，只管喝喜酒，有啥为难的？到时候我再派上十几个弟兄护驾，这事就算是全乎（山东方言：周到、周全）了！”

经他这一怂恿，李望彦也觉得没啥了不起的，能够担当。干脆利落地说：“就订在三月十八！你姐喜欢桃花，那时候咱这一带的桃花开得正娇艳。如果赶上雨水足，花沟里的桃花水可是浩浩荡荡。”陆辰岗瞪大了眼睛问：“还有这一说？俺可是最喜欢纵情山水了。若不是军务在身，俺可真想到你们那里住上一阵子！”李望彦也兴奋起来，说：“如不嫌弃桃花峪偏远，就住那儿几天。桃花峪可是九沟十八山，如果你不熟悉地形，保准转迷了路。”陆辰岗皱眉道：“哥说得是！只是战事吃紧，日本人说不定哪天就会打过黄河，我得随时待命出征！”他转而剑眉一扬，轻笑道：“你那边只管准备，到时候我带人过去就是。”

两人初步商定，头一天陆辰岗把李尹氏接到镇上，第二天一大早再护送着赶往桃花峪。

事情就这么定了，李望彦心里轻松了不少。他从陆辰岗处赶回去的时候月色皎洁。他喝了几杯酒，醉眼蒙眬。大道已经修得有些模样了，光明（山东方言：月亮，月光）底下像条裹腿带子。左手是卧虎山，如趴在地上的一只睡虎，右手是桃林，散发出阵阵醉人的花香。李望彦感到莫名其妙的兴奋，他借着酒劲，高声地唱起一曲周姑子戏（山东地方戏：又名肘鼓子戏）来：

“桃花坞里桃花庵，
桃花庵下桃花仙，
桃花仙人种桃树，
又摘桃花换酒钱。”

马六子一直强调修这条道可以从胶济线迅速调遣队伍，实质却是方便了桃花峪的出行，他这也是借公共之名惠泽家乡父老。众人有钱出钱没钱出夫，这样稀稀啦啦地修了个时候，基本把路铺平拓宽了。路基打了夯土，撒了石灰，上面又铺了薄薄的一层砂砾。六子骑马跑了两趟，一个劲儿地夸这条大道修得好。但大伙儿心里嘀咕，这一路十几里崖头，骑马还行，蹬洋车子还不知道是人骑车还是车骑人，更说不定哪一天鬼子顺着道就摸到家门口来。

李望彦徒步回家也有一点儿探路的意思。那天后晌的小酒喝得有点儿高，或许根本就是这条路修得平坦，他竟没遇到任何磕绊。但其他人并不认同他的感受，他们说这条大道根本没修好，到处是断头不说还设了土堆，据说是挡汽车的。不光这个，最近在乌河镇和桃花峪中间地带的夏庄村南新修了工事，拦了铁丝网，设卡盘查行人。李望彦摆手道：“瞎扯淡！我前日后晌还从那里走来，一路上平坦得很，连只虫子也没碰上！”

马六子爹瞪着眼说：“你难道是插翅飞过来的？当兵的夜里封道，剃头匠刘瘸子挨了两枪托，差点儿没把另一条腿打瘸了。”李望彦更是吃惊起来：“是你亲眼所见？”马六子爹说：“啥亲眼所见。不信你可以实地察看，就在卧虎山旮旯里，连山都封了。”李望彦半信半疑，但自从马六子爹跟他说了以后，他留意到大道上的行人的确减少了，问住店的人，他们都说卡子上的士兵很难缠，不管是本地人还是外地人，都百般刁难，除非你留下买路钱。

李望彦的疑惑很快就被即将到来的喜悦冲淡了，毕竟这是他和李尹氏生活中的一件大事。他杀猪宰羊还置办了好几瓮酒，全部存放到窖子里。李尹氏起早贪黑地坐在织机前，按照她心里的想象织出各种式样的花布，并亲手做了件长袍和斜襟的花袄。倒是凯儿有些不知所措，悄悄地问爹：“你真打算跟娘再成一次亲？”李望彦十分严肃地点头说：“是啊，你不是也盼着吗？”凯儿窘迫地说：“我只是觉得好玩，可仔细一想，不对啊！要是同学们问起我来，我咋跟他们说？”李望彦板着脸说：“咋说，明着说！你就说爹娘要补办一场排场的婚礼！”凯儿急红了脸：“那咋说得出口。你和娘都这么大岁数了，还想着再结一次婚，人家不笑话我才怪呢！”

望着女儿红扑扑的脸儿，稍显稚嫩的眼神，李望彦哈哈大笑起来，悄悄俯在女儿耳朵上说道：“你以为我真要再娶你娘一次啊，我这是搂草打兔子——捎带的！借机会来个开业大吉。”他说的是实情，当初开业仓促，现在正好借机请街里街坊好好聚一回,算是对他们无私支持的报答。凯儿笑了：“原来爹还有这么一层想法，只是苦了娘，娘还以为真为她再举行一场婚礼呢！”李望彦正色道：“咋是糊弄你娘？婚礼该咋进行还咋进行，到时候你陪着你娘，乡亲们那边有我就行了。”

凯儿总算是有了底，课间跟珂儿悄悄地咬耳朵把消息提前告诉了她。珂儿高兴地连连拍巴掌，气得伏老先生一个劲儿地敲打教鞭，喊着：“肃静！肃静！”

伏八爷也是桃花峪人，据说先人是秦始皇焚书坑儒时墙壁藏《尚书》的伏生。他姓伏名孝德，但因为在家排行老八，所以人们更习惯叫他伏八爷。他既是这所乡学的校长又身兼教员。

学校过去是座祠堂。门前石灰墙上左边写着“厚德树人”，右边写着“博学济世”。这是伏孝德的手笔也是他的座右铭。他是从私塾里转过来的，那时年龄已过七十了却还愚俗得像个孩子。教室紧张，学生都挤在一间大房子里，前排是一年级，中间几排是二年级，后面是三年级，以此类推。

就在凯儿爹娘婚礼的前两天，学校发生了一起性质特别严重的事件，凯儿被伏老先生用戒尺打了，这违背了伏八爷一贯遵循的打男不打女的原则。即便如此凯儿却一点儿也不想告诉爹娘，因为这件事先有因后有果，放在哪个人身上也承受不住。

发生在学校的严重事件来源于一顿午饭。那天校勤病了，学生们自己生火热饭。学校的灶间原是放佛龛的地方，香火不济后，佛走了但龛仍在。问题的关键在于伏老先生四体不勤、五谷不分。校勤不在，吃饭就成了问题，看到学生们生火做饭，就把凯儿叫到跟前说：“你领着学生们做饭，可以用灶间里的油，我藏在了佛龛的后头，但说好了要连我的饭一块儿做上。油只能用一勺，用多了我拿你是问！”

说完伏老先生自去睡午觉，等待学生们把饭做好送到他床前。穷孩子平时哪见过油星子，听凯儿传达伏老先生的意思，个个兴奋得跟狼崽子似的嗷嗷直叫。马二臭吩咐其他同学在门口把风，把罐子里的油一股脑儿地全倒进了锅里，把同学们带来的煎饼、窝窝头、糊饼子全倒进去，顿时满屋奇香。学生们看到金黄黄的油饼子，唾沫都咽不及了，早把伏老先生的嘱咐忘到了九霄云外，等都吃得差不多了，凯儿才想起伏老先生还没吃饭呢！

平时伏老先生喜欢用戒尺惩罚犯错的学生，忘了给老师留饭，这顿打是躲不过去了。马二臭平时淘气，挨的戒尺最多，气哼哼地道：“他还想吃咱们做的饭，吃屎去吧！”不等大伙儿反应过来，便径自朝油锅走过去，捏住鼻子憋住气，哼的一声擤出一把黄腾腾、黏糊糊的鼻涕来，甩向滚烫的油锅。

那摊软绵绵的鼻涕仿佛一条泥鳅哧溜钻进锅里，然后鱼打挺似的一跃而起，在油锅里打了一个滚儿，瞬时撑起硕大无比的身体。随着那硕大无比的身体迅速膨胀，鼻涕最终爆出一股白色的气体，一股无与伦比的奇香顿时浮动在空气中。同学们睁大了眼睛望着这瞬间出现的奇迹，有些不敢相信这油炸鼻涕竟也会如此美妙。于是，男生们一个接一个地擤起鼻涕来。

马二臭认真地用筷子捞起那些炸得金黄的玩意儿盛到盘子里。女生们开始还觉得好玩，但到后来就觉得恶心，良心受到了责备，不由得斥责起男生的恶作剧来。凯儿大声叫嚷着要去举报给伏老先生。马二臭朝男生们一使眼色，几个同学就架住了凯儿的胳膊，把她和珂儿架到教室里头看守住。自己则端着那盘子油炸鼻涕沉着冷静地走向伏老先生的睡榻。

同学们忐忑不安地等待着。当马二臭板着脸返回来，面对同学们齐刷刷询问的目光的时候，忍不住地学着伏老先生的腔调说：“哎哟，俺的娘啊！马二臭同学，你这是从哪儿弄来的奇珍异果？”教室里顿时爆发出刮风般的尖叫声。

不过凯儿真正担心的还是伏老先生走进教室的那一刻。伏老先生腋下夹着戒尺和教鞭，迈着从容的步子走进教室，所有同学都忐忑而又故作镇静地倒背着手坐在那里。伏老先生恍如在梦里，刚才那顿午餐实在是太好吃了，他生平第一次尝到如此咸淡可口的油炸食品，这远比那些油炸麻花、油炸大丸子要酥脆柔软得多。所以看到同学们都如此安静，他破例给了一个难得的带有赞许的微笑。

恰在这时值班生站起身大声喊：“伏先生好！”同学们跟着呼啦站起来，弄得桌椅板凳一阵噼啪乱响。伏老先生很感动，学生们好久没有这么整齐划一，这么神情肃穆，这么声音洪亮了。他心里油然升起一股自豪和满足，摆了两下手让学生们坐下。

凳子又是一阵噼里啪啦地乱响，学生们都乖巧地坐下了。伏老先生忽然觉出这其中异常的气氛，第一时间把话题引到了午餐上。

“不管怎么说，在正式上课之前我还是要先表扬一下同学们，你们把一顿最丰盛的午餐送给了老师。”

伏老先生的话音未落，女同学率先恶心起来。伏老先生警惕起来：“有什么想要告诉老师的吗？”课堂上顿时陷入死寂，大家都端坐在那里不敢说话。

伏老先生更加疑虑，把马二臭叫起来，问给他吃的到底是啥东西？马二臭支吾道：“伏先生，这可是俺娘给俺拿来的，用鸡蛋和上香油、白面专门孝顺您的！”伏老先生吃过用鸡蛋和上白面香油炸的果子，没这般滋味，冷笑道：“那玩意儿我吃过，出不了这等效果，还是老实和先生说了吧，免得我用戒尺打你。”

说完他让马二臭站到讲台上，回头一个个审学生。他挥舞着教鞭，从前排走到后排，教室里的气氛变得异常紧张。

伏老先生见学生们都不吭声，坐回讲台前，让学生一个个走上前来，伸出手，问一句，戒尺打一下。顿时，被打同学的小手由白变红再由红变紫，发面似的肿了起来。教室成了充满了血腥和恐怖的审讯室。

全班同学的手都被打过一遍后，仍没有人说出那盘金黄色香喷喷的食品是用啥东西炸出来的，这让伏老先生更加恼火，他让男同学当着女同学的面脱了裤子，趴在教桌上，用教鞭狠狠地打在他们细嫩的屁股上，顿时，被打起了一道道的伤痕。

凯儿再也忍受不了了，站起来大声说：“伏先生，别再打了，我知道是用啥做的！”伏老先生狞笑着说：“好，好，好啊，现在说也不迟！”凯儿突然觉得伏老先生十分可恶，冷笑道：“马二臭同学不告诉你也是为你好，你要实在想知道我现在就说，你吃的是他们的鼻涕！”

伏老先生挥舞的教鞭停在了头顶，不相信地对着凯儿大声道：“你再说一遍？”这时候珂儿也站起来大声说：“凯儿说得没错，是同学们的鼻涕！”伏老先生脸色顿时苍白起来，他大叫一声，扔了教鞭朝教室外奔去，吐得山呼海啸、肝肠寸断。

伏老先生大病一场。这事惊动了乡理事，也惊动了县教育科，他们派黄国品前来调查，决定暂时关门停课让学生们回家面壁思过，接受处理。

当李望彦定好喜日子的时候凯儿正跟珂儿回到家里，哄爹说学校放假了。

珂儿搂着凯儿的脖子说："你爹和你娘娶亲那天你不是要当花童嘛，也算我一个！"凯儿故意说："是我爹我娘结婚，跟你有啥关系？"珂儿说："不让我当也行，我就把停课的事告诉你爹娘。我还说是你给马二臭同学出的主意。"凯儿拗不过她，只好答应。珂儿得寸进尺，说到时候要和她穿一样的花衣裳。

清明断雪，谷雨断霜。

进入三月，天气一天天变暖，谁知却突然来了场倒春寒，把桃花都冻在树梢上，这让李尹氏着急。她选定这个日子是有企图的，按照以往的经验，进入三月，春暖花开桃花飘红，就连乌龙河水也染成了红色。她期盼用一场隆重的婚礼来弥补心灵的欠缺，更希望这场婚礼是在桃花灿烂的季节，似乎只有这样，她那颗易动的心才能得到某种程度的满足。而随着这场倒春寒，她产生了某种焦虑和不安。

凯儿的心情却完全不同。当大人各自做准备的时候，她也和珂儿操心着如何置办花童的衣裳。她提议娘穿上白色的婚纱，按照洋人的习俗到镇上的教堂里举行仪式，可娘不答应，要按传统的婚俗。在这等大事上她做不了主，最后达成妥协，娘按旧俗，她和珂儿按洋俗，各人讨各人的喜欢。

新婚典礼无疑是所有女人向往的美梦，而小小花童是婚典上最纯真无邪的风景，仿佛小天使降临人间。花童的着装甚至装着花瓣的提篮都很有讲究。凯儿和珂儿选了一天，最终在一家婚纱店里订了两套裙子。凯儿相中了挂在展架上的那套白色套装，而珂儿从进门眼睛就盯着红色的套装看。凯儿故意让她先挑，珂儿嘻嘻地笑道："是你娘成亲又不是俺娘，我咋能喧宾夺主。"店主不明真相，惊得目瞪口呆。

在穿啥样的婚礼服问题上李尹氏很纠结。她无数次梦见自己出嫁的情景：头戴凤冠，脸遮红盖头，内穿红绢衫，外套花红袍，颈套项圈天官锁，胸挂照妖镜，肩披霞帔，再挎个子孙袋，手臂缠定手银，红裙、红裤、红缎绣花鞋……

尽管她有那么多的期盼，但还是选择了一种简单的，只穿一身大红袄裙外加大红盖头和绣花鞋。凯儿直说太简单了。辛亥革命已经很多年了，女儿所受到的教育都是时尚的，但李尹氏宁愿永远沉浸在自己的旧世界里：乘一顶红轿在红袄和珠冠的掩映下了却一生的夙愿。

好在对天气的担心没过多久，就被一场春风吹散了。一片湿润而灰白的云彩从南山漫过来，它所到之处鲜花盛开，转眼染成了一片深深浅浅的颜色。空气中弥漫着淡淡的花香。随后在某个傍晚，平地响起了一阵沉闷的声音，仿佛一架碌碡滚过房顶。

那天男人肩扛着一架铧犁和她一前一后走在田坎上。那架铧犁是用榆木打制的，十分沉重。男人绷紧了身子，身上的夹袄因此显得小了，严实地箍在身上，恰好衬托出他挺拔的脊梁和结实的肩膀。女人紧紧跟随其后，怀里抱着一只盛着米粥的瓦罐，小巧精致的金莲、婀娜的身姿，越是想跟上男人的脚步越得扭动腰身，这让她不久就气喘吁吁了。

春雷持续在头顶上滚动，震得人心尖子都发颤。李望彦不由得停住脚步，惊喜地叫了一声："春雷！"他的话音未落，雨点便铺天盖地地打了下来，打得庄稼叶沙啦啦响。他情不自禁地笑起来，大声说道："这才是要风得风，要雨得雨！"

"看美得你！"李尹氏也从心底里笑出声来，"这回不愁花沟里不下山水了。明天你就去一趟乌河镇，跟辰岗定定咱们的事。"李望彦瞅着下雨的天空说："季节不等人，园子里的桃树就要开花了，浇水是省了，可还要剪枝施肥，这样才有好收成。"

李尹氏无语地望着丈夫，她知道丈夫说的都是对的。一年之计在于春，把地里的活打理好了就等于一年上了保险。春雨贵如油，有了雨水丰润才会有硕果累累。庄稼人过日子盼的就是风调雨顺。相比起这个，她那些风花雪月的想法轻飘飘的。于是，她说："那你抽空吧。"李望彦应着："你就把心放到肚子里，我都安排妥当了。"

李尹氏不好再问，接下来的日子她陷入纷乱的遐想中去。干着活儿的时候也常常走神，望着漫山遍野一夜之间冒出来的绿肥红瘦，幻想自己穿上红袄，披上蒙头红，融入那一片桃红中该是啥样的心情。

那些天她很少见到丈夫的身影，不知他在忙活什么。早上她看到李望彦早早地套了牲口，赶着马车走了，直到后半夜才回来，而且喝了酒。李尹氏在灯下等他，灯油添了好几回，灯捻剪了又剪，但丈夫却没有到李尹氏的房里打个招呼就径直爬到望生的炕上躺下了。李望彦宽大的身子完全占据了望生的地盘，望生不知所措地站在炕边，不知道该如何对付霸道的东家。李尹氏在北屋里喊他："望生，给你哥拿条毯子过去。"望生慌忙应着。李尹氏又在北屋里喊："去把阔落（山东方言：炉灶）上的壶拎来，门口有铜盆，把你哥的靴子脱了，给他泡泡脚。"望生有些不情愿，但还是照着女主人的吩咐做了。刚做完，李尹氏的声音又响起来："望生，你哥今黑夜就睡在那里了，你到栓柱子的炕上，跟他通腿儿（山东方言：一个被窝里睡）将就一宿吧。"望生抱着散发出浓郁脚臭味的热被子，躺到栓柱子炕上。他心里略有不快，但困意还是占据了一切，没吭一声倒头便睡。这时候二猫星已经爬上了天庭，鸡舍里的芦花大公鸡开始引吭高歌了。

第二天早上，望生睡过了头，破例没人叫醒他。他感到暖暖的很舒服，甚至惬意地做了一个梦，梦见插了翅膀在天空飞翔。醒来的时候，他却发现仍然睡在自己的炕上，光溜溜的一丝不挂，身上还盖了床东家的被子。他似乎记不清楚夜儿后晌（山东方言：昨天晚上）的事了，有些恍惚。他掀了被子坐起身，低头瞅着瘦骨嶙峋的胸脯有点儿沮丧。突然意识到天不早了，赶紧到炕头摸他的棉裤，这才发现那条已经撕了裆的旧棉裤不见了。一个冬天没有洗涮，棉裤裆里浸了尿渍，变得发硬，透出一股浓浓的臊味。娘一件像样的衣裳也没有给他留下，他那身棉裤袄要一直穿到来年四月份换上单衣为止，而就是这样的衣裳现在也不见了。

他正踌躇的时候，门口闪进个人影来，竟是凯儿。望生看到凯儿进来，吓得忙钻到被窝里不敢出声。凯儿见了忍不住咯咯笑起来，上前拧住了他的耳朵，大声说："老爷爷都晒到腚了还睡，快起来！娘给你做了新夹裤夹袄，看穿着合适不？"边说边伸进望生的被窝里暖手，吓得望生拼命地裹着被子杀猪似的号叫。娘在屋外听见了，嗔怪地喊："你就别看望生的笑话了，去园子里给你爹送吃去。"凯儿爽口答应着，还是不放手。看着望生裹着被子像只刺猬似的趴着半天不动，才意犹未尽地抽回手来。

太阳已经高高地爬上东山墙，照得身子发暖。田野里有些混沌，也有些湿润。凯儿手提着篮子，里面除了有一打馏热的煎饼，还有剥好的大葱和一陶罐鸡蛋汤，这在乡下算是最奢侈、最丰盛的早饭了。

"一九二九不出手，三九四九冰上走。"所有这样寒冷的日子都已经熬过去了。

"五九河开，六九雁来。"寓意着春天已经来了。河边的柳树最先感知到春天的气息，发出了稚嫩的小芽。

"七九六十三，路上行人把衣单。"所以娘才为望生做上新的夹裤夹袄。

"九九八十一，家里做饭坡里吃。"娘就是这样反复念叨着，吩咐她把做好的饭搁到竹篮里，上面盖了洗得雪白的笼布。一直到坡里的时候，饭菜仍然热腾腾地冒着香气。

凯儿走过泛着地热的田野，大老远就看见爹在那座灰色的园屋子后面忙碌。娘在收拾饭菜的时候眼神有些游离，神情似乎也不太自然，吞吞吐吐地说："凯儿，到了地里，问问你爹，今儿都到哪里去？"凯儿扑哧一声笑了："爹能去哪儿，爹就在地里干活呗。"娘脸上现出少有的羞涩，这让凯儿感到很新鲜。但她还是不明白娘究竟是咋了。直到看到爹，看到那一桃园含苞待放的桃花，她才猛然顿悟，娘还是想着婚礼的事儿！

“爹，吃早饭啦！”她高声喊着。

爹顶着一头花瓣从树底下钻出来，笑眯眯地望着凯儿。“知道了，先放在地头吧。”凯儿又说：“趁热。”爹回答：“好,你和你娘吃了吗？”凯儿笑起来，爹啥时候这么啰嗦过？回答：“早吃了，再吃就吃晌午饭了。”爹一边铲起猪粪朝着桃树抛去，一边说：“凯儿，你先回去吧。告诉你娘，扎裹（山东方言：打扮）好，过晌午你辰岗舅舅就来接你们。”

凯儿怔在那里，爹就是爹，他答应的事一定会去做。家里过公事的家什都备齐了，开席用的酒水和青菜猪肉都买全了，琳琅满目地晾满后院。更重要的是她和娘的行头也都置办好了，根本没必要担心了。爹早说过让她先陪着娘到辰岗舅舅那里住下，公事那天再去接回来。

凯儿答应了一声就转身朝家里跑，脚不沾地仿佛一只欢忙的兔子。树林里的麻雀和黄鹂鸟儿惊慌失措地四散逃离树枝，它们叽叽喳喳，不知发生了什么事。凯儿望着那些惊慌的鸟儿笑了，感觉自己还不如那些鸟儿沉得住气。她先要告诉娘，在辰岗舅舅到来之前把店里的事安顿好，还得去通知珂儿。珂儿还在家等她的消息，她说过了晌就得去串亲戚。珂儿爹看好镇上的一家远房亲戚的大公子了，要给她提亲。

珂儿说：“我已经答应人家凯儿了,要替她娘当花童。”爹以为珂儿说气话，说道：“你不用瞎掰乱造，凯儿跟你一般年龄了，爹娘还娶啥亲？行行行，要是凯儿家来人请你当花童，我就放你走，不来请，你就跟我去相亲！”

珂儿等得心焦，花童衣裳都选好了，莫会有变？她想溜出去。爹早就看穿了她的把戏，叼着烟袋，坐在大门口的过道里堵着她。珂儿急得像热锅上的蚂蚁，就见凯儿一脚门里一脚门外，高兴地喊：“快，跟俺娘去乌河镇！”

珂儿兴奋得像鸟儿似的一跃而起，扑棱棱地飞出了房门，爹在后面吆喝：“小兔崽子，合起伙来糊弄我，你躲得了初一躲不过十五！”

在李尹氏和凯儿望穿秋水的期待中，陆辰岗和他骑的高头大马始终没有出现。通往乌河镇的大道上这一天倒是热闹，那些时而出现的马车或者是牲口传来的嘶鸣，每一次都触动女人敏感的神经。凯儿和珂儿一会儿激动地跑出去，一会儿又失望地折回来，后来累得坐在井台上懒得起身了。

陆辰岗派来的军车在傍晚时分出现在马车店外，这时候店里刚好来了一拨客人，都不知道发生了啥事。倒是李尹氏不动声色，放下手里的账簿走出门去，站在高高的屋檐下眯起眼细细地打量着从车上下来的人。

卡车上下来的并不是陆辰岗，而是一个和辰岗一样年轻英俊的士兵。他脸上还带着孩子般的稚气，自我介绍叫满开春，是陆团副的部下。他说陆团副本想亲自来接姐姐的，可是军部有一个临时会议。凯儿和珂儿面对这样一位英俊年少的军人有点儿梦游一般任凭娘使唤来使唤去。爹带着一脚泥巴从地里跑了回来，先把李尹氏搀扶上驾驶室，又把凯儿和珂儿抱上踏板，说明早儿就接她们回来。

这是一辆美式卡车，高大威猛。驾驶室宽敞明亮，方向盘、挡杆以及台面无不散发着黑色的光芒和淡淡的油漆味。凯儿还是第一次坐这种卡车，既兴奋又忐忑，她联想到那些新油漆好的家具。相比起辰岗舅舅骑的战马，这辆卡车更有一种野性的力量。

用军车接母女或者说李望彦的店里开来一辆卡车的消息不到一袋烟的工夫就传遍了全村。周大牙和大贵子听了震惊得说不出话来。那天大贵子拿着鸡蛋碰石头，如果不是李家圆成着早让人用马刀给劈了。后来大贵子还想让周保长去县上搬兵，抓李望彦问罪，但周保长权衡了半天最终退缩了。李望彦不是等闲之辈，他那个挎马刀骑洋马的兄弟更是来头不小，别打不着皮狐子惹一腚臊，只要不触及他的利益，他就装作啥也没发生。

李望彦又一次给桃花峪带来了震动，震级不亚于上次怒打大贵子。七奶奶活了一辈子就没见过卡车是啥玩意儿，它吃草还是吃肉。听说卡车停在马车店，邀了几个女人来看，围住车子评头论足。七奶奶大胆地上前摸摸车身，然后嘿嘿地笑着说：“怪不得这玩意儿这么结实，一身的盔甲。”水兽板着脸吓唬她：“七奶奶，你摸它，小心让它咬了手指头！”

伏八爷来晚了啥也没看到，军车早已走了，只留下空气中弥漫着的汽油味。他抽动着鼻子后悔地说道：“嘿，来晚了！”

李望彦冲着伏八爷打了个拱，大声说道：“谢谢父老乡亲们捧场！明天是马车店开业两周年。我已经发了帖子，没有收到的在这里就算是打过招呼了，请都来喝酒！”

水兽听了发话道：“望彦哥，这喝酒凑热闹没问题，要不要凑份子钱？”李望彦道：“水兽兄弟就是不问我也想说，明日大伙儿只要来店里坐就是看得起我李望彦，咋还能收大伙儿的份子钱？相反，人人还有礼送！”

刘长喜高喊道：“难得望彦哥这么仗义，我头一个来！”众人也都跟着笑，齐声附和说：“来，都来！”

大臭子、二臭子还心存疑虑。这兄弟俩，老大木讷，但心眼一点也不少，戳弄着老二说话。老二活翻（山东方言：头脑灵活），凡事爱出头露面。二臭子平时好吃懒做，据说他娘好不容易攒了一坛子鸡蛋，全让他在鸡蛋壳上钻了眼，抽了里面的蛋清和蛋黄去。他大声问：“望彦哥，俺还有一事不明。明明是开店庆典，嫂子是内当家，咋让大车给接走了呢？俺还听说你私下里看好了日子，要再娶回亲拜回堂，有没有这回事？”

李望彦笑而不答，对大伙儿说道：“甭听那些瞎扯！你嫂子是到街上串亲戚去了，明天一早保准回来。”大伙儿显然不满足，围在那里起哄。马家旺瞅着西山顶上的太阳，招呼大伙儿说：“日头都没了颜色，都别在这里瞎磨牙了。你们有事的忙事，没事的帮着扎棚子、盘锅灶！”大伙儿答应一声，争相奔向院子里。

翌日，天蒙蒙亮，李望彦就赶到辰岗那里。宾馆大厅十分亮堂，经理早早指挥着挂上了红灯笼，还按照当地风俗备了热气腾腾的起脚饺子。陆辰岗特意挑选了十几个长得精神的士兵，换上崭新的军装前来护驾。请来的鼓乐班子也早早到了，静候在大厅外面，只等发号施令就锣鼓喧天地闹起来。院子里停了一顶花轿，八个轿夫腰间扎了红腰围，头上打着花结，看上去精神抖擞。

夜儿后晌李尹氏就宿在客房里，这时候早起来了，坐在镜子前梳妆打扮。她先在脸上扑了底粉，又描了眉，再在手心里研磨了些许胭脂红，淡淡地涂在脸上。望着镜子里的自己全没有了当年那份滋润和水灵,分明已经老了许多，也憔悴了许多，即使是红脂白粉也掩饰不住逝去的青春岁月，不禁有些茫然。一场迟来的婚礼又能带来多少弥补？

凯儿和珂儿像两只早起的小鸟儿叽叽喳喳地说个不停，李尹氏突然觉得自己很好笑，咋会挖空心思搞这么一个不伦不类的仪式？事到临头了她才有几分清醒，怎可能凭着一场婚礼平息几十年风雨飘零的现实，忘掉那些悲怆的岁月？怎可能凭一场婚礼让青春卷土重来？

许久李尹氏才磨磨蹭蹭地走出房间，走下楼梯。她没有换装，依然是来时那身斜襟的青布大袄和灯笼棉裤。只是手里多了个红布包袱。

“凯儿她娘，你这是咋了？”李望彦吃惊地望着她，“都到该走的时辰了，咋还是这身打扮？”李尹氏笑笑说：“这身打扮咋了，来的时候俺不就穿的这样嘛！你还不让俺回去了？”李望彦说：“我不是这意思，我是说天也快亮了，就等你上轿了，你却还没换装。”李尹氏镇静自若地说：“我知道你们都为我的事费了心，可是我突然改主意了，穿啥来的还穿啥回去。”

李尹氏的话音不高却震惊全场。凯儿大声质问娘：“为啥呀？爹为这事一个月前就忙里忙外，辰岗舅舅也备车备马，你不能说改就改！”李尹氏平静地说："是啊，你们都为我准备妥当了，可我就是不想办这个婚礼了。凯儿，我们该咋回去就咋回去。娘只是不想穿这身衣裳。"

李尹氏说完，走到院子里对陆辰岗说："辰岗，姐对不住你。帮人帮到底，麻烦你备辆车，牵两匹马，让凯儿她们坐车，我和你哥骑马，算是圆下这个场了！"

陆辰岗只好依着姐的吩咐去做，牵了一红一白两匹马来，让姐骑那匹红的。李尹氏说这马性子烈怕骑不来。陆辰岗惊诧地问："姐，你咋能一眼看出来这匹马烈？"李尹氏笑着说："姐是乱说的。"陆辰岗拍着胸脯道："烈也甭怕,有我给你牵马坠镫,保证你安全。"陆辰岗又担心哥骑不了马。李尹氏笑道："你甭担心他，他骑马的本事不比你小。"于是，陆辰岗扶她上马，说声："姐，坐稳了！"一拍马的臀部，马咴咴地昂起脖子向前蹿去。

一行人走出乌河镇。薄雾渐起，越往外走雾气越浓，不一会儿就把人整个儿吞没了。老马识途，蹄声嘚嘚地朝前走。凯儿和珂儿耷拉着脸不说话，一切都沉浸在无边的白色的寂寞里，两个人后来困倦了，彼此依偎着昏昏睡去。李望彦对陆辰岗说，让开春兄弟把两个孩子送回去，他们另抄小道走。

望着满开春护送的马车钻入雾气里，陆辰岗问："哥，咱们这是要去哪儿？"李望彦笑笑说："我也是好多年没骑马了，趁着你姐高兴，咱们何不绕个道儿，顺着白云山的山脚跑过去。"陆辰岗担心地说："怕姐骑不惯山道，有个摔着磕着的，我担待不起。"李望彦说："不是有你牵马坠镫嘛！你俩骑一匹，我骑一匹。"陆辰岗听了连连摇头，说："不行，今天可是你跟姐大喜的日子，我骑那匹白马，你和姐骑这匹红马。"

上一次骑马的经历已经记不起来了，李望彦抚摸着马儿光滑湿润的鬃毛，感觉那么不真实。而妻子纵容的眼神又是如此真切，他心底里不由得生出某种生疏又熟悉的感觉，豪情万丈地说道："你坐稳，我上马了！"

李望彦手里的缰绳一勒，借助腿脚的力量用力一蹬，飞身上马，没等那马明白过来他已经稳稳地坐在了马背上。

陆辰岗没有想到哥的上马动作竟如此娴熟，吃惊地望着他那略显老态然而依旧矫捷的身影，暗自猜想他沧桑的背后到底隐藏了多少秘密，而跟这对夫妻的邂逅是一种必然还是偶然？从在火车上相遇他就被两人潜露的气质所震撼吸引，他注定会成为他们的兄弟或者亲人。

李尹氏坐在马背上，与丈夫的伟岸相比她娇柔了许多，从容端庄。陆辰岗脑海里立刻想到大树和藤。如果把李望彦比作一棵树，李尹氏则是缠绕的青藤。当他们纠缠在一起的时候，你会觉得天地合一，这大概就是夫妻吧。

陆辰岗不由得对哥姐陡生敬畏，他甚至无心再去探究那属于他们的过去。他乡遇故知，有这样胜似亲人的哥姐，他就心满意足了。

李望彦并没有更多地注意辰岗异样的目光和心底的活动，他完全沉浸于两人的世界里。当他翻身上马的一瞬间，感受到的是妻子与他咫尺相依的温暖，他不由得伸出双臂拥抱住她。妻子充满活力和韧性的身体令他神醉痴迷。他分明从李尹氏的脸颊上看到了一丝泪花。

“你坐好了，我们走！”他俯在她的耳畔低声说。

李尹氏便信赖地向他的怀里倾去，靠得更紧。他抖动缰绳，马儿轻轻地向前蹿去。

当他们骑马走过山地的时候雾气突然散了，晨曦下的白云山突兀而清晰地呈现在眼前。刚刚升起的太阳懒懒地伏在地平线上，薄翼一般的阳光暖暖地照耀着起伏的山峦，仿佛挂了一层水汽。山是黛色的，但分明染了些许金黄，阳光下看上去像长着一层绒毛，特别富有质感。那些初长的嫩草全都以一种嫩黄的姿态挺立着，给人淡淡的春意。而在视线所及之处则显现出一抹粉红，从天边一直涌到脚下。李尹氏兴奋地指着远方叫了一声：“看，桃花！”

映入他们眼帘的的确是春天里最美的景象，几十里的山峦已经完全被一片粉色所笼罩，成了一片鲜花的海洋。尽管李望彦见惯了这一切，但在他跃马驰上高岗的一刹那，仍然被眼前的景象所震撼。

陆辰岗无比兴奋，双腿一夹马鞍子，手抖马鞭朝马的臀部狠狠敲打了几下，刚才那匹看上去还十分温顺的战马便昂首嘶鸣，撒开四蹄朝远方奔去。马蹄声碎，马铃儿叮当，随着马的奔跑陆辰岗的身子几乎兜成一把弯刀。这是一把充满着青春活力的弯刀，是一把有仇有恨、有情有爱的弯刀。他那强壮的身躯一旦委身于这个国家，身体里流淌着的军人精忠报国的热血便沸腾起来。他的脸上闪烁着军人的荣耀、军人的使命，而这种使命感时时刻刻驱使他保持着军人特有的张扬。

他感觉到身体燥热，不由得信手解开风纪扣，抽出腰间的马刀，挥舞着朝前一路狂奔。就在这时，他突然听到一声爆竹般清脆的声响。接着他看到山坡上哥姐骑的枣红色战马前蹄高高腾空而起又匍匐下去，一个人影随之被甩下马背。

当那个春天的早晨陆辰岗策马扬刀驰骋的时候，李望彦和李尹氏则骑马慢悠悠地闲庭信步。“凯儿她爹，你说，我不是在梦里吧？”李尹氏几乎是喃喃耳语。“不是，我们是在现实，朗朗乾坤，大千世界。”李望彦抽动了一下鼻子，吸进来一些香气。“你闻闻，多么浓郁的香气！”李尹氏不由得轻声笑起来，深情地说：“要是一辈子这样骑着马在花海里走下去多好！”李望彦笑道：“咱俩一天到晚骑马在这里转悠，咱们的凯儿咋办，咱们的马车店还开不开？”

不管任何情况，李望彦总是能把心在天空跑马的妻子一下子拉回现实，今天同样如此。说到凯儿，李尹氏的野心一下子收回来了。她惊道：“哎呀，光顾了自己，凯儿也不知道平安到家了没有。”李望彦倒笑了，安慰她道：“把心放到肚子里，有辰岗的勤务兵跟着呢。”

前方出现了一道石堰，石堰旁生长着一棵桃树，树枝上开满了桃花。这是一棵野生的桃树，枝条蓬乱，花蕾特别小，但是艳丽无比。李望彦突然心血来潮要折一枝给妻子，于是他翻身下马朝石堰奔去。

如果说那天李望彦能够预测到会发生后来的事情，他发誓不会去折那枝桃花，更重要的是如果那天他不靠近那道石堰，同样也不会靠近山包后面的一个土堆。原来这个土堆是一座掩体，掩体里突然站出来两个士兵，拉动着枪栓大声吆喝着：“干什么的？站在原地别动！”

李望彦吓了一跳，脚下一滑，正是这一滑，让士兵产生了误解，他手一抖，扣动了扳机，啪！火药的爆裂声在这个宁静的早晨格外清脆。随着子弹呼啸而过，两个士兵快步朝这边跑来，嘴里不停地喊着：“倒了！倒了！”

李望彦倒在地上很快就镇静下来，稍稍活动一下身体，感觉到并没有被打中或者受伤，便一骨碌爬起来。自己磕碰下没关系，他最担心的是妻子，然而她以及坐骑早已无影无踪。

李望彦狂奔几十步远，在草丛里找到了李尹氏。好在她也无大碍，平静地理着头发，对他说：“你快扶我一把，我好像扭伤了腰。”

辰岗也策马奔过来，看两人都没有受伤，这才松了口气。但对于在这荒郊野外有人打黑枪却不能容忍，提起马刀就朝着响枪的地方狂奔过去。

从掩体里钻出的两个人，穿着国军的衣裳，其中一个是上士。陆辰岗怒火中烧，喝道：“你们，站住！”

两个士兵做梦都没想到眼前突然站出位校官来，顿时傻了眼。只见来人右手持枪，左手拎刀，横眉怒目，再仔细打量，是一张陌生的面孔，于是大着胆子问道：“你是干什么的？”

陆辰岗大声道：“我是国军第三十六师独立团中校团副陆辰岗，你们是哪一部的？”上士听了发出一声鸡叫似的冷笑：“三十六师独立团……我咋没听说过？别是小鬼子的探子吧？”

这时候又有两个士兵从背后向他围拢过来。陆辰岗一眼就识破了他们的意图，说时迟那时快，他回转刀背照准一个靠近的士兵手腕砍下去。那个士兵猝不及防，“哎哟”一声，手中的枪应声落地。紧接着陆辰岗把马刀架到了士兵的脖子上。

这一切实在发生得太快了，士兵毫无防备，等一柄明晃晃的开了刃的马刀寒气逼人地架到脖子上时，才知道遇到了对手，急忙求饶道：“长官息怒！长官息怒！”

陆辰岗并没有息怒的意思，而是怒目圆睁地道：“这会儿知道让老子息怒了，刚才你们那股匪气呢？”

士兵斜眼瞅着那把刀，哆嗦着道：“兄弟们也是刚到此地，不懂规矩，还望多多包涵！”

陆辰岗冷笑一声：“不懂规矩？不懂规矩你就随便开枪，差点儿伤了人。”

上士嘴硬地说他这也是执行命令，长官让他在这里站岗值勤。早上雾大，他们以为有人骑马上山是冲卡子，所以才开了枪。陆辰岗抬起腿狠狠朝士兵的裆里顶去，那个士兵立刻双腿夹紧，卷曲起身子，疼得蹲到地上。他拎着士兵的脖领子，命令去见他们的长官。

其他两个士兵搀扶着李尹氏坐上马背。李尹氏腰痛得脸色苍白，李望彦担心陆辰岗惹麻烦，想息事宁人，就上前劝他，走了就算了。但陆辰岗不服气，说国军的队伍鱼龙混杂，有些人打鬼子比兔子逃得还快，可骚扰百姓、鱼肉乡里比土匪还坏。他就要给他们点儿颜色瞧瞧。

通常情况下，部队的调防是要通报的，乌河镇周边出现友军他竟然不知情，这令他生疑。上海“八一三”抗战爆发后，国民政府秘密组织了军事大本营，将全国划分为五个战区。山东被划为第五战区，李宗仁为司令长官，省主席韩复榘被任命为副司令长官兼第三集团军总司令。

最近各种坏消息满天飞，据传不久前日军进攻德州，守城的八五四团奋起抗击，两天内全部壮烈殉国。李宗仁飞临济南开会，要求韩复榘坚决阻挡日军过黄河，韩复榘却强调客观理由，要李宗仁调三十门重炮配套黄河南岸，不然他守不住这黄河。另据准确情报，驻守黄河的是谷良民的步兵旅，总人数五千人，防线却长达四十公里，这无异于大海里撒芝麻盐。上峰已经给陆辰岗透信，他所属的部队不久就要支援这个地区。

上尉连长高占梅三天前带十几个兵来到这里，说是奉命设一个临时收容站，收容那些从前线溃退下来的士兵。夜儿后晌他被地方上请去喝酒，请他的这人自称三乡联保主任。酒喝高了，浑身不舒服，早上起床，他正想泡壶茶解解宿醉，突然听得枪响。还没等他问发生了啥事，就见陆辰岗押着士兵过来了。士兵见了连长急忙喊：“高连长,快来救救我！兄弟们值班,早上雾大,见有人骑马过来，也没看清就开枪，伤了这位长官的姐。”

高连长听说枪伤了人，又一看是比自己军衔高的军人，不敢怠慢，急忙一溜歪斜着从高坡上奔跑下来，打个敬礼，讪笑道：“在下高占梅，五十六军收容站站长，不知长官尊姓大名，从哪儿来，到哪儿去？”

陆辰岗冷眼上下打量他,见他一脸的麻子,长像凶狠,破衣破枪,怀疑地问:“你是五十六军的？”高占梅讪笑道：“这步兵团的地盘，也有冒充的吗？我们旅长听说友军八五四团在德州吃了败仗，特命我在此收容救助打散的弟兄。”然后斜着眼偷偷打量陆辰岗。陆辰岗冷笑道：“你也不用疑神疑鬼，本人是乌河镇独立团的中校团副,姓陆名辰岗。时逢哥哥姐姐大婚,护送他们回桃花峪,没想到半路上被你的手下打了黑枪，伤了我姐。”

高麻子心里一惊，但强装镇定，问：“能有这事？”陆辰岗见他不想认账，不由得冷笑道：“我没事找你麻烦？你看我姐人还在马上坐着呢！”

高麻子顺着他手指的方向，果然看到有位妇女被搀扶着，但想到这可能要承担责任，于是回答道：“我这里是军事禁地，你们到这里来干啥？”一句话呛得陆辰岗说不出话来。

高麻子见对手被压制，更蛮横地说：“也不是说我不认账，兄弟只是觉得，我们在前方打仗，你们却在后方找麻烦，难倒不问心有愧？”

听他这么说，陆辰岗怒火中烧，指着他的鼻尖道：“你们伤了人，不但不赔礼道歉还想拿大帽子压人。如果不是看在谷师长深明大义替抗日弟兄们做善事的份儿上，我今天还真不饶你们！”

高连长也不甘示弱，瞪眼道：“不饶又怎样？你官大一级还想压死人？你们现在可是擅闯军事禁区，又骚扰滋事，我有充分的理由把你仨扣起来！”

说罢他一挥手，手下的人便朝仨人扑过去。陆辰岗见这些人不讲理，眼急手快,乘其不备,一个箭步蹿上去,用手夹住高麻子的脖子,横刀断喝道：“我看你们哪个敢动手？”

高麻子万万没想到陆辰岗来这么一手，刀刃就触在脖子上，冰冷入肉，他忙摆手让手下住手。李望彦看此情景上前劝道：“诸位，有事好商量！”陆辰岗这才松开手，向前一推。

高麻子向前踉跄了几步才站稳，见不占上风，退一步说：“这位长官，今天这事复杂了，你说你们是桃花峪的，我又不是当地人，我咋搞得懂？我只知道山下有个夏庄，夏庄有个刘主任。咱就让他给咱们断断这案子。如果是我的手下有错，我决不护短。可要是判了你们有罪，你就赶紧拿钱找保人！”

陆辰岗见刚放过他，他就不认账，冷笑着说：“你甭强词夺理，我叫你赔点儿钱给姐治伤是便宜了你，如果告到你们师长那里，你这个站长就当到头了！”

李望彦见天色不早，两人又要起争执，便悄悄拽了拽陆辰岗的衣角，说人没大碍就算了。岂料刚才的士兵上前一步拦住去路，蛮横道：“既然撕破了脸皮，你们想走都不成！”

说罢挥挥手，身后的几个士兵立刻冲上来把两人扭住，上士狞笑着说：“我们长官说了，不但要扣人，还要拿钱来赎！”

高麻子见人被控制了，立刻翻脸道：“是啊，我兄弟说得对！我这是军事重地，你们想来就来，想走就走？没那么容易！”陆辰岗怒不可遏，拼命反抗，无奈手被士兵死死地按住，他气恼地埋怨哥：“这帮兵痞根本就没有良心，看你这叫软得啥心！”

话没说完陆辰岗便被上士狠狠地打了一记耳光。李望彦阻止他说：“这位长官，冤家宜解不宜结，咱把丑话说头里，你若再打人，小心下不了台！”高麻子坏笑地说：“我下不了台？是你们下不了台吧！我今天就给你们个台阶下，我让刘主任来认人，他如果说认得你们，你们交钱走人，他如果说不认得你们，我就拿你们当日本奸细论处。”

双方总算达成一致，让夏庄的刘主任来认人。

刘主任叫刘家坤，绰号刘能子，是乌河镇的三乡联保主任，住在夏庄。夏庄坐落于乌龙河下游，是个数百户人家，两千多口子人的大村。

刘家坤这几天很忙。夜儿后晌他陪高麻子到牛嫂的店里喝酒，喝得有些高，一觉睡到大天亮，还想搂着被子过过瘾，听门外有人喊他。到天井里一瞧，是高麻子派来的士兵，说抓了两个不明身份的人，让他去认。刘家坤在脑子里过了一遍筛子，十里八乡没有在乌河镇当团副的，惊得一拍大腿道：“哎呀兄弟，这回你们可逮着大鱼了！”士兵听罢跟打了鸡血似的，兴奋地说道：“这回可得好好敲他们一笔，说不定回家盖房子娶媳妇的钱都有了。”

刘家坤推了洋车子，驮着士兵朝收容站跑。到了山下，远远一瞧，不由得“哎呀”一声，懊恼地说道：“你们扣谁不好，咋就扣了李望彦。”士兵不知深浅，说：“李望彦咋了，只要你发个话，当奸细毙了他也不过分。”刘家坤顾不得解释，赶到近前，下了车子就打招呼：“望彦哥，这可是大水冲了龙王庙，一家人不认一家人了！”

高麻子见刘家坤一来，不跟他打招呼反而冲着另外两人点头哈腰，觉得事有蹊跷，也就收敛了几分，说：“刘主任，你总算到了，我让手下请你来，就是让你鉴别一下这俩人。”刘主任大声笑道：“还鉴别？这望彦哥是我的救命恩人。”李望彦见他们搬来了刘家坤，心里早有了底，对士兵笑道：“你们跟刘主任称兄道弟，我是刘主任的恩人，这案子还要断吗？”

在场的士兵顿时傻了眼，特别是高麻子，更是一脸茫然。刘主任早在路上就听说了事情的来龙去脉，拱手对李望彦道：“望彦哥，看在我的面子上，今们（山东方言：今天）这事就算了，嫂子的腰伤钱我出，晌午我在牛家酒楼请客，给嫂子压惊。”

李望彦见他这么说，摆手道：“算了，今们我的马车店里还有喜宴，乡亲们都在等着，辰岗兄弟正好来送他姐，没想到遇到这种事。咱们后会有期。”刘主任故作惊讶地说：“有喜宴咋不通知兄弟一声，兄弟也去讨杯酒喝。”陆辰岗在一旁阴声怪气地说：“现在知道也不晚啊。”弄得刘家坤一脸尴尬。

事件的解决让陆辰岗感到意外，堂堂的国军中校团副，军刀和德国橹子竟没有压过扛汉阳造的流寇，而望彦哥仅凭几句话就让高麻子乖乖就范。路上陆辰岗想问个究竟，可李望彦始终不发话，倒是姐轻笑道：“辰岗，今们多亏了你，不然还不知道吃啥亏。”陆辰岗哼道：“回去我就带弟兄们过来，看看这个麻子窝搞啥名堂。”

李望彦觉得收容站另有蹊跷，陆辰岗问他看出了啥，李望彦说头天他从这里走，这里还空无一人，咋说设收容站就设了？而且没见到一个被收容的人。再看高连长这十几个人，装备破烂，连番号也没有，只说是步兵旅的人。这步兵旅眼下正在黄河上驻防，怎么会出现在这前不着村后不着店的地方。

经他这一提醒，陆辰岗也觉出了破绽，早传八五四团全团官兵阵亡了，岂有收留残兵这一说？于是道：“哥，你分析得对！回头我向军部发个协查函，查查这到底是些什么人。”

陆辰岗一心想知道望彦哥是怎么认识刘主任的，可李望彦始终不说。他又去问姐，李尹氏笑道：“有空的时候姐告诉你，你哥和刘家坤交情不浅，这里面可有好故事呢。”

有关刘家坤和李望彦的交情李尹氏一直没有机会跟陆辰岗讲，但她不讲并不代表着这其中没有故事，事关刘家坤的隐私。

刘家坤在没有成为联保主任前还是个名不见经传的乡下混混。那年白云山地区的男人们下关外，刘家坤就在行列。关外是当地人对东北的泛称，其实目的地是今天辽宁省的旅顺和大连。那年关内大旱，连一向风调雨顺的白云山也未能幸免。

事情出自周大牙在村口发现一条长虫（山东方言：蛇），与平时见到的长虫明显不同，头上长着道印迹。七奶奶说这是一条水大王，大王上岸，桃花峪不是旱灾就是水患，找伏八爷商量着烧香拜神，用传盘收了送进乌龙河，逢凶化吉。水兽不信，说就是一条普通的长虫，趁着没人的空儿，提起长虫尾巴用手反向一捋，那条水大王全身骨节就散了架，被他缠在腰间带走了。七奶奶闻讯，连说罪过罪过，口吐白沫昏迷了好半天。

果然，第二年春上山上的桃树一夜之间被狂风和冰雹毁了，到了夏季乌龙河干涸，应验了老人的预言。没了收成的庄稼人只能指望外出打工来贴补家用。

夏庄的刘家坤算得上是十里八乡的能人了。他本是招上门的养老女婿，但没几年他就把老丈人养死了，老婆也不知何故跳了井，白白继承了一笔家产。孤单一身的刘家坤没人管，渐渐就成了乡间的痞子，吃喝嫖赌，偷鸡摸狗。那年他去大连淘金，带回来不少白花花的银元和大米，这让村里人眼红，待在家里也是饿死，年轻人都想外出闯一闯，找条活路。

周大牙登门来找李望彦，指天跺地地说水兽惹怒了水大王，这是老天爷报复。其实这是周保长的托词。李家在村里的威望无人可比，越是这样他越心生嫉妒。日子难熬，乡亲们经常上周大牙家去闹。这些年他处心积虑地搜刮民脂民膏，吃喝总是不愁，可是与其躲着藏着的还不如就此把火引到李望彦的身上，让他带着去闯关东。闯好了是他指挥有方，乡亲们感他的恩戴他的德，闯不好李望彦就会身败名裂。

那年冬天，李望彦遇到了空前的困难，几乎每天都有人来蹭饭吃。李尹氏把囤底子都晾出来了，但还是挡不住乡亲们饥饿的眼神。到后来连栏里的仔猪都杀来吃了。李望彦不是不想帮乡亲们，但他清醒地意识到孤掌难鸣，外面也不是桃花源。

灾荒百年不遇，总不能眼睁睁看着人饿死，马家旺也劝他想想法子。李望彦苦笑道："你的心思我明白，可这闯关东是条不归路啊！"马家旺叹口气："我岂有不知？可是，如果咱村里的男人都窝在家里，真就是死路一条。"李尹氏在旁插话说："你难道没看出来，这是周大牙要的手段？"马家旺道："咋看不出来，明明这是周大牙要的手段，可人家这招出的阴损。你接就中招，不接也中招。"

李望彦沉默不语。

白云山突然下了场大雪，早上李望彦开门清扫积雪，看到门外已聚集了百十号乡亲。几位长者押着水兽跪在地上，七奶奶祈求道："李掌柜的，水兽惹怒了水大王，这是惩罚咱们呢。只有你能救大伙儿。咱村里能走会动的都在这里了，你就领着他们闯一条活路吧！"水兽也磕头如捣蒜，祈求道："望彦哥，都是我不懂事，给桃花峪带来了灾难，你就答应下来吧，我水兽是死是活跟着你干。"

李尹氏把丈夫拉回天井关上门，无力地倚在门框上，她的脸上分明流露出内心挣扎的痕迹。过了很久对李望彦说："孩子她爹，这是命！谁让你当年选择了桃花峪。"李望彦沉吟道："想当年桃花峪曾为咱一家遮风避雨，今们咱就得报答！"李望彦重新打开大门,对着期待的乡亲们说："女人劝下我来啦，过两天我就带大伙儿闯关东！"

那年闯关东没有多少戏剧性。李望彦借他山之石铺路架桥,直奔大连码头。山里人干活瓷实，一听说是山东来的壮工都喜欢。那时候刘家坤已经是一个像模像样的包工头了，和东洋人打得火热。李望彦的到来正中他下怀，他大包大揽把他们充实到自己的搬运工队伍中去。

刘家坤克扣了老乡们多少血汗钱没有人追究过，李望彦说滴水之恩应当涌泉相报。刘家坤收留了他们，给他们一口饭吃，就是救命恩人。他有自己的想法，不怕钱挣得少，只要他带的这几十口子人活得好好的，待来年春平安返乡就是福气。

刘家坤并不在乎乡亲们怎么看他，他坚信没钱就是孙子，有钱才是大爷。他常以大爷自居,一口关东腔,还买了一身行头,高脖领子貂皮大衣,虎皮帽子,高筒翻毛皮靴。花钱也开始大手大脚起来，有事没事总爱往烟馆窑子里钻。

那一年辽东半岛格外寒冷，据说小便都要带上根棍子边尿边敲打，防止尿液冻成冰溜溜。刘家坤常去澡堂子里泡澡。那种脱光腚进大池子的大众澡堂子他不去，专门喜欢去有东洋女人的温泉浴池。他说东洋男人和女人洗澡不分家。男人通常在腚沟里吊根白布带子，而女人干脆光腚穿大袄，和服当炕褥子，带子一解就光溜溜的一丝不挂。他还说东洋男人即使跟女人同堂洗澡家伙什儿也跟腌黄瓜似的垂头丧气，他却不一样，他一见那些没穿衣服的东洋女人，家伙什儿就好似战旗。有一天他又竖成了战旗，让几个东洋男人看见了，"巴嘎巴嘎"地喊着扑上来打他。他惊得破窗而逃。

刘家坤无处躲藏，躲到了李望彦的屋里。大伙儿都看李望彦的脸色。李望彦也清楚，只要把人交给东洋人，那么刘家坤就死定了，如果不交全体都会受连累。刘家坤匍匐在脚下，一把鼻涕一把泪地哭诉："望彦哥救我！从前我刘家坤不是人，克扣大伙儿，狗仗人势！可好赖咱们都是乡亲，只要你救了我，你就是我的救命恩人，下辈子我给你当骡子做马！”

李望彦冷笑一声：“刘能子，你这时候才认大伙儿都是乡亲？”东洋人已经追来了，他上前一步，左手拎起他的脖领子，右手一记漂亮的勾拳，刘家坤没有任何反应就像只破口袋似的倒下去。

东洋人冲进屋里，看到没有一丝气息的刘家坤惊得目瞪口呆，冲李望彦吼道：“他污辱了我们大日本的女人，我们要抓他回去算账，你为什么要打死他！”

李望彦双手盘胸，微微冷笑道：“我们中国人向来讲究礼义廉耻，他在外面做了啥我不清楚，可是这人十恶不赦，我们早就想收拾他。”

东洋人将信将疑，用手试着刘家坤的气息。李望彦咄咄逼人：“人已经死了，你们如果不相信就把尸体拖走。我们有个规矩，只要人死，所有的冤孽都一笔勾销了，你们得给他家人一个交代，厚葬他。”

东洋人悻悻地走了。大家以为李望彦真打死了人，都吓得大眼瞪小眼。只见他蹲下身，抱起刘家坤，朝他人中狠狠掐去，刘家坤“哎哟”一声，人就缓了过来，醉眼蒙胧地说：“我没喝酒啊，咋醉得身子腿的都不听使唤了呢？”

众人心里一块石头落了地，都大笑不止。李望彦冷笑道：“你是醉得不轻，连东洋女人也敢惹。”

李望彦出手救人的消息很快在工友中间传开，大伙儿都惊诧他那一拳是如何精准。纸终究包不住火，不久李望彦就带着大伙儿悄悄地离开了大连。那年春天白云山恰好迎来了一场旷日持久的雨水，久旱的禾苗逢了甘霖生长茂盛，满山遍峪都充满了勃勃生机。熬过了饥荒的人们渐渐变得眉头舒展、步履轻盈。而李望彦也愈发在他们的心目中变得高大，他简直成了那个冬天的神话。

后来这事传到了乌河镇，说书人把它改成大鼓书在园子里传唱。有一次刘家坤坐不住了，抓起茶杯扔到台子上，高叫：“一派胡言，瞎编乱唱！”园主说：“咋叫瞎编乱唱？这位爷可是有名有姓，就在桃花峪。”刘家坤梗着脖子说：“我说瞎编就是瞎编，我说乱唱就是乱唱！那人嫖东洋女人是假，抗日是真，诈死是假，吓跑东洋鬼子是真！”园主冷笑道：“你这才是一派胡言！难道你就是那个嫖客，知道得那么详细？”刘家坤面红耳赤答不上话来。

陆辰岗驻防乌河镇的时候梨园里还在到处流传这个故事，不过他并不晓得这段大鼓书说的就是他的恩人。李尹氏自然也不想把这事当作炫耀，她希望一家人过着平静不被打扰的生活。那天陆辰岗问的时候她搪塞过去了，而后来陆辰岗没了机会，他被调防到了黄河北岸。那里离桃花峪百十里的路程，即使打马一个来回也要一整天。

陆辰岗调防之前特意挑选了十几个身手不凡的士兵，手持德国造去搜山，却没见到半个人影。羊倌说那伙人当天黑夜里就跑了，临走还捎带着把牛嫂好一顿日尿，第二天刘家坤提着砍刀满街找人拼命。

陆辰岗听了五味杂陈，这些人穿的是国军制服，打的是国军招牌，简直是给国军丢脸。他发誓如果再遇到这伙人，一定当场枪毙了他们。他一边恨恨地骂着，一边沿着山坡漫步，突然发现这块地势不错。狗日的帮他选了一个好地形，他完全可以派士兵在这里修筑工事，山梁上架几挺机关枪，摆几门山炮，这样鬼子插翅也难飞过去。

陆辰岗回到团部画了一张草图，详细标注了要建的火力群、碉堡位置以及迂回的战壕走势。上峰也非常重视，派作战参谋进行实地勘察。不过陆辰岗没有看到结果，第二天黑夜他奉命带领独立团，改编成加强营渡过黄河，在一处叫水洼子的地方构筑工事，准备阻击日寇。

先遣队到达的早晨，雾气笼罩着黄河两岸，稍稍放晴的时候太阳已经升到了头顶。陆辰岗一眼望见数里之长的滚滚黄河和南岸耸立的一座灰色寺庙的屋顶，那一条横贯天际的大河此刻浪涛不绝，浑浊的河水使人联想起冲锋号吹响时一拨又一拨前仆后继的士兵。而漂浮在河中央的浮桥则仿佛是一只拼死挣扎的蜈蚣，它时而沉浮，时而左右扭曲着身体，似乎要把所有趴在背上的车辆和辎重都甩到河里去。

陆辰岗眼睛不由得一亮，这河这桥到处都是抵御的武器。如果鬼子来了，他就炸掉浮桥，让这滔滔的黄河变成淹灭敌人的战场，而那座寺庙高高地屹立在河岸，斜对着浮桥和防御阵地，上面有一个八角形的亭子，只要设一个瞭望哨就完全可以看清北岸方圆几十里的情况，如此一来，他的防御阵地就等于安上了眼睛。如果再架上一挺马克西姆机枪，就可以居高临下封锁整个河道。

陆辰岗又在村里转了一阵子，发现所有的屋顶都是平的，并且房子都建在高台上。房与房之间形成了数米深的街道，这简直比得过士兵们挖的战壕。

他来了兴致，他完全可以凭着这现场的发挥出奇制胜。他招呼各连、排、班长在春天那个湿润的晌午浩浩荡荡步行穿过浮桥。长长的浮桥晃晃悠悠，悬浮不定。他逆水而立仿佛站在一艘前行的战船上，河水在脚下奔腾，颇有些古风古韵。想当年，赤壁那场惊天动地的冷兵器战争也不过如此。曹操、诸葛亮、周瑜站在长江之水上，面对百万雄兵也不过这般。陆辰岗一向崇尚铁马金戈的豪情壮志，梦里都是古道西风的壮烈、夕阳如血的惨淡，此刻在这座临时浮桥上竟一时得到了全部的印证。感慨如这滚滚东逝水，破风破雾而来。

陆辰岗到达寺庙的时候天已近中午。直线距离看上去并不远，但用步子丈量的时候才感觉到遥远。寺庙用花岗岩石堆砌起来，坚固而且紧凑，简直就是一座中世纪城堡。山门的石阶已经被虔诚求福的脚磨踏得没了棱角，光滑无比。院内的石碑已模糊不清，默默地诉说着岁月的蹉跎。

走进院子，一切都显得那么宁静。厢房里雕梁画栋，但经过烟熏火燎已不再光鲜，昭示着并不遥远的香火繁华，让人陡生凝重。春暖尚寒，一棵丁香花竟然枝叶繁茂。陆辰岗在很多寺院见过这种花，它小小的花奇香无比。

最初他只是想在这里建一个瞭望哨，但待围着寺庙转了一圈后，他决定把指挥部也设在这里。友军的阵地在侧翼的树丛或者沙丘里,这里完全不设防。他早就怀疑黄河固若金汤的说法，数千民夫和数百座坚固碉堡只是上峰的一种造势。虽说把指挥部安在这里有点儿冒险，但还是值得赌一把。

待通讯连把电台和电话架好之后，他吩咐满开春在西厢房安了一张行军床，然后走出寺庙，陪着作战单元的连、排长们实地进行火力配置安排，他完全是在设想巷战的可能性，这让兄弟们情感上有些别扭。仗还没打响，上司就在做最坏的打算了。陆辰岗似乎看穿了他们的想法，用另外一种语言激将道:“我也不想看到巷战，这就要看你们的啦!”战士们齐声回答:“誓把鬼子挡在北岸!”

天近黄昏，大家才各自领了任务回去。陆辰岗带着满开春爬上黄河大堤，在一片柳护林里慢慢走着，让思绪在这纷乱的战争前夕凝聚或沉淀，感受天地所赠予的灵犀。他突然觉得应该把感受告诉姐姐，随后他又对这时候首先想到的不是远逝的亲人而是姐姐感到一丝诧异。

回到寺庙天已经完全黑下来，他摸黑一步步爬向最高处，眺望着高远的星空，突然觉得亲人们并不遥远。他们站在远方的大道上目光如炬。作为军人他有责任保卫他们的平安，即使是粉身碎骨也不能后退半步。

夜色很晚的时候他才铺开纸写信。从学生转换为军人，这么多年了他仍然保持着读书写作的习惯。“烽火连三月，家书抵万金。”这首诗很多人耳熟能详,但真正理解其中含义的又有几人？“青山处处埋忠骨,何须马革裹尸还。”那是诗人的境界，他战死沙场也终究是个孤魂野鬼，他甚至都没有一个可以诉说的主体。然而他毕竟年少华发，壮志凌云。李望彦夫妇恰好填补了他彷徨而孤独的心灵。在他眼里他们既是恩人也是哥姐，是亲人。他在他们面前就像一个可以任性调皮的小弟，可以尽情展现内心稚拙的一面。而在军旅里他必须扮演大口喝酒、大口吃肉、大声骂娘的男人，扮演一个在尸堆和腥风血雨中眼都不眨一下的铁石心肠的军人领袖。

他拧亮了马灯，铺纸研墨，飞笔写了一封家书，大意是军务紧急他已经调防保卫黄河，虽路过桃花峪却不能亲自登门向哥姐辞行。咫尺天涯，一错而过，相信还会有机会去看望云云。在信的最后他还询问了姐的腰伤，婉转地提醒日本人随时可能推进到黄河南岸，他们需做好撤离的准备。然后他又给团座写了一封信，细述兵力部署以及他对战事的预测，字里行间充满悲壮。快天亮的时候他让满开春骑马把信送到白云山下李记马车店。

李望彦被一阵急促的马蹄声惊醒时，窗户纸外还一片漆黑。他起身打开店门，看到门口站着一个满身寒气的士兵。坐骑浑身挂满了汗水。李尹氏听说是从陆辰岗那里来的人，连忙起身。当她看到陆辰岗的家书后眼睛里浸满了泪水。她急忙把满开春让到屋里，但满开春摇摇头说，战事吃紧，得立马走。李望彦沉下脸来坚决不同意，让他先吃点儿热饭再给战马擦个澡。

满开春拗不过，只好点头答应简单吃几口，李尹氏心里才舒服一点儿，亲自下灶做饭。李望彦借这个空提笔复了一封书信：辰岗吾弟，信如期收悉。正是烽火连天，家书万金，我和你姐都倍觉感动。望你在前线奋勇杀敌，并保证平安。我们永远是你及你兄弟们的稳固后援！

这时候望生已用抹布沾着温水把战马擦了一遍，又用细软的抹布擦干，喂上了草料。李望彦把信交给满开春，叮咛道：“回去告诉你们长官，需要啥尽管说。要粮要钱千万别打艮扽（山东方言：犹豫、迟疑），我找乡亲们张罗！”满开春小心翼翼把书信收好，庄严地敬礼，便策马而去。李尹氏望着那一缕绝尘，幽幽地说：“孩她爹，这群孩子都是十几二十几岁的年纪，这要放在爹娘眼前，还都是些娇惯的孩子。可现在却要打仗，如果万一……”

她不忍心说下去。李望彦说：“国难当头，每一个有良心的中国人都会奋勇当先。可惜我老了，不然也一样拿枪上战场！”

接到辰岗书信的那天，李望彦一如既往地到坡里去干活，突然干得心不在焉，想找周大牙一趟把前方的战事通知他，提醒乡亲们有所准备，他还想找马六子爹一趟，商议如何募捐些钱粮给前线的将士。

黄国品最近来丈人家住了。前线战事吃紧，机关都关了门或者干脆打点细软望风而逃。寄居乡下的黄国品打发时间的最好方法是抱着媳妇睡觉，最近却常常走神。黄国品教员出身，舞文弄墨很有一套功底，他自认为把人生看得很透。

周大牙的女儿小乔长得并不出众，但人白白胖胖的还算可爱。而黄国品黑不溜秋又瘦又干，戴着副金丝眼镜，跟马戏团里的金丝猴似的。大家都不看好这段婚姻，周大牙却独具慧眼，认为他选定的女婿一定能飞黄腾达。黄国品老家里原有一房女人，但因为他多年不曾回家，这门亲事名存实亡。他实在不想再在婚姻上大操大办，结婚的事便全由周大牙出资。新房就安在周大牙家。婚后，俩人也恩爱了一阵。但随着女婿身份和地位发生变化，两口子的关系就起了变化。特别是小乔搬到县城居住以后，回家就哭鼻子抹泪诉说丈夫如何冷落她，一副幽幽怨妇的样子。

黄国品寄人篱下无所事事，夫妻生活频繁起来，不但小乔高兴，娘家人也心满意足了。

周大牙缺觉，眼皮肿得跟让蚊子叮了似的，硬着头皮开了门迎接李望彦。周大牙特意沏了一壶茶，俩人坐在太师椅上边喝边聊。这年头能让周大牙沏茶招待的还寥寥无几。李望彦说："咱们开门见山。夜儿我兄弟从前线来了一封信，说是战事吃紧，鬼子随时都可能打过黄河。"

周大牙一副吃惊的样子："有这么紧急？前两天我姑爷还说咱们前线固若金汤。"李望彦摇头道："固若金汤不敢说。你是保长，一村人的性命都担在你的身上，所以我才来跟你打个招呼。早做准备才是上策！"周大牙敷衍地笑道："李兄提醒得是，身为保长，毕竟也是吃着政府的俸禄，端着政府的饭碗，这事还要听上峰的安排，所以……"

他沉吟了一下，故作为难地冲着李望彦咧咧嘴。李望彦看出来他这是有意摆谱，不禁苦笑，本来也不指望从他那儿获得啥，他只是觉得保长是一村里的主事人，保长下面有甲长，甲长下面有户长，户长下面有百姓，凡事有个程序。当初他也投了票的，选了这样窝囊的人，现在说啥也晚了。他站起身冷笑道："周保长，话我搁在这里，你掂量着办吧！"说完起身要走。

李望彦一大早上门来找他谈战事，周大牙心里很是不悦，觉得他咸吃萝卜淡操心。往大处说这战事有国民政府和蒋委员长考虑，往小处说有联保主任和保甲长托着，哪用得着你一介草民瞎操心？可是调个腚来想，自己做了两年保长了，至今连个县长的面都没见着，人家那些大人物腚撅得大高高，会无缘无故地替老百姓着想？有一回他跟着刘能子面见县党部孙特派员，人家指着挂图让他找桃花峪，他瞅了半天愣是没找见，后来还是刘能子眼尖，发现挺大个桃花峪正好被苍蝇屎遮住了。

周大牙见李望彦搁下话就走，反而觉得他没有九成把握不会上门。鬼子大半个中国都占了，打过黄河还不是轻而易举？倒不如就此听听他说法，看他有啥破解的好主意。他立马上前拽住他的衣摆，换了一副真诚的笑脸说道："望彦哥，咋能说走就走，小弟正想进一步听你指点迷津。我女婿也在家，不妨你们爷们坐下来深入聊聊。"

女婿待在丈人爷家里住，乏陈无趣，撅着腚一觉睡到大天亮，还在迷糊中，老丈人的公鸭嗓子在窗户底下响开了："国品贤婿，起来了没？李望彦来找你，有事商议。"

足足过去了一袋烟的工夫黄国品才过来，似乎有意梳洗打扮了一番。他布履长衫，仿佛一个教书先生，文人气质十足，但金丝眼镜后面那双阴郁的眼睛又暴露出他绝非等闲之辈。李望彦只是在街上偶遇过他，客套地打过招呼，还真没有认真说过话办过事。

茶已经凉了，换了壶热水，三个人便坐下来边喝边聊。黄国品虽说也没跟李望彦打过交道，但对李望彦并不陌生，上回大贵子到李望彦家闹事，灰头土脸地下不来台，曾来找周大牙，请他到刘能子那里搬兵。周大牙一瞪眼道："搬啥救兵？我女婿胸中自有百万兵！"黄国品思量着说："我才来桃花峪几天，不摸情况。利弊权衡完全由你做主。"

周大牙哼起来。李望彦是何许人也？当年他赶着马车走进桃花峪，自己就是见证人之一，从看到他第一眼，周大牙就感觉到这个男人不同寻常。他低调谦虚的外表下是坚毅果敢，是睿智城府，后来这些都得到了印证。周大牙防他、挤对他但都无济于事，李望彦不但毫发未损甚至还步步为营。村里集资他总是拿他当冤大头，逢年过节村里玩玩意儿，钱也是从他的钱柜上支取，李望彦从来没有抱怨过。那年冬天自己煽动村民闯关东，其实是想看他的热闹，往歹毒处说就是想置李望彦于死地，他竟然化险为夷。如今的李望彦已声名鹊起，他人脉广博，想撼动他几乎不可能。

女婿是周大牙的一个宝也是一根救命稻草，山里人家找了个城里的乘龙快婿，跟秀才中了皇榜一样金贵。黄国品当年随军北伐来到这里，娶妻生子，从此也就断了回家的念头。戎马倥偬的生活让黄国品厌倦，他投奔当初一块参加军训班的师哥霍金龙。那时霍已升任县警备大队的大队长，游说黄国品当他的副手，但黄国品坚决不从，宁愿去教书。

书教得好不好无法定论，但黄国品很快借调县教育科，并荣升为副科长。他之所以看中周家的小乔，是因为她长得跟老家媳妇差不多。黄国品的得意与失意尽显露在婚姻上。他的才智也没能在这个变化无常的年代里得到最好的发挥，心灰意懒，所以才选择住到老丈人家，图个东山再起。不管他多么瞧不起这个老丈人，但人在屋檐下岂能不低头。

李望彦的不期而至让黄国品感觉到一种震撼，他举手投足间都透射出智慧和大家风范，让人肃然起敬，想不到这穷山僻壤的地方还深藏着如此高人。

两人交换了对时局的看法。李望彦认为日本人侵占东北蓄谋已久，自从民国初年他们派遣垦荒团到东北，就昭示着对我中华民族的侵略和渗透已经开始。九一八事变和北平卢沟桥事变只是这种侵略行径的升级，中国军队没有进行有效的抵抗，这缘于国人麻痹和对时局的错误判断，没有认真进行战争准备，所以才不战而退。黄国品则认为中国军力弱势才是根本所在，现有军队配置中只有中央军配备了较好的武器装备，而杂牌军和地方武装配备差。中央军和地方军各自为战，形成现在这样一盘散沙。

李望彦点头道："你说得有道理！各自为战、利字当头是当前战事失利的根本所在。蒋委员长不是不想靠军队抵挡进攻，而是他手中没有王牌。"

黄国品肯首道："正是！整个中国已经成为一只任人宰割的绵羊，这日本人就是一只风头正劲的老虎，怕是吞噬掉中国也填不满胃口，我们离当亡国奴的日子已经不远了！"

黄国品说到这里，脸上现出悲怆的神情。李望彦想起了远在前线的陆辰岗以及他的热血来信，微笑道："情况也许没有黄先生说得这么悲观，不少热血中国人正在进行殊死抵抗，我的兄弟陆辰岗就是其中之一。夜儿他专程派人送来家书一封，誓言保卫国家，不让鬼子越过黄河半步！"

黄国品看不出是感动还是鄙视，举杯齐眉，一饮而尽道："勇气可嘉！可是战场不是赌场，靠的是实力。士兵的大刀片子和土枪鸟炮难以对付日本人的飞机大炮。"

李望彦不甘心地说："我还是觉得有一搏！日本倭寇是侵略者，他们所到之处烧杀抢掠，这本身就缺乏正义。中国人保家卫国，同仇敌忾。还有，我们可凭黄河天险，同小日本决一死战！"

黄国品已经没了谈话的兴趣，倚靠在太师椅上，闭上眼睛，喃喃而语道："但愿如此！"

李望彦本是来谈如何坚壁清野的，却跟他讨论了大半天时局，全是无用功。想旧话重提，突然觉得跟他爷俩谈话简直就是对牛弹琴，决定及早退场。周大牙见李望彦要走也没诚心留，再留就得管饭了。他对俩人说的话一知半解，不过对姑爷今天的表现还是挺中意，感觉有些华山论剑般的精彩，于是追着李望彦的背影说他姑爷还要在家里住些日子，聊得挺投机，今后常来。

出了周大牙的大门，李望彦径直去找马六子爹。刚拐进胡同，就见个半大小子拱着洋车子迎面过来，蛮热情地叫了一声叔。李望彦定眼一瞧，是马家小六子，穿着中山装，人五人六的样子，便问道：“德昌，这是去哪儿？”马六子的大名叫马德昌，但村里人很少知道。马六子听李望彦叫他大名，满脸感动，正襟地回答：“回镇上去。”再问，人已经翩上腿一溜烟地骑车跑了。

马家旺摊子上没活儿，靠着墙根打盹儿，上眼皮刚碰下眼皮便被李望彦叫醒，强支着眼皮说：“看来今们就没有睡觉的命，傍头晌（山东方言：上午，接近中午）六子回来了，说是有急事。我看他又抹雪花膏又搓擦手油，心想没准是会哪个妮子去。”李望彦呵呵笑道：“孩子大了，到了谈情说爱的时候了。你年轻的时候还不一个德行。”马家旺摇头说：“那可不一样，咱们那时候可都是父母之命、媒妁之言，哪有自己找媳妇的。”李望彦哈哈大笑：“都啥年代了，现在都兴这个。”马家旺嘟囔着说：“我也不是反对他自己找媳妇，我是觉得他这阵子回家多，怕是喜欢上改子了。”

说到改子马家旺闷起声来，村里流传着不少大贵子和马寡妇的风流韵事。孩子之间的事没法定性，但如果有朝一日两家人结了亲，乡亲们的唾沫星子也会淹死人。

改子早早起来躲在房间里照镜梳妆。坡里剢了蜀黍（山东方言：高粱的一种，黏米），掰了棒子（山东方言：玉米），就要种过冬的麦子，马寡妇觉得手头紧，还没有麦种钱，便指使改子到镇上的干娘孙渔儿家，把一夏天织的布料送去换些零用钱回来。往年马寡妇总是亲自去，换支一些零用钱来维持家用。这女人说是改子的干娘，其实就是马寡妇生意场上认识的，转着弯儿跟人家套近乎，认了干姐妹。

娘把布都搬到车上，但改子磨蹭着不出门。马寡妇有点儿急，嘴不饶人地骂道：“死妮子，日头都晒到后腚了还赖在炕上生蛆！”

改子听娘催，急忙跑到天井里。娘的眼比谁都贼，一眼就看出闺女跟平日打扮得不一样，提高了声音骂道：“这是让你去送货，又不是让你去相亲，把头梳得跟狗舔似的干啥？”改子听娘这么骂她，就拉下个脸儿，没好气地说：“去送货就该埋汰啊？你见谁家十七八的大闺女还跟俺似的，穿没有好穿，用没有好用，梳个头你也看着不顺眼。要是你觉着这样子难看，自己赶车去镇上，我还不想去呢。”

说罢扭头跑回屋子里。她这一顿嚷，马寡妇立马没了脾气，只是嘴上还犟着说：“看你这是长大了，敢和娘顶嘴了。”跑到闺女屋里又哄又拉，吩咐她送了货顺便买些零嘴回来，改子这才噘着嘴上了路。

改子盼着去镇上是因为马六子，自打那天与他邂逅，改子就有点儿神不守舍。有事没事总爱在道边上转悠，打草的时候宁愿多跑道也要从前街上走。六子表面上憨厚其实骨子里也是情种，他早已从改子的眼神和肢体上读出了故事。把持不住，三天两头往村里跑。

那天后晌马家旺打南街走，老远见月明（山东方言：月亮）底下蹲着个黑物，还以为是马虎（山东方言：狼），走近一瞧原来是六子正在那里沉闷地抽烟。爹轻脚走近，拐弯抹角地说："六子，这阵子天天往回跑，公家的事不忙？"六子急忙掐灭了烟站起来，心不在焉地回答："谁说不忙，鬼子快打到家门口了，家家都准备着撤退，能不忙？"爹狐疑地道："这就怪了！既然公家的事这么忙，你咋反而回家勤快了呢？还在这寡妇门前头蹲茅坑，就不怕人家说闲话？"见爹的眼神带着钩子，六子怕内心那点儿花花肠子让爹给勾出来，不耐烦地道："爹，你管好自己的事就行了，我可是镇政府的助理员，你还啥事也问。"马家旺明白这小子心里到底是想的啥事了，骂道："呸，你小子少拿公事压我。我是你爹，你一撅腚我就知道你想拉啥屎！"

好几回在马寡妇门前转悠到深更半夜，六子企盼的是能见上改子。可改子沉得住气，总不见她从大门缝里露出头来。每次都是六子等得不耐烦想走的时候那座黑暗里的门才恰到好处地响动起来，改子毛茸茸的脑袋出现了，站在黑影里东瞅西望。仿佛六子是个影子，她看也不看一眼。这时候马寡妇的声音总会隔着院墙传过来："改子，黑灯瞎火的，你又出去干啥？"或者干脆骂她："死妮子，深更半夜了，到大街上招鬼啊！"改子总是镇定自若地找出一些理由，用猫上墙了、狗打架了之类的话敷衍过去。六子鼓足勇气想和她打招呼，但每次听到马寡妇那猫头鹰般的嗓门，他所有的胆量和勇气都消失殆尽了，眼睁睁地看着改子溜走。

这天后晌六子准备做最后一次尝试。前线战事吃紧，镇机关要后撤。他说要跟爹告别，请了假回家。吃饭的时候他细嚼慢咽，想叮嘱爹关好门、吃好饭、照顾好身体之类，但话到了嘴边又咽回去了，只是含糊地说："爹，往后我可能回家少了，你一个人要好好过……"

马家旺望着儿子目光里透出来的担忧，知道这回儿子是动了真感情，忙夺过碗给他盛了满满一碗饭，又递过一根麻花，说："六子，往后不管走到哪里，都记着你有个家。"

马六子迟疑了一下，把那根麻花扔回到爹的碗里，故意打个饱嗝站起来走到门口，然后回过头来以少有的柔情说道："爹，以后不管遇到啥情况，你都不要提有我这么一个儿子。他们实在要问，就说咱爷俩早就断了关系。不然鬼子来了会受连累。”

马六子出了门，眼窝子里竟有两点亮晶晶的东西。他站起来深吸一口气，然后慢腾腾地朝南街走去。那天黑夜满月当空，半明半暗的街道上没有一个人影，连狗都懒得在这样寂静的山村狂吠了，只有斑驳的石墙潜伏在清冷的夜色里。在这样的黑夜里能等到改子简直就是痴心妄想，所以他在墙下徘徊了片刻决心走开，这时候却突然听得半空里有人小声说话：“唉，真没出息，十天半月的你都过来了，就差这么一小会儿？”

马六子心头一震，想辨清这声音来自何处，可是马寡妇家的大门紧闭。改子的声音又响起来，掺杂着一丝得意：“到处看啥哪，俺在你头顶上呢！俺每天都在这里监视你。真笨，你都从来没有看到俺！”

马六子抬头看，果然墙上露出改子的脑袋，月明下仿佛一只爬在墙头上的毛茸茸的葫芦。马六子心里一下子敞亮了许多，原来改子每天搬个梯子站在这儿偷偷观察自己，怪就怪自己粗心没有看出来，于是说：“改子，俺今后晌就回镇上了，说不定今后不再回来了，所以来跟你道个别。”

改子说：“不过就是去乌河镇上，值得你深更半夜的来这里推磨？俺明天也去呢。”

马六子一时不知道咋跟这个女孩子说，只是直勾勾地抬头望着她，希望把这个后晌（山东方言：黑夜）的一切记在脑子里。改子被看得不好意思，急急地说：“俺娘的屋里还亮着灯，让她看见明天就去不成镇上了。赶明儿你到丝市街上等我，我就是给干娘送布料，一天都有空。”说罢，一缩身子不见了人影。

第二天，改子卸下布料站在丝市街的石坊前面等马六子，她也没有想好这一天该干啥。她只是想让马六子陪她好生逛逛街，她甚至没有细想跟六子是啥关系。改子的世界非常简单，她喜欢快乐，喜欢逛街，喜欢穿漂亮的衣裳，甚至喜欢跟一把联子比身高发育。在改子的眼里，乌河镇就是天堂，她做梦都想嫁到这里。这里不但有她喜欢的丝绒绸缎，还有她喜欢的戏园影楼，走到哪里都是人声鼎沸、热闹非凡。那些达官贵人、贵妇小姐攀比着花钱打扮，吃香的喝辣的。这一切的一切都启蒙和诱惑着这个懵懂的少女，鼓动着她躁动的心。她成年累月地生活在桃花峪那个闭塞的小山村里，每次到镇上只是走马观花的看客，这种巨大的落差更加激励她想拥有和得到这一切。她一次次带着向往而来，一次次带着憧憬和遗憾而归，所有的美好事物都只是浮光掠影或者说是南柯一梦,这让她倍感煎熬。马六子的出现无疑是一线曙光，她简单地认为马六子就是她梦想世界的一员，他会带她走进乌河镇。

马六子那天却很忙，上峰让他监工一批物资到前线，这正好给他提供了一个到各处转转的机会，所以他准时地出现在改子的面前。

马六子骑着洋车，身穿藏蓝色的风衣，头戴黑色的礼帽，看上去十分精神。相比之下，改子黑灯芯绒夹裤，花帮平口布鞋，红色碎花的斜襟夹袄，显得土里土气。不过在马六子看来，改子的打扮恰如其分地凸显出她的俏丽。他惊喜地说："说来你还真来了，今们有啥安排？"改子抿嘴笑道："今们的安排就是你陪我逛街。"马六子拍着胸脯说："这还不好办？别的不敢吹，要说是逛乌河镇我闭着眼也能带你到想去的地处。"改子不服气地说："也不一定。"马六子肯定地说："一定！"改子就爽快地笑道："那就试试吧，我说去哪儿你就去哪儿。"

说罢她搂住他的腰轻盈地跳上后座。马六子没料到改子如此大方，特别是当她双臂藤蔓似的缠在腰端的时候，他简直神魂颠倒，洋车蹬得像头撒欢的驴。

当马六子载着改子满街撒欢的时候，李望彦则和马家旺刚好爬上西边的山梁。

李望彦找马家旺是商量坚壁清野的事，他俩准备到回马岭去。岭上有一处山崖，崖下藏着一处溶洞。这个洞名叫养参洞，洞口只容纳一个体型瘦小的人过去，但里面却有场院那么宽敞，是藏人的好地方。据说闹义和团的时候洞里曾经藏过全村的人，后来因为发洪水洞顶塌陷，洞口找不着了，人们也就渐渐忘了它了。头年李望彦约着马家旺在山上刨了好几个月才找到它，然后又悄悄掩藏起来以备需用。

毕竟年龄不饶人，当两人再次爬上这片山的时候已经累得气喘吁吁了。马家旺说："这么深的地处，就是野兽也攀不上来。"李望彦说："我们拿这个洞做点儿文章。"马家旺叹息说："洞虽好，可能藏多少人马？"李望彦说："躲人肯定不好使。躲这么个小洞里，吃喝拉撒睡，让鬼子堵了洞口，谁也跑不了。"马家旺泄气地说："那我们牛劲八力（山东方言：费尽力气）地找这个洞有啥用？"李望彦说："当然有用，人藏不住可以藏粮食，人多藏不住少可以藏住。"

马家旺坐在洞口外的一块大青石上，敞开怀，就着山口的凉风说夜儿后晌六子回来过了，别看这小子这几年跟着公家人学了不少坏毛病，但他眼睛还是不会撒谎。他眼神告诉自己该做啥准备了。

说到马家六子，李望彦想起了跟改子的那些传言，说："你家小子最近是挺精神！”马家旺叹口气：“望彦哥，不瞒你，我正对这事头痛呢，你咋看？”李望彦道：“孩子的事不定性，跟玩过家家似的。”马家旺没答话，而是看着远山说：“改子这闺女我是看着长大的，可我咋就觉得她是祸水呢？”

祸水的说法有些过分，但足以说明马家旺对俩人交往的担忧。马六子可不知晓他爹的担忧，他用洋车载着改子，穿行于乌河镇的大街小巷里，青砖石路，马六子把车铃铛按得叮当作响。车轮如风，骇得改子紧紧地抓住六子的后腰带，后来干脆紧紧地搂住他的腰，把脸贴到他的脊梁上，这让马六子气力大增。改子想吃棉花糖，马六子偏买了甜丝丝的格瓦丝汽水，还给她买了只冰冰凉的冰棍，改子已经完全被马六子征服了。而马六子的心情也空前大好，兴奋得像头驴，左拐右拐把车骑得飞快。

太阳过了头顶，改子已经玩累了，脸蛋通红，脖子处的衣襟也解开了，露出一抹红。马六子无意地瞥了一眼便按捺不住，忍不住要看个究竟，这种顽固的念头让他颇为自责。

改子肚子饿得咕咕叫，于是他带她到一个带客房的小酒馆去，要了俩菜和一瓶洋酒。改子从没喝过这种洋酒，红红甜甜得跟山上的托盘（山东方言：一种野果、野草莓）汁一个颜色，她浅尝了几口，觉得不但不会醉还挺提精神，便大了胆子跟六子较起劲来。等她就着马六子的阴谋喝完整瓶红酒后早已不胜酒力瘫软在马六子的怀里。

马六子叫店掌柜的开了一间房把改子搀扶到炕上，做贼似的解开改子的衣扣，才看清她胸前戴的是一只绣着鸳鸯戏水的红肚兜。

改子醒来的时候太阳已经西斜，一切都很模糊和惬意。她倦怠地站在天井里，对着夕阳伸了伸懒腰，然后扭头定定地望着惴惴不安的马六子。马六子像偷了东西的贼一般诚惶诚恐，那样子让她很开心。就在这时她听到一种异样的声音，由远而近地响彻耳际，她好奇地仰脸朝天空张望，看到一只大鸟飞过头顶。“六子，你看，那么大一只鸟！”她指着天空喊。马六子却脸色陡变：“改子，你赶紧回去。那不是大鸟，那是鬼子的飞机！”

改子听了打了个冷战，所有的惬意刹那间都溜走了。她手搭凉棚向天空眺望，看到阳光照射在机身上，涂着的红白膏药旗也清楚可辨。这是她第一次见到飞机，它的吼声使她想到了牲口发情时的哞叫，她想问问马六子飞机用啥飞上天的时候，却早见他骑车狂奔而去。

鬼子来了！鬼子的飞机在阵地上空转了一圈就飞走了，然后又飞回来，这跟出现在乌河镇上空的飞机如出一辙。陆辰岗命令士兵们隐蔽好，不让敌机看出一丝破绽。其实独立团这些天能做的就是修筑工事，在交通沟和战壕上搭上门板，盖上沙土，既当伪装又可遮风挡雨。

连续数天无战事，士兵们都患上了焦虑症，而早晨出现的敌机让士兵们松懈的神经一下子紧绷了起来，他们这才恍然意识到战争已迫在眉睫。

陆辰岗让满开春火速传达他的命令，除非鬼子到了跟前，否则任何人都不准开枪。他则爬上庙顶，手持望远镜观察前沿的动静。他看到满开春已经跨过浮桥，正朝着北岸快速移动。他无声地咧咧嘴，他训练的士兵总是一流的。

那架飞机依然在上空盘旋，时而飞得很高，时而翅膀擦着树梢，气流拍打着树身仿佛平地刮起一股旋风。这是鬼子的侦察机，从飞行高度和悠然自得的飞行姿势看他们根本没有发现任何情况。倒是浮桥上的逃难人群和车辆惊慌失措，有人甚至掉进了水里。陆辰岗想象得出此刻鬼子飞行员一定扬扬得意。他飞翔在天空中犹如一只老鹰，而地上的人们仿佛是唾手可得的兔子或鸡。如果由着性子，他早端起枪扫射这狗日的了，但现在不行，他的任务就是潜伏，给鬼子突然而致命一击。

他派人给总指挥部送去一封十万火急的鸡毛信，他本可以用电台联络的，但他意在用这种看似古老的形式表达他对战事紧迫的担忧，没想到的是上峰保持了沉默，这也就意味着他只是一枚被抛过界河的棋子，生死由命了。

敌机在空中转了一阵子，爬高并向地面投放传单，然后飞走了。花花绿绿的纸片布满了天空，在阳光下闪着五颜六色的颜色。浮桥上又恢复了平静，辎重和车辆晃晃悠悠地开上浮桥，逃难的人们携家带口地挤上浮桥。浮桥吃水越来越深，不断传来巡视人员的大声训斥，所有这一切都构成了无法驱散的战争阴云，构成了一幅众生受难图，压得陆辰岗喘不过气来。

陆辰岗想趁着天气好再在回水滩头沉降一些石头并打上树桩，以防备鬼子乘船从这里渡河。刚下了梯子听到前院传来一阵爽朗的笑声，李望彦一脚门里一脚门外进来，大声道："辰岗，你让我好找！"

陆辰岗做梦也没有想到望彦哥会找到前线来，喜出望外，忙问："哥，你咋来了？"李望彦说："又不是隔了十万八千里，我咋不能来？"说罢就拉着陆辰岗来到大街上。

原来他是给队伍送慰问品来了，大街上停着辆胶皮轱辘大车，马家旺和望生正往下卸货物，有猪肉、白面和青菜。马家旺说这都是望彦哥和嫂子的主意，望彦哥杀了栏里的两头肥猪。陆辰岗高兴得跟孩子似的，可也充满歉意，大战当前他正愁着没啥好吃的犒劳士兵。司务长一大早就下村收猪去了，没想到哥却解了燃眉之急。

卸车的空，陆辰岗带着哥到前沿看了看，李望彦爬上高高的堰坝朝着河对岸眺望。他目光充满忧郁，似乎想看穿那些混沌后面日本鬼子是怎样杀人放火、无恶不作。陆辰岗递过望远镜，李望彦想都没想便接了过去，娴熟地调动着坐标和焦距，这让陆辰岗十分吃惊。李望彦似乎感觉到了陆辰岗的异样目光，把望远镜交还给他，淡然地说："以前用过这玩意儿。"

从堰坝上回来，陆辰岗执意要留李望彦吃饭，李望彦坚决不从，说把真实情况都摸到了，得早回去通知乡亲们做好准备。他的担心不无道理，白云山多年太平，就连闹洋毛子这地处都没有殃及。老百姓既无防人之心又无御敌之策，肯定要吃亏。走是最简单的办法，可是乡亲们有勇气撇家舍业，背井离乡？恐怕他们做不到，他也做不到。

第二天，李望彦邀马家旺到店里坐，两人炒了两个小菜便喝开了小酒。

马家旺醉眼蒙胧，他大半辈子都这么混沌地活过来了，的确没想过今后日子该咋过。鬼子要来了，选择躲是最现实的，可他实在离不开祖上留下的土地。庄稼人离开了这些还咋活？马家旺打从娘肚子里钻出来就掉在这片山旮旯里，从没有见过外面的世界。孩他娘早早地就长眠地下了，每当他站到老婆长满荒草的坟前，就深切地感觉到老婆那温柔目光深情地抚摸着他；即使是孤独至今，每日吃糠咽菜都感到踏实。而现实偏偏让他在走与留之间做残酷的选择，他仿佛掉进了冰窟窿里，濒死挣扎着说："这个……我还真没想过，你说说看？"

李望彦独自喝着闷酒。锡壶里的酒凉了，他小心翼翼地倒出一盅酒，从洋火盒里掏出两根洋火棒，十字型架到上面，然后掏出洋火划着，就着蓝蓝的火苗耐心地烫起酒来。马家旺越急他越沉得住气。

马家旺一把夺过酒壶，生气地说道："我可是把你当作主心骨才问。我琢磨着你早已有了主意，不妨说给兄弟听听。"李望彦脸上现出一丝捉摸不定的笑容。马家旺急头赖脸（山东方言：很急的样子）地说："咱这就桃园结义。从此你是哥我是弟，你的话就是圣旨！"李望着彦大声笑起来，说道："主意我是有，不过同意不同意得你掂量。庄户人家离了家就似连根拔起的蓬蒿，被大风刮着满地跑,这种不靠边不靠岸的事咱们不能干。咱们就守着这桃花峪，水来土掩，兵来将挡，我就不相信鬼子能占了咱的家园！"

马家旺乐得一拍大腿："哥哥的话说到俺心坎里去了！咱就守着这家，哪里也不去！"李望彦说："我看周兴财不靠谱，包括他那个女婿。今后村上的事咱俩商量着办！"马家旺听了笑道："要不咋说咱俩就对眼呢！就他那个女婿，我也看不顺眼。"李望彦刚想要说什么，只见改子蹭进门来。

改子去乌河镇，虽说事先并没张扬，但还是惊动了一个人，这个人就是水兽。那天早晨他到河里起网，看到改子赶着马车过来，急忙潜到水里看改子去干啥。尽管河水冰凉但他仍感到身体烫得跟烧红的火块一样，一着水似乎能哧哧地冒白气。改子走后他一整天都泡在水里，直到黄昏看到她倦怠地赶着车回来。

虽然隔得很远，但他敏锐地嗅到了改子身上混合了男人的气息。他像鲤鱼一样腾空而起，跃到岸上，挡住了去路，怒气冲冲地问："改子，你告诉我，这一天都去了哪里？"改子见水兽浑身淌水赤条条站在面前，两腮羞得通红，冷笑道："姑奶奶去哪儿也用得着告诉你！"水兽哼道："你不告诉我也行，那你今们就休想从这儿过去！"改子挺了挺胸脯，哼了一声说："不过就不过，有本事你在这儿站一天！"说罢，抽打着牲口朝马车店而去。

改子平时憷头跟长辈们打照面，特别是马家旺见面总吊着个驴脸。大贵子因为望生的事跟李望彦结下了怨，不让马寡妇母女来串门，所以改子进门，两个人都颇为意外。好在李尹氏热情地招呼她进来。改子低着头，局促不安地说："叔，婶，俺不打扰你们，就是水兽在那里挡着道，俺在店里躲一会儿。"

李尹氏问水兽好好的挡啥道，改子红着脸不说话。锣鼓听音，听话听声，马家旺从改子的话里听出了弦外之音，水兽挡道肯定与自家六子有关，借着酒劲腾地站起来朝大道上走。

来到河边果然见水兽一丝不挂地站在道中间，来往的女人们都远远地躲着。马家旺大声喊："水兽，你个大男人家，光天化日地挡着个道，不嫌寒碜啊！"水兽摆摆手："马叔，没你的事，我在这里等人。"马家旺说："你等谁我不管，可你就这么光腚拉哧地（山东方言：语气词，补充、增加语气），小心我让六子绑你去见官！"水兽冷笑道："你要不说俺还不想提呢，你问问改子，她今们去哪儿了？就是去见你家六子了！"

提到六子正应了刚才的担忧。马家旺身上的酒劲也小了，缓了口气说："你咋知道改子去镇上就肯定是见俺家六子？"这句话竟一下把水兽问住了，支吾着说："我是水兽，鼻子尖，我闻出来的。"

李望彦后脚赶到，正颜道："水兽，男爷们说话办事都要有分寸，讲道理。你光腚拉哧地撵人家，让改子今后咋见人？"水兽委屈地歪了歪头。在桃花峪他谁都不憷，就憷头李望彦，除了敬佩他的为人，还因为他善于抓理，再胡搅蛮缠的人，三五句下来都是败将。他不再搭话，一个纵身跳回水里去。

俩人折回店里，马家旺心事竟愈发沉重起来。问改子是不是真去见六子了，改子羞答答地不语。李望彦对他说："看来你得认这门亲了，只是这门亲来的不是时候。”

改子和六子的爱情来得的确不是时候，战争的脚步正步步逼近，他们却坠入了爱河。李望彦的担心远不止这些，黄河之行他看到了最不愿意看到的场景。他和妻子熟悉了这片土地，用生命和汗水焐热了这片土地，然而却眼睁睁看着强盗大摇大摆地进来，毫无办法。在鬼子的铁枪利炮面前他显得那么无奈。他不得不认真考虑，在强盗们破门而入的时候，作为一个中国人该如何保卫家园，保卫亲人。

答案是模糊的，那天他在陆辰岗那里看到了脸上尚带着稚气却血气方刚的士兵，看到了他们手中擦拭得锃亮的钢枪。士兵们背着磨得锋利的大刀，刀柄上的红绸带飘在阳光下显得耀眼。他困惑既有这样勇敢善战的士兵，为什么战争却一步步逼近，那些强盗何以轻易地突破这一道道用血肉之躯筑起的铜墙铁壁。

当天黑夜李望彦把粮食和细软打包装到马车上，在马蹄子上裹了布，马脖子上的铃铛也解了下来，叫上望生，悄无声息地进了山。第二天早晨，栓柱子见骡子神情疲惫，不咋爱吃草，蹄子上也沾满泥巴，想问问东家牲口咋了，而此时的李望彦早已经扛起锄头，走在太阳初生的田埂上，嘴里吟唱着：

“我正在城楼观山景，耳听得城外乱纷纷……”

凯儿和珂儿结伴去上学，到校才知道学校根本没上课，到处组织游行和演讲。俩人每人领到一面小旗子，上面写着抵制日货和打倒侵略者的标语口号。伏老先生再也没有出现，同学们戏弄老师的事随着战事的迫近很快被人遗忘了。

缺少了教师，凯儿所在的小学商议着合班并校，并到简师去。同学们听到这个消息欢呼雀跃，因为他们要合并的学校在县城，教学环境宽松，抗日气氛活跃。那里不但有一流的文化教员，还有着各种学术团体，经常开展各种学术活动。

简师所设的学科与普通中学不同，多了几门专业课，有国文、数学和其他教育理论实践课程。学校也很重视学生的文体娱乐活动：组织球赛和歌咏舞蹈比赛，编演话剧，编刊物，出壁报，还搞童子军露营等。面对现实不少老师和学生都选择了抗战宣传和发动，他们就把童子军的露营当成游击训练场。

简师从来就没有平静过，清明假的时候留校学生飘华和同学上街看戏，见唱的是媚日剧目便退了票，还没出戏园子就被土豪纠集一批恶人辱打起来。

由此激起师生同愤，学生会分头招回休假学生，宣告罢课，并向县城各界和各学校印发呼吁书。县政府散布说简师学生起哄，定有共产党分子鼓动。绥靖处来人，要校方提供闹事学生名单。

凯儿年龄小，对纷乱的现实感触不深，她只是朦胧地感觉到这个世界正在发生着巨变。她从飘华庄严的脸上感觉到事态的严重性。这个戴眼镜、围着咖啡色围巾的高个子男生总是来去匆匆，凡是学校集会和游行的现场总会有他的身影。每当他站在讲台上，身边总是围满了同学，大家慷慨激昂，听他民族危亡、匹夫有责之类的演讲。凯儿恨自己太小而不能投身到这场关乎国家命运的抗争中去，她羡慕大哥哥大姐姐们为了民族而奔走呼号的勇气和决心，尤其羡慕飘华。

飘华所在的班和她的班不在一个学院，她见到他是在一次抵制日货的游行集会上，当时愤怒的同学烧了店铺里的日本货，引来警察的驱赶抓捕。凯儿和珂儿手牵着手挤在人群里看热闹，突然警察朝这边冲过来，眼看两个女孩子就要被撞倒了。飘华不知从什么地方冲过来，有力的大手一手拎着一个，把她们拎到墙角，很不客气地对她们吼："小妹妹，快回家去，这可不是好玩的地方！"

凯儿大声说："什么小妹妹，我们也是简师的！我们也是上街来游行的，你不要仗着个子大欺负人！"飘华吃惊地望着她，突然间笑了，亲切地拍了拍她的后脑勺，说道："好，不欺负你。不过，你们还是快回家吧，马上就要戒严了。"

凯儿还想争辩，但他的手竟像施了魔法，让她安静了许多，珂儿也顺从地跟着她跑回学校。路上珂儿突然对她说："凯儿，这个大男生可真帅！"凯儿嗔怪地说："帅不帅跟咱们有啥关系，他都能当叔叔啦！"珂儿说："是啊，他都把手放到你头上了，将来怕你不长个了。"

珂儿说罢幸灾乐祸地放声大笑起来，凯儿也莫明其妙地跟着哈哈大笑，然后边跳边说："跳跳长长，你不长我长！"

但跳过之后，她心头依然压上了一些惆怅的东西。

夜里睡不着，凯儿开始回忆这个大同学的样子。他高高的个子，脸庞白皙而瘦削，头发几乎遮盖住额头上两道微微上扬的眉毛；他的眼神明亮，嘴角总是习惯性地上翘，好像对你微笑一般。如果换成女孩子一定很漂亮。但他似乎并没有正视过自己，他只是在她有危险的时候偶然地拉了她一把。

凯儿从那一天起有了心事。少女的心事仿佛河底的暗流，表面上看不出来，但细心的母亲还是感觉出了一些异常。她不再蹦蹦跳跳，也不再叽叽喳喳说个不停。她坐在渠头帮着爹看水，叫几遍都不应声，帮娘喂鸡，簸箕里的粮食都让鸡抢光了也心不在焉。李尹氏警惕起来，悄声对丈夫说："凯儿这是咋了，变得这么安静？"李望彦脑子里全是时局的事，心不在焉地回答："孩子安静，兴许有个头疼脑热的，你抽空带她找先生看看。"

咣！咣！街上传来一阵紧似一阵的锣声，这是大贵子背着锣通知开会。大贵子走到李望彦的马车店外，故意把锣敲得咣咣响，见李家不应声，隔着墙头喊："李望彦，听到没，周保长要开保民大会！"李望彦想要隔着墙头扔过句话去，李尹氏示意他别吱声，自己大声说："王甲长，不用这么费力气，俺家掌柜的正占着耳朵听我训话呢。到时候我家去个人就得了。"大贵子语气坚决地说："这回不行。他是户长，他得亲自去！"

保民大会在周家家庙里开，周大牙搬张太师椅放在屋檐下，这跟他平时的做派显然不一样。家庙是供奉祖先牌位的地方，有时候也作为家族议事的场所，但全村人都挤在这里而不是去村公所开会，就有点儿打扰了古人的清静。而如今周大牙却顾不得这些了，他就是想借祖上点儿灵光和威望开好这个会。他不但亲自出马，还让他女婿来坐镇。周大牙站在椅子边上，太师椅上则坐着身穿长袍马褂、跷着二郎腿的黄国品。

李望彦被大贵子通知开会，人还没到周家家庙前，见马家旺袖着个手，趿拉着鞋慢吞吞地走来，忙问开啥会。马家旺说："我正想问你呢，你却也不知道。"李望彦听了，开玩笑地说："出上俩耳朵，听听不就知道了。"马家旺不满地嘟囔说："这开会起码也得跟咱们通融一下，他周大牙一个人就说了算？"抬头瞧见黄国品也在场，讥笑道："咋还弄女婿来坐到上面了？"李望彦打着哈哈说："周家祖宗都不怪，你操哪份心。反正活路是耽误了，不妨听听。"

周大牙这个保长名义上是公选的，其背后的功夫不照而喧，他先让女婿到县上活动，又通过刘家坤做工作，最后挨家挨户威逼利诱。他最大的想法就是把李望彦排挤在门外。在他看来，自己的头号敌人就是李望彦。虽说他是外来户，但他这些年积攒下不少的人脉，李望彦要想当这保长绝没有自己的份。周大牙想当保长有他的盘算，在乡下混迹多年，他琢磨出一条非常重要的道理，就是要想活得滋润，印把子至关重要。有钱有势才是人活着的目的。

对于周大牙，乡亲们认为他不过是个皮影，他的点子多来自黄国品。这个男人表面看上去随和，但骨子里充满了邪恶和智谋。乱事出英雄，当年诸葛孔明藏身卧龙谷，并非只是闲情逸志，而是时刻聆听外面的世界，敏锐地捕捉乱世所给予他飞黄腾达的时机。在下乡之前黄国品已经摸清了政局的变化，眼下这种纷乱的时局已把基层机构冲得七零八散，是不可能实现南京政权大权统揽到底的，这给了他可乘之机，他可以充分利用老丈人这个平台，打造出属于自己的江山社稷。

于是黄国品堂而皇之地坐到了桃花峪的保民大会上，他想借助日本鬼子南侵这一现实，成立一支保民队。至于队长是老丈人还是自己都一样。

太阳暖洋洋地挂在天空上，晒得人脊梁骨冒汗。古柏树投下牛粪大小的阴影，不少人都朝里挤。周大牙眯起小眼扫了一眼众人，见人头攒动，干咳了两声，大声说道："诸位保民，今们桃花峪是临时召开全体大会，讨论抗战的时局。"

他说到这里环视台下，见村民们都饶有兴趣，受到了鼓舞，清了清嗓子，继续说道："大伙儿都听说了，前两年日本人占了东三省，然后挥师南下，转眼间就打到了黄河以北。在这国难当头之际，全国军民都奋起抵抗，我们桃花峪当然也不能例外。论时局我说不好，但今们有小婿在，他可是政府的人，有学问，懂历史，下面就请他给大伙儿讲讲时局……"

说罢他闪到一旁向女婿点头示意，并且带头鼓起掌来。这一做法引起了乡亲们的反感。村里人讲究辈分、长幼有序，从来都是女婿巴结丈母爷，哪有丈母爷反过来讨好姑爷的。大伙儿都交头接耳，嘴角露出不屑的讥笑。大贵子替周大牙打圆场道："这有啥稀奇的，进了皇宫，亲爹还兴给当娘娘的闺女磕头呢，鼓掌！"说罢带头拍起巴掌，顿时家庙前响起一阵掌声。

不管这掌声稀啦不稀啦，还是给初登场的黄国品一些鼓励。他站起身，长袍往身后一撩，三步两步就跨到台前，双手抱拳道："诸位父老乡亲，本来我是局外人，不该站在这里讲话。可是大敌当前，身为政府一员，也是抗战一分子，我们理应同仇敌忾，从这点上讲我又不是局外人了。在这乱世之秋，我的岳丈身为保长，想的做的都是为了保民的利益。我黄某正值年富力强，理应帮忙！"

说到这里他微微一顿，看乡亲们的反应，然后他话锋一转，声音提高了八度："当前的时局不容乐观，可以用形势逼人来概括。日本人占了东北，不久就要南渡黄河，桃花峪随时都有沦陷之可能。乡亲们，越是这种时候我们越要精诚团结，实现蒋委员长一心向战、全民向战之决心，之心愿！"

这些话完全是从《中央日报》上照搬照套下来的，山里人就知道一日三餐，老婆孩子热炕头，哪听过这些。他见全场反应并没有想象中热烈，进一步说："这么给大伙儿说吧，为了抗战，蒋委员长出台了一个治国纲领，纲领的首要在于，训练全国壮丁，充实民众武力，指导及援助各地武装民众。简单说，就是使有钱者出钱、有力者出力，为争取民族生存之抗战而动员！”

他说到这里下意识地挥了挥拳头，表示言辞的重要。他再一次停下来观察大伙儿的反应，当看到大家木讷的神情时，觉得这一大早晨唾沫横飞的演讲失败了，顿时被一种恼怒的情绪包围起来。

周大牙见大伙儿都袖着手，木头一般不吭声，跺着脚大声道：“大伙儿听明白了没，小婿的意思是大敌当前，我们村也要成立保民队！”

此言一出如石破天惊，大伙儿的喉咙里下意识发出一阵怪声。说了半天这爷俩是要拉队伍。桃花峪世代和平，从没有刀光剑影，如今却要成立武装打仗了。虽说逃难的外乡人早给大伙儿提了个醒，但他们固执地认为那是山外的世界，与己无关。现在种种传闻变为现实，他们也要准备打仗了。黄国品提出成立保民队，他们更多的是感到不知所措。成立队伍就要动刀动枪，动刀动枪就得杀人死人，乡亲们善良惯了、和平惯了、懒惰惯了，借他八个胆儿也不敢。于是有人把目光转向李望彦，他是经过风雨见过世面的人，乡亲们希望这时候他先说个话、表个态。

见大伙儿都去瞅李望彦，周大牙一阵恼火，他在开会前就该想到咋对付李望彦。李望彦可是桃花峪的定海神针，现上轿现扎耳朵眼就显得被动了。于是他目光越过众人的头顶，朝着李望彦的方向摆摆手，大声说着：“望彦哥，往前凑凑，这么重要的会你咋往后躲？我想先听听你的意思。”

李望彦袖着手站在原地没动。从最初听通知开会到周大牙女婿意外到场，他一直不动声色。正如他对这爷俩成立保民队的举动摸不清一样，他对于未来时局的分析和判断也模糊不清。他只是凭着直觉，凭着南来北往客人的闲言碎语感受时局、判断时局。有些消息是被放大了，有些消息被故意渲染了，不过他坚信战争即将到来，不管是军人还是平民百姓，都将不可避免地被卷入其中，都将被迫拿起武器。至于桃花峪成立保民队，他也拿不准。他支吾道：“既然周保长让我说话，我就借这个空，跟大伙儿说两句吧。前日我和马家旺去了趟黄河，看到了对岸就是鬼子，咱们的军队严阵以待。”

大伙儿又发出一阵惊恐的呼声，他顿了顿继续说道：“周保长让我表态，我也拿不准。鬼子说到就到了，家家还是早做准备，把该藏的藏好，该打包的背起来就走。至于成立保民队，首先要有枪，光靠大刀和长矛解决不了问题。”

他停下来，突然意识到这是周大牙爷俩挖了个坑诱着他跳。从一开始这爷俩就左右着会场的局势。黄国品关于时局的分析也好，成立保民队的打算也罢，都是事先算计好了的。就是他登门的时候这事都没透露半点儿。爷俩采取此等突然袭击的手段，是权衡再三的。而关系到桃花峪生死存亡的大事，交给周大牙和他女婿，李望彦发自内心的不信任。所以周大牙越想让他表态，他反而越抿着嘴不说话。

黄国品见李望彦袖着手不再说话，情绪激动起来，挥舞着手，大声喊道："抗战为国家民族存亡所系，人人皆当献其生命，以争取国家民族之生命！全国同胞，要一致之团结，为共同之负荷，使此捍御外侮、复兴民族之使命，得以完全达到！"

黄国品的话讲到这里，大臭子、二臭子、栓柱子等就拍巴掌吆喝起好来，由于掌声不太统一，惹起乡亲们一阵嘲笑声。大贵子一步蹿上台，冲着下面喊："欢气（山东方言：笑）啥？鬼子打到家门口了，你们还欢气得出来？黄先生要成立保民队，也是为了咱桃花峪。别的甲我管不着，但东街上我做主了，全体参加！"

大伙儿平常习惯了看热闹，凡是耍猴唱戏卖武艺的来村里，场院上甩开火旗旒（山东方言：用铜或铸铁打造的圆球，盛上木炭和火药，拴上绳子，甩起来用于开辟场地），大伙儿都习惯了捧场，嘴里吼着好，巴掌拍得天响。但今天看到大贵子站上台公开支持周大牙爷俩的时候，突然间觉得这是一场闹剧了。俗话说："鱼找鱼，虾找虾，乌龟喜欢鳖亲家。"不管多好的事，只要是大贵子和这帮痞子掺和，准没好。有人拔腚就要走。水兽气哼哼地喊："既然你能做主，让小鬼子回去得了，还成立个屁保民队。我不是你们东街上的，只会使鱼叉，可不会打枪。我不参加。"刘长喜也跟着发话："这事我得回家问问俺媳妇去。"

大家立刻作鸟兽散了，周大牙再喊破嗓门也无济于事，气得他跳着脚骂："纯粹的无政府主义！回家念念政府发的保甲户口条例，如有违犯者，各户愿负连坐之责。"马家旺扔下一句硬邦邦的话："周保长，说成立保民队，你坟地里耍大刀——拿条例吓唬鬼啊！你说的那是通匪令，甭说咱桃花峪没土匪，若真来了，我让马六子领兵清剿！"伏八爷气得拐杖戳得地面咚咚响，嘴里吼着："驴唇不对马嘴！"

保民大会意外流产，气得爷俩蛋疼。怪就怪在没拉大旗做虎皮，请霍金龙或是刘家坤出面，周大牙沮丧地说："这俩人腚沉的很，咱能请得动？"黄国品叹息道："你也看到了，请得动得请，请不动也得请。"周大牙思量道："霍金龙请来请不来两说，但至少刘能子得来，他隔咱村就一条河，欠欠腚就过来了。"黄国品毫不含糊地表态说："就等他过来再说。"

刘家坤明里是三乡联保主任，暗里还兼着县党部派驻三乡的委员。蒋委员长设想全国保甲内之小组能普遍成立，中央的一切政令可以直达下层民众，党政关系也可收到表里一致的效果。所以刘家坤顺手捞了一顶乌纱帽。只是按照规定,这县党部派驻三乡委员之职不能对外人明示,这多少让他感到遗憾。

刘家坤自打从娘胎里出来就没有正经想过咋活着才有意义。他只要过得轻松快活就够了。而快活的本质就两件事：钱和女人。有了钱就不愁没有女人。反之，有了女人能换来钱。

在这之前他只是一个混迹于社会底层的流氓无赖，过着朝不保夕的日子，尝尽人间冷暖。他时常觉得自己是一条夹着尾巴的流浪狗，每天睁开眼最大的愿望就是求得温饱，然而一次偶然的机会结识了县党部的孙特派员。孙特派员到三乡考察，需要个助手，有人推荐了他。他善于奉承和拍马，一路上伺候得很好。这之后只要孙特派员下乡就会带上他。这位要员以及同僚们所表现出的奢侈和潇洒，像突然间打开的一扇窗户，让刘家坤看到了外面精彩的世界。

机遇总是垂青有准备的人，战时特殊，国民政府强制基层人员一律入党，刘家坤意识到机会来了。没人会在意是不是选拔了政治上合格的党员进入组织。几乎一夜之间刘家坤就以一个无赖的身份,摇身一变成为党内官僚和精英。

刘家坤给孙特派员送去了一份弥足珍贵的礼物，他把本村一位初出茅庐的本姓女子送到了县党部。这女子在省城里读过书，孙特派员的办公室里正缺一位机要秘书。当刘姓小女子羞答答地站到这个老党魁面前的时候，刘家坤看到了他眼中闪现的欲望。孙特派员感慨地拍着刘家坤的肩膀说："党国就需要你这样的忠良！"

当刘家坤在四月的天气里骑车走在通往桃花峪大道上的时候，他已经把当年失去那个女子时的心痛全然忘掉了。正如孙悟空有七十二变，他转眼间从一个名不见经传的乡党成为掌握三乡十八村的联保主任，而这一纸委任状正是那位同乡十指纤纤用打字机打出来的，上面染着油墨和脂粉的香气。

运气从来都不是独往独来，他第二天就接到通知参加由县党部推荐的省党部政训班。他从那里知道了啥是政府、啥是党的系统。原来早就有一条线，只要你捋着走，总有一天会爬得很高。他感觉自己原是一头被蒙了眼的驴，为了口活命的粮食一直在磨道里转，现在突然间扯掉了蒙眼布，他看到了一座金灿灿的大房子，里面堆满了金银财宝。那些党证党票都可以换成白花花的银子,只要抱定上峰的大腿,印有青天白日满地红的委任状上大红印章一盖，他就可以膀不动身不摇地升官发财。

周大牙请他去桃花峪给保民们开会，他一直拖着没去，作为三乡联保主任，腚要沉，脸要大，不然就失了身份。放在过去周家爷俩根本就不买他的账，黄国品在县里当科长，他刘家坤算个啥！

孙特派员经常教育他，鼠有鼠道，猫有猫道。他说委员长不仅把基层政权视为一党之物，连民众也要为国民政府所独控，不允许其他政党争夺民众。委员长的理想就是一个党、一个主义、一个领袖。而要实现委员长的这一信诺，从省到县，党部必须普遍设置。区须有区党部，乡镇联保须有区分部，即使保甲也须成立党小组。

刘家坤被说得一头雾水，问："特派员，我还是不明白，这其中有啥可以利用的？"孙特派员轻蔑地冷笑了，晃着脑袋说："朽木不可雕也！委员长要最大限度地发展党员，击败共产党和三青团。为了实现这一目标，就要多劝人入党。现在很多地方只要报名，就发给三升粮食。那些穷人等米下锅，自然就会参加。"

刘家坤吃惊世上还有这等好事，身不动膀不摇地就能入党，还有粮食分。孙特派员说："为了三升粮食，我想大多数人不但自己参加，甚至还会替儿女亲友报名。如果各村都参加国民党，那你该是什么样的功绩？"

话说到这里刘家坤终于明白，说服保民入党不但有功还有优厚待遇。每人三升粮食，要是他从每个保民身上扣一升，一个村就是几百升，十八个村是多少升。

刘家坤怀揣着县党部的谕旨，拿着空白的入党志愿书下乡，让保甲长照名册填写。然而，他的这一举动遭到了周大牙的抵制。周大牙自然不懂这其中的利益瓜葛，但黄国品却十分了解。刘家坤并没有明确表示他该有多少份子，入党的人多了孙特派员脸上有光，他干吗要替别人做嫁衣？

这点儿小心眼当然瞒不过刘家坤，周大牙爷俩一撅腚他就知道拉啥屎。周大牙捎信来说要成立保民队，他则要发展党员，各有诉求，等价交换，他就不信摆不平他们。

拐过岔路口，刘家坤一眼就瞧见了李望彦的马车店。过去他憷头见这位救命恩人，但今天情况不同。一是他就是奔着桃花峪来的，李望彦是村里的头面人物，凡事他点头才算。二是他不但是三乡的联保主任，而且暗地里还得了个委员，身份有变，如果不是上级有意要他隐瞒，他非得亮开嗓门唱给他听。最后一条最重要，如果能拉李望彦入党，那岂不更提升了自己的身份？

早上李望彦听得树上黑老鸹叫，心里犯忌讳，拾起块土坷垃去撵。知夫莫如妻，李尹氏嗤鼻道："都这么大年纪了，还迷信。"李望彦讪笑道："宁可信其有，不可信其无。"话音未落，刘家坤的驴嗓门隔着院墙传过来："望彦哥在家吗？”

刘家坤人前总是抱着个驴头充大脸，对李望彦是个例外。虽说成年累月难得见他，但只要他一张嘴，李望彦凭声音就能判断出他是谁来，对李尹氏道："我说啥来，世上有些事就是灵验。”李尹氏叮嘱："他爹，人家叫你望彦哥呢，你这可是两张茅头纸糊个鼻子，好大脸了，好生接待着。”李望彦会意地说声“知道”，便隔着院墙扔过一句话去："刘大主任，门敞着，自己进来吧。”

刘家坤拱着洋车子进了门，支到院子里，才打个拱道："没想到吧，兄弟这么早会来。”李望彦扬手指着树说："一大早黑老鸹叫，就料到你会来。”黑老鸹叫，意味着凶兆。刘家坤懂，尴尬地干咳两声，嘟囔说："看来望彦哥对兄弟还是有误解。”

李望彦不置可否，倒是李尹氏觉得丈夫有点儿过分了，接话道："刘主任甭和他一般见识。他就是这么个人，噘嘴骡子卖个驴价钱。春里大忙的你咋有空来这山旮旯里？”刘家坤说："我能忙啥？就是路过，先来看看哥嫂。”李望彦早听说周大牙请他的事，戳穿道："说得比唱得还好听，你咋有心思看我们？你是为了周大牙和他女婿成立保民队的事来的。”

刘家坤一听，连忙摇头："还真不是，就是……想请望彦哥出山。”这出乎李望彦的意料，惊讶地问："我出啥山？”刘家坤俯过身在他耳朵边上小声说："前阵子我去县里，县党部任命我是区党部的委员。只是这是秘密的，不让人说。我想请哥帮个忙。”李望彦想知道他葫芦里到底卖的啥药，于是说："你这官都当了双份了，我还能帮得上你的忙？”

李尹氏把刘家坤引到客厅里喝茶。刘家坤边喝茶边把他如何当上乡联保主任，如何秘密成为区党部委员的事胡吹海侃了一通，顺便把盘算在桃花峪发展党员的事轻描淡写地一露。至于发展一个党员分几升粮食，他从中盘扣多少则只字未提。他拍着胸脯对李望彦道："我知道你看不起老弟，可兄弟一直把你当成恩人。只要你点个头，这入党的事就包在我身上了。连表也帮你填好，你要还不满意，这村保长也由你来做。他周大牙和女婿搞保民队，没你发话，他就是磕头磕出屎来我也不会答应。”

李望彦耐着性子听了半天才听出原来这是拉他下水，依他对政治的详熟程度，对付十个刘家坤也不在话下。这些年他把自己沉入湖底，就是不想再碰撞水面上的风浪，而战争这根船橹却直插进他平静的心底，把那些陈年旧事搅动起来，他不由得冷笑道："我已经不属于这朝这代了，你还是另请高人吧。”说罢，拂袖而起，扔下刘家坤，一个人跳到栏青（山东方言：厕所，牲畜圈）里清理开了猪粪，院子里顿时弥漫起一股臭猪粪味。

刘家坤碰了个不软不硬的钉子，抬腚直奔周大牙家。周大牙早几天捎信求见，不见他的人影。这天晌午，一家人正上了门闩坐在天井里吃晌饭，突然听得门哗啦哗啦地乱响。

周大牙平时吝啬得很，一天吃一顿饭。一根蚂蚱腿当酒肴吃三天。老婆有粗脖子病，常常犯饥困（山东方言：饿），周大牙念念有词：“饥困饥困，睡着了觉就不饥困了。”老婆若还是穷叫唤,他就提高嗓门骂：“上辈子要饭啊，这辈子讨教我来了！”弄得老婆一肚子委屈。

自从女婿进门以后情况有所改观，一天一顿饭改成了两顿，但饭食的内容却做了限定。晌饭是喝黏住（山东方言：稀粥）就咸菜。就这饭食还是有条件的，桌子上摆了两个小碟子，一碟子咸菜一碟子粗盐。女婿和他可以动筷子夹咸菜，闺女和老婆只准筷子尖沾唾沫星子戳那碟子粗盐。为这事老婆没少翻白眼。有一天夜里周大牙欲火攻心，想借老婆一用，老婆裹着个被子死活不依。周大牙情急之下，恨恨地道：“姑奶奶，你想啥？”老婆闷声闷气地说：“啥也不想，就想那碟子咸菜。”从此，周大牙才废了这规矩。

这天晌午周大牙开门见刘家坤撅着腚，拱着个洋车子进了天井，热得满脸通红，急忙把他迎到上房，吩咐闺女去沏茶。不料刘家坤扔出一句：“喝了一晌午，喝得肚子都快撑成鱼尿泡了，去弄点儿酒菜来！”

周大牙看他脸不是脸鼻子不是鼻子的，也不敢问他在哪里喝成鱼尿泡了，忙让老婆准备下酒菜。老婆站着不动，嘟囔着说：“这家让你当的，哪还有啥下酒菜？”黄国品一脚门里一脚门外拦住老丈人说：“刘主任大驾光临，说啥也不能凑合。家里也没啥好吃的，就让东头饭铺子里做几个拿手菜，我们过去吃。”

周大牙听女婿这么说，心里忽然开了天窗一样敞亮。还是女婿办事大气，身为保长，这招待上头来的人是名正言顺，咋非要自个破费，村公所记上账就行。于是笑道：“既然是到饭铺子里吃，现在咱就走。”

黄国品所说的东头饭铺子是马寡妇打开后墙开的。周大牙一直想去尝尝却没逮到机会。今天既然刘主任来了，上门吃一顿也是天经地义。刘家坤对马寡妇早有耳闻，很想结识一下这个风流寡妇，便笑道：“顺便也把王大贵叫上，人家好孬也是个甲长。”

春分麦起身，一刻值千金，天一大早，大贵子被马寡妇吆喝着去坡里拔草，说头晌午的太阳毒，前面拔了后面就晒干，免得再还醒过来。大贵子干了一早上的活，刚从坡里回来，一身露水一腿泥，谁知马寡妇又让他清理栏青里的猪粪，心里憋了一肚子的火。

大贵子没当甲长前纯粹就是一个出力气的觅汉，累得跟驴似的也觉得天经地义。但自从当了甲长之后却觉得自己是个人物了，心情不好，扔出栏青的粪就四处飞溅，弄的满天井里臭烘烘的。

正当他横着心眼子要跟马寡妇作对的时候，不曾想马寡妇笑容满面探进头来说：“贵子，就这点儿活，啥时候干不行，偏偏这么大热天的沉不住气。”

大贵子见马寡妇的脸笑成一朵老菊花，纳闷今天太阳从西边出来了？刚想黑着脸不理茬，周大牙的镶瓜脸跟着从后面探出来，兴奋地喊着：“王甲长，刘主任来啦，快洗巴洗巴陪客。”

听说是陪客，大贵子不敢怠慢，腾地跳出栏青，到井台打上筲水，又找出块猪胰子把身子洗了又洗，直到闻不出半点儿猪粪味来，才找了件短褂穿上进到房间。马寡妇早已下厨做了几样菜，改子也过来帮忙。刘家坤见改子嫩芽般的手和红扑扑的脸故意问：“这是谁家的闺女，长得这么水灵？”马寡妇板着脸说：“还有谁家的，俺家老小，叫马改子。”刘家坤怜香惜玉地叫道：“马家嫂子，这可就是你的不对了，瞧咱闺女长得跟薛宝钗似的，细皮嫩肉，咋忍心让她干这种粗活。”大贵子接上话：“这不是看刘大主任来了。换作别人，改子的脾气也是犟得很，说不侍候就不侍候。”说得一桌人都哈哈大笑。

周大牙特意点了盘爆炒猪腰子。马寡妇到厨房切了盘子肴牛鞭，开玩笑地说吃啥补啥，说得几个男人心里都发热，又开了坛好酒边喝边叙。周大牙说成立保兵队的事遇到点儿麻烦，保民们不踊跃。要说给他们发钱发粮都争得打破头，可要是组织起来打仗都吓得跟缩头乌龟似的。刘家坤说村民们吃硬不吃软，这就是国民素质。成立保民队，上头是不会拨银子拨枪的，他们得自己想法子。黄国品说法子自然有，但要老百姓拥护才行。

刘家坤往嘴里塞了块牛鞭，边嚼着边说：“老百姓都是势利眼，你得告诉他们，跟着走日后定会吃香的喝辣的。”黄国品道：“刘主任说得有理，这个世道将来姓蒋姓汪还是姓日谁也不知道，谁也不操心。老百姓只要有饭吃有钱花就足够了。”刘家坤问：“那你说说，这三家到底谁最有可能统治中国？”黄国品沉吟道：“自从国民政府和日本人签订了秦土、何梅协定，河北、察哈尔两省的大权实际早就没有了，关内被日本人占领只是时间问题。最近我有一个同学从绥远来，说日本人已经策划完成以华北五省为目标的自治运动，说不定哪天一觉醒来我们这桃花峪就不再姓蒋姓汪而是姓日了！”

大贵子听了插嘴道：“既然这样，那我们成立保民队还有啥用？日本人一来，脑袋都保不住。”马寡妇背后踢了他一脚，瞪眼说：“你听着就罢了，都是些头面人物，这里有你说话的份？”

周大牙光听插不上话，先不说他不摸刘家坤的底，这人翻手为云覆手为雨，就是他那说话的口气也是对日本人十分暧昧的态度。女婿放多了话，说不定就会因言获罪，于是他赶紧站起来打圆场：“小婿的意思是不管将来这天下姓啥也要自保。有钱能使鬼推磨，有枪就能保平安。”

刘主任又夹起一筷子猪腰子，塞在嘴里嚼着，笑道：“我倒觉得贤侄说得好。古人云乱世出英雄，我说乱世英雄出少年。只要他有这份雄心，我定支持他。”

大贵子还在磨道里转悠不出来，嘟囔着说：“我还是没明白过来，日本人马上就要杀过来了，你们还自个儿抻着脖子让人砍？”马寡妇又瞪眼道：“这么简单的道理，我一个女人家都听明白了，你咋还拐不过弯来？”大贵子二两酒下肚，胆子也大了，红着脸争辩道：“你听出啥来了，说出来我听听。”马寡妇说：“我不会说，就打个比方，就像花沟窑湾一样，每年入夏人们都蹚水，水越浑那些草鱼就越没处钻，都呛得露着个头，一捞就是一筛子。”王大贵子云里雾里，瞪着个尿泡眼道：“这是哪儿跟哪儿啊！”刘家坤乐得一拍桌子，震得盘子碗叮当作响，大声笑道：“对！马嫂子比喻的再形象不过了，这就叫浑水摸鱼。正因为日本人要打过来了，才没人管没人问。等你们把队伍拉起来，我再到县里给你们弄个编制，咱们的势力就大了。”

开保民会刘家坤没来，黄国品以为故意跟他作对，没想到几杯酒下肚，刘家坤比谁都痛快。他喜出望外，端起一盅酒道：“有刘主任这一番话，我和岳丈心里就有底气了。在这里先敬一杯。”说罢，欲一口干了，刘家坤却拦住他道：“其实，我刘家坤今后要想有发展，还得仰仗桃花峪，特别是马嫂子这样的女将，所以我提议就带上嫂子一块儿喝。”

大贵子刚想张嘴阻拦，女人家哪上得了大席，就见马寡妇解了围裙，一腚坐到桌子前面来，举杯齐眉笑道：“今们刘主任能赏光来俺这小饭铺子，真是给俺这孤儿寡母长脸了，我先干为敬。”说罢，一仰脖子灌下去，面不改色心不跳。只惊得男人们大眼瞪小眼。刘主任手把着酒盅眼却朝改子那里瞄，这闺女穿着空心的小褂，胸脯子鼓鼓囊囊，胜过任何下酒菜，话不由己地说：“就冲嫂子这番豪情，改日还来。”

马家旺来找李望彦，牢骚满腹，说周大牙让他带头捐三块大洋买洋枪。马家旺叹道：“俺就是砸锅卖铁，骨头榨成油也交不上这钱啊。”李望彦不动声色地问：“那你答应交多少？”马家旺梗着脖子道：“一块大洋我也拿不出。”

李望彦平静地说："既然你拿不出来，声明不交就是了。"马家旺道："但周大牙说这是乡里的指令，各家各户都得交，交晚了受罚，驴打滚。"

李望彦感觉到这事有点儿复杂，成立保民队还在镜子里，他们就这么明目张胆地收钱，还是打着乡里的旗号。一口回绝怕引来麻烦，还是先不急着表态，等等看。马家旺见他拿不出好主意，便想去镇上找六子讨个说法。

马家旺前脚走马六子后脚就回村了，直接来到马车店。李望彦问他："要告别南下了，咋又回来了？"六子说他还要过两天走，他带了任务来，要在桃花峪建立一个溃军收容站。"这事别人办不了，所以直接找您来了。"

李望彦指着房前屋后的难民给他看："你看看，我这里早不就成了收容站？"六子欣然地说："那就省事了，挂个牌子出去，上头来检查就说安置好了。"李望彦却说："既然如此，那就专门打扫出几个房间，搭几个临时的棚子。只是……"

马六子见他吞吞吐吐，爽快地说："叔，我知道，是费用的事。难民们要吃要喝，你就尽力而为吧。镇长说过，你先记个账，事后一块给你拨。"李望彦苦笑地摇了摇头，他知道六子的话等于没说。

安置完这事，六子才说要回家一趟。李望彦这才想起来他爹去镇上找他了。村里要成立保民队，每家每户敛钱，还是刘家坤的主意。六子就笑了，说这个刘能子狗屁联保主任，都是他自个儿封的，弄个假委任状糊弄人。李望彦惊诧地问，这事也有假？六子说这咋就不能假？战时秩序都乱了，各自为政。听说三乡早就撤了，统统归乌河镇管辖。

马六子安排完收容站的事也就大功告成，推托还有事匆匆朝村里走了。马家旺不在家，看样子是恋着改子。刚到村口，见门洞子那里围着一伙人。大贵子正在往墙上贴告示，要每家出壮劳力一名，没有壮劳动力者，则捐款三至十块大洋不等。刘长喜怨声道："为啥咱出钱出力，还让外姓人管着？"

长喜子是大根子的亲哥，前两年刚娶了媳妇。媳妇是山里人，叫贾仙桃，出落得很漂亮，桃花峪的男人都垂涎他娶了个美人儿。大贵子也不例外，常跟大根子打听她的情况。只要大根子说哥哥不在家，他就借着公事往喜子媳妇那儿跑，这一来二去的让长喜子心里结了疙瘩，见面不是拧脖子就是瞪眼睛。

大贵子听长喜子又说风凉话，拎着个刷糨糊的笤帚疙瘩过来，恶狠狠地说道："你小子再说一句，看我不把笤帚疙瘩塞到你臭嘴里头！"长喜子人高马大，可胆小怕事，吓得缩了头想溜。马六子上前制止道："大贵子，就是成立保民队，也得坚持自愿，你如此逞强是啥意思？"

大贵子看是六子，觉得他是政府的官员，不敢得罪，便停下手，讪笑道："我也就是吓吓他，谁让他满嘴里喷粪！”六子还想说啥，冷不丁从河里扔上一条死黄鳝来，接着露出一个湿漉漉的脑袋，冷笑道：“王甲长，甭理这种狗屎官。你家改子都让人家睡了，你快成乌龟老丈人了，脸还贴人家腚锤子。”

马六子一看是水兽，话也是说给自己听的，不由得想起了那个下午，脸上有点儿挂不住，心虚地对着河里大声喊道：“水兽，有本事你上来，跟我去趟镇政府，我保证让你咋说的咋咽回去。”水兽冷笑道：“好好地俺跟你去干啥？你想打我偷锤（山东方言：偷着打一拳）啊！”说罢，扎个猛子，白里带黑的腚锤子在水面上一闪就不见了踪影，留下团团转的漩涡。

这一幕让大贵子摸不着头脑，别看改子是自己的种，可在他内心里就是认定这翻人家墙、进人家的庄稼地偷来的果子，一直觉着不是自己的。但有时候又感到特别神奇，自己一样能种出人见人爱的黄花大闺女来。改子一天天大了，说不定哪天领个小伙子回来，他这丈母爷还就当定了。而马六子是吃官饭的，如果真跟改子成了亲，从此朝里有人好做官，他就不是现在这副当狗的模样了。

大贵子想到这里竟有些胆大妄为，站在那里细细端详起马六子来。虽说他长得跟打草杆子差不多，但小眼大嘴肥耳朵，咋看咋有个官样。相比他爹塌鼻子鼓眼泡，平日里眼角总堆着两眼屎来，他同样觉得奇特，孬坯子一样能打出好坯来，若两者比起来，他一点儿都不差。

他迎着马六子兀自笑了。

马六子并不明白大贵子的心理活动，他起初以为水兽把秘密告诉了这个大贵子，一定会迁怒于自己。改子还是一个黄花大闺女，那天他根本没考虑后果。当欲望冷却之后他才产生了一丝后怕。那架鬼子飞机简直就是一根救命稻草，他借政府有事仓皇而逃。而此刻面对大贵子，他除了硬着头皮装人没别的高招。

于是他轻咳了两声，打着官腔道：“王甲长，你们的任务重点是坚壁清野，咋就非成立保民队？这事与时局可是严重不合拍。要是我汇报到镇长那里，你们周保长就吃不了兜着走！”

大贵子听马六子这么一说，立马辩解道：“马助理，这可是周保长让我贴的，连这告示都是他女婿亲自写的，我不过就是跑跑腿，动动手。”马六子笑了：“那你就跟我一块去见周保长。”

马六子突然觉得应该摆点儿镇助理的谱，不然马家在桃花峪还真没有话语权。爹养了六个孩子就出息了他，他此时不光宗耀祖更待何时？周大牙拼命扩充自己的势力，不惜把女婿都拉上阵来。他做着政府的官，却眼睁睁地看着周家在村里作威作福，说啥也忍不下去。黄国品要成立保民队，学共产党枪杆子里出政权，他非破了他这个局。

马六子带着从未有过的自信大步朝周大牙家里走去，他略显稚气的脸上挂着老成的笑容。王甲长为他推着车子跟在腚后头，这简直成了桃花峪一道最美的风景。看着大贵子卑微的脸，马六子感到舒服多了。以前随镇长下乡，到哪里都是这样迎送的阿谀，而今天这个连准丈人都算不上的男人亲自为他推车子，牵马坠镫，他何不趾高气扬？

周大牙早上起来右眼皮直跳，忙撕了一小片茅头纸贴在眼皮上。左眼跳财，右眼跳灾，他告诫自己今天做事一定要谨慎，这个念头还没落，便听大贵子在天井里喊他。他手执旱烟袋，坐在八仙桌前吧嗒吧嗒地抽着烟，一股麻辣麻辣的烟气卡在嗓子眼,呛得他咳嗽了半天。等他泪眼婆娑地抬起头来时，马六子早已经进门来，一腚坐到太师椅上。

"周保长，好滋润！"马六子打个哈哈说道。周大牙看是马六子，感到很奇怪。这孩子在镇上当差，平时根本不照他的面。现在倒好，亲自上门不说，还一副二大爷的样子。忙笑道："是马家老六，不，是马助理……"

他忽然觉得不知道该咋称呼他了，从马家辈上说他们是爷们，六子得叫他叔。但如果从政府这头说他是保长，得称呼他官名。

马六子倒并不在意，双手撑着椅子圈挪了挪腚，掷地有声地说："周保长，从俺爹那头说，我一直称你叔。现在我好歹也是镇上的助理，咱们还是公事公办为好。我这次来，就是想知道你组织保民队的事。这么大的事，你为啥事先不通知镇上？"

他撒了一个谎，这次他回家就是想见改子的。自从和改子小旅店里幽会之后，几天工夫他就寝食不安，所以才斗胆放下镇上的工作回来。而插手保民队之事既不是李望彦的点拨，也不是为了他爹的三块大洋，纯粹就是临时头脑一热。其实他也拿不准这事该不该管,他能不能管得了。但有一点他明白，黄国品一个外乡人，想在桃花峪拉杆子，必须得警惕。所以他才拿镇上压人，既想试试水深，又借机抬高一下自己。

不过话一出口，他就觉得这玩笑开得忒大，事情的来龙去脉还没有弄清楚他就找上门来，未免有点儿玩火。周家女婿可不是平常人，论身份论城府自己都比不得，弄不好就会戳了尿窝窝，惹了麻烦。

而周大牙也确实没把马六子放在眼里，日本人都快打到家门口了，镇长哪还有闲工夫管这些事。女婿曾分析过，现在正是天下大乱之时，天下大乱人心也就跟着乱，就是拉队伍占山为王也没人管。所以夜儿一大早黄国品就回县上去了。县警备大队要私下处理一批枪，他向老丈人要了些钱，揣着就走了。周保长估摸着他两三天就回来，到时候有这支队伍护着，管他国民政府还是日本人，一样可以吃得开。

想到这里，他深深地抽了一口烟，吐出一个烟圈，看着它慢慢在空气中扩散，然后顺手从条几上摸出张纸来，幽幽说道："六子，咱们乡里乡亲的，我还是叫你小名子顺嘴。你刚才说镇上不清楚这事，但眼下时局总该清楚吧。身为政府官员，组织纲要、保甲整编办法你不会不知道吧。纲要规定，同一保内，未被征用之壮丁编成民众自卫队，在保甲长的带领下，平时接受军事训练，协助清查户口，追查盗匪，修建水利工程，战时修筑碉堡公路，协助军警缉捕奸匪，难道这都是胡诌的事？"

他脑子不好使眼倒好使，纸上的小字也看得清，只念了短短的几句话就把马六子给问住了。在这之前马六子还真没仔细研究过政府还有这么个条令。现在周大牙不但拿出来对付他，还念得抑扬顿挫，铿锵有力，他就是有三张嘴怕也辩不过。他这才意识到自己找上门来有些唐突。"泰山不是一天垒的，灶王爷也不是一天画的。"他脸白一阵、红一阵，狼狈地退出去。倒是周大牙挺欣赏马六子的表现，望着马六子的背影，对大贵子说："没想到马家老六出息了。听说他这阵子和你家改子瓜葛不断，不知能不能成。要是成了，你可就攀上金龟婿了。"

大贵子佯装不懂，讪笑道："周保长，改子是人家马寡妇的闺女，跟我有啥关系？"周保长听罢哈哈大笑说："你糊弄别人行，糊弄不过我。"大贵子被揭了短，红着脸再也不吱声了，转移话题问："周保长，你说这成立保民队，有几成把握？"周大牙胸有成竹地说："水到渠成。过两天就是四月初八，女婿一回来，我们就开张。"

周大牙说的是农历四月初八的乌河镇庙会，这庙会规模不小。太平年景方圆百里都来赶会。老百姓赶庙会就是拜神求仙献佛，古今中外，洋的土的全有。释迦牟尼、王母娘娘、泰山奶奶、送子观音，关公秦琼也来凑热闹，住着庙宇，塑着金身，老百姓有啥诉求一趟庙会就全部遂愿，这对于乡下人来说简直就是一场盛宴。

李尹氏摔坏了腰，一躺就是许多天，身子骨跟锈住了一般，总算恢复了。她想趁着庙会烧烧香还还愿。凯儿听说娘要去赶庙会，非跟着不可。闺女是娘的贴身小棉袄，走到哪儿披到哪儿，又暖和又贴心，娘当然同意。

最近马车店的生意不好，再加上周济难民，李尹氏囊中羞涩。早早起来她就到水沟边上掰了些菜叶子，准备拿到会上去卖。这种菜有水就长，即使是泼上恶水也不影响生长。掰了下面的叶子上面还长，生生不息。锅里放点儿水和盐，调点儿面子就是很好的粥，这也是青黄不接时候乡下人的主食。

她又到地里拔了些芽葱、生菜和菠菜，带着露水用草腰子打成捆，准备一同拿到庙会上换些零花钱。洋油该打了，香胰子也没了，雪花膏也该买一瓶了。凯儿喜欢脸上抹得白生生香喷喷的。李望彦让娘俩套车去，李尹氏觉得拿这点儿东西还是推个小推车好。李望彦说他去不了，要等镇长来督察建收容站的事，李尹氏有些急，说男人不去她和凯儿咋驾得了推车？

正在争执间望生跑过来，主动要求去。李望彦不屑地道："你人还没车把高，咋去？"望生不服气地说："我能推动嫂子，不信可以试！"

说罢套上襻在院子里推车子跑了一圈。别看他个头小可天生灵气，把襻缠在手臂上转了两圈，牢牢地套在胳膊上，抻上劲，双腿一蹬，车子竟推得四平八稳。李尹氏笑了，说："望生，嫂子没白疼你。"望生熟练地取下点棍把推车支好，瞅着凯儿得意地笑。李望彦帮他封好篓子，一边放上蔬菜，另一边铺上褥子，让李尹氏坐上去。望生吆喝声"走喽"，便推起车朝着乌河镇而去。

四月的田野麦苗返青，树枝变绿，到处春意盎然。路边的荒草开出星星点点的花来。这个早晨太阳暖融融的，晒在脸上有一种幸福的快意。李尹氏很喜欢走在田间的这种感觉。虽说战争逼近,但老百姓并没有意识到灾难来临，他们天真地以为日本人还遥不可及。他们像往年一样车推肩扛着一冬的剩余，蜂拥着向庙会挺进。

凯儿今天还有一个目的，就是去找珂儿玩。娘限定一晌午头的时间。庙会在镇子西边，要穿过一片槐树林。李尹氏把蔬菜放到菜市上，水灵灵的蔬菜很快就卖光了，剩余的时间她给自己放了假，到泰山奶奶庙去烧香许愿。她一直有个埋在心底的愿望，指望哪一天送子观音高抬贵手，再给凯儿添个弟弟。

等李尹氏爬到半山腰的泰山奶奶庙时，突然觉得求子的想法未免荒唐了。先甭说岁数大了，就是生活也不容许。有凯儿就满足了，倒不如多抽出点儿空到庙会上转转。于是她打消了烧香的念头，改到庙会上瞎逛。

转了一圈才觉得想买啥都奢侈。庄稼人过日子习惯了穷打谱穷算计，能省就省。洋油灯能不点就不点，夜里光明照进屋打场子（山东方言：屋子里的地面）就挺明快（山东方言：明亮）；香胰子洗出脸来是滑嫩，但现在到处都在吵嚷着抵制日货，用猪胰子就挺好，又下泥又下皴；至于雪花膏，抹到脸上倒是香喷喷的，可是都老头老脸的抹了给谁看？打乡亲们眼前头过，冷不丁飘过一阵雪花膏味，还都不习惯，鼻子一抽一抽的，跟患了鼻炎一样，倒不如抹点儿凡士林，淡淡的一股花糖的味道。

想到这里她不禁索然无味了，赶庙会其实赶的是心情，凯儿不在，耳边听不到鸟儿叫，她一点儿心情也没了，这才觉得女儿就是她的全部。大人的日子是把气球一脚脚地踩破，孩子们的日子才是一天天把气球吹起来。那些五彩缤纷的气球就是理想和生命力。

她为凯儿扯了一块面料，然后便迎着凯儿，朝着槐树林走去。

如果说那天李尹氏主动去迎凯儿是一个母亲必然的选择，那么她突然放弃给泰山奶奶烧香就是冥冥之中神在保佑她，这为她提前到达那片槐树林提供了足够的时间。当她即将走进那片槐树林的时候，正好看到凯儿和望生一前一后往回走。凯儿老远朝她喊："娘啊，珂儿根本不在家。"

还没等李尹氏回话，便听到了头顶上传来马达的轰鸣声。

那天赶庙会的人都听到了这种奇怪的、老牛一样的叫声，搭手朝天空眺望。他们看到两个黑点儿快速朝这边移动。孩子们拍着手、踮着脚大喊："飞牛！飞牛！"有人认识，惊呼道："是飞机！飞机来啦！"

然而所有的人都没有意识到庙会上空出现的飞机会给人们带来灾难，他们只是错误地以为这两架飞机是飞来这里玩的。它们在天上吼叫一阵子，卖弄地翻几个跟头或者撒下一些红红绿绿的传单就会飞走。孩子们根据以往的经验盼着飞牛会扔下些洋糖来。那些洋糖用漂亮的玻璃纸包着，要多甜有多甜，要多好看有多好看。

飞机越飞越近，连红白膏药都清晰地看出来了。孩子们继续仰着脸，兴奋地挥手呼喊着，跟着奔跑。两架银灰色的飞机似乎看到了地面上黑压压的人群，它迟疑了不过一两秒钟，然后盘旋拉起，再次调整方向朝下俯冲。孩子们看到飞机开始拉下屎屁屁来，一摊、两摊……

轰！轰！随着屎屁屁落地，地面上冒起两股黑烟，接着传来两声巨响，迅速吞噬了方才还沉浸在欢乐气氛中的人们。等硝烟散去他们才看到了地上倒着很多人，血肉模糊，一动不动或哀号着满地乱爬。两颗炸弹正好击中庙会人群稠密的地方，胳膊腿儿、肠子身子被炸出很远，大伙儿这才意识到天上掉下来的屎屁屁是炸弹。整个庙会炸开了锅，人们四散奔逃。

凯儿最初看到飞机的心情和其他人是一样的，而望生显然意识到了危险，脸色陡变，拉起凯儿的衣襟说："快躲到林子里去！"凯儿还没来得及说话两架飞机已经开始俯冲投弹。轰！轰！几声巨响震得大地都在颤抖，一股热风迎面扑来。

李尹氏迎着女儿冲过去，像老母鸡护小鸡似的把凯儿紧抱在怀里，朝槐树林深处狂奔而去。几乎在同时，一架飞机贴着树梢飞过来，吼声巨大。随着飞机每一次盘旋拉高，远处就会响起巨大的爆炸声。整个镇子陷入一片腥风血雨中。

炸弹击碎了所有人安逸清闲的梦。尽管许多人过着一贫如洗的日子，多如牛毛的苛捐杂税梦魇一样压得人们喘不过气来，但多少年来太平的日子还是让他们麻木不仁。当日本人的炸弹把人们从天堂拽到地狱的时候，他们才惊醒过来，战争已经来临，灾难从天而降。他们哭天号地地寻找自家的亲人。

李尹氏搂着俩孩子躲在树丛里，尽管她早就得知了战争来临的消息，但是这场空袭给她的心灵震动还是远远无法用语言来形容。她庆幸飞机出现的时候他们恰好离树林很近，从而躲过了一场大劫。待日本飞机带着饮血般的醉意飞走的时候他们才从树林里爬出来，望生还算冷静，说："嫂子，这样子咋走？我去找推车来。"李尹氏摆手说："算了，那边落了炸弹，你过不去。"望生执拗着非要去找，甩手朝庙会那边跑去。

这时候许多人从身边匆忙跑过，有军人，也有手臂上带红十字袖标的救护员，受伤的人员也开始抬过来，血肉模糊。李尹氏用手遮住凯儿的眼睛，迎着望生找过去。

没走多远竟看到望生推着车子过来了，李尹氏喜出望外。望生头上冒着汗，憨笑道："嫂子，没想到车子还在原地。你和凯儿一边坐一个，我推着你们走。"凯儿负气地说："我有胳膊有腿，才不用你推。"望生说："你以为我想推你，偏沉，是让你压车的。"

李尹氏觉得此刻的望生像个小男人，话也带理儿，就对凯儿说："望生说得对，你别逞强。咱快点儿回家，你爹肯定担心。"凯儿这才不情愿地坐上车。望生不知哪儿来的力气，推起她们娘俩一路小跑。

李望彦听到庙会遭轰炸的消息时正在坡里头干活，整了一上午的田畦才坐下来抽袋烟，忽然见二臭子从大道上仓皇跑来。二臭子赶集上店不是做买卖而是提头子（山东方言：偷东西），这都已经成了不是秘密的秘密。每趟赶集上店二臭子都不会空手而归。这回两手空空不说，还磕破了头，满身是血。李望彦以为他被人抓了现行，戏谑地喊："二臭子，咋成这副德行？"二臭子慌里慌张地说："天都塌下来了，你还有心思开玩笑。鬼子在庙会上扔了炸弹，炸死了不少人。"

李望彦的头嗡地一下就大了。鬼子扔了炸弹，她娘仨还在庙会上呢！他顾不得多想，爬起来就往家跑。跑进家里一看，静悄悄的没有人影，拔腿迎着赶会的方向跑去。

沿途都是逃回来的人。不少人脸上身上带着火药的燎伤，一路奔走呼号着，脸上充满恐惧。李望彦一路寻找着家人的身影，他生怕漏掉每一个细节，遇到同村的人就打听，大伙儿都摇头说没有见到人。

不知不觉中李望彦已经迎到了镇子的边上，这里离庙会很近了，但始终没有见人影。按理说三个大活人不会从眼皮子底下溜过去。只有一种可能，他们根本没回来，而另一种可能他几乎不敢去想。

李望彦不敢再想下去，加快了脚步朝庙会的方向走。等他到达那里的时候看到山前偌大的空地上早已空空荡荡，除了满地的狼藉和几个被炸弹掀出的弹坑，几乎看不出任何痕迹。那些金碧辉煌的庙宇依旧耸立在蓝天之下，静默地维持着它们的威严。李望彦茫然地站在空地上，甚至怀疑这里从来就没有发生过任何的战争，连天上的云彩都白得透亮，柏树青得透明，一切是那么安详平静。

有人冲着他喊，原来是个戴着执法袖标的军人，跑过来大声让他离开，这里戒严了。李望彦这才清醒过来，说是来找家人的。军人的口气缓和了一些，但依旧严肃而不容置疑。这里的人都疏散了。如果还找不到就到医院去找，死者和伤员都集中在那里。李望彦绝望地闭上了眼睛。

去医院的路已经戒严了。士兵持枪在街上走动，民众巡逻队也在重要路口盘问行人，并在街道上设置了路障，堆起沙袋，拉起铁丝网，无论你走到哪里，都有黑乎乎的枪口和警惕的眼睛对准你。

镇医院在僻静的北街上，这里原是兵营。院子里挤满了炸伤的老百姓，老远便能听到他们的呻吟和号叫声。尽管李望彦见识过许多的生与死，但面对此情此景他还是感到惊悸，那些血肉模糊的躯体或断臂残肢使人联想起十八层地狱。医护人员穿梭在人群中，他们匆忙的脚步和严肃的表情昭示着这场灾难的严重程度。虽然还没有看到日本鬼子，他们还被中国军队顽强地挡在黄河北岸，但侵略者罪恶的魔爪已经伸到了这片安宁的天空，这片安详的土地，老百姓尚在梦中就遭到了残酷的杀戮。

李望彦挨个房间寻找，但没有她们娘仨。他拉住一个年轻护士，问："就这些人了吗？"护士说："这儿都是一些受伤的人，镇政府那边都是些死难的人。"护士的语气里明显透着谨慎和小心。

镇政府院子里同样挤满了人，死者都被集中安置在空地上和树荫下，每当有亲人认出来时，工作人员就登记造册，然后让担架队的人抬出去。

李望彦认出那个负责登记的工作人员就是马六子，便拉了他一把。马六子惊讶地问他来这里干啥，李望彦说凯儿娘俩和望生一大早就来赶庙会了，到现在也没见回去。马六子就说这儿是存放死人的地处，他该到别处去找。

李望彦焦急地说："我知道，可我到处都找遍了，都没有。"马六子说："那这里也没有，说不定平安回家了。"李望彦说他就是迎着大道找过来的，肯定没回去，恳求马六子再帮着找找。马六子肯定地摇摇头："别人不敢说，可俺婶和凯儿妹妹我哪个不认得？你就放心吧！实在找不到就回家看看。"说罢，不再理会他。

经马六子这么一说，李望彦的心才稍稍安定了一些，兴许看得马虎，错过了，他们早回家去了。他决定快点儿返回去，他转身出了镇府大门，突然想起有条近道，望生也该知道，他常带他从那里走。

回去的路上他已经完全冷静下来了，那些隐约的担心变得模糊不清。太阳已经落山了，天空一片殷红，看上去像一朵朵红色的花，但更像是一摊血。而随着太阳光一点点黯淡下去，那些红色也一点点变暗，仿佛是凝固了的血。李望彦忧郁地想，这是那些逝去人的鲜血，他们在这个看似平常的日子里把鲜血溅在了这片广袤的土地上，染红了这片山水。

"小日本，早晚有一天，我会让你血债血还！"他在心里恨恨地骂。

李望彦回到马车店的时候，天已经完全黑下来。他下意识地望着大门的方向，希望看到一串红色的光芒。这是他的一个创意，平时总在门楼上悬挂一串红灯笼，让过路的客人看到，然而今天却一片漆黑。他心里不由得咯噔一下，心想肯定遇到霾了。

有时候赶夜路咋也走不出某个地段，人们相信遇到的是霾。霾是啥李望彦说不上来，是神是鬼是妖是怪也没人见过，但他相信它的存在。它总是在夜深人静的时候出来，缠绕在夜行者的身前身后，你走到哪里它就跟到哪里，紧紧包围着你，让你迷失方向。有时候夜行人走了一夜，早晨一看还在原地打转。而令李望彦怀疑的是他明明看到了自家马车店，腿却软得迈不动步子。他试着喊了一声，声音立刻被那无尽的黑暗吸走了。

这种情形持续了好几秒钟，也许是更长时间，一个黑影朝他走过来，随后这个黑影发出清脆的咳嗽，李望彦眼前的霾一下子飞走了，他再次清晰地看到了眼前的景和物。靠近他的是一个人，听声音也能分辨得出来是马家旺。

"喂，是不是望彦哥？"

他立刻发出一声回答："是我，你是六子爹？""是啦！是啦！"随着应和声马家旺的脸庞清晰起来，声音也充满着喜悦："这是咋了，一家人都盼着你回来，到门口了却不进屋去。"

李望彦已经彻底清醒了，他清楚地听马家旺说的是一家人，这么说老婆、孩子、望生小兄弟都已经回来了。于是他追问："他们……都回来了？"马家旺说："是啊，他仨早就回来了。"李望彦声音带着惊险地说："你不知道，今们鬼子飞机轰炸了庙会。"马家旺说："咋不知道啊，凯儿跑去找我，说你不在家，我就知道你肯定是不放心，去镇上找他们了。"

李望彦这一下子彻底放松下来，苦笑道："看这事弄的，走两岔了。到了门前我还纳闷，今们咋连灯笼也没点。"马家旺说："点啥啊，白天遭鬼子轰炸，哪家还敢点灯？村口都贴出告示了，实行灯火管制。"

李望彦腿还没迈进门槛，凯儿早已像只鸟儿似的飞过来，扑到李望彦怀里，高兴地说："爹，你可吓死俺们了！俺和娘刚脱了场灾难，你却又找不着了，让俺们担惊受怕。"李望彦抚摸着女儿的头道："谁让你是爹的宝贝疙瘩，爹不去找你谁去找。"说完又拿眼睛瞄了瞄李尹氏。

李尹氏站在台阶上，嗔怪道："听见风就是雨！望生这孩子机灵着呢，今们是享着他的力了，硬是从小路把我们娘俩推了回来。"李望彦说："先去给望生弄点儿好吃的，这孩子一定累坏了。"凯儿笑道："甭爹说，娘早吩咐了，今们后晌跟我们一块吃。"

屋子里黑乎乎的，李尹氏说："本想掌上灯来着，还要在窗户上蒙黑布，索性就不点了。今们是十六，月明一会儿就升起来了。"说罢去搬桌子摆饭。李望彦说："就不兴搬到天井里，就着光明吃？"凯儿拍手笑道："爹这个主意好，又有光明又浪漫。"马家旺起身要走，李望彦拽住他说："你回去也是一个人，孤孤单单的，不如咱们兄弟俩烫上壶酒，喝两盅，喝个小辫子朝天。"

马家旺也不推辞，拖了个蒲团子就坐下了。李望彦这才想起来，他见着马六子了，然后把在镇上见到的情景说了一遍。马家旺忧心忡忡地道："这战争说打就打到眼前了，今后晌咱兄弟俩还能坐在这里喝小酒，谁知明日会干啥？"李望彦说："自家的地自家的房，啥时候不能随便坐随便喝？就是白天死去的那些人太惨了，都是平民百姓，招谁惹谁了？白白吃了一通炸弹，到了阎王那里都不知道是谁杀的他们。"马家旺幽幽地说："从这点恨起来，我们就该起来跟他们干！可惜我老了，扛不动枪了。"李望彦愤愤地说："那也不能便宜了他们！你没看看让鬼子飞机炸得那个惨啊，男女老少都有……"马家旺摇头叹息道："这才叫黄泉路上无老少。你说咱咋跟他们干？"李望彦呷了口酒，思量道："周大牙不是成立保民队吗？不管他动机如何，只要是组织村民抗日救国，就由着他去搞。”马家旺点头道：“那没问题，问题是他是不是真抗日。就怕鬼子没来他倒欺压起咱们老百姓来了。”李望彦哼道：“如果真是那样，我首先不答应！”

那天后晌李尹氏坐在光明底下赏月，凯儿搬个杌子（山东方言：板凳）依在娘的怀里，像只安静的小猫。经历了白日残酷的一幕，李尹氏心里想得更多的是远在黄河抗击日军的兄弟。鬼子的炸弹已经投到了乌河镇，他们的防线肯定也遭到了进攻。

正如李尹氏担心的，陆辰岗固守的防线遭受到敌人猛烈的轰炸。天刚亮的时候陆辰岗准备叫上参谋长和各连连长沿着阵地巡查，浮桥上空突然响起了长长的防空警报。灰色的云端里出现了几架飞机，陆辰岗凭着声音听出这次飞机的轰鸣声异常沉闷,判断这不是侦察机而是轰炸机。他不由得打个寒战，对传令兵大喊道：“立刻通知各连阵地，敌机要轰炸。全体做好隐蔽！”

满开春应声跑开了。陆辰岗爬上高高的塔顶向阵地方向眺望，浮桥和临近的街上到处是乱哄哄奔跑躲藏的百姓。陆辰岗有一种无言的耻辱，作为军人他可以用仇恨的子弹、刺刀和大刀片子御敌于阵地前沿，但却无法对付天上的敌机。敌机在天上，仿佛垂涎地面的老鹰，老百姓则是一群毫无反抗能力的小鸡，面对从天而降的灾难无处躲藏。他不忍心再看下去，抓起卡宾枪冲下台阶。

果然不出所料，两架敌机在空中盘旋了一阵后就开始俯冲投弹，他们的目标是架在黄河上的浮桥。炸弹顿时在浮桥的周围击起冲天的水浪，有一颗正中了桥面，炸碎的木片被高高地抛向天空又纷纷扬扬地落到河水里。

上午十时，阵地上又出现了新的情况，隐蔽在芦苇地的鲁连长率先和敌人交上了火。一小队摩托化鬼子出现在阵地前不远处，从没和鬼子有过交锋的士兵们沉不住气，举枪就打，立刻引来了敌人的就地反击。如果单是几十个鬼子，士兵们并不放在眼里，可随后数辆装甲车开了过来。这些装甲车马达震天，震得大地都在抖动。

鬼子以装甲车为掩护向芦苇荡包抄，侦察连立刻陷入危险的困境。不单是人数上处于劣势，更为重要的是鬼子打破了先前御敌的布局，没有迎面进攻主阵地而是迂回到了部队的侧翼，这下子陆辰岗花了数周构筑起来的坚固防御工事就不起作用了。侦察连被压缩在泥地里，甚至连防身的地方都没有。士兵们都是轻武器，又从来没有打过仗。那些装甲车吼叫着，如同无数头铁牛在庄稼地里横冲直撞。士兵们无处躲藏，不得不朝后奔逃。

鲁连长朝天鸣枪，喝道："谁再后撤我枪毙了谁！找有水洼子的地方，装甲车过不去。"士兵们这才清醒过来,纷纷朝芦苇深处跑去。一辆装甲车追过来,鲁连长看准时机,掏出一颗手榴弹投进装甲车的翻盖里去,随着轰的一声闷响,装甲车腾起一股火焰。两个全身着火的鬼子从车顶钻出来，鲁连长连发两枪，两个顿时毙命。一个士兵看到了，惊喜地狂喊："连长杀死鬼子啦！"声音又尖又高，钻进其他士兵的耳膜，这似乎安定了军心，也鼓舞了士气，他们纷纷从芦苇丛中钻出来同鬼子展开了肉搏。

陆辰岗完全看不到芦苇丛中发生的一切，他只是凭着判断推测战局的发展。侧翼的防守已经荡然无存，一旦日军乘胜追击，会在我军的侧面撕开一个缺口。想到这里，陆辰岗急出一身冷汗。

果然不出所料，侧翼部队没坚持一会儿，就被猛烈的炮火打得无力还手，从阵地上往回撤退。密集的子弹打在士兵们的周围，溅起一阵阵灰色的土雾伴随着那些被削断的芦苇纷纷扬扬地落了一地。陆辰岗意识到这样坚持不了多久，果断下令让他们向主阵地这边撤，把鬼子吸引到二连这边来。

"告诉王钢钉，把面前这股鬼子压下去！"

传令兵猫腰跑了。陆辰岗命令其他连向西迂回留出一条通道，然后死死地阻击住这股蹿上来的鬼子。

但这样做已经晚了，阵地前出现了大批日军，借着开阔地，以散兵线向前推进。装甲车也开始掉转炮口，掩护步兵对正面阵地进行猛烈进攻。一时间黄河北岸响起了震耳欲聋的炮声和密集的枪声，战争在这个阳光并不明媚的上午正式拉开了帷幕。

在黄河保卫战打响的当天，李望彦就得到了确切消息，一队增援的国军在马车店稍事休息便匆匆北上。李尹氏在路边摆了方桌，架上了大锅，烧好了绿豆汤，把碗一字摆开，方便士兵们饮用。

周大牙也来了，头戴瓜皮小礼帽，长袍马褂，手持文明棍，站在路边不停地朝着士兵们作揖打拱，嘴里高声喊着："国军弟兄们，都吃好喝好，保佑你们马到成功！"李尹氏看不下去了，用勺子敲打着锅沿，话不饶人地道："周保长，你少在这里充大脸。我家的绿豆不够用了，有心帮助国军，就回家把囤里的粮食拿出点儿来，免得让虫子蛀了！"士兵听到了都哄笑起来，羞得周大牙脸上白一阵红一阵地挂不住。

等这拨子队伍过了，大贵子又来了，隔着老远就喊："李望彦，国军要在夏庄修炮阵地，你带队出夫！"李尹氏听罢，怒道："大贵子，你咋不亲自出马？我家掌柜的又不当官！"大贵子嬉皮笑脸地道："嫂子，这是说的啥话，国难当头，匹夫有责。”李望彦对妻子摆摆手：“说这些没用的做啥，咱辰岗兄弟还在前线打仗呢，修炮阵地也是支援他。”李尹氏噘着嘴，赌气道：“我也不是说不去，就是觉得有气。”李望彦抿然一笑道：“相了，大不了就是多干点活儿。”

李望彦带领着乡亲们赶到夏庄的时候，其他村也有民夫来，也没见人指挥，乱哄哄地站在山坡上。山下停放了十几门山炮，炮弹箱随意摆在狭窄的山道上，稍有军事常识的人就会想到，如果遇上鬼子飞机轰炸，这里顷刻间就会变成一座坟场。

炮兵营长倒不着急，在树上拴了只吊床，躺在行军床上抽烟，一副坦然自若的样子。李望彦对他说大炮撂在这里不行，前两天还有鬼子轰炸，营长咧了咧嘴，一副死狗不怕开水烫的样子。“我都不怕你怕啥？就这么十几门破三七战防炮，炸了省得我拖回去了。”李望彦耐着性子道：“长官不能这么说，有总比没有强，当年闹八国联军的时候，咱老百姓使得都是土枪土炮，照样把老毛子打得落花流水。”

炮兵营长一听这话撅镰地（山东方言：猛地起身）从吊床上坐起来，道：“皇帝不急太监急！就眼前这点儿破玩意儿能敌得过鬼子的大口径野炮、榴弹炮？跟你说实话，这几门战防炮只是做做样子的，国军的炮兵主力还远在徐州和泰安呢！”

李望彦惊诧地说：“这位长官，敢情你们不是来打仗的，是来做样子的？”营长意识到自己说漏了嘴，露出一丝尴尬来，说：“话也不能这么说，只要大炮往这里一戳，前线弟兄们就会铆足了劲地跟鬼子拼命！”

李望彦冷笑道：“按你刚才的说法，那些在黄河抗击日军的弟兄们是指望不上你们了，你们就是糊弄人的！”刘长喜接话道：“望彦哥，这么说我们修工事也是白忙，还不如现在就回去。”说罢扔了铁镐想走。

炮兵营长见大伙儿都怒目而视，急忙摆手道：“我可没强求你们，这事归你们联保主任管，想走你们找他请假去。”说罢闭起眼不再搭理这些人。

大贵子也夹杂在民夫的队伍里，他本不想来的，但周大牙躺在炕上表情痛苦地说这几天患了痛风，炕都下不来了。“你也就是代表我招呼一下，还有刘主任坐镇呢。”周大牙这样说。

大贵子看到乡亲们在跟长官斗嘴，急忙过来打圆场：“长官也没别的意思，人家千里迢迢来咱这儿抗日，还不是为了老百姓。”马家旺冷笑道：“磨道里跑出头骆驼来，啥时候轮到你了？”

守着外人，大贵子觉得自尊心受到了伤害，瞪眼道：“马家旺，你这是跟谁说话？好孬我也是个甲长。周保长身体小恙，我是替他行使职权的。”

他不说大伙儿还不恼，他这么一咬文嚼字大伙儿都越发觉得气不顺。水兽光穿着个护腚，听这话冷笑道：“喇叭湾里的王八还长着甲呢！”在场的人都哈哈大笑起来，激起大贵子一头火，迎上去想和他扳个高低。水兽鄙视地道：“大贵子，你那点儿力气跟寡妇拔骨碌（山东方言：摔跤）行，跟我拔你还差点儿劲！”

两人说着支开了黄瓜架。李望彦觉得再闹下去会误事，于是喝住水兽，指着近处一门山炮道：“水兽，长能耐了。要是力气使不完，把那门山炮扛山顶上去，回头我替你把王甲长扔喇叭湾里。”

水兽听了退后一步，跳出圈子，讪笑道：“望彦哥笑话俺，谁有那么大的力气？”李望彦正色道：“我就有！”说罢，分开众人，走到那门山炮跟前，稍活动，弯腰伸出双臂抱住炮身，山炮的铁轮子就高高地离开了地面，看得在场的人都大眼瞪小眼。李望彦看大家都服了，轻举轻放，大气不喘地笑道：“刚才我还寻思，让王甲长给我放到肩膀上，我扛上山呢。转念一想，还是省着点儿劲修工事吧。”

大家都笑起来。大贵子也借坡下驴，指着水兽说道：“要不是望彦哥拦着，我还真跟你过不去。”倒是炮兵营长看在眼里，跑过来为李望彦点上一根香烟，赔笑道：“老哥，没看出来，你这人力大无比，功夫盖世，开眼了，开眼了！”马家旺帮腔道：“望彦哥这才是略施皮毛，要是使出真功夫来，你们三个五个的不递招！”李望彦打断他：“相了，都是瞎说！”

刘家坤还是没到，李望彦就对大伙儿喊：“军情不等人，各位先下手，忙完了，家里还有活等着呢。”大伙儿纷纷响应起来，一部分人帮着推山炮，一部分人筑炮台。炮兵营长借歇着的空凑过来说：“老哥，我也是长见识了，走南闯北，没想到你人缘这么好。”李望彦道：“不是我人缘好，是看你是打鬼子的队伍。”刘长喜接话道：“望彦哥说得对！你要是还没见鬼子的影子就跑得比兔子还快，俺先把你的炮掀到沟里去！”

炮兵营长刚刚走开，周大牙不知从哪里钻出来，穿的还是昨日那身行头，吆喝道：“乡亲们，抓紧修好炮台，乡里管饭！”大贵子见是保长来了，惊诧地问：“周保长，你不是长病吗，咋这么快就好利落了？”周大牙大言不惭地说：“腿脚再不利落也不能误了为抗战服务。我是专程替刘主任来下通知的。”水兽不服气地嘟囔了一句：“满嘴里放屁！”

周大牙装作没听见，跑到李望彦跟前说刘主任晌午订了一桌席，为国军接风，指定他作陪。李望彦不屑地道：“有心思请我，不如省出钱捐给前线！”

周大牙见他敬酒不吃吃罚酒，不耐烦地道：“李望彦，你也别抬杠，这一顿饭能省出多少钱？刘主任是想借着吃饭布置一下今后的抗战任务。如果不是他亲自点名叫上你，说啥我也不费这个口舌。”

马家旺早听全了两人的谈话，对周大牙说：“你跟刘能子说，望彦哥按时赴宴。要是还觉得人不够，就叫上我去陪。”

“美得你！”周大牙气哼哼地走了。马家旺劝李望彦，不去他们也是死吃死喝，李望彦去了这些人反而收敛点。

刘家坤的饭局安排在夏庄村边的野味店。本来这么小个村是养不起饭店的，唯有牛嫂这家野味店开得长久。究其原因是因为刘家坤把这儿当成了家，隔三岔五到店里来。刘家坤醉翁之意不在酒，在意的是这家店漂亮的女主人牛嫂。李望彦实在不想参加这种酒席，但耐不住马家旺再三劝说，喝酒事小，主要是趁机了解一下时局。

这场饭局因为李望彦的参加而变得有点儿微妙。名义上是宴请汪营长的，他进门二话没说一屁股就坐在了上席。刘家坤做东，指了指次席道：“汪营长，请这边坐。”汪营长虽说不是孔圣人的臣民，但在外闯荡久了，北方的习俗还是略知一二，当时就瞪起眼来：“你这不是请我吗？”周大牙和大贵子也纳闷，刘家坤却故意卖关子，闷笑不语。大贵子就说：“汪营长，你坐下就是。这穷地处你就是俺们见过的最大官了！”

汪营长腚还没坐热，李望彦就进了房间。刘家坤满脸堆笑地站起来迎接，嘴里说：“大家都等你，咋这时候才到！”大贵子见等来的人是李望彦，冷笑一声：“我以为谁呢，原来是你！”李望彦调侃道：“咋，你们吃香的喝辣的，就不兴我也凑个数？”周大牙说：“我招呼他来的，反正也不是外人，就让他来给国军满个茶倒个水。”刘家坤听了气得把茶杯往桌上一扔，骂道：“姥姥！望彦哥是我的恩人，我都得叫一声哥，你们这些乌龟王八蛋敢瞧不起？”

他这一发威把周大牙和大贵子都吓愣住了，不知这刘主任葫芦里卖的啥药。啥时候把李望彦当成神了？周大牙脑子转得快,立马装出一副热情的样子，笑道：“看我这记性，刘大主任的恩人当然就是我们的恩人，理所当然地坐首位。”

这件事让周大牙和大贵子耿耿于怀了好多天。黄国品从县里回来，周大牙和大贵子跟黄国品旧事重提。黄国品说：“刘家坤是何许人也，你们以为他真认李望彦？我看他是另有图谋。”一句话说得周大牙瞪直了眼，问：“贤婿，你说他有啥图谋？”黄国品不答反问：“我问你，这李望彦又是何许人？”周大牙思量道：“也甭说，这人在村里有些威信，我见了也得让他三分。他还是刘能子的恩人。”黄国品说：“问题的关键就在这里，刘家坤守着你俩，在酒席宴上认李望彦当大哥，他是别有用心。”见老丈人还瞪着大眼不明白，黄国品继续开导他：“其实那天你们参加的就是一场鸿门宴，刘家坤就是做给你们看的。是拿着李望彦来挤对你们！”

大贵子听罢骇得连吐舌头，说道：“乖乖，就一顿饭也藏着这么大的玄机？”周大牙也惊得不断擦着冷汗：“原来果真是鸿门宴！要不是贤婿提醒，我们还都蒙在鼓里。这刘家坤也真不是省油的灯！”

大贵子献媚地说：“黄科长，俺们都是粗人，你有文化，你说今后该咋办？”周大牙也伸过头来仔细听，黄国品悠悠说道：“他刘家坤既然防着咱，咱们就不能两手空空。这乱世年头有奶就是娘，有枪才能出政权。咱们就抓紧成立保民队！只要有队伍在手，就不怕他刘家坤冷落咱，兴许他日后还指望咱替他打江山。”

一席话说得两人摩拳擦掌。黄国品去县里买枪，却空手回来了。周大牙担心女婿借的那钱，怕“肉包子打狗——有去无回”。黄国品不置可否地冷笑：“我啥时候做事这么没谱过？”大贵子道：“周保长也是着急，咱成立保民队，总不能两手空空用烧火棍。”黄国品这才扑哧一笑，悄声说道：“枪我早买好了，都藏在安全的地处。这青天白日的运几十杆枪回来，不明摆着招惹是非？”周大牙一颗心放到肚子里，夸道：“还是贤婿想得周到！”

三人商定，后半夜就去取枪。

李望彦前半夜睡不着觉已经成了习惯，睡不着的时候他喜欢到坡里转转。多少年来他已经熟悉了桃花峪的一草一木，他喜欢看绿油油的枝头挂满果实，喜欢看地里的庄稼从幼小一天天成熟。闻着它们散发出的清香，他总像喝醉了酒一般。

李望彦巡坡通常带上他养的两条狗，大黄和黑子，这两条凶狠而又温柔的大狗跟随主人多年了，每天早晚出来放风。那天后晌他依旧来到坡里，沿着田坎四处走着。雌狗黑子撒着欢地在前面跑，雄狗大黄则低头四处嗅着，沿途又撒尿又做标记，就这样停停走走忙个不停。李望彦望着它们那认真和忙碌的样子，忍不住笑着骂道：“这些个畜生！”

黄国品藏枪的地处就是靠近大道的孙家茔。这块茔地曾埋着明朝万历年间的一位知州固原公，官至五品。相传明朝宦官魏忠贤当年被通缉，就是被固原公擒获的，这与史书记载有出入。茔地里立有石人石马，一年四季苍松翠柏，遮天蔽日，即使是白天走进去也会觉得阴森森的，因此鲜有人闯入。

桃花峪路不拾遗，夜不闭户。庄稼收了，往往都撂在地里，不过偶尔也发生鸡鸣狗盗的事。有一回，李望彦看到一个黑影，便悄悄跟了上去，等黑影拾上两个麦个儿（山东方言：成捆的麦秸）欲走的时候他就咳嗽了一声，吓得这贼扔下就跑。如此反复，到了天明，贼硬是一粒粮食也没偷走。

那天后晌李望彦又走在田埂上，望着鬼魅一样的茔地，突然觉得人死也算是一种解脱，远比活着的人要安宁。吕无常经常说，活人比死人更可怕，这话十分有道理。那日益逼近的日本鬼子比这些冢子更可怕百倍。

这时候，跑在前面的大黄突然回头，冲着主人狂吠不止，安静的黑子也竖起耳朵，紧张地望着黑幽幽的茔地低声哀鸣。李望彦警惕起来，努力朝黑暗里看，想看清楚那里到底有些啥。可是除了漆黑一片啥也看不到。

李望彦蹲下身，抚摸着狗的脑袋让它安静下来，继续朝四周观望。两条狗不再狂吠，机灵地趴在地上，做好了随时出击的准备。不多时，李望彦看到远处出现几个黑影，显然这黑影对这一带地形十分熟悉，既没有点火把也没有提马灯，摸黑往前走。他们在岔路口停了一会儿，然后就直奔老茔而来。

李望彦轻轻拍了一下大黄的头。大黄心领神会，一个箭步蹿出去，稍后黑子也无声地跟着蹿出去。李望彦猫腰跟在后头，尽管他加快了脚步，但还是难以跟上这两个畜生的步子，被它们远远地甩在身后。等李望彦赶到茔地的时候，两条狗早已死死咬住地上的人。

被扑倒的人发出惊恐的号叫，他们咋也想不到这黑暗里潜伏着如此的凶险。一个人顾不得掩饰，打开了手电筒。借着光线李望彦看清原来被两条狗死死按在地上的人——一个是大贵子，一个是黄国品。周大牙待在一旁，惊恐万分地高喊着："这不是李望彦家的狗吗，我认得它们。它们咋在这里？"

不管认不认得，反正周大牙无法把两条狗从女婿和大贵子身上赶开，只好求助地喊："李望彦，你出来！"李望彦也没有想到会是他们，急忙上前喝住狗，问道："深更半夜的，你们到茔地里干啥？"周大牙恼羞成怒："能干啥？我女婿要是有个好歹，我就拿你是问！"大贵子也从地上爬起来，拍打着身上的土，咬牙切齿地说："李望彦，你这是成心想害死我们。"黄国品最终没有出声，瘫坐在地上。李望彦看他们都没事，松了口气说："先别忙着发穷狠，这不过鬼节不过祭日的，深更半夜来人家茔地里干啥？"

三个人你看我，我看你，支吾着说不出话来。这时候两条狗又发现了目标，朝着坟头的干草垛乱咬。李望彦扒开一看，竟是三个长方形的木箱，掀开盖子，每个箱子里面盛了十支枪。这下子李望彦冷笑起来："我说呢，原来你们私贩枪支！"

周大牙眼见掩饰不住了，只好赔着笑脸道：“事情到这一步，也就不瞒老哥了，刘主任要我们成立保民队，小婿弄了几条枪。考虑着人多嘴杂，想瞒着大伙儿，可没想到让你看到了。”李望彦冷笑道：“不是让我看到了，是让这俩畜生看到了！”

周大牙觉得他话里话外都是玄音，但把柄在人家手里，由不得自己张狂，低声下气地说：“明人不做暗事，我周兴财这可是为了桃花峪。你要是识大局就成全这事。你武功好，我聘你做个总教头。要是还不满意，难为兄弟，我也无话可讲，咱们就斗到底！”

李望彦暗地里笑了，心想这周大牙嘴里吐的是实言。虽说他不情愿掺和，但大敌当前也顾不得许多了，于是说道：“既然是这样，我李望彦也就不打扰几位了。你们运你们的枪，我还巡我的坡。”说罢打个呼哨，带着狗消失在黑夜之中。

周大牙让李望彦当保民队总教头是急中生智，不过成立保民队也的确需要一个会武功能服众的人，在桃花峪非他莫属。大贵子一百个不愿意，黄国品也跟吃了涩柿子似的，但周大牙吐出来的话泼出去的水，没法收回来。

“你当我这是信口开河？桃花峪那些刺头除了李望彦谁也玩不转。你们不要小心眼，当年林冲发配沧州还当起八十万御林军总教头呢！”他这一番话说得两人哑口无言。

周大牙怕女婿在这事上有成见，特意在刘家坤上门的时候提及这事，让他开导一下小婿，刘家坤笑道：“你终于理解我用心良苦了？那天我请他吃饭为的就是今们。你想，依你们几个人能保证桃花峪的人都听摆布？用李望彦则不同了，他可是一呼百应！”

大贵子顺嘴附和道：“是啊，李望彦救过你的命，我就佩服你，懂得知恩图报。”刘家坤立马翻了脸，骂道：“狗屁！我知谁的恩图谁的报？我这是为了抗日救国，不然他李望彦算个屌！”

周大牙回头跟大贵子嘀咕这事，黄国品说他马屁拍得没有水平，哪壶不开专提哪壶。大贵子不服气，说那天他自己也说李望彦是恩人。黄国品说，他自己说是境界，别人说就是揭短。周大牙茫然，站在村民队伍前训话的时候也没能理解女婿说的境界是咋回事。

村民们都被集合在场院上，周大牙拿着花名册现场点名。让一群从小摸锄把子，不知枪为何物的乡巴佬集合起来当民兵，也亏黄国品想得出来，但他自有主张。乱世出英雄，只要把握住当前机会，这群虾兵蟹将一样能像哪吒那样翻江倒海。

当然也不是所有村民都知道啥叫保民队。好铁不打钉，好男不当兵。乡下人最忌讳当兵。尽管周大牙和黄国品一个劲儿地解释，民兵和兵不是一回事，但大伙儿打死也不信。

臭子娘一辈子就修了俩儿子，全让周大牙造在花名册里了，气得她当场就来了个老牛大憋气，躺在周大牙的大门前直挺挺不动。上了花名册就好比上了阎王爷的生死簿，她能不害怕？臭子娘年方二八嫁到了马家，男人是个病秧子，没两年一命归西，臭子娘不到二十岁就守了活寡。婆婆想传个香火，就把个觅汉关进了儿媳妇的屋里，臭子娘以死抗争，但最后还是没逃得了宿命。大儿子出生了，她恨恨地给他起了个名叫臭子，没想到仅过了一年小儿子又呱呱坠地，又得了个臭名，兄弟两个一个叫大臭子，一个叫二臭子。

就是这么个顶了一辈子不贞骂名的女人，眼看着两个儿子要被造册当兵，吓得躺在地上抽风。周大牙却偏不信这个邪，冷笑道："现在是非常时期，全民保家卫国。我告诉你们，腿瘸了眼好使，眼瞎了腿好使。只要有一样好使，就得给我参加！如果不参加也行，先回家拿五斗米来！"

来闹的人看周大牙全没有了往日的慈善，哪个还敢争辩。臭子娘爬起来哭天抹泪地跑了。倒是黄国品一贯表现得斯文，笑吟吟地道："老泰山也是为乡亲们着想，这日本人说不定哪天就进了村，杀人放火，奸淫抢掠。谁家没房子没地，没老婆没女人？不成立个队伍保卫自己，到时候想哭都找不到地处！"

经爷俩这阴阳脸一说，方才还打艮扽的村民们都不吱声了。是啊，家都不保，还想保啥？

保民大队正式成立的这天晌午恰好是鬼子进攻黄河主阵地的时候。虽说那个年代通信不发达，村民们并不清楚在百里之外发生了啥，但从北方刮过来的风里都含有硝烟的味道，因此被集合起来的保民们个个神情庄严。

桃花峪成立保民队无论如何是开天辟地的大事，男女老少早早地就聚集在场院上，围了一圈又一圈。男人们把能用的家伙都带来了，猎枪、硝筒、弩弓、大刀、长矛。伏八爷家的抬枪都抬来了，摆在地上。桃花峪有五大家族十二杂姓，周姓排在第一位，周书启、周书平自然站在前排的位置；马家属老二；贾家属第三。大臭子二臭子本姓马，就因为爹不明不白，因此没有多少人瞧得起。至于水兽姓甚名谁，一般人都说不上来，连花名册上写的也是水兽二字。他生下来就怪头怪脑，人们便叫他水兽。娘说他姓贾，但贾家都不愿意承认，贾子勇、贾子福站队都离他远远的，怕沾上腥气。

马家旺一大早就来问李望彦参不参加。李望彦正在自制武器，他把牲口棚里的铡刀卸下来，刀孔上系了条红绸缎，两头用结实的棕绳拴好，一把又实用又锋利的武器就做好了。马家旺眼瞪得跟牛眼一般大："望彦哥，啥家伙到了你手里都成了精！"李望彦满意地瞅着道："不是到我的手里就成了精，而是这铡刀到了鬼子的头顶上就成了催命符！"

李望彦身背铡刀出现在村民面前的时候，铡刀上的红绸子迎风飘动，十分好看,大伙儿发出一阵欢呼声。刘家坤头戴礼帽,身穿黑色绸褂,戴着太阳镜,倒背着手站在场院的中央，一副闲情逸致的样子。大声对村民道："诸位父老兄弟，今们是桃花峪一个难忘的日子，咱们保民大队正式成立了！我给咱们这支队伍拟了个宗旨，就是'外御倭寇，内防匪患'！咱们的性质我也挑明了，就是平时种庄稼，战时当军人，保家卫国！"

他还没说完，马大臭就插嘴问："刘主任，啥叫宗旨……"

别看刘家坤平时张口闭口宗旨观念，但他还真说不清这个词的含义，现在让马大臭这么当众一问，他哼哈了半天也没回答上来，于是不满地训斥道："长官讲话，不许乱插嘴！"

周大牙怕刘家坤出洋相，瞪眼道："大臭子，少在这里扰乱秩序，这也就是在咱这儿，换个场合早让执勤官打你二十大板了！"吓得大臭子吐吐舌头，躲到队伍里不吱声了。

刘家坤照本宣科地念了一下名单就躲到村公所喝茶去了。保民队由刘家坤任名誉大队长，黄国品任大队长，周兴财任副大队长。大贵子、马大臭、刘长喜各领了个中队长头衔。李望彦任总教官，马家旺当司务长，马二臭当传令官。宣布每天早晚两次出操，其他时间站岗值勤。多数人都没认真，倒是马家旺给个棒槌就当针，追着周大牙的后腚吵吵："你们都舞刀弄棒的挺威风，封我个火头军。村里有啥好吃好喝的让我支配？这跟孙悟空封了个弼马温没啥区别，其实就是个马夫！"

不管马六子爹咋不高兴，大伙儿都兴高采烈。队伍解散后大伙儿呼啦围住了李望彦，有看他大铡刀的，有七嘴八舌地议论今后咋办的。大伙儿对周家当队长尤其不满。李望彦劝慰道："相了，大敌当前，这也不是啥好差事，弄不好要掉脑袋。你们哪个敢撑这个事的，我立马找刘家坤说。"

马六子爹道："说实话，俺们还是愿意跟你干，觉得心里踏实。"人们纷纷应声附和着。李望彦笑道："如果大伙儿觉得跟我踏实，现在就跟我学武功。有个一招半式的，鬼子来就不怕了。"大伙儿齐声应着，一招一式地跟着认真学起来。

李望彦习武更多得益于吕无常。当年在乌龙河边的瓜棚里守夜，俩人弄一壶小酒，就着月明喝个酩酊大醉。更多的时候李望彦在一旁欣赏，吕无常脱了小褂在月明底下练功。吕无常从小就在西山寺里跟老和尚学功夫，大刀片子耍得出神入化。一来二去，李望彦也比着葫芦画瓢，招招套路娴熟，就连吕无常也惊叹，这一招一式比自己还厉害。见乡亲们都渴望练点儿真本事，李望彦从肩上卸下铡刀，呼呼地抡起来。只见他一会儿霸王举鼎，力劈四门，一会儿鹞子翻身，回马拖刀。大伙儿看得眼花缭乱，耳畔生风，不由得连声喝彩。李望彦舞了半天才意犹未尽地收住步子，这时候大伙儿已彻底被他的表演征服了。

马家旺吐着舌头道："虽说常在一个锅里抡马勺，我这还是头一次看你把大刀舞得这么威猛豪放。"李望彦轻轻吐出口气，轻笑道："不瞒大伙儿说，我这也是现学现卖。这点儿功夫全是尚武庄吕兄教的。"大伙儿都不知他说的人是谁。马家旺点头说："我认得他！"刘长喜问："望彦哥，你这大刀耍得没的说，肯定对大刀的来历也十分清楚，当年关云长耍的是啥刀？"

周书启自恃上过几天私塾，读过三国，就笑话他道："关羽使的那叫青龙偃月刀。"刘长喜再追问："啥叫青龙偃月刀？"周书启卡了壳："我哪儿知道，要问你就问望彦哥。"

李望彦见大伙儿这么感兴趣，解释道："大刀亦称长刀，最著名者为关公青龙偃月刀，刀重八十多斤，长就有四米。"

贾子福平日里杀猪，惊得一吐舌头："乖乖，那岂不跟一扇子猪肉差不多？"村民们都笑了："就忘不了卖你的猪肉。"

李望彦接着讲解大刀的作用，然后说："我教大伙儿几招，如果哪天碰上鬼子，就派上用场了，定能刀刀致命，杀得鬼子遍地头像西瓜。"一席话把大伙儿的情绪都调动起来了，一招一式练得更起劲更有章法了。

刘家坤来桃花峪纯粹是想显摆一下身份，没想到校场上李望彦成了主角，他心里不痛快，到村公所喝茶又沉不住气，重新走出来站在那里看村民练武。当看到李望彦娴熟的刀法时，他想起了那年冬天，正是李望彦的武功救了自己的命，不由得感慨。李望彦的大刀片子舞得虎虎生风，他脖子后面寒意阵阵，所以找了个支头子（山东方言：理由）走了，连周大牙邀他去马寡妇的饭铺子里吃饭都没了兴趣。

周大牙愁着另一件事，女婿借桃花峪拉杆子起队伍，他想牢牢地控制住村民，壮大周家势力，为此才狠着心花钱买来枪支弹药。但没想到从一开始村民们就不买账，反而更拥戴李望彦。刘家坤点完头把火就走了，剩下他们爷俩陪着太子读书。如此一来，这冷板凳也就坐得没意思了。

趁大伙儿都坐下来歇息的空，他站起来，清清嗓子道：“今们的大刀就练到这里了，现在可以回家了。”水兽意犹未尽地问：“王甲长不是说要发枪吗，咋没见枪在哪儿？”

周大牙警惕起来：“哪个告诉你有枪发？”水兽说：“你耳朵塞驴毛了？我刚才说过，大贵子说的。”周大牙怕的就是这事传出去，一口否定说：“你们不要听着风就是雨，没有的事！”众人不满起来，嚷嚷道：“没枪成立个屁！”

黄国品见大伙儿都泄了气，改口道：“乡亲们，枪不是不发，肯定要发。不过……因为都是真枪实弹，怕大伙儿不会使，伤了人。待会儿我点到谁的名字，谁到我家里去领。”

大伙儿听他这么说，都期待着等他点名。果然，一会儿名单出来了，甲长中只有大贵子有份，周家周书平有，周书奇没有，贾家贾子勇有贾子福没有，马家大臭子有，二臭子没有，没有份的都失望地咒骂着准备散了。李望彦叫住大伙儿，从怀里掏出一叠纸来，说道：“我从兵书上抄了些谱诀，你们都背一背。”大家看过去，是大刀技法，顿时又来了精神，刘长喜夸道：“还是望彦哥想得周到！”

黄河北岸的阻击战用大刀是解决不了的。陆辰岗的部队从早上开始就遭遇日军猛烈的进攻，这场战斗可以用惨烈来形容。

这是陆辰岗头一次经历大战。直面日本鬼子他才尝到战争的滋味。天上有飞机，地上有坦克装甲车。头顶上有飞机投炸弹，地面上有炮火打反击。密集的炮火已经把阵地翻过好几遍了，扬起的沙尘都能把整个人埋掉。而空气里弥漫着的浓烈土腥味呛得人喘不过气来。当惊魂未定的士兵们熬过这一切之后，鬼子装甲车履带的嘎嘎声已经清晰可闻了。

大地在震动，陆辰岗努力透过烟幕紧盯着前方，士兵们单薄的武器很难在远距离发挥作用，只能听到越来越清晰的履带嘎嘎声。友军的阵地上沉寂着，我军的大炮根本就没有开过火，只是任凭日本鬼子在面前猖獗。他把枪口举过头顶，全力高喊：“兄弟们，鬼子过来了！不要慌，等他们踩了地雷再打！”这声音支离破碎，陆辰岗自己都怀疑不是从嗓子眼里发出来的。

喊声未落，阵地前沿就响起了隆隆的巨响，工兵营埋设的地雷发话了。爆炸声及鬼子被弹片击中的号叫声，充斥着耳膜，士兵们不由得精神一振，兴奋地交换着目光。陆辰岗先前种种的恐惧也随着减轻下来，他看到鲁连长弯着腰朝这边跑过来。

“头儿，鬼子都到跟前了，咋还不见咱们的炮火？”

王连副冷笑道：“你啥时候见过咱们的炮朝鬼子头上打过？”陆辰岗狠狠地瞪了他一眼：“别指望别人了，你只要看住鬼子，别让他们突破正面阵地就好。”

鲁连长刚走，枪声就密集起来，不知谁大声喊：“不好啦，鬼子摸上来啦！”

整个阵地顿时乱作一团，枪声夹杂着士兵们绝望的呼喊。

烟雾弥漫上来，只能看清前方几米的状况。稍远处出现了黄乎乎的一大片，陆辰岗凭直觉知道这都是鬼子，他们弯腰缩头，面目狰狞地出现在视野里。陆辰岗惊诧自己第一次看到这些异族倭寇竟没有半点儿害怕，相反他有了一些淡定。鬼子也不过如此，并没有想象中的獠牙巨齿。

之前相当一段时间里，士兵中流传着鬼子的种种可怕，把他们形容成刀枪不入的恶魔。传说他们特别善于拼刺刀，一个鬼子可以同我们的三个士兵搏斗，战至一兵一卒也不投降。现在看来，这不过都是些谣传。陆辰岗抬手扫过一梭子，就有两个鬼子扑倒在地，长眠在黄河滩头了。他吼了一声：“兄弟们，别让鬼子占了阵地！”虽然没有回声，但是耳畔却传来士兵们明显变形的怒吼，显然他们受到了鼓舞。

鬼子的第一番进攻就这样被打下去了，随着枪声逐渐零落，阵地前留下了十几具尸体。陆辰岗让满开春去统计伤亡人数，自己找了个地方坐下来休息。他的嗓子眼干得说不出话来，弟兄们的脸上都被硝烟熏得看不出模样，衣服撕扯得面目全非，不少人头上淌着的不知是血水还是汗水。他重新站起来想招呼预备队抢救伤员，打扫战场。这才发现他们早已经出动了，已经把伤员和尸体运送到了闲置的战壕里。

满开春骇得满脸煞白，说话时全身不停地发抖。初步统计，死了十五个弟兄，伤了三十多个。阵地上鬼子丢了十具尸体，抢回去五具。陆辰岗耐住性子问满开春到底伤了多少，要准确的统计数字，因为每一个数字都代表着一条生命。陆辰岗脸色很难看，满开春说话都结巴起来：“我……我也没法统计准确，轻伤的兄弟们都不让我算进去。”

陆辰岗沉默了，士兵们都是好士兵，轻伤不下火线，陆辰岗意识到自己过于严厉了，士兵们比他更需要安慰。他起身向着阵地走去。这第一场仗打得蛮划算。陆辰岗不希望手下有一人伤亡，但战争就是战争，毙敌一万，自损八千，如果不是事先狠着心让士兵修筑这些明雕暗堡，无论如何也不会是这个结果。

陆辰岗赶到预备队的时候，崔连长已经指挥着把牺牲的士兵集中到一块儿，这里离主阵地有一段距离。陆辰岗把崔大友喊过来，吩咐他赶紧叫民工担架队上来。崔连长为难地咧咧嘴，鬼子的炮火这么猛烈，担架队上来就是白白送死，现实的办法是先把尸体安置在这里。

几个老兵和崔连长一块儿搬运尸体，将尸体安置到一条稍宽的战壕里，裹上白布。老兵说："长官做到这份儿上，死去的兄弟们也就知足了。这儿又安静又凉快，我们都想躺这儿呢！"陆辰岗两眼发红，骂道："胡说八道！我告诉你们，仗没打完，谁也别想这么躺下！"

鬼子并没有等陆辰岗从容地做完这一切，他们又发起了新一轮进攻，不单是他的阵地，在几十里的黄河上日本人发疯似的发泄他们的愤怒。陆辰岗命令士兵们耐心地趴在战壕里，尽量减少伤亡。

经过一轮又一轮的炮火，他们精心构筑的工事已被炸得七零八落。枪炮声整整响了一天，到傍晚才逐渐平息下来。这时候，陆辰岗的人马只剩一半了，摆放士兵遗体的战壕已经盛不下，渐渐变硬的尸体一层层摞高，组成一道人墙。他们鲜血凝固，头颅僵硬，怒睁的眼睛依旧眺望着阵地的方向。

接近天黑的时候，岸防指挥部通知陆辰岗去开紧急会议。他赶到那里才知道，友军炮团夜里就被调动南下了，他们在毫无支援的情况下苦苦支撑了一天。

"他奶奶的，这还打个鸟仗！"他忍不住愤怒地摘下帽子，狠狠砸在桌子上。发泄归发泄，但命令还是要不折不扣地执行，前沿阵地至少守住三天，掩护主力全部撤到黄河南岸。

"陆副团长，你不是步兵旅的人，我不强求你，你们已经完成了阻击任务，可以随时撤出战斗。"谷师长说。

陆辰岗不满地说道："这时候才想起来让我们撤，鬼子咬着我们的尾巴已经一整天了，我们能全身而退吗？"

参谋长在一旁叹息道："黄河之水天上来，本以为是道天然的屏障，可是……战线太长，区区万余人根本布防不过来。"

陆辰岗说："早知道这样，我一开始就在南岸布防，这样鬼子过河就难多了，我也不用死那么多兄弟。"谷师长拍拍他的肩，沉重地说道："御敌于国门之外是蒋委员长的策略，寸土必争才能更好地体现出我们抗战的精神。回去好好安慰弟兄们，能挡住鬼子一步，老百姓就多一分安全。"

话说到这份儿上了，陆辰岗即使有再大的委屈也认了。谷师长问他还有啥要求，他想了想说："多派些担架队吧，把阵地上兄弟们的尸体抬下来，不然活着的人看了会寒心。"谷师长没说话，转身吩咐，一定得把死去的士兵运下来，不然军法处置。

天色将晚，士兵的遗体已经被抬下来了，整齐地摆放在寺庙前。棺材不够用，许多遗体被简单地搁在门板上。按照风俗，他们被清洗了身体，用白布裹起来。陆辰岗实在没有勇气再揭开尸布,最后看一眼跟他朝夕相处的兄弟。经过一整天的战斗厮杀，他们都面目全非，许多已经分辨不出模样来。书记官只能从胸牌上辨认出士兵的身份。他们生前是那么生龙活虎，而此时此刻却沉默地躺在这里。他们甚至到死都没有换上一身干净的军装，没能赚得一口棺材。陆辰岗唯一能做到的就是用军人的最高礼仪——鸣枪为他们送行。

枪声划破沉寂的夜，在初夏的夜晚格外刺耳。整个鲁中平原已经完全进入睡梦，它安静地卧在黄河岸边，仿佛一个熟睡的婴儿。河水拍岸，轻声吟唱着摇篮曲，但是躺着的士兵已经无法听到了。悲伤缭绕在这个无名的村庄上空，许多老乡自发带来了祭品。怕引来敌人的炮火，陆辰岗没让他们点燃香烛。在乡亲们低声的祷告中，死去士兵的遗体被埋进黄土里，坟头落满了雪花一样的纸钱，他们会在天堂里看着活着的兄弟们英勇抗击敌人。

陆辰岗回到阵地，突然意识到这也许是在黄河岸的最后一个夜晚了，明天这里将被鬼子的铁蹄践踏。鲁中平原的夏夜带了些许寒意，从河道吹来的风带着泥土潮湿的气息。士兵们经过了一天的鏖战之后疲惫不堪，他们三五成群地靠在战壕里用彼此的身体取暖，很多士兵鼾声大作，只有哨兵依旧警惕地来回走动着。

当陆辰岗靠近阵地前沿的时候，黑暗里传来一声低沉的断喝:“口令？”“黄河！”他回答着跳进战壕里。几位连长听到长官的声音都弯着腰朝这边聚集。陆辰岗看到他们都没受伤，脸上露出欣慰的笑容。他问道:“这么晚了咋都不睡？”鲁连长说:“你不回来,睡觉也不安稳。”王连副附和道:“是啊，你去指挥部开会，带回来啥指示？”崔连长嘟囔道:“还能有啥好精神，白天打仗的时候就感觉出来了，整整一个阵地只有我们在拼命，他们都扯着架子准备逃命。”

陆辰岗扬手制止他，说道:“这不能怪友军，我们是战斗部队，就是派出来打仗的。论武器装备、战斗经验都比那些生拉硬凑的工兵后勤保障强，所以鬼子才没有从我们这里得到便宜。”

王连副说:“正因为如此，我们才更需要友军的支援，可是仗打了一天也没见炮火支援，倒是鬼子的炮弹跟下饺子似的。好多兄弟连鬼子长啥样都没见就送了命。”陆辰岗沉吟道:“这正是我想跟大伙儿说的，上峰已经命令主力部队悄悄转移到黄河南岸，凭借天险御敌。”崔连长问:“那我们咋办？”陆辰岗停顿了一下，说：“留下来阻击和迷惑敌人。”

王连副听罢立刻叫起来：“啥？又是留下我们当替死鬼？”陆辰岗瞪了他一眼说：“啥是替死鬼？是我想留下来的。上峰已经明确说我们可以随时走，可是我想，我们所处的位置十分重要，为什么白白放过？”鲁连长低声嘟囔着：“这倒是，不过就是有点儿不平衡。不过话又说回来了，此时不打鬼子，更待何时。我们都做好为国捐躯的准备了。”王连副说道：“对！怕死就不打鬼子了！”

陆辰岗说仗打了一天也打出点儿经验来了，明天如果再硬拼下去怕是没有几个人能过黄河了。他准备让侦察连守阵地，其余过河去找工兵营弄地雷，在阵地前沿多埋些这玩意儿，埋完了就撤。

说到这里，他停顿了一下。尽管天黑得伸手不见五指，但是大伙儿还是看到他露出一排洁白的牙齿，这让所有人都有了信心。陆辰岗指着南岸黑黝黝的一座建筑物说：“我还在那里，看着你们行动。你们不能有任何含糊！”大伙儿低声应着，语气里充满了对长官的信任。他指的就是那座寺庙，那儿是独立营的定海神针。

搬地雷埋炸药炸浮桥是他的突发奇想，分析白天的战斗情况，工兵的文章显然没有做足，鬼子轻而易举地就冲到了前沿阵地。他就是要在鬼子必经道路上埋设地雷，把鬼子的机械化部队全部摧毁在北岸。

当王连副找工兵营长的时候，工兵营长已经完成了指挥部交给的任务，沿着黄河南岸纵深五公里埋设了数千枚地雷，剩下的就是自顾逃命了。仓库里剩余的不少地雷没法带走，留给鬼子心有不甘，他正打算派人偷偷扔到芦苇丛里。王连副的到来正好解了他的困局，他索性做个顺水人情，把地雷全部给他。什么反坦克雷、防步兵雷、触发雷、脚踩雷，这些玩意儿埋在正面阵地就是一道火墙，保证鬼子三天过不来。

临近天亮的时候，王连副在纵深一公里之内又布上了数千颗地雷，陆辰岗站在寺院的高处通过望远镜观察着这一切。待士兵们趁着晨雾撤退到黄河南岸的时候，他命令王连副把浮桥上的引线接好，随时准备引爆炸药。

天蒙蒙亮，李望彦就起来了，披上衣裳，站在大道上朝着北方眺望。这已经成了一种习惯。尽管大道掩映在青纱帐里，但他依然能透过时浓时淡的雾看清远处的情形。时令已经过了小满，庄稼都长足了身量，正期待着风使者传花授粉，孕育秋天的果实。连绵起伏的绿色使人联想起大风吹皱的波涛，这庄稼地就是老百姓的命、老百姓的根，祖祖辈辈的人们就是在这片土地上顽强地生活着。

今天他有一种不祥的预感，大道上车少人稀，逃难者脚步惊慌。李望彦期待从他们的嘴里得到一些前线的消息，但他们总是摇头，说鬼子已经过了黄河，没有来得及跑的人都被杀了。

马家旺慌慌张张地跑来说六子托人捎信回来了，让他抓紧躲一躲，日本鬼子过来就是这一两天。李望彦问六子去了哪里，马六子爹叹了口气："他能留下来受死？跟着政府南迁，说不定这会儿已经走了。"李望彦说："既然六子平安无事,剩下你老哥就好办了。不行你就在我家里吃住。"马家旺笑道："相了，我以前咋过现在还咋过，倒是你要做好盘算。"李望彦叹息道："车到山前必有路！我眼下最担心的还是咱们桃花峪，希望保民队能起作用。"

提到保民队，马家旺似乎有一肚子的火，他说这几天周大牙爷俩上蹿下跳，撺弄着大家入伙。大伙儿都吵着发枪，可黄国品怕枪一旦发下去有人会拿着跑了。李望彦冷笑道："周家女婿这是本末倒置，那他组织这个保民队还有啥用？"马家旺颇为同意地点头道："那是！他要是真为了咱们村才叫怪了！"话虽这么说，但李望彦还是决定亲自找他爷俩一趟，时局容不得思前想后，保民队要发挥作用了。

要说周大牙不急那是冤枉他，这几天他也急得一嘴燎泡。日本人逼近的传闻越来越真实，他有了末日来临的惶恐，这加剧了他要迅速组建保民队的愿望。那天，茔地里藏枪被李望彦识破，他便把枪全部起出来藏到了自家后院里，只等着把枪发下去。而女婿却总是犹豫，让他摸不着头脑，几次问黄国品，又一副爱搭不理的样子，他也就闭嘴等结果。

黄国品不是不想快点儿成立队伍，而是在等一个人，这个人就是霍金龙，他成立这个保民队不难，但难的是无名无分。上次去霍金龙那里买枪，他把三百大洋都扔给了霍金龙，说一半是买枪，一半是买番号。

国民政府就要土崩瓦解了，霍金龙到哪里去弄番号给他。不过他还是灵机一动想出了办法，县党部的孙特派员还没走，何不去找他？这事让黄国品为难，他跟孙特派员说不上话。霍金龙笑道："你是骑着驴找驴，刘家坤可是孙特派员眼前的红人，他给你想办法一定能成。"

黄国品乐得一拍大腿："我咋忘了这一头，刘家坤还是我聘的名誉队长！"但他心里却痛快不起来，原因是霍金龙收了另一半钱。霍金龙说："钱我都分给弟兄们了，要是要不回去，不行我给你牵个线，这样刘家坤才会当碟子菜待见你！"

刘家坤对于被聘为桃花峪保民队的名誉队长并没有太当回事，这顶小纱帽对他来说太不值得一提。出了村，一阵凉风就吹没了。倒是霍金龙提前打过招呼，他才象征性地跑桃花峪一趟。霍金龙白得了黄国品的钱，许下一句空头承诺，事成之后他从军费里抽出来一部分给刘家坤，刘家坤这才答应抽空去趟县城。

刘家坤骑车赶往县里，却无论如何找不见孙特派员的人影，好容易找到一个人，那个人却说孙特派员早跟机要秘书一块回省城了。

刘家坤恼火得只想骂娘，既然到了这等份儿上没人管没人问，索性撒个谎，说上峰已经批下来了，叫抗日义勇队。只要打上抗日的旗号，还有谁怀疑真假。

李望彦找周大牙的这天早上，刘家坤也正好来通报消息。周大牙问："番号的事办妥了？"刘家坤坐在村公所的椅子上打着官腔，让泡壶好茶再说。周大牙见他气定神闲，觉得事成十有八九，搓着手在屋打场子里走来走去，说道："这下好，这下好，师出有名了！"忙差人回家叫黄国品来一同商量下一步的打算。

黄国品刚滋润地吃完丈母娘做的饭便听说刘主任来了，打着饱嗝走到街上，看见李望彦迎头走来，便主动打招呼。李望彦道："我正想找你爷俩，说说关于保民队的事。"听说是保民队的事，黄国品认真，说他岳丈这会儿正陪着刘主任在村公所，不行就一块去听听。听说刘家坤也在，李望彦直说道："既然他也在，我们现在就走！"

村公所在北街上，原先是座小学。李望彦和黄国品赶到的时候，周大牙早吩咐看门的老张头上村民家里逮了两只老母鸡，杀了炖上，这会儿香味飘满了院子。刘家坤夜儿后晌去找牛嫂，牛嫂男人似乎看出了刘能子的企图，就是磨叽着不走。牛嫂干着急没办法，最后出了个馊主意，把男人灌醉了赶他走。谁知，刘家坤陪他喝到半夜三更也没把人喝到桌子底下，自己倒是人仰马翻了，隔夜还倒醉，头脚发轻，这会儿盼着喝碗鸡汤补一补。刚闻到香味李望彦就来了，吓得他急忙让人把鸡汤端了，人模狗样地端坐到椅子上。

李望彦看周大牙的神情就知道来的不是时候，但既然说到保民队就不得不说下去："我正是为这事来的，想来落实一下，咱们咋个活动法？"周大牙按捺不住地说："刘主任已经找县党部了，委任状过两天就下来。"黄国品以为刘家坤真的把事办成了，拱手笑道："不愧是三乡能人，办成了这么重要的事。我得好好谢你这个大恩人！"

刘家坤面不改色心不跳地打着哈哈："谢啥啊！这县党部也是特事特办。"李望彦听他们说争取来了番号，疑惑地问："要番号咋也得省政府说了算，县党部也管这事？"

刘家坤怕戳了他的尿窝窝，急忙瞎编道，说这事本不归县党部管，但他和孙特派员有交情，他把请求令带回省城了，临走前特别吩咐，非常时期，不要拘于常规，番号就是一张纸，事后就批回来。周大牙喜悦地说："刘主任说得对！咱明天就把抗日义勇队的旗号打出去！"

李望彦听他们都有安排，觉得自己多此一举了，再看刘家坤心思全在那锅鸡汤上了，就起身说回去准备，希望今天起就组织村民站岗放哨，及时通风报信。刘家坤拍着桌子说："望彦哥说得是！就着我在场，你们马上通知村民来领枪,从今们起正式站岗放哨。"黄国品艮盹了一下答应了,扭头回家起枪。周大牙则通知村民到村公所来。

村公所门外有棵大槐树，树杈上挂着口大钟。桃花峪的村民们好多年都没有听过钟声了。当年李望彦带领年轻人闯关东的时候敲过一次，平日遇这口钟就闲挂在那里，历经风雨，锈迹斑斑。当周大牙一阵紧似一阵拉动大绳，钟声弥漫在整个桃花峪上空的时候，人们都惊骇得搁下手里的活儿，撒腿朝村公所跑来。

刘家坤鸡汤喝到半地里，不满地冲着门外喊："周保长，你这是催命啊！总得让我喝完这碗鸡汤吧！"周大牙不好意思地嘿嘿道："我还真忘了，你慢慢享用，我把人堵在外头，不然还真不好看。"

说罢，刘家坤伸出脏手，从锅里拽出一根鸡腿三下五除二塞到嘴里，这才掩上门跑出去。

刘长喜听到钟声的时候还在睡懒觉，春夏之交农活累得人半死不活，大多数人太阳竹竿子高的时候已经忙活了几个时辰了。而长喜子不同，深更半夜的不困，大白天却撅着个腚睡大觉。长喜子兄弟俩，他是老大，兄弟大根子是个嘲巴（山东方言：傻子），有娘照应着的时候这兄弟俩生活得挺好，后来娘得痨病吐血死了，爹就顾不上他俩了。爹早年在孙传芳手下当兵，后来发生了震惊中外的慈善墓被盗事件，他就开小差回了老家。据说他也曾参加了盗墓，人家挖坟盗墓都得了财宝，他却得了一种怪病，手脚指头糜烂，一年四季浓血不止。乡亲都说这是得罪了阴曹地府的人，不久他就一命归西了。长喜子没了爹娘，日子过得相当艰难。

俗话说："好汉无好妻，懒汉娶花枝。"长喜子到集上偷花布偷来一个漂亮媳妇，原来这媳妇是个摆摊卖布的小寡妇。这年头官大的背个大布袋，官小的背个小布袋，老百姓背个贼布袋。也是生活所迫，长喜子为了养活嘲巴兄弟跟着二臭子到集上行窃。他在前面顺，大根子提个布袋子躲在后面收。他最得意的是人家十条鲇鱼他一次就偷了三条。长喜子弯腰在前面猛搅盆子里的水，鱼到处乱窜，他顺势一拨拉，鱼就跳出盆子，钻到大根子的布袋里了。

那一回长喜子看中了一块花布，其实他偷花布根本没用，就是看着那块花布好看。没想到刚把花布顺到裤裆里，小寡妇堵住了去路，杏眼怒睁，吓得大根子当时就尿了急尿（山东方言：读 su ī）。长喜子心想：这下子可闯大祸了！没料到小寡妇却嫣然笑了，顺手递给了大根子一个馍馍，那天小寡妇请兄弟俩到面馆子吃了顿热乎乎的面叶。再后来一驾马车拉来了美丽的新娘贾仙桃。邻居们问她图啥，贾仙桃喜滋滋地说她打小就喜欢桃花峪。

贾仙桃嫁来以后就有滋有味地过开了小日子，左邻右舍经常见她穿着花褂子，手里拿着包瓜子满街上嗑。她小脸喷香，小腰细软，简直就是桃花峪的一道风景。花儿艳了就招蝶，村里的无赖专门好往他家里跑。这一来二去，长喜子看出了眉目，担心仙桃被他们勾引坏了，于是就再不赶集上店了，整天出工派日地守着媳妇。

贾仙桃经常说男人上辈子都是种猪，被人阉了才这般没出息。周大牙、王大贵自然逃不了这一诅咒，仙桃家的门石嵌子数他俩踏得勤。当着长喜子的面再多想法也是白搭。于是周大牙心生一计，安排刘长喜夜里看坡。

放着老婆热炕头后晌去看坡，长喜子说啥也不干，周大牙撮弄说："坡也不是让你白看，以后有啥公派全免了你的。家里送饭坡里吃，今后让你媳妇送饭就是！"长喜子被这等好事利诱也就答应了，但还是多了个心眼，叮嘱大根子寸步不离地守着仙桃。大根子傻乎乎地问："哥，要是俺嫂子睡觉咋办？"长喜子瞧着兄弟的傻样，放心大胆地说："睡觉你也跟她睡炕上。"大根子果真践行诺言，长喜子也放心地抱着铺盖到坡屋子里睡觉。

大根子缺脑子少筋，但男人的家伙却灵验。炕上一躺睡个四仰八叉，羞得嫂子屋都不敢进。想哄他走，根子死活不依，说是哥让睡这儿的。还是大贵子有招，趁着马寡妇睡晌觉从铺子里偷根麻花揣在怀里，扔给大根子，然后说："大根子，要想吃还有！不过有一个条件，吃了你得在大门口瞅着你哥点儿。他回来你就在窗户外头喊一声。"大根子瞅着香喷喷的麻花，眼珠子都绿了，少蚂夹（山东方言：一种草绿色、细长的蚂蚱，捉着它的腿，它会不停地磕头）似的直点头，从此刘长喜跟这些无赖男人竟然相安无事。

这种馋猫偷腥的游戏一直持续了很久，人们常见贾仙桃挎着个篮子给长喜子送吃的。她出村的时候细腰纤纤，屁股扭成一朵花，回来的时候却大腹便便，两条裤筒都鼓鼓囊囊的，腰不是腰，胯不是胯。有人怀疑他两口子偷棉花，反映到周大牙那里，周大牙眼一瞪道："你们不能瞎猜，要是诬陷人家，我先拿你们见官！"

那天听见敲钟，贾仙桃忙叫长喜子出门去打听。长喜子还没到村公所就看见黄国品匆匆往丈人家走，便问他敲钟干啥。黄国品刚走到半道上便听到敲钟，心想这老丈人也太张扬，于是急忙拉住长喜子说：“肯定是你叔让人敲的。发枪这事不能明着来，你就去告诉他，点到名字的带三块大洋到我家里。”

长喜子听了个一知半解，要发给大伙儿枪，咋还要拿着大洋？于是呛道：“黄大队长，发枪就发枪，咋还要钱？这年景谁家有闲钱！”

黄国品让人拿钱来领枪是突发奇想。但他明白，要真的让老百姓交钱领枪，怕没人会这么干。他见长喜子问他这事，心想这个人虽说油头滑脑，但是没有坏心眼，今后办事不能光指望大贵子和老丈人，得有几个年轻人鞍前马后地跟随着，所以表现出异常亲热的样子，摊开双手道：“我也就是这么说说，交钱不交钱得分人，像你还用交啥钱！”

长喜子瞅着他真诚的笑容，半信半疑地说：“这可是你说的，我不交钱也能分杆枪？若真这样，你今后说啥我也听你的！”庄户人家踩着鼻子就上脸。黄国品见他的话产生了效果，笑道：“一定一定！现在最要紧的是让我老岳父把人都叫到家里来。”刘长喜一溜烟走了。

等刘长喜赶到老槐树底下时，不少人先到了，三五成群地站在那里，满脸都是惶恐。刘主任鸡汤喝舒坦了，搬了个椅子坐在高台上，借着阴凉打盹。周大牙老远看见他来，扬手高喊：“刘长喜，去看看小婿到了没有，大伙儿都等着他哪！”

人还没站稳又让他回去找黄国品，长喜子心里不痛快，这唤来唤去跟唤狗似的。于是不耐烦地扔过来一句：“我刚才在街上碰到黄大队长了，他让你按名单点了名，到家里领枪。一人交三块大洋。”

此话一出，立刻引起人们一阵大呼小叫，贾子福问：“咋，这参加保民队还要收钱？”周书启也惊呼：“我一年也赚不上三块大洋，这不明摆着是刁难人嘛！”

刘家坤刚才还在打盹，这会儿也惺忪地睁开眼，从座位上探起身子问：“咋，黄国品说敛钱的？”长喜子见刘家坤也一脸疑问，嘟囔着说：“我也不知道，他就这么跟我说的。”

乡亲们越聚越多，以为发生了啥大事，见原来是保民队发枪，便觉得有点儿小题大做，吵嚷着要走。年轻人倒是感兴趣，都挤到前面来，围在一起议论。他们早就听大贵子说黄国品弄了枪回来，但听说还要交押金，都觉得有些泄气。周书启忍不住骂了一句：“日他闺女的！”话没落地就被周大牙接住了，瞪眼训斥：“大侄子，这是骂谁哪？！”

周书启白净脸，瘦身材，号称小诸葛，他待人接物彬彬有礼从不吐脏话，这次骂娘算是愤怒到了极点。贾子勇接过话来说道：“周保长，书启哥这是相当文明的了，要换了书平，早日你八辈祖宗了！”

大伙儿听他这么说都哄堂大笑。贾子勇十分得意地跟着咧开了嘴巴，不料周书启早听出来他的话中话，冷笑道：“姓贾的，你甭拿别人都当傻瓜，若你再幸灾乐祸，小心我连你贾家祖宗一块儿捎上！”望着周书启愤怒的脸，贾家兄弟们都不敢再吱声了。

李望彦本是看客，从他到周大牙家，再到村公所，他一直没表态，蹲在大槐树底下袖着手跟乡亲们聊天。突然听说黄国品变卦了，要乡亲们交钱，觉得这事蹊跷，便问刘家坤：“刘大主任，这是唱的哪一出？”

刘家坤见大伙儿七嘴八舌，李望彦也问，心里觉得这个黄国品说话办事不地道。大车都买了，还差这二两油钱吗？于是干咳了两声，大声讲道：“桃花峪的老少爷们、姑娘大嫂子们，我来说两句！”

他朝人群里瞅了瞅，见人们都支棱起耳朵听他讲话，不禁增强了信心，继续说道：“今们咱桃花峪的听到钟声都来了，空前绝后，这很好！看来大伙儿的抗战热情还是蛮高涨的！我要告诉大家，黄大队长亲自到县里搞了不少枪来，每人都可以领到一支！”

他这表态跟周家父子明显有区别。“那没钱咋办？”马大臭子高声问，“我这身上掖着藏着的，问问周家女婿要不要？”他这一席话惹得男人们又是一阵哄笑，姑娘小媳妇们则羞得抿着嘴。刘家坤沉下脸大声道：“到了如此紧急的关头，谁还谈钱就是民族的叛徒和罪人！我在这里替黄大队长做主了，保证不收一文钱。只有一条忠告，不能领了枪换酒喝，更不能进山投土匪！”

他的一席话终于把人们的情绪安抚下来了，大伙儿都兴高采烈地鼓起掌来，只有周大牙一脸不悦。十块大洋一杆枪，感情这枪不是你花钱买的。倒是李望彦看事情有了眉目，起身对村民们说：“老少爷们，既然刘主任都说了，大伙儿就照着办，赶紧去领枪。日本鬼子这几天就要过来了，大家夜里耳朵根子机灵着点儿，听着动静要及时转移进山。”

水兽问：“望彦哥，你不是在这儿吓唬人吧？”马家旺严肃地说道：“不是吓唬谁，是战事真的就到眼前了。大伙儿听着，再敲钟就是鬼子进村了，赶紧往山里跑！”

经他这一说，乡亲们脸色大变。

保民会开得虎头蛇尾让刘家坤始料不及，村民们前脚散了，他后脚就去找黄国品，拍着胸脯子说：“我以我的人格打了包票。我跑不了，先给我一支！”听说刘家坤也要枪，疼得黄国品心里一哆嗦，急忙说：“都是些长杆子枪，你使也不方便。”

刘家坤狡黠地笑了，说道：“你当我是傻瓜，依你黄科长的脑袋瓜，能只淘些长枪来？”黄国品咬咬牙，一跺脚，狠心说道：“就弄了两支鸡腿橹子，今们就给你一支！不过咱先得说好，枪是借给你的，今后有事你得多帮兄弟扛着点儿！”刘家坤喜出望外，大包大揽地说：“那还用说！”

黄国品让周大牙开了灶屋门，从柴火垛里拖出一个油布包来，层层打开，露出一支乌黑锃亮的日本盒子枪来。这是一支南部十四年式八毫米半自动手枪。刘家坤只在国军那里见过那种镶着个皮套子，直接别在腰里的橹子，像这种又重又笨，斜挎在肩上的盒子炮还是头一次见，乍一看那圆鼓鼓的枪套盖子挺像个王八盖子，倒不像鸡腿。但不管是啥盖子，当着个三乡的主任，他终于可以背枪执行公务了。

刘家坤没费吹灰之力就得了一把盒子炮，他喜滋滋地骑着洋车子回去，至于周大牙和他女婿的发枪计划实施没实施跟他无关。得了枪是因祸得福还是因福得祸还没有想清楚，他就在路上让人给逮住了。这逮他的不是别人，是日本人的先遣队。从此以后，刘家坤的命运也随之发生了逆转。

李望彦从会上回来，跟李尹氏说要出趟门，就收拾些干粮，背上褡子准备上路。李尹氏见他走得这么匆忙，拦住他问：“都这光景了，你还要去哪儿？”李望彦说：“我去趟黄河，再找辰岗探探局势。”提起陆辰岗，李尹氏心里沉了一下，但还是坚决地摇了摇头：“你哪儿也不能去！外面正在打仗，这万一鬼子来了咋办？”

李望彦只好撂下背褡子，领着她娘儿俩来到后院，搬开秫秸，指着一块露出的石板说：“这是咱家的窨子，藏在墙角不起眼，可是里面很大，我早就放好吃的喝的了，鬼子来了，跑不及就藏到这里面去。”李尹氏惊叹道：“我咋不知道咱家还有这么口窨子，你啥时候挖的？”李望彦露出孩子般的笑容来，说道：“建马车店的时候就挖了，前两天我趁着黑天又重新扩了些。”

李尹氏恍然大悟，前阵子他无缘无故地搬到望生的屋里睡，说是看家方便，原来是鼓捣这窨子了。但有这口窨子并不能保证全家人的平安，她噘嘴说：“去黄河也不近，实在让人不放心。”李望彦安慰她说：“我快去快回，也就一天的工夫。我就是想打听一下，这黄河到底守得住守不住。”见李尹氏不说话了，李望彦进一步说：“我在窨子里挖了个出口，可以直通后面的沟里。”

说罢，拉着李尹氏下到窨子里，果然有一个出口直通外面沟里，李尹氏叹服道：“他爹，可真有你的，都修成地道了！既然这样，我就不挡你了，快去快回！”

李望彦刚要走，李尹氏又喊住他，把望生叫过来说：“望生，你跟着你哥去，路上多双眼。”李望彦为难起来，叫上望生，两个人骑一头骡子，根本不可能，李尹氏笑道：“一个大男人家，独自走路多扎眼，领着个半大孩子好混过去。”

李望彦觉得这个主意不错。正好夜儿后晌他趁着光明把后院的几沟菜栽子浇了，这会儿地皮干酥，正好派上用场。他铲了两架筐搁在推车子上，就说是走街串巷卖栽子的。望生套了襻，推起小车，两人一前一后上了路。

望生很久没有出来透风了，把着车子玩得跟舞龙灯似的，一会儿大撒把一会儿舞车龙，在并不宽敞平坦的大道上来回画圈。也许缘于他根深蒂固的乡土观念，血浓于水的宗祖亲情，李望彦打心里喜欢这个虎实的孩子，但脸上却挂着不变的严肃，轻轻地骂：“婊子生的，欢了你啦！”

这是桃花峪最经常听到的骂人话，没有半点恶意。嘴上骂是一回事，心里喜欢又是一回事，望生也根本没往耳朵里灌。晌午的天气热起来，望生脱得只剩个夹裤，光着的膀子筋脉暴跳，他就是有一股子生机和蛮劲，这才是生命的动力，谁能想象得出几年后他又会是怎样一条汉子。

两人正赶路，从对面跑过来一伙人，一位长者问：“这位兄弟，人家都往南跑，你咋还往北走呢？”李望彦不答反问：“这也有说处吗？”长者说：“鬼子正在屠村呢！”李望彦举目远眺，果然见村里冒出缕缕青烟，赶紧说：“我家是沙窝，这几天到南边做了点儿小生意，急赶回去。”长者冷笑说：“编瞎话吧，鬼子可不管你是谁，一样拿你当探子用刺刀挑了，这一路上我看见好几回了。”

听他说得骇人，李望彦不敢大意，赶紧拐上小道，这里芦苇丛生。没走出多远，望生就瞅见路边的草丛里躺着几个死人，哽咽着说：“俺爹就是这么死的，连尸首都没埋。”

李望彦心里一沉，怪不得望生这孩子光干活不说笑，原来心里藏着这么大的仇恨。李望彦内疚起来，对望生说：“坐上去，我推着你。”望生还在扭捏，李望彦早已伸出双臂抱起他，扔在车上，嘴里喊了声“坐稳”，车子已往前蹿去。

高高的黄河大堤似乎近在眼前了，到处是战争留下的痕迹：炸翻的工事，燃烧殆尽的木料，高高堆着的麻袋包，四处蔓延的铁丝网。堤坝下有一个水湾，水面上漂浮着许多尸体。要想爬上这座大堤，首先要蹚过齐腰深的水湾，李望彦再也没有勇气走过去。

从东边的路上走来一个人，头发蓬乱，满身灰尘，一个劲儿地说："死了，都死了！"瞧着他疯疯癫癫的样子，一定是被吓傻了。李望彦对望生说："生子，哥这次冒险出来，说啥也得给你嫂子带回个好消息。前面这个湾带着你肯定过不去，你藏个地处等我回来。"

望生顺从地躲到一片柳树林子里，李望彦则绕过这个湾，判定了方向就朝着大堤跑去。齐腰深的芦苇密实地挡在眼面，六月里炙热的太阳蒸烤着枝叶子，毫无生气可言。道旁又现出几具女尸，衣冠不整，她们生前显然受到了侵害。此时李望彦的心里充满了愤怒，他像头豹子般冲上黄河堤岸。

眼前一亮，黄河古道豁然出现在他的视野里：滚滚的黄沙，烟波的树林，一望无际的天空……一切是那么熟悉而又陌生，没有刀光剑影，没有硝烟弥漫，就连他记忆中的浮桥和寺庙也从地平线上消失殆尽了，唯有滚滚的黄河水澎湃东流。

就在李望彦去黄河打探情况的同时，刘家坤却正遭遇最大的凶险。这场凶险远比下关东更提心掉胆，没容他多想，他的小命已经攥在别人的手里了。

刘家坤从黄国品处得了把枪，兴奋得洋车子都想尥蹶子，一溜大撒把往山下走。行到半道上内急，支起洋车子小解。兴致高尿起来就顺畅，他憋足了劲照准一个鲜草垛尿过去……

眼前的鲜草垛突然动了起来，随之几个身披草衣的人一跃而起。刘家坤还没明白是咋回事，就被狠狠地压在地上。

刘家坤咋也想不到尿泡尿也会被人黑了，更猜不透这伙人是干啥的，吓得他杀猪般的号叫起来。但四周根本没有其他人，即使是有人，在这种情形下也不敢出手相救，于是他停止了挣扎，对绑他的人说："好汉饶命！都是在场面上混的，有事好商量，干吗动手动脚。"

几个草人并不搭话，老到地下了他的枪，架起来就走，一直下到沟底，刘家坤这才意识到了危险，在大道上说话办事要钱不要命，但如果把人架到荒山野岭，这些绑匪说不定就要了他的命。光天化日的这才是撞了邪了，居然有人绑他的票。

眼下最好的办法就是让绑他的人抱不动，争取个逃脱的机会。他腚锤子往下一蹲，就坐在地上不起来了，几个壮汉愣是拖不动他。一个草人说话了："实在带不走，干脆杀了他！"另一个说："不行，我们好不容易逮到这么一个人，看他的配枪肯定不是一般人。"一个惊诧道："还是我军使用的南十四式！"

其他人都发出惊讶的声音，先前那个低沉的声音说道：“把他带到乌河镇！”

刘家坤不听则已，一听吓得尿了裤子，这几个人说的竟是日语，那么他们显然是日本人了。更让他惊骇的是日本人还没有打过来，乌河镇还掌握在国民政府的手中，他们是咋潜伏过来的。

刘家坤不再挣扎反抗，当日本人商量着把他绑票到乌河镇的时候，他已经放弃了所有逃跑的努力，顺从地爬起来。刘家坤对日语一知半解，但基本的内容还是能够听懂的。他心存侥幸，日本人不会轻易就取他的人头，他也不打算吭声，见机行事吧。

刘家坤被押到镇上的时候已经是后晌了。他的头被套了麻袋，完全是一副喝醉了酒的状态，辨不清方向，他没有受到太大的委屈，立马被关进一间密不透风的地下室里。天亮的时候他被领进一间屋里，一个黑瘦的男人审问他，问他是哪儿人，在哪里谋事，知道多少国民政府和军队的情况。刘家坤委屈地大叫道：“我知道个屁呀，我就是一个乡联保主任，啥国民政府、军事部署，我统统不知道！”

黑瘦男人阴险地笑了，连连摇头道：“不不，我知道你是不想说实话。从你佩带的十四式手枪就可以看出，你不是个一般人物！”刘家坤哭丧着脸，呼天抢地地说：“我啥人物啊！枪是刚讹人家的，枪机还没张一下，不信你可以看。”瘦男人将信将疑，拿起枪来左翻右看，果然如此。

这把讹来的枪帮了刘家坤的忙，甚至可以说救了他的命，枪的撞针还没有装上，枪筒子里灌满了黄油，五十发子弹也整整齐齐地用油纸包着，都没有封开。瘦男人对进来的人说：“你们抓了个废物，扔到河里喂鱼算了！”

瘦子一直用中文跟他交谈，但这一句却是用日语说的。刘家坤心想，再不抓住这个机会，那他就真要被扔到河里喂鱼了。他忙用蹩脚的日语说：“鹫尾先生，如果您要扔掉我，只能给河里的鱼提供一点儿食料，如果能放我一条生路，往后大日本皇军就会多一个好帮手。”

在场所有人惊得目瞪口呆，他们无论如何也想不到逮回来的竟是一个日本通。在此后的几个钟头里，他绞尽脑汁和这些日本人周旋，甚至狂热地吹捧大日本圣战的必要，并且保证在日本人占领这一地区时出面充当他们的助手。他终于看到瘦男人脸上露出一丝笑，说道：“要洗！刘先生，你终于说动我了。我同意你活下来。我们的军队最多一两天就会接管乌河镇，我希望你会成为我们的好帮手！”

刘家坤在第二天走出那间阴暗的地下室。他走上街头，回头瞅着那并不起眼的货场以及货场尽头的红砖洋房，无论如何也不相信这里面竟然盘踞着一群魔鬼。这是一家日本的商贸公司，老板就是鹫尾。鹫尾把枪交还他并且还为他颁发了一个蓝色的特别通行证，笑着说：“欢迎你成为大日本皇军的首批特工。希望你言而有信，我们会随时随地找到你！”

刘家坤稀里糊涂地做了特务，这时候乌河镇以及桃花峪的人还不知道日本人为何物，他却已经成了这伙人的爪牙。他绝没有背叛国民政府的想法，却在一念之间当了叛徒。这事来得这么突然，不容他选择。也许这就是命，他想成为民族英雄，成为抗日分子都不可能了，命中注定他只能做日本人的帮凶。想到以后在这样的纠葛和担惊受怕中度日，他不禁惊出一身冷汗。

黄国品的保民队计划还没有正式实施就被日本人搅了，李望彦前脚回来，鬼子后脚就出现在桃花峪村外的大道上。鬼子先是开来了一辆卡车，从车上跳下来十几个人，似乎并没有任何的战斗准备，倒像是随意地出来游逛。他们无目的地放了一阵枪，然后径直朝李望彦的马车店走过来。

黄河一行对李望彦精神上是个打击，他回来躺倒便睡，连饭也懒得吃，凯儿进门来大呼小唤他才起了炕，但有点儿头重脚轻，恍恍惚惚。李望彦把没找见陆辰岗的事说了，李尹氏表现得并不意外，只是淡淡地说：“他越是没消息说明越安全，说不定哪天就闯进家来了。”

望生回来就一头扎进屋里，用被子蒙头不语。凯儿一惊一乍地说：“爹，望生是咋了,出趟门就吓成这样！”李望彦脑子里也满是那些触目惊心的场面，但没必要让凯儿年少的心灵饱受惊扰，于是轻描淡写地说：“望生是累了，歇一会儿就好。”

女孩子的心是天上的云，悠悠地跑，没边没沿。李尹氏用碗盛了啥喝，放到石桌上，啥喝还没有凉，凯儿的心思已经跑到乌河镇去了，她说已经好几天没有珂儿的消息了，想趁着好天气去看她。娘嗔怪道：“乌河镇十几里，说去就能去？”话音未落，听得外面刮风似的响过一阵枪。

这突如其来的枪声吓人一跳，李望彦呼地起来，没等他发问，又是一阵激烈的枪声,比头一次更清晰响亮,仿佛在墙外不远的地方。凯儿嚷嚷道：“谁家放火鞭？”李望彦的声音变得颤抖起来,他拼命喊着：“凯儿他娘,叫起望生，到后院的窖子里去！”

当望生睡眼蒙眬地提着裤子跑到屋外的时候，大门外传来呜哩哇啦的说话声，已经躲不及了。李望彦想去关门，被李尹氏一把拉住，低声说：“既然他们想进来，你关上大门反而更引起麻烦。”李望彦催促：“你快带孩子们躲进屋里,我去应付。”不料李尹氏站着没动：“你一个大男人家咋应付,听我的，赶紧领他俩藏起来。你也藏好，没我打招呼不能出来！”

不等李望彦反应，李尹氏猛推了丈夫一把，便镇定地朝大门口走去。

李望彦左手拉着望生，右手拉着凯儿，三步并作两步向后院跑去，很快就钻到窨子里去。这时候他才想起来，要是鬼子进了村比这个更可怕。他搬开窨里的石板，让望生和凯儿赶紧钻出去往山上跑，去通知周大牙。两个小小的影儿很快就消失在地洞的尽头。

李望彦重新钻出窨子，盖好石板，朝前院摸去。他后悔让孩儿他娘一个人面对鬼子。但事发突然，他没有选择的余地，此刻，他内心充满了自责。

前院里异常安静，墙根一群鸡在刨食，而李尹氏此刻正站在北屋台阶上，安详地望着他。李尹氏说："让你说着了，还真是鬼子！"

李望彦不知所措地站在原地。他希望从她的脸上找出答案来。他明明听到鬼子进了门，竟然一声不吭地又走了？他们一路杀过来，所到之处奸淫抢掠，都是他亲眼所见，今天却进门转了一圈就走了。他希望妻子给他一点答案。

李尹氏说是鬼子不假，他们进门的时候她在怀里藏了把剪子，就在佛龛那里跪着。她心想鬼子也是人，祖宗也是咱先秦的汉人，不至于连老祖宗都不认了吧。他们想做禽兽的事，她就先用剪子刺穿他们的喉咙，然后再刺死自己，不曾想在佛祖面前鬼子还挺收敛。

李望彦不知是感动还是内疚，大步跨进屋子里，果然佛龛前的香炉里香火还在燃烧。李尹氏说她刚点着香，跪到蒲团上，三个鬼子就挑帘进来，虽然听不懂他们说什么，但是肯定是问家里为啥没有男人。李尹氏不回答，或者说根本不知道如何回答。她镇静地跪在蒲团上，闭上眼虔诚地祷告，这让鬼子茫然不知所措。稍后进来一个军官模样的鬼子，当他看到她在祈祷时，竟然双手合十，做出一副虔诚的样子，悄悄退出去。

一场看似惊险的开始就这样平淡地结束了。李尹氏倚在丈夫的肩头抽泣起来。李望彦拥住她，感觉到她身体的颤动，手也因为紧张而冰冷。他拍打着她的肩膀安慰说："孩儿他娘，我答应你，再也不离开你，再遇上鬼子，我们一起面对！"

鬼子进了马车店并没有如传说那样烧杀抢掠，却在桃花峪引起了不小的惊慌。望生和凯儿借着沟坎的掩护，很快就上了山。望生把凯儿安置到一处石窝里，然后去村里通风报信。

望生跑到周大牙家的时候，看到大门紧闭，他擂了半天的门也没听见一点儿动静，急得出汗，绝望地边喊边跑："鬼子来啦！"

有几家人家听到喊声都伸出头来张望，以为是孩子胡闹，嘴里骂着："操得来（山东方言：口头语，表达嗔怒），胡闹！”便缩回头去再也不搭理他。望生跑了一条街也没有大人有反应，倒是几个孩子跟着他跑，嘴里也喊着：“鬼子来啦！”

周大牙不是没听见，而是碗里的黏住没喝完，等他滋润地喝完再开门的时候，喊声已朝着南街飘过去了。黄国品感到一丝不安，对老丈人说：“外头不像瞎喊，没人声似的，说不定真出事了。”

望生在大街上呼喊了一圈也没人搭理，正不知所措，这时马家旺迎面而来。李望彦和望生去黄河，他是知道的，现在见望生站在大街上喊，就问他啥时候回来的。望生见了马家旺，跟捞着救命稻草似的，连声说：“前天夜儿就回来了。哥让我给村里报个信，鬼子到村口啦！”

马家旺看他说得挺认真，忙问：“这是啥时候的事？”望生觉得一股无名的委屈，竟呜呜地哭起来，说：“就刚才一会儿。”马家旺急了，追问：“望彦哥一家呢？”望生说：“把凯儿藏到山上了，哥和嫂子还在马车店里。”马家旺听罢急得直跺脚，拉起望生径直朝村公所奔去。

周大牙听了黄国品的话寻出了门，老远见一老一少朝村公所跑，就猜是马家旺和望生，于是追着影子大声问：“刚才是谁满大街瞎咋呼？”马家旺见是周大牙，停下脚步，气急败坏地说：“还能是谁！望彦哥让望生来报信的，鬼子到了村外了。你不开门，肯定是关起门来喝黏住了！”周大牙又问道：“这是啥时候的事？”望生说：“就在刚才，哥让俺来报信，他在马车店里迎着呢。”周大牙还是不相信，盘问道：“咋一点儿动静也没听着？”望生说：“连俺都听见动静了，接连放了好几阵枪！”

一句话提醒了周大牙，方才他也听到响声了，还以为是谁家放火鞭，现在想想果然不是火鞭的声音。如果真如这孩子所说，枪声响过一袋烟的工夫了，鬼子说不定已经进了村了。

想到这里，他的腿便哆嗦起来，转身就想回家。马家旺一把拉住他说：“周保长，你是一村之长，你得先拿个主意，说说该咋办？”

周大牙关键时候没了主意，一门心思回家问女婿。可十万火急，只好随意地甩下一句：“啥主意，先敲钟让乡亲们进山吧！”

急促的钟声再次响彻桃花峪的上空，马家旺站在大街上，运足了力气，冲着四下里喊：“鬼子来了，别贪恋家里的瓶瓶罐罐，快往山里跑！”

仿佛一块石头投进平静已久的喇叭湾里，男女老少惊慌失措地拥出门，往后山上跑，这场逃难史无前例，不大会儿工夫，整个村子就空了。当李望彦确信鬼子已经走了的时候，恰好村子的上空响起急促的钟声。李望彦后悔地一拍大腿，说：“坏了，谎报军情了！”

人们在天黑的时候才陆陆续续地返回家里，躲进山沟里整整一天，连个鬼子影子也没看到，这让大家窝火，怀疑望生报的是假消息。天不早了，人们还都没吃后晌饭，聚集在胡同口议论这事。马家旺再三证实，但黄国品还是半信半疑。既然鬼子到了马车店，咋不开进桃花峪？一条大道通村里，难道鬼子瞎了眼？

大家把这些疑问都抛给马家旺，马家旺也解释不过去，情急之下挥着胳膊道：“不信你们亲自去问！”早就有人说要去马车店问明情况，但还是怕鬼子待着没走，大伙儿都你看我我看你，谁也不敢贸然出村。周大牙跺跺脚说：“你们不敢去我去！我当保长，乡亲们的安危本就是我的责任！”

周大牙和马家旺在前面走，乡亲们在后面跟，大伙儿离马车店还有老远都站下了，瞅着那座鬼魅似的院落不敢向前，还是马家旺指着门前柱子上那盏明晃晃的灯笼说：“怕有鬼子也早走了，你们没见灯笼好好地亮着嘛！”大伙儿这才如梦初醒。

黄国品并没有随大伙儿前来凑热闹，他坐在村公所里听消息。很快，大贵子就回来了，说鬼子的确来过。不过他也不太确定，如果真如李望彦所说，鬼子就那么仁义？见了李家媳妇一个指头都不碰？周大牙也说不上个一二三来，嘟囔着说：“守着佛祖的牌位，鬼子也不敢造次吧！”黄国品冷笑一声：“谁信啊！鬼子就是衣冠禽兽，焉有见了女色不侵之理？”

狼来了的故事第二天成了村里人们谈论的主题，大伙儿聚集起来议论这事。水兽一天都在村口的河里摸鱼，最有发言权，马家旺让他给大伙儿说说看到的情形。水兽郑重其事地说，他亲眼看见十几个鬼子一队排开朝着村里而来。但到了城门楼子那里又回头走了，好像听到了集合令。

周书启问：“集合令，是吹哨子还是吹军号？”水兽眨巴着眼回答：“啥也没听见，就听见王甲长家的牲口发情了，老叫唤个不停。”大贵子不屑地说：“谁信！我那时候都赶着车进山了。别是替李望彦打掩护，说瞎话。”水兽脸红脖子粗地跳着脚：“人家又没给我啥好处，我打啥掩护？我如果说瞎话，跳到水里淹死！你们别狗咬吕洞宾不识好人心，如果不是望彦嫂冒死拦着，你们都让鬼子杀光了，都还不知足。”

大伙儿都觉得水兽发的这个毒誓漏洞百出，因此都撇着嘴。周大牙挥挥手对大家说：“乡亲们，谁也没亲眼看见鬼子。今后凡事听小婿的，他对时局可是了如指掌。”

周大牙提到女婿，重新勾起了保民队的话题，几个年轻人吵嚷着啥时候发枪，黄国品拍着大腿说：“一会儿就到我家里去取。”

当大家都觉得打败了谁，满足地准备回家睡觉的时候，水兽一眼瞅见大根子手里攥着几块花花绿绿的糖果，急忙把他拉进人群，对他道：“大根子，你说说这糖果是哪儿来的？”大根子鼻涕楞腾地（山东方言：流鼻涕的样子）傻笑道：“鬼子给的！他们……都端着枪！”

大伙儿立马黄了脸。水兽扬扬得意地说：“没诓大伙儿吧，我亲眼所见。鬼子端着刺刀，顶着大根子的肚子，要不是看他傻，早捅出肠子来啦！”大伙儿这才倒吸一口冷气，特别是刘长喜，意识到鬼子来了是千真万确。东洋狗在家门口溜了一圈又离开了。这次离开只是侥幸，谁能说得清他们下一次不会闯进村？

鬼子没进桃花峪事出有因，他们本是到夏庄去找刘家坤的，结果走错了路误入桃花峪。

刘家坤招惹上鬼子完全是因为那把盒子炮。早在战前日本人就潜入乌河镇搜集情报，鹫尾便是这个地下情报站的负责人。那天他擒获刘家坤纯粹是瞎猫碰上死耗子。前线指挥官来电，要在攻陷乌河镇之前摸清所有驻军和布防情况，特别是有没有地下抵抗力量。

鹫尾一时无从下手，乌河镇早已成为一座空城，国民党军队望风而逃，零星的抵抗武装对皇军根本构不成威胁，倒是白云山给了他太大的压力。站在乌河镇向西眺望，就犹如站在一头静卧的雄狮面前，那种巍然和肃穆令人不寒而栗。鹫尾深信在这白山黑水间一定藏龙卧虎。他有必要亲自进山一趟，摸摸情况。

正是基于这样的考虑，他选了两个手脚利落的手下，天不亮就离了镇子，朝白云山进发。这俩手下都是高手，善于忍术。开始他们扮成当地人，肩上背了粪篓，臭味难闻，不一会儿就被熏得受不了。鹫尾说：“不走了，找块凉爽的地方躲起来。”于是三个人找了个离大道不远的地头，身上披了草，守株待兔。

刘家坤被当作兔子逮住纯属偶然，谁让他这时候还大大咧咧背着枪满大道行走。战争迫在眉睫，双方都在互相窥视，找软肋、抓舌头是首选。刘家坤根本意识不到危险，鹫尾没费吹灰之力就手到擒来。起初他们对抓到这样一条大鱼感到欣喜若狂，把他带到情报站严加审问，但是除了他身上带的那把枪值钱外，人根本没有丁点儿价值。手下人说杀了算了，但他还是决定留他下来，以备后用。

鹫尾之所以留着刘家坤，自有他的打算。尽管皇军已浩浩荡荡开进乌河镇，但是鹫尾这个地下情报站还是不想张扬，潜得越深越能看到水下的风景。平民百姓是弄不到大日本造的武器的，刘家坤能得到背后肯定有更深的水和更大的鱼。何况刘家坤的日语说得马马虎虎，这远比找一个不懂日语的中国人要方便得多。

那天审讯时，刘家坤说自己是联保主任，鹫尾糊涂起来了，他实在弄不懂联保主任是多大的官职。在他有限的知识里，主任就是主任，联保这个词却从来没有听说过。另外，国民政府的官员都喜欢住在城里，他却住在乡下。

刘家坤见鹫尾一脸的疑惑，急得头上直冒汗，结结巴巴地说："大概十里八乡有一万民众吧！"鹫尾惊愕地一怔，半开玩笑地说道："那完全可以当个将军了！"刘家坤生怕太君误会了，给他妄加罪名。主任远比将军管的人多，可管的人群却不一样，都是些草民百姓，人再多也没势力。再说，国民政府也垮了，他这个主任不知道上有没有人承认。

鹫尾几天后就迫不及待地上门去找他。上峰催得紧，他一直没有拿出像样的情报来。对于刘家坤，从第一眼看到他，鹫尾就意识到这是一条可以驯服的狗。他牵着这条狗在乌河镇的大街小巷里巡视，一定很有说服力。

刘家坤回去后，肠子差点儿悔青了，心想如果再咬牙坚持一下，说不定就会全身而退了，现在可好，一股脑儿地都说了，这日后要是日本人找上门来咋办。后来，又想如果因为编瞎话让鬼子抹了脖子，做了无名鬼，那才是冤屈，这才稍稍平静下来。

刘家坤很想把心里的苦向人诉说一下。他常去的去处自然是牛嫂的野味店。他之所以勾搭上这个胖娘们，正是因为这娘们善解人意。

没想到那天事不顺，牛嫂男人在店里，说啥也不离老婆的视线。刘家坤心里窝着火，酒也喝得不痛快。他掏出几张法币塞到男人怀里，说场院上来了玩杂技的了，大闺女都露着妈妈（山东方言：妇女的乳房），随便看，随便摸，牛嫂男人这才心怀鬼胎地走开了。

打发走男人，牛嫂上了门板跟刘家坤鬼混。刘家坤刚上了点儿情绪，大门就被敲得咚咚响。刘家坤气不过，隔着大门吼："谁啊！没看见关门了吗？"但砸门声依然不止，而且夹杂着叽里呱啦的说话声，刘家坤的心火就压不住了，从枕头底下掏出盒子炮就朝着外面放了一枪。

刘家坤完全是在气头上，他认为外面的人听着枪声肯定吓跑了。不料人不但没走还朝里还击。他这才意识到事闹大了，伸头看个究竟，一看吓出一身汗来，原来外面是鬼子。

刘家坤刚下了炕，鬼子便用大皮靴踹开了门，刺刀齐刷刷地对着他的胸膛，任他咋解释也无济于事。鹫尾说："刘家坤，你良心大大地坏了，敢朝皇军开枪？"刘家坤不知道该如何是好，只一个劲儿地点头哈腰说误会，看鹫尾铁青着脸没有半点儿妥协的意思，他让牛嫂赶紧上酒上菜压惊。

牛嫂还躲在被窝里没起来，听刘家坤吩咐她准备酒菜，爬起来往外跑，跑到门口才意识到一丝不挂，回头到炕上找衣裳。鹫尾从头到脚看了个清清楚楚，脸上总算露出了笑容，嘴里嘟囔了一句："要洗！"

酒菜上席，天已过晌，一行人推搡着就座。刘家坤一口一个太君，而鹫尾一口一个刘主任。牛嫂也完全从恐惧中恢复过来，脸上甚至爬上了红晕。鹫尾伸出大拇指，用不标准的中国话夸道："牛嫂，你的，很漂亮……很丰满！我的母亲就是一个丰满漂亮的女人。所以……我也喜欢！"

他没有说喜欢母亲还是牛嫂，这为后来埋下了祸根。鹫尾此次来主要是想摸清楚刘家坤的枪是从哪儿得来的。刘家坤搪塞说是国民政府临撤走时发的，他一直没用，那天是为了壮胆才背在身上的。鹫尾根本不相信他的话，说从今往后刘家坤就是乌河镇情报搜集负责人，只要他摸清这批枪的来源，就会保举他做乌河镇的维持会长。

刘家坤听了心头暗喜，这才是踏破铁鞋无觅处，得来全不费工夫。他一场不经意的变故竟然可以做上维持会长，这跟摔跟头捡了个金元宝差不多。让他为难的是，想当这会长就要供出黄国品，弄不好会给周大牙招来杀头之祸。日本人立足未稳就让他弄出个惊天血案来，说啥也不是好事。他起身端起一杯酒，对鹫尾毕恭毕敬地说："太君阁下，从今往后，我刘家坤就是你的臣子，你就是我的再生父母。为了大日本皇军，我愿做任何事情！"

"要洗！"鹫尾露出了开心的笑容。

刘家坤有意不紧不慢地喝酒，并不提找枪的事，鹫尾喝着喝着竟然睡着了。刘家坤赶紧吩咐牛嫂腾出炕来，让他躺上去。同来的两个鬼子见长官睡着了，也搂着枪打开了盹。刘家坤这才意识到这件事非常棘手。鹫尾一旦醒过来还是要刨根问底。现在唯一的办法就是速速派人去桃花峪一趟，通知黄国品，日本人盯住了他，让他及早到山里躲一躲。

可是让谁去报这个信，刘家坤犯了难。他自己肯定是不能离开，牛嫂也不行，最好是找个不显眼的人去送信。但店里一个人也没有，于是他让牛嫂看好鹫尾，便急匆匆地朝村子里跑。

刚走到半道上，远远见有人过来，看清原来是牛嫂男人。他这时候回去怕是凶多吉少，一个半嘲半傻的人，见有大男人躺在炕上睡觉，肯定会不管不顾地闹，惹恼了日本人，那麻烦可就大了，何不让他去一趟桃花峪。这样既挡了他闯去店里，又能给黄国品传了信。

他连忙上前截住嘲巴男人，哄他说有事要让他传达，十万火急。不料牛嫂男人一脸不屑，说肚子饥困了，一定要先回去吃饭。刘家坤急了，朝着他腚巴骨踹了一脚，然后拔出枪来吓唬道："你吃个狗屎！小心我匣子炮打烂你的腚锤子！"牛嫂男人这才滴溜骨碌地跑了。

跑出老远了，牛嫂男人又折回来问去找谁，到了那儿说啥，刘家坤哭笑不得，说："你就说鹫尾要去桃花峪抓人，让黄国品上山躲躲。"牛嫂男人学不过舌来。"啥……尾？"刘家坤也被问住了，他就知道发音，啥尾自己也不清楚。按他的理解就是狗尾巴猫尾巴的意思，不过鹫尾说他的姓是漂亮鸟尾巴的意思。

他挥手道："别管鸟尾巴鸡尾巴了，就说日本人要去找枪，让他们快躲躲！"

牛嫂男人还是磨磨蹭蹭，嘟囔着找不到人咋办，这可难住了刘家坤。按他的智商，找到人的可能性小，找不到人的可能性大。正在踌躇间，他突然想起了李望彦，他的马车店就在村头，刘家坤忙不迭地说："你哪儿也不用去，到了桃花峪的村头，看见一个马车店就进去，找一个叫李望彦的，他定帮你找到人！"

刘家坤酒醒得差不多了，目送嘲巴男人走远，心里竟有一丝悲哀。自己平白无故地就做了日本人的爪牙，可心里依然恋着这片土地，怕就怕老百姓不领他的情，特别是李望彦，一想到他如炬的目光，他的心就不住地往下沉。

正午的阳光明晃晃的，当他穿过村边的杨树林时，突然有一丝不祥的预感。野味店静悄悄的，没有一点儿动静。他心生疑虑，没有走正门而是钻进了棒子地，从矮墙迈腿进了院子。在茅坑里他踩了一脚屎，这预示着运气不好，他更忐忑了。

穿堂风呼啦啦地吹着院中的大树叶子，他隐约听到在这种响动之中夹杂着另一种声音。他摸向牛嫂的窗台，吃惊地发现，半开半合的合页窗里牛嫂正被鹫尾骑在胯下……

夏庄有个男人来报信，没头没脑地撂下几句话就走了，李望彦半天也没听懂他说啥。但大意是听出来了，刘家坤托他捎话说日本人要来桃花峪找枪。

李望彦就纳闷这日本人在哪儿，刘家坤又在哪儿，又如何替日本人捎话还盯上了桃花峪的枪。

当这个男人提到枪的时候，李望彦心里还是打了个艮扽，桃花峪的事外人咋会知道？既然这个男人能说上来，那事情肯定有蹊跷。这可不是闹着玩的，保民队还没有成立起来，就先招惹来鬼子，李望彦拔腿就往周大牙家跑。

刚到乌龙河边，水兽呼地从水里钻出来了，顶着一头淤泥大声说："望彦哥，村里给长喜子、大臭子他们发了枪，为啥没有俺的？"李望彦问："你听谁说的？"水兽说："还用听谁说？我都看见人家拖着枪，后晌睡觉都搂着呢。"

李望彦看他不像开玩笑的样子，于是说枪是周大牙和他女婿掌管的，他说了也不算。他甚至还不知道他们发下去了呢。水兽仍不依不饶地告状说周大牙有偏有向，他那个女婿也是狗眼看人低。李望彦开玩笑道："你整天扎在水里，拖着杆枪还不方便呢！我家里卸了口铡刀，还竖在门后面，到时候一样好使。"水兽笑了："望彦哥就是望彦哥，劝人也不费力气！"

李望彦急着要见周大牙不便停留，吩咐道："快摸你的鱼吧！就是耳朵支棱着点儿，听着点儿村外的情况。"水兽说："放心吧，我大头朝下腚还朝着大道呢！一只牛虻也别想从俺眼皮子底下飞过去。"李望彦友善地骂了一句："操得来！啥话到你水兽的嘴里就变了味。"

黄国品果真给村民发了枪，是背着李望彦发的。他草草拟了个名单让老丈人下通知，凡通知到的人到他家按个红手印，枪就发到手了。即使这么简单的手续，来取枪的人也大多缩手缩脚，唯恐上当受骗。周大牙信誓旦旦地说小婿绝没有半点儿私心，纯粹是为了桃花峪的安危着想，并承诺从成立保民队之日起，村里每天管一顿饭，大伙儿才喜滋滋地按了手印。

大伙儿按了手印，就吵吵着管饭。黄国品说："饭肯定要管，但得先站岗值勤！"刘长喜问："啥叫站岗值勤？"大臭子笑话他："站岗值勤也不懂，这是官话，就是看场护坡！"

大贵子拎了杆枪左瞅右比画，说道："看场护坡老辈子就兴，不算新鲜玩意儿。黄大队长还有啥新想法，一会儿说给大伙儿听听。"周大牙抢先说："成立保民队就是新想法。从今们开始，你们就轮流上城墙站岗，包括我家，也得有人。"

大贵子数了一遍领到枪的人，除了臭子家兄弟俩，还有刘长喜、后街上周家兄弟、前街上贾家共十几个人。李望彦和马家旺都不在编，大贵子担心地小声说："保长，这前前后后都是咱鼻子底下的人，能成气候？"周大牙听着不顺耳，冷笑一声：“你是小看我周某人还是瞧不上你侄子？这都是周密策划好的事。”

大贵子忙赔着笑说：“不是老侄子买了三大箱的枪嘛！”周大牙神秘兮兮地说：“小婿说了，你全部发下去，他们不当回事，还跟求着他们似的。等保民队有了起色，他们头上拱得净大疙瘩来报名！”

大伙儿在天井里列队站好，黄国品身背盒子炮，从头到尾检阅，自豪地说：“从今往后，咱们桃花峪保民队就正式成立了，又叫抗日义勇队！咱光在人后头精神还不行，是骡子是马要拉出去溜溜！”于是大伙儿排成两队，由大贵子喊着号令，朝村头的场院进发。

大贵子打从娘胎里生下来只给牲口喊过号子，听说让他喊口令，急忙摆手。周大牙取笑道：“当初你咋驯服马寡妇家牯牛的？”他说的这头牛，桃花峪人人都熟悉，不是熟悉这头牛，而是熟悉关于这头牛的故事。

这头牛是马寡妇从后山买回来的。她之所以看中这头牛，不是因为它健壮结实牙口好，而是看中了这头牛的主人，一个年纪和遭遇都跟她差不多的老鳏夫。

那年春上，马寡妇去后山看闺女，结识了闺女村上的这个老汉。当时他刚死了老婆，准备卖牛葬妻。马寡妇是性情中人，看到这场景就感动得眼圈子发红，说啥也要买下这头牛。她其实醉翁之意不在酒，买这头牛还想拉扯上这老汉，日后有个婚姻嫁娶之类的念想，只是后来考虑这事荒唐才罢了。闺女那头叫这老汉哥，娘要嫁给哥，闺女今后该咋个论法？再是老汉发誓今生不娶，这彻底断了马寡妇的念想。

不过她买下的这头牛却惹出了笑话。老汉有一憨儿，平时春耕秋收都是爷俩做伴，久了成了习惯。每次套牯牛进地，老汉牵了缰绳在前面，憨儿就喊：“爹，走了！”老汉一抖缰绳，牛就弓腰挺背，慢慢腾腾开始劳作。这头牛虽是牲畜但极具灵性，能听懂主人的话。听懂话的牯牛就有了性格，你不说“爹，走了！”它就是不动。

马寡妇买了牛让大贵子赶着往回走，才走了没几步它就不走了，任柳条子抽缰绳赶，它纹丝不动。大贵子眼看着太阳快要下山，嘴里不耐烦地嘟囔了一句：“你才是俺爹来！爹……走了！”这头老牛竟然精神一振，朝着大马峪的方向深情地张望一眼，眼泪汪汪地走了。

马寡妇家的牛叫“爹”才干活，这让庄稼人开了眼，成了桃花峪茶前饭后的笑话。但最苦的还是大贵子，他只要使唤这头老牛就得给它当儿子，这一叫就是多年。

旧话新提大贵子心里恼火，但转念一想，既然让牲畜当爹都不在乎了，还在乎喊个号子？这是往脸上贴金的事，谁家没头没脸地能当上中队长。于是他挺了挺胸脯，学着学生喊操的韵律，“一二、一二”地朝村头走去。

满村子显摆够了的保民队从此开始了站岗放哨。头一轮大贵子上城墙，他刚爬上石头垛子，便看见李望彦朝村子走来，故意显摆地端着枪大声喊：“城楼下的人听着，你闯入桃花峪防区了！”

李望彦猛然见城墙上探出个脑袋，手里还攥着杆枪，看清是大贵子，不由得冷笑道：“原来是王甲长，这大热天的，你站在城墙上干啥？”大贵子不接话，继续板着个驴脸充正经：“我在站岗值勤，快报上名来！不然我认得，手里这杆枪也不认得！”

二臭子跟他一班岗，对大贵子说：“你瞎咋呼个啥啊，没看见是望彦哥嘛！”王大贵瞪眼道：“不报上姓什名谁，天王老子也不行！”二臭子当场不乐意起来，骂道：“给根鸡毛当令箭！”然后挥手说：“望彦哥，甭信他装神弄鬼的。你是去找周保长吧，他爷俩这会儿去了村公所。”

李望彦赶到村公所的时候，黄国品正在教队员咋使用枪械。周大牙故意说人多枪少也就没发给他。“你实在想要的话，我看看谁不干了，倒下来给你留着。”

李望彦呵呵笑道：“相了，枪不枪的，我的大铡刀就不错。”然后拉了他一把，小声说，有非常重要的事找他爷俩。周大牙却不买他的账，故意大声道：“有啥事不能当着面讲，非得搞得这么神神秘秘。没看见大伙儿正在军训，等我女婿倒下空来，你亲自跟他讲。”

刘长喜当了中队长，两口子喜滋滋的。贾仙桃穿着红褂子绿裤，站在媳妇堆里看热闹，她一边嗑瓜子一边哧哧地笑个不停。改子也来了，躲在大闺女堆里，虽然她眉头紧蹙，但小脸红扑扑的，仿佛开得正艳的鸡冠花。

有女人在场，男人们精神百倍，端枪瞄准，骑马蹲裆，争先恐后。李望彦脸上却没有一点儿喜气，他一把拉住周大牙，严肃地说：“你是保长，这事得先给你说，日本人要来！”

不等他说完，周大牙不耐烦地甩手说：“不就是上回那事，你家女人都打发他们走了，咋还旧事重提？我正要拉屉屉去呢！”李望彦见他冥顽不灵，瞪眼道：“今们你拉到裤筒里也得先听！一会儿鬼子要来找你要枪！”

周大牙听李望彦这么说，才感觉一道滚雷从天而落，忙问：“你打哪儿得来的消息？”

李望彦把送信人的话详细说了一遍，周大牙早吓得魂飞魄散。这鬼子咋这么快就闻到了风声，他急忙喊女婿把队伍解散了，到村公所议事。

队员正练到兴头上，打发长喜子过来问情由。周大牙没好气地训他：“过晌午轮着你站岗，练不练你操啥心！”

李望彦严肃地叮嘱长喜子要多注意着点儿乌河镇的方向，有啥情况赶紧回村报信。

刘长喜被安排到晌午头值勤，闷闷不乐。这是因为他有个不能说的爱好，喜欢午后和媳妇亲热。两人玩到兴浓处，常常顾不得窗户外头有眼没眼。这眼当然不是外人，而是他的兄弟大根子。哥哥搂着嫂子睡晌觉，他就钻到隅领子（山东方言：两道墙、两幢房子的夹道）里，用唾液湿了茅头纸偷着瞅。旁人瞅见这种事装在心里不说，大根子却出门大说特说。他一边走一边唱：

“羊荚子菜，包夹子，大闺女吃了摸鸭子！”

有人问谁摸鸭子，他就说：“俺嫂子！”

那天刘长喜没顾着跟贾仙桃亲热，他要到城门楼子上站岗。大根子躲在隅领子里百无聊赖，等到太阳落山也没等到嫂子摸鸭子，在隅领子里睡着了。而周大牙和黄国品急得跟磨道里的瞎驴一样，在屋达场子（山东方言：屋子中央）里转个不停。鬼子来了，头一件事就是来桃花峪找他要枪。周大牙思量说：“这就奇了怪了，买枪这事只有咱村里人知道，日本人是咋听说的？”

李望彦说：“这事家喻户晓，再说刘能子那里不是也给了一把？”黄国品道：“是给了他一把枪，可他没理由报告给鬼子。再说了，这鬼子跟刘家坤是啥关系？他咋得到的消息，还派人送信儿？”李望彦说：“我也纳闷，但事情明摆在这里，那个送信的人不会无中生有。”

还是黄国品脑袋瓜子转得快，分析问题还是出在刘家坤身上。“咱的枪就只给过他，他不说鬼子肯定不知道。鬼子知道了，就说明他跟鬼子有联系。”

一句话把周大牙吓得魂都出来了，他惊呼道：“这么说，咱就算得罪鬼子了？鬼子若来桃花峪，第一个就是找咱算账。”

周大牙越想越怕。李望彦觉得这事不可小视，对二人说：“既然刘家坤托人捎话，那肯定有来头！不如你们先到后山躲躲，我这边带人提防着点儿。”周大牙顾不得矜持，拉着他的手道：“望彦哥，关键时候见真情！我早就说过，到了大事上还是你看事。就按你说的办，回头我让女人们先进山躲避。”

黄国品也不敢怠慢，忙着去安排后晌的岗哨。二臭子不情愿地说：“夜里头站岗行也行，得有报酬。你们老婆孩子热炕头的，俺图个啥？”黄国品心情正坏，黑着脸甩下一句话道：“愿意跟着我干，你就留下，不愿意现在就滚蛋！”

二臭子还想烦嚷几句，周大牙拍着口袋道：“不是说了嘛，凡站岗放哨的每人两斗粮食，日清月结，我都记在账上呢！”

既然他口袋里有账记着，队员们都闭了嘴。城墙上多加了哨，周大牙的大门外也加了人，持枪来回巡逻，一时人心惶惶。

然而，鬼子并没有来。

中　篇

这天，李望彦刚开门，就见大道上黄压压的一片。三年前，白云山过蝗虫，李望彦打开门，也是看到眼前黄乎乎的一片。而在这个秋天的早晨，李望彦眼中的黄色不是蝗虫，而是日本鬼子。鬼子兵开着汽车，骑着洋马，扛着三八大盖，蹚着浮土开过来了。

——内容节选

望生自打跟着去了趟黄河，回来蔫了好几天。李尹氏说这孩子是掉了魂了，叫叫就好。她到佛前求了碗神水，蘸着手指头在望生的头顶弹了几滴，然后摸着他的头，嘴里嘟囔着："摸拢摸拢毛，孩子吓不着！"到了后晌，又让望生早早睡了，第二天早上起来，果然望生又枝生（山东方言：枝叶鲜嫩，水灵，这里指重新焕发生机）了。

凯儿就没有那么幸运了，上次鬼子来，她又惊又怕，黑夜发开了高烧。李尹氏再按掉魂的做法也不起作用。李望彦找出牛黄和犀牛角，和了温开水让凯儿服下，症状才减轻了一些。但这两味药治标不治本，天明还得找个先生看看。

天蒙蒙亮，摸摸凯儿的头还烫，两口子决定到乌河镇的懿仁堂给她看看。坐堂的范先生，十五岁就悬壶，医龄有六十年之久了。

李望彦套了车，让凯儿躺上去，李尹氏跟着上了车，这才想起店里就剩下望生一个人了。这几日不太平，偌大一个店留给一个孩子说啥也不放心。望生却不紧张，说放心去就是，他看着店肯定没问题。李望彦叮嘱他把大门敞开，有客接客，来了鬼子依着他们糟蹋。

找到懿仁堂并不麻烦，麻烦的是范先生年纪大了，头晌午坐诊，晌午头一过就回去睡觉。大道因为战事被挑了许多沟，马车拐拐拉拉不好走，竟多走了一个时辰。马车拐进北胡同口时，范先生刚从南胡同口回家。

当天就诊赶不上了，还是凯儿机灵，让爹娘把她送到珂儿家的油坊住下，明天看完了病再来接她。李尹氏不放心，说凯儿还病着，说啥也不能一个人在外面过夜。凯儿的脸色还有些红，说："珂儿也不是外人，我跟她睡一个炕，你们还有啥不放心的。"

既然说到这份儿上，李尹氏妥协了一步，让丈夫自己回去，她留下陪凯儿去看病，明天李望彦再套车来接。

李望彦把她娘儿俩送到油坊时正赶上出油，到处弥漫着芳香。珂儿见到凯儿，便搂着她的脖子亲热得不撒手。王家油坊从乾隆年间开始就在这乌河镇榨油。最初架口大锅和石磨现场制作，家家户户都认为他榨的油好吃，从此油坊出了名。后来王家盘下了座四合院，生意兴隆。有人就打起了油坊的主意。

打油坊主意的是家名叫东洋花商贸的日本公司，东洋花公司实力雄厚，铁路是日本人的，原料想从哪里调就从哪里调，想调啥品种就调啥品种，并且安装上了电动榨油机，这玩意儿通上电不用费力气，不但出油快而且出的品种也多。王家被逼得只有招架之功绝无还手之力。即使这样，东洋花公司还不甘休，以王家拖欠银行贷款为由把契约弄到了手，逼着王家搬迁。

为此事，珂儿爹愁得眉头不展。东洋花公司开出条件，房契地契他们都可以如数奉还，但王家要允许他们入股，东洋花做股东，工艺都得对其开放，产品贴上他们的牌子销售到中国市场，这无疑是赤裸裸的强盗逻辑，王家不答应，但不答应的结局是只能关门。

当王珂的父亲为了生存绞尽脑汁的时候，珂儿却和凯儿商量着去哪儿玩。李尹氏沉着脸说："病刚轻快,就欢了你了,哪儿也不许去！"凯儿翻嘴说："娘，我本来就没啥病，只是那天跑得太急，山口上让风一吹，就发起烧来。"李尹氏心想女儿发一次无名烧也难免，但还是坚决不同意她上街。鬼子兵临城下，两个如花似玉的闺女上街不安全。

李望彦撂下娘儿俩赶车回村去，刚进店门，望生就慌慌张张地跟他说，夏庄姓刘的来找过他，后面还跟了五六个鬼子。

这可非同小可，自己不在家，桃花峪就来了鬼子，而且是刘家坤陪着来的。这说明刘家坤跟鬼子穿一条裤子。他只是不明白，刘家坤既然投了鬼子，为啥又捎信来。再说鬼子来桃花峪绝不是游山玩水，没准就是来找枪的。村里刚刚成立保民队，大家都不知如何应付，万一冲动定会招来麻烦。

想到这里，他心一下子凉了半截。望生说他们来也没说啥，就说找人，然后就去了村里。后来他还听到了枪响。

"枪响？几声？"李望彦最担心的事还是发生了，有枪声就说明两边的人有了接触，他想从枪声激烈不激烈判断一下程度。望生想了想说："好几声。"李望彦顾不得再问，拔腿便往村子里跑。

李望彦来通风报信，说鬼子要来向他爷俩要枪，周大牙急得牙痛上火，手捂着腮帮子，一说话就嘶啦着吸凉气。女婿这个保民队真成立得不是时候，一上来就让日本人给盯上了。黄国品有自己的主张，太平光景日子过得四平八稳却是死水一潭，而动荡年景就不同了，有奶便是娘，有枪吃遍天下，所以他才孤注一掷，赶着时辰成立起这个保民队。

命中注定他就要和刘家坤打交道。老丈人当着桃花峪的保长，离不了上面有人撑腰。但更重要的是得自己有势力,谁知刚成立才几天就被鬼子盯上了。虽说黑夜加了岗，但黄国品还是感到害怕，根本没有睡实过，外面稍有风吹草动，他就坐卧不安。小乔本来早早就吹灯睡觉，这天黑夜受了惊动反而精神了，就是睡不着。睡不着她的手就不老实，后半夜也就成了战场。黄国品到了早上实在撑不过，昏昏沉沉地睡过了头。

一觉醒来，丈母娘早已做好了晌饭。他吃完饭到街上转悠，也没发现什么异样。又到城门楼子那里，看见二臭子搂着杆枪蹲在垛子上打盹，就喊：“二臭子，下一轮是谁的岗？”二臭子答：“长喜子，这会儿该来了！”黄国品不再问话，倒背着手朝回走，枪套子荡悠在腚后头。他原打算使个双枪，左抡右射威风八面，却硬遭横刀夺爱。就是这把枪的意外流出，注定了今天的结果，他心里跟吃了苍蝇屎似的。

走着走着，就到了刘长喜的家门口，他隔着院墙喊：“长喜子，该轮着你啦！”长喜子果然还在家里，黄国品没好气地训斥道：“看你这个拖沓劲，你都是中队长了，咋还这么不长成色！”

长喜子讪讪地跑出屋来，慌里慌张地跑了。黄国品看他软绵绵的脚步就知道他晌午头又跟媳妇拔骨碌了。他纳闷贾仙桃咋会有那么大的骚劲，跟这个拔了跟那个拔。不过话说回来，庄稼人如荒坡里的草，野火烧不尽，春风吹又生，图的就是个缠绵繁衍的快乐，哪管人生理想。这样想着，他的嘴角不由得露出一丝轻蔑的冷笑。

笑容还没有完全收拢起来，他便听到东面响起了枪声。

枪是刘长喜放的。他接下二臭子的岗，见四野无人，便想倚着墙垛子迷糊一阵。谁知刚迷糊，就被一个人推醒了。水兽浑身是水蹲在他面前，小声说道：“有人来啦！”他赶忙起身去瞅，却被水兽一把按住，喝道：“你不要命了，是鬼子！”

刘长喜顿时发了蒙，自己只是睡了一小觉，咋就来了鬼子？看水兽也不像开玩笑的样子，于是猫腰透过墙垛子朝城墙下张望，果然见几个人正朝这边走过来。走在前面的人穿白绸子褂，斜背王八盒子，是刘家坤！他身后跟着几个鬼子，肩上扛着长枪，黄帽子后面还飘着两条招幡带子。

尽管整天听人说鬼子长鬼子短，他们的罪恶行径让人恨得牙根痒痒，但老实说谁也没见过鬼子长啥样。周书启当年曾跟着望彦哥下东北，他描述说东洋人个头奇矮，罗圈腿，狗熊腰，高兴的时候嘴里直喊“要洗”，不高兴就龇牙咧嘴说“八个压摞”！刘长喜知道他三国看得多了，话里演义的成分多，但歪瓜裂枣不是好东西。没错鬼子所到之处烧杀淫掠，他们要是进了村，乡亲们就遭难了。

他越想心里越害怕，下意识地就把枪举了起来。啪！自己还没闹明白是咋回事，手指头就扣动了扳机。这一枪放过，鸟惊林，鱼潜水，家雀儿轰的一声飞起来，在天空挤作一团。鬼子也吓了一跳，一行人就地卧倒，卸下肩上的枪，瞄准了刘长喜的方向乒乒地放起枪来。

鬼子兵的枪子打得城墙的石头火星子乱跳，吓得刘长喜缩成刺猬。水兽见罢纵身一跃，跳下后墙，没人声地喊起来："鬼子来啦！"

这已经是第二回喊"鬼子来了"。

头一回，乡亲们跑得腿脚麻利，到头来却连个鬼子影子都没见着，这回他们还以为又是谁家孩子放火鞭，都抄着手站在大街上看热闹。马家旺听着声音十分沉闷，思量地说："兴许……这回不妙。"不等他说完，就见水兽光着腚没人声地喊着跑过来，忙逮住他问这是咋了。

水兽气喘吁吁地说："马叔，鬼子到了城门楼子了，正趴在那儿朝村里放枪呢！"

这回马家旺相信了，真是鬼子摸上门了，他忙不迭地朝着街上的人喊："还愣在街上干啥，没听见枪声啊，快跑！晚了让人堵在家里，就哭不迭了。"大家这才回过神来，呼天抢地朝后山上跑，不一会儿，桃花峪就连个人影都找不见了。

鬼子放了一阵枪也不见动静，便起身试探着朝城门口摸去，刘家坤对他们说："太君，别紧张，兴许是村里的保民队不摸情况，随便打的枪，我先去看看再说。"

鹫尾将信将疑，嘴里发出含混的要洗声。刘家坤也顾不得他说啥，心里想这事自己得先露头控制住局面，不然日本人杀进村可不是闹着玩的，管你保民队还是老百姓，一旦开了杀戒，桃花峪就会血流成河。

刘家坤顺着墙根朝村口走，觉得跟踩钢丝差不多，心里犯忽悠。那天鹫尾要来桃花峪找枪，他费尽心机留他们在店里，结果让牛嫂子吃了哑巴亏，自己也赚了顶绿帽子戴。虽说这顶绿帽子是替旁人戴的，刘家坤却实实在在感到揪心的痛。这个世道太浑，男人们总是拈花惹草，惹了事却让女人来背着扛着。当年他巴结孙特派员，忍痛割爱把小老乡送去当了见面礼。而今鹫尾这个杂种又占了牛嫂便宜，他虽咽不下这口气，但最终他还是选择了妥协，要想荣华富贵飞黄腾达，就必须借助于日本人。他把这当作是一场游戏，一场你情我愿的买卖。他变着法儿说服鹫尾，要想在桃花峪站稳脚跟，就要取得民众的信任，他想让周大牙爷俩也对他感恩戴德，不要从一开始就打打杀杀，把自己置于对立面。

鹫尾认为白云山地区一直存在着反对皇军的势力。黄河阻击战打得惨烈，但那些抵抗力量似乎在一夜之间就消失得无影无踪。皇军一路追杀到乌河镇也没有发现蛛丝马迹。只有一个可能，他们都撤退到了山里，这诡异的白云山吸纳并且藏起了所有抗日武装力量。

司令官桥下彻大佐一直耿耿于怀。鹫尾之所以选择桃花峪作为突破口，也是看中了这里的门户作用，没想到刚一进村就遭遇到了抵抗。虽然可以判断这一枪是空的，但还是让他感到恼怒，他很想冲进村去肆意地发泄一顿。

刘家坤看到他脸上的杀气，急忙拦住道："太君，您千万不可生气，我去跟村民说。"然后张开手大声喊着："刚才是谁放的枪，没瞧见我是刘主任！"

刘长喜大气不敢喘，躲在垛子后面回话道："你刘主任咋了，身后咋还跟着鬼子？"刘家坤冷笑起来："我不是早就给周保长报过信了？你小子别躲在上面，赶紧去找他，皇军很生气，来晚了我可按不住！"

周大牙在家，听外面人声嘈杂，急忙来到街上，正好看见刘长喜跑来，惊恐未定地说："周保长，村头来了五六个鬼子，连朝我放枪，口口声声说要找你，这会儿怕是进了村，你快想想办法吧！"

周大牙听罢腿软得不听使唤，扭头就往家跑。一家人也都跟着跑了出来，吓得浑身哆嗦，不知如何是好。周大牙说："都别慌，国品不是在嘛，让他快拿个主意。"

话音未落，黄国品一脚门里一脚门外蹿进来，说："去把大门顶上！"然后一头扎进灶屋里，从柴火堆里拖出剩下的枪来，抱到后院，扑通扑通地投进井里。周大牙心疼地叫起来："贤婿,这可都是拿钱换的,你咋说扔就扔呢！"黄国品说："枪投进井里可以再捞出来,上面都涂了黄油,锈不了。比起几条枪，一家人的身家性命更要紧。这要是让日本人搜到，全家的性命怕都难保。"

枪投到井里,咕噜咕噜地冒了一阵泡便平静如初,俩人这才稍稍松了口气。黄国品对老丈人表示他这时候万万不能出面，就只靠老丈人一个人了。周大牙急头赖脸地说："你让我一个人咋顶？"黄国品冷静地说："夜儿李望彦不是说过这事跟刘家坤有关，他是联保主任，你是保长，有这层关系他们不会对你咋样。你就静观其变,看这日本人到底想干啥？"周大牙还是心慌意乱："万一这日本人不讲道理咋办？"黄国品道："他们要是要蛮横，早闯进家了！你快到街上迎着，把他们引到村公所，我见机行事。"

周大牙看着一家人惊恐无助的眼神，知道就是刀山也得上，火海也得跳，于是出了大门径直朝村口迎过去。刚走出不远，就见有人过来，果然是刘家坤，高声喊他："周保长，皇军来了你咋不迎接，还让队员打黑枪！"周保长听刘家坤这么说，松了一口气，急忙上前作揖道："是刘大主任，我正在家里呢，这不也是刚听到动静，赶忙出来迎接皇军。"

鬼子兵却不管三七二十一，上前围住他，明晃晃的刺刀抵住他的胸口。鹫尾更是一脸恼怒，吼道："你个混蛋，竟敢对着皇军开枪！"

他一急，说的是日语，周大牙一句也听不懂，但面对着鬼子的刺刀吓得冷汗直流，他哆哆嗦嗦地说："刘主任，都是自己人，你让皇军刀下留情啊。"

刘家坤对鹫尾嘀咕了两句，鹫尾才退了一步，让士兵收起枪。刘家坤见事已缓和，忙使眼神："还不赶紧领太君去村公所，站在这街上找事不是？"一句话提醒了周大牙，他忙点头哈腰地领着日本人到村公所去坐。

周大牙为了应付日本人使出了浑身解数。村里人能跑的都躲进了山，只剩下一些老弱病残抱着破罐子破摔的想法不走。黄国品在老丈人出了门之后也翻墙进了山。周大牙战战兢兢，如履薄冰，他亲自端茶倒水敬烟才让这群鬼子安静下来。但鹫尾提出要看保民队并且要面见大队长黄国品。

周大牙实在找不出啥理由阻止见他女婿。日本人这会儿是人，说不定哪会儿就会现出原形，变成魔鬼。

牙恰到好处地疼起来，疼得他说话都兜不住风了。刘家坤见他满脸痛苦，故意说他这次和皇军来，不是兴师问罪的，就是想看看保民队成立得咋样了。"我早就跟皇军说过,桃花峪成立保民队是为了防共防匪。我以我的名誉担保。"

周大牙听他这么说，得寸进尺地说："你们来得不巧，你们后脚到，我女婿刚好前脚出了村，说是去县上一趟。"

刘家坤见他这么不给面子，耷拉下脸来说："周保长，你这是踩着鼻子上脸啊！我刚替你打包票，你就说黄国品不在家，你是成心让我难堪啊！"

周大牙赔着笑道："刘主任，哪敢啊，女婿确实不在家。"刘家坤冷笑一声："我要是带着皇军去你家里搜，你可就后悔不及了！"周大牙心里想，你刘家坤也太缺德了，咋能出这种坏主意。把日本人往家里领，无疑是想害了一家子人。女婿迟迟没露面，躲没躲先不说，单是家里的女人就够他担心的，还有投进井里的枪，万一被发现了，一切都完了。

鹫尾见周大牙在那里推托，失去耐心地说："看来周保长是不想让我们见他的女婿。我们自己去找好了！"说罢，吩咐刘家坤领路前去周家。

周大牙心想再推托会惹怒鬼子。女婿也不是笨蛋，不会干躲在家里等死。刘家坤也猜出了玄机，小声对他说："让你去你就去，有我替你打着掩护呢，越这样越出事。"

周大牙一咬牙一跺脚,带着鬼子去家里。途经马寡妇家,见她家大门虚掩,周大牙心生一计，这老娘们居然不怕死，没跑出去躲躲，何不让她替他挡挡？

刘家坤和鹫尾来到周大牙家，房前屋后地转了一圈，果然没看到黄国品的影子，倒是周大牙的闺女小乔让他眼前一亮，心想以前咋没瞧见周大牙的闺女有如此姿色。在一群如狼似虎的鬼子面前,小乔梨花带雨,眉间都是愁苦,这倒勾起他深深的同情。于是他大声道："周保长，皇军也是通情达理的人，这家里也找了，不在就不在，改天再说。天不晚，何不找个地处，犒劳犒劳皇军。"

一句话正好提醒了周大牙，他忙拍着脑门子说："看我这计时钟！刚才路过马寡妇家，见门还敞着，家里一定有人。我现在就去报上菜，犒劳一下皇军！"刘家坤使着眼色说："还多跑一趟干啥？既然她在家，干脆现在就领皇军过去！"

马寡妇果然在家。今们一大早她到邻村集上采了点儿货，天气太热，浑身出汗，拧筋（山东方言：浑身不舒服）得不行，到井上打了盆水晒上，刚关起屋门，脱了衣裳，就听得外面吵翻了天。于是问改子外面吵啥，改子搬个梯子爬上墙头，慌慌张张地下来说是长喜子四处喊着"鬼子来了"！马寡妇一听害了怕，慌着穿衣裳，改子说："娘啊，来不及了。我看见穿黄皮的人跟在长喜子腚后头，一定是鬼子！"马寡妇听了泄气得一腚坐在椅子上。

马寡妇一刻也舍不得离开家，男人创建这份家业不易，她留守这份家业更是呕心沥血。女人有房子有地就有家，就不用过漂泊无根的生活。大贵子在马家一待就是二十年，但充其量只算是半个人，她作为马家的遗孀，无论如何都有义务留下来守护这最后的堡垒。

改子见娘一腚坐下不走了，急得又跺脚又拍巴掌，嘴里连连说："娘，你咋慢下来了呢？长喜子都跑了，水兽也跑了，咱再不跑就跑不了啦！"娘平静地说："改子，你别嚷，你这就让大贵子带上你往后山里跑，啥时候娘叫你回来你再回来。娘不跑，娘跑也跑不动了，鬼子能把我咋样？"

改子还想劝，马寡妇朝着门外面喊："大贵子，你耳朵塞了驴毛，我叫你，你咋不吱声呢？"大贵子慌忙挑帘而入说："我现在就带改子走。孩她娘，你自己多保重！"

大贵子纯粹是话赶话地冒出这样一句话，却让马寡妇泪流满面。俩人偷情这么些年，他一个当觅汉的，能够生出如此漂亮的女儿简直就是光宗耀祖，却一直没有个正名分的日子。大贵子面对即将来临的危险说出今天这番话，足以让她知足了。

两个人撇了马寡妇刚跑出胡同口，就被一个人截住了，这个人不是别人，而是水兽。水兽说："你们也甭跑甭颠了，刘家坤已经带着鬼子朝村公所去了，周大牙也跟着。"

原来水兽躲在这里观察情况。听说周大牙出面，大贵子就站下了，嘴上说："有他顶着，兴许就不会太糟。"改子刚才还担心娘一个人在家里，这时候嗤之以鼻道："鬼子也没长三头六臂，豁出去一个对一个！"大贵子说："你个大闺女家，是不知道厉害。"水兽指指肚皮说："你上回是没见大根子让鬼子用刺刀顶着,要再用点儿力肚皮就给捅破了。”改子骂了一句:“简直就不是人!”水兽被她骂得笑了起来,说了声:“该骂!”改子却脸一红,补上一句:“骂的是你!”

水兽低头一瞧,原来刚才光顾了跑,身上还一丝不挂。改子当着两个男人的面哈哈大笑起来,羞得水兽捂着裆就跑。

两人返回家时,马寡妇埋怨大贵子几句,鬼子还在村里没走,马寡妇不敢大意,让大贵子关了大门,把改子藏在柴火屋里,还在她脸上抹了些锅灰。眼瞅着外面也没有动静,她悬着的心刚放下,大门却突然被擂得咚咚响起来。

“他马家媳妇,在家不?皇军要到你家铺子里吃饭。”这喊声犹如惊天霹雳,把马寡妇打蒙了。鬼子要上门吃饭,她如果开了门,孤儿寡母的说不定会招惹鬼子,不开门,万一鬼子硬闯,后果更难预料。

马寡妇没了主意,拿眼看大贵子,大贵子咬牙切齿地说:“肯定是周大牙领来的。”马寡妇拍着大腿说:“现在说这些有啥用,还是想个啥法子挡住鬼子进来。怕的就是咱改子,她藏在柴屋里也不保险。”大贵子想了想说:“就让改子藏到西屋的顶棚上吧!”马寡妇赶紧把改子从柴火堆里扒出来,拖到西屋里,撮着腚送到顶棚上,又撤了梯子,这才换了一副笑脸去开门。

那日鬼子酒喝到天色不早才罢。马寡妇卖力气做了几个拿手菜伺候鹫尾。席间刘家坤多次提到改子,马寡妇又是飞媚眼又是送秋波,总算没让他捅破这层窗户纸。鹫尾吃了喝了却不领情,非要找黄国品出来,周大牙被逼无奈,只好答应只要女婿一回来就让他去镇上。刘家坤说:“周保长,说话可得算数!我可是在皇军面前替你做了担保,你不能叫我下不来台。”周大牙嘴上答应,心里却在盘算着如何让女婿更好地脱身。

李望彦从镇上回来的时候,刘家坤陪着日本人刚走。他到马家旺那里一问,果然如望生所说,鬼子不但进了村还差点儿跟村民动起武来。这次多亏周大牙出面周旋,马寡妇硬着头皮设宴招待,才涉险过关。祸根依然埋在后头,鬼子随时都会来找周家爷们。

李望彦沉吟说:“我得跟周大牙聊聊。”马家旺说:“你去他家做啥?他这是自作自受。”李望彦正色道:“话也不能这么说,他女婿成立保民队也是为了桃花峪。”马家旺嗤之以鼻:“他为了桃花峪?鬼子来了,也没见保民队上阵迎敌,倒是比兔子跑得还快。”

不管咋说,李望彦还是决定去感谢周大牙。他到周家的时候,一家人都没有开伙,也没有掌灯。周大牙正坐在椅子上发呆。李望彦说:“看来这个刘能子投了日本人。如果不是他领着,鬼子说啥也不会找到你家里来。”周大牙咬牙切齿地说：“这个私孩子，他哪里去祸害不行，专门找我家的麻烦！”李望彦说：“谁让你平时总拍他的马屁，他是谁，他是见缝就钻的人。”

周大牙被噎得说不出话来，一直以来，他都是靠着刘家坤鱼肉乡里，他就是刘家坤的狗腿子。他眼下最担心的还是以后，刘家坤临走时撂下话，过两天还来，谁知道他下一次来是福是祸。

天黑透了，黄国品才摸下山来，脸上毫无血色。李望彦说：“今们这事仅仅是开始，也算侥幸，下回鬼子来，兴许就不这么简单了。”他故意轻描淡写，生怕伤了黄国品的自尊心。但战争容不得任何的侥幸和幻想，每一个环节都是血淋淋的抗争与杀戮。见李望彦深更半夜还在等他，黄国品颇为感动，双手抱拳道：“谢谢望彦叔来看我，你的提醒很有必要，我会静下来想想下一步咋办。”

黄国品喝了碗红糖水暖身子，脸色才好起来，他坐下来跟李望彦商量着咋对付刘家坤和鬼子。老丈人的意思是先解散保民队，把枪卖了换回他的钱来，黄国品说开弓没有回头箭。李望彦沉吟道：“鬼子没有动手，说明这事有周旋的余地。”黄国品问：“望彦叔有啥好主意？”李望彦说：“你岳丈不是跟鬼子说过，成立保民队是为了保地方治安嘛，我们就咬着这句话不放，兴许能糊弄过去。鬼子来查枪，就说当初是为了这事买的，如果他们想要，就给他几杆挡挡眼。”

周大牙听说要他交枪，心疼地咧着嘴：“这一杆枪十几块大洋啊！”黄国品见老丈人这时候了还财迷心窍，白他一眼道：“不就是十几块大洋？也比让鬼子抓了去强。”听这话的意思，黄国品是认可了他的提议，李望彦让他们这几天少露面，村里的事他和马六子爹多长眼。周大牙心眼不好使，立马联想到李望彦想乘机占有保民队，所以叫道：“这事还是以后再说。”李望彦见他满脸疑惑，爽声笑道：“周保长多心了！你想把保民队送给我，我都不要。我只是替桃花峪的乡亲们着想，家要保，村也要保。你们爷俩不便出面，我就带着小青年们站岗放哨。”

黄国品拱手道：“望彦叔深明大义，晚生佩服得五体投地，此事就这么定了”李望彦也回礼道：“等风声一过，我李望彦把保民队完璧归赵！”

李望彦走出周大牙家门的时候，月明早已爬上屋顶，泻了一地碎银。月色下的灌木丛和树影静静地守候着，秋天的蛐蛐儿和其他昆虫开始稚拙地叫起来了。兴许这其中就隐藏着危险，谁知道那些鬼魅会借着哪处黑暗生长。

他在大街上转了一圈，虽然看不见灯火，听不到动静，但空气中弥漫着一股烟火的味道，这是人们在生火做饭。妻子和凯儿去了镇上，他早早让望生上了门板，闩了门，觉得屋子里有些冷清，便对望生说："望生，夜里害怕就到哥屋里来睡。"望生回答："哥，我不怕！"

李望彦刚和衣躺下，马家旺就来敲门，他急忙开门迎进来，问有啥事。马家旺说也没啥事，就是白日里发生这么大的事，心里没底，来说道说道。李望彦笑道："你老兄过的桥比我走过的路还多，你会心里没底？"马家旺说："你这是笑话我，我要是有你一半智谋，就不来烦你了，我等着你找我。"

李望彦说："正好，她娘儿俩不在家，咱俩人喝个痛快。"须臾间，他端上了几盘冷菜，又烫上了一壶酒，两个人盘腿坐在炕上喝起来。

马家旺叹息道："望彦哥，今后这样的滋润日子少有了。"李望彦说："日子都是过的，只要不埋汰不浪费就一定有！"马家旺说："你说今们这事接下来会咋进展？"李望彦沉吟说："对周大牙和他女婿来说，这是敲了个警钟。刘能子也不是善人，以后要多提防着点儿。"

马家旺又问保民队咋办，李望彦沉吟道："具体到保民队这事上，有就比没有强，不能给刘能子可乘之机。"马家旺愤懑地说："这黄国品当大队长，听说鬼子来，吓得头都没露就钻进花沟里了！"李望彦笑起来："谁见了鬼子不怕？再说刘长喜不是还放了一枪嘛！如果他不放那一枪，鬼子说不定就把全村人都堵在家里头了。"马家旺艮扽了一下，说："那也是。"李望彦说："我反复琢磨该不该把山洞的事告诉人们，往后鬼子再来了也有个躲避的地处。"马家旺连连摇头："这可不行，谁知道这爷俩心里想的啥。再说全村人躲一个洞里，让鬼子堵住窝，一把火还不来个一锅端！"

李望彦心想也是，又说："我已经跟他们商量过了，暂时接手保民队，保住了这支队伍，就保住了火种。干柴烈火，到时候划一根洋火，它就会燃烧起来！前阵子去黄河我见识过了，鬼子所到之处不是屠村就是杀人，连女人和孩子都不放过。那天我就发誓，总有一天会让他们血债血还！"

马家旺第一次看见李望彦因愤怒而眼睛血红，冒出凶光，几两二锅头远不能烧成这样。

凯儿去了珂儿那儿，犹如湾里的鱼儿放生到了大江大河，连撒欢儿带蹦高。学校放了长假，珂儿就住到镇上，虽说比乡下热闹，但闷得心里起了青苔。爹就这么一个老生闺女，娘生她那年得产褥风死了。爹本想续个弦，但怕找个后娘亏待了孩子，所以也就一直这么拖着。男人疼孩子总是不得要领，助长了她的任性和刁蛮。她总是大把大把地花钱，没白没黑地四处疯癫。

春华园里正好上演新片《夜半歌声》。珂儿早就想去看，可听说片子挺骇人，下不了决心，她非要凯儿陪着去看。听珂儿说这是一部恐怖片，凯儿就犹豫起来。李尹氏摸摸她的额头，有些热，劝她们最好待在家里。珂儿却不以为然，说自己经常头痛脑热的，爹就给她吃扑热息痛片，出一阵汗，身上就轻松多了。果然，吃了药片不过一刻钟的工夫，凯儿脸就变得红扑扑的，额头直冒汗。退了烧，凯儿又活蹦乱跳起来。

看来这场电影非看不行了。凯儿建议娘也跟着，李尹氏无奈答应了。凯儿眼中的娘是地道的乡下人，没进过电影院，不知道啥叫梨园。凯儿一路上总嫌娘走得慢，唠叨着娘该这样娘该那样。李尹氏不置可否，只是笑道："好生跟珂儿说话，免得分了神踩着人家的脚后跟。"

春华园是乌河镇最有名的娱乐场，说书的、唱戏的、喝茶的、玩牌九的，从一楼到三楼样样俱全。近几年更增添了些新玩意儿，玩洋片的、玩皮影的，外加电影放映厅，一天到晚灯火通明，人流熙攘，即使大战当前也没有冷清过。过去国民政府官员、商界精英、佳丽名媛常流连光顾这个地方。如今日本人来了还是如此，只不过换了新人新身份。有人形象地说，朝代可变，风花雪月永远不变。

那天李尹氏重新走进十里洋场，有种恍如隔世的感觉，朦胧不清的往事集聚在心头，竟然让她闷闷不乐。凯儿以为娘是离开爹才显得不开心，就凑过来，用手指头点着娘的脸说："丢丢，不害羞，挑着担子卖辣椒！"李尹氏撇嘴道："这是哪儿跟哪儿啊！"

凯儿在学校已经是大学生了，但在娘面前还是个孩子。她的很多知识都是从娘那儿学来的，然而娘肚子里的东西却远不止这些。娘出口成章，唐诗宋词无所不会。去年春上的一天，全家人在园子里赏月明，爹斟了一杯酒，举起杯盏，咏道："桃花帘外春意暖，桃花帘内晨妆懒。帘外桃花帘内人，人与桃花隔不远。"而娘当时脱口而出："二月春归风雨天，碧桃花下感流年。残红尚有三千树，不及初开一朵鲜。"

每年过寒食节，凯儿从没见爹娘到坟前祭奠过。娘说李家和尹家的祖先都在很远的地方，他们只会在马车店外大道旁烧香祭拜。爹提前到镇上买来黄表纸，很认真地捻开，用铜钱轴子在纸上打得钱痕累累。娘也认真虔诚地准备着供品，买些小点心和果木子，炸上肴货，包上水饺，搁到筐子里，上面蒙上块白毛巾，跟在爹的后头到路口去烧。娘小心谨慎地用盘子摆上供品，爹庄严地点上三炷香，朝着北勺星的地方遥拜，口中念念有词，然后磕上三个响头。娘这时也跟着跪下，眼里含着泪花。凯儿心底里泛起酸酸的滋味，她年轻的心虽然无法体会长辈的辛酸和怅然，但她能理解长辈们的祝福与期盼。庄户人就是在这样年复一年中的遗憾与期待中艰难而快乐地生存着。

今年寒食，娘祭扫回家的时候比往年多了份忧伤，过了很久她才迟缓地点上灯，默默念着：“南北山头多墓田，清明祭扫各纷然。纸灰飞作白蝴蝶，泪血染成红杜鹃。日落狐狸眠冢上，夜归儿女笑灯前。人生有酒须当醉，一滴何曾到九泉。”凯儿从没有听到过这样精美绝伦的诗句，她去找伏老先生，伏老先生翻了案头几部诗卷，才在一册旧书里找到南宋作者高翥的名字，惊奇地说：“你娘不得了啊，这么生僻的诗句她都知道。”

那天的夜场电影让李尹氏心潮澎湃，片中人物的命运让她触景生情。女主角的歌声使她想起了自己，而那座阁楼也仿佛她往昔生活的真实再现。她心里一阵阵绞痛，一个人离开了座位。

门房用竹竿挑了电灯，摆了些小吃招引顾客。这会儿却没有人，空了几个杌扎，李尹氏便坐上去。门房是个光头男人，热情地隔着门帘打招呼：“嫂子，等闺女？”李尹氏吃了一惊，忙问：“你咋知道？”

屋里的男人就说刚才看见她领着俩女孩子进场了，孩子们没出来她出来了。李尹氏随意应着，刚才光顾赶着进场，竟没有注意门房里有人。光线昏暗，想看清对方的模样都困难。李尹氏有点儿口渴了，于是说：“这位大哥，有热水没？”摊子上摆着就有洋汽水，但她喝不惯。光头男人笑了：“这洋玩意儿我也喝不惯，越喝越渴。”说罢，端出一碗热水来。李尹氏接过碗，男人的脸在电灯下看得清楚了。她突然觉得这男人好眼熟……

竟是吕无常！

虽说多年不见，吕无常满头满脸的毛发也不见了，但李尹氏还是能一眼认出他来。比起先前的威武和壮实来，他变得邋遢和猥琐，但嘴角依然保持着玩世不恭的笑，眼底依然保持着一股冷酷和杀气。李尹氏与他为邻多年，太熟悉他的声音和他的模样了。当年他不辞而别，丈夫曾多次跟李尹氏唠叨，有朝一日他回来，一定把他当兄弟待。两口子甚至想象着吕无常回来时把管理完好的土地完璧归赵，替他说上一房媳妇养老送终。然而吕无常一去杳无音信。每年春天，满树的桃花开了又谢，如他无常的命运，有时候李尹氏甚至怀疑这个短暂出现的人只是一个过客。

当吕无常突然出现在她的面前时，她惊愕得说不出话来：“你是吕无常……吕兄！”这回该轮到这个光头男人支吾其词了，他满脸惊慌地说：“嫂子，你认错人了吧，我不叫吕无常，我叫……吴天常！”

李尹氏并不认为自己认错了人，站在她面前的就是吕无常！她急迫地问：“难道你真认不出我是谁来，还有你望彦哥……”吴天常脸上的惊慌消失了，重新变得平静且漠然："我真不是你所说的那个人，我也不认识啥……望彦哥。"

李尹氏还想搜肠刮肚地找证据，光头男人已经转身回到门房，收了竹竿，说："对不住了，我还有事先走了！"便收了杌扎。这时电影已经散场，李尹氏分神的空儿，那个叫吴天常的男人也走了，门房陷落在一片黑暗之中。

凯儿和珂儿最后磨磨蹭蹭地出来，两个人手挽着手，似乎在议论啥事。李尹氏埋怨地说："就你俩能磨蹭，看后面哪还有人了！"凯儿撒娇地搂了娘的脖子。李尹氏问："不好好看电影，瞎嘀咕啥？"凯儿说："娘，啥事也瞒不过你，珂儿刚才看到了一个人。"

李尹氏心里又是一怔，心想咋这么多巧合，她遇到了不是吕无常的吕无常,珂儿遇到的会是啥人。珂儿连连点头说："是啊,是啊！我看见马六子了！"李尹氏吃了一惊："你马叔家六子？"凯儿说："我没看见。珂儿说她看到马六子戴着大檐礼帽，竖着衣领子，从我们俩身边走过。珂儿连叫了好几声他硬装着没听见。"李尹氏疑惑地说："你们是不是看错了，听你马叔说他早就跟政府一起南迁了，咋还会在乌河镇上？"珂儿说："我咋会看错，明明就是马六子！"李尹氏疑惑地说："那就怪了，他就不怕日本人抓他？"

第二天,李尹氏顺利地给凯儿看了病,抓了药。范先生说她这是偶遇风寒,开几味草药回家用文火煎煮，喝两味，病就全除了。李望彦套了车来接她们娘俩儿，一见面，李尹氏就把遇到吕无常的事说了。李望彦惊诧地说："你没看错？乌河镇离咱桃花峪这么近，如果是他，没有道理到家门口不回去。"李尹氏嘟囔道："我咋能看错呢，那眼神那嘴巴都像，就是说话变了腔调，但还是八九不离十。"李望彦决定从电影院那边转过去，看看她说的这个人。

李望彦赶着车到了那里，跳下车径直走过去。门房里有人，李望彦大声喊着："吕兄，吕兄……吕无常，我是李望彦！"随着喊声，一个瘦削的男人钻出来，眯缝着眼问："你找谁？这里没有姓吕的，就我和吴天常俩人。"李望彦说："那我就找吴天常吧，他今们咋不在？"瘦男人说："你来得不巧，早上他辞职了。"李望彦怔在那里，这也太巧了，妻子夜儿后晌才见过他，今天就辞职了。难道这个叫吴天常的人就是吕无常？难道吕无常不愿意见他？他打听这个吴天常家住哪里，瘦男人一概不知。

找不到这个吴天常,倒把一个谜团甩给他,一路上所有的想法都围绕着他。他百思不得其解，吕无常为啥遁形了一般。另一个不解来自马家六子，马家旺明明说六子南下了，珂儿却在电影院里见到了他。明明他认识珂儿却装作不认识。那么只有一种可能，他们都试图隐藏自己。有一种最好的解释，就是鬼子来了，一个曾是江洋大盗，一个是国民政府的旧臣，他们担心会给自己或者给家庭带来麻烦，所以隐藏起来，伪装起来，潜伏起来。

“潜伏”，当这个字眼从他的脑海里蹦出来的时候，李望彦的心里亮堂了许多。他们被迫采取这样一种生存方式，他们其实都没有离开热乡热土，没有离开乡里乡亲，他们只是暗中行动。白云山这片山野正酝酿着某种地热和能量，一旦爆发就会完全改变这个世界的模样。

李望彦回村把在镇上见到六子的消息一说，马家旺就把眼瞪得跟牛眼一般大，连连摇头说不可能。他家六子从小就胆小如鼠，绝不会当了特务潜伏起来。除非一种可能，就是恋着改子。李望彦笑道：“你也太小瞧六子了，他冒死留下，就只是为了个闺女？”马家旺说道：“望彦哥，你是太高看俺家六子了。他也只有这点儿出息。”

说归说，但从那天起，马家旺多了份担心事，后晌听见风吹草动都觉得是六子回来了，隔着窗户瞅。

今年的雨水不错，李望彦园中的桃子泛着青色，密密麻麻地挂满枝头，仿佛无数美人儿探头探脑，连风中都弥漫着淡淡的果香。他摘了一些早熟的桃子摆在路边叫卖，但这条大道上的行人骤然减少了，根本无人问津。往年李望彦也会摘一些，拿到村里的货铺子里代卖。乡亲买不买事小，尝尝也赚个吆喝，只要人们竖着大拇指说声：“望彦哥家种的桃子真甜！”他也就心满意足了。

这天早上，李望彦趁着太阳没出来，摘了两筐让凯儿送到苏婶的煎饼铺里去。凯儿迎面碰上了改子。

改子家里喂着蚕妹（山东方言：蚕），每天要到山上去采桑叶，但秋蚕不好养了。改子心里郁闷，便借着早上清凉的空儿到山上采点儿野果木子吃。秋后山上有许多野果可以吃，野山楂、海棠果还有山葡萄。女人嘴馋，长喜子媳妇没事爱嗑瓜子，苏婶爱吃南瓜种，说能打肚子里的蛔虫。水兽井玩笑地说：“能打腿肚子里的蚂蜱不？”苏婶扬手打他一巴掌：“打你个腚锤子！”

托盘一入秋就红了，秧子带刺，但果粒儿红，咬在嘴里一包甜水。山葡萄就更不用说了，又甜又酸，吃到嘴里有股醉人的酒香。不过它和美酒花就比不了了，用手轻轻地把喇叭状的花朵提出来，拿嘴吸它的花茎，会有一股甜丝丝的味道直蹿嗓子眼。改子打小在这片山上长大，对山上的一花一草都非常熟悉。

那天早上，她心里藏着事，采了一会儿山果，竟鬼使神差地就往村子里走。堰上爬了许多咣咣花和喇叭花，改子想起了娘唱的一首歌谣：

“咣咣子花，春天里开，大闺女嫁到家里来。喇叭子花，夏天里开，新郎官娶个大闺女来……”

她忽然觉得心里很委屈，自己也二八年龄了，却还不知新郎官在哪里，就连她想嫁的愿望都不曾对人说过，忍不住眼里竟浸出两行泪来。她抹了一把泪正想回家，突然看到凯儿挎着两筐桃子往苏婶处走，便站下来喊：“凯儿，新摘的桃子吗？”

凯儿见是改子，放下筐子说：“当然。”平时她两个人说不上话儿，一个是学生，一个是村姑。不过凯儿喜欢和漂亮的女孩子说话，特别是改子，她喜欢她就像改子也喜欢自己一样。她笑吟吟地问：“改子姐，你筐里盛的啥？”

见凯儿的眼直往筐里瞅，改子的心情马上多云转晴了，她递过去说：“野果木子，都是我一大早上山上摘的。”凯儿看到一筐野果木子，红的黄的紫的，颗颗挂着露水，晶莹剔透，眼珠子都绿了。山里露水大，改子连裤角都湿了。凯儿流出口水来，央求地说：“改子姐，你摘这么多好吃的，我拿桃跟你换吧。”

既然凯儿厚着脸皮提出了，改子举过筐子说：“愿意吃啥你随便拿。”凯儿也不推辞，左手抓了一把托盘，右手又去拎一挂野葡萄，看改子眉头轻蹙了一下，怕她改了主意，觉得该有些补偿。凯儿想改子跟马六子传出过风言风语，如果把见到马六子的消息告诉她，她一定很欢喜，于是她故作神秘地说：“改子姐，我也不白吃你的，告诉你一件事。前不久，我和珂儿在乌河镇上看电影，看到马六子了！”

她的话果然奏效，改子听罢，忙把筐子推到她跟前，连声说：“多拿点儿，多拿点儿，不用换，你吃了我再去山上采就是。”凯儿按在嘴里一把，又左右开弓，双手都抓满了果子，才绘声绘色地把见到马六子的事说了一遍。改子恍恍惚惚地走了，凯儿望着她的背影，觉得自己有点儿卑鄙，拿人家的心事赚外快。

改子回到家把自己关进房内，凯儿带给她的消息令她震惊，自从在乌河镇她和马六子有过越轨之后心底里就刻下了深深的痕迹。其实男女之事对于改子来说并不生疏，打懂事起娘跟大贵子的事她就耳闻目睹，她和水兽也曾有过一段野恋，不过那都是她心血来潮做出的，无法与她内心的憧憬相提并论，也无法湮灭她对美好爱情的向往。换句话说，她做是一回事，心里想的又是一回事。她一方面放任自己，一方面又在筹划着自己未来的幸福：找一个如意郎君，生一个男孩，住在乌河镇上，过衣食无忧的生活。

她的这些想法一直都是朦胧不清的，但从结识了马六子那天起就不一样了。她认为马六子能帮她实现这一切，所以才不惜牺牲身子来换取他的宠爱。她娘曾说男人是吃腥的猫，吃腥是天性。改子则认为女人也要有天性，这就是要会发骚。失去了男人的宠爱，女人就不是女人了，只能是小姐身子丫鬟命。

前几天，周大牙带鬼子到家里喝酒，把马寡妇惊出一身冷汗。幸亏大贵子脑袋瓜转得及时，把改子藏到顶棚上躲过一劫。但如果鬼子占领了乌河镇，几十里的路也就赶趟集上趟店的工夫，改子被他们撞见麻烦就大了。

嫁闺女的想法其实由来已久，老大凤子、老二唤子都早早地出了嫁，女婿都是地道的山里人。这些年马寡妇活得人不人鬼不鬼，她曾对大贵子表示，死的时候阎王爷都不一定收留她。大贵子其实比她更悲哀，他这辈子根本就上不了阎王殿的生死簿。小鬼下界拿他，阎王爷却咋也找不到花名册，画个红叉都难。就是这么一个半人半鬼的老男人，跟马寡妇生了如花似玉的闺女却不敢认。闺女的婚事自然也轮不到他出主意，这事马寡妇一个人做主。改子跟马六子的闲言碎语她也不是没听说，但她认为改子脾气性格随自己，脚心里都长着心眼子，不会做吃亏的事。

不过流言蜚语传多了，马寡妇心里也发慌，闺女大了不由娘，如果哪天改子真出点儿事，她这脸就丢大了。世道不平，早给闺女寻个婆家嫁出去才是上策，但她又舍不得这个娇媚又刁蛮的老生闺女。自己已经老了，膝下无子，这万一要是全都走了，她瘫了瘸了找谁伺候，思来想去只有一个办法，找个上门女婿或者干脆就在本村里找。

在本村里找，马六子就是最好的人选。正当马寡妇暗地里打听马六子爹是啥想法的时候，日本人给搅了局，马六子跑了，就是不跑也没人家愿意沾他的边。要让日本人知道，那就是通敌通匪，甭说大贵子才是个甲长，就是当个保长也不顶事。改朝换代了，日本人视国民政府的人为大敌，说不定因为哪点牵扯就拉出去给毙了，用刺刀挑了。马六子和改子这事传得不是时候，所以马寡妇的想法刚一露头就被吓回去了，她对谁也不敢说。

马寡妇不说并不代表她对闺女的事掉以轻心，又到了给干姐妹家送货的时候了，改子吵吵着要去，马寡妇却始终不松口。乌河镇已不太平了，一个闺女家独自去那种地方，谁知道会遇到啥危险。镇上不少生意人家门面都关了，干姐妹捎过话来，这是最后一次给她卖货了，还得看卖得咋样再算账。马寡妇迫于生计，也只好答应。她本想亲自去趟乌河镇跟干姐妹说说，但她实在不想再看干姐妹那张脸，所以还是让改子去。又怕改子道上遇上麻烦，她就喊大贵子套上车送她。

大贵子最近闲来无事，实际上自从鬼子来了，他这个甲长就当到头了。

不是他不想继续以前的日子，而是他实在不清楚他这个甲长有谁管，是给哪家政府当的差。从前周大牙让他填过一张表，入过一回党，开玩笑地说他从此就是政府的人了，吃喝嫖赌全报销。而一夜之间国民政府跑了，他重新成了无人管无人问的草民。上次刘家坤来，他本想问问这事，但因为有鬼子在场，他根本没敢开口。这日本鬼子打的可就是国民政府，如果他主动承认跟政府有瓜葛，那岂不是自投罗网。刘家坤和周大牙也极力回避过去，他不是傻子，他得重新给自己找个定位。大贵子思前想后拿捏不住，趁着跟马寡妇亲热的时候提出来跟刘家坤沟通一下这事，没想到马寡妇差点儿把他从炕上踢下来，说："你再提当甲长我就骟了你！"弄得他一头雾水，不知马寡妇发的啥脾气。

即使是出门，早晨活还得先干了。早上趁着有露水，大贵子跟马寡妇到坡里收芝麻。马寡妇的山坡地里套种了黑豆、黄豆和爬豆。她又让大贵子挑了几沟脊子种上荞麦。她扬手在地里铺了一条床单，借着风把那些爆裂了的芝麻棵子往上面抖搂。大贵子扬了一把土，看风朝哪个方向刮。做活的人都会站在上风口，这样浮土就不会刮一身。马寡妇看了，幽幽地说："你也不傻，咋就没从做农活上悟出点儿道理来？"大贵子闷头应着并没有往心里去。马寡妇继续絮叨着说："别跟瞎撞似的自己往火上扑，那样只会引火上身。"

大贵子听得一知半解，他这些年养成了习惯，对马寡妇凡事都会言听计从。所以当马寡妇让他有意退一步观察一下动向再做打算的时候，他马上付诸行动，尽量不跟周大牙打照面。即使是周大牙找来，大贵子都有意躲着不见。今天听马寡妇喊他，让他陪着改子到镇上，他没打艮扽就答应下来了。

改子一改往常，素眉素颜素装，不是她不想打扮而是上次被鬼子吓破了胆，水兽说鬼子都是大洋里的王八鳖变的。千年的王八万年的鳖，久了就成精，舌头上带毒，家伙上带刺，一般女人经不住折腾。天热，夜晚村民们都聚集在村口乘凉，顺着河沿流来的风恰好穿过这片空地，特别凉爽，于是男女老少拖了席子，铺在身子底下，躺在风口上，一边躺着一边跟人聊天拉呱。拉呱的人自然地分成几堆，男人们一堆，女人们一堆，孩子们一堆。水兽的这些话都是她隔着人堆听来的，女孩子的矜持丝毫不影响这些浑呱入耳。

改子素颜素面比化了妆还好看，她也说不好为啥还惦记着去乌河镇，每当提起乌河镇，她总有一种冲动。虽然这次不一定能见着马六子，但凯儿说的话她确信无疑，她相信马六子不会无缘无故地就走掉。改子自负地相信他的家在这里，他喜欢的女人在这里，只要她再次向他抛出红绣球，马六子就一定会接住。

"女人"这俩字在脑海里蹦出来，改子自己也吓了一跳，她小小年纪啥时候竟做了女人。她印象中的女人满脸菜青色，浑身屎孩子味，腰不是腰，胯不是胯。而她细腰蛮胯，丰乳肥臀。

大贵子陪她进城，跟这个不是爹的爹在一块儿，改子总别扭，所以一路无话。交货也正常，改子管娘的干姐妹叫干娘。这个女人干瘦，但一对妈妈挺得挺高，显然是褂子里面衬了假。城里女人现在都时兴这个。改子说："干娘，一路上没看见有鬼子啊！"干娘吓得过来捂她的嘴，说："小姑奶奶，鬼子这两个字可不能说出口。现在探子满街上转，弄不好就让他们抓了去。"大贵子说："一道上也平平坦坦，是没碰到意外。"女人说："没碰上是你们走运，我家当家的就是干侦缉队的，正在张罗着欢迎日本人进城哪！"

改子一听，立马闭了嘴，原来干娘攀上的这个老男人就是一个汉奸。女人也从两人的脸上看出了隔膜，笑着说："都是平头百姓，活着才最重要。"改子笑道："干娘说得对，猫有猫道，鼠有鼠道，一个人有一个人的活法。"她本意是想表示并不在乎干娘的男人是干啥的，但这种比喻不恰当，干娘一下子就把脸耷拉下来了。

大贵子见话不投机，赶紧催改子走。改子想在街上转转，大贵子把牛车拴在路边的树上，说他在这儿等着。这地方离六子和她住店的地处不远。一踏上这块地儿，改子的心就怦怦直跳，腿和身子也软得动不了，她知道还想念着这里。改子身体的付出远不及心里的付出，她一直没忘记马六子那略带粗暴和倾尽所能的占领，这对于一个女孩子来说是一辈子的记忆。

她走进了那家小旅店，店掌柜的迎出来说："小姐，旅店要歇业了，我正关了门要走。"改子笑笑说："我本来也没打谱住店，就是来随便看看。"店掌柜满脸惊诧，突然浮起一丝狡黠的笑容："认出来了，是你！咋你一个人？"改子不语，店掌柜的又说："其实店里留了看门的，你要是有啥事就跟我说，我来安排。"改子想了想道："如果那个男人来住店，你就跟他说我来过这里。"店掌柜的懵懂地应着，改子扭头就走。

改子返回集合地点，却不见了大贵子的踪影，地上只留下一堆新鲜的牛粪，正等得心焦，大贵子赶着牛车一溜烟地来了，热得满头是汗。改子埋怨等了太久，大贵子忙赔不是，说刚才遇到刘家坤，非邀他喝茶不可。改子心想这太阳是从哪边出来，刘家坤咋会邀他去喝茶？

大贵子的确是被刘家坤邀去喝茶了。大贵子正在路边等改子，刘家坤骑洋车子从这里经过，看到是他，下了车，非拉他到附近的茶馆去坐坐。大贵子心虚地说："刘主任，不是说话寒碜您老人家，别看我当甲长，可就是个扛活的，一年到头也见不着半个铜子儿，怕是掏不起喝茶钱。"刘家坤就笑了，说：

“我啥时候说让你掏钱咪？你到我这里来，由我来请。我有话跟你说。”

大贵子看他满脸实诚，这才跟着他走，但坚持要把牛车赶上。刘家坤嗤之以鼻道：“乡巴佬！你见过谁喝茶还牵着头牯的？”到了茶馆门口，刘家坤喊小伙计出门迎客，顺便把牛车拴好，惊得小伙计好一阵发呆。打开门做生意以来，他还没见过牵着牲口喝洋茶的。

茶馆里很暗，大白天点着洋蜡。连服务生都是洋妞儿，个个细腰大腚高个儿，一锅腰(山东方言：弯腰)洋奶子白生生地晃眼。大贵子茶没喝出味道来，倒是满眼洋奶子在晃。但刘家坤请他喝茶的目的总算弄清楚了，日本人想成立维持会,邀他做会长。大贵子不清楚这维持会长官有多大。刘家坤神气地说，这官说大也不大说小也不小，凡乌河镇社会治安、军警帮派、社会闲杂统统归会长管，就是皇城里的锦衣卫。

刘家坤投靠日本人，大贵子早就猜到了。他怀疑鬼子让刘家坤当会长这件事本身不靠谱，乌河镇是商埠重镇，人才辈出，咋就能轮到他？退一步说，他想爬上这皇城锦衣卫的宝座，跟一个乡下觅汉说个啥劲？他一没有通天的本领，二不跟日本人混得熟，就连坐到马家正位子上吃顿饭都是痴心妄想，还到这种地处来喝茶？

刘家坤似乎并不在意他想啥，仍喋喋不休地述说他这个计划，他上次去桃花峪其实是去找周大牙和黄国品的。黄国品手里有枪，有枪有人他就可以在乌河镇风生水起。他说：“谁让我刘家坤有这个命呢，我差点儿因一支匣子炮让皇军的便衣队给灭了，又因为这支匣子炮让鹫尾看上了我，答应助我一臂之力。”

大贵子自打进屋，眼珠子就没离开过洋女人的胸脯，敷衍地说道：“周保长这批枪可吐了血本，他会交出来给你？”刘家坤一拍桌子说：“所以我才请你来喝茶。上回我去桃花峪，连黄国品的影子都没有见着。我实话实说，皇军对这事非常恼火，非要血洗了桃花峪不可，还是我从中说好话才打消了他们这个念头。”大贵子这才从女人的胸脯上移开目光，惊骇地问：“日本人真会血洗桃花峪？”刘家坤迟疑了一下，哼哧着说：“也说不定。”

不管刘家坤是不是满嘴跑火车，大贵子心里还是烦躁不安，鬼子要血洗桃花峪的话，最受伤的就是他。马家便是他的全部，还有改子这么漂亮的闺女，想想周大牙爷俩也是招事惹事，干吗非弄那些枪来，还成立啥保民队。所以当刘家坤还想再说下去的时候，他想起马寡妇的教诲来了，人家杀人你溅一身血，凡事躲远点儿。

他站起身推托说：“谢谢刘主任的盛情，改子还在等我呢。”便抬腿就走，刘家坤一把拉住他说：“我也不想跟你费口舌，有话直说，我请你喝茶就是让你帮个忙。”大贵子急于脱身，顺嘴问：“我能帮啥忙？”刘家坤也不客气，直截了当地说：“就是帮我盯着点儿黄国品，他啥时候回家告诉我一声。”大贵子问他想干啥，刘家坤含糊其词地说：“我就是想当面劝他跟着我干。只要他跟了我，我保证他混出个人模狗样来。”

他见大贵子扯着个三步架子，根本没往心里去，故意说道：“改子也来了？上回我去你们家，没见上这闺女，下回我一定领皇军去见见。”

他越这么说，大贵子越着急，拔腿蹿到了门外头。敢情刘家坤这是让他出卖周大牙，给他通风报信，这弄不好害人害己。大贵子一生龌龊，但害人的心没有。而刘家坤后面的话更让他担心，啥叫领皇军去见见，这纯粹是威胁。如果不帮忙，他说不定能出啥坏点子。这样越想越紧张，以至于他见到改子的时候脸色都变了。改子板着脸问：“你咋了，刘家坤都说的啥让你这么紧张？”

大贵子并没有立刻回答改子的话而是察言观色，别看改子表面严厉但内心充满了对他的关切，这让他欣慰了不少。他不想再给改子心里头添乱，就谎称困了，走几步就好。改子接过他手里的鞭子，让他到车上打个盹，自己赶车。到了李望彦的马车店，大贵子脸色也缓过来了，见着李望彦破例叫了声‘望彦哥’。李望彦笑道：“王甲长，日头从西边出来啊，改叫我哥啦。”大贵子说：“本来你就比我大，是我哥。”这让李望彦颇感意外。

当天后晌，大贵子就把刘家坤请他喝洋茶开洋荤的事说给马寡妇听，马寡妇愤愤地骂：“这个刘能子该杀！他咋口口声声惦记着咱家改子？”她朴素的情感完全由人家对自家人的态度决定。人家对她好，她就对人家好。如果谁坏人，她豁出命来也要扳他个腚朝上。

有关这个忙帮与不帮就此撂到了一边，没人再提，过了两天，刘家坤亲自找上门来，大贵子也就彻底解脱了。黄国品有意躲着刘家坤，并且加强了村子的警戒。保民队员实实在在感到了危险，认真地站岗巡逻。李望彦也让凯儿和她娘搬到老宅里去住。他和马家旺带班站岗执勤，这让年轻人心里都颇为踏实，因为村里再也没有人比他俩江湖更老辣的了。

一干人中刘长喜自然更积极肯干，这是因为那一枪放出来的自信和威望。乡亲见了他都竖大拇指，说还没哪个人敢冲着鬼子放枪，他是头一个，是条硬汉子。硬汉子的标准自然包括所有人都不在话下，周大牙和大贵子过去经常借着身份支他去看坡。现在好了，刘长喜手里有枪，谁要是再爬他家的墙头，钻他家的隅领子，小心枪子儿不长眼。自打这以后，贾仙桃也用一种更积极的态度迎合他。大根子的歌谣也出现了新的内容："春荚子菜，包夹子，嫂子吃了摸鸭子！"

水兽有意刨根问底："根子,你嫂子摸谁的鸭子？"大根子毫无悬念地回答："俺哥！"

刘家坤那天走进周大牙院里的时候,黄国品吃惊不小,他竟然绕过了岗哨。刘家坤忙摆手让他甭害怕，说他是一个人来的。黄国品掏出王八匣子来撂在桌上，胆气十足地说："念咱们是故知，我才没动二十响。要是鬼子还敢来桃花峪，你认得，岳丈认得，我也不认得！"刘家坤讪笑道："贤侄这是开玩笑，上回皇军来，一没偷二没抢，三没杀人放火。就是因为鸳尾爱才若渴，所以才冒昧地登门拜访。"

黄国品冷笑道："这么说我还是误会他们啦？"刘家坤说："误会不误会先不说，我来是联络贤侄出山的。"周大牙凑过来问："出啥山？"刘家坤说："国民政府走了，扔下我们这些人不管了，我们要自救，要生存。不瞒你们说，上回我带了枪从桃花峪出去，就遇到了皇军的便衣队。他们不但没关我打我，还好好款待我，要我拉一支队伍成立维持会。这乌河镇上有商会自卫队，下有青帮一十三行，可皇军就是看中我刘家坤了！"

黄国品恍然大悟，冷笑说："我纳闷鬼子咋这么摸情况，竟然找上门来，原来是你给的信！"刘家坤说："哪是我给的信，是我没办法才如实招的，不然今们我还能站在你面前？实在是时势造英雄，是该咱们出山的时候啦。"

黄国品听他如此大言不惭，拍案道："就是再出山也不为鬼子卖命，我与鬼子不共戴天！"刘家坤冷笑道："英雄年少，我不怪你。只是不可意气用事。我今们先把话撂下，同不同意你自己考虑。"

周大牙毕竟老谋深算，见两人要打起来的架势，一手拉一个坐下，说："刘主任，小婿也是受党国天恩多年，放不下这个架子。凡事都有个过程，不妨容我们多想几日。"

刘家坤出门的时候遇到了改子，不由得眼前一亮，这才想起来曾让大贵子监视黄国品。黄国品就在家，大贵子却没去报告，说啥也得吓唬他一下，于是问改子谁在家。改子见是刘家坤，就想起他领鬼子到家里吃饭的事来了，趺斜着脸（山东方言：黑着脸，不高兴的样子）说："俺娘不在家。"刘家坤不依不饶地跟在她腚后头，嬉皮笑脸地说："那我就找大贵子去！"

两人一前一后到了胡同口，马寡妇正巧串门回来，见是刘家坤，怪声怪气地说："刘大主任,这回你咋一个人来,没让鬼子护着你？"刘家坤笑道："来见趟嫂子，还怕有人吃了我不成？"

说着就往院子里走，马寡妇却站下了，冲着改子喊：“改子，先别忙着进屋,看是哪家的野狗从阳沟钻到天井里了,你去拿根杆子赶出去！”刘家坤心想，这马寡妇是指桑骂槐，想发作，但看到马寡妇愤恨的目光和铁青的脸，他强把怒火咽回到肚子里，心想总有一天会让这个泼妇知道厉害，这天底下的锅都是铁打的！

刘家坤独自去桃花峪没带鬼子，不等于鬼子忘了桃花峪，这天李望彦刚开门就见大道上黄压压的一片。三年前白云山过蝗虫，李望彦打开门也是看到黄乎乎的一片。而在这个秋天的早晨，李望彦眼中的黄色不是蝗虫而是日本鬼子，鬼子兵开着汽车，骑着洋马，扛着三八大盖，蹚着浮土开过来了。

幸亏有先见之明，李望彦把凯儿娘俩安顿在老宅子里了，夜里头只有他和望生守着这座空马车店。家什和粮食也都该藏的藏，该搬的搬，只剩下座空房子。

李望彦看大道上过鬼子，返身要关店门，刘家坤朝他喊：“你是不是傻？这时候了还关门？你就不怕皇军平了你的马车店！”经他这一说，李望彦也觉得此时关门不是上策。刘家坤眼疾手快，从车座子上取下一面膏药旗往李望彦手里一塞说：“跟着我学，欢迎光临！”然后用蹩脚的日语高喊起来：“一把虾一麻塞！”

行进的鬼子兵显然对在异国他乡听到这熟悉的乡音感到惊异，纷纷扭头朝这边观望，几个鬼子咧开皲裂的嘴唇无声地笑了。李望彦这才看到在刘家坤的身后还站着一些乡绅模样的人，手里都举着小膏药旗，嘴里“一把虾一把虾”地喊，后来有人便学走了调，把‘一把虾’读成了“一趴下”，“一麻塞”读成了“一麻袋”。这下子大家都觉得顺口起来,“一趴下一麻袋”地喊个不停。刘家坤见李望彦光摇旗不张嘴，站在那里滥竽充数，不满地道：“望彦哥，知道你也不会喊，那你就去熬锅绿豆汤吧。”

听到刘能子喊他熬绿豆汤，他借机退回到店里，招呼望生快到村里报信，特别要叮嘱黄国品千万不要乱开枪。鬼子之所以列队整齐，毫无防范，说明他们把这里当成了大后方。表面看上去军纪严明，其实都是假象，他们就像洪水猛兽，如果稍不留意，乡亲们就会遭大殃。

望着望生年少的脸，李望彦觉得把如此重要的事托付给他有点儿太残忍了，但自己去肯定会招来怀疑，反而孩子更不扎眼。

望生刚走，刘家坤便跟进了灶屋，不满地问他：“两天前我就下了通知，大道上要过皇军，各村都要夹道欢迎。你咋一点儿准备都没有？”李望彦说道：“我这两天正好不在家。如果知道你下了通知，我还在这里等着？早钻山沟了！”

刘家坤点化着他道："我咋说你好呢，这皇军就真这么可怕？你看这大队人马军纪严明，走是一条线，横是一大片，哪跟国民党兵似的走路都没个队形。"李望彦冷冷地说："一时半会儿的也看不出个所以然来。要像你说的军纪严明，就不会在黄河边上杀人放火无恶不作！"

闻听此言，刘家坤警惕地朝大门外望了望，然后小声说道："望彦哥，别说我没提醒你，今们是个分水岭。皇军来了，你不能再守着我说他们的坏话，不然我想保你都难。指不定为哪句话，你脑袋就搬了家！"李望彦笑道："看来刘主任还念旧情。"

两人还在说着话，鹫尾领着一个日本军官进来，说皇军现在要征用这家马车店休息吃饭。院子里早已挤满了日本兵，个个疲惫不堪，席地而坐。可吃饭是个麻烦，甭说他一个人一口锅灶，就是十个人十口锅灶也供不及时。李望彦忙把刘家坤拉到一边小声说："这百十号人我哪管得起，就是管得起也没那么多人手。"刘家坤说："管不起没关系，我跟鹫尾说说，用皇军自己带的口粮。需要人手帮忙也没关系，你喊周大牙和大贵子过来，都是我的旧部，哪个敢说个不字？"李望彦瞪眼道："你是成心想害了桃花峪，这么多鬼子，要是引到村里，那还不跟狼进了羊圈一样。"然后压低声音威胁道："要是乡亲们有个三长两短，我活剥了你的皮！"

刘家坤看李望彦眼里露出凶光，知道他不是说着玩的，便灵机一动，吩咐外面那帮子乡绅名流打下手，然后对李望彦说："这回你可风光了，他们平时可都是些使唤别人的主儿，也当驴让你任意骑一回！"李望彦这才露出笑容来："看来刘主任换脑筋了，他们哪是心甘情愿任我骑，他们是怕鬼子端了他们吃饭的家伙。"刘家坤瞪着眼盯了李望彦半天，嘴里说："刻薄！"

鬼子绕村而过，桃花峪再一次躲过致命的狼群袭扰，这让老百姓们心存侥幸，也多了份懒惰。苏婶、伏八爷、七奶奶都没有挪窝。七奶奶甚至眉飞色舞地对邻居们说起当年八国联军来的时候，那些洋毛子看见她连头都不敢抬。马寡妇嗤笑道："你听她瞎说，知道那些洋鬼子为啥没动她一指头，她打年轻就长得没个人看。嘴像尿罐子,眼像牛蛋子,鼻子像蒜瓣子,耳朵像皮扇子。洋毛子一看就吓得翻白眼，跑晚了腿都抽筋。"水兽笑道："马婶，舌忒毒了，小心生个外孙没屁眼。"马寡妇嗔骂道："我俩外孙都生得可全活着呢！"水兽不死心地说："还有你家改子呢，她可还没找主。"

说到改子，两人都有一丝噎语。马寡妇愤愤地骂道："你个该死的水兽，该干啥干啥去！俺没心思跟你打嘴官司。"水兽讪讪地说："俺懒得跟你个娘们家计较。俺是提醒你，你家改子心长野了，整天往乌河镇跑。”

马寡妇彻底卡壳了。水兽说的是事实，可她问过多少回了，改子把心事掖藏得深深的，套不出半句话。再说马六子已随着政府南迁了，她没必要往自家闺女头上扣屎盆子。

马家旺得知李望彦店里住了鬼子，为他捏了一把汗。诸葛亮舌战群儒，烛之武巧舌退秦兵也不过如此。他一人独斗鬼子大队人马，居然让只有一箭之地的桃花峪安然无恙。周大牙接到望生来报，一家人拔腿进了后山，直到后晌才快快回来。再一再二不再三，整天喊狼来了，狼没来，心却拖累疲沓了，小乔早没了耐心，怒斥黄国品道："整天听个风就是雨，钻了几回子山沟了，也没见半个鬼子。怪都怪你成立那个保民队，家没看住还招惹得东躲西藏！"

黄国品窝了一肚子火，又听说李望彦巧退鬼子兵，便觉得自个儿费半天劲，却让李望彦赚足了风头。刘长喜邀他到马车店去看看，他趺斜着脸说没工夫，保民队要进行军事训练。自从上次放了那一枪，刘长喜胆子大了，脾气也大了，犟着膀子说："黄大队长，鬼子来了你不打，鬼子走了你搞训练，你这不是马后炮嘛。你看人家望彦哥，枪不发给人家，人家一样巧舌退兵。这么大的功劳还不兴去看看人家？"

他的话一出口，多半的人起哄跟着他走。周大牙看女婿压不住，拍着腚嚷道："长喜子，还反了你了，这保民队有保民队的规矩！"大贵子便站出来怪声怪气地说道："保民队是桃花峪的保民队，不姓周也不姓黄，咋就非得听你瞎嚷嚷？"

他这一通顶嘴，让习惯于听人摆布的人们目瞪口呆，心想今天大贵子是吃了迷魂药、灌了迷魂汤了，他一向是周大牙的狗腿子，咋就突然对着主人张口咬呢？大贵子迎着众人不解的目光，大声道："看啥，没见过？我是想告诉大家，如今改朝换代了！原来的主任早不是啥主任了，保长也不是啥保长了，咱得新盘炉另起灶！"

经他这一说，大伙儿都如梦初醒，原来他说的是这层意思。鬼子来了，改朝换代不敢说，但刘能子的联保主任、周大牙的村保长，包括大贵子的甲长都统统不存在了，他们这是保的哪一方神，当的哪一方民？大伙儿还心甘情愿地让他们爷俩骑着。

大臭子说道："你还别说，平时大贵子脑袋瓜子都掖在娘们裤腰带上，这回算安到正地方了。咱是得重打锣另开张！"周书启在关键时候宗亲观念起了作用，抢白道："不看这是谁出的资？你们想另起灶新开张也行，把枪还了，保证哪个也不拦你们。"

他这一说又把村民头上刚长出来的反骨给按回去了。是啊，这盘子是人家周家放的，枪是黄国品买的，凭啥白给外姓人。刘家坤是不当联保主任了，可谁也没当众宣布免除他。周保长这个职位，当初村民也是投了选票领了份子粮的，如今说翻脸就翻脸，也忒不厚道了。大伙儿也都看明白了，这桃花峪就两个人有号召力，除了李望彦就是周大牙。庄稼人顺着鼓点打镗镗，不过就混个热闹。说句不好听的话：有奶便是娘！争来争去争到这份儿上，大家伙儿的心劲都散了，看看天不早就散，任凭咋喊也没人停脚回头。

大贵子本来想挑事，让周大牙这保长的身份跌跌价，不知是火候不到还是时辰不宜，没说上几句，人就散了，皮狐子没打着反惹了一身臊，心里郁闷不止。狗窝子里存不住干粮，那天从乌河镇上回来，他把话说给马寡妇听。马寡妇警告他这事千万不可早有表现，刘家坤投了鬼子是断子绝孙的坏事，名义上不好听但风头正盛。一个庄户觅汉有多大的能耐？就静观其变，将来谁坐得住庄就投靠谁。

说大贵子不管不顾得罪了周黄二人，这连马寡妇都小看了他。其实他内心正有一个计划形成，就是想借刘家坤取代周大牙，他当上桃花峪的保长。他认为只有当了保长才能堂堂正正地做回男人，脑袋从此不再别在马寡妇的裤腰带上。

大伙儿分成两派，一派以刘长喜、马家旺为首，主张去看望李望彦，另一派以周大牙和黄国品为首，郁闷地回了家。刘长喜他们上门的时候都好生问候，说多亏了望彦哥沉着冷静，支走了鬼子。李望彦笑道："相了，就是见机行事。今后千万别再喊狼来了，喊多了就麻痹了，保民队还是得值好勤、站好岗。刘能子打周家枪的主意，枪没到手哪天还会找上门来。"

刘长喜晃着手里的枪说："望彦哥尽管放心，鬼子还没到村口，我手里的枪保准就响了！"马家旺笑骂了一句："能得你！"

李尹氏听说男人跟鬼子周旋了一天，心里后怕，从村里赶过来问情况，看大家都聚来店里说说笑笑，丈夫也安然无恙，也就放下了心，说："天不早了，都别走了，弄几个菜大伙儿喝几盅。"马家旺不忍，说："这几十口子人，咋伺候得过来？"李尹氏笑道："鬼子吃一口都觉得冤，乡亲们吃多少也不心疼。菜多就多吃，菜少就少吃，酒管够！"

刘长喜去年秋上就着一根蚂蚱腿喝了一坛子酒，醉了三天。大臭子、二臭子鼻子尖，刚说到酒字，他兄弟俩就闻着过来了，一脚门里一脚门外说："刘长喜醉了三天是实话，不过他就是没说，他媳妇守了三天寡，差点儿让大贵子占了便宜。"

七月十五是鬼节。每年的这天，乌龙河沿岸百姓都放河灯，男女老少、能工巧匠大显身手，今年却破了例，天黑就关门闭户，狗不咬，牲畜不叫，一派死寂。西山寺庙里也早就放出话来说今年的节庆活动都不搞了，这让盼了一年的乡亲们多少有些失望。

不过即使再危险，为祖宗烧香祭拜这样的事还是不能耽误，不少人提了提篮，盛了祭品到坟上去烧纸。不知从哪辈子起，鬼节这一天店家是不开门的，客人找上门来轻则被拒在门外，重则被轰骂出去。店家怕的就是那些孤魂野鬼乘机钻进门来给家人带来危害。如今日本鬼子来了，远比传说中的獠牙厉鬼更可怕，他们奸淫杀掠，阎王爷看了都胆战心惊。

今天轮到李望彦带队值班，他早早地关了店门到坡里转。望生小小年纪已经承受了成人的压力，他比有爹有娘的孩子更成熟。李望彦嘱咐他关上大门，不是熟人谁喊也不要应声。望生应着。他的臂力居然可以轻松地搬动那两扇沉重的木门。李望彦迈着四平八稳的步子，朝晚雾和炊烟交织的坡里走去。

田野里没有风，传说那些鬼魂都是借风行走，飞沙走石的黑夜更适合它们，没有风它们寸步难行。雾气四下游动，大群大群的家雀儿盘旋在林梢吵闹，偶尔惊叫着划破天空。李望彦熟悉这片土地，更熟悉这些乡亲。在这个特殊的日子里，他们携儿带女，牵衣握手走在田埂上，为的是给祖先一份怜悯，给家人一份告慰。随着夜色降临，四处都点起祭祀的火苗，星星点点布满田间和山坎。

马寡妇也来为男人烧纸，改子陪着娘。地虽然让别人种着，男人只是个牌位，但女人这辈子一旦和他有了瓜葛，就像白布上泼的墨水永远，没有抖落的那一天了。身为女人的无奈与凄凉也只有在这时候表露无遗，她会一直守在丈夫的坟头哭哭啼啼，诉说她的艰难不幸、她的失落不甘直到很晚。

改子是唯一能窥视到娘内心世界的人，这不仅因为她的机智聪明，还在于她是娘最疼爱也是最骄傲的小闺女。马寡妇从心里喜欢这个老生闺女，她从改子的身上看到了自己年轻时的影子。改子却不喜欢娘唠叨和做人的这份虚假。娘明明委身于另一个男人，却从来号称生是马家人死是马家鬼。她还常常炫耀当年马家媳妇曾为夫守贞得到县令嘉奖，仿佛乡亲们都是傻瓜，看不出她说是一套做是一套。但树活一张皮人活一张脸，她岂能不知？只是这个世道不容她活的恣本（山东方言：有品质），这个世界时兴阴一套阳一套，八面玲珑，不然那些伦理的软刀子也会杀了这孤儿寡母。

娘又如往常，烧完纸，盘坐在地里哭，她哭一会儿，爬起来薅一把坟头的草，积攒点儿感情再哭，中间还跑到地头上畅快淋漓地尿了一泡尿。改子觉得娘真会演戏，怕她早把埋在地里的这个男人长啥样都忘了，却还在这里装模作样地哭，便无聊地跑到石堰上坐着等她。等了一会儿，她就想起刚才在河边看见水兽了。水兽在水深的地方下了个潜网，里面放了鱼食，说不定这会儿能诱到挺大的鲫鱼了。于是冲着娘喊:“娘，你在这里哭着，我去河边等你！”马寡妇嗔怪地骂了一句:“该死的蛮妮子，啥叫哭着？”索性放松下来，坐在地里头慢慢地絮叨。反正月明尚好，早回去也是睡觉。

改子脱离了娘的视线一溜小跑，生怕水兽下完网回家去了。她并不是贪恋跟水兽曾有过的交往，而是相中了他网中的鱼。家里好久没有闻到腥味了，她完全可以借过七月十五，跟他要一条或是两条鱼。水兽的小气是出了名的，可分谁，如果他连自己也拒绝，那今后她永远也不再搭理他。

这里离城门楼子不远，一片芦苇把偌大的喇叭湾占了个满满当当。出村的时候，她明明看到水兽在这里下网了，水兽强健的脊背和伸展的双臂就像头豹子，而头分明小得像个瓜，这种不协调更加突显了他的特点，这是个似人似兽的怪物。那挂网圆弧形的，纲一头绑着铁丝，下面坠着木头，就挂在湾边的柳树杈上。改子生怕打扰了这片清静之地，蹑手蹑脚地走过去。水在这里以一种静止的姿态呈现，鱼儿浅游，鱼鳍划破水面的声音都清晰可闻。偶尔有一条精力旺盛的鱼儿跃出水面，打个响亮的水漂，吓得改子心怦怦直跳。

水兽不在。鱼打水漂的响声是从那挂潜网里传出来的，好奇心驱使改子朝着网的方向摸去。她已经看到那挂网了，看到网眼里的水向外一圈圈释放着涟漪，那是被网住的鱼儿挣扎突围的痕迹。改子看到网里肥厚的鱼儿来回游动，它们无助且烦躁不安。改子完全被这些鱼儿吸引了、诱惑了……她顾不得水兽在不在，敏捷地爬上树，摘下挂钩，然后跳下树去拖那挂网。

她拖了几下，潜网纹丝不动。她顺着纲绳去寻找，发现这挂网的下面还拴了根绳子，连在水底的一根木头上，这样做是怕鱼儿自行把网拖走。她一不做二不休，脱了鞋挽了裤角蹚进水里，试着去够那根绳子。但水太深了，水中那根木头的影子已经变形，弯曲得似条水长虫。改子想解开那根绳子，只有脱衣裳下水。

这似乎是水兽下的又一个套子，改子想解开绳子，必须脱掉衣裳。改子犹豫了一下，但瞅瞅四下根本没有人，水兽肯定回家去了，他都是早上才回来收网。改子大了胆，像上次一样脱得一丝不挂慢慢地走进水里。水有些凉，河底沙子踩上去有种踏实的感觉，她用脚试探着水底，这让她放心大胆了不少。她弯下身子，试图用手臂去捞那根绳子，但就差那么一点儿，她不得不憋足了气，把半个脸浸在水里。水突然晃动起来，差点儿呛着她的鼻子，她只好腾出一只手来把鼻子捏住，整个脑袋都沉到了水下。

当改子摸索着解开绳子的一刹那，水中的网突然向上提起，没等她反应过来，网已经高高挑上了树杈。改子被重重地打了个趔趄，鼻子嘴里呛满了水。她以为又是水兽捣乱，扑落着脸上的水大声骂道："死水兽，你又捉弄我，看我上去不把你撕了喂狗！"

改子说着跨上岸来，刚才衣裳脱在岸边，顺手就能摸到，可现在什么都没了。改子扭头打量，吓得惊叫一声，便瘫软在地……

水兽头天傍黑去河里下网，一般第二天才收网。但今天过晌午天气有些闷，石头板上湿漉漉的都是水，他猜想着夜里头说不定下雨。下雨河水就会涨，网就会被冲走，他不放心，回家打了个逛又回来了。他在村头误了点儿时间，刘长喜值勤，站在门楼子上心不在焉，说家家都上坟去了，只有他还守在这里熬时辰。水兽嘴贫，不紧不慢地说着话："你咋不让嫂子给你送饭吃？是不是不看坡，这饭送着没劲啊！"刘长喜听出水兽又在讽刺他两口子到坡里偷棉花，气不打一处来，端起枪就瞄准他的裤裆："水兽，你再说一句我打断你的命根子，让你绝了后！"水兽怕枪子儿走火，连连告饶。刘长喜这才收了枪，命令似的说："替着我点儿，我去给爹娘坟头上烧刀纸就回来。"水兽不情愿，说河里还下着网。刘长喜说最多也就半个时辰，撒腿跑了。

水兽等了一个时辰，也没见刘长喜回来，心里惦记着河里的网，便不再等下去，拔腿就往河边跑。还没到河边，就听得坡里传来马寡妇的声音："改子，不好好陪着上坟，这是跑哪儿了？不怕让小鬼架了你去！"水兽心里想，哪有这样骂闺女的。这大后晌的妖魔鬼怪脚都还没落地，也不怕诅咒，让鬼附体了。

马寡妇的地在南坡，离水兽下网的地方不远，隔着乌龙河。水兽好久没见到改子了，平时就是见了，她也不愿意搭话。马寡妇四处喊改子，说明改子没跟娘在一起，说不定守在这里，他就能迎着改子，跟改子说说话。哪怕是见一面送她两条鱼，他也心满意足。

水兽迎着马寡妇的喊声，朝着湾边走。这里的芦苇越来越浓密了，马寡妇略显苍老的声音被芦苇的窸窣声割裂得支离破碎，散落了一地。水兽刚停下脚，便听到一种打斗的声音，打斗声中分明夹杂着绝望的挣扎和喘气，他警惕地支楞起耳朵来，摸索着朝芦苇深处前进。潜网被高高地挂在树上，地上有水渍和挣扎的痕迹，而水渍和痕迹一直朝着芦苇的深处过去。莫不是啥怪兽偷偷爬上了岸？水兽在河水里生活了多年，鱼鳖虾蟹见过，蛤呀鲇鱼见过，但从来没见过水怪，眼前这挣扎的痕迹他从没看到过。

他紧张地捡起一块石头就朝着芦苇深处摸过去。他看到了一个惊人的场景：一条野狗正在撕咬一个动物。当他试图打跑这条野狗的时候，才发现这条野狗实为一个男人，被它撕咬的也不是动物，而是一个赤身裸体的女人。

刘家坤想把保民队占为己有，为此耿耿于怀，他先是放风周大牙的保长作废，又挑唆大贵子反水，结果都无功而返。鹫尾对这事也非常着急，因为桥下彻大佐急着物色维持会人选和商会人选，并反复说明乌河镇是交通枢纽，这个人选尽快到位对大日本皇军巩固后方，进一步军事南侵十分重要。鹫尾享用了刘家坤的女人想卖个人情，不料刘家坤竟一拖再拖。

刘家坤并不是不想立马就坐上乌河镇的头把交椅，天时地利他都占了，就差拉一队人马。他清楚地知道自己的本事，想在十天半个月拉起一支队伍来纯粹是天方夜谭,这得花钱还得有势力。老天让他摸清了黄国品的真实想法，他仅凭着现在的几十条枪就可稳稳当当地干上维持会长。

他沉不住气，七月十五这天跟鹫尾说要到桃花峪一趟，鹫尾说："今天是你们中国人的鬼节，你难道不怕遇到鬼吗？"刘家坤说："鹫尾少佐，我宁愿遇到鬼而不是活的人。如今的世道，活人比死人更可怕！"鹫尾笑容满面地拍着他的肩说："要洗，你的话充满东方人的哲理与智慧。"刘家坤索性提出一个大胆的计划，带两个人神不知鬼不觉地进入桃花峪，把黄国品绑票出来，然后让周大牙拿枪来赎人。这样他轻而易举地就可以在几天之内拉起队伍来。

两个鬼子一个叫井上，一个叫池田，三个人换了便衣直奔桃花峪。村口并没有人站岗或放哨，这让刘家坤多少有些疑惑。黄国品曾安排保民队天天站岗放哨，看来也只是装腔作势。于是留下井上在村口接应，他和池田一前一后潜进了村，直扑周大牙的家。

周大牙这天也带着老婆闺女到坡里上坟，把黄国品一个人撂在家里。黄国品晌饭吃得饱了点儿，肚子胀得跟牛尿泡似的，背起枪出了门，满街上转悠消食。他刚拐过马寡妇的墙角，就看街东头走过来两个人。他仔细打量，两个人脚步敏捷，手里拎着匣子炮，黄国品不由得倒吸一口冷气，急忙退缩到道旁门楼子的黑影地里看这俩人去哪儿。

刘家坤带着池田进村正是水兽擅离岗哨那会儿，所以没遇上任何麻烦。俩人直奔周大牙的家，到了门口才发现铁将军把门。池田说："不会是闻着风声跑了吧？"刘家坤摇摇头："不会，没外人知道我们来。"这时候不少上坟的人开始往回走，刘家坤一拍脑门子说："肯定去坡里上坟了，我们守株待兔就行。"池田听不懂他说啥，但凭手势还是判断得出来，俩人钻进一座牲口棚里，一边闻着头牯的臊味一边苦等。

黄国品见两个人钻进了牲口棚，还听说要守株待兔，心里惊得一阵狂跳，幸好老丈人和他都不在家，如果让他们堵在门里肯定是凶多吉少。刘能子也忒不地道，你要枪就要枪，明人不做暗事，干吗还使出这种下流手段。这里是桃花峪，不是你想抓人就能抓得到人。偌大的村子就是一个迷宫，条条胡同都通山里，他眼下最重要的事就是到坡里寻到家人，免得有人落入这两人之手。他机警地猫腰从黑暗中钻出来，绕过那座牲口棚，顺着胡同溜出村去。

刘能子并不知道黄国品已经发现了他们，俩人还在那里苦等。那边水兽却发现了情况，一个男人正对一个女人图谋不轨。桃花峪民风淳朴，男欢女爱有之，苟且偷欢有之，这类暴力犯罪却少见。况且眼前的情况险恶，男人卡住了女人的脖子，半天都没有放手的意思，女人的脸憋得像只紫茄子。看来他不但劫色而且还想要她的命。

水兽来不及多想，猛扑过去推开那个男人，这才看清楚躺在地上的女人竟然是改子。改子的身体在水兽的梦里出现了千百回，如今不但被一个陌生的男人粗暴践踏，而且他还要至她于死地。水兽霎时凝聚起无限的愤怒，顺势骑在那个男人身上，挥拳朝着他的头上脸上猛击，一边打一边吼着："我让你犯贱，我非打死你不可！"

改子缓过气来，咳嗽着说："水兽……别放过他……你再晚来一步，我就……让这个畜生给卡死了。"

水兽见改子醒过来，拳头擂得更猛烈了，能听到嘎巴嘎巴的声响，不知这是他关节的声音还是胯下那个畜生头骨碎裂的声音。直到骑着的躯干不再动弹了，水兽才停住手。

男人已气若游丝，水兽这才感到害怕，他出手太重了。胯下的男人胸部早已塌陷下去，脸上血肉模糊，嘴巴不停地向外吹着气泡，仿佛一条垂死挣扎的鱼。这要是打死了人摊上了人命官司，可不是闹着玩的。他对改子嘟囔道："我没想到他欺负的是你！"

他本想表达对改子的在意，可脑子全乱了，说话语无伦次。改子已经穿好衣裳，不满地说："你说这话是啥意思？咋，你要早知道是我，你就不管了？"水兽委屈地说："你这不都看到了嘛，我都快打死他啦！"改子上前踹了地上的男人一脚，恨恨地说："打死也活该！谁让他欺负本姑娘，我还没找主呢，差点儿让他占了便宜。"水兽这时候才露出一丝笑容，说："说得是，癞蛤蟆想吃天鹅肉！"

水兽把改子比作天鹅，让改子觉得很受用，她说："这个人还喘气呢，不能便宜了他，你去找根绳子来，把他绑了带回村里去。”

听改子这样吩咐，水兽忙到网那边找绳子，把地上的男人捆了。这时候，马寡妇在地里已经等得不耐烦了，嗓子也喊干了，也骂着往回走。刚走到地头上，就见李望彦远远地走过来，两条大狗撒欢地跑在前面。两条狗见有人，狂吠两声，就被主人喝住。狗便温柔而安静地站下了。

马寡妇平时对李望彦有足够的尊重，但总觉得说不上话，还是李望彦先打招呼：“他婶子，上坟啊！”马寡妇似乎有了话题，笑道：“还不是年年应酬。死的人倒清静了，活着的人还得伺候他吃喝，欠他的！”李望彦笑道：“这是啥话，活人祭亡人，图的就是个心安理得。如果老马在天有灵，该感激你。”

话音未落，就看见河边的林子里钻出两个人来，边跑边喊：“来人啊，有人吗？”马寡妇眼尖，一眼认出来跑在前面的是水兽，跟在后头的是改子，迎头骂道：“死妮子！这大后晌的也闲不住，咋跟水兽在一起？”改子惊慌失措地说：“娘，娘，你先别发脾气，我们有事要跟望彦叔说。”

李望彦见改子衣衫不整、慌里慌张的样子，便拦住马寡妇，让改子说话。改子话没说出口，先捂着脸呜咽起来。马寡妇以为水兽欺负了闺女，捡起块土坷垃朝水兽投过去，嘴里不依不饶地骂着：“臭水兽，你咋着俺改子了？你要是欺负她，小心点儿！”水兽委屈地说：“婶子，我啥时候欺负你闺女了，是有人欺负她，我救了她！”

一句话说的大人们目瞪口呆，李望彦问：“水兽，慢慢说，究竟是咋回事？”水兽这才把在河边遇到的事一五一十说了。马寡妇半信半疑，李望彦说：“他婶子，去河边看看不就一清二楚了嘛！”说罢，四个人急匆匆地朝乌龙河边走去。

黄国品在坡里并没有找到小乔和老丈人，这才觉得事态严重，折头就往家跑，还没到家门口，突然被一个人猛扑在地。黄国品本能地去拔枪，可是锁扣变了形，枪盒子怎么也打不开。几乎同时，另一个人飞身赶到，双手用力一剪就把他的胳膊别在背后，疼得他出了一身冷汗，一动也不敢动。来人低声说：“黄国品，只要你不反抗，我就保你性命无忧！”

黄国品听出来是刘家坤的声音，喘着粗气问：“刘主任，你想做啥？”刘家坤狞笑着说：“不想做啥，就是我三番五次地找上门来，你总是躲着我，我想绑你到乌河镇去谈谈。”池田见他们说话，阻止道：“这里说话不方便，我们还是快走！”黄国品一听是日本人的声音，绝望地说：“刘家坤，你都投了鬼子了，绑我去乌河镇，还有我黄国品的好果子吃？”说罢，他一腚坐在地上，死活也不走了。

黄国品赖着不走，拽也不动弹，池田不耐烦起来，反转枪托朝着他的脑袋就砸下去，血立刻从他脑袋瓜子上流下来，疼得他差点儿昏死过去，他忍不住大声骂道：“王八羔子，你们这是想要我命啊！”

池田还想砸第二下的时候，远处有人听到动静朝这边喊起来：“谁在那里啊，跟杀猪似的！”刘家坤一听是周大牙的声音，装作没事似的说道：“是周保长啊，是我，正跟你女婿说话呢！”

刘家坤故意这么回答，可周大牙还是听出事来了。他纳闷这么晚了刘家坤咋会在村里，还没等他想明白是咋回事，黄国品来了个鲤鱼打挺，用头狠狠地朝两人撞过去，嘴里拼命喊着：“快跑，他带了鬼子来！”

这犹如黑暗中的一声惊雷，震得周大牙耳朵根子都发麻。刘家坤竟然来村里抓女婿，还带了鬼子来，这可是生死关头。他一手拉起外孙女，一手拉起小乔，拼命朝后街上跑去，边跑边杀猪似的号着：“鬼子来啦！”

这已经是第三次喊“鬼子来了”，这声音在傍黑的山村里格外阴森。刚刚从坡里回来点上灯生火做饭的乡亲们都听到了这杀猪一样的号叫，惊出了一身冷汗。他们期盼这不过又是一场狼来了的游戏和闹剧，可是等到接下来一声枪响，所有人都吓得屏住了呼吸，真是鬼子来啦！

这一枪是黄国品放的，黄国品一头撞开鬼子，下意识地又去摸枪，这次枪匣子出乎意料地轻轻一按就弹开了。枪在手，他机敏地往大腿上一蹭，张开机头，朝着刘家坤的头顶就是一枪。按理说，隔着这么近可以打着，但黄国品着实没胆量打他，他只是想吓唬他一下。但即便是这样，在刘家坤看来也如惊天霹雳，吓得他头一缩，便撒手拼命逃去。池田见刘家坤跑了，知道一个人难成气候，也扔下黄国品，跟着朝村外跑。

李望彦跟着水兽和改子到了河边下网的去处，果然看到草丛里躺着一个人，被五花大绑着。走近一看，却没有任何动静。水兽说：“我怕他跑了，就用细麻绳多拴了几遭。”李望彦用手试了试那人的鼻息，发现已没有气了，埋怨道：“你这哪是多拴了几遭，绳子勒得太紧，人已经死了。”

听说死了人,马寡妇和改子都吓得大气不敢出。马寡妇一个劲儿地埋怨说：“这死妮子，大后晌的你跑河边干啥咪！”李望彦说：“他婶子，到这时候了埋怨谁都没用，先看看这个人是谁吧，也不像是咱桃花峪的人。”

一句话提醒了大家，水兽翻过尸首来辨认。这人的穿着有点儿特别，黑衣黑裤，里面套着白布小褂，腰上不是乡下人扎的扎腰子而是一条牛皮腰带。李望彦顺着腰带朝后摸去，竟然摸到一样硬邦邦的东西。他抽出来拿在手里一看,竟是一把枪。尽管李望彦对枪不是那么熟悉,但是这把枪还是看得懂的,跟鬼子用的王八匣子枪一模一样。李望彦蹲下身来，仔细在他的口袋里摸索，发现了一个蓝皮的本子，上面贴着相片还有钢印，但文字却是看不懂的日文。

“鬼子！”这个发现让他震惊不已，马寡妇和水兽都凑过来望着他手中的枪和本子，李望彦说道：“水兽，这回你闯下大祸了，你杀了个鬼子。”水兽哆哆嗦嗦地说：“望彦哥，这可不兴唬人的，你咋知道他是鬼子？就算是鬼子，他脸上也没写着，我咋就知道呢！”马寡妇也心存侥幸地说：“望彦哥，你再好好看看，这深更半夜的，鬼子来咱桃花峪干啥？不会是早就盯上俺家改子了吧。”李望彦说：“他婶子，改子一个闺女家，平时不出头不露面的，鬼子咋盯上她，肯定是她偶然碰上，鬼子觉得改子水灵，所以……”

他后面的话没说下去，改子小声说道：“我下河摸鱼来，刚上来就让这人给拖到芦苇地里了。”李望彦叹口气：“这是他命中注定,伤天害理,老天报应！”水兽沉不住气了，扑通跪下，磕头如捣蒜似的说：“望彦哥，我杀过鸡杀过羊，却没杀过人，你得保我！”李望彦想了想说：“先把尸首藏在这里，不要动。回头我跟马六子爹商量一下，看咋办。”刚说到这里，就听得村子的方向传来一声枪响。

等李望彦赶到村里的时候，黄国品已经跑到了大槐树下，急急火火敲响了大钟，大家都壮着胆子向村公所集合。刘长喜手里还提着没来得及撂下的筐子。黄国品一脚踢过去，愤愤地说：“刘长喜，我让你在村头上站岗，你去哪儿了？”刘长喜自知理亏，小声说，就是去坡里给爹娘上了趟坟。周大牙质问道：“是死人重要还是活人重要？我和女婿差点儿让鬼子给逮了去！”刘长喜还在强词夺理，拧着头说：“你家死人重要，我家死人就不重要了？不就是上趟坟的空，谁知道鬼子会来！”

筐子里的肴馔洒了一地。大根子捡起来就往嘴里塞，塞得嘴里都盛不下了才转身到黄国品的身旁，趁着没人注意，拧了一把鼻涕往他身上一抹，然后嘿嘿地傻笑着跑开。

李望彦赶到的时候，大家还都站在那里议论纷纷，不知刚才发生了啥事。周大牙简单地把事对他一说，李望彦道：“事发的突然，人没伤着就好，再说鬼子也跑了，大家都不要在这里鸡争鹅斗了。鬼子是冲着保民队来的，大伙儿还是抓紧商量咋办。”

黄国品说：“一共有两个人，枪一响他们就跑了。这会儿还没跑远，不如我们去追回来。”李望彦心里想，准确地说是三个，不过一个让水兽给打死了，但话到嘴边还是咽了回去。天已经完全黑了，甭说两个人，就是二十个人跑到荒山野地里也找不到。他大声说道：“今们黑夜大伙儿就不要脱衣裳睡了，我想鬼子还会再来，大伙儿要做好充分准备！”

经过了刚才一场虚惊，黄国品浑身无力，打不起精神。李望彦说：“这时候了，你咋能睡得着？等乡亲们散了，你叫上保民队的人，都到我那里商量点儿事。”听李望彦不容置疑的口气，周大牙不情愿地说：“跑你那里开啥会？我是保长！”

他话一出口，就遭到大贵子的讥讽：“都啥年月了，你还是保长？”周大牙想发作，但看女婿一脸的蜡色就忍住气不说话。黄国品有气无力地说：“既然望彦叔说了，今们后晌就都到马车店聚聚。”

大伙儿都聚集来的时候天已不早，李望彦点了盏马灯，挑在车棚外的柱子上。李望彦让望生去大道上放哨，望生“嗯”了一声就跑出去了。马家旺望着孩子的背影赞许地夸了一句：“你看人家望彦哥，教出来的孩子也人相！”

大伙儿都齐声地附和着，但都心事沉重。水兽躲在人群里浑身颤抖。李望彦特意关照了一句：“水兽，你沉住气，你的事咱私下里商量。”大伙儿都不知他说的私下里是啥意思。大敌当前，想出一个退敌的万全之策才是急事。有人说既然放枪把鬼子吓跑了，他们就不会来了，黄国品说：“这难说，鬼子不来，他刘家坤也还来，这次他们没得手，不会就这么善罢甘休。”大臭子说：“既然他是为了枪来，咱给他不就成了？”刘长喜发话道：“枪刚使唤上手，就白白给了刘能子，太亏！没了枪，咱桃花峪还不任鬼子出入。”马家旺则叹气道：“不是不信你们保民队，是的确没太大本事。就凭这十几杆破枪，鬼子来不来一个样。要是我家六子在就好了，领着大家伙儿干，说不定还能保得住桃花峪。”

说到六子，周大牙不高兴起来：“你的意思是俺家女婿不够硬朗，当不了这大队长？”黄国品瞧着大伙儿怀疑的目光，站起来说道：“诸位放心，我成立这个保民队，就带得了这个保民队！从今们起我们就军事管制，日夜巡逻站岗。要是大伙儿觉得实在打不过鬼子，明日我就带人投奔山上。”

说到山上来了八路，大伙儿都露出一丝欣慰，但转念一想，这无非是道听途说，而且远水解不了近渴。谁也没见过八路是咋样的人，咋样的队伍。桃花峪有了保民队都看不住家，还指望传言中的队伍？所以大伙儿欢喜一阵子，最后依然忧心忡忡。

李望彦见大伙儿都没了准主意，干脆说：“大伙儿听着，今们后晌刘家坤和鬼子看似是冲着周家父子来的，其实是冲着咱桃花峪的。如果不出我所料，就在这一两天，鬼子还会来，而且来的人不会少。情况紧急，大伙儿现在就回去，天明之前都进山。我特别提醒，一定不要恋窝，能走都要走！要多带上吃的，在山里藏个十天半个月也说不定。”

大伙儿看到李望彦庄重的脸色，把疑问都咽了回去。刘长喜问：“乡亲们都转移上了后山，那保民队能做啥？”李望彦道：“先掩护着乡亲们上山，然后就在村子周围站岗放哨，鬼子要是杀人放火烧村子，就打他们的黑枪，说啥也不能让他们无所顾忌！”

大伙儿这才散会回家，水兽磨蹭着不走，眼里含着乞求的目光说：“望彦哥，我这脑袋可就拴在你裤腰上了！”李望彦安慰他说：“你也不用害怕，我已经反复告诫马寡妇娘俩了，这事打死也不能说。你现在回去，鸡叫头遍的时候再来找我，带着镐和锨，咱俩去埋了那具尸首。”

李望彦回屋的时候，李尹氏还在掌灯等他，见李望彦脸色不好看，便问发生了啥事。李望彦叹气道：“一言难尽！”李尹氏说：“凯儿她爹，我跟你也不是一年半年了，有啥解不开的心结就不兴跟我说？我兴许帮你捋捋。”李望彦说：“没时间了，今黑夜我得把你和凯儿送走。”李尹氏吃惊地说：“你不是发烧说胡话了吧，这都大半夜了送我们娘俩去哪儿？”

李望彦说要么去乌河镇要么去回马岭的山洞。李尹氏奇怪地望着丈夫，还想坚持，但李望彦已经开始收拾东西了，只好说：“去乌河镇没亲没友的，还是到山上吧！”李望彦点头说：“行，让望生跟你们同行。”

凯儿醒了，望着外面漆黑一团，不满意地嘟囔着：“爹啊，娘啊，半夜三更的你们这是折腾啥？咋也得等天明吧！”李望彦说：“傻丫头，天明就晚了。鬼子把村子包围了，想出都出不去了！”凯儿说：“你是如来佛，能掐会算？”李望彦说：“这回我算准了！你跟娘到山里，我不去找你们，你们谁也不准下山。”

天快亮的时候，李望彦返回店里，水兽早蹲在墙角等着了。他浑身没有一丝热乎气，埋怨说：“望彦哥，你可真沉得住气。”李望彦说：“沉不住气也得沉！记住，今黑夜这事，天知地知，你知我知。”水兽信誓旦旦地说：“我要说出去,天打五雷轰！”李望彦担心地说：“我还是担心马寡妇娘俩。”水兽说：“你就放心吧，马寡妇说了，天明她娘俩就去乌河镇。家里留下大贵子，他啥事也不知道。”

李望彦卷了领席子夹着，水兽扛着镐和铁锨跟在后面，匆匆去了坡里。他们找到鬼子的尸首，借着夜色的掩护，挖了一个深坑埋了。至于那把枪，李望彦也一同埋在石洼里，他细心地做了个记号。这时候雄鸡报晓，原野一片白雾茫茫。

天蒙蒙亮的时候，李望彦才回到马车店。夜里露水重，衣裳沾满了泥土。

他脱下来到井台上打了一筲水洗上，又换过干净衣裳，这时突然被一阵激烈的敲门声惊动。拉开门一看，外面围满了鬼子。

鬼子天不亮就从乌河镇出发，天亮的时候正好包围李望彦的马车店，带队的除了鹫尾还有刘家坤。刘家坤夜儿后晌从桃花峪狼狈地逃走，跑到半道上才清醒过来，身后边并没有人追赶，纯粹是自个儿吓唬自个儿。回想起当年在大连被东洋人追杀的情景，也没狼狈不堪到这等份儿上。再看池田也一脸的惊慌失措，心里不免鄙视，日本人也并不是铁人一个，遇到危险跑得比谁都快。

可是没过几秒钟，他就觉出了不对，三个人少了一个。他问道："井上君呢？"日本人称君，这是刘家坤新近才长的见识。池田一路上也在犯嘀咕，怎么没见到井上君，或许在村子外面等着他们呢。可是跑出好几里路也没见井上的影子，于是说："你不是安排他在村口接应吗？"刘家坤回答："是啊！"可随后他心头掠过一丝不祥的预感。"我是让他在村口接应了，可是他没在村口啊！"

两个人一对头，池田才恍然大悟，这是把井上落在桃花峪了，怒斥道："巴嘎！为什么刚才不叫上他一起撤退？"刘家坤也有点儿急，说："按理说井上君看我们撤，应该跟上才对。"池田也觉得不可思议，从他们进村再到撤出来，井上一定能看到。他没看到，不是离开了哨位就是出了意外。偷鸡不成蚀把米，先不说桥下彻长官，就是鹫尾少佐也不会放过他们。

两人简单一商量，便原路返回去寻找，他们在分手的地方反复搜寻了个遍，又向河下游扩大搜索也丝毫不见井上的影子。刘家坤疑惑地说："这深更半夜的，到处黑咕隆咚，井上掉进水里也说不定。要不就是等不到我们，他自己先回去了。"

半夜里起了风，风吹芦苇唰唰一片响声，仿佛藏着千军万马，让人感到格外恐怖。再听桃花峪钟声大作，好像很多人在走动，池田寻找同伴的决心动摇了，两个人商量先返回乌河镇再说。

两个人回去已经是后半夜，鹫尾见他们这么晚才回来，又不见了井上，责骂两个人是混蛋。三个人逮不到一个黄国品，还丢了井上。池田辩解说以为井上君早回来了，所以才回来。鹫尾更加暴怒，拍着桌子道："大日本皇军的军人，什么时候逃跑过？"刘家坤拐弯抹角地提醒井上君是不是在哪儿住下了，或者去了慰安所，他想说皇军也喜欢寻花问柳。鹫尾没等他说完，就一巴掌打过来："再胡说八道，小心我剥了你的皮！我的手下还没有无耻到这种地步。"

刘家坤的脸被打得火辣辣地疼，也就无心再跟鹫尾扯淡了。鹫尾立刻打通了宪兵司令部值班室的电话，委婉地说他的一个手下迷路了，要进山寻找。鬼子们天不明就朝桃花峪扑来。

李望彦打开门，看到日本士兵步枪上的刺刀团团把他围住，就知道来者不善。鹫尾皮笑肉不笑地说："李掌柜，这么早打扰你，实在是不好意思。"他脸上虽然挂满笑，但一双眼睛却充满杀气。李望彦故作不懂，问刘家坤："这位太君说的是啥意思，我说你们大清早的不在城里待着，跑到我这店里来干啥？"

他这一问，倒把刘家坤给问住了，他支支吾吾地说不出话来，按理说李望彦不知道夜儿后晌发生的事，所以他囫囵吞枣地说夜儿后晌皇军出来执行任务，迷了路，到今天早上也没有归队，所以鹫尾少佐带队来找。

李望彦听了暗自庆幸，幸亏早有准备，鬼子一早就来找人了。他装作没啥事地笑道："刘大主任，一大早你可别开这种玩笑，这皇军迷路跟我有啥关系？我这可是睡觉刚起来，大门不出二门不迈。再说大后晌的，皇军到这兔子不拉屎的山里来干啥？"

鹫尾看刘家坤说话没有底气，把他扒拉到一边说："李望彦，我认识你！不久前桥下彻大佐打此过，就是在你店里休息的，所以我才对你客气，我看你是个顶好的庄稼人，所以想跟你交个朋友。"

李望彦知道此刻硬顶没有用处，还不如就坡下驴，先应付过去再说，于是连忙点头哈腰说道："能有皇军这样的朋友是我李望彦三生有幸。不过迷路的皇军我确实不知道。皇军如果不信可以进门来搜！"听李望彦说得信誓旦旦，鹫尾吩咐刘家坤，带上李望彦一同去村子里找人。

夜儿后晌桃花峪最担惊受怕的当属周大牙和黄国品，刘家坤居然带着鬼子摸到了家里，幸亏拼死逃脱，不然让他们逮住，他黄国品说不定今天就不能站在这里说话了。他猜不透刘家坤为啥就跟他过不去。他要枪给他枪，他要人要钱也可以商量，可他居然带着鬼子来逮人，这下子想不跟日本人交恶都不行了。

从李望彦店里回去，老丈人便火烧火燎地跟在女婿腚后头，到屋里商量这事。周大牙说："贤婿，我看出来了，这刘能子是冲着你来的。"黄国品说道："他相中枪我不是也给他了，干吗还三番五次的不罢休？"周大牙说："他哪是相中一杆枪啊，他是想把保民队拉过去。"黄国品哼道："他说得倒容易，我为成立这支队伍费了多大的力气，又花了多少钱，我为啥留下来，还不就是为了将来有所作为。”周大牙愁眉不展地说：“你说得是，可是刘能子命中注定就是咱们的克星。他当年拉我当保长，也是为了从桃花峪抠算粮食。如今鬼子来了，谁知道他摇身一变又成了鬼子的红人。”黄国品说：“他变不变跟我没关系，我就是不想跟着他的指挥棒转，让他用鞭子赶着走！”

周大牙实在想不出该用啥话来劝女婿。刘能子身后有日本人撑腰，识时务者为俊杰，千万别硬跟他闹别扭。倒是黄国品权衡轻重地说：“我也知道现在是日本人的天下了，但我实在不甘心当亡国奴。白云山早就起了八路，不行我就投奔他们！”

白云山起了八路还是头几个月的事，马寡妇去大马峪看闺女，说亲眼看到村里住满了八路军。她回来说她还见到了八路军的一个大官。那个大官问她是哪儿的人，她说是桃花峪的，大官就说桃花峪他听说过，他有一个朋友的老丈人就是这村。马寡妇对桃花峪一清二楚。村里没人跟八路有瓜葛，一条街一条街地数，女婿在外头混的就只有周大牙家了。

她就去找黄国品卖弄。黄国品摇头说他没有同学在八路那边干。马寡妇形象地描绘这人大胡子，五大三粗，人人都叫他霍大胡子。黄国品恍然道：“我是有个朋友如你说得五大三粗，又是全腮胡子，也姓霍，可他是县警备大队的，早就跟国民政府去了重庆。”

小乔在一旁插话道：“你朋友霍大胡子就不兴投了八路？”一句话提醒了黄国品，说不定还真是霍大胡子投了八路。这样一来就为他铺就了退路。他成事可以在桃花峪拉杆子挑大旗，败事可以携枪带人投奔八路军。

周大牙吃惊地望着女婿，他拿不准听他的话还是阻拦他。自从黄国品进家以来，虽说是外姓，但他感受更多的是互相依靠的亲情。闺女围在案头，外孙女绕在膝下，就连一向靠吃斋念佛打发日子的老婆子也舒展眉头了。自己当着这个保长，只要想个鬼点子，出个歪主意，就能碗外头找到饭吃。可突然间这碗说打就打了。刘家坤摇身一变成了克星。女婿这可是拿了他全部家当换下的赌注，这么轻而易举地拱手交给刘能子，实在是不甘心。马寡妇明明透出信儿，女婿的朋友干上了八路，如果有这个靠山，同样威风凛凛，甚至远比在鬼子手下混个一官半职强得多。

于是周大牙说：“贤婿，我老了，脑子不好使了，大主意你自己拿！”黄国品两眼放光地说：“主意是拿定了，至少现在不能投靠日本人。只是放心不下小乔娘俩，带他们上山肯定不可能，但留在桃花峪又怕刘家坤给亏吃。”周大牙拍着胸脯说：“双方交战还不斩来使。实在不行伪保长我也干，管他姓蒋姓日，保命要紧。”黄国品说：“就怕是伪保长刘能子也不让你干。”周大牙说：

“贤婿尽管放心，我以我的性命担保，撇谁也不能撇闺女。有我和她娘在就有小乔她娘俩在，你只管走你的光明大道。”

黄国品似乎也下了决心，扑通跪在地上，给周大牙磕了三个响头，这下子把周大牙惊得不轻。女婿住进来以后甭说磕头，就是叫爹也是有数的几回，急忙拉起他来，让他趁着夜色赶紧走。

黄国品之所以如此坚定要走，是因为夜儿后晌这事闹大了。李望彦十分肯定地说鬼子一定还会来，看他凝重的脸色，黄国品猜想李望彦一定还知道不少秘密，只是不想告诉他。他再在村里待下去十分危险。

尽管他说服了老丈人，心情却丝毫轻松不起来。这不单是抛家舍业这么简单，而是一条不归路。他想带着大伙儿一起走，但时间紧，各家意见不统一。刘长喜家有娇妻和傻兄弟，他一走全家就等于塌了梁，臭子家有老娘……说服他们跟着走怕还真是痴人说梦。

正在犹豫不决，他听到墙外有人说话，仔细一听是刘长喜，忙开了门。刘长喜见面就问：“黄大队长，刚才在望彦哥那里，你说半句掖半句，是不是有啥想法了？”黄国品正愁着咋去找他，他竟然主动找上门来了，于是亲切地一把拉住他，要到屋子里说话。刘长喜推托着说：“坐不住，这么晚了，媳妇还等着呢。我就是想问问，你要是投奔八路，说啥也得带上我。”

黄国品喜出望外，试探地问：“喜子，为啥非要投八路？”刘长喜想都没想地说：“好男儿志在四方！守着老婆孩子热炕头，能守来啥？”黄国品更是吃惊，平时小看这年轻人了，竟吐出如此的大话来。刘长喜沉不住气道：“闲话少说，你啥时候走人就叫上我，绝无二话！”

黄国品见他这么坚决，决定把实底提前透给他：“长喜子，不瞒你了，我正打算明天一早走。听李望彦话里的意思是鬼子肯定来，虽然我琢磨不透这其中有啥缘由，但绝不简单。你现在就去各家通知一下，谁要是想跟着，明天一早在大槐树底下集合。”

刘长喜道：“你就把心放到肚子里吧，我现在就去下通知，明早一准跟你走！”

刘长喜消失在夜色里。黄国品回身掩上门，望着睡梦中的小乔，才想起好久没有跟她亲热了。明天就要上山了，心中有些不舍。他脱了衣裳，小心翼翼地钻进老婆的被窝里。小乔并没有睡实，见他钻进被窝来，顺从地钻到他的臂膀里，这一钻一从立刻把男人的火给勾起来了，黄国品心怀悲壮立马横刀冲杀过去。小乔也好久没如此投入了，情到浓处忍不住大喊：“好恣！”这一声把北屋的爹娘都惊着了。周大牙的老婆暗自想，女儿受苦受难的日子开始了，不禁泪流满面。

五更的时候，黄国品走出了家门，望着三猫星亮晶晶地挂在西山顶上，知道天就要亮了。刘长喜抄着双手，抱着枪，枪管上挑着一个花包袱，他仰脸望了一下天空，顺嘴念着："大猫出，二猫撵，三猫出来就瞪了眼。"黄国品也不清楚他半夜的工夫是咋劝说下媳妇的。他肯定骗她说上山投八路就像赶趟大集上趟店那么简单，而黄国品却深信这一去就没有回头的路了。

刘长喜竟然喊上了周书启，他也蹲在槐树下等他们。刘长喜说臭子家他也去了，但兄弟俩死活不吭声。周书启愤愤地说道："我再去喊他们，实在不行就把他俩人绑了上山！"不等黄国品制止，俩人就往臭子家走。臭子家门楼子和院墙早塌了，抬腿就能进屋上炕，刘长喜吆喝一声："大臭子，二臭子，出来！"屋里没有动静，倒惹得邻居家的狗狂吠不止。周书启欲踹门进去，刘长喜一把拉住他说，这俩人都是半青（山东方言：不成熟的样子），放咱们的黑枪咋办，再高声喊："臭子，最后一声，出来，不出来可就开枪了！"屋子里传来咳嗽的声音，臭子娘在窗户底下说："你们甭喊了，兄弟俩鸡叫头遍就走了。"黄国品问去哪儿了，臭子娘说："俺从来不问，说是下山了。"

俩人不跟着上山也就罢了，却偏偏下了山，俩人下山没地处去，很有可能投奔了刘家坤，这对于黄国品来说不是个好消息，这俩小子不但确切知道保民队的人数，还知道了天明将如何对付鬼子进村。好在刘长喜夜儿后晌也就是说了一嘴，不然他就等于当面告诉了刘家坤和日本人，他们要反水。八路和鬼子是死对头，惹来报复可就麻烦了。

刘长喜还在跳着脚骂娘，黄国品却一刻也待不住了，催着走。黄国品回头眺望沉浸在黑暗中的房舍，心里充满了复杂的情感，他竟然开始喜欢上这个不是故乡的村庄。

三个人刚爬上山梁，便见石头后面蹲着一个黑影，冲他们喊："是周家女婿吗？我是李望彦。"刘长喜惊骇地问："望彦哥，你咋知道我们今们一早要上山？"李望彦微笑道："我能掐会算，早就等在这里了，为的是能见上你们一面，叮嘱几句话。"周书启说："又不是生离死别，到山里转个三五天就回来了！"李望彦说："我想也是，我在这里等你们，就是想告诉你们一声，你们安安心心地上山，有我李望彦在，就有你们家人在！"

一席话说得大家心里滚热。出村的时候，大家都担心家里人照看不好，还担心遭报复，现在李望彦主动站出来打包票，他们那份担忧也就放下了。刘长喜膝盖发软跪下去，其他人也跟着齐刷刷地跪到他的面前，倒弄了李望彦个措手不及。他急忙扶起他们来，说：“天不早了，这会儿乌河镇的鬼子已经开始行动了。你们快走，我也回去早做准备！”

说罢，他手一扬把一布袋子干粮扔过来，说：“大伙儿只顾走，肯定忘了带干粮。不一定一下子就找得到八路，要做最坏的打算。”黄品国他们更是感激不尽，依依惜别。

黄国品要上山，李望彦夜儿后晌就感觉出来了。黄国品在村子里没有根基，他成立保民队，鬼子一来最大的可能就是鸟兽散。再说让老百姓天天拿枪舞舞扎扎（山东方言：舞来舞去）也不符合情况。刘长喜是另类，表面上和善，骨子里狂野，即使娶了贾仙桃这么厉害的小寡妇也没改了天性。他早就在媳妇身边待腻歪了，只是苦于没有出路。听说黄国品要上山，觉得机会难得，这才冒险跟随。至于把媳妇独自扔在家里，就要看她自己的把握了。刘长喜充分相信贾仙桃不是傻瓜，她常常把那些无聊的男人玩弄于股掌之间。大根子的那些顺口溜多是外人编出来的。水兽打头遍稿，二遍臭子兄弟们学唱，三遍大根子在大庭广众之下卖弄地大唱特唱。

当然也有例外，周大牙曾亲历贾仙桃卖弄风情，大贵子蹭了一手。据说他打发刘长喜去看坡，自己赖在屋里不走，贾仙桃要困晌觉，熬不住了，无奈地对他说让他先回去洗洗手。大贵子一路小跑回家，偷出马寡妇的香胰子连搓了三遍，赶回去的时候仙桃皱着眉说还不干净，再洗！如此三遍，大贵子使了马寡妇半块香胰子，仙桃也三次从困意中醒过来。精神好多了，看大贵子诚心诚意，含羞地说看你实在就让你摸一把吧！据说大贵子好久都不曾到马寡妇的房上去，也舍不得洗手，一个月下来都皴得可以偷软枣了。

笑话归笑话，但刘长喜跟着黄国品跑了是事实。那年秋天的某个早晨，桃花峪遭遇被鬼子屠村的危险。黄国品惹了麻烦拔腚跑了，根本没把全村的安危放在心上。李望彦却深知这场危机的严重，他可以埋了那个鬼子，把事情伪装得风雨不透，但是他也无法把握接下来会发生啥事情，一切都充满悬念。他唯有冷静应对，把危险降到最低。

送走三个人，李望彦深一脚浅一脚地往回走，望着三猫星快速朝西边坠落，他心里越发着急。留给他的时间真是太少了。大伙儿都抱着侥幸心理，所以大多数人还是选择了留守。

那天清晨，李望彦站在大槐树下，窸窣地解开钟绳握在掌心时内心却犹豫不决。钟声对于桃花峪来说，显得过于凄厉了。暗夜四伏，鬼魅似乎都已聚集在村子周围，哪怕是一丝脚步声惊动它们，它们也会蹿出来用獠牙把桃花峪撕得粉碎。

李望彦最终还是放弃了敲钟集合的念头。他转身来到马家旺家，拼命地拍着破旧的院门。马家旺仿佛一架破旧的风仙（山东方言：风箱），呼哧地喘了半天才迟钝地应了。

夜儿后晌从李望彦那里回来，马家旺就一头扎在炕上睡了，儿子走后他似乎精神头垮了。他见李望彦一脸严肃，知道事情重大，连句烦嚷的话都没有提。李望彦顾不上解释，直接吩咐他从前大街向东一户一户敲门，看还有谁没跑，他则从后街向东敲门，说一会儿在村口集合。马家旺这才想起来说："望彦哥，这事可要想好，让乡亲们往外跑，猜得准还好，猜得不准乡亲们会怪罪你。"李望彦坚定地说道："你就相信我吧！"

马家旺敲着梆子挨家挨户下通知。快天亮的时候，俩人都松了口气，村里人基本都进山了，只剩下一些老弱病残。李望彦说："再去劝，争取一户都不留。"马家旺为难地说："大贵子死活不让我说话，说他用不着管。大根子也没等我招呼就脚底下抹油跑了，我哪儿也找不到他。"李望彦问："那他嫂子贾仙桃呢，你咋没跟她打个招呼？"马家旺嘟囔道："他家铁将军把门，我上哪儿找她去！"马家旺还说水兽一反常态地惊慌，可他娘哭啊闹地扳住炕沿不走。李望彦叹口气："天意啊！"弄得马家旺一头雾水。

看乡亲们都走得差不多了，天色也不早了，李望彦让马家旺也赶紧躲一躲。马家旺说："你不躲，我也不躲！"李望彦叹道："我往哪儿躲啊，桃花峪即使剩下一个人，那个人也得是我。"

鬼子包围李望彦马车店的时候，他已经把所有的痕迹都掩盖得毫无纰漏了，洗过的衣服上散发着皂角的清香。刘家坤到处闻嗅着鼻子也丝毫嗅不出异常来。一队人马就这样朝着村子里走去。

路过河边的时候，刘家坤指着那块突起的石头说，井上就是在那里放哨的。李望彦故意惊奇问谁昨夜儿在那里，刘家坤见瞒不过，一跺脚说："我就对你实说吧，夜儿后晌我带皇军来找周大牙女婿。怕村里有保民队，所以让井上在这里放哨，没想到他就失踪了，到现在也没个人影儿。"

李望彦不听则已，一听上前薅住他的脖领子，瞪眼道："刘能子，你啥意思，带日本人来打埋伏？"刘家坤掰开他的手，懊恼地说："我倒是想啊，可皇军不同意。我就是来找黄国品商量成立维持会的事，可没想对桃花峪动手！"

李望彦咄咄逼人道："还没动手，这日本人一大早就堵了店门，你能逃得了干系？要早知道你认贼作父，我在大连的时候就结果了你！"一句话说得刘家坤面红耳赤。

鹫尾看两人在那里鸡争鹅斗，让刘家坤翻译他的话：人找到了万事皆好，找不到就带李望彦回乌河镇。李望彦争辩是刘家坤一面之词，桃花峪根本没见这么个人。鹫尾冷笑道：“那你就帮着找，找着了有赏，找不到桃花峪一命抵一命！”

鬼子这次来的不是时候，青纱帐长得没了人头，白云山上的八路经常借着掩护下山。鬼子搜到村外就不敢再搜了，铺天盖地的青纱帐对于他们来说不但阴森可怕，而且简直就像灭顶之灾的汪洋大海。李望彦并不担心鬼子会搜到他埋井上的地处，那里是村子的西面，跟鬼子搜索方向正相反，他更担心的是鬼子找不到人不会放过全村的老百姓。

鹫尾带人挨家挨户搜查，搅得鸡犬不宁，也没有找到井上的影子。想抓人集中审问，这才发现只剩些老幼妇孺，一个青壮年男人也没有。正在疑惑间从胡同里冲出一个黑影来。惊慌之下，鹫尾命手下开枪，把那黑影打翻在地，跑过去一看是一头黑牛，堂堂的皇军竟然被一头牛吓成这样，这要是传出去有失体面，于是拔出刀来想来个“兔子给给”。

李望彦见鹫尾恼羞成怒，忙伸手拦下说愿意领他们找人。见李望彦主动带路，鹫尾这才冷静下来，对他说要去见村长。李望彦摇着头说：“村长是没有，保长也是先前的了，早就让刘主任给废了。”

刘家坤听李望彦这么说，急忙道：“我哪有那么大的本事，实在是皇军没安排选举。李望彦，你现在就把周大牙和大贵子叫来。”

鹫尾对桃花峪竟然没有村长感到困惑，后来一想才觉得这是他的失误，皇军光顾着乌河镇了，对于广大的农村占领区，还没有腾出精力来。于是：“要洗”道：“今天我们就在桃花峪沉住气，一边找人一边选出村长。”

那天周大牙也没走，他本也想进山里躲躲的，可是怕出了门，鬼子一把火把宅子给烧了，他去留的天平就发生了倾斜。心一横，他还是留下来了。

虽说他这保长过去姓蒋，但只要皇军愿意，他完全可以改弦更张。说实话，黄国品投八路是他万万没料到的，他在这事上一犹豫，女婿就把生米煮成了熟饭。这等于把全家人推到了悬崖边上。彼一时他想的全是女婿当了八路有权有势，但此一时面对鬼子他又惊又怕，女婿咋能心血来潮说走就走。好在这事没人知道，如果有人问起来，他就说女婿到南方做生意去了，搪塞过去再说。

小乔听到敲门声，早已吓得浑身筛糠，老婆连声怪道：“这算过的啥日子？净找这些不吉利，一家人跟着担惊受怕。”周大牙跺脚骂道：“你们怪我有啥用，要怪就怪你那个宝贝女婿！”

老婆这边不吭气了，小乔那边却拿了乔，呜咽着说：“你的意思是我拖累了你们？你们要是害怕，不愿意收留俺娘俩，俺现在就走！”说罢抱起孩子要出门。周大牙一把夺下外孙女，跺着脚说：“你们才是我的祖宗！都这时候了还找不肃静。你们哪个都是我的心头肉，我啥时候说让你们走了？”

周大牙哆哆嗦嗦前去开门，看到是李望彦站在门外，这才松了口气，但看到他身后还跟着两个鬼子，心又提了起来。李望彦说皇军让他到村公所去一趟。周大牙掩了门来到大街上，这才推托说：“望彦哥，别人不知道，你又不是不知道，我还是啥保长啊，早让人撸了。”李望彦摊摊双手说：“你跟我说没用，刘能子让你去，我只是捎个话。”周大牙懊丧地说：“我这才是上了贼船下不来呢！”李望彦就讥笑他道：“当初你也是挺抡挐（山东方言：过于张扬），咋就没想到会有今们呢。”

两人走到半道上，李望彦停下了，说他还要去找大贵子，让他一个人头里走。周大牙却吓得迈不动步，低三下四地对他说：“望彦哥，说实话，别看我干了几年保长，但到了关键时候话还是不会说，你得替我圆着点儿。”李望彦不动声色地说：“行啊，别的没啥事，就是你女婿的事，鬼子问起来咋说？”一句话正好问到死穴上，周大牙说：“我正想跟你说声，小婿一早出门做生意了。”李望彦故意说：“夜儿后晌还在村民眼前晃，今们一早就去做买卖了，谁信啊，鬼子也不傻。”这下子把周大牙问住了，他愁容满面。李望彦一时也想不出咋说合适，只好说：“先这么圆着说吧，只要咱俩口径一致！”

对于鬼子进村这事，大贵子与周大牙有截然不同的心态，大贵子恨不得日本人早一天进来。自打乌河镇上刘能子请他喝洋茶回来，他就觉出这里面有一个挺大的机会能扳倒周大牙，做上桃花峪的保长。

戏文里唱的卧薪尝胆大贵子不懂，但弄个保长干干，吃香的喝辣的却是实实在在。如果说当年周大牙让他个当个甲长，他小尝甜头，那么今天刘家坤却给他脖子上套了一个大甜饼，他膀不动身不摇，只要低头就能啃上。所以李望彦喊他的时候，他几乎是一溜小跑就去了村公所。

搜查的鬼子陆续返回来，个个垂头丧气，哪怕是一点儿蛛丝马迹都没有，井上就这样凭空消失了。鹫尾不死心地再次追问刘家坤，确定井上是在村口消失。刘家坤指天发誓，说骗皇军全家死光。鹫尾这才闭了口，他忽然觉得桃花峪是个巨大的陷阱，存在着一股神秘的力量。明明是三个人来的，怎么可能回去两个，而另一个人间蒸发？他需要认真对付，哪怕采取最极端的手段，也要解开这个迷局。

周大牙被带到的时候，鬼子已经驱赶来不少乡亲，这些人见他就跪，哭诉道："你可是保长啊，要救救乡亲们哪！"周大牙吓得把眼睛一闭，跺脚说道："你们这不是逼我死嘛，我哪还敢提是保长。我那是民国时期的保长，都是老皇历了，不好使了。"

村民们见此情景更加绝望。周大牙前脚到，大贵子后脚就跟进来了，点着大伙儿的头大声说："可不是，你们还以为是民国？现在是皇军的天下啦！"

大贵子进得门来，双手抱拳打个拱，讨好地冲着刘家坤说道："刘主任，您亲自来了！"刘家坤见他如此精神，心里不悦，但守着皇军又不敢张狂，只是吊着个驴脸回答："我不亲自来，你八抬大轿抬我啊？"

他这样说话纯粹是抬杠。大贵子光看脸色就猜个八九不离十。上回喝茶刘能子让他摸清黄国品的情况，向他汇报，可他思前想后也没办成这事，刘能子给他个驴脸也正常。谁有前后眼料到刘能子会找上门来，于是忙不迭地解释道："你听我说，上回茶馆说的那事，不是我不帮忙，是这几天实在没见上人。只要见上他人，我岂有不给你汇报之理。"刘家坤哼道："等你汇报，黄花菜都凉了。我也把周大牙叫来了，你跟他对质，看他把女婿藏哪儿了！"

周大牙一进屋，心里就直打鼓，不知日本人叫他来的目的，听大贵子和刘家坤话里话外全是他女婿的事，知道是躲不过了。与其在此等死，还不如主动出击，说不定还有赢的希望，于是他笑道："你们莫不是说的我女婿？你们来得不巧，他夜儿后晌到南方去了，说是找同乡做笔买卖。"

刘家坤听了顿时火冒三丈，一拍桌子道："我不说找黄国品，你装作二一添作五！我问人在哪儿，你说他出去做买卖了。夜儿后晌我还见着他来，到底是真是假？"周大牙哭丧着脸说："刘大主任，哪能是假的啊。夜儿后晌是在家，可是人家南方那边催得急。他今们天不明就走了，不信你可以问望彦哥，小婿还是打他店里借的盘缠。"

刘家坤听了，心里的气更不打一处来，夜儿后晌他没逮住黄国品，又丢了井上，皇军那里没法圆，本想今天一早抓个现行犯，将功补过一下，没想到周大牙歪点子更绝，说女婿去了南方，这不就成了无头案了吗？他气急败坏地一把拉住李望彦，大声问道："周大牙说的可是真的？"

李望彦心里比谁都清楚，今天这事好比在悬崖上走钢丝，一不小心就会跌个粉身碎骨。这事尽可能地往外人身上推，最好是完全推给刘能子，让他跟鬼子闹腾去。刚才他还怕周大牙说纰漏了，现在看周大牙面不改色心不跳，连忙附和道："借倒是借了，不过周家这女婿心眼忒多，也没说啥时候回来，八成是怕我追着要钱。"

这瞎话经俩人同台一唱就成了真，有鼻子有眼还有证人，刘能子找不出破绽来，气得咬牙切齿地骂道："好你个周大牙，成心涮我！我几次捎话，你们就是躲着不见。我好不容易逮到他了，又说去做买卖了。咱明人不说暗话，皇军这回来就是冲着你女婿和枪来的。私藏枪支就是蓄谋造反，你过了我这一关，也过不了鹫尾太君这一关。如果你不配合，我就带你到乌河镇去，你就是铁嘴钢牙我也给你撬开！"

他几句话就把人给吓住了，周大牙扑通跪倒，磕头如捣蒜："刘大主任，你可不能这么做。你大人有大量，高抬贵手。我家里有老有小，我走了她们谁管？"

不提这茬，刘家坤还不往歪处想，说到有老有小，刘家坤不由得想起了小乔。那天他瞧见小乔的时候可是心动了好一阵子。为了小乔，他也不能把事做绝。他脸上的表情顿时缓和了许多，挥手说："女婿不在就不在，我也不为难你。你替他把枪交出来就行，我在皇军面前担保，免你的罪。"

周大牙支支吾吾。这时候大贵子却不看火候，突然跳起来，恶狠狠说道："周大牙，你死到临头了，还不老实！你女婿把枪都藏在家里谁不知道，保民队分了多少杆，还剩多少杆，你比谁都有数！"

周兴财听罢脸就黄了，起初以为装装糊涂耍耍赖把这事混过去就行了，但大贵子却跳出来揭他的老底。大贵子参与了全部的过程，女婿拿他当心腹，如今却成了牛魔王肚子里的苍蝇。鬼子一怒之下砍了他的脑袋瓜子也不是没有可能。生死在此一搏，他装作恍然大悟地拍着额头说道："看我这计时钟，小婿是跟我说过枪的事，本来他想亲自送给皇军，可是因为走得急没顾上，特意嘱咐我一定要把枪亲手交给皇军。"

没费吹灰之力，周大牙就说了实话，刘家坤异常兴奋，拍着他的肩膀说："我看你是属少蚂夹的，不按着不拉屎。你要是早这么痛快，保长的位子还能有人和你争？"周大牙心里也直后悔，早知今日何必当初，心里一阵委屈，竟一腚坐在地上呜呜地哭起来。

鹫尾一直不动声色地坐在那里，看着这几个中国人窝里斗，他深知最聪明的指挥官就是充分利用矛盾分化瓦解手下，个个击破。井上失踪，他把桃花峪上上下下翻了一个遍，并且沿着乌龙河搜索了十几里，毫无结果。从种种迹象分析，除非桃花峪有一个重量级的人物，或者有一个超乎寻常的组织，不然不会连蛛丝马迹都不留下。这次来桃花峪，除了要找到井上，他还有一个更重要的目的，就是了解桃花峪、占领桃花峪，这对于今后依托这个重要关口进入白云山有着至关重要的意义。

所以当看到周大牙哭作一团的时候，鹭尾反而觉得挺有意思，轻松地咧嘴笑起来，拍拍他的肩说道：“中国有一句古话，男儿有泪不轻弹。周先生，我最不喜欢男人哭。”

既然鹭尾不喜欢男人哭，周大牙马上闭了嘴。鹭尾命令刘家坤和大贵子带周大牙去找枪，他则给村民开会。“开会……李掌柜的，你懂吗？”他的中国话吐字不清，但如果以他的发音判断他不懂中国就大错特错了，他身上的每根汗毛都是触须，这让李望彦格外小心。鹭尾几乎肯定井上是在桃花峪失踪的，他会不断地派人寻找，直到找到为止。

鹭尾站到大槐树底下，向村民大讲建立王道乐土的好处。他说大日本皇军是要拯救百姓于水火之中的，天皇早就关怀中国的百姓，从东北开始就不断给大东亚带来持续的革命性改变，建立良好的新秩序和新繁荣。他还说皇军在桃花峪失踪了，知道他行踪并且报告给皇军的有奖，不然“死啦死啦地”。说到这里，他用戴着白手套的手做了一个抹脖子的动作，吓得村民们都闭上眼不敢正视他。

李望彦并不关心他讲啥，而是一直留心看乡亲们。他看到苏婶子、贾仙桃都躲在人群里，把脸抹得又黑又脏，跟叫花子似的。水兽也没跑得了，躲在人群里瑟瑟发抖。

当鹭尾讲完话的时候，人群又是一阵骚动，鬼子押着两个男人出现在场院里。李望彦一看，原来是臭子兄弟。

马大臭一见李望彦，就像见到了救星似的喊道：“望彦哥，快救我们！”鬼子见俩人挣脱，上前用枪托子猛砸，疼得兄弟俩杀猪似的号叫。李望彦急忙上前护住他们说道：“太君息怒，这俩人我认得，是我们桃花峪的，都是老实巴交的庄户人。”

鬼子报告说是在山上抓到他俩的,手里都有枪。李望彦故作轻松地耸耸肩，答道：“他们都是村保民队的，手里当然有枪。可有枪也不是打皇军的，是看家护院吓唬土匪的。”

鹭尾似乎被迷惑了,问道：“这山里有土匪？”李望彦笑道：“说匪也不是匪，就是八路。保民队平时站岗放哨，他俩肯定是看见你们害怕，才躲到山上的。”

见鹭尾有一丝动摇，李望彦乘势问：“你们把枪都扔哪儿了？”大臭子捂着头说,见着皇军追,扔西坡的枯井里了。李望彦于是道：“快领太君去捞上来，刘主任正愁着没枪没人成立维持会呢，你们俩就算是报上名了。”

经他这一说，鹭尾反倒咧开嘴笑起来，拍拍李望彦的肩说道：“没想到李掌柜如此机警，你不但救了这两个人，还为刘主任解了燃眉之急。如果他做乌河镇的维持会长，我推举你做桃花峪的保长。”

李望彦赶忙摆手：“这我可承受不起，我就是一介草民，当保长肯定不合适。”鹫尾沉下脸来问：“那你说谁才合适？”李望彦想了想说：“皇军若真要选个保长的话，我看……王大贵最合适。”

推举王大贵当桃花峪的保长，这可是大贵子始料不及的事。但当时他并不知情，他正陪着刘家坤去周大牙家起枪。当他走进周保长的家时，心情与头两天完全不同，以前他是以下三烂的身份出入周家，即使马寡妇把他拥撮（山东方言：推崇）成甲长，他也只是罩在女人的裙衩里。至于为了他这事，周大牙对马寡妇动了啥手脚，或者说马寡妇给了周大牙啥便宜，那终究是哑巴吃饺子的事，他再咬作（山东方言：内心不安、吃醋）也抓不住把柄。

他终于可以借今天这样一个机会，出一口恶气了。他知道枪藏在哪儿，他头一个闯进天井向后柴房蹿去，随着他一步步走近，他感觉离保长的身份也近了。他一个当觅汉的，一个鹞子翻身就变成了桃花峪的重量级人物，马寡妇会如何看他？改子会如何看他？乡亲们又会如何看他？

然而大贵子并没有从柴火堆里找到枪，而是周大牙领着刘家坤来到院子的井台上，让人下到井里，从井底里起获了二十杆枪，这足以成立一个中队。刘家坤毫不满足地说道：“不够不够，据我所知，你女婿至少弄回来三十杆。”周大牙双膝跪地说道：“刘大主任，你积点儿德，帮着说句好话吧。小婿回来，有多少枪我让他交多少枪，你要是愿意，让他跟着你干也行。”

刘家坤要的就是这个效果，见周大牙浑身筛糠，一把拉起他说：“刚才我只是跟你开个玩笑。你放心，有我在，就保你老少平安。”周大牙感激不尽，殊不知刘家坤的心思并不在这里，他刚才看到小乔躲在窗户里观察外面的动静，他做这一切都是为了讨好她。

李望彦周旋了一天。鬼子天黑前撤走，但开出了条件，限三天之内交出井上或者交出杀害井上的凶手，否则皇军将会把这个千年古村夷为平地。

李望彦推举大贵子当保长，这让人们难以置信，但偏偏就发生了，鹫尾也偏偏答应了。但当这个保长也附了条件，这让大贵子的心还没有热乎起来，就一下子跌进了冰窖。

前日后晌马寡妇上坟回来，神情慌张地决定带改子到乌河镇去住，第二天一大早就走了，这在大贵子的记忆里绝无仅有。本来大贵子还想让马寡妇当当军师，出出主意，看来是指望不上了。他一直没弄明白，李望彦平时总是瞧不起他，这回咋积极推荐他当保长，还有刘家坤和皇军，为啥放着大白天不来，偏偏深更半夜的来村里抓黄国品。抓就抓吧，井上咋还会活不见人死不见尸？黄国品跑了，听说刘长喜和周书启也没了影，他们是被吓跑的还是早就有预谋，一切都是未知数，一切都要在三天内搞清楚，不然这个保长的乌纱帽还真不好戴。

他越想越沉不住气，后悔脑袋瓜子一发热，就把这个烫手的热饼子接下了，真是拿着烫手弃了可惜。皇军让他三天内交人，交上人他就吃定了这个热乎饼子，交不上人他不但吃不上甚至还会丢了小命。他更加怀疑李望彦，这明明是想看他的热闹，他决定无论如何也要去镇上一趟，让马寡妇指点一下迷津。

马寡妇娘俩到了镇上，刚说明来意，干姐妹就耷拉下了脸，说最近生意不好做，铺子里一天到晚不见个客人，言外之意是家里养不起闲人。干姐妹名叫孙渔儿，男人姓夏侯，在镇警察局当差。

孙渔儿不养闲人也是情有可原，日本人占了镇子，人人自危，谁还有心思做生意。虽说日本人进城的第二天，就贴出安民告示，任何人不准擅自关门，不准囤积居奇，但大家都不知道这葫芦里卖的是啥药。强盗抢占了家门，却跟受害人大谈好好做生意，这生意如何做得安稳。男人带回来消息，桥下彻大佐亲自到警局里视察，要警局担负起一方的治安，确保乌河镇的经济繁荣。孙渔儿把眼瞪得牛眼一般大，问道："人人都说这鬼子是强盗，杀人放火，欺男霸女，咋也会关心老百姓的生活？"男人说："日本人是打谱在这里长期占下去。还说警察局原封不动，该管哪片还管哪片，只有一样，就是不能跟皇军作对，否则格杀勿论。"

说到"杀"字，两个人脖子后面都发凉，因为他们都曾看到鬼子在丝市街口杀人。鬼子把人绑在柱子上，先放狼狗咬，后用刺刀穿。孙渔儿说："既然是这样，咱就把店继续开下去，咋改朝换代，老百姓也不能不过日子。"夏猴子说："娘子，我也正是这主意。"

那天夏猴子见门口停着辆牛车，就问谁来了，孙渔儿脸上不悦，回答是桃花峪的干姐妹，要来住几天，正愁着没处安置。夏猴子见堂上俩倩影，问还有谁，渔儿剜了他一眼，奚落说："你家伙不好使，眼倒挺好使。我可告诉你，你可别打人家母女的主意，老娘是寡妇，守妇道多年了，改子也还是黄花大闺女。"

孙渔儿说男人家伙不好使，也是有根有据，夏猴子年龄还没过不惑，人就早早秃了顶，要命的是整天用中药喂着，也不见雄风，她经常夜不能寐。孙渔儿心里清楚，即使男人这样也总花心，见了女人就拔不动腿。这会儿，她见男人总往改子身上瞄，难免吃醋。夏猴子忙讪讪地说道："真是娘们家，你又想到哪儿去了，我身子骨都这样了还不放心？我是说咱铺子里的店员早走了，改子娘俩来，正好雇个不花钱的。”一席话点拨得孙渔儿喜笑颜开，十指尖尖，点着男人的秃头嗔骂道：“死样，怪不得能在警察局混，一包的坏水！”

改子挺高兴，说反正闲着也是闲着，帮干娘干点儿事有啥不好。改子自经历了那场血腥，就一直郁郁寡欢，后晌钻到娘的怀里睡觉都不安稳，光打战战（山东方言：颤抖）。娘多年没碰闺女的身子了，乍一碰她软绵绵的身子还有点儿不习惯，娘拍打着改子的脊梁，喃喃地说：“摸拢摸拢毛，孩子吓不着。”

这是大人安慰孩子最体贴最细腻的话语了，改子蜷缩在娘的怀里，仿佛一只可怜的小猫。马寡妇恍如隔世，当年她年轻的身体蜷缩在男人怀里的时候也是这样温暖。而今风雨如晦，人过半百，她何时能再躺在男人的怀里安稳地睡一觉？

大贵子急头怪脑地找到粗布店来，当着干姐妹的面，马寡妇抹不开面子，黑着脸问出了啥事。大贵子把桃花峪发生的事简要一说，马寡妇便瞪眼骂起来：“你是吃了熊心豹子胆了？他周大牙有女婿撑腰，李望彦走过的桥比你走过的路都多，他们都不接手，你就一个觅汉，你有三头六臂？”大贵子不满地说：“我这样人不人鬼不鬼的大半辈子了，这不也是想出人头地，混出个模样嘛！”马寡妇听他这么说，反问道：“大半辈子咋了？这地你种着，庄稼你收着，还不满足？”大贵子还是觉得委屈：“两码子事。都是人，他们能干我也能干。你就给我出个主意，看这事咋办才好？”马寡妇干脆一口回绝，甩甩手道：“不办！这给鬼子当差，弄不好就把我们娘俩都搭进去。你实在要是想当这个保长，就从我家滚出去！”

大贵子见马寡妇态度坚决，知道说服不了她，怏怏不乐地来到街上，见夏猴子骑着洋车子迎面而来。两人都是爷们，却都甘心拜倒在女人的石榴裙下，共同语言相对较多。夏猴子说：“这脸拉得跟驴腚似的，有啥不如意的事了？”大贵子狗窝里存不住干粮，干脆利落地把内心的苦闷全倒了出来，夏猴子听罢惊讶道：“大贵子，你这可是走的一步险棋！当保长是好，可你当选的不是时候。日本人在桃花峪失踪，这可是天大的事件！”

大贵子不知深浅地问有多大，夏猴子一脸严肃起来：“多大？你想，好好的一个人失踪了，日本人能善罢甘休？先不说这其中是不是地下武装抵抗组织所为，就是他自己失足落水也要追究责任。鹫尾也好，桥下彻也罢，谁愿背这个黑锅，肯定要找一个垫背的。”

听他说的这么邪乎，大贵子更加害怕起来，拉住夏猴子不让走。夏猴子指指天上的日头说今们他还值勤，赶着回去吃晌饭，等有空的时候专门说给他听。大贵子干脆道：“今们晌午我请客，咱找个地方边吃边聊。”

大贵子的裤腰夹缝里还有俩钱，是过年的时候马寡妇给的，一直没舍得花。夏猴子故意推托着：“到了乌河镇，哪能让你花钱，只是我一个子儿都没带。”没带钱说得再好也是废话，大贵子说：“那还是我请吧，以后算你的。”

两人选了一家小店，点了四个小菜，边喝酒边聊天。大贵子前前后后说了一遍，夏猴子咂着酒不紧不慢地听，这样一直到了日头西斜，他也没能给大贵子指点迷津出来。大贵子有点儿急：“猴子，你别光喝酒，你得给我出个主意！”夏猴子连头顶都喝得跟猴子腚似的通红，打着哈哈说：“我早就给你说了，是你自己没听出来。”大贵子问啥时候说的，夏猴子嘿嘿一笑：“开喝前我不是就跟你说过嘛，日本人失踪，不能就这么算了，肯定得有个垫背的。”大贵子不解：“你是说过，可找谁垫背？”夏猴子不回答，反而说：“我给你说个警察办案的事。”大贵子更急了，红着脸争执道：“说我的事，你咋又扯到警察办案了。”夏猴子诡秘一笑：“说警察办案自然有警察办案的道理。我们警局每年都有命案，能破当然好，可是哪有那么简单，遇到破不了的案，上峰追得又紧，就得想别的办法。”大贵子问啥办法，夏猴子呷了一口酒，龇牙咧嘴地说：“找人顶替啊，找那些傻不拉唧的、无家无业的、外地流浪的……”

说到这里他打住了话，看了一眼大贵子，见他还是一脸茫然，骂道：“你这人咋就这么榆木疙瘩的脑袋——不开窍！”说罢推杯走人，把他晾在那里。

大贵子赶着牛车晃晃悠悠到了村头，身上的酒劲还在起作用，脑袋瓜子里仍是一摊糨糊。老牛识途，突然打了个响亮的喷嚏站下了，大贵子伸头一瞧，原来到了李望彦的马车店。每当牛车经过这里，这家漂亮的女主人总是很怜惜地抓一把黄豆来喂它，黄澄澄的豆粒搁在女主人的手心里，吃起来又香甜又可口，老牛难以忘怀，所以每次经过，它总是停下蹄子，似乎询问主人要不要过去转一圈。

大贵子突然不知道该咋评价这头牛，这头小牛是老牯牛的种，跟老牯牛一样倔强。自从买回老牛来，马寡妇看好它健壮的身体，就留了个后。

就是这头畜生，大贵子整天叫它爹，它都无精打采，见了李家的人却温顺得像一头绵羊。简直就是牛眼看人低！既然不想走了，他就借着这事去问问李望彦，他曾三番五次地跟李望彦打过交道，可这个李望彦软硬不吃，现在倒好，拥撮着他当保长，这里头到底是打的啥算盘？他轻轻地拽了拽缰绳，小牛便迈着欢快的步子朝马车店跑去。

再次支走鬼子，挽救了桃花峪，李望彦却咋也高兴不起来。鬼子三天以后还来要人。除了水兽,其他人都不知道这其中的利害。这是一道解不开的结，除非他们找到那个死去的鬼子或者交出那个杀死鬼子的人。

事情发展到现在，已经变得无法掌控。最初是水兽为了救改子误杀人，到后来却是李望彦和马寡妇密谋掩埋罪证，鬼子要是追究起来，肯定就会连累一大群人。一只小小蝼蛄也会弄垮整个大堤，所以无论如何要严防死守。

当天后晌，李望彦把母女接下了山。李望彦思前想后，还是决定把这事告诉妻子，但他隐瞒了水兽杀人这件事。

后来说到大贵子当保长这事上，李尹氏说："马寡妇前两天还跟我说过，既然他想跳出来当保长，你就让他踢蹬好了，你干吗非要当这个捉刀人？"

李尹氏说的捉刀人是三国时的事，曹操见匈奴的使者，装作捉刀侍卫却让手下当魏王。李望彦苦笑起来："我那是应急之策，咋还跟三国比上了？"

李尹氏说："我觉得挺有一比，你现在就是那个捉刀人。不过你却没有曹操的坏心。"李望彦笑起来："这点你倒说得很对。"

鸡叫头遍的时候，李望彦已经披衣坐起来了。李尹氏说："咋，多大的事一夜不睡？"原来丈夫滚了一夜的煎饼，李尹氏就知道事情没那么简单，于是也跟着披衣裳坐起来。她想点灯，李望彦制止住，在黑暗里小声说："我想进趟山。"

丈夫要进山，李尹氏嘴上不说，但想到了一个人。李望彦说："去找个能帮助解决这事的人。"李尹氏沉默了片刻,才迟疑地问道："你说能找到他吗？"

李望彦知道妻子和他想到一块儿了，语气坚定地道："他从黄河上撤下来，也没别的去处，只能躲进白云山里。"

李尹氏担心的却是另外一个问题。"白云山这么大，你咋能保证在三天之内找到辰岗。"

既然妻子都说出名字来了，李望彦说："人过留痕，雁过留声，我就不信找不到他！"李尹氏问："即使你找到他,他能帮你做啥？"李望彦略带沉重地说："我也不想往最坏处想,可主动权不握在我手里,所以我想让辰岗兄弟帮个忙。"

李望彦往褡子里塞了些干粮，又塞了双胶皮底子鞋。临出门的时候，他千叮咛万嘱咐眼睛耳朵要好使着点儿，有情况就去找马家旺。

大贵子到马车店串门的时候，李望彦已在数十里外的山里了，这里有大马峪、小马峪还有回马岭，纵深几十里。山里的人家多分散住在山峪里，抬头便看到高高的山梁子,山峪和山峪之间有羊肠小道串着。沟底的道全是黄沙，走一步，十分力气就被沙子卸掉七分，没走几里路，人就疲惫不堪了。

李望彦站在山头眺望，大马峪半山腰上有一户人家，炊烟袅袅上升，在暖风中仿佛是一棵消息树。小道白带子似的挂着，从山顶一直铺到脚下，有几处断了，需要调整视线才能把那条白带子重新接上。这样的山道就算是山羊攀爬也得小心翼翼，李望彦眯起眼搭手朝着山上张望，然后发出一声叹息："好险的地处！"

正这样想着的时候，从山道上走下来一个人。他肩上扛着根树枝，树枝上挑着两只山鸡。再看他的穿戴：上身穿皮子背心，下身穿黑灯笼紧脚裤，腰后头挂着张用兽皮做的护腚，一看就是常年钻山的人。来人原是大马峪的村民，半人半匪，绰号"山猫子"。说他是人，是因为他在村里有房有地，说他是匪，因为他经常在这一带断道抢劫。

李望彦遇上他则是天意。山猫子今天无聊，到山上的松林里套野兔，下好套网子，野兔没网着，却网了两只山鸡。这山鸡体硕如凤，毛艳如凰，本是一对，正追逐调情，不承想头脑一热误入网中，做了人类的俘虏。山鸡本是暴烈之物，落到此等下场实在不甘心，又扑腾又尖叫，吵得山猫子十分烦躁，于是举起来拼命摔打。不一会儿，用树枝子挑起来一看，已经半死不活了，山猫子嘴里骂了一句，然后便薅了一把山草把鸡翅膀和腿缚了，搭在肩上准备下山。

刚迈出几步，就见两个头戴草帽的男人围了过来，一个黑脸汉子说："这人有毛病，鸡也不放过。"另一个白脸汉子不屑地道："是啊，大千世界，无奇不有，还有跟禽兽过不去的。"山猫子这才看到这些人手里都端着枪，白脸汉子手里更是端着一把匣子炮。山猫子看这两个人的穿戴就知道来者不善，慌忙跪地求饶道："国军兄弟饶命，兄弟也是一时忍不住脾气，才跟这两只山鸡过不去，还望大人不计小人过。"白脸汉子冷笑道："你又没惹着我们，只是你太残忍了，我们看不惯。特别是我的手下看了会学坏，所以得教训教训你才是。"

话音未落，黑脸汉子来了一个利落的擒拿，把山猫子扑倒在地，从腰间抽出一把明晃晃的匕首，冷笑道："头儿，取他的命根子如何？"。白脸汉子首肯，山猫子顿时吓得面无人色，双手护住裆部，杀猪似的叫起来："好汉饶命，就留下俺一条命根子，俺这辈子还没碰过女人，俺娘还指望俺传宗接代呢。"

山猫子说这辈子没碰过女人没人信，但他还要留着传宗接代的理由还是蛮充分的。黑脸汉子笑了，抽身起来，收回匕首，冷笑说："算你走运，你这要是祸害百姓的话，命根子早就割下来喂鸟了。"

山猫子爬起来跪地谢恩，这话正中白脸汉子的下怀，他冷笑着问："你想咋谢？”这下子难住了山猫子，于是问：“长官想让我咋报答？”白脸汉子就说：“去山下弄点儿吃的来，明天这时候放在穆阁寨的石墙上，不然你心里该有数。”山猫子磕头如捣蒜，说：“行，行，明天如数送到！”

山猫子恍恍惚惚地下山，碰巧遇到李望彦。李望彦搭话问：“老弟，从山下下来啊？”山猫子在山上遇险，还没缓过神来，见有人拦路问话，以为他们是一伙的，扔了山鸡就跑，李望彦咋喊也不停。李望彦见此人举止怪异，肯定有鬼，猛追几步，喝道：“站住，再不站住我可开枪啦！”

说开枪纯粹是急中生智，临出门时他把鬼子的枪挖了出来，藏在褡子的最里层，本意是做个防备，没想到却派上了用场。山猫子立马站下了，蹲在地上，双手抱头，嘴里连声说：“别……别开枪，我都告诉你，我是见着一伙人，就在穆阁寨的山上。”

接着他便竹筒子里倒豆子——一股脑儿地全说了。李望彦听他说得有板有眼，不禁暗自对号，白脸汉子肯定就是陆辰岗，黑脸汉子肯定就是王钢钉，心里不禁一阵激动。山猫子沮丧地说：“这位大爷，我算是服了，今们算我倒霉。”

这才是踏破铁鞋无觅处，得来全不费工夫。李望彦刚进山半天就得到辰岗的准确消息，他恨不得现在就爬上山去找到辰岗，把他的思念和担忧一股脑儿全告诉他。他要告诉他国军撤退后老百姓所遭受的浩劫，告诉他鬼子占领了乌河镇，告诉他老百姓的无助，还有他们夫妻俩对他的惦念和牵挂……总之，他有很多话要说。

天气十分燥热，喘气都觉得闷。李望彦抬头望望山顶，山顶飘着一朵水积云，说不定哪会儿就要下雨了。这条峪通着河谷，如果再晚走一会儿，山水就会漫下来，把这儿淹成一片汪洋。李望彦对山里瞬息万变的天气感到无奈，对山猫子说：“我跟着你回村，明天一起上山！”山猫子一脸的懊恼：“大爷，你这不是要我的命嘛。我领你回村，要是让人知道我通匪，还不活剥了我的皮？”李望彦惊诧地问：“你那里也让鬼子占了？”一句话把山猫子问得支支吾吾，说他们村拉大锯，白天鬼子来，后晌八路来。刚才又遇上国军，这三家犯相（山东方言：冲突）。

他说得未必对，谁是谁非老百姓心里自有一杆秤。李望彦冷笑一声，沉吟道：“你就说是下雨临时碰到我的，天一亮我就走。”为了让对方听他摆布，他故意吓唬道：“山上这伙人是我的兄弟。你只要不耍心眼，我保证你安全。”山猫子更加绝望，拍着额头说道：“我咋忘了这层！”便领着他寻路下山。

山猫子把李望彦带到村头，灵机一动，指着一座破庙说他家里就一间破屋，一盘破炕，一床破席，不如就宿在这里，明天一早他带李望彦上山。李望彦一打量，这是座土地庙，西厢房的地上挺干爽，还铺着个黄草苫子，看来常有人在这里歇脚。再看西北的天也上来了，就点头答应。

刚在地铺上躺下，外面疾风骤雨就到了。夜宿山村，庙外风声雨声透进破旧的门窗，窸窸窣窣的，仿佛潜伏着无数的鬼魅。李望彦从来就不惧怕所谓的鬼神，世上哪有鬼，都是自己吓自己，他走到哪儿都能倒头便睡。在山里转了一天人困乏了，他就着风雨声蒙蒙眬眬地睡着了。突然门外有脚步声，杂乱地盖过了风雨声。他警惕地起身，刚借着泥像蹿到梁上藏好，无数人便举着火把和棍棒冲进门。

山猫子跑在最前头，手里擎着一杆土枪，一脚把山门踹开。他身后的人高喊着："堵住，别让那个土匪跑了！"来人用火把照，见地铺上没人，便吆喝道："不在房里，跑了！"他们踅头乱哄哄地跑到院子里。

李望彦躲过这些人，才从神像后头跳下来，纳闷自己好端端的，咋成了土匪？肯定是白天那人故意陷害他，他行得正走得直，于是走到门外的石阶上对着众人说："大伙儿都别找了，我就在这里！"

大伙儿刚才进屋，明明没见着有人，这会儿又见他从里面出来，十分惊异。一个头戴瓜皮帽,看似阴阳先生的长者问道："你是人是鬼？"李望彦爽朗一笑："我当然是人，你们见过这身打扮的鬼吗？"阴阳先生说："我们明明进房搜过了，西屋里没有藏身之处，你如何藏得严实？"李望彦并不点破，只是冷笑道："没藏哪儿，是你们眼拙，看不清真人。"这下子长者更狐疑起来，退后一步说："是人是鬼一验便知。"

于是长者让人搬来一个火盆子，投上一支火把，喝道："是人你就跳过来，是鬼你就扭头走，我们也不伤你。"李望彦呵呵一笑，没等他再说啥，就一步跨了过去，这下子把所有人都震住了。阴阳先生说："原来你还真是人！"李望彦呵呵笑道："我当然是人。而且坐不改名站不改姓，我是桃花峪的，姓李名望彦。本是来山里找人的，因为天晚下雨才夜宿这破庙里，想不到竟被误认成土匪。"

话音未落，人群里站出一个女人来，语气里透着惊喜："我说看着面熟，原来是俺娘家村的望彦叔！"阴阳先生惊奇地问："媳妇子，你认识？"女人说："咋能不认识，打几岁我就在望彦叔的桃园子里摘桃吃。"李望彦见她说得有鼻子有眼，于是问："你是谁？"女人往前凑了凑，借着火光说："我是东头马家的大闺女凤子。"李望彦恍然大悟。阴阳先生听罢气得朝后喊："山猫子，都是你小子谎报军情，差点儿让我误伤了好人！"大家回头去找，哪还有山猫子的影子。

话从两天前说起，李望彦这个捉刀人当得不失聪明，他把大贵子推到前面当保长，自己躲在后面。但刘家坤一眼就看穿了他的花样，无非想拿大贵子做挡箭牌。其实这何尝不是刘家坤的想法，这个挡箭牌不能是周大牙，也不能是黄国品，只能是大贵子。刘家坤早就意识到李望彦在桃花峪的地位不可撼动，但他就是不站上前台，而是在背后里遥控指挥。他李望彦不出面反而好，他俩可以在桌子底下互相踢腿但桌面上仍然称兄道弟，不撕破脸皮。

井上失踪，日本人定要找到人。三天眨眼就到，无非有三种可能：一是找到井上，他或生或死都可以一清二楚；二是找不到井上，找不到就要有个合理的解释，井上究竟去了哪里；三是就这么拖着，日本人不深究，他也装糊涂。刘家坤跟日本人打交道多年，知道这三个结局中的任何一个对于桃花峪都是可怕的，一旦日本人翻脸，桃花峪就会有血光之灾。

刘家坤思来想去，还是觉得利用李望彦来化解这场危机更保险。李望彦就像桃花峪的定海神针，一旦他被撼动，整个东海都会掀起惊涛骇浪。管他是不是捉刀客，只要他好好掌控，桃花峪就翻不了大船。

刘家坤的分析没错，大贵子完全没有李望彦那样的脑袋瓜子，他就是一个吃饱了睡、睡饱了吃的觅汉。当初他拍周大牙的马屁当上甲长，纯粹是让驴踢着了千年一回。但是他也有时来运转的时候，凭皇军一句话就当上了保长。皇军亲自封他个官，有皇军撑腰，他呼风就有风，唤雨就来雨，啥李望彦、周大牙，连刘家坤也捎上，保不准哪天他就把这些人革了，到那时候谁大谁小还两说着呢。

不过他也心里没底。牛车刚进店，他就急巴巴地喊李望彦，没想到李尹氏说李望彦去山里收货去了，不在家。大贵子一愣，咋在这种关键时候去收货，莫不是成心躲出去看他的热闹？今天的事件件不顺，先是马寡妇撅着腚充大脸，镇上来回就浪费了大半天，如今李望彦又不在家，他找谁说去？烦恼尽为强出头，他撂下句话："李望彦啥时候回来就啥时候到村公所找我。"然后转身欲走。

李尹氏并不应声，大贵子见她看怪物似的盯着自己看，没好气地说道："咋？看我保长的话说了不算？"李尹氏乐得忍不住一拍巴掌，笑道："哟，看我，咋没想到这层。怕这事不好办，我家掌柜的少说也要去个三五天。"大贵子一听，顾不得矜持地说："那咋行，皇军叫三天交人，他人溜了，留下我一个人如何对付得了？"

李尹氏回敬他："我家掌柜的又不当保长，还管得了村里的事？"王大贵还想说两句，望生在一旁发脾气了，猛地踹了一脚牛腚巴骨，嘴里骂道：“畜生，还不快走，碍着做事！”

大贵子听望生分明是在骂他，欲要发作，没想到李尹氏双手掐腰站在石阶上先发话了：“望生，发啥脾气？你人咋跟畜生一样！”这才叫骂人不吐脏字，大贵子知道无论如何也赚不到便宜，最好的办法就是赶紧走人。他牵了牛车踅头朝村口走，那头牛慢慢腾腾，它无论如何也想不明白这回女主人为啥没喂它豆子还凶巴巴的。

大贵子走到河边那里，远远就看到水兽和大根子都在。水兽提着水筲，里面盛了鱼，正往家里走。大根子则跟在后面，垂涎地盯着他筲里的鱼。平时水兽总是用些小鱼小虾作诱饵，引诱大根子透露些哥哥嫂子的床帏之事。大根子拿了人家的东西，嘴里讨好地唱着：“春荚子菜，包夹子，大闺女吃了摸鸭子！”水兽会紧接着问：“摸谁的鸭子？”大根子就胡诌起来，见谁诌谁。见了大贵子，大根子就挂着鼻涕说：“大贵子！”气得大贵子火冒三丈。

今天水兽似乎无心跟他开玩笑，没好气地撵着大根子走。水兽看大根子一副不依不饶的劲头，顺手从水筲里摸出一条鱼来扔给他，嘴里说着：“快走，回去让你嫂子煎了吃！”便消失在胡同里。

大根子得了宝贝似的，捧着鱼，一路走一路傻乎乎地笑。大贵子总觉得有点儿不对头，这水兽咋一反常态，见了他躲着走。正不得要领的时候，突然一个想法灵光一现。日本人逼得紧，何不让人顶包，以解燃眉之急？夏猴子说的不就是这个意思？大根子又傻又不开窍，只要教好他，一遍是假，二遍是真，三遍就是铁板上钉钉子的事实了。就说大根子在乌龙河边上玩，水兽给了他一条鱼，有个人向他讨要，大根子不给，这人就抢，于是三弄两弄，大根子就把这人推到河里淹死了。大根子见死了人，就找个地处把人给埋了……

但大贵子马上又推翻了这个假设，说水兽给大根子鱼，日本人势必要找水兽对质，水兽可不是大根子，他精明得很，三说两说就戳破了他的谎话。日本人活要见人死要见尸，他上哪儿给他弄具尸首，思来想去还是这样：大根子在河边摸鱼，看见有人下河洗澡，这人一不小心就掉到河里，被水冲走了。至于尸首，水这么大，谁知道冲到了哪里。这样一来谁都没有责任，大根子也就是一个见证人。

这样想着，大贵子感到一阵轻松。“牛皮不是吹的，泰山不是垒的，灶门爷爷不是画的，”他可是桃花峪最聪明的人。李望彦在这件事上推三挡四还不是想看他的笑话？现在他只是略施小计就化解得天衣无缝。接下来的空，他去会周大牙，再到贾仙桃家摸摸底。周大牙说女婿去南方做生意去了，他根本不相信，刘长喜也不在家，却把漂亮的媳妇扔在了家里，按说他也不会跑远。他整天跟着黄国品腚后头舞枪弄棒的，说不定一块儿上了山，同时上山的还有周书启。刘长喜不现身不要紧，正好成全了他，去找贾仙桃讨个便宜，说不定这娘们一吓就乖巧。还有刘能子，谁都不信的事，他居然相信了。不是要成立啥维持会吗，他只要把狠话说到，村里人都会乖乖地去报名。这样一来，岂不又是一大觐见礼？

如此盘算，他迈着四平八稳的步子回去睡觉了。老虎不在家，猴子称大王，他四仰八叉地躺在炕上昏昏睡去。大概是因为喝了酒，这一觉一直睡到第二天傍晌。

大贵子见醒得晚了，顾不得洗脸，抠抠眼屎便去找周大牙，后来又到贾仙桃那里，结果都吃了闭门羹。他心里就犯了嘀咕，不会是故意躲了吧。

返回胡同口，见有人推着洋车子过来，老远朝他按着铃铛，喊着："大贵子，过来！"他定睛一瞧，竟是刘家坤，身后头跟着俩穿黄皮的大兵，忙觍着脸打招呼："刘……会长，一大清早，你这是来有事？"

这本是拍马屁的话，谁知没拍好，拍到马蹄子上了。刘家坤黑着脸骂道："啥会长不会长，老子不稀罕！"他身后的兵嘴快地说："刘主任的会长没当上，改叫刘大队长了。今们来是找周大牙，走，跟我们一块去！"

大贵子听着声音耳熟，定睛一瞧，这俩当兵的竟是大臭子和二臭子，他们也穿着一身黄皮，不禁哑然失笑："我说咋瞅着眼熟，原来是你哥俩！夜儿后晌还是妖魔鬼怪，咋穿上军装就成了精？"

大臭子听着他话不中听，瞪眼道："啥精啊怪的，俺打今们起就跟了刘大队长了，你以后也得叫俺的大名。"村里人多少年都这么互叫绰号，大名反而叫着生疏，他尴尬地支吾着："那是，那是，不过……叫马大臭和大臭子没啥区别，都是个'臭'字当头。"他又转身问刘家坤："刘……大队长，我不明白，放着好好的会长不做，你咋又成了队长了？这比换个帖子还快。"

这话正戳到了刘家坤的痛处，他毫不顾忌地开口骂道："这些鬼子都是属王八的，今们说了明天就不算了！说好我拉起队伍来当会长，结果让旁人抢了，让我当保安大队长！"大贵子也不知道这保安大队长是多大的官，恭维道："是官三分硬，勤务兵都使上了你还不知足？改日你再挎上个小秘书，还不一样活得赛神仙！"一句话把刘家坤给拍住了，从鼻子里哼哼两声不再理他。

刘家坤的保安大队长任命得突然，但官职远远低于预期。从桃花峪撤回去，他就听说桥下彻任命了乌河镇维持会长，他本想找桥下彻理论，但鹫尾劝住了他，说他弄丢了皇军的人，这时候还是少找麻烦为好。鹫尾说他再三保举，桥下彻给了刘家坤一个保安大队长的空头衔。队伍需要自己拉，驻军的地点也不是镇上而是夏庄。夏庄是他的突飞之地也是陨落之地。他从一个穷光蛋摇身一变成了三乡的联保主任，又从联保主任变为保安大队长。命运画了一个圆圈，从零开始又归零结束。

刘家坤当然不甘心这种失败，只要有这个头衔在，凭自己的能力不出三个月就可以拉起武装，关键是他要牢牢地抱住鹫尾的大腿，抱住他的大腿就等于为自己竖起了不倒的大旗。他立马打道回夏庄，实地考察把大队部安置在哪里，然后去桃花峪招兵买马。桃花峪欠皇军一条人命，那就等于欠他一条人命，周大牙也好，李望彦也罢，头顶上悬着把刀呢。软得不行可以来硬的，钱不够可以敲他们的竹杠，他就不信守着干粮筐子饿死人。

鹫尾并不看好刘家坤的这套方案，但在维持会长这事上他觉得欠了刘家坤的，他可是夺了刘家坤心爱的女人。吃人家东西嘴软，拿人家东西手软，他决定放刘家坤一马，由着他去做。反正他已经下了战表，三天内他哪儿也不用去，就扎在牛嫂的野味店里，他对这个中国女人有着特殊的迷恋。他假惺惺地拍着刘家坤的肩笑道："刘大队长，你办事我最放心，我期待着你的成功。"

刘家坤望着鹫尾的脸，脑子里全是牛嫂，每走一步心里都在滴血，但他清楚，这个胖女人已经不属于自己了，他不但拱手相送还得装作满不在乎。所以当大贵子叫他会长的时候，他的怨气一下子爆发出来。他吩咐大贵子叫上人到夏庄打扫收容站。

他说的这个收容站便是当初那位麻子连长盘踞的地处，自打他们放弃之后，放牛的、牧羊的、走道的全在里面拉尿，还有逃荒要饭的在里面取暖，一片狼藉。刘家坤想起那里房倒墙塌没个样子，特别关照多找几个泥瓦匠，推上石灰沙子和砖块，把房子修缮好，他要在那里常驻。大贵子犯了难，从前都是给人家扛活，让人家支使，乍让他吩咐旁人，还真没人听他的。何况还要泥瓦匠、石灰沙子和砖，这些都从哪里出？他这才意识到当这个保长并不那么风光，光是这些应酬就让他焦头烂额。

大贵子挨家挨户喊人去筹沙子灰。刘家坤却腆着肚子去找周大牙。自从女婿跑了，周大牙就像撒了气的气球，再也没有圆起来过，整天唉声叹气，愁眉不展。老婆瞧不起，奚落他没个爷们的样子，小乔也埋怨他跟姑爷瞎鼓捣，鼓捣来鼓捣去，弄得家不是家业不是业。周大牙瞪眼骂道："娘们家头发长见识短，男人要成就一番大事还不兴有个曲折？”话虽然这么说，但现实摆在那里。女婿跑了，家里就他一个人独撑门面，他能不觉得艰险？

越敬越有神，初一十五是烧香拜佛的日子。十五早上起来，他去把神龛打扫出来，刚点了三炷香插在香案上，大贵子就在大门外头喊他。他装聋作哑全当没听见，直到大贵子没了动静，他才又重新聚精会神地拜神，不承想听得门哗啦响。听动静就不同寻常，他再也沉不住气了，嘴里忙应着去开门。

隔着门缝一瞧，原来是刘家坤。头两年他天天盼着刘家坤来，他来了就意味着有便宜可赚。可自从国民党跑了，他就怕刘家坤登门了。特别是后两次来，每次都带着鬼子，不但检举他私藏枪支，还带鬼子上门抓人，如果不是李望彦从中斡旋，说不定他早成了日本人的刀下鬼了。刀枪紧逼的日子可不好受，鬼子失踪，限三天之内交人，如果到时交不出来，刘家坤难道不会把屎盆子扣到女婿头上？如果是那样，他就是有十张嘴也辩不清了。

他急忙开门让进刘家坤来，满脸堆笑地说：“刘主任，您老人家咋有空来？”刘家坤还是那句话，他早就不当联保主任了，现在是保安大队驻夏庄据点的大队长。不过他说这话的时候脸色已经相当平和了，倒把周大牙弄了一头雾水。刘家坤笑道：“瞪着眼珠子看我干啥？快去泡壶好茶，咱兄弟俩边喝边聊！”

周大牙摸不着头脑，赶紧让小乔烧水泡茶。小乔懒洋洋地应着，臃肿的身体半天才从房间里蹭出来，她的脸依旧那么白嫩，这让刘家坤陷入痴迷。他今天来多半是为了看这张脸。

大臭子见刘家坤打谱在这里久坐，嬉皮笑脸地说前几日刘队长一声令下，兄弟俩就跟着走了，到如今也没跟老娘说一声。反正这会儿也不走，就准许他俩回去看看。刘家坤大方地挥挥手，夸这俩兄弟孝顺，应该。准了他俩的假。周大牙惊诧地问刘家坤：“臭子兄弟俩也从了你？”刘家坤得意地说：“臭子兄弟俩跟着我，那可是烧对了香，拜对了佛。不出三两年肯定弄个一官半职的干干！”

小乔端茶上来，刘家坤暗瞅了她一眼，觉得实在耐看，便和蔼地说：“周兄，我也不瞒你，过去你是我的老下级，现在是，将来还是。至于让大贵子当保长，是皇军的意思。我刘家坤也不是不讲情意的人，有点儿啥事我该抹画还是抹画。比如你女婿，你说是去了南方做生意，我就跟皇军说是做生意去了。可是你想，头天后晌我们还碰过头，第二天一早他就去做生意，你觉得可信吗？”

说到这里，他故意把着茶碗盖子呲溜呲溜地喝水，周大牙头上直冒虚汗。刘家坤笑了，站起来说：“我也不在这里吓你了，我去村公所，刚才路过那里，见大门上了锁，你这就叫小乔去开门，打扫出来，也当个我办公落脚的去处。”

周大牙当保长那会儿配了村公所的钥匙，听到这么一说也就没多心，从腰上解下钥匙递给闺女。刘家坤叹道：“大贵子这人，听招呼是听招呼，可是让他管旁人，怕没人听。你现在带人去收容站吧，替我做监工，我稍后就过去。”说罢告辞出门。

周大牙心里有点儿暖，毕竟是老上司，心里还装着自己，便上了街。大贵子在街上转了半天，瞅见马家旺的后墙外垒了个淋石灰的池子。他前几天才从石灰窑上推来了石灰，淋了一池子灰膏，说准备刮墙给六子娶媳妇。大贵子说先用着，便吩咐人去挖。迎头遇上了周大牙，周大牙说是奉了刘家坤的命令，让他去做监工，大贵子愣了半天才说：“我本想找你说说话来，既然是刘大队长说的，你先带人过去吧。我们以后再聊。”不等周大牙答话，他脚下生烟溜了。

周大牙领着人在收容站干了一天，收工的时候天擦黑了。不但大贵子没去，刘家坤一天也没见人影。回到家，天井里已黑得看不见人，一家人还都没有开伙做饭。看闺女的房内也没点灯，周大牙隔着窗户喊了几声，小乔勉强答应了，过了很长时间才出来，眼圈有点儿红。周大牙问：“咋了？”小乔躲躲闪闪地说：“眼里飞进了蠓虫子。”周大牙还是不放心，狐疑地说：“去村公所打扫卫生了？”小乔说：“打扫了，其实里头挺干净，就是扫了扫炕上的灰。”

说到炕上有灰，周大牙心里掠过一丝阴影，可不敢往深处想。他看看小乔，头发不乱，衣衫整洁，就说：“国品不在，也不能不过日子了，该咋吃饭还得咋吃饭！”他破例到屋檐下，操起钩竿把挂了很久的一块腊肉取下来。小乔应着去做饭，不久灶屋里便飘起了肉香。

白天周大牙领人去干活，大贵子转身就去了刘长喜家。还没到胡同口，就见大根子跑了过来，大贵子忙喊住他，问他哥哥在不在家。根子傻笑着说不在。“那……你嫂子呢？”大贵子话刚一出口，大根子就警惕起来：“俺哥说了，让俺看着俺嫂子，男人一律不准进屋！”大贵子忍不住咧着嘴笑了：你满街乱跑，还管得了男人往你嫂子屋里钻？但今天他不是想钻进贾仙桃的怀里，他就是冲着大根子来的，于是诱惑地说：“大根子，想不想吃点心？”

大贵子早上起来，在房梁的筐子里发现了马寡妇舍不得吃的桃酥，都生虫子了，心想这正好可以勾引根子上钩，便哄着他往家里走。大根子听说有点心，顿时忘了哥教他的话。走在道上，大贵子乘机说：“你得跟我说，你嫂子在家干啥来？”大根子挠着头皮说：“没干啥，就是……夜儿后晌俺看见嫂子睡觉来。”这似乎很吊大贵子的胃口，大贵子忙问：“还看见啥了？”大根子想了想说：“俺还看见嫂子哭了……”大贵子有点失望，皱起眉道：“就没看见点有意思的？”大根子似乎很认真地歪头想着，嘴角流露出一丝淫荡的笑意：“俺看见嫂子摸腚沟来……”

大贵子不想再问下去，他知道这是根子为了那块点心而编的瞎话，根子经常对人这么说，他就这点小聪明。人到他这年纪，女人摸腚沟之类已经失去了吸引力，何况他另有企图。他引着大根子到了屋里，拿出桃酥来，尽情地让根子吃，然后说：“大根子，我跟你说件事，你前两天到河边上玩没？”大根子天天到乌龙河边上玩，记不清是哪一天了，就点头：“嗯哪！”大贵子说：“你看见一个外人没？”根子木然地摇了摇头：“没！”大贵子笑起来，催眠似的说：“你看见了……看见一个男人站在河边上，一不留心就掉到河里去了……”

根子瞪着他，一口桃酥噎住了，打了个嗝，愣愣地不说话。大贵子继续引导他：“你看见那个男人掉进了河里，扑腾了一阵子就顺着河水漂走了。”大根子终于反应过来，怔怔地说：“看见了！”大贵子笑了，心里狂喜不止，又拿起一块桃酥继续引诱他：“你就是看见了！记住，不管跟谁也这么说！”根子问：“为啥？”大贵子说：“不为啥，你这样说，啥时候我也有桃酥给你吃。”根子兴奋地笑了：“行！得说好，拉钩上吊！”大贵子伸出手指头，大根子钩住，嘴里念着：“拉钩上吊，一百年不许变！”

大贵子送走根子，迈着喜悦的步子上了街，剩下的光景可以尽情地瞎逛了。在桃花峪能够玩的地处，除了苏婶子的杂货铺子，就是刘长喜的家里。可苏婶子嘴太碎，前脚跟她开玩笑，后脚就传到了马寡妇的耳朵里。马寡妇总是用手指头剜着他的脑门子骂：“又到南街上发骚去了？你吃着马家饭穿着马家衣，咋见了母狗子就拖不动腿呢！”大贵子反驳说：“就是瞎起哄，又不是真的。”马寡妇不依不饶地说：“还待咋个真法？跟狗吊秧子似的让全大街上的人都看热闹？”大贵子挺委屈，他一年到头在马寡妇的肚皮上打滚，精气神都耗尽了，可这个女人就是不领情，他在马寡妇面前总像一条夹起尾巴来的狗。如今马寡妇不在家，大贵子可以尽情地展现他风骚的本性。他盘算着先去贾仙桃家里讨点便宜，连大根子都说了，她夜里睡觉哭，手还放在腚沟里，这说明男人不着家她思春了。

不过他却在贾仙桃那里吃了闭门羹，贾仙桃隔着门大骂：“趁着俺男人不在家，想吃老娘的豆腐啊！告诉你，刘长喜出去挣钱了，这一两天就回来，俺男人手里可有枪，谁要是想占老娘的便宜，让他一枪子崩了你！”

大贵子一时猜不透贾仙桃哪来这么大的火气，裤裆一夹赶紧溜了。村里的男人们都去据点干活了，连周大牙都让他支使走了，只有他扬扬得意地走在大街上。这当官跟不当官就是不一样，动动嘴皮子别人就得当驴使唤。他决定到村公所去看看,选个黄道吉日就搬进去办公。这可是开天辟地的大喜事,想想心里都痒痒。往后就是在马寡妇面前，他也直得起腰撅得起腚了。

村公所的门竟没有上锁，从里面顶了木杠。大贵子找了根树枝子试着去拨弄里面的插关，三下五除二就把门打开了。他刚走到天井里，便听见北屋里有“呜哇呜哇”的动静。他四下瞅瞅，没有狗吊秧子猫叫春之类的，便顺着声音朝北屋摸去，这呜哇的声音正是从北屋里传出来的。大贵子好奇地用手指沾上唾液在窗户纸上戳了个小眼朝里观望,这一瞧不要紧,他脸都吓白了。刘家坤正光着腚抱着小乔在炕上干那事呢！那“呜哇呜哇”的声音正是从小乔的嘴里传出来的。王大贵子骇得扭头就跑。

改子因祸得福，不费吹灰之力就进了乌河镇。

桃花峪一劫必定成为她命运的转折点。马寡妇虽然人来到镇上，但心还在桃花峪。这不仅仅是因为恋着住了几十年的窝，更主要的还是担心咋躲过这场劫难。她可是眼睁睁地看着水兽弄死那个鬼子的。虽说埋哪儿她不知道，但这已经无关紧要了。只要任何一个人松了口，鬼子就会顺藤摸瓜找到她们娘儿俩，到那时她才是叫天天不应，入地地无门。现在唯一能做的就是寄希望于李望彦，但是事情已经过去了两天，她一点桃花峪的消息也没有，这不能不让她心焦如焚。

这几天孙渔儿脸上倒没显出不满，原因是她的粗布店缺少人手，娘儿俩的到来正好弥补了空缺。马寡妇又是洗又是涮，改子也挽起袖子下手打扫店面卫生，盘点积存陈货，忙得不亦乐乎。没半天的工夫，铺子又重新焕发了光彩，招牌簇新，台面锃亮，连地上都洒上了水。凡有人经过门前，都忍不住夸一句:“哟,换主人啦！”孙渔儿脸上挂着嗔怒,心里溢着满足,笑道:“啥眼神啊！老娘这不还在这里嘛！”顾客就指着改子开玩笑地说:“我是说来了个俊妮子！”孙渔儿继续打情骂俏地说:“呸！心不好使眼倒挺好使。告诉你,这可是俺亲外甥闺女,黄花大闺女,少打她的主意。”既然是孙渔儿的亲外甥女,客人就收敛多了，看改子目不斜视，双手交盘背后，大辫子垂在胸前的端庄样子，都觉得她是一个好招牌，生意竟一下子兴隆了不少。

改子很快就忘记了桃花峪的不快，在这一点上，她比娘的心要大十倍。

马寡妇后晌还忐忑不安地嘟囔，说不知道村里的事咋样了。改子不满地打断她：“娘，我们都逃到乌河镇上来了，你还管桃花峪干啥？”马寡妇忧心忡忡地说：“孩子，你以为乌河镇是天涯海角啊，这里离咱那儿这么近，这头放个屁那头也能闻得见！”改子不屑地说：“你操心也没有用，反正事都出了。又不是咱们图财害命，是那人使坏找死。再说这事有水兽和望彦叔顶着呢，鬼子也查不出啥来。”马寡妇被驳得无言以对。改子安然地入睡，睡觉的样子格外可爱。

第二天改子就在店里待不住了，跟马寡妇咬耳朵说后晌要去梨园子里看戏。马寡妇说：“黑灯瞎火的，你一个姑娘家后晌哪儿也不准去！”改子委屈地叫道：“娘啊，俺跟你来镇上图啥？图的就是能听书唱戏，逛街看景。要是光吃饭睡觉，还不如在山里不出来。”马寡妇气得不行，但看着改子坚定的神情，知道说啥闺女也听不进，只好说：“也行，不拦着你，你想去哪儿我陪着。”改子哭笑不得：“哪有这么赖皮的，我一个大活人前面走，后面跟着个跟腚狗，还不让人笑话死！”

马寡妇听闺女把她比作跟腚狗，真生气了，瞪起眼说：“你咋跟娘说话？啥叫跟腚狗？我看你是踩着鼻子上脸！你再这么刁蛮，我明天就拽你回桃花峪！”改子看出马寡妇其实已经动摇了，忙跑过去扳着她的肩膀，撒娇地摇晃着说：“娘，你放心吧，我专找人多的地处走，逛逛街就回来！”马寡妇不再坚持，掏出些零钱来塞到她手里，叮嘱她早去早回。

梨园拐出胡同就是，但改子舍近求远，非要从东街绕过去，为的是回味她跟马六子幽会的情景。小旅店大门紧闭，陷入一片黑暗之中，这让她伤感不已。正是怀着这种淡淡的忧伤，梨园之行才对改子充满吸引力。她边走边四处张望，希望见到梦中人的影子。自从有了春上的那次幽会，她在夜深人静的时候常常翻出情节来晾晒，这完全已经成为她的精神支柱了。

改子不知不觉地来到了天享园。每到夜晚，这里格外热闹，据说今天有天津卫的戏班子唱《西厢记》。改子从没有在戏园子里看过戏。李尹氏曾在场院乘凉时，就着天上的月明给女人们唱过其中一回。“月上柳梢头，人约黄昏后”好像是里面的两句台词。她一直想象自己是戏中的那个崔莺莺。如今她心里也有张生了，今儿后晌的明月也爬上柳梢头了，可她约的人在哪儿？

兜里的钱买张戏票绰绰有余，剩下的钱她买了一支酸粘子（山东方言：糖葫芦），一边慢慢地吃，一边打量着周围的人。她想从如织人流中找到那个熟悉的身影。自从凯儿告诉她，在镇上看到了马六子，她就坚信他没有走，一定躲在乌河镇的某个地方。她这次跟着娘来镇上，为的就是能够找到他。

直到戏开演也没有看到个人影，她失望地叹了口气。台上再紧密的锣鼓对她来说也失去吸引力了，她甚至讨厌台上咿咿呀呀的唱词，戏中的男欢女爱跟现实中的完全不是一回事。

她百无聊赖，站起来准备到外面去。这时候有人喊她："坐下，挡着我了！"依改子的脾气才不在乎，但现在是在镇上，她一直学着做个文明的城里人，更重要的是她听着这声音特别熟悉，于是借着灯光看过去，竟然是王珂。珂儿也认出她来了，惊喜地问："你咋来这里看戏？"改子笑着说："兴你来就不兴我来啊！"珂儿说她经常来，是因为她就住在镇上。改子也毫不示弱地说："我也住镇上了，前日来的！"

虽说两人在村子里见面说不上几句话，但到了异地就亲近了许多。珂儿拉着改子的手说："改子姐，我们出去喝酸梅汤，我知道哪里有最好喝的。"改子钱都花光了又不好说，站在那里踌躇。珂儿似乎看出了她的心思，说："我带着钱呢！光爹给我的零花钱都花不完。"改子不再坚持，她还不知道啥叫酸梅汤，她只是想当然地认为跟野葡萄一个味道。

戏园在一楼，摆的都是小桌子和椅子，两个人一组。有跑堂的按照座位往桌子上的杯子里倒饮料，浓浓的、黑黑的，这大概就是珂儿说的酸梅汤了。

珂儿拉着她坐下，对跑堂的说一人一杯，便侧过身来跟她说话。这里也有一个小台子，台子上有人在唱柳琴戏。一个男人吱吱啦啦地拉着柳琴，一个女人哼哼呀呀地唱着小曲，好像有点淫荡，每唱一段都有男人哄笑鼓掌。一些男人看两个不大的小姑娘进来坐下，都好奇地朝她们张望。珂儿鼻子里哼了一声"少见多怪"，便不再理会。

两人说了些桃花峪的情况，又说起了凯儿的事。珂儿眼泪汪汪地说："我好久都没见凯儿了，这么近，她也不来看我。"改子说："村子里不太平，那天鬼子来了，她娘拉着她进山躲躲。不瞒你说，我也是为了躲鬼子才到乌河镇来的。"珂儿问："你躲鬼子干啥？"改子目光闪烁不定地说："能躲啥，还不就是怕鬼子不长狗出息，图谋不轨啊！"珂儿坦然笑道："我们这里是占领区，日本人不敢对女人咋样。我这不也好好的嘛！"改子哼道："人前一套，人后一套。"

她们的声音说着说着就大了，似乎有人听到了，咳嗽一声说："小妹妹，公众场合，说话要当心！"一个穿布大褂戴帽子的伙计也走过来，一边往她们的杯子里添饮料，一边压低声音说："两位，隔墙有耳，还是莫谈国事。"

珂儿知道这些人都是好心，吐了一下舌头，朝那人扮了个鬼脸，便埋头喝饮料。改子笑道："还是这地处好，喝了一杯还能再添。"珂儿信口说："哪有这样的好事，一杯算一杯的钱。"话一出口她就感到了奇怪，对改子说："是啊，我们都喝完了，咋又往里倒呢？"

改子一直沉浸在酸梅汤酸酸甜甜的味道里，每喝一口便泛起一丝淡淡的情愁，心想这要是有马六子陪着喝更有味。听珂儿发问，她突然觉得刚才那人那声音好熟悉，特别是他走过时的味道……她忙抬头四处打量，却早不见了人影。她迟疑地说："刚才给我们倒酸梅汤的人好像是马六子。"

珂儿吓了一跳，说："不会吧！马六子咋会在这个地方？再说他又不是不认识我们俩，还能不打个招呼。"改子鼻子深吸了两下周围的空气，更加肯定地说："肯定是他，我已经闻出他的味来了。"珂儿惊讶地说："你可真神！"

两个人站起身冲下楼，径直去柜台那边寻找。柜台上现在只剩另一个小伙计了。小伙计说："今们就我一个人值场子。这会儿客人多，有个后台看场子的兄弟过来帮我，人刚走。"改子急切地问："他朝着哪个方向去了？"小伙计指点着说："顺着园子后头一条小胡同一直走到底，那儿有个小屋，他就住在那里。"

改子拉着珂儿就跑，顺着漆黑的胡同走到头，果然有一座小屋。屋子里早有人住，她们敲开门，开门人说："你们打听的是冯三双啊，他是在这儿住，可刚才回来了一趟，说今们后晌有事不回来了。"

这大大出乎预料，两人好不容易找到他，却被告知后晌不回来了，看来他早预料到会有人来找他。改子看天色不早，等也等不出啥结果来，便想回去。珂儿说她上次就见过他，明天再来，看他能躲多久。改子却想，既然找到了马六子的住处，就不怕找不到本人。她只是奇怪这马六子咋了，有家不回，就这么东躲西藏的。

两人分了手，改子回粗布店。天很晚了，大街上行人也少了，偶有洋车拉着客人匆匆跑过。一队鬼子兵在街头巡逻，皮靴跺在地面上，发出"咔嚓咔嚓"的声音。改子突然后悔和害怕起来，如果鬼子盘问她，一定不知咋回答。就在她不知如何是好的时候，一个人影突然无声地朝她扑过来，一手撸着她的脖子，一手捂着她的嘴，把她朝一条胡同拖去……她定眼一看，竟是马六子！

有关那天夜里邂逅马六子的事，改子对谁也没有提起。她迟了一个时辰回家，这让马寡妇后悔莫及，非要到街上去找闺女不可。夏猴子劝不过，只好穿了衣裳，背上枪准备出门。正在这时候，改子满面春风地回来了。马寡妇心里一块石头落了地，嘴里不依不饶地骂道："说不让你去你偏去，害得一家人担惊受怕的。天这么晚了才回来，你这是去哪儿了？"改子双腮挂红，含笑地回答："去看戏来，看的是《西厢记》，崔莺莺夜会俏张生。"

天色未明，天井里的狗便一阵狂叫，惊了李望彦一身冷汗，他刚要起身去查看，听得望生在外头喊：“哥，快来看，黑子和大黄都趴着不动了。”

望生还是孩子，觉多也沉，平时不叫他三五遍不起炕，今天却天不明就在外面喊。望彦觉得蹊跷，赶紧趿上鞋子，披上衣裳开门出来。刚出门口便有两支黑洞洞的枪口顶住了他，随之有人拧亮了手电筒。借着电光他才看清，面前站着的是刘家坤和一个鬼子兵。望生被两个鬼子拧着胳膊站在院子里，徒劳而无助地挣扎着，见他出来眼泪汪汪地哭道：“哥，我对不住你！都是他们让我这么说的。我起来喂头牯，让他们按住了。”李望彦大声说：“刘能子，你来啥时候我拦过你？你咋也用这种偷鸡摸狗的方式！”刘家坤讪笑道：“望彦哥，对不住了，本是想敲敲大门再进来的，可是皇军怕你跑了，所以就翻墙进来了。还好，你这两条狗也挺配合，我喂了它们两块热蔓菁，它们啃住就没动静了。”

李望彦这才看清，望生脚下两条狗痛苦地趴在地上，低声呻吟不止。过去常有小偷小摸到别人家偷东西，为了防止狗管闲事，事先煮了蔓菁带在身上。这种煮熟了的蔓菁，皮凉了半天，瓤还会特别热。只要狗牙咬住，轻则烫一嘴燎泡，重则粘在狗牙上面，非常痛苦。刘家坤用的就是这种下三路的手段。

望着大黄和黑子痛苦的表情，李望彦不禁大怒，瞪眼骂道：“刘能子，狗是畜生，你咋能跟畜生一个样？”刘家坤听李望彦骂他，忍气吞声地说：“你也别骂我，这也是没办法的办法。谁都知道你李望彦不是等闲之辈，皇军要我这么做，我只好服从。”李望彦知道此时逞英雄不是时候，于是口气软下来，对他说：“我不跑也不动，你们就先放了我小兄弟吧，咱们有事好商量。”

刘家坤扭头去看鹫尾，大概鹫尾也觉得不会出啥意外，“要洗”了一声，鬼子兵松开了望生。李望彦忙吩咐望生把狗抱到灶屋里，灶台的罐子里有獾油，给它们往嘴里抹点，不出三五日就又欢蹦乱跳的了。刘家坤听了，不知廉耻地干笑两声：“还是望彦哥有招，放在平常这两条狗早都废了。”李望彦讥讽地说：“你能废我的狗也不能废，看家护院它们比你强！”

这“东北风刮蒺藜——连讽带刺”，刺挠得刘家坤脸上白一阵红一阵，退到天井里对他说，三天的大限一到，皇军是来桃花峪带人的。李望彦假装不明白，问道：“带啥人？”这下子把刘家坤的火惹起来了，他耷拉下脸来说：“你是真不明白还是成心装糊涂？三天前咱们说好交出井上太君。今们就是三天头上了，你不会又反悔了吧！你反悔也不要紧，要给皇军一个满意的交代。皇军如果不满意，到时候杀人放火，你可别怪我事先没告诉你。”

李望彦心里清楚，这事再装三拉四鬼子就要产生怀疑了，于是恍然大悟地说：“看我这计时钟！皇军是说好三天后来要结果。可是这两天我一直满村子打听，都说根本没见皇军来过。刘家坤你倒说说，皇军是真进村了，还是子虚乌有的事？”

刘家坤见李望彦又在扯皮，厉声道：“上次我不就都已经把事说了？我跟池田太君进村，井上太君留在村外看守。我们俩回来的时候，他已经失踪不见了。”李望彦冷笑道：“还是啊！你说这位井上太君留在村外。他人在村子外，你问我们桃花峪要啥人？”

一句话把刘家坤问住了，他意识到这是中了李望彦的套，忙挣脱地说：“在村外就不是桃花峪了？告诉你，今们你非得拿出令人信服的说法来，不然皇军也不是吃素的，桃花峪因此获罪，你也别怪我事先没提醒你！”李望彦也不甘示弱，提高声音说：“你别吓唬我，我李望彦也不是没见过恶人先告状的，今们咱们还真得当着皇军的面说道说道！”

鹫尾见两个人抬起了杠，不耐烦地打断他们：“现在马上进村，把全村人都集合起来，看他们怎么说！”李望彦心想，如果让乡亲们集合，怕是凶多吉少。他灵机一动说：“皇军说得有道理！不过这天还没亮皇军就进村，万一引起误会，怕伤了自家人，还是等天明再去。大贵子不是保长吗？先叫起他来，问问情况再说。”

刘家坤一口恶气没出，反对道：“我说李望彦，话一到关键地处，你就把事推到旁人身上。他大贵子算个屎，今们皇军还就找你了！”鹫尾接过话来说：“李掌柜的，桃花峪的生死可就掌握在你手里了，希望你配合皇军，把凶手找出来，不然首先遇上麻烦的就是你和你的马车店。”

李望彦心想是福不是祸，是祸躲不过，何况他已经做了周密安排，也就默许了。他先招呼鬼子兵都在排档里坐下，然后让望生生火做饭，只等天明进村。

大贵子夜里头睡不好，临天明的时候做了一个梦，梦到西北方向变了天，乌云翻滚。在这乌云中，一条黑色的大龙盘旋在头顶，伸出爪子来抓他。他猜不出这个梦暗示他些啥，但总觉得与白天的事有关。已经是日本人限定的最后期限，哪个环节出差错这块儿也不能出。他担心万一根子要是不在了，那他所有的盘算就全落了空。

他慌忙起身到刘长喜的大门口去观察，这一观察不要紧，吓得他差点昏过去，贾仙桃竟然人走屋空，连大根子都不见了。大根子一走，他所有的打算都等于废了。皇军向他这个保长要人，他交不出，皇军恼怒之下，他就会人头落地。想到逼近的危险，他拔腿就跑。

出桃花峪有两条道，一条通往乌河镇，一条通往后山。大贵子不顾一切地爬上后山梁子时，天才刚刚放亮。果然不出所料，在灰白的山道上，正行走着一个身影。单凭那叮叮咚咚的铃铛声，他就能猜出这是贾仙桃骑的毛驴子。大贵子绝望了，她已经爬过山梁进入到对面的山峪里，想追上她没有一个时辰怕是不行。即使他舍了力气追上她，又能说啥？说他准备把她小叔子送给鬼子，或者说让她小叔子顶替杀鬼子的凶手？那贾仙桃非用手撕了他不可。

他一腚坐在大石头上，不知道如何是好。可就在这时，他看到一个人正朝他走来。这人时快时慢，一直到了跟前，才惊出他一身冷汗来。来人不是别人，正是大根子。

这可真是天无绝人之路！一大早他就去根子家里堵，根子却随嫂子走了；他正绝望无助的时候，根子自己又飞回来了。大根子脖子上挂着串钥匙，边走边舔着杀过界河的鼻涕。王大贵抑制不住内心的激动，问："大根子，你不是跟嫂子走了吗？"根子说："俺嫂子要去走娘家，俺才不跟着呢！"大贵子眉毛胡子都是笑："不跟着正好，从现在起，你就跟着我，我给你拿点心吃！"根子眼瞪得跟牛蛋子一样大，傻笑道："行，说话算数！"大贵子伸出小拇指头晃着说："你忘了，不是说拉钩上吊了嘛！"根子瞧着他伸出的手指头，笑了："傻瓜，你才忘了哪！那个人掉进河里让水冲走了。"大贵子彻底地放下心来了，根子对他的承诺还牢记在心。

大根子大清早被嫂子叫起来，听说跟着她进山，打心眼里不高兴，一路上磨磨蹭蹭。嫂子烦了就说："根子，你能有个啥用处？你哥本让你给我牵马坠镫，保护人来，可你傻得不透气。你要喜欢就跟着，不喜欢就自己回去吧！"

贾仙桃也是听说鬼子要来村子里找人，心里害怕才走的。男人跑了，一个女人待在家里说不定会招来啥麻烦，还不如趁机回趟娘家。自从嫁到桃花峪后，她一次也没有回过娘家。当年她自己选男人，家里不同意，跟她断了亲情。她的爹娘都死得早，只有一个娘家哥哥。嫂子不合群，她也没个念想。喜子不在家，她去娘家不是为了叙旧，纯粹是为了打发日子，所以也觉得跟着个傻兄弟碍手碍脚。反正三两天她也就回来了，于是她把钥匙挂在大根子的脖子上，叮嘱他筐子里有干粮，就让他回村了。这也正遂了大根子的意。

大贵子拉着大根子，刚到街心就发觉气氛不对。苏婶子一边慌慌张张地上门板一边说："大贵子，都是你请来的凶神恶煞，把出村的路口都封了！"大贵子瞪着牛蛋子眼问："他苏婶子，话说清楚了，我请来的啥……凶神恶煞？"苏婶还未开口，突然见从东街跑来几个鬼子，手里端着枪，边跑边呜哩哇啦地叫，她扔了门板就溜没影儿了。

鬼子用刺刀逼两人到墙根上，要搜他们的身。吓得他高举双手，嘴里喊着：

“太君，我是保长，自己人！”鬼子听不懂，好在这时候刘家坤陪着鹫尾过来了，才替他解了围。大贵子抹了一把冷汗道：“刘大队长，多亏你及时雨，我差点就让皇军‘死啦’了。”刘家坤板着脸道：“我不是宋江,你也不是镇关西。皇军今们是来要人的，出村的路口都封住了，谁也别想跑！我已经让李望彦下了通知，全村人都到村公所开大会。”

鬼子大清早包围了桃花峪，让村民们措手不及，也有人抱着事不关己的幻想。当鬼子挨家挨户逼着人们到村公所集合的时候，他们才意识到危险，一时孩子哭大人叫的。

大贵子自告奋勇地去找马家旺，让他敲梆子集合人，这样人来得更快。马家旺一直兼职更夫，他的梆子便是桃花峪乡亲们的晴雨表和发令枪。半夜里听见他喊：“平安无事！”人们便睡得一塌糊涂。如果他深更半夜地喊：“今夜南风，注意防火！”那就是邻界有山火了，人们就睡得不踏实，备了扑火的家什和盛水的器皿。等他再喊：“着山火啦，上山扑火！”人们便知道是山火烧到自家的地界了，应着他越敲越激烈的梆子声朝火场奔去。年复一年，马家旺的嗓音由稚拙到沉稳再到苍老，当他的喊声和着梆子声再度在这个早上响起的时候，大家感到了一种从未有过的惊恐。

马家旺的声音响彻在村子的上空：“诸位乡亲，皇军来了，都到村公所开大会！”

事情还得回过头来说。那天李望彦在小马峪巧遇大凤子，凤子指着戴老花镜的老人说：“这是俺公爹！”阴阳先生拱手行了个大礼，愧疚地说：“差点寒碜了亲家的客人。”说到明天到山上给国军送东西，凤子公爹笑起来：“反正留着也是让鬼子搜刮了去，给国军吃了还能生出力气打鬼子！”这回轮到李望彦敬慕他了，拱手谢道：“不瞒你说，这山上的国军有一个是我的兄弟。我想不是万不得已他们也不会麻烦百姓。就全当是借大伙儿的，我来还！”

第二天一大早，阴阳先生就来土地庙里找李望彦。山猫子没来，倒是凤子扛了一布袋干粮，还有几个蔓菁咸菜。昨日陆辰岗出没的地处是在一座陡峭的山坡上，这里乱石成林。三个人等了一个时辰，也没见着半个人影，倒是一只秃鹰闻到了味道，蹲在巨石上不走。这山鹰有半人高，蹲在那里仿佛一个人形。阴阳先生瞄着说，这秃鹰喜欢吃活物，说明附近有人活动。三个人便蹲在石头后面等，久等不来，阴阳先生连连打着哈欠说，山猫子的话也是东山上放屁西山上闻，没个准！

大凤子看公爹的神情就知道是犯烟瘾了，便说她跟望彦叔在山上等，让公爹回去抽两口。阴阳先生一步三摇地下山去了。

等到太阳偏西，大凤子脸上也现出焦虑的神态。李望彦说："你也回去吧，我一个人在这里守着。"大凤子说："你是俺娘家村里的，虽然俺从不回去，可是……俺一直挺想念桃花峪。"她说着眼圈红了。李望彦知道她娘儿们之间的恩怨，于是劝道："子不嫌母丑，狗不嫌家贫。你娘一辈子也不容易，还是要常回去看看。"大凤子点头说："望彦叔，记住了！俺炕上还有吃奶的孩子，要不俺就先回去了。"

等大凤子也袅袅娜娜地下了山之后，山谷里更幽静了，连风都懒得走动，树叶无精打采地垂立着，只有几只叫知子（山东方言：蝈蝈）爬在野山枣棵子的顶端，晒着太阳欢快地叫着，为一年一度的媾和做着最后的努力。

夜儿后晌没有睡好，困意袭上来，李望彦掖趄在石头后面，索性眯起眼睡一会儿。

"不许动！"等有一支枪顶在头上，有人发出沉低的断喝时，李望彦睁开眼，见眼前立着两个人影。尽管李望彦睡眼惺忪，但他还是听出了陆辰岗的声音，他高兴地说："辰岗，我终于等到你了！"

持枪的人有些吃惊，当看清楚眼前这人是李望彦的时候，一把抱住他的肩膀，泪流满面地连声说道："咋会是哥……咋会是哥哪！"

陆辰岗真想不到，他会在这荒山野岭见到亲人。黄河一别，他以为今生今世再也见不到哥嫂了。他惊奇地问："你咋知道我们要东西吃？"李望彦故意卖个关子说："一言难尽。"然后从布袋子里掏出干粮和萝卜让他们吃。

黑脸汉子饿急了，捧起干粮就啃，陆辰岗叮嘱了一句："王连长，慢点，找到我哥，今后有的是你吃的！"然后介绍说，黑脸汉子叫王钢钉。李望彦笑道："在黄河崖的时候盰乎（山东方言：不经意地看）过一面，一看就是个英雄相！"王钢钉讪笑道："拉倒吧，还英雄呢，我现在就是个土匪，要饭的！"陆辰岗说："当初咱们可是说好的，打完黄河这一仗，我就正式呈文任命你为连长。"王钢钉嘴角露出一丝苦笑："仗是打完了，我一个连都打没了，还当个屁连长。你要是愿意，还叫我王连副吧，我听着还舒坦点。"

李望彦问其他人的消息，陆辰岗顿时阴下脸来，低声地叹息道："哥，一言难尽！"

陆辰岗之所以难以启齿，是因为这并不是好消息。黄河崖一战，独立营数百将士几乎全部战死，只有鲁战强、王钢钉和满开春等几个人突出重围。鲁连长还受了重伤，现在正躺在山洞里。不久前他还雄赳赳地肩扛着战旗，宣誓保卫黄河、保卫国土不受倭寇侵略，如今却混得跟山匪一个样。陆辰岗说着说着哽咽起来:“哥，我对不住你们，也对不住白云山的父老乡亲……”

李望彦拍着他的肩膀安慰道:“胜败乃兵家常事！留得青山在就不怕没柴烧。现在你们就随我下山。”陆辰岗茫然地问:“下山，去哪儿？这整个白云山都让鬼子占了。”李望彦呵呵笑道:“他占了山、占了地，占不了老百姓的心。我说有去处就有去处，你们现在就收拾好跟我走！”

说走容易，但到了他们藏匿的地点才发现，走并不那么简单。鲁连长身负重伤，得抬着走。下山的路十分艰险，大白天遇上告密的或者鬼子进山巡逻一准暴露，而夜晚道路崎岖根本不能走。鲁战强用枪点着太阳穴，有气无力地说:“你们走吧，我反正走不了啦，也别连累你们……”李望彦一把夺下枪，嗔怒道:“胡说！有我李望彦在就有你在！往后谁要再说不吉利的话，别怪我跟他翻脸！”

李望彦吩咐陆辰岗砍几根结实的木头扎一个担架，他则下山想法子找车。到达小马峪的时候天已经擦黑，阴阳先生十分不耐烦，说该帮的也都帮了，村子里人多嘴杂，传出去怕惹出祸来。李望彦恳求道:“帮人帮到底！你就给我出驾马车，送出山口就行！”阴阳先生还在犹豫，李望彦补了一句，也不是让他白干，秋后拉一车棒子来还他的人情！出一趟车能换回一车的棒子，阴阳先生动了心，忙让媳妇去套车。

一行人行至后半夜才到了桃花峪的地界，李望彦说把人搁在这里就行。他盘算好了，就把人藏在回马岭的山洞里，他在洞里备足了吃喝。借着天上的月明，一行人很顺利地就把鲁连长抬进洞里安置好了。

李望彦指望陆辰岗解桃花峪之困的计划落了空。他默默地钻出山洞，站在星光下发呆。陆辰岗跟出来，小声地问他:“哥，你有事瞒着我吧？”李望彦避开他的眼神，笑着摇了摇头。陆辰岗固执地说:“不瞒我，那你咋会想起进山找我？”李望彦只好说这是他姐的意思。

陆辰岗放下心来，感动地说:“你跟姐说，离得近了，我明天就下山看她！”

李望彦回到家的时候已经是后半夜，李尹氏还是掌灯等他，见他一身疲惫，帮他端了一铜盆水来泡脚。李望彦望见妻子眼窝里的阴影，心疼地说:“这么晚了还不睡，你咋知道我今儿后晌回来？”李尹氏说:“嫁给你也不是一年半载了，你啥时候回来我还能不清楚？”李望彦开玩笑地道白了一句:“知我者夫人也！”

李尹氏蹲下来，一边为他撩水洗脚，一边嘟囔道:“我倒看不透你了，你不是说去找人吗，人找着了没有？”李望彦见妻子眼里有一抹担心，笑了笑说:“你猜？”李尹氏嗔掌打了他的脚一下，道:“这事有处猜的？快说！不说我可不给你搓脚了。”李望彦一路马不停蹄，小腿和脚脖子都肿了，经妻子热水一泡，又舒服又轻快，就笑道：“敢不给我搓！夫人，这回我去山里，可是如了你的愿了，我找到辰岗了！”

听说找到了辰岗，李尹氏满脸惊喜，急切地问他在哪儿。李望彦就把进山的事一五一十叙述了一遍，李尹氏夸道：“我男人真是太伟大了！”李望彦却笑不出来，忧虑地说：“明天就到鬼子让交人的日子了，我本指望着辰岗能帮忙解救桃花峪，现在看来不行了，我还得另想法子。”

这话如同一盆凉水从头浇下来。李尹氏仰脸望着男人，希望从他凝重的脸上看到些希望，但是她失望了。沉默中，李望彦窸窣地摸出烟袋，从荷包里捏出一小捏烟末，按在烟袋锅子里，探出身，凑着油灯用力吸了两口。灯花温顺地弯下身来，然后又倔强地挺直了身子。随着他嘴孔里冒出的烟雾，一股夹杂着麻辣的烟味弥漫在整个房间。明天生死未卜，他似乎在做着最后的应对。

李尹氏早已习惯了这股呛人的烟味，她甚至早已习惯以欣赏的目光看丈夫这样沉默地抽烟。过了一会儿，李望彦突然说：“凯儿她娘，这已经是第三天了，一会儿你就叫起凯儿上山吧！只要你们娘儿俩安全了，我就没啥担忧了。”

李尹氏沉吟地问：“你的意思是说……我们娘儿俩走，你一个人留下？你对付得了他们吗？”李望彦淡然地说：“我还没想好，没有数……不过，车到山前必有路！”

李尹氏清楚，此时再多的担心和叮咛都是多余的，丈夫似乎已经下定了决心。桃花峪正经历最危险的时刻，没有人能比李望彦更出色，更能把握全局。她小心翼翼地说，这会儿凯儿睡得正香，是不是再等一会儿。李望彦听着窗外的鸡叫说，没时间了，现在就叫起凯儿，抓紧上山。他特别嘱咐，不到万不得已，不要把山下的事告诉陆辰岗，免得他们冲动，就说她上山是给鲁连长疗伤。

提到伤员的伤情，李尹氏急忙翻箱倒柜地去找药，统统打到包里。凯儿睡眼惺忪，不满地说：“爹，这黑灯瞎火的，你又骗我和娘去哪儿？”李尹氏哄她说：“你辰岗舅舅来了，趁着天不亮，我们去给他们送点药去。”听说辰岗舅舅来了，凯儿困意全消。李望彦追着叮嘱，无论山下出啥事都不要下山，重要的情况可让望生传递下来。

三天大限，李望彦、大贵子、周大牙各怀心事。除此之外，还有一人，这就是水兽，他心里更不安稳。

水兽闭上眼，满脑子全是乌龙河边上的一幕。他平时捉鱼摸虾不少杀生，但那都是些生物。这回不同，他杀的是人，而且还是个鬼子，这不是吃官司坐局子那么简单的事，而是要被刀劈枪挑甚至豁膛破肚的。尽管他对李望彦一百个信任，但是马寡妇和改子那头他左想右想也不踏实。马寡妇跟大贵子一个炕上通腿多年，万一她要是不小心露出个马脚，他的小命就全完了，他完了就等于躺在炕上的老娘也完了。他活到四十还没娶妻生子，尚未完成传宗接代的大业。娘说他其实也姓贾，爹是贾家门里的少爷。他放着三房媳妇不用，却喜欢到洗衣房熨衣板上享受小丫鬟的丰乳肥臀。后来娘生下了水兽，给他起了个挺敞亮的名字——善堂，盼的就是有一天娘儿俩能堂堂正正地进门，住上三间大堂屋。但大堂屋没住上少爷就死了，再也没人认这股血脉，娘儿俩就搬到破场院屋子居住。时间久了，桃花峪的人们都把他娘儿俩忘了，甚至连他的大名都不记得了，都叫他水兽。

水兽这几天一直暗中观察着村里的动静。马寡妇娘儿俩去了乌河镇，他心里淡定了许多。李望彦也背着褡子出了村，从那沉甸甸的布搭子里，他隐约猜到装了啥玩意儿，心里一阵狂喜。只要望彦哥出手相救，就没有过不去的火焰山。后来，刘家坤来了，冲着河水尿了泡尿，水兽心想这个人也不怕得罪了河神。水兽盼着这时候最好上来一条河怪，一口把他裆里的玩意儿咬了去。

自从弄死那个鬼子后，他就再也没到喇叭湾去，连想起来都害怕。即使是在河水里潜着，他也总觉得脊梁骨嗖嗖地发凉。那天刘家坤不但冲着河里尿尿，还蹲到石头后面拉了泡屎。水兽捏着鼻子潜在水底，都闻得见那股子臭味。让鬼子折腾去吧！让刘能子、大贵子满村子乱咬乱翻去吧！他就沉在这乌龙河的水底静看岸上的热闹。

但定下神来细想，这事他还是害怕，人们都说那个鬼子是在河边失踪的，天天守着河崖以河为家的，就只有他水兽一个人。鬼子要是盘问起来，十有八九会怀疑到他。到那时候，鬼子的马刀在后脑勺上一晃，他想不承认都难。他越想越睡不着觉，于是摇醒老娘，说家里的房子要翻盖，先到村外的园屋子里去住两天，就卷起炕被子，背起老娘去了村外。过了端阳，夜里头寒气已经挺重，他娘住在这样透风撒气的地处，一床破炕被子难抵风寒，气喘病犯了，整日咳嗽不止。水兽说：“娘，先忍着点，三两天的事。到时候你就住上又明又亮的大瓦房了，我天天给你蒸白面馍馍吃。”娘叹气道：“甭指望，只要别把老娘扔在这荒郊野外就行。这样下去，娘怕是吃不上你的白面馍馍，你该吃娘的丧窝窝了。”

第二天晌午，日头爬上老高，园屋子里的热气也逐渐上升，老娘身子开始不舒服，懒洋洋地说：“善堂，娘想喝碗啥喝……”园屋子里哪有锅碗，于是他应着朝村里走。他刚到村头，就见地瓜沟里趴着个黄乎乎的东西，再想仔细看的时候，一个鬼子突然站起来，端枪瞄准他，嘴里喊着他听不懂的话。

水兽脑袋嗡地一震，几乎是下意识地脚底一滑，就朝坡底滚去。鬼子的枪声紧跟着响起来，子弹划过脑袋瓜子，带过去一阵风。水兽仿佛一只受惊的貔子，连蹦带跳地朝着喇叭湾的方向蹿去。

身后的枪声和呼喊声一阵紧似一阵，水兽拼命地奔跑着。那湾碧水已经越来越近了，而他身后的呼喊声也越来越远了。水兽知道这回他得以侥幸逃生了。他从高高的土崖上跃下去，一个猛子不见了，水面翻动着水花。

包抄过来的鬼子目瞪口呆地看着一个矫健的身影从十几米高的崖上直直坠落到水里,射向水面的枪子不过击起了一朵朵小小的白点。鬼子兵面面相觑，追了半天,他们甚至都没有弄清楚跳进水里的是人还是动物。鬼子返回去寻找，在园屋子里的破棉絮中发现了一个早已气绝身亡的老人。

这一小小的意外并没有影响到桃花峪的村民大会。刘家坤亲自上门邀周大牙参加，特别提示周家的女人可以不用去开会，并且叫过二臭子，让他专门在周大牙的门前守着，对他说：“皇军来了，你就说这是自家人。”二臭子莫名其妙，周大牙啥时候长身份了，还得安排人替他家站岗放哨？周大牙更是受宠若惊，不知刘家坤转了脖子上哪根筋。

名义上是开会，其实就是三堂会审。鬼子兵如临大敌，步枪上上着刺刀，沿着村公所排成两列，叫到谁就拎着谁脖子拎到院子里。村民们个个缩了头，一问三不知。这令鹫尾非常恼火，他对刘家坤说：“这样问下去，一天也不会有结果。”刘家坤赔笑地点头道：“是啊！鹫尾少佐，不瞒您说，夜儿我就挨家挨户找过了，都说没看见。”鹫尾冷笑道：“这好办，我们不妨就从有关联的人入手。你说……那天你不是来找周兴财的女婿要枪吗？现在他人也跑了，肯定是他们俩合谋杀了井上。”

刘家坤知道这是鹫尾有意诈他，忙辩解道：“那天我是来找黄国品，可井上失踪的地点是村外，当时我正和黄国品拔骨碌，他不可能有分身术。”

鹫尾沉吟道：“不是他又是谁？是刚才我们在村外追的那个人？”刘家坤刚才在周兴财家，光听到了枪声，但不知发生了啥事，瞪着牛眼问：“你们追的啥人？”大贵子见他不知情，接话道：“是水兽那小子。不知这小子玩的啥花样,大黑夜的把他娘搬到园屋子里去住。皇军去找人,他小子跳进了喇叭湾。他老娘一口气没上来，憋死了。”

听说水兽跳了喇叭湾，老娘也死了，刘家坤假意悲伤地说："这是咋说的，一口气咋能憋死人？这个水兽也是，把老娘搬到坡里住干啥？"鹫尾狐疑地问："水兽是什么人？"刘家坤不屑地说："就是一个半人半兽的怪物，不食人间烟火，只会打鱼摸虾。"鹫尾更加怀疑起来，说："难道他不会杀害井上君？他经常去河边。"

听他这么一说，两人都怔怔地说不出话来。他们从来没有意识到水兽会杀人，从一定程度上说，他们一直把井上失踪看成是一个不可思议的迷局。桃花峪自古乡风淳朴，就没发生过杀人越货的事，可事实是，那天他就进村一袋烟的工夫，一个大活人就活活地失踪了。但要说是水兽杀人，情理上又说不过去，他没有理由好好地就杀人吧。井上受过军事训练，而且手上有枪，不可能轻易就让一个手无寸铁的庄稼人杀死。

他沉吟道："鹫尾太君，这事还值得商榷，水兽毫无杀死井上君的理由。"鹫尾哼道："那你们说不是他又是谁？这事不可能无限期拖下去。如果今天还找不出凶手来，我会杀掉所有可疑的人。"刘家坤知道鹫尾说到做到，问题是水兽跳水跑了，毫无证据就大开杀戒，无论如何不是上策。既要化解日本人心中的怒火，又不至于让桃花峪受太大的损失，这才是上上策。他灵机一动：不如这时候推出李望彦做挡箭牌，给自己一个回旋的空间。

李望彦被鬼子带到村公所，就关到西屋里了。他进门一瞧，马六子爹也在这里，便笑道："我以为鬼子光稀罕我呢，原来你比我进来得还早！"马家旺苦笑地说："我敲完梆子喊完人，鬼子就把我关在这里了，怕我跑了给外人通风报信。"李望彦还没回话，刘家坤就推门进来，对他们说皇军有话要问。

鹫尾搬把椅子坐在树下，李望彦和马家旺在对面站着，这种问话一开始就颇不公平。刘家坤站在一旁，皮笑肉不笑地帮腔道："其实皇军也没有旁的意思,就是一定要找到井上！找不到活人也要破了这个死案。现在你们就说说，你们看见过井上没有？听到过井上去了哪里没有？"

李望彦不吱声，心里盘算着如何破解他这一阴招。马家旺却沉不住气了，说道："刘大队长，俺啥也没听说、啥也没看见，你让俺说啥啊！你口口声声说丢了人，说不定是你和皇军使的一计！"

刘家坤闻听此话，气得想踢他一脚，大贵子乘机狠狠地说："马家旺，刘大队长不追究你国民党家属的罪责就算客气了，你咋还'狗咬吕洞宾——不识好人心'？这人也没说就是你杀了、你看见了，就是让你说个眉目，提供个线索，你咋满嘴乱喷粪！"

马家旺后悔刚才话放得太狠，急忙掩住声。李望彦怕鹫尾听出事端，连忙接过话道：“王保长，你也不能怨马家旺，他哪见过这阵势？皇军不是一个个在审嘛，说不定会问出点眉目来。”

鹫尾说：“李掌柜的，这样问话，老百姓肯定难以说出有用的线索。你是桃花峪的长者，我把问话的事交由你来办，你务必问出实质问题来。先男人后女人，连孩子也要问清楚。”

李望彦不知他葫芦里卖的啥药，拿眼光去求助刘家坤。刘家坤冷笑道：“看我干啥，这是皇军重用你、信任你。你要是问不出个名堂来，看咋交代？”

鹫尾说罢，起身把座位让给李望彦。李望彦知道躲不过，便坐了上去。大贵子满含醋意地说道：“李望彦，皇军这可是开大恩了，你好好问，我在旁边帮着你！”说罢，他也搬个椅子，坐到李望彦的身边。李望彦理也不理，对马家旺道：“老马，你到门口叫人，进来一个出去一个，不能乱！”

马家旺巴不得快结束这可怕的审问，爽快地应了一声：“得令！”就跑到门外面喊人。进来的人都把头摇得跟拨浪鼓似的，说没见过皇军的人。大贵子见状，不服气地一把拉起李望彦，说道：“我来！”便坐到椅子上。不料在一旁监视的鹫尾立刻大声呵斥起来：“你们统统地无能！我已考虑好另外一种询问方式，现在我点到谁，谁就得跟我到乌河镇上，我会把他们交到宪兵司令部来处理！”

说罢，他走到门外指指点点，鬼子兵按照他的旨意到人群里抓人。这下子秩序大乱，人们发出惊恐的尖叫，骚动起来。有人退缩，有人则试图冲出包围，鬼子兵肆意地挥舞着枪托，朝人们捣去。

贾仙桃把小叔子独自留在家回山里娘家，寻思着躲个三五日就回来了。当她骑着毛驴爬过后山梁子的时候，却被一伙人截住了，这伙人是乌河镇维持会的。原来刘家坤了解桃花峪的地形，怕他们从东面进，老乡们从西面跑了，所以派维持会和警察局的人绕过村子，提前在这里设伏。这伙人老远瞅见一头小毛驴颤颤悠悠驮着个漂亮小媳妇，就围过来说要检查，还有人嚷嚷着要抓去给皇军。贾仙桃见他们不怀好意，便从头上拔出一根银簪子，握在小手里威胁道：“你们这些王八羔子，谁要是敢动老娘一指头，我当场死给你们看！”

正在僵持之际，从前面跑过来一个警察模样的人。贾仙桃见这个警察年龄比较大，便叫道：“这位大叔，快来救我！”警察听贾仙桃叫他大叔，满脸不高兴，嘟囔道：“我有那么老吗？”然后才问她是哪儿来的，要到哪儿去？贾仙桃说她从桃花峪来，要到后山娘家去。警察惊诧地说：“桃花峪，我咋不认得你？”贾仙桃说：“我是桃花峪刘长喜的媳妇，这位大叔是哪位？”警察就说：

“我姓夏侯，我家女人的干姐姐也是你们村的人。”

听说是遇到了熟人，贾仙桃胆子大了，问干姐姐是谁，夏侯说：“都叫她马寡妇。”贾仙桃笑起来：“她三闺女叫改子，我们跟亲姐妹差不多！”这才是巧了，夏警官就对维持队员说：“咱们也别为难自家姐妹了，让她回去就是了。”经他这么一说，队员们就闪开道，让贾仙桃重新返回了桃花峪。

贾仙桃回村正遇上鬼子满街抓人。她混杂在村民中，用围巾包住了头，并从道旁抓了把土抹在脸上，但她的容姿还是在一群女人中鹤立鸡群。

鹫尾早就注意到这个美丽的中国女人了。他清楚地意识到，在桃花峪耗下去，什么结果也得不到，这些刁民会想尽种种办法来和皇军对抗。他想要得到最终的结果，只能付诸武力。但在桃花峪大开杀戒，他还是比较谨慎。没有任何证据表明人是村民们杀的，没有证据就杀人会授人以柄。最高明的占领是心灵的占领、精神的占领，所以他才选择把人带到镇子上。在皇军的牢狱里，他想怎么做，完全凭自己的高兴。他足可以用这些人换一个井上，或者说他完全可以说成是这些人杀死了皇军，从而体面地结案，而剩下的时间，就是好好享用这个中国女人年轻的肉体了。

贾仙桃故意低着头，但鹫尾的手还是指向了她。两个鬼子过来就拖她。就在这时，大根子不知从啥地处冲出来，冲着鹫尾吐了口痰，嘴里含混不清地骂道：“操你娘！不许碰俺嫂子！”

他本意是想阻挡鬼子带走嫂子，但大根子大脑里装的只有骂人的话，他认为这是最严厉也是最具威慑性的举动了。鹫尾听出来这个疯疯癫癫的人在骂他。尽管他从外表上就判断出这人不过是个傻子，但他不容许有人在大庭广众之下挑战皇军的威严。他“巴嘎”一句，抡起巴掌打过去。大根子站立不稳，朝后跌去。

挨了打的大根子站起身，扑打着腚上的尘土，咆哮如雷，跳着脚骂：“操你娘的鸡，操你娘的蛋，操你娘的鸭子不出汗！”

这是鹫尾听到的最恶毒的咒骂了，他已经完全被激怒了，嗖地拔出刀来，用刀刃抵住大根子的脖子，厉声问道：“现在我就问你，你知道杀害皇军的事吗？知道就告诉我，不然我会把你的嫂子带走！”大根子似乎失去了理智，连声说：“知道！知道！知道！”

这大大出乎在场所有人的意料，只有大贵子心里才最清楚，大根子为啥在这紧要关头说这话。大根子歇斯底里地喊着：“我在河边看见那个人了！他掉进河里了，被大水冲走了！”

这话如同晴天霹雳，不光是鹫尾，就连李望彦、马家旺也惊呆了。刘家坤更是不相信这话竟从一个傻瓜的嘴里说出来。刘家坤冲到他面前，抓住他的衣领子急切地问道：“好好说，你都看见啥了？”大根子却并不回答，而是冲着大贵子嬉笑道：“你们给我点心，我就说。”

贾仙桃一直处于惊恐中，这会儿明白过来，凄声地喊：“大根子，不要瞎说！”根子根本不知道害怕，回头笑着对嫂子说：“我就是看见了，看见那个人掉进水里了！”

大贵子知道这是他的话起了作用，他不知道这是福还是祸。大根子的话就像泼出去的水，收也收不回来了，索性让他接着唱下去、演下去。皇军的失踪一直是个谜，而大根子的话至少可以澄清一个事实：有人看见皇军掉进水里了，被河水冲走了，这与桃花峪无关，与他这个保长也无关，纯粹只是个意外。至于活要见人死要见尸，那只有顺着河水去找了，找得到找不到就难说了。

想到这里，他推波助澜地说道：“大根子，好好跟皇军说，说了我去给你拿点心吃！”贾仙桃心想一定是大贵子做了手脚，开口大骂道：“大贵子，肯定是你挑唆的！你不得好死！”李望彦也觉得这事不可能，便上前阻止道：“谁都知道大根子傻，他的话不可信！”

刘家坤气急败坏，他急于洗脱干系，现在有了根救命稻草，他才不管大根子是不是傻呢。他一把把李望彦推开，说道：“这跟你没关系，你老实待到一边去！”李望彦冷笑地说：“拿一个傻瓜的话当话，也亏你们想得出来！”

鹫尾还想追问下去，突然从村西的方向响起一阵凌厉的枪声。鬼子兵跑来报告说，山上有人冲下来。话音未落，从村东的方向也传来了激烈的枪声。刘家坤大惊失色地说：“太君，情况不对，两面都有枪声。我们已经被包围了！”鹫尾大惊失色，挥刀朝根子的头上砍去……

桃花峪的意外救赎竟来自大根子这样一个嘲嘲巴巴的人，这让全村人无论如何也不能释怀，尤其是李望彦更加自责。鬼子的这一次行动，死了两个人。水兽等到月明星稀的时候才从水里爬上岸，但这时候他老娘身子已经僵硬。根子也为此丢了性命，贾仙桃哭得雨打梨花。她痛哭的原因并不是心疼根子，而是觉得无法向男人交代。第二天，村里中断了所有的活动，为这一老一少举行葬礼，整个村子的上空弥漫着悲伤的气氛。

枪声的来源很快就查清楚了。李尹氏上山，无意中说出了丈夫找他们的真相，陆辰岗决定下山救援。还没到村口，他们就被西山的岗哨发现了，于是双方发生了枪战。西山上都是汉奸维持会的人，光躲着放冷枪，人就是不敢露头。这种“狗咬马虎两下里怕”的战术虽然没有太大的效果，但至少迷惑了敌人。而村东的枪声人们却一直没寻找到答案。李望彦在河对岸的石头后面捡到了射击留下的弹壳，还有一摊未干的血迹。

丧事在村公所里进行，这在桃花峪的历史上绝无仅有。大贵子被看作是这场悲剧的罪魁祸首，他从鬼子撤走的那一刻起，就吓得关起大门来，再也不敢露面了。而周大牙破例用传盘送来了供品，这让善良的百姓们马上对他产生了某种好感，但他夹杂在送葬的队伍里有些不伦不类。按照惯例，村子里的红白喜事都由李望彦来主持，马家旺永远充当跑腿的角色。从指点孝家披麻戴孝，到为逝人升天指路，再到洒浆水、摔瓦罐子，他简直就是一部活字典。

这一老一少的坟地选在了西坡相对平整的山地里。在桃花峪，有钱有势力的都埋在祖茔里，而很多无钱无地的庄户人家，就只好葬在这片地处。它头枕西山，东眺乌龙河，也算是一方风水宝地。两家人都出奇地贫穷，他们最终的归宿也只能用一领席子卷着埋入这片冰凉的土里。时间太紧顾不得打口棺材，李望彦把马车店门板卸了当棺材板，这令水兽感动得痛哭流涕，磕头道：“望彦哥，我欠你的！这辈子还不了你，来生报答！”李望彦挥了挥手：“相了！谁没有个遭灾遭难的时候。”相对于水兽的无亲无故，贾仙桃也因为男人不在家而倍显凄凉。在迟落的暮色中，这一对新坟遥遥相对，十分扎眼。

亲人罹难的悲痛很快就过去了，回去的时候，苏婶用不容置疑的口吻教训着哭啼的贾仙桃：“回去不哭，这是规矩！”贾仙桃的哭声也就戛然止住了。其实这种有声的悲痛多半是装出来的，主要是做给人看，无声的痛苦才是心灵永远的痛。水兽也是一样。李望彦对他说：“三日圆坟,需要啥找你嫂子拿。”水兽顺从地应着,磕头谢过乡亲,就蔫蔫地走了。李望彦朝大伙儿招招手,喊着：“都到我那儿吃饭！”马家旺说：“望彦哥，出丧事都是主家管饭，这咋你管？”李望彦说：“你看水兽家和刘长喜家连个主事的都没有，穷得揭不开锅，到他们家喝西北风啊？”马家旺叹道：“也是！”

那个黑夜里，空气中飘散着酒香，人们都忘却了白日的灾难，沉浸在醉酒带来的片刻欢乐之中。这种麻木已经司空见惯，他们逆来顺受惯了，从来没有人认真想过，该咋活着或者咋活得更有价值。李望彦送走最后一个乡亲，突然感到一丝悲怆，忍不住亮开了嗓门，朝着月明下的白云山长啸一声：“苦哇！”

苦日子远没有尽头，但新的生命和希望却不可遏制。水兽上五七坟的时候发现娘的坟头长出了新草，仙桃也看见小叔子的坟头长出了一些不知名的碎紫花。水兽含着泪说："娘，这满坟头的草就是你的头发，往后俺常来给你梳梳！"仙桃则边摆供品边摘了一朵花别在头上。水兽过来了，一言不发，跪倒在地，向着根子的坟磕了三个头。这让贾仙桃很惊讶，但水兽心里清楚，他这是为根子替他挡过了一笔命案而做的补偿。水兽宽阔的脊梁一览无余地呈现在贾仙桃的视野里，每道凸起的肌肉都充满生机和活力，令她怦然心动。她下意识地用手掩了掩脖领子，略带惆怅地说："咱回吧！"

到了七七四十九天上，两人再一次到亲人的坟前祭奠，这对新坟已完全融入乱葬岗子那一片旧坟之中，分不清新魂旧鬼了。水兽向仙桃打听刘长喜的消息，贾仙桃竟有一丝伤感，幽幽地说："怕早忘了家里还有这么个人了！"水兽这些日子无牵无挂，整天泡在乌龙河里，冷了就爬到石头上晒老爷爷。贾仙桃有时也端着盆子到河边涮衣裳，有一回她看到水兽光光的身子，忍不住春心浮动。他凸起的肌肉上挂满了水珠，在日头底下仿佛镶嵌着满身的珠宝。

这时水兽已经完全控制不住自己，顺势把贾仙桃放倒。贾仙桃娇嗔地说："找个平整的地处吧！在这儿对活着的、死了的都不敬。"于是，水兽弯腰把她抱起来，朝着一片桃树林走去。这个季节的桃树已经结完了桃子，但枝繁叶茂，他们一直在树下待到很晚才回去。到村口的时候，刚好听到有人在渐渐黑暗下来的街上替孩子叫魂，贾仙桃失声笑起来，问他："水兽，你说，人有魂这一说吗？"水兽刚想摇头说没有，突然想起他和贾仙桃待过的地处正是埋下那个鬼子的地方，不禁打了个寒战。

大根子的死讯在来年的开春才传遍白云山。纯粹出于偶然，一位报社的记者跨过封锁线，夜宿白云山，听到一个传说，说在一个叫桃花峪的地方，鬼子进村骚扰，被一个叫大根子的村民发现，他毅然决然地把这个鬼子按在水里淹死了。后来，鬼子到村里要人，面对鬼子的屠刀，他大义凛然，拍着胸脯说："这事跟乡亲们没关系，都是我一个人干的！"鬼子残忍地将他的头砍了下来，挂在村口的门楼上示众。

直到又一年的冬天，这篇报道才被一个人看到，他热泪盈眶，找到上级哭泣着说："这报上说的是俺兄弟！"上级问他咋知道是他兄弟？那人说："你看……白云山，桃花峪，根子，三样都对起来了。"上级说："我记得你兄弟是个傻瓜，可这上面明明写的是个抗日民族英雄，他是我们地区第一个杀鬼子的人。"此人哽咽了，他实在不能把自家兄弟跟报纸上这个英雄重合在一起。这个人就是刘长喜，他的上级则是黄国品。

黄国品和刘长喜当年逃往山里，辗转数月才找到了队伍。那时候霍金龙刚刚从平原上溃退到山上，住在大马峪等待收编。县警备大队本是国民政府的地方武装，跟随政府一并南迁的时候被鬼子冲散了。其实即使不被冲散，他也很难把这支队伍带走，因为百十号人几乎是清一色的当地人，不少人有房有地有老婆孩子，让他们全舍了纯粹是异想天开。

就在他带警备大队潜回白云山的时候，另一支武装恰好揭竿而起，这是一支清一色由学生组成的大褂子军，据说这支队伍从一开始就由一个叫陈好的人控制着,取名抗日救国军。抗日救国军一开始就在县城周围打了几个胜仗，因此成为白云山一面抗战的旗帜。据说这个姓陈的背景很复杂,闯荡江湖多年，似乎是共产党的人，很多人都冲着这个响亮的名号投奔他们。

霍金龙在一个偶然的机会看到了这个骑在高头大马上的人，本以为陈好是一个多么高大的人，其实他个子很小，也很年轻，不修边幅，胡子拉碴。霍金龙拉着他的马缰绳说："陈司令，给个番号吧！我的兄弟们也是打鬼子的。"陈司令笑眯眯地说："给番号行，你得接受我军的改编。"

陈好提出，要想背靠大树好乘凉，就必须接受抗日救国军提出的条件，大队里派教导员，中队里派政治战士。霍金龙不放心，问这教导员是干啥的，官职多大？陈好说："你是大队长，他就得是副大队长，但有时候比你这个大队长说话分量还要重。"霍金龙迷惑了："那岂不是我也得听他的？"陈好微微笑道："我们都得听上级的，上级就是共产党领导下的八路军。"

霍金龙犹豫不决，黄国品说："他拉他们的，我们干我们的，干吗非要往他的笼子里钻？"霍金龙说："谁让我们出身不好，你看这方园百十里哪还有国军的人了。共产党则不同，他们无孔不入，将来说不定会成了气候！"

马寡妇去年秋上走闺女家的时候，霍金龙刚刚接受了改编，藏在大马峪休整。马寡妇说霍大胡子身边经常站着个女的，脸白白净净的，头发理得短短的，穿着浆洗得非常干净的灰布军装，未说话先笑，这大概就是陈司令派去的教导员了。

桃花峪又一次回归平静，但所有人都担心这貌似平静的背后隐藏着危险。过了两天，马寡妇就捎信让大贵子把她接回了村。马寡妇在听说了根子和水兽娘的不幸后，第一时间就把大贵子拖到了村公所门前。大贵子被反绑着，背上插了荆条，绳子由她牵着，向桃花峪的乡亲们负荆请罪。马寡妇哭天号地地奚落道："你这挨千刀的，咋就把鬼子引到村里来，你这个保长是给谁当的？"

大贵子脸被绳索勒得彤紫，脖子上青筋暴跳，委屈地说："我不该受这份窝囊，我是替人受过，那个给桃花峪惹是生非的人才该遭此报应！如果不是我出面替乡亲们求情，鬼子早屠村了。”李望彦拦下说：“我做证，这事赖不着大贵子，都是我没周旋好。”马家旺也劝说：“人死不能复生，只要日后日子过得太平，他们娘儿俩也值了。”

那天正好是三日圆坟，水兽和贾仙桃一前一后提着筐子出现在人群的后面。贾仙桃两眼哭得像挂着两只红铃铛,沉静地说：“马家婶子,有您这一善举，俺替刘长喜认了。俺家大根子以他的命救乡亲们的命，也值了！”马寡妇感动得连连抹泪，按着大贵子的头说：“大贵子，听见了吗？桃花峪的乡亲们都通情达理，你就当着大伙的面，给水兽娘和根子磕仨响头吧！”大贵子头朝地戳去，戳了一脸的尘土，额头也现出血印了，他不知是委屈还是后悔，呜呜地伏地痛哭起来。

鬼子撤走后，李望彦和李尹氏去了趟养参洞。陆辰岗非常懊悔，这是他经历的最糟糕的战斗了。那天他们还没有摸进村就被敌人发现了，如果不是跑得快，鬼子就追上他们了。

李尹氏烧开了一锅水，在里面放上把盐，为鲁连长清洗了伤口，并敷上了药。现在他安静地睡了，这是辗转数月以来最坦然的一天。李尹氏小声对李望彦说，看情况暂时是稳住了，可子弹还在体内，得早取出来，越快越好。李望彦摇头说这事办不到,早送到后方才是,他会安排的。陆辰岗眼圈红红地说：“姐，我和兄弟们咋谢你？”李尹氏笑道：“傻兄弟，谢我就远了！我们有缘，永远是亲姐弟。”

李望彦琢磨不透村东头的枪声。陆辰岗肯定地说那不是他们的人，他和王连长在一块，岂有分身术？他分析说：“那枪声很特别，不像是王八匣子，应该是响当当的德国造。”李望彦惊讶地问：“这你也能听出来？”陆辰岗笑道：“听多了就能辨别出来了。”李望彦掏出藏在身上的枪，扔给陆辰岗：“这把枪也给你吧！放在身上总跟有心事似的。”

陆辰岗拿枪在手，翻来覆去地欣赏着，然后又扔了回来，说：“望彦哥，还是留在你身上吧！我倒佩服你，这么容易就干掉一个鬼子，还缴获了他的枪。”李望彦笑道：“这是哪跟哪啊！人是水兽杀的，我也就是顺手牵羊。”

李望彦当天就学会了如何装子弹，如何上膛瞄准，连后坐力大小陆辰岗都做了交代。李望彦夸道：“有你这么专业的教官，今后还怕鬼子再来闹腾？”

鬼子很长时间没到桃花峪闹腾，但是刘家坤却没有闲着，他抓紧时间拉杆子扩充队伍,周围村庄的地痞流氓无赖纷纷入伙。井上被正式列为失踪人员，这事鹫尾做了隐瞒。如果说皇军士兵被杀了，那无论如何是不体面的事，上峰要追究责任；而定性为失踪就有找到的可能，性质就发生了根本的逆转。

鬼子先后进行了几次扫荡，鹫尾俨然已把这里当作了稳固的大后方。他每天蜷缩在城里，有时候来夏庄据点转一圈，然后就去牛嫂的野味店，这倒成了刘家坤的一块心病。和皇军争女人是不明智的，他非常清楚这点，所以才移情别恋。小乔好似崖壁上的一枝野百合，他每天眺望着桃花峪方向，就想起这个女人带给他的无比快乐。然而自从鹫尾制造了那场血案，他就不再轻易去那里了。虽说他没有亲手参与杀人，但毕竟他在这场血案里起了推波助澜的作用，即使老百姓饶过他，李望彦也饶不过他。

改子却再也不想回到桃花峪这穷乡僻壤了，自从跟娘去了乌河镇，她就打算在那里扎下根来；邂逅马六子以后，她更坚定了自己的选择。

那天黑夜马六子把她掠到黑暗里，改子没有羞涩，主动寻找着马六子的嘴唇，把她积攒已久的思念与渴望全部宣泄出来。后来，他们就在黑胡同道的墙根下完成了媾和。两人紧紧相拥，诉说了彼此的相思之苦，改子甚至告诉了他流落到乌河镇的真正原因。马德昌不是关心改子受没受伤，而是非常关注改子是不是受到了鬼子的侵犯。这让改子心里隐隐作痛，噘着小嘴说："人家命要紧，还是身子要紧？"马德昌说："都要紧！你是我的，谁也不能占你便宜！"改子感动得依在他的肩膀头上说："鬼子都死了，你还想咋样？"马德昌咬牙切齿地说道："他要是真欺负了你，水兽不杀他，我也要亲手杀了他！"说罢，他从腰后面拽出把枪来，在改子眼前晃了晃。改子紧张起来，问："六子，你从哪儿弄的枪？"马六子神秘兮兮地说："不瞒你说，我留下参加地下斗争了！今后可以随时去看你。"改子却咋也高兴不起来，她害怕那些血淋淋的杀戮，害怕过那种居无定所、担惊受怕的日子，她怕刚从一个噩梦中醒来却又掉进另一场噩梦里。

桃花峪村东的那一阵枪正是马德昌放的，他纯粹是听了改子的叙述，冲动之下赶去桃花峪的。他从没有亲临过战场，从没有跟鬼子刀对刀枪对枪地干过，去桃花峪是第一次。正是这第一次使得他躲在大石头后面双腿不停地发抖。他不知道那儿正是鬼子井上强奸改子的地方，也不知道水兽正是在那里杀死了井上，他只是觉得那儿隐蔽。他趴在大石头后面，盯住门楼子上趴着的鬼子和一挺歪把子机枪，试想着如何才能进得了村救得了人。

正当他想办法绕过去的时候，西边山上响起了枪声。他下意识地举枪就射，枪管爆出一声清脆响亮的声响，在耳边扩散开来。这一枪好像并没有打中，城门楼子上的鬼子一缩头不见了。他正想抬头看，垛子后面一支乌黑的枪口却悄悄伸了出来。他几乎没有意识到，肩膀就被猛烈地撞击了一下，然后他才听到略迟一些传来的枪响。

马六子出师不利。他撸开膀子上的衣服，这才看到伤口跟小孩子嘴一般往外渗着血。他找了些青青菜，咀嚼出青汁来敷在伤口上，跌跌撞撞地回到乌河镇，一头扎进住的小屋里，又累又困，昏死过去。

那天珂儿百无聊赖地到街上玩耍，走到梨园这里时，想起了前几天见到马六子的事，决定到他住的屋子去看看，说不定能堵住他。等她推门进去的时候，一股血腥味扑鼻而来，她才意识到出了问题，马六子浑身是血，躺在炕上昏迷不醒。她顿时慌了手脚，又找盆子又找水，替他简单做了清洗，然后想把他送到医院去。马六子人挺瘦，但死沉死沉，珂儿用尽了吃奶的力气也拖不动他。

正当她想到外面喊个人帮忙的时候，马六子一把拉住她，吃力地说："千万不能惊动旁人！"原来马六子正陷入昏睡之中，一阵剧痛把他痛醒了，看是珂儿帮他清洗伤口，就躺着没动。他说："我这样子不能见外人，你还是想办法弄点药，帮我敷上就好了。"

马六子脸色惨白，装模作样地露出一丝微笑说："不瞒你说，我受的是枪伤，是被鬼子打的。我这样上医院，肯定让他们看出来。"说着他从腰里摸出枪，搁到炕头上。这让珂儿吓了一跳，紧张地问："咋会是鬼子打的？你哪儿来的枪？"这回马六子不吭声了，只是轻轻地摇了摇头说："一言难尽！"

既然如此，医院是不能去了，这可一下子把珂儿难住了。马六子身子发起抖来，脸色也由白变红，呼吸急促，珂儿知道他这是应急性发烧。在学校的时候，她学过一些战场急救知识，可在现实面前却一点也用不上。她下定决心，无论如何也要把马六子带到医院去，至少找个医生帮忙救治一下。情急之中，她忽然想起凯儿曾去看病的懿仁堂离这儿不远，不如去请个先生过来，这样鸡不叫狗不咬地就把事解决了。她掩了门出去，打了一辆洋车直奔那里。

老先生戴着老花镜，正惬意而安详地捋着胡子给一个胖女人把脉，珂儿拉起他就走，说有一个危重的病人亟须救治，连拖带拽地把老先生拖上了洋车。两人赶到的时候却大吃一惊，屋子里根本没人，甚至连个影子也没有。被子叠得整整齐齐，桌上地上一尘不染，就连茶杯里的水也是冰凉冰凉的。老先生透过厚厚的眼镜片，向她投去怀疑的目光，问她："你说的人哪？"珂儿也自言自语："是啊，人哪？"这实在是太令人费解了。明明是马六子受伤倒在炕头上，她出门的时候还全身发烫人事不省，现在竟如南柯一梦，马六子仿佛水蒸气一样蒸发了。老先生气得胡子一撅一撅地，问她："姑娘，你得癔病了吧？"

那天改子也到了马六子的住处，她比珂儿晚到一会儿，同样也没找到人。

她和马六子约好今天过晌午见一面的。那天后晌，放纵到了最后时刻，马六子放弃了。他说改天到他的住处，两人从容不迫地做。改子被欲火燃烧着，嗔怒地说：“过了这个村可就没这个店了！”但马六子坚持说他必须留住精气神，要干一件大事。改子问他是啥大事，他倔强地抿着嘴不说话。晌午改子借口去给客户送布匹，特意绕了个远道，直奔马六子的住处，她期待着过一个浪漫而又值得回味的中午。她甚至在出门前把贴身的肚兜都换了，换成一件透花的露着肚脐眼的。马六子的失约或者说突然失踪让她深感意外，她渐渐被一股无名的怒火充斥着，几乎爆发地踢着屋子里的凳子，发誓说：“马六子，从今往后，你甭想再碰老娘身子一指头！”

小乔被刘家坤搞了的消息最终还是被大贵子当成炕头的浑话说给了马寡妇。白天大贵子被牵着游了趟街，邻氏百家（山东方言：邻居）都觉得这马寡妇挺会来事，火都泄了下去。回到家的时候，大贵子撅腚扛腮地不想搭理她，她却换了一副温柔的口气，在北屋里喊：“大贵子，今们改子不在家，你就搬过来睡吧！”

搬进北屋里睡意味着天天夜里头有戏可唱，大贵子心里的怨气渐渐平歇了，炕头上一激动就把看到刘家坤搞小乔的事添油加醋地说了。马寡妇吃惊地问：“这可不兴乱说的，你看清楚了？”大贵子想说连刘家坤腚锤子上有颗红痣，小乔腚沟里不长毛都看得清清楚楚，又怕这老娘儿们吃醋，于是含混地说：“没错！两个大活人我能看不过来？”

天明的时候，马寡妇到杂货铺子里拿着粗粮换煎饼，正好看到小乔也来了，忍不住多看了几眼这娘儿们的腚，巧声怪气地说：“哟，看不出来，这男人不在家，一样滋润得腚锤子跟案板肉似的！”

这种五十步笑百步的做法让苏婶子很开心，跟上话道：“这就跟地下的轮沟一样，有水就滋润。”女人话说到这份子上还算含蓄，但苏婶子的话让马寡妇听着也不顺耳了，她哧哧地笑着说：“这女人啊，别看整天对男人横挑鼻子竖挑眼，但离了一天也不行！”

贾仙桃这时候正好飘啊飘地过来了，脸色红润，气定神闲地说：“男人是啥？男人就是白日扛活的，夜里头扛枪的！”她的话太直白，让所有在场的大闺女小媳妇都受不了，哄笑着跑开了。

马寡妇觉得这简直就是指着她的鼻子骂人，于是“哼”了一声，扭过身子走去了。这让大伙儿实在看不明白，不久前她还为了根子死的事抱着刘长喜媳妇哭得鼻涕一把泪一把。

尽管马寡妇含糊其词、指桑骂槐，但还是有人猜出来刘能子跟小乔有了一腿，原因是那天鬼子来的时候，刘能子特意给周大牙家门口安了岗哨，鬼子也没赶她到村公所门前开大会。水兽说："去了，去了！"他总是喜欢钻女人堆，即使娘死以后也没改这毛病。苏婶骂道："死水兽，女人家说话你凑啥热闹，小心让女人们合起来吃了你。"水兽厚颜无耻地笑道："吃了正好！"

贾仙桃听者有心，问："水兽，啥去了？"上次她跟水兽在野外有过一次缠绵，但好就好在两人把这事看得天经地义、水到渠成，没有啥磕着绊着的，也就没有啥担待。水兽回答："头天刘能子来，有人看见小乔去村公所送茶壶子来！"这可是最新鲜的报料，苏婶瞪大了眼问："她去送茶壶子，那周大牙呢？"水兽说："他去修工事了，就小乔一个人去的。刘家坤出村的时候，尿尿都不成一条线了，滴滴溜溜。"

女人们笑得眼泪汪汪的，苏婶点划着他的头说："死水兽，亏你想得出来，人家尿尿你咋清楚？你看见了？"水兽梗着脖子道："我就是看见了，我当时就泡在河里，他差点尿到我头上。"女人们又哄笑起来，水兽的话有三分真七分假,他既然蹲在河里看见刘家坤尿尿,那又从哪里看见小乔给刘家坤送茶壶？但当冷静下来，把这两件事联系在一起的时候，她们发现事情真不简单。

等马寡妇再一次上门来换煎饼的时候，苏婶子破例多搭上一张，然后悄声地问："他马婶，你说周大牙闺女那事……"马寡妇小心地看了看四周，板着脸严肃地说："俺家大贵子都看见了，他们在村公所的北屋里搞上了。起初大贵子还瞒着，后来我连连追问，他才说了实话。刘能子腚上有颗红痣，小乔腚沟里不长毛，是白虎，这种女人是观音现世，娶她的男人肯定要遭难。"这可是桃花峪很久以来最大最鲜臊的新闻，当天村子里所有的人都知道了，都在悄悄议论这件事。

白云山上转眼刮起了北风，预示着冬天就要来了。风吹得满坡的花絮四处乱飞，生命的种子就这样随意地被大自然扩散开来，在远山上生根发芽，开花结果。

流言蜚语也如此，这件事传到小马峪纯属意外。马寡妇闲来无事去看闺女，跟凤子话不投机，但跟亲家挺拉得来。刘家坤带着鬼子去山里清乡，说村里藏了八路，阴阳先生要想堵住他的嘴就得拿粮食来。阴阳先生据理力争，结果被鬼子用枪托子给捣了，走路腚巴骨疼，一瘸一拐的。马寡妇叹了口气道："又是这个刘能子，他老鼠屎下到哪里，哪里就坏了一锅汤。"

听亲家叫他刘能子，阴阳先生笑起来，说："看来亲家还挺知根知底，小名字都叫得出来。"马寡妇吱嘎一笑："这哪是小名字，是刘家坤的外号。这人平时啥本事没有，就有一样，看媳妇！”说到看媳妇，马寡妇又笑了：“听说原来跟夏庄一个胖女人好，后来那胖女人让鬼子占去了，又看中俺村周大牙的二闺女。听说是近两天刚搞上的，两人在村公所里做下流事。”

本来只是闲扯淡，过了不久，村子里来了霍大胡子的队伍，他的副手是个瓦刀脸，两人找上门来要军粮。阴阳先生低声下气地说道：“我就是个看风水的，要威望没威望，要粮食更是没能力，你们找我是白搭。”霍大胡子沉下脸道：“咋？你能答应刘家坤，就不能给抗日队伍筹军粮？”阴阳先生一听就害怕了，急忙辩解：“我啥时候答应刘家坤了？他也就是来逼我。我就瞧不上这种人。听说这小子欺男霸女，连人家媳妇都霸。”

瓦刀脸不耐烦起来，挥手道：“你少拿这些不着边际的事糊弄我们，他霸谁的媳妇占谁的女人了？你跟他相隔十万八千里，你咋知道？”阴阳先生瞪起眼来：“这还有假？人家说得有鼻子有眼。桃花峪有个周大牙，他有个闺女叫小乔，就让刘家坤霸着！”

此言一出，不单霍金龙目瞪口呆，身后那个瓦刀脸更是脸上下了霜，一把抓着他的衣领子，用枪点着他的头说：“你再说一遍！这事说清楚咋都好办，如果你满嘴胡啰啰，我枪子可不认人！”阴阳先生没想到几句话这人就这么激动。霍大胡子指着瓦刀脸冷笑着说：“你还不知道吧，他的老丈人就是桃花峪的，姓周，叫周大牙，他的媳妇也恰巧叫小乔。你说的是同一个人吧！”

这才是“雨点打在香头上——巧了”。遥远山外的风流轶事在这三个人中间形成了一道链条，眼前这人竟是周大牙的女婿。阴阳先生知道这回多嘴，捅了大篓子，扑通一声跪倒在地，磕头碰脑，痛哭流涕地说道：“长官饶命！是我嘴贱,不知道您还有这层关系。”而黄国品已经痛不欲生,对着苍天号啕道：“刘能子，苍天不容你！”

世界上最大的仇恨莫过于杀父之仇、夺妻之恨，黄国品遇到的恰恰就是后一种仇恨。以前他一心想逃避那种百无聊赖的生活,在乱世中闯荡一番事业，但在真正走上逃亡之路之后,他才感到是多么无助和绝望。每天过着食不果腹、动荡不安的生活，心是灰色的，命运是灰色的，甚至连头顶上的天空看上去都是灰色的。这时候回想起在老丈人家平淡无奇的生活，反而充满了温柔的色彩。他每天都拿着它充填和打发时光，但万万没想到，即使这样的南柯一梦也被现实撞得粉碎，刘家坤竟霸占了他的女人，他恨不得立马下山去找刘家坤报仇雪恨。

陈司令派出政治干部跟霍金龙谈判，霍金龙做梦也没有想到他派来的是个女人。据说这个叫相如莲的女人是从学生干到战斗指挥员的,并且到过延安,可见非同一般。她左挎匣子炮,右挎文件包,个头不高,梳着短发,肤色饱满,身后永远站着一个高高黑黑的战士。他是相如莲的学生,名字叫王宝斗。

相教导员带来了口头指示,把霍金龙的队伍进行改编,分成两个中队,他和黄国品每人一个中队。相如莲任大队教导员,兼任一中队的政治战士,王宝斗任二中队的政治战士。这让两人很不习惯,总觉得在后腚上长了双眼。黄国品给霍金龙出主意,找个理由挤对走他们算了。霍金龙却不以为然,一百多口子人要吃饭、要装备,他上哪儿弄去?挂个名,八路军就得管。"他们吃肉就不能叫咱们喝汤,你听没听说过统一战线?"黄国品讪笑道:"八路军那一套我还真不清楚。"霍金龙说:"往后你就多长个心眼。这年头抗日最时髦,只要说是打鬼子,到哪儿都好吃好喝受欢迎。"

自打黄国品得知刘家坤睡了他的女人,整天想着下山报仇。他离开桃花峪已经一年多了,不管啥理由,反正他没有回过一趟家。王政战来检查内务,见他往衣兜里划拉子弹,便问他要干啥。他没好气地说:"干啥?老子要下山干掉刘能子这个种!"王宝斗一把打掉他的子弹,训斥道:"能得你!组织纪律性哪儿去了?"

刘长喜那天也在队部里,他跟黄国品一块投奔抗日队伍,任二中队的中队副,这还是王宝斗向相如莲提的建议,所以他对王宝斗另眼相看。见王政战发脾气,刘长喜偷偷拽了拽他的衣角,小声地说:"你先按住他,抽空我再跟你细说!"

黄国品转身出去了,刘长喜才把他听到的小道消息告诉了王宝斗。王宝斗沉吟着说:"看来这人的背景还挺复杂,得向组长汇报一下。"刘长喜听得丈二和尚摸不着头脑。大队有教导员,中队有政治战士,啥时候又出来个组长?这组长是多大的官?刘长喜问他,王宝斗严肃地说:"要想保持部队的战斗力,必须把支部建在连上。我们是新组建的革命队伍,没那么多党员,所以成立一个特别党小组,就我和相教导员两个人。"

刘长喜这才知道抗日队伍里还有这么一说。"就是老蒋在南方非要围剿的共产党?"他试探地问。王宝斗连连点头,自豪地说:"当年我还是跟随相教导员到的延安,在抗大入的党。""那组长跟大队长、中队长比起来,哪一个更大?"刘长喜最关心的还是这个问题。这可把王宝斗难住了,他想了半天说:"指挥上大队长大,组织上组长大!"这更让刘长喜摸不着头脑了,他直到后来也没弄清楚这两者的关系。

王宝斗立刻就把黄国品的情况向相如莲做了汇报。相教导员认为,鉴于这支队伍的特殊性，在对待这类风化的事情上一定要慎重，但是黄国品是自己队伍上的人，他的媳妇就是抗日军属，和汉奸有瓜葛或者如传说的那样被汉奸欺负，他们就有责任去管。王宝斗性急地说：“要不我就下山一趟，摸摸这个刘家坤的底？”

小马峪距乌河镇三十里,从此向北翻过回马岭就是桃花峪。此路虽说偏远，但却绕过了乌河镇正面的防守，能够直插黄河进入清河平原，这样一来鲁中乃至整个冀北平原就连接到了一起。上级早就有这方面的考虑，要开辟鲁中抗日根据地。

见王宝斗这样提议，相如莲也觉得可行，可以下山侦察一下，但在派谁下山的问题上，两人发生了争执。王宝斗坚持他去，而相如莲想亲自出马，进一步熟悉白云山。王宝斗拗不过她，对她说：“你去就你去！但要带着人，我给你推荐刘长喜。他就是山里人，政治觉悟还不错。另外他参加抗日队伍一年多了,从没回家看过媳妇,这次正好让他顺便回家一趟。”相如莲笑着夸他：“真成长了，都知道关心战士了。”王宝斗自豪地说：“还能白受党教育这么多年？”

相如莲特别放心不下黄国品，要王宝斗看管好他，一切等她回来再说。霍金龙对她下山感到很意外：“鬼子正在封山，听说平原地区都挖了封锁沟，各村搞联保联坐，你孤身一人去不怕危险吗？”

相如莲知道霍胡子这人为人小气，做事阴损，他关心相如莲的安全是假，担心相如莲挖走他的人是真，于是笑道：“我又不带枪不带兵的，最多两个人，装扮成老百姓就混过去了。”

霍金龙这才放下心来，问都带谁去。相如莲说就带桃花峪的刘长喜。霍金龙感叹地说：“黄中队长也是桃花峪的人，要不让他带路？前天他跟我说，刘家坤睡了他的女人，一肚子怨气，非吵着嚷着要下山报仇，硬让我按住了。”

相如莲故意说：“听着风就是雨！难道这不会是敌人施的离间计？”霍金龙见相如莲这样说，故作惊讶地说：“还有这一说？这我还真没想到，还是教导员想得深远！”相如莲关照，他跟黄国品是老同学又是至交，就多劝黄国品几句，大敌当前，打鬼子才是报最大的仇。

早晨刚睁开眼，大贵子就接到通知，让他到夏庄据点去开保长大会。送信人特意关照，让他叫上李望彦，说这是刘队长的嘱咐。这多少让大贵子有些吃醋，保长开会凭啥还要叫上他？

此次保长大会是布置“五位一体”治安强化运动。啥叫“五位一体”？大贵子稀里糊涂，他理解就是五个光腚子一起睡觉，最好是男女一起睡，这惹起周围的人一阵嘲笑。后来他才知道，这“五位一体”就是把下乡巡查、推举保长、造册良民证和挖封锁沟、保安巡逻结合起来，更好地强化占领区治安。“五位”当中最重要的就是挖封锁沟，刘家坤拍着桌子表态说，每家每户都要出夫出工，哪个消极怠工，就抓他到乌河镇，用火车轮船送到大日本国当劳工，这辈子都回不来。

刘家坤口口声声说开会是抬举这些乡巴佬，其实就是把大伙儿集中起来，分派活给他们。大贵子做了保长，自然由他来领任务，若完不成，板子也是打在他的腚上。他这个伪保长纯粹是捡来的。他不识字，那天刘家坤帮他填了张表，让他按了手印，他便领旨谢恩成了正式的保长。

当保长还有一道正式的程序，就是要公示。开完会，他到柜台上领公文和通告，还领到一瓶子洋糨糊。大贵子问上面写的啥，刘家坤鄙视地笑道：“啥能耐！就是任命你当桃花峪保长的布告！”

鹫尾坐在台子上压阵，当着其他村保长的面，特意把他叫到跟前，眯起小眼笑着说：“你这个保长纯粹是刘大队长保举，你可要好好干！”大贵子乜斜着众保长羡慕的目光，点头哈腰地说：“愿为皇军效劳！”鹫尾却突然跌斜下脸来，恶狠狠地说：“关于井上君失踪的事还没完，那天村子外打枪到底是怎么回事？你一定要调查清楚，回头向我汇报。”

大贵子感到这顶保长的乌纱帽犹如如来佛的紧箍咒，竟勒得他头痛。纵然他当了桃花峪的保长，人们也并没有拿他当碟子咸菜。鹫尾当着他的面走到李望彦跟前，满面笑容地说：“李掌柜的，虽说皇军任命了王大贵为保长，可你才是最适合做保长的人选。希望你协助王大贵一同维持好桃花峪的治安！”李望彦笑道：“太君，您选对人啦！王大贵当保长就挺好！”

大贵子回村的时候把布告贴到墙上，贪恋那瓶子洋糨糊，只粘住了四个角。他前脚走后脚就被水兽揭了下来，折巴折巴夹在夹肢窝里走了，说是当擦腚纸使，所以桃花峪的人们一直不知道还有这么一纸公文。

既然挖封锁沟是重点，大贵子回去便早做布置。封锁沟深两丈宽一丈，要从夏庄一直挖到乌河镇。桃花峪分的地段离村子最远，也最长，需要的劳力就最多。只要是能动弹的，不缺胳膊少腿的，都让大贵子登记造册报上去了。不料刘家坤看都不看一眼就黑着脸扔了回来，说桃花峪这么大的个村子就几十人咋行，一个月的工期俩月也完不成，无法向皇军交差。

大贵子犯了愁，后晌盘腿坐在炕头上，掰着手指头数完了，又掰着脚指头数，觉得没落下啥人。马寡妇看他坐在那里发愣，问还有啥过不去的。大贵子说："村里能出工的我都算进去了，总不能让女人也去挖沟吧！"马寡妇嘟囔道："女人咋了,女人生孩子比男人干活力气大百倍。"大贵子皱起眉头说："你这不是等于没说嘛！你瞧小乔细皮嫩肉的手，能把住镐头？"马寡妇醋意十足，手指头肚子剜了他一把，骂道："花花肠子，你咋不说你喜欢这个小骚货呢！"

说到这里，她突然怔了一下，乐得拍起巴掌来："怪不得刘能子给你脸色看，还差一个人，他那里当然通不过。"大贵子见她笑得暧昧，便忙问是谁。马寡妇说："还有谁，周大牙啊！"大贵子为难地说："我这保长就是从周大牙手里抢过来的，面子上过不去，所以才没算上他。再说刘能子和小乔有一腿，我安排他的准老丈人出夫，也怕他给我小鞋穿啊！"马寡妇改用眼剜他："你咋还'榆木疙瘩脑袋——不开窍'呢！周大牙不出夫，他咋接近小乔啊！"一句话说得大贵子拍着脑门子连声说道："我咋这么笨呢！"

死穴是解开了，关键是要支开周大牙，既不能让人看出来，又得把事做得巧妙。开完保长会，刘家坤曾把大贵子拉到一边，说他要亲自到桃花峪来给大伙儿办良民证，这分明就是告诉大贵子，他要来会小乔。想到这里，大贵子笑了，只要他巧安排，定能让刘家坤满意。

第二天一大早，他就去喊周大牙出夫。周大牙咋也想不到大贵子会安排他去。过去都是他冲着大贵子发号施令，现在竟然变过来了。十年河东十年河西，过去是他牵着狗，现在是狗拽着他。他感叹命运竟是如此捉弄人。

小乔一脸愤怒，拦住爹道："你就是不去，要是刘能子找上门来，我跟他理论！"看她坚定愤怒的表情，连大贵子也不敢太造次。这要是小乔在刘家坤的耳朵根子上说几句，他这个保长说不定又要斗转星移了。他赔笑道："小乔妹妹，我打包票！就是安排你爹记个账、量个土方啥的。别人都住那里，他抽空忙闲的可以回家。"既然话说到这份儿上，周大牙也无话可说了，扛起铺盖卷出了门。

周大牙出夫的当天晌午，刘家坤就骑着洋车来到桃花峪，搬张桌子堵在村公所的村口，通知村民都来办良民证。刘家坤故意说："我堂堂一个大队长，总不能啥事都亲自干吧！"大臭子拍马屁地说："那是，您是大队长。您就坐在屋子里喝大茶，啥事都交给我们来办！"刘家坤冷笑道："办良民证是个文差事，你兄弟俩八字不知一撇，能指望上你们？你们想想村里谁会写字，咱们出钱雇他！"

两人掰着手指头想了一圈也没想起谁合适来。村里人识文断字的不少，可都出夫去了，只有伏八爷在家，但这老头撅个腚大高高，除非刘家坤亲自请，其他人谁也请不动。刘家坤恼怒地说："弄个八十岁的老头，连咳带喘的，寒碜我啊！"大臭子不得要领。刘家坤刚想发作,忽见大贵子一脚门里一脚门外，说道："你们甭找了，我把人给带来了！"大家一看都瞪了眼，原来是小乔！

那天来办良民证的村民寥寥无几,刘家坤支开臭子兄弟,让他们回家看看,便急不可待地关门抱小乔上炕。小乔倒是挺主动,但到了关键时刻推开刘能子,提出条件：过晌午就让爹回家。

周大牙刚铺下被褥就被监工唤过去，说甭铺了，刘大队长放他的假了。桃花峪其他人气愤地扔了锨嚷嚷着，凭啥他们就该在这荒郊野坡干活，周大牙则刚来就能回去？周书平说："谁让你们没生个漂亮闺女呢！"一句话提醒了众人,都发出阵阵嘲笑。李望彦听了,沉下脸来吆喝大伙儿："该干啥干啥！谁要在这里瞎嚼老婆舌头，我就让他去石窝里运石料！"

运石料是工地上最重的活，大伙儿听李望彦训斥都不再吭声。天傍黑的时候，周大牙夹着铺盖卷回到家，小乔已经在等他，破例炒了两个菜，又倒了一壶酒给他热上。周大牙受宠若惊，闺女已经很久没有这么热情过了。自从贤婿走后，她整天郁郁寡欢，而今天这顿后晌饭，她破例也为自己斟了一小盅酒，说："爹，闺女陪你喝这杯酒！"然后她一仰脖喝下去，颜面立刻红如桃花。她把酒盅子扣到桌上，接着说："过去是闺女太小作，从今往后咱们重打锣另开张，咋活都是一天！"

周大牙端着酒盅子的手直打哆嗦，纳闷他只是出去一天，闺女咋就发生了这么大的变化？刘家坤还算讲良心，把他放回来了，就连李望彦和马六子爹都没有这份待遇，这不能不说是一件欣慰的事。他心想，该抽个空好好请请刘家坤，说不定他一高兴还能重新让自己干上保长。

凡出夫，李望彦必有份，这似乎已经成了一种常态，想躲都躲不过。李望彦想，这些年他跟刘能子总有解不开的缘，事情好也罢坏也罢，两人总是纠缠在一起。望生眼看着长足了身量，这归功于哥嫂实心实意的扒查（山东方言：养育，培育）。他头剃得跟青皮萝卜似的，胳膊肘子上肌肉一块一块的，上坡、出栏、耩地、扶耧、剪枝、施肥，样样活都拿得起放得下。李尹氏开始对丈夫当初的决定刮目相看，认为留他留对了。

他本来也上了大贵子的派工单，但李望彦撂下话，他们家就二抽一，刘家坤只好把望生的名字划了。丈夫出夫的那天，李尹氏就搬回马车店来住了，她不放心让望生一个人住在店里，她在，望生就有了主心骨。

凯儿总是拴在她娘裤腰带上，娘到哪儿她就到哪儿。在李望彦的精心调理下，家里的两条狗都恢复了精神，只是大黄从此不会叫了，这种不叫的狗咬起人来更凶猛。那天大贵子没敲门就闯进来，大黄身子一拱扑过去，把他的棉裤都咬开花了，吓得他差点尿了裆。

这天过晌午，凯儿坐在铺坛子上捧着书打盹。自从打仗以后，学校就没有正经上过课，她大多数时间就是温习以前学过的课程。两条狗守在她的左右，懒洋洋地陪着她。突然间，大黄纵身一跃跳了出去，随后黑子引颈狂叫起来。一男一女出现在马车店的门口，女人朝里高声喊着："掌柜的，哄着你家的狗点儿，我们进去了！"随后这两人一身行装，一前一后走进了天井里。李尹氏隔着老远就觉得这两个人非同寻常。

这一男一女走进马车店的时候，李尹氏一眼就认出来男的是刘长喜，而女子看上去年轻干练，并不认识。李望彦私下里曾对她说过，刘长喜八成是投了八路，如今他却突然回来了。再打量年轻女子，脸色白净，一头短发，身穿翠蓝大褂，肩挎一个蓝布白花的包袱，风尘仆仆，似曾相识，但直觉告诉她，绝没有见过面。

刘长喜笑嘻嘻地说："望彦嫂子，咋就你一个人在店里，俺望彦哥呢？"凯儿抢话道："喜子叔，咋就是一个人，我不是……望生不是？"刘长喜被问住了，窘迫地说："哎呀，忘了还有你们俩了，算叔瞎了眼。"凯儿笑起来："你也没瞎眼，我只是提醒你。夜儿我去河崖边上还看到仙桃姐了。仙桃姐非常生气，说你死到外头了。中国人就是邪，夜儿刚说到你，你就回来了。"

桃花峪兴按辈分叫人，即使再老，辈分小你就得装孙子，相反人小辈大的也有之，所以经常闹出来一些笑话。一个吃奶的孩子，娘抱出来了，在大街上哭，给奶也不吃，常常就有胡子一大把的男人上前来，吓唬这孩子道："小爷爷，快吃，你不吃我可就吃啦！"女人立马嗔骂道："你个老不要脸的，这是人说的话吗？"老人就嬉皮笑脸地回她："叫你儿爷爷，这不我还小嘛！"

凯儿完全不懂这些乡俗，看见人家年轻就叫叔叫哥，看见人长得老就叫大爷大伯。他叫刘长喜叔，却叫贾仙桃姐，全因为她长得年轻。而这时候待在旁边一直不说话的女子开口道："长喜，看来你人缘不错，连孩子都爱跟你开玩笑。"

其他人没觉得有啥，但凯儿却不喜欢听，皱起眉头，乜斜着那个女子，心里说："你才比我大多少啊，就一口一个孩子的。"她也已长大成人了，珂儿同学的爹都张罗着给闺女找主儿了。

李尹氏见长喜子问男人的事，急忙说，他让大贵子喊去挖封锁沟了，住在工地上，所以就剩下女人和孩子看店。"既然是你领来的客人，那就住下吧。

不瞒你说，这兵荒马乱的，住店的人少，房间都空着，尽着你们挑。”

女子爽快地点了点头，便卸下包袱拎在手里，笑道：“您看上去挺年轻，我就叫您一声大姐吧！我是做买卖路过此地，刘长喜正好又是你们村的人，所以就让他回家去住，你给我找个单间就行。”

见女子如此随和，李尹氏似乎觉得遇到了知己，高兴地说：“看你年纪虽轻，但说话办事都十分干练，依我的眼力，怕是你还没有找主儿，我就叫你小姐如何？”女子开朗地大笑起来，说道：“姐好眼力！我姓相，将相的相，你就叫我相小姐吧！”

她脱口说姓相，李尹氏心里咯噔一声，心想竟有如此的巧合，丈夫有个外甥女也姓相，不过她从来没有见过。想到这，她便有意转过话题：“相小姐，本地相这个姓很少，你从哪里来，又到哪里去？”相小姐说：“不瞒姐说，我从山里来，要到乌河镇上去，就在桃花峪落落脚。”

既然人家不想细说，李尹氏不再追问下去，忙着生火做饭。刘长喜问相小姐，现在他是不是就可以回家？相小姐笑了，说都到家门口了，再不批准他回去就太不近情理了。她叮嘱，自己在店里住一夜，他回家，明天同一时间再在这里会合。刘长喜高兴地搓着手说：“相教导员，您真是活菩萨，我都离家一年多了，这还是头一次回来。”相小姐笑了笑说：“回去好好哄哄媳妇，免得她拖你后腿。”

目送刘长喜出了门，相如莲便到客房休息。她算是老抗日战士了。当年她和陈好离开故乡盘龙镇，毅然决然地投奔延安，为的就是追求真理和正义。一晃数年过去了，当年她还是稚气未脱，而今几经磨炼，她已经是一个成熟老练的指挥员了。抗战爆发后，陈好亲自领导了白云山武装起义，而相如莲也在他的感召下来到了白云山，一同领导这一地区的抗战斗争。

她来到白云山以后，就喜欢上了这里的山山水水。站在回马岭的山顶俯看这座山村的时候，她被这里原始美丽的景象惊呆了。清澈的乌龙河环绕着散落在沟壑里的房舍，漫山遍野生长着树木和丛林，这一切都令她感动。如果不是战争，这里该是多么安宁和美丽。而走进这家马车店，看到漂亮精干的女主人，她更是感慨万千，苏轼当年诗里所描绘的“天涯何处无芳草”，也许就是在同样的背景下有感而发。

她对李尹氏说想到坡里转转，就走出了院子。整个过午，她都流连在田野里。她望着这陌生的山水和村舍，想起了遥远的故乡。她回到房间里，打开随身携带的日记本，静静地书写起来。每当走过一个地方，她都会把所见所闻完整地记录下来，这已经成了一种习惯。

凯儿来敲门，请她去吃饭。凯儿进门的时候，相如莲还敞开着本子，这让凯儿有了好感，也抵消了叫她孩子的不快。除了在学校，她很少见客人有看书写字的，尤其是战争时期，更少有人静下来读书写日记，这位姐姐是她见到的第一位。她好奇地伸头瞧了一眼，便惊喜地夸道："姐，你字写得好漂亮！"

相如莲是女子师专毕业，并且做过老师，字写得当然漂亮，字漂亮仅仅是表象，她的文学功底才是最棒的。散文、诗歌、小说她都信手拈来，只是条件艰苦，她很少展现罢了。住在李家客店里是她难得的清闲时间，所以她才有心情重新提笔。她写日记似游记又似随笔，看上去朴实无华，其实深藏着寓意，而风花雪月的抒情就少了。她时常以这种看似平常的笔墨把日间所见所闻记录下来，回到根据地，顺着这些笔迹就能绘制出精准的军事地图来，或者成为精确的军事情报，屡试不爽。如此还能躲过敌伪的各种检查，遇到盘查，她就说是专栏作家出来体验生活，竟也平安无事。

相如莲见她对自己的笔记感兴趣，就递过去道："平时出来，我总是喜欢带着笔记本，走到哪儿写到哪儿。"凯儿说："我也喜欢写作，在学校的时候常去采风，可惜现在哪儿也去不了，只能闷在家里。"相如莲问她喜欢读什么书，凯儿不假思索地说喜欢看小说。相如莲笑起来，说像她这么大的时候也喜欢看小说，特别是女性作家的作品，庐隐的《海边故人》，苏雪林的《棘心》，都是百看不厌。

"小妹妹，你具体说说，爱看哪本书？"

这倒把凯儿问住了，对她来说，无论是女作家还是男作家，作品都太高深，她只能举出两三本，如丁玲的《梦珂》《莎菲女士的日记》，还有萧红的《生死场》。相如莲更笑起来："这些都是新时代女性的代表作，这是个风起云涌的时代，女性在觉悟，在奋起，在参加反帝反封建的战斗！你已经读到她们的精髓作品了，相信你也会走进她们丰富的精神世界。"

花季年龄的凯儿对人生还十分模糊，而这位姐姐不仅读过很多书，而且能说出许多人生的哲理。本能告诉凯儿，她的生命历程一定十分丰富。凯儿忍不住脱口而出："姐，你一定不简单！"这回，相如莲已经笑得非常开心了，问她："何以见得？"凯儿绞尽脑汁也想不出她不简单在哪儿，只好说："直觉！"相如莲说："小妹妹，直觉也告诉我，你……你的母亲，也都是不简单的人！"这句话让凯儿听了感到由衷的开心，她歪着头问："你也何以见得？"相如莲也被问住了，同样支支吾吾地说："我也是直觉。"

凯儿觉得和这位姐姐在一起有一种斗智斗勇的快乐。她翻开本子去看，里面竟夹着一幅版刻画，是用黑油墨拓印出来的一个戴着八角帽的头像。她不禁惊奇地问：“这是谁？”相如莲脸上略显一丝不安，不过转瞬即逝，平静地说：“本来我是藏起来的，不过还是百密一疏。既然你看到了，那我就告诉你，他叫毛泽东……毛主席，是中国人民的大救星！”

凯儿恍然大悟，她听飘华提到过这人的名字，他是南方红军的领袖，为了北上抗日转战到延安，建立了中国第一个苏维埃红色根据地。想不到竟在这里看到了他的头像，而且是带在这样一个姐姐的身上。凯儿警惕起来，问道：“姐，这么说，你是……八路军的人？”相如莲不置可否，说道：“小妹妹能不问就不问了。我住一两天就走，你什么也没看见，什么也不要对别人说。”

凯儿连连点着头退出房间，心怦怦直跳，一路小跑进了她娘的房间，附在娘耳朵上紧张地说：“娘，我告诉你一个秘密：住我们店里的是一个女八路！”

相如莲无意中暴露了身份，这让李尹氏母女很不安。其实从刘长喜和相如莲一进店，她就隐约感到这两人不寻常，凯儿的话只是证实了她的想法。这对她来说是一个拷问，她受新思潮的影响，认为中国的守旧必须被新生的力量给予革除，但是她目睹更多的是国民政府的腐败无能。在倭寇入侵，民众遭受灾难的时候，她还是选择跟民国同舟共济。她以微薄之力支援抗战，她对共产主义以及红色政权还只是道听途说，根本无法判断好坏。她的店里竟然来了共产党，这无论如何都是危险的。只是她对传说中的共产党、八路军并没有坏印象，相反倒是对刘家坤、大贵子之流的汪伪政权充满反感。日本鬼子无辜屠杀中国人，而刘家坤等助纣为虐。从这一点上说，共产党、八路军正是为了反抗侵略、反抗压迫应运而生，她同情和保护他们就是间接支援抗战，就是保护好人。

她关上门，严肃地告诫凯儿，这事对谁都不要提起。凯儿浑身都莫名其妙地颤抖，小声对娘咬着耳朵：“娘啊，你说，喜子叔是不是也是八路？传说八路军都是神兵天降，可他不出不相（山东方言：指相貌平平）的，咋也会是八路？”娘用手指头嗔怪地剜着她的鼻子，说：“净想些啥！啥叫不出不相？八路还能各自一个样？”凯儿自言自语地说：“这下子仙桃姐可神气了，她男人竟然是八路！”

贾仙桃并没有多少神气，自从男人跑了之后，她暗地里不知哭过多少回。她头个男人死得早，所以才变着法儿讨好现在这个男人，折腾这个男人。用她的话说，男人就是头种驴，年轻不使，过期作废。可是正当她小日子过得顺风顺水的时候，刘长喜却不吭一声就跑了，把她和一个傻瓜兄弟扔在家里。

贾仙桃纳闷，凭她这样水嫩的身子和脸蛋竟然拴不住一个蔫了吧唧的男人的心。这期间根子死了，她也陷入缺衣少食的困顿之中。可是刘长喜突然回来了，一推门就乐颠颠地抱着她亲不够。贾仙桃实在高兴不起来，这些日子她差不多已经忘记丈夫长啥样了，至于男女之间的事，她也压抑得压根就不想了。她甚至抱怨刘长喜不该回来，打破了她平静的生活。她哭泣道："你个该死的，我还以为你死到外头了。我命中注定该守二回寡！"

刘长喜赔着笑脸说："我跑也是迫不得已。我不跑还有今们啊！"贾仙桃这才认真地打量刘长喜，见他比原先更黑更瘦了，但是精神头十足。身穿羊皮袄，腰系皮腰带，腰后面还别着支匣子炮。那枪身乌亮，枪穗子红彤彤的，仿佛一缕火苗。她止住眼泪问："既然你当了八路，那还回来干啥？"刘长喜说："当了八路就不兴回来？这回我还要在家住个三天两日的呢！"

贾仙桃又继续放声大哭起来，一边哭一边拍打着炕沿："你走得倒利落，你走后刘能子就带着鬼子来要人，说是桃花峪的人杀了鬼子，人没找着就把咱兄弟给砍了脖子。"

这话如晴天霹雳，一下子就把刘长喜从天堂打入地狱，看来从报纸上看到的都是事实。方才一激动，他倒把这事给忘了，现在媳妇提起来，他心如刀绞，埋怨道："你为啥不早告诉我？"贾仙桃说："我告诉你，我去哪儿告诉你啊！我总不能漫山遍野地喊你吧！"

刘长喜闭上嘴不吭声了。是啊！他远在大山里，贾仙桃上哪儿跟他说去。当初他脑袋瓜子一热拍拍腚就走了，把家和傻瓜兄弟扔给媳妇，后果根本就没想。现在家成这个样子，他怪谁也怪不着媳妇。他一走就是一年多，媳妇能守寡等着他就是他的福气了。他爬上炕，把贾仙桃抱在怀里，替她抹了把腮上的泪，温柔地说："仙桃，我总算没白跑，我在八路里面混了个官，手下也有几十号人。领导说以后抗日救国军就在这一带活动，那时候我就会经常来看你了。"

贾仙桃哭过了也回归平静，见男人如此温柔地搂着自己，便狠狠地咬了他一口。刘长喜眉头不皱，这让贾仙桃万分感动，片刻之间就忘了过去，钻在男人的怀里诉说离别之苦，腻歪到天色将晚，刘长喜才想到兄弟的坟上看一看。

两人悄悄出了村，来到根子的坟头。坟头已经长满荒草。想到走时好好一个人，回来却阴阳两隔，刘长喜不禁热泪盈眶，趴在坟前捶胸顿足地号啕大哭。贾仙桃点着一刀纸，口中念道："根子，你哥看你来了。嫂子没看好你，对不住你，嫂子愿意一辈子看守着你的坟。"

刘长喜听到媳妇如此说，又是一阵感动，走过来想拉她起来，突然听到身后的灌木林里有一阵哗啦啦的响动。他机警地拔出枪，一个箭步冲过来，嘴里喊着："谁，出来，不出来我可就开枪了！"随着又一阵稀里哗啦的声响，一个人钻了出来。两人一看是水兽。贾仙桃恼怒地问："水兽，你跟着我们干啥？"水兽结结巴巴地说："不是我跟着你们，我是看见有一个人跟着你们，所以也跟着过来了。"

刘长喜四下转了一圈也没见着个人影，狐疑地说："还胡说，这四周哪有人？"水兽固执地说："我明明就是看见了！这个人一直跟在你们俩后头。烧纸的时候我还看见他在沟那头趴着哪！你这一喊他调腚就跑了！"贾仙桃有些相信了，问他看清楚是谁了？水兽摇了摇头，刘长喜心里一沉。

水兽没看错，那晚刘长喜和贾仙桃身后的确跟着一个人，这个人是大贵子。

桃花峪的男人们都出了夫，村里只留下老人和孩子，一天到晚没个生气。大贵子到街上转了一圈，家家闩门，户户关灯，这倒让习惯了热闹的他有些不习惯。大贵子吃完后晌饭，对马寡妇说到街上消化消化食，就扑落着肚子来到大街上。他想都没想就朝着贾仙桃家溜去，这已经成为一种习惯。他总喜欢跟她套套近乎，运气好还能从她的领口里瞧瞧那两坨冻粉，心里跟吃了烘柿似的，甜丝丝地过阵子瘾。

大贵子攀着墙头想看看贾仙桃在干啥，却见从屋子里走出两个人来，女的是贾仙桃，男的竟是刘长喜。刘家坤曾四处打听刘长喜的下落，怀疑他投了八路，可没想到他竟然神不知鬼不觉地回来了。眼前的刘长喜不但走路都挺胸抬腿，羊皮袄下还鼓鼓囊囊地像是别着家伙，他决定跟在后头看个究竟。贾仙桃手里提了筐子，两人出了村就直奔乱葬岗子。大贵子猜想他们是去给根子上坟。他藏在树棵子里想仔细听听两人说些啥，没想到刚蹲下就被水兽发现了。他慌不择路滚下山沟，落荒而逃。

回到家里，他就跟马寡妇说了这事。马寡妇说："这倒是好事，贾仙桃出落得跟仙桃似的，男人苍蝇一样整天围着转，刘长喜回来你们就没有缝隙了，有劲也就使在自家女人肚皮上了。"大贵子听她话里带刺，讪笑道："你净想到哪里去了！我是说这长喜子回来得不简单！"马寡妇问："有啥不简单？"大贵子说："按说他回来应该出头露面才是，咋会白天关在屋里头，黑夜才出来晃悠？"

马寡妇听他这么说，警惕地问："人家白天不出门你咋知道？是不是刚才借着溜食又去看那骚货了？"大贵子被揭了短，急忙摆手道："哪是像你说的，我就是半道上碰上了，这才回来跟你说。"

马寡妇缓和了脸色，说："你就说，你想说啥吧！"大贵子于是把刘能子前前后后几次来找黄国品和刘长喜的事捋给她听，然后征求她的看法：“你说我该不该去给刘能子报个信？”

马寡妇一听跌斜下脸来，手指头肚子又差点剜到他的脸上：“上次的事你还没管够啊！大根子死了，水兽娘也让鬼子吓死了。我又是红脸又是白脸地唱才给你扑落（山东方言：安抚，按下）下。你倒好，又想引火烧身。”既然马寡妇不同意，大贵子也就缩着脑袋不说话了。马寡妇不放心，插了门，并且上了一道锁，把锁匙别在了裤腰带上，这样大贵子后晌想出门也出不去了。

第二天一觉睡到日头大高高，大贵子才借口要替村民领良民证出了门。他还是不甘心，借机到刘长喜家门口转了一圈，看没啥异常才出了村。

夜儿后晌从坟地回来，刘长喜顺路到黄国品家里走了一趟。当刘长喜说代表黄中队长来看望小乔嫂子时，小乔早已呼天抢地地哭开了。她拍打着炕沿哭自己的命不好，哭黄国品不是东西，扔了娘儿俩跑了。周大牙问，贤婿没说啥时候回来？刘长喜撒谎说，本来说好一块儿回来的，可临时接到上级指示，有新任务，所以这次他就不回来了，只让给小乔捎个话。小乔已经平静了许多，抽泣着说：“你回去告诉他，当年的小乔已经死了，他走他的阳关道，我过我的独木桥，他当他的官，我守我的活寡。”

周大牙瞪眼训她道：“甭说这些巧话怪话！贤婿有公干回不来，托喜子捎话回来就已经够情够义了。说不定哪天他就带了队伍打过来啦！”刘长喜见好就收，叮嘱周大牙，他来的事千万不能声张。周大牙点头如捣蒜。

那天早上，大贵子没看出有啥破绽，便动身到夏庄据点。刘家坤对大贵子的表现很满意，尤其是对他安排小乔陪他写字，做得天衣无缝。看到一大早他来据点，刘家坤笑脸打招呼。大贵子心里很不屑，心想你哪是看我的脸啊，你是看小乔的腚锤子才跟我近乎的，但脸上还是还了个灿烂的微笑，说：“刘大队长，您老人家起得真早啊！”刘家坤骂道：“早个屁！队员们都跑了一个时辰的操了！”

大贵子果然看到队员们都列队站在院子里，已经跑得满头大汗，便继续拍道：“您真是治军有方，不几天就把一群乡巴佬训练成正规军了！”

这话说得刘家坤心里舒服。想当初他为了当上维持会长，心思没少花，钱也没少扔，却猴子水中捞月一场空，还不如这个保安队长来得实惠，稍加用心，不几天就兵强马壮了，占据着这一方宝地，称王称霸。他现在唯一纠结的就是井上失踪事件，鹫尾对这事明里不说，但暗里一定不满意，说不定哪天就会旧事重提，这极其影响和动摇他的地位。另外，井上的失踪肯定不那么简单，那天村外的枪声就是佐证，这说明这一地区也不安稳，暗中有武装抵抗力量，他必须认真加以防范。

大贵子一早就到据点来报信说，夜儿后晌看见刘长喜了。刘家坤牛蛋子眼立刻圆睁起来，追着问是不是真的，大贵子也把牛蛋子眼瞪圆了回敬他：“那还有假？我一直跟他到了坟地里。要不是水兽混我，我就能听到他们说啥了！”

“说……啥？”既然大贵子说见到了刘长喜，那就有可能涉及黄国品，当初两人是一块失踪的。整天打他女人的主意，这反而成了刘家坤的一块心病，恨不得立马抓了他才省心。

刘家坤心里有鬼，大贵子偏偏就往他疼处说：“还能说啥，你不就是想抓住黄国品？我就是想听听他在哪儿，给你报个准信。”既然提起黄国品的名字，刘家坤也顾不得掩饰了。他急于想知道结果，但大贵子似乎有意卖关子，含混地说道：“我一路跟着他两口子，走啊走……可谁知道半路上杀出个程咬金来，把事给冲了。”

刘家坤终于忍不住了，愤怒地拍着大腿骂道：“日你闺女的！你这不是等于没说？我就是想知道黄国品回来没有，其余的废话少说。”大贵子听刘家坤骂他闺女，憋着气说：“我倒是想打听来着，可没了机会，家里老娘儿们把我锁到家里不让出来。我怕误了事，所以今们一早先来跟你汇报！”

刘家坤哀叹连连。当初他带皇军去逮人，莫名其妙地丢了人，差点为此丢了脑袋瓜子，他抖擞了半天才抖擞干净。现在可倒好，事情有个眉目了，大贵子却是一问三不知。两个人一走就是一年多没音信，没想到刘长喜半夜现身了。不管黄国品在哪儿，只要抓住刘长喜，就能顺藤摸瓜抓到他了。这样一来，困扰他的几桩悬案就轻而易举地化解了。那不再是当初想弄几杆枪壮大壮大自己队伍的小问题了，而是抓个八路向皇军邀功请赏的大事了。

他压抑住狂喜，写了一封信，递给大贵子，让他立马去乌河镇交给鹫尾太君。大贵子一大早到据点，跑得腿肚子抽筋，水没喝一口，又被支使着去乌河镇，心里直叫屈。刘家坤说道：“谁叫你笨，我倒有洋车子，可你又不会骑。”大贵子说：“你不是有话匣子吗？匣子里两个小人一说话，啥都知道了，干吗还要我亲自跑这么老远的路？”

据点最近竖了电线杆，但是线还没顺上，平时有情报还是派人送。刘家坤耻笑道：“没学问真可怕，那叫电话。两头的人对着话机子说话，扯根线就传过来了。”大贵子实在明白不过来，扯根线咋就能传话？刘家坤不耐烦地挥了挥手，对他说：“叫你去你就去！咋，我一个大队长支使不着你？”大贵子噘着嘴说：“那你咋不叫个旁人去？我给你报信已经是昧着良心了，俺那口子还在家等着呢！”

刘家坤哧地笑了，说：“大贵子，你少来这套！你甭左一个你那口子右一个你那口子，你是明媒还是正娶？说白了你们俩也就是一对孤男寡女野鸳鸯。”大贵子最听不得人这样骂他，立马就瞪起牛蛋子眼：“你也甭说我，你咋搞的周大牙闺女当我不知道啊！我都从窗户棂子里看见了！”

刘家坤听了，脸登时红一阵白一阵，拔出枪来点划着他的额头说：“大贵子，能耐你了！你再满嘴喷鸡屎，我一枪让你前腮帮子进去后脑勺子出去！”大贵子见他真恼了，扑通跪下说道：“刘大队长，我脑袋瓜子一热就顺嘴胡说八道开了，你跟小乔绝对啥关系也没有。”

两人正叮当抬杠的时候，赶巧工地上的石锄绳索断了，李望彦让马家旺送到据点里来修。大贵子一句话惹恼了刘家坤，马家旺看个正着。刘家坤见马家旺在旁边看热闹，便赌气让他跑一趟乌河镇，去送封鸡毛信。

马家旺去送信纯粹是自找的，谁让他在那儿偷偷地发笑。听说是鸡毛信，十万火急，他推脱说沿途岗哨太多，不想去。刘家坤黑着脸说：“这事由不得你！你揣好良民证，我再给你开个特别通行证，一路上就没人查你了！”马家旺只好接了信。

上路不久，马家旺远远看见路边站着两个女人，其中一个喊着：“大哥，捎个脚吧！”马家旺就把牛车赶了过去。到近前他就乐了，原来是李尹氏，身旁站着位年轻的姑娘，李尹氏介绍说是远房的外甥女。马家旺挺纳闷，没听说过她有远房亲戚，他来不及多想忙扶两人上了车。

原来相如莲住下，觉得这户人家不错，便想以这里作为落脚点，侦察一下夏庄据点和乌河镇的情况。她说：“大姐，房间你给我留着，东西我也撂在这里，我去一趟乌河镇。”见她一个人要出门，李尹氏不放心，说：“如今这光景乱得很，你一个闺女家咋行？”相如莲笑道：“没事，我习惯了。”李尹氏就想起了刘长喜，说喊他过来，让他陪着去。相如莲说：“他们夫妻好久都不见了，让他们多待一会儿吧。还是我自己去吧。”李尹氏还是不放心，想起男人走得急，连件换洗的衣裳都没带，于是喊住她说：“你等等我，我反正也要去给孩子他爹送换洗衣裳，不如我陪你一起去。”相如莲正愁着不熟悉路，又没有良民证，看李尹氏热心相助，非常高兴。李尹氏把需要带的衣裳打了个包袱挎在胳膊上，两人出了门。

这一带乡风淳厚，遇到走路的，赶车的或骑洋车的都会主动捎上一程。她们俩刚上道就遇到一个去夏庄的，一路捎到这里。李尹氏指着一大片灰色的建筑说，那儿就是夏庄据点了，家里那口子没少在这里出力，可惜修了工事不是对付鬼子的，而是对付老百姓、对付八路的。相如莲听她这么说，深深地打量着说：“看来这据点修得挺坚固,地势也险要。”李尹氏应着：“那是！”相如莲说：“要是能进去看看就好了。”李尹氏警惕地问：“进去看啥？这刘能子可不是好东西,他定会认出咱们来。”经她这么一说,相如莲也觉得进去危险,便说还是去乌河镇好。

两人希望再搭上一辆车，不早不晚，马家旺驾着牛车从据点里出来了。两人上了车，马家旺问李尹氏去干啥，李尹氏说去给李望彦送换洗衣裳。马家旺羡慕地说：“看看，还是望彦哥有人疼。我衣裳脏了烂了也没人管。”李尹氏笑道：“包袱里有好几身，反正他又穿不完，你挑合适的穿就是！”

相如莲却一直盯着封锁沟和封锁墙看，问这封锁沟要挖到哪里才是个头。马家旺说通往白云山的道口都挖断了，夏庄据点和乌河镇四周也都挖了，好几丈宽，沟里灌上山水，连只貔子、獾的都过不去。李尹氏叹道：“这么说，你们每天就干这种苦力活？”马家旺不以为然地说：“也不是全都这么出力，遇到监工来的时候就装模作样地干一阵，鬼子一走大伙儿就凑在一块拉呱，这就叫磨洋工。光见铁锨动弹，不见沟底上土。”说得两个人都笑了。

前面是岔路口，马家旺说两人只能坐到这里了，再往前走就进了鬼子的卡子了，要是让他们瞧见非出麻烦不可。李尹氏说就到这里下车吧，反正离镇子也不远了，走小道就能穿过去。

马家旺见了李望彦就把包袱扔给他，说是嫂子托自己捎来的衣裳。李望彦惊讶地问他咋见着家里人了，马家旺就叙述他捎了她们俩一路，说两人要去乌河镇。李望彦问：“她娘儿俩去乌河镇干啥？”马家旺不满地说：“瞧你这个不放心法。嫂子又不是小孩子，再说你外甥闺女也不小了，还担心啥？”李望彦一怔，纳闷从哪里出来个外甥女？马家旺就把在路上遇到她娘儿俩的事细细一说，李望彦奇怪地嘟囔起来，觉得这事蹊跷。

没容他多往下想，马家旺就把他拉到一边，小声地说，自己本是要到镇上给鬼子送信的，但觉得这事蹊跷，便拐了个弯先让李望彦琢磨琢磨。说罢，他从怀里掏出那封鸡毛信来。李望彦把信拿在手里，左瞅右看，见封口用洋糨糊粘得挺严实，摸摸信瓤子薄薄的一层，便对马家旺说：“不行，非得拆开看看才行！刘能子这小子一肚子坏水，说不定是给鬼子通风报信的。”马家旺听了哆嗦起来：“这可是鸡毛信啊！万一要是让刘能子知道拆他的信，可是要掉脑袋的。”李望彦说：“不拆开看，你我不掉脑袋了，不定有多少人掉脑袋！”

其实不用说，马家旺早就知道这其中的利害，不然他就不会先拐着弯找李望彦了，他一拍大腿道：“豁上了！”

李望彦让马家旺放风，他则把信封糊着的地方用唾液润湿，然后劈了根席门子（山东方言：用玉米秸劈成的细丝）一点点划开。他抽出信纸一看，倒吸一口冷气。原来是刘家坤向鹫尾报告刘长喜回来了，邀日本人前去捉拿，时间就定在当日后晌。

马家旺听说信的内容，也吓出一身冷汗，幸亏让李望彦先看了，不然害了刘长喜自己还不知道。李望彦沉吟道："这事得给他破了！"马家旺说："那还不简单，我去告诉刘长喜，让他跑了还不成？"李望彦摇了摇头："不行，鬼子抓不到人肯定拿他媳妇出气，抓不到他媳妇也会拿桃花峪出气。"马家旺六神无主，说要不干脆不给鬼子送去。李望彦还是摇了摇头："那更不行了，你不想活了？"马家旺泄气了，嘟囔道："这不行那不行，你总得想个法子吧！"

事出突然，李望彦一时也想不出好的办法。这件事不但要给他破了，还要做得不显山不露水，让人抓不到把柄。他隐约地感觉到，那个不曾谋面的外甥女肯定跟刘长喜有关系，说不定就是一伙的。如果刘长喜被抓，鬼子顺藤摸瓜就会连累到他的马车店，他必须阻止这一切的发生。

李望彦溜进监工的办公室，偷点了洋糨糊重新把信封好，让马家旺去乌河镇送信，并叮嘱他最好在镇上找到凯儿娘和那个外甥女，让她们马上回村，通知刘长喜家躲躲；要是实在找不到她们就直接回村去，这事耽误不得。马家旺不解地问道："这事跟嫂子有啥关系？"李望彦含糊地说："我让你咋做你就咋做，事情做妥了就让你嫂子在店门口挂盏红灯笼，旁的你就啥也甭管了。"

马家旺匆匆走了，李望彦蹲在工事里边抽烟边细细地考虑对策。过了两袋烟的工夫，他已经胸有成竹了，只等天黑。

那天信送出去以后，刘家坤选了一小队身强力壮的手下，等着乌河镇的皇军来，好一块行动。早晨他并不是不想用大贵子，而是另有打算，让大贵子返回桃花峪盯住刘长喜。大贵子不以为然地说："他往哪儿跑啊！两口子一年多没见了，说啥也得黏糊个三两天。"刘家坤斥道："个个都像你似的，闻着女人骚味就拔不动腿？你马上回村盯好了，到后晌出村接应皇军一下！"

天刚擦黑，就见据点外一片雪亮的汽车灯光，同时传来了马达的轰鸣声。刘家坤知道是皇军来了，急忙出门迎接。鹫尾带着一个小队的鬼子从车上跳了下来。刘家坤忙招呼人往车上爬，鹫尾拦住他说，路上挖了封锁沟，车绕来绕去非常麻烦，命令所有人徒步前进。刘家坤暗自叫苦不迭。

傍黑收工的时候，李望彦有意落在后头，嘱咐同村人，晚点名的时候替他答个到，并吩嘱说万一有人问起来，就说闺女病了，他去去就回来。他磨磨蹭蹭地离开人群一大截，趁人没注意，跳进了封锁沟。

没多久他就望见了自家的马车店，黑暗中果然挂着一盏红灯笼。原来这是他跟陆辰岗的约定，山下有情况他就会在门口挂上一盏掌灯的红灯笼。他试着攀到门口的石座子上，纵身一跃，人便朝院子里跳去。他先在墙缝里找出用油布包着的枪，然后揣在怀里朝上房摸去。

那天后晌，花沟里刮起了风，暗夜中仿佛埋伏着千军万马，到处沙沙作响。天不早了，月亮还没有升起。李望彦刚刚摸到墙根，便听到有轻微的声响，心想是有人进来了。果然，黑暗处传来陆辰岗的声音："哥，来晚了没？"李望彦急忙说："不晚，现在还没有动静。"

陆辰岗的身后跟着王钢钉和满开春。四个人凑在一起，简要地凑了凑情况。陆辰岗问："果真是八路军的人？"李望彦沉吟道："不管他们是不是八路，咱先破了鬼子的局再说。"陆辰岗笑道："没问题，国共一直讲合作，我们这也是促进两党往好处走。"李望彦嘿嘿一笑道："若真是国民政府向共产党学习，革除时弊，亲民向善，说不定还会有生命力。"

陆辰岗对一个乡下人说出如此高深的话来感到震惊，怔怔地望着李望彦，好在黑夜掩饰了他的神情，不然还真是很尴尬。李望彦似乎也觉察到自己的失言，转过话题道："我找你们下山的意思，是想把保安大队和鬼子挡在桃花峪之外，在半路上设伏，这样一可以救乡亲，二不引起敌人的怀疑，让鬼子误认为是八路军或是国军干的。"

陆辰岗笑了，黑暗中露出两排洁白的牙齿："哥，要不说我就是佩服你，想出的主意就是好！"李望彦解下竿子上的灯绳，四周又陷入到一片黑暗中，他们这才潜入田野里。这时候天际有些发亮，玄月就要升起来了。

从夏庄据点向西走不远，是十余丈宽的溢洪沟，一条大道从中间穿过。李望彦他们的设伏地就是这里。他们刚到沟头，便听到从东面传来了杂乱的脚步声，看到手电筒的光晃来晃去。李望彦小声对陆辰岗说："赶得早不如赶得巧，再晚一步就叫鬼子摸过去了。"

陆辰岗张开机头，努力透过黑暗朝沟底眺望着，兴奋地低声说："好久没打过仗了，这次可要好好过过瘾，先杀几个鬼子再说！"满开春还在犹豫，问道："能断定就是鬼子？"陆辰岗侧耳听了听，风声中可以听到叮叮当当的微响，这是他们身上的水壶、子弹盒以及饭盒、军铲等发出来的，保安队的人没有这些装备。他自信地说道："没错，就是鬼子。"王钢钉有点沉不住气了，探出头来说："陆团副，动手吧！"陆辰岗并不急着表态，而是扭头对李望彦说："鬼子人多，我们人少，打起来不一定挡得住。"李望彦笑道："能打就打，不能打就跑，只要引开鬼子就行！”

这样打起来就游刃有余了。鬼子已近在咫尺，陆辰岗不再迟疑，举枪瞄准，搂手就射出一梭子。只见枪口微微跳动，一团暗红色的火焰便吐了出去。随着“嗒嗒嗒”的清脆响声，王钢钉和满开春手中的枪也响了。几十丈开外的手电筒光陡然消失，随后传来了凄厉的叫声。

迟钝了几秒钟后，沟底的敌人似乎才反应过来，朝着坡上猛烈还击，一挺机关枪也“呱呱呱”地叫起来。陆辰岗下意识地叫了一声：“曳光弹！注意避开！”他把王钢钉和满开春朝土堆后面一推，自己也朝一旁滚去。几乎在那一刹那，对面所有的轻重武器朝着刚才他们趴的地方射击，子弹击起的泥土溅了他一身，嘴巴里也充斥着土腥味。

李望彦目睹这机灵的躲闪，忍不住伸出大拇指夸道：“辰岗，行啊！”陆辰岗冲他嘿嘿一笑说：“就是多吃了几口浮土罢了！”突然枪声稀疏了下来，他警惕地探头看了看，沉吟道：“鬼子可能判断出我们人不多，朝坡上运动过来了。”

李望彦盯住一个黑影，试着打了一梭子，那个黑影扑倒了。他抽空说道：“只要把鬼子吓回去就行，鬼子摸上来我们就撤！”王钢钉在一旁听了反对道：“黑灯瞎火的，鬼子不敢上来。我们好不容易逮到这么块肥肉，说什么也得好好吃一顿。”他不等陆辰岗说话，便站起身边射击边大声喊道：“龟孙子们，国军爷爷在山上等着你们哪，上来啊！”

这一声喊把方才稀薄的枪声又勾起来了，刮风一般响起一片枪声。而根据经验判断，这次敌人的枪声来自北、东、西三个方向，看来他们并没有待在原地挨打，而是趁着黑夜的掩护，从不同方向向坡上迂回。李望彦说：“辰岗，得走了，再晚就被鬼子包围了！”陆辰岗却趴在那里没有动：“哥，要恰到好处，撤早了鬼子不上钩，撤晚了兄弟们会吃亏。”说罢，他举手又打出一梭子。这一通枪声正合适，三个方向的敌人都被吸引着向他们包围过来。李望彦兴奋地说道：“鬼子都被吸引过来了，咱们这就快走，跟他们玩玩！在咱家的地头，他们还能熟过咱们？”

四个人转身朝后跑，边跑边开枪，霎时枪声四处响起来，引得周围村庄的狗狂吠不止。

就这样跑跑停停，追了半夜，鬼子也没有追上他们，倒是四个人跑累了，坐在地头上喘粗气。李望彦抬头看了看天，东方吐出了鱼肚白。他必须在天亮之前回到工地，不然鬼子一点名就露了馅。

就在这时，夏庄据点的方向忽然响起一声惊天动地的爆炸声……

这天黑夜，村子东坡里枪声不断，惊扰得人们一夜都没有睡好。其中两个人更是坐卧不安，这两个人一个是大贵子，一个是周大牙，分别站在天井里听动静。大贵子心里惦记的是刘家坤的嘱咐，让他好好盯住刘长喜，进而摸清黄国品的行踪。他这人有事就沉不住气，一整天都进来出去的，也没看出有啥异常。半夜里刚刚睡实，便听到东坡里响起了枪声，他吃了一惊，心想莫非是八路军摸夏庄据点？真要是八路下了山那八成就与刘长喜的归来接上了茬儿。

他正在胡思乱想，马寡妇披了床被子起来了，站在门石嵌子那里，迷迷糊糊地说是刮风。大贵子见她说得无厘头，便没好气地说道："谁家刮风这么响，还紧一阵子慢一阵子的？"马寡妇信口道："那就是打雷！"大贵子看她还在说梦话，大声反驳道："谁家打雷轰隆响，震得地都动弹？"马寡妇一下子被呛醒了，瞪眼说："你今后晌吃枪药了，咋跟我说话？"

大贵子当了保长才几天，一件顺心的事都没有，心里烦。以前心里烦，他只能冲着牲畜发个脾气，而如今做了保长，一人之下万人之上，人前人后说话自然硬了不少，这会儿犟嘴道："咋说话？就是觉得你们娘儿们家说话用腚锤子不用脑子！"

马寡妇做梦也没想到他会反嘴，而且出口来了这么经典的一句，惊愕地张着嘴，半天说不出话来。大贵子说罢就后悔了，心想如果半夜三更的惹起这老娘儿们的火就惨了，弄不好就会被她赶到柴屋里睡草窝，赶紧闭住了嘴。这两天的事，包括到据点告密，都是瞒着她的，如果让她知道了，还不骂他个狗血喷头。

一夜也没有情况，到天明的时候，枪声停下来了。大贵子心里不踏实，就借口拾粪，背起粪篓子出了门。刚到村口，就见周大牙来得比他还早，头戴个棉帽子，趿拉着蒲袜子，缩着个脖子，袖手朝着大道的方向张望。

大贵子心里正愁着没因由打探他女婿的情况，出门倒撞上了，便主动打招呼道："大冷天的，这么早？"周大牙见大贵子大冷天的背着个粪篓子，一眼就看出来他是装样子的，寒冬腊月的，大粪早就冻成冰溜溜了，哪还拾得起，就笑道："都当保长了，还干这种脏活？"

大根子活着的时候，常跟在拾粪的后头喊："屎头子软，粪铲子硬，大贵子粪篓臭了腚！"如今余音缭绕，大根子早已化为尘土，他却装模作样地又背起了粪篓，实在是种讽刺。可他现在顾不上周大牙的白眼，心里藏着更大的野心，于是讪笑道："这保长是能当吃还是能当喝？我不如你，有女婿供养着，等于白捡来个儿。咋，去了南方就没回来？”

他边说边观察着周大牙的脸色，希望能看出些破绽来，然而周大牙一脸的漠然。大贵子不死心，又故意地说：“听说长喜子都回来了。他们俩一块儿出去的，他咋就没信？”周大牙惊讶地问：“你咋知道长喜子回来了？我还是头回听你说！”

大贵子知道这老家伙嘴上上了门插关，紧得很，问不出啥来，但寒冬腊月的，出门白受这份罪着实不死心。夜儿后晌的枪炮声就是佐证，刘长喜不回来啥事没有，他一回来据点就又打枪又放炮，肯定是他带来了八路。黄国品到这时候不露面，肯定是躲在背后。自已玩手段夺了周大牙的保长，如果他女婿回来了，那还会有他大贵子的好果子吃？想到这里，他不禁脖子后头发凉，赶紧夹着粪铲子走了。

周大牙并没有大贵子想得那么复杂，他之所以大冷天跑到村头，只是觉得好奇，心里有所祈盼。前日刘长喜来报喜，说他女婿平安。夜儿后晌这一通枪响，他就感觉是黄国品真真切切地回来了。当初女婿离家出走，他是怀着满腹埋怨的。周家好吃好喝侍候他，还把闺女拱手送上，他却说走连个屁都不放。老婆曾私下说南方人不中交，他还不信，但现实却结结实实地打了他一个嘴巴子。小乔是父母手里的金窝窝，捧在手里怕化了，揣在怀里怕捂了，然而却被黄国品当菜团子似的说扔就扔。眼瞅着闺女一天天瘦削和抑郁下去，他心里也不好受。

其实刘家坤那点花花心眼子，周大牙早就看出来了，只是顾忌他手里的权力才没有跟他翻脸。大贵子拱了他的保长，刘家坤屁都没放一个，眼珠子却盯着小乔不放。他实在无法相信那些闲言碎语都是真的。不过，不管是真也好假也罢，唾沫星子能淹死人，小乔的名誉都让这些传言给毁了。如果想破除这些谣传，拨乱反正，只有贤婿回来。女婿是八路军的人，还做了大官，往老槐树下一站，大喊一声：“谁再说八路家属的坏话，就用枪子崩了他！”那些满嘴胡说八道的人肯定立马就闭了嘴，恨不得找裤裆钻进去。到那时，他就可以挺胸抬头地走在大街上，小乔也会一洗耻辱。

那个早晨，天气奇冷无比，周大牙又待了一阵子，也没见大道上有半个人影，便失望地转身朝回走。这时候多数乡亲都起来了，三三两两地聚集在村公所门口，议论夜儿后晌的事。他懒得跟这些人说话，反抄着手旁若无人。

水兽迎面走过来，大冷的早晨，他光在裆里围块獾皮，一走路皮子就呼嗒呼嗒地扇风，冻得腚锤子彤紫。他神神秘秘地凑上来说：“周叔，是不是去村头看热闹了？我给你说个事，说对了你可得赏我，我打前日就没米下锅了。”

周大牙刚想呲他一句，你没米下锅就下河逮鱼啊，却突然觉出水兽话里藏着别的意思，忙停下脚步说："行！看你有啥好事。觉得值了，我让小乔给你盛碗啥喝送去。"

水兽不屑地说："我这可是一字值千金啊！就赏碗啥喝？"周大牙瞪眼道："你别踩着鼻子上脸！这兵荒马乱的，有粮食给你吃就不错了！"不料水兽根本不领情："我这可是积德行善的大好事！说给你听，保险乐得你腚眼子朝上屁颠屁颠的！"

从他这最后一句话，周大牙看到了希望，于是咬着牙道："赏就赏了！只要我听着是好事，就给你俩馍馍吃！"水兽讨价还价地伸出仨指头，周大牙又狠着心拍了一下大腿。水兽这才凑过来说："我看见你家女婿了！"

这话可非同小可，周大牙半夜五更起来站在村外挨冻，就是想打探女婿的消息,可连个影子也没有,水兽却说见着他了。该不会水兽是糊弄自个儿吧？

他站下来，矜持地说："你说说看！"水兽不假思索地说："他朝后山跑了！"周大牙一听泄了气，贤婿既然回来了，为何不进门，却瞒着家去后山？这纯粹就是扎瞎话。水兽一贯地满嘴里跑火车，自己凭啥就相信他？他哼了一声就扬长而去。

水兽见他走了，紧跟两步，缠着他说："叔，你听我把话说完。我是看见你家女婿了！"周大牙不再信他，呲着悠话敷衍道："看见就看见了，他说啥来着？"水兽终于说："他说让你和小乔姐到花沟的园屋子见他！"

周大牙把迈出的一条腿又收了回来，虽说他还是不信任水兽，但水兽此时的表情却是认真的。他怕周大牙不相信，进一步补充道："夜儿后晌的枪炮声你也听见了，就是姐夫干的，他不让我说，只让我捎个信，你们爷儿们见个面！"

周大牙这回听得真真切切，水兽果然告诉他一个天大的消息，而且跟他的判断相吻合。夜儿后晌据点方向的枪炮声就是贤婿干的。只是周大牙还闹不明白，既然他敢打据点，那为啥不敢光明正大地回家一趟？

他像只黄鼬一样夹着尾巴溜回了家。小乔还没起,周大牙赶紧敲她的窗户，语气颤抖地说："小乔，快起来，跟我上花沟！"小乔懒洋洋地哼了一声，又翻身想睡。周大牙已经沉不住气了,加上一句："别睡了,跟我去见你的男人！"

黄国品果真下山了，下山打夏庄。

他打据点就是为了出一口恶气。刘家坤占了他媳妇，这件事本来已经过去很久了，大伙儿都没有了兴趣，但作为男人，他却不能咽下这口气，并且跟窖酒一样，随着时间推移，越发酵越浓烈。黄国品就是这种小鸡肚肠的人，即使他现在是一名抗日军人，即使当上了中队长，也没能让他变得心胸博大、荣辱不惊。他像头愤怒的骡子，又是扬蹄子又是尥蹶子，非要下山阉了刘家坤不可。

霍黄这支队伍成分复杂，政治上极不成熟，稍有不慎就会发生动摇和哗变，陈司令员再三叮嘱，一定要稳住这支队伍，等待更好的时机彻底改造它。相如莲最初下山的目的就是侦察敌情，认准机会打击一下敌伪势力，既扩大抗日救国军的影响，又缓解战士们的抗敌情绪。她早就从王宝斗那里得知了黄国品的情况，也深知他的脾气，临行前再三嘱咐，无论如何要看住黄国品，一切等她回来再定夺。然而偏偏在这个时候，黄国品擅自下了山。

火是霍金龙点起来的。那天闲着没事，他拉着黄国品去喝酒，霍金龙说别看他们现在挂的是抗日救国军的牌子，但是骨子里还是国民政府的人，共产党不会把他们当正经人看，给他当这个大队长也是权宜之计。

黄国品却不同意他的这些说法，他说自己就是一心一意投奔抗日队伍，不管它姓蒋还是姓共，只要是真心抗战，他就拥护。霍金龙笑话他过于书生气，说那两个八路根本不是来领导抗日的，也从不关心部下的死活，说白了他们就是来挖这支队伍的，不然他老婆被人欺负了，领导却视而不见，想报仇都不批准。

黄国品被他说得不知所措，端着酒盅直发愣。霍金龙说："害人之心不可有，防人之心不可无。只要枪把子牢牢地攥在咱兄弟们手里，就是咱说了算！你老婆的事不管准不准，你就借机闹它一场！反正那个刘家坤是汉奸，咋闹也不过火。"

黄国品被他说得动了心，但怕王宝斗阻拦，霍金龙撺弄道："夏庄据点离桃花峪不远，后晌摸进去搞他一下，让他刘家坤忌讳你，不敢再打你媳妇的主意，你的目的就达到了。"

黄国品听得字字真切，心里感叹关键时候还是老同学关心自己。有仇不报非君子，相教导员恰好不在队伍里，他可以从容下山，只要把夏庄据点端了，杀了刘家坤，他就大功告成。

事不迟疑，他连夜就做准备，本想叫上几名战士，但霍金龙说拉战士肯定会被王宝斗发现，不如用当地村民，他们不少人都当过山匪，枪也打得准。黄国品犹豫道："这些人能听我的？"霍金龙笑道："哪能不听！重赏之下必有勇夫！"

大队里还有些军费，霍金龙取了给他。黄国品回到营地，叫起了周书启，骗他说是大队的命令，带村民下山打据点。周书启见他是老乡又是上级，连艮扽都没打就信了。周书启去找山猫子几个村民，他们却死活不肯去，后来见黄国品拿出钱来才有了活口。最后，他们达成协议，每人十块大洋，去之前发五块，回来发五块。于是，这几个人背上枪，背上周书启从仓库里偷出来的土炸弹就下了山。

那天相如莲搭马家旺的车去乌河镇，过晌午刚回店里，马家旺就慌里慌张地进来了，说让他好找，后晌鬼子要来桃花峪。李尹氏问："你咋知道鬼子要来村里？"马家旺摆了摆手道："你就甭问了，这事还得去通知刘长喜。"相如莲清楚是敌人嗅到了行踪，表面上不动声色，暗里却十分着急。她拉住李尹氏的衣裳说："姐，你快追上这位大叔，就说叫刘长喜马上回马车店！"

刘长喜得到信，快步赶到马车店，相如莲说他们得立即上山。刘长喜没有思想准备，担心他这一来一走贾仙桃有危险。李尹氏看出他的为难，对他说："长喜子，信得过嫂子不？"刘长喜不假思索地说："再信不过嫂子，桃花峪就没有信得过的人啦！"李尹氏庄重地点了点头："那就好！你走你的，我这就让望生把你媳妇接到我店里，藏起她来。我当着这位姑娘做个保证，有我在就有你媳妇在！"

如此深明大义令刘长喜异常感动，他扑通跪到地上，磕头道："嫂子，仙桃就全托付给您了，来日方长，我刘长喜定报答您！"

刘长喜和相如莲连夜进山，这时候黄国品却带人正从山上下来。他们没敢走正道，而是沿着大概的方向，遇山劈石，遇河过桥。他们刚接近桃花峪，便听到前面响起了激烈的枪声。周书启先害怕了，磨磨蹭蹭地不走。黄国品观察了好半天，才觉得这是两伙人正在野地里打得不可开交，不禁兴奋地说："天助我也！据点肯定空虚，我们正好乘虚而入！"

他们摸到夏庄据点的时候，已经是后半夜。远处枪声正浓，据点这边却没有一点动静，倒是如临大敌，门前挡了路障，堆起沙包，架着机枪，汽灯把百步开外照得雪亮。周书启侦察了一圈，丧气地跑回来说，前门根本进不去，后坡上有堵墙，兴许能翻过去。

几个人转到后坡，见那里用石头垒起一圈一人多高的墙，墙上扯了铁丝网，人不能翻越，一碰就哗啦啦地倒。

黄国品不死心，又转了几圈，还是找不到进去的地处，正在着急，突然听到桃花峪方向的枪声停了，心想再不快想办法就晚了。他又朝后面走了走，果然在一处地方看到了空隙。这里有处陡坡，上下形成个断墙，抓着树枝就能进入据点。他带头朝里面攀去。

黄国品和手下都没有受过严格的训练，尤其是背着枪和子弹袋，都不知咋样趴在地上才合适。山猫子一不小心让铁丝网挂住了裤子，他本能地一挣，铁丝网立刻发出了丁零当啷的声响。原来上面挂了些烂铁皮和罐头盒子。

那天半夜里，刘家坤去抓刘长喜，出发前担心据点不安全，特意多派了岗哨。听罐头盒子一响，枪子顿时瓢泼过来，打得人抬不起头。黄国品眼见被压在这么个隅领子里不能动弹，对周书启喊："扔炸弹！"周书启右手一扬，"轰隆"一声，动静不小，但只炸起了一片烟雾。山猫子一看这人是个废物，夺过一颗炸弹，站起身就想投，不料一排子弹正打在他的胸膛上，他哼都没哼一声就扑倒在地。

黄国品吓得魂都飞了，他从没真正打过仗，从没杀过人，见死了人，忙对周书启说："我们打不过他们，快撤！"他率先钻出了铁丝网。其他人一看无心恋战，脚步也都比飞还快。只有山猫子的把弟兄老五不走，他流着眼泪说："都是一块儿出来的兄弟，咋说扔下不管就不管了？"周书启劝道："保命要紧！"老五上了症候（山东方言：毛病，脾气），死活不走。周书启只好猫腰返回来，一人拖着一根腿把山猫子拖出了据点。

没端了夏庄据点，也没报复了刘能子，甚至连他人影都没见着就死了人，黄国品腌臜（山东方言：窝囊，心里别扭、不痛快）得说不出话来。他命令周书启把山猫子埋了，老五却坚持要背着他走。周书启强行把尸体从他肩上卸下来说："死就死了，打仗还有不死人的？先埋在这里，做好标记，赶哪天有机会了再回来起！"

大伙儿找了个河沟，用刺刀挖了个浅坑，把山猫子埋了。刚喘口气，山坡上就冲过一伙人来，冲着他们开枪。曳光弹仿佛是腚上冒火的虫子，突突地打在周围。黄国品说："好像是鬼子！"听说是鬼子，大伙儿都害怕了，扔了枪四散而逃，好在这里地形复杂，鬼子只开枪不追赶，他们才得以逃生。

不管这场战斗精彩不精彩，这是鬼子占领乌河镇以来，最激烈的一场战斗，也是占领军首次在大后方遇到武装骚扰。第二天，桥下彻便带领两个中队的鬼子支援夏庄据点。

当他赶到夏庄的时候，据点周围早已恢复了平静。桥下彻只有不断地用"巴嘎"来发泄心头的怒火。刘家坤吓得大气不敢出，夜儿后晌他们根本没有去成桃花峪，也没抓到刘长喜，而仅仅被一伙不明身份的人困在野外了。如果在桥下彻面前他还坚持说八路就在桃花峪，那他无论如何也推脱不了责任。他绞尽脑汁地试图说明，八路军出现在桃花峪只是个引子，目的就是引蛇出洞，端他的据点。桥下彻这才平静了一些，嘴里吐出一句："那你？"

刘家坤趁机说："太君，我早有防范，八路军硬是没有得逞，天不亮就狼狈撤退了。"

鹫尾陪着他挨上司的骂，也同样一头怒火。他觉得受了愚弄，桥下彻刚走，他抡起胳膊就朝刘家坤的脸上打去，嘴里骂着："巴嘎！都是你提供的假情报，我一定不放过提供假情报的人！"他坚持要追究提供假情报的人。刘家坤哭丧着脸道："太君，情报是王保长提供的，他咋看也不像坏人哪！"鹫尾嘟囔道："那是他良心大大地坏了！"

保安大队清点人数，死了三个人。安排后事这钱非大贵子出莫属，事是他惹的，情报是他送的，出了事当然他得负责。但有一事却愁坏了刘家坤，鹫尾临走时交代，要把王大贵带到镇上。大贵子要是到了皇军那里，谁知道会瞎咧咧出啥话来。鸡毛信白纸黑字写得明白，桃花峪有八路。如果不让大贵子揽下谎报军情这摊子烂事，无论如何也过不了关。要是大贵子瞎说乱咬，弄不好就会咬出黄国品来。黄国品又牵扯着周大牙，周大牙又牵扯出小乔。一旦让皇军知道他跟小乔腚底下不干净，怀疑他在其中作梗，那他可是跳进黄河都洗不清了。

刘家坤跑了一夜，又困又乏，但他清楚，当务之急是把夜儿后晌的事抹利落。至于替队员出丧，马大臭就挺适合干这个角色，他索性躲出去落个清闲。

出据点不远有家小诊所，老先生姓张，自诩十二岁悬壶，但知情人都清楚，他就是个兽医。不过这张先生拔个火罐、下个针灸、熏个艾草、治个腰肌劳损什么的在行，刘家坤骗上洋车子就直奔他那儿。

往那张黑漆漆的气椅子上一坐，他就让张万金给他脖子后头一气拔了四五个火罐，心头一阵释然，竟趴在那里睡着了。蒙眬中听得有人说话，原来是俩来看妇科的女人，一个说夜儿后晌枪声响得跟炒蝎豆似的，今天一早到坡里耪麦茬，一看麦茬全给压倒了。另一个说天明去打娘花柴，看到地上一汪血，八成是死了人。耪麦茬的女人立刻惊呼起来："会是啥人啊？"打娘花柴的女人便压低了声音说道："还能是啥人？刘能子得罪的人多了，不是抗日救国军就是八路！"张万金在里间听到了，忙咳嗽一声，警告道："你们俩臭娘们，裤裆没个把门的，嘴也没把门的吗？小心让刘大队长听见了拴你们游街！"

其实刘家坤早就听见了，坐在那儿装睡。他从两个女人的闲聊中听出了情报。夜儿后晌对方死了人，一黑夜他们穷追猛打，对方肯定运不走。运不走就能找到，这可就是他手中一张牌。只要他找到人，哪怕是个死人，也完全可以凭借着尸首邀功请赏。如果这事炒得恰到火候，就可以给井上失踪案一个交代。还有更高明的，他索性来个狸猫换太子，说这个死人就是他们要抓的八路，现在被他们打死了。这样一来，不但大贵子平安无事，他跟小乔也可以纸里包得住火。

他乐得一跃而起，带着火罐子就朝门外跑。回到据点，他就叫人分头寻找，果然在一处沟底发现了一座新堆起的坟头。刘家坤吆喝着手下挖开。大臭子不情愿地道："就是挖出来皇军也未必信啊！"刘家坤心里咯噔一下，是啊，这鬼子鬼精，拿个死人糊弄他，万一鹫尾看出破绽来咋办？

见他被说住了，大臭子幸灾乐祸，咧嘴笑道："大队长大可不必发愁，反正事都是大贵子惹的，你就不兴让马寡妇来个哭丧？只要她一哭，皇军肯定就不会怀疑了。"刘家坤乐得一拍大腿，说："大臭子，这种歪主意也只有你兄弟们想得出来！"二臭子在一旁回敬他："别扯上我，我哥跟着谁随谁！"刘家坤瞪眼道："我又不是你爹！"

便宜总是让当官的占着，臭子兄弟都闭上嘴不吱声了。刘家坤决定亲自去趟桃花峪，把利害给大贵子陈述清楚，特别是马寡妇，这老女人邪得跟枣木杠子似的，用锯拉也得给你夹断几个锯齿。成败关键就在她这一哭了。

那天早晨，大贵子到村口打听消息，可没人说得清楚，他正囚在家里愁闷，见刘家坤找上门来，心里不知道是福是祸，急忙说："刘大队长，打了一夜的枪，到底是啥情况？"刘家坤不回答，而是问他："我让你看着刘长喜和黄国品，你有啥要汇报的没有？"大贵子懊恼地说："哪有啥要汇报的，屁动静没有一点！夜儿后晌这一通枪炮，是鬼也被吓跑了。"刘家坤冷笑道："这么说皇军要来抓人，就啥人也抓不到了？"大贵子不知他话里的意思，顺嘴说："那还用说！"

刘家坤坐在太师椅上，跷起二郎腿，慢条斯理地说："抓不到人，你就得跟我去一趟乌河镇，亲自给鹫尾太君讲清楚！"大贵子听了，心想不妙，想不到这一趟告密，没抓住刘长喜，反而把自己扯了进去。他哭丧着脸说："刘大队长，我这可是一片好心当成驴肝肺，你可得给我做主。我不能去乌河镇，到了皇军那里，没事也说成有事了！"刘家坤故意说："皇军明察秋毫，不会冤枉你。"大贵子扑通跪下说："俺不信皇军信你的，我这个保长还不是为你当的。如今刘长喜都跑了，黄国品也没见着人影，你让我咋跟皇军说啊！"

刘家坤见时机已到，阴险地笑了，说："是不能到皇军那里去，这皇军说翻脸就翻脸。说实话，我对你还是知根知底的，你这叫好心办坏事。"大贵子忙说："大队长，你就别折腾兄弟了。我早看出来了，你早就胸有成竹了，不然不会找上门来。你就直说吧，兄弟咋办？"

两个人说话避着马寡妇，她便躲在套间里偷听。刘长喜回来的事她事先并不知情，大贵子到据点里通风报信也瞒着她，这才酿出如此横祸来。这无论如何也让她气愤不过，心里的火腾地就被点燃了。她一脚踢开里屋的门，掐着腰破口大骂起来：“好你个乌龟王八蛋！净背着我干这些不三不四的勾当！上回我替你背了黑锅，差点让乡亲们的唾沫星子淹死。这可好，又招惹事，到了鬼子那里，你交不出人，还不抽你的筋剥你的皮！”

大贵子听罢冷汗直流，就对马寡妇道：“我也不算告刘长喜的密，而是事情赶巧了。刘大队长问，我也就实话实说。他让我回村看着，我这还没汇报呢，刘大队长就找上门来了。”

马寡妇听他一席话，心想，敢情这是刘能子下的套子，就跌斜下脸来说：“刘大队长，这可就是你的不是了！俺家大贵子缺心眼，啥事都让你牵着鼻子走，这出了事，你让他一个人顶着？如果是这样，我老婆子跟你去乌河镇，跟皇军当面锣对面鼓地说清楚！”

刘家坤见马寡妇如此上火，知道得赶紧找个坡下驴，忙起身把马寡妇让到座上，赔笑道：“马嫂子，刚才我是跟大贵子开玩笑。我今们来就是商量着咋对付日本人的！”

接着，他便把自己的想法说了一遍。没想到马寡妇听罢更来气了，指着他的鼻子骂：“刘能子，俺男人死我都没去哭坟，你却让我哭一个不认识的男人，我死都不会去哭！”两人一听都傻了眼。

马寡妇最终也没有逃脱刘家坤设定的阴谋，这关系到大贵子的生死。她对着那个陌生男人好一顿痛哭，刘能子说她哭女婿哭儿哭男人都不管，只要让鬼子相信他是桃花峪的人就行，只要把大贵子的嫌疑抖落下来就行。马寡妇直哭得天昏地暗，让在现场督办的鬼子都怀疑这个老女人太过于痴情，吩咐刘家坤厚葬那个面目全非的人。

这件事戏剧性地结束了，只是这段糗事让大臭子添油加醋地传到山里人们的耳朵里，大家茶余饭后多了些笑料而已。贾仙桃因此得以脱身，又可以招摇地走在大街上。她遇到大贵子，居然冲他嫣然一笑，这让他目瞪口呆，时光仿佛又回到从前。贾仙桃笑嘻嘻地说：“王保长，有空来家里喝茶！”

在夏庄据点遭到攻打的第二天，李望彦就被抽回来修那段陡壁，在那里砌一道石墙。李望彦跟刘能子提出条件，修墙没问题，得把桃花峪的人都调回来，他使着顺手。他同时提出，也不能出工派日地干，都有家有业的，后晌得放假回家。刘家坤点头答应。

桃花峪并不是个个都从此过得熨帖了，小乔就五味杂陈。

虽说在跟刘家坤的交往中，她是一个被动者，但是在男人淫心的背后，是她的浮荡。如果当初黄国品不跑，她还是一个满足了自家男人就等于满足了天地良心的良家妇女，然而却因为丈夫的出走，她把刘家坤引进了家里。在这事上，说她无奈也好，说她是半推半就也罢，总之该发生的都发生了，该放纵的都放纵了。正是这种放纵让她成了刘家坤怀中的玩偶，反过来又成了这个家的保护神。

黄国品上山干了八路成为不争的事实，如果有人到日本人那里告一状，那她全家就完了。那天早上，水兽悄悄告诉她，她男人回来了，躲在野坡里要见她，她竟有一些不情愿，觉得无颜以对，更怕男人做出过激的事来。事到临头，还是周大牙心里有底，嘱咐她说："这事不管是真是假，到时候你就咬准一个字，没影的事！"小乔一咬牙，跟在爹腚后头就去了坡里。

黄国品下山前盘算得挺好，五个人手里头有枪，还有土炸弹，手指头一搂，胳膊肘儿一扬，夏庄据点就算完了，然后从塌陷的碉堡里拖出刘能子，枪口往额头上一顶，说："还看我娘儿们不？"然后一枪结果了他，他们就安全撤回山上了。没想到一串罐头盒子把计划给毁了，还搭上一条人命。

一行人借着最后的夜色狼狈地逃到花沟，躲到羊圈里。周书启提议就此返回山上，黄国品却不想马上走。望着山下的村子，心想不回去看看实在是熬得慌，他这才意识到他还是挺恋这个家，挺恋小乔和女儿。经过这一夜，所有的仇和恨他都看得淡了。他把钱全扔给老五，对他们说："咱们就此散了吧！书启子，到家门口了，你要回家看看就回，不看就先回山上，反正我得回家一趟！"说罢，他扑落（山东方言：拍打）扑落腚径自走了。

大伙儿分道扬镳。黄国品心里头全是小乔的影子，可是要见着老丈人和小乔他还真不知道说啥。想起和刘家坤的过节儿，他的腿便灌了铅似的拖不动。就在这时候，他远远地看见水兽从湾边上往回走，便硬着头皮从道旁蹿出来拦住了他。

黄国品和小乔父女的见面是悲剧式的，又是喜剧式的。小乔一见丈夫就双腿跪在地上，呜咽得说不出话来；而黄国品也冲着老丈人跪下了，嘴里说："岳丈，都是我不好，害了小乔也害了您！"周大牙拍打着女婿的头，哽咽地说："冤家啊！咋都弄得人不人鬼不鬼的啊！"

黄国品爬起来，扶起小乔说："过去的事咱都不提了，今后重打锣另开张。夜儿后晌我也去找算刘能子了，只要我不死，今后还有他难看！"小乔冷静地说："既然你都听说了，我也不瞒你，今后我定跟他断了，一心一意跟你过日子，拉扯好咱的孩子。”黄国品大度地说：“行！咱都说话算数，我看你们一眼就走，有朝一日，谁欠咱们的账，都让他加倍偿还！”

小乔惊愕地问：“咋，你还走？”黄国品说：“开弓没有回头箭，鬼子和保安大队的人整天来晃悠，我只有一步走到黑！”小乔又呜咽地哭起来，哭得周大牙心烦起来，跺脚骂道：“哭，哭……哭个屌，老爷儿们办的是大事！想当年越王勾践励精图治……贤婿走个一年半载也值得你哭丧！”

小乔抹了一把泪不吭声了。周大牙对黄国品说：“贤婿，事到如此，我也不折了你的宏图壮志，只要日后你功成名就，别忘了俺们一家就行。”

说完他就先告辞一步，让两个人单独待一会儿。他又不放心，走出不远，找了个石头旮旯，蹲在暗处给两人放风。过了半个时辰，小乔才头发蓬乱地从园屋子里出来，而黄国品整理行头，又一次踏上了进山之路。

黄国品回到山上就被关了禁闭。霍金龙把事情推脱得一干二净，连声叹息，说这个老同学太意气用事，听得风就是雨。相如莲生气地说：“你擅自下山公报私仇不说，还不好好计划，死了一个老乡。”王宝斗主动检讨，说这事也怪自己，没看住他。相如莲严肃地对他说：“这事我交给你，因为你是政治战士，是老八路。这倒好，你不但没有看住人，还给部队造成了这么大的损失。”她让王宝斗在全体大会上做检讨。

部队出现的问题可谓非常严重，要对这支旧军队进行全方位改造方能形成战斗力。相如莲一方面在基层战士中渗透中共党员，并借扩军扩编之机吸收老百姓加入，这样就稀释了旧军队的成分。同时她琢磨着打一个漂亮仗，扩大八路军在白云山的影响。只有这样多管齐下，方能彻底扭转被动的局面。陈好来信让相如莲立刻动身前往泰沂根据地面授机宜，顺便带回来他替这支部队物色的一批返乡抗战的青年学生。相如莲虑到这时候她离开队伍不合适，还是决定派王宝斗去，自己则留在山里。

下　篇

李望彦衣冠冢埋下的某天夜里，在离他的坟一箭之地，也就是吕无常遗留的那片土地上，又添一抔新土，这是一个无字冢，坟头很小，没有任何标志，只是在坟前的地上插有一枝桃花。那桃花分明是夜里折下来的，早上看的时候枝头还带着露水，鲜艳无比。

——内容节选

鬼子开始对白云山实施漫长的封锁，粮食没有了，武器弹药也明显不足，部队的日子一天天变得艰难起来。队伍的裂痕其实从黄国品下山就凸显出来了。山猫子死了，霍金龙挑唆着其家人来闹，要求按八路军烈士的待遇厚葬，要补偿。他则借机在队部会议上挟持相教导员。相如莲清楚这事起于自己军纪不严明，解铃还需系铃人。她找来黄国品，让他出面做工作，阐明八路军的处事原则，追认烈士有些牵强，但可以由地方按照抗日烈士的标准进行补助。黄国品嘴上不说，但心里不满。部队的抵触情绪也越来越大。战士们已经很长时间没吃上饱饭了，这远比当初他们当警察时大鱼大肉吃得寒酸，违反纪律的事也就屡禁不止。

小马峪的老乡们怨声载道，阴阳先生领头向相如莲请愿，让抗日救国军另行驻扎。相如莲把各个中队长召集起来，开会商量解决的办法。霍金龙主张部队离开白云山，到乌河镇一带活动。那里靠近铁路，可以联络到他那些旧部，他们哪一个都搜刮民脂民膏，富得流油，只要逮到一个，就够部队吃个一年半载的。相如莲说："我们是革命队伍，不能靠强取豪夺过日子！"霍金龙哼道："那你就在这穷乡僻壤里喝西北风吧！"

黄国品在经历了那晚的失败以后，内心受到很大打击，他一心报仇，扬言把队伍拉到山外去，端了夏庄据点。"我老丈人当过保长，在村里德高望重，一个大队吃喝不是问题。"刘长喜反驳道："如果你老丈人德高望重，小乔姐就不会让刘能子霸上了！"一句话又揭开了黄国品的伤疤，疼得他从凳子跳起来，发狠道："这桃花峪我是回定了！这跟刘家坤的仇我是报定了！谁挡我谁是我的敌人！"

黄国品气冲冲地喊周书启集合队伍，准备向桃花峪开拔。霍金龙一看黄国品要拉队伍走人，也站了起来，大声说道："黄国品，给你根棒槌还就当了针！这队伍是谁的？那是我的警备大队，要走要留是我说了算！"

黄国品做梦也没有想到，昔日的老同学说翻脸就翻脸，抢白道："当初我也是带枪带人过来的！"霍金龙鄙视道："不就是三个人四条枪，还有两条是汉阳造，你全带走就是了！"

相如莲看他们鸡争鹅斗起来，拍案而起："你们哪点像抗日军人！为了自己的利益互相敌对，还怎么团结带好队伍！"她的话音虽然不高，但极具威慑力，两个人都不吭声了。

王宝斗已经出山一个多月了，在他走后的日子里，相如莲深感孤掌难鸣。与其每天关在家里华山论剑，倒不如主动出击。霍金龙主动要求到乌河镇去侦察，那就答应他；黄国品对桃花峪一带很熟悉，就让他下山寻粮。相如莲则坐镇军中。王宝斗很快就要回来了，只要他回来，部队进步力量的配比就会发生根本性的变化，进一步转化或者说改造这支队伍就容易多了。

两个人各自争着要下山，恰好给她提供了等待的时间。刘长喜见黄国品要回桃花峪，也要求跟着。相如莲经过前一段时间的观察，觉得这个人不错，有心要重点培养他一下，就对他说，两个中队长都下山了，山上还有好几百个战士，还是留在山上更好。刘长喜深感这个年轻首长的信赖，点头答应。

霍金龙得了军令，到乌河镇打探情况，神不知鬼不觉地就潜进了镇上的客店里。

霍金龙凡事喜欢天马行空。当年警备队查案，除了禁毒就是男盗女娼，这为他提供了充分的机会。别人办案喜欢兴师动众,他则独往独来。比如抓嫖，人吃五谷杂粮，就有七情六欲，交钱他就放人。抓赌也是一样，把赌资一收，明天你再赌再博那就是另一局了。这样行事，各路的神仙都可以接受，天下太平，不但所辖地域治安形势大好，到后来连报案的都没有了。霍金龙不算好色，但也绝不拒绝女色，干警察这行，离开烟花柳巷就失去了意义，也没的吃喝了。

那天他到乌河镇的第一件事，就是先找个澡堂子好好蒸一蒸，然后点了个女子伺候，直到心满意足，才回客店歇息。

霍金龙歇脚的这家客店恰好就是马六子和改子住过的那家，第二天稍加休整，他就到大街上转悠。对于乌河镇他不算陌生，因为这里曾是他的辖区，然而大面上熟，真正走胡同钻犄角旮旯还真不摸行情。他心想这样也好，省得人们认出他来。他身穿绸缎白褂子，戴了顶浅色的礼帽，又在鼻梁上架了副墨镜，大摇大摆地出了门。他专捡着要害处走，为的是看清楚岗楼子、碉堡和鬼子维持会的驻防情况，但后来发现这样不行，哪有一个大男人有事没事在街上转悠的，鬼子的巡逻队和维持会的便衣队随时随地都可能把他认出来，他一把匣子炮是无论如何也打不出乌河镇的。

他正在为难的时候，忽然见一个人骑着洋车而来，这人不是别人，正是夏猴子。两人在警队的时候曾是队友。夏猴子看到霍金龙吃惊不小,结巴着说:“霍大……队长，你咋敢在这种地方？”霍金龙微微一笑道：“我为啥不敢在这种地方？我好久不来乌河镇了，还觉得挺好。你就不问问我找你干啥？”夏猴子讪笑道：“霍兄说的这是啥话，好歹我现在也是侦缉队的人，你找我干啥不干啥谁还敢问？”霍金龙又笑起来，说：“看来夏兄这阵子也混得不错。”夏猴子苦笑着说：“我哪像你老兄，走到哪里都是个当官的命！”霍金龙拽住他的车把说:“走走,好久不见了,我请你喝几盅。不瞒你说,老弟最近发了点小财。”

夏猴子是个爱面子的人，非争着要请他，霍金龙把眼一瞪，嗔骂道：“跟我还‘狗鼻子上插葱——装洋相’！我说请就请！我一时半会儿又不走，你以后再请我。”夏猴子也就不再装洋相了。两人找了家小酒馆，热上壶烧酒开喝。夏猴子问霍金龙干啥来了,霍金龙三五盅酒下肚,脸色紫得跟洋茄子似的,也就看不出真假。他说最近做了笔大买卖，从山西往这里鼓捣炭，上家有了，下家有了，火车皮也有了，就需要个大的场子，把炭盘起来等着入冬的时候再卖。

夏猴子一听，拍案叫道：“霍兄这生意好啊！你碰上我也碰对头了。在乌河镇，哪里有场子我可是闭着眼也能说上来，回头我就带你去找一家。”霍金龙说：“先甭急，我有几个要求，最好是挨着铁路，好运进运出；第二就是背靠大树好乘凉，最好是和日本人合伙。”夏猴子肚子里酒一打转，说话就牛气冲天，拍着胸脯子道：“这你放心，镇上哪家日本会社不给我面子？喝完酒我就一家家领着你转。”这话正中霍金龙的意，他又是端酒又是夹菜，不一会儿就把夏猴子灌得没了脾气。

霍金龙骑洋车载着夏猴子在镇上四处转，后来他们在一片被拆得七零八落的院子前面站下了。夏猴子指着说：“这地方靠近铁道，是个最好的炭场。这里原先是座老油坊，被皇军看上了，硬是给拆得差不多了，光根油梁还戳在那里。哪天抽机会我给你引见一下鹫尾，他可是乌河镇最大的东洋公司会长。”霍金龙伸头一瞧，北屋里好像还住着人家。夏猴子夸霍金龙眼还挺尖，这油房的王经理和他闺女还住着没搬走。

这可是霍金龙到乌河镇最大的收获，他居然可以通过夏猴子和日本人搭上关系，当然他搭关系的目的不是想做买卖，而是伺机获取情报。如果能在鬼子的窝里抓他几个，那对于抗日救国军来说是多大的胜利！退一步说，这个姓王的卖油郎何尝不是他争取的对象，日本人要拆他的油坊、占他的院子，这就有机可乘，帮助他和日本人周旋，或者帮着日本人赶走姓王的，他都会从中渔利。想想这两招棋都阴险毒辣，但是敢在太岁头上动土的，也只有他霍金龙。

霍金龙连连点头，说：“你约个时间，我宴请一下这个叫鹫尾的皇军。”这下子夏猴子难住了，沉吟道：“别看平时和宪兵队就一墙之隔，可是我还真跟皇军说不上话。”霍金龙不耐烦地说：“你说不上话还跟我扯这些没用的干啥？皇军这边说不上话，那领我见见这油坊的主人该行了吧？”夏猴子又艮扽了，尴尬地道：“我跟王掌柜倒是熟，可这阵子见不着他人。”

自己的要求夏猴子都满足不了，这让霍金龙有点失望，点着夏猴子的脑门子不满地说：“夏猴子，怪不得都胡子一大把了还是个大头兵，真是没用！”让霍金龙指着脑门子一骂，夏猴子脸上有点挂不住，忽然想起改子来，一拍脑门子笑道：“刚才一下子没转过弯来！说到王掌柜的，我外甥闺女和她闺女从小可就是一把联子，通过这俩闺女不就接上头了？”他拐弯抹角地这么一说，把霍金龙绕得云里雾里的，便有心无心地挥了挥手，让他看着办。

霍金龙跟着夏猴子去见改子，没抱啥希望，就只是随便说说，但等见到改子的时候却吃了一惊，夏猴子这外甥女咋如此水灵？改子也被霍金龙吸引住了，觉得这个男人很威武、很雄壮，尤其是他的络腮胡子十分浓密，真想伸出手去试试扎不扎人。

当然，改子只是内心这么想，表面上板着脸，任何痕迹都不留。当姨夫问她珂儿的情况时，她只是淡淡地说，也好久没见过珂儿了，说罢便扭身去了自己的房间。

霍金龙好久没回过神来，夏猴子家里竟然藏着个天底下少有的美女，他语气里立马充满了敬意：“夏兄，你啥时候有这么个漂亮的外甥女？”夏猴子不傻，从一进门他就从霍金龙的眼神里看出了意思，只是故意不捅破这层窗户纸，笑道：“说来话长，等有空的时候，我给你慢慢讲来！”

霍金龙也觉得一见面就打听人家外甥闺女不礼貌，便把话题转到鹫尾身上，让夏猴子再想想办法。夏猴子一筹莫展，突然想起改子没正名的爹大贵子，他当保长，曾提及过跟夏庄据点保安大队长刘家坤交情不错。而据他所知，刘家坤又与鹫尾有着特殊的关系，于是说：“今们不行了，改天我领你去趟夏庄，再去趟桃花峪，找找刘能子，让他推荐一下，只要接上头一切就都妥了。”

夏猴子说着说着直打盹，而霍金龙也心猿意马，心思完全在改子那里，其他的事都显得不那么重要了。夜里他竟然失了眠。第二天一早，他就又去找夏猴子，夏猴子却没有空，说改子一早就不在家，跟她干娘请了假，要到镇上寻个人。霍金龙这次下山，相如莲给了他三天时间，如今啥事还没打探到，却已经过去两天了。两天来，他更多的是感受到住在城里的舒适和在深山老林里吃糠咽菜的清苦。当初他不该选择南下，也不该选择逃进深山老林，过着贼一样的日子。凭他这百十杆枪，打到哪里都是一片腥风血雨，站在哪里地都会乱动弹。他想，在走之前，一定要见刘家坤一面，其实不用夏猴子搭桥他就能联络到刘家坤，只是过去自己一直瞧不起他，觉得他是个土包子，小人得志。他堂堂的一个警备队大队长怎么屑得和一个小联保主任为伍？

霍金龙正在踌躇之间，刘家坤却自己送上门来了。那天黑夜，鹫尾去桃花峪抓八路，中途遭遇不明分子的袭扰，回来后就下令让刘家坤查明情况。刘家坤巧设障眼法，让马寡妇哭坟，但还是破绽百出，这极大地降低了他在皇军眼中的威信，他有必要进一步疏通跟鹫尾的关系。牛嫂的魅力已经没有了，所以他琢磨着得给鹫尾送点礼。不过在送啥的问题上，他纠结了好久，皇军倒是喜欢金银珠宝，可他上哪儿去弄？想来想去还是送点紧缺的粮食最好，于是他把大贵子叫到据点里来，让他挨家挨户喊喊，今年春上的公粮提前交。

大贵子听了便傻了眼，这青黄不接的，老百姓吃了上顿没下顿，哪还有粮食拿得出来。刘家坤心里似乎也没有底，提醒说多宰李望彦、周兴财这样的大户，凑够两马车就行。大贵子说这俩人他根本就支使不动。刘家坤听了，跌斜下脸来说道："这事还不都是你惹的，我这是给你扑落腚！"大贵子想起他谎报军情的事，也就缩头不语了。

大贵子带上保安队的人，挨家挨户催粮，总算没白吆喝，几天下来，收了三口袋，但离刘能子的要求还差很远。到了周大牙门上，周大牙黑着脸说："打死我也拿不出来！"大贵子烦嚷道："你还以为自己是保长啊？旁人家不拿你也得拿，这是刘大队长说的！"周大牙自贱地说："我就是一摊任人踩的狗屎，既然他刘能子说了，你就让他亲自来收。"

即使这样作践自己，在大贵子听来，仍然觉得是冲他示威，他跳着脚骂道："周大牙，你甭在这里巧叫唤，刘能子是你叫的？若不是看在你闺女和刘大队长通腿的份儿上，我早对你不客气了！"他借题发挥，噎得周大牙急火攻心，来了个老牛大憋气，直挺挺地倒在地上。

这也是周大牙最近添的新病，动不动就背过气去。大贵子不摸情况，还在那里蹦高："你少吓唬人！我大贵子也不是被吓怕的！"小乔举着把菜刀从屋子里冲出来，横眉立目地说："大贵子，你是逼着死人说话！我是贱，是跟刘家坤通腿，你跟马寡妇那算是咋回事？你还造出三个崽子来哪！"

这下子把大贵子震住了。这才是黑老鸹飞到猪腚上，光瞧见别人瞧不见自己。看热闹的人都抿着嘴笑。"好男不跟女斗！"大贵子嘴里说了句话就溜走了，但撂下话来，周大牙家二百斤粮食一两也不能少。周大牙半天才缓醒过来，坐在地上捶着大腿干号："这不是要俺的命嘛！"乡亲们都唏嘘不止，曾经何等风光的周大牙，哪想到会这样狼狈。

李望彦把大贵子逼粮的事跟李尹氏一说，李尹氏道："这事咱不能落井下石。周大牙有他的不好，可眼下他女婿投了救国军，他家里有难咱就得帮他！"李望彦说："我就是想跟你商量，我想出头找找刘家坤。不光是他家，还有其他乡亲们。不能他想个啥就是啥，我们得想法子对付他！”李尹氏问：“你有啥法子对付？”李望彦笑而不答：“车到山前必有路！”

刘家坤等大贵子拉粮食来，左等右等总不见人影，心里正着急，李望彦来了，推门就直呼刘大队长，这让他受宠若惊。尽管他这个大队长在旁人的眼里大得不得了，叫不叫的他哼都懒得哼一声，但是从李望彦嘴里叫出来感觉还是不一样。他忙在椅子上欠了欠身，笑脸相迎：“望彦哥，哪阵风把您给吹来了！”

李望彦呵呵一笑，说：“哪阵风？西北风！我来找你就是说说缴粮这事。这青黄不接的，你让大贵子挨家收粮食。你又不是不摸情况，年时（山东方言：去年）秋上闹灾荒，好好的良田都让皇军挖了封锁沟、修了封锁墙，哪家还有多余的粮食。”

刘家坤听了李望彦这番话，耷拉下脸来说：“你说的这些我也清楚，可这是皇军下的命令。我收不起来，那不是自找着挨板子嘛！”

他故意把事往日本人身上推。李望彦却不吃这一套，冷笑道：“好啊，你就让鹫尾太君找我，我跟他说！到时候我把桃花峪的事一出接一出地跟他说！”

刘家坤听了一惊，随口问：“你想说啥？”李望彦冷笑一声：“也没啥多说的！我就说说大贵子逼周大牙一家交五个人的口粮这事。”

刘家坤听他提周大牙，忙道：“咋是五个人？条令上不是明明说的每丁交三十斤吗？他家才四口子，还有三口子都是女人！”李望彦故意说：“这可就看你的了！大贵子都说了，这还是看你跟人家闺女通腿睡才手下留情，不然就把黄国品投救国军的事给捅出去！”

刘家坤怕就怕这事曝了光，听他这么说脊梁骨直发凉，跳将起来：“咋能这么说呢，黄国品投没投救国军还没有定论。”李望彦见他的话起了作用，不动声色地又加上一句：“这事你看着办吧！虽说你当着个大队长，可在皇军面前照样不当家主不了事！”

李望彦的话着实吓了刘能子一跳。这大贵子太可恨，竟然揭他的短。其实他心里清楚黄国品到底去了哪里，但念着小乔也就睁一只眼闭一只眼，可是竟有人背后揪他的花花尾巴，幸亏李望彦来通风报信，不然自己还蒙在鼓里。他双手抱拳笑道：“望彦哥，关键时候还是你向着兄弟。”

李望彦要的效果达到了，乘机说：“既然如此，给我个人情面子，这粮食就别交了。反正皇军也不稀罕这一星半点儿，老百姓却拿着当命。”刘家坤却瞪眼道：“不稀罕也得交！皇军喜不喜欢吃是他们的事，可不交就是我的职责未尽！”

李望彦退一步道:“既然这样，你收齐一车给皇军送去，挡挡眼就行。”刘家坤摆手说道:“桃花峪交两车粮食是板上钉钉的事了。两车实在不够就一车，其他的我让大贵子出。我有主意。”

刘家坤没跟李望彦说出他的主意，他临时打的这个主意不可谓不毒辣，他曾当着李望彦的面说过“日本鬼子吃高粱那是没法子的事”，这些东洋鬼子打娘胎里生下来就都是些食肉动物。大贵子家有一头牯牛长得膘肥体壮，何不征来给皇军送去，这一来可以抵了桃花峪的粮食，二来也讨得了皇军的欢心。

李望彦把刘家坤的话学给李尹氏听，李尹氏满心狐疑:“这个刘能子打得是啥歪主意？别是想歪点子对付咱们吧！”李望彦瞪眼道:“他敢！我早就给他垫上话了，他要是想歪点子打乡亲们的主意，我就向鬼子告发他！”

李尹氏还是觉得提防点刘能子好，虽说李望彦跑了一趟据点，把乡亲们的口粮省下了，可是从刘能子的话里能听出来，接下来他会找算大贵子。大贵子光棍一条，板子打下来还不是马寡妇跟着受连累？

李望彦猜了半天也没猜出来，刘能子咋让大贵子出粮食，觉着他不过是信口开河，这事就当是过去了。但终于有一件倒霉事落到了大贵子头上，而且正应验了李尹氏的说法，马寡妇也跟着受了牵连。

在乌河镇上，霍金龙打定主意要见刘家坤，但心思还系在改子的身上。这天夏猴子来找他，说刘家坤到了乌河镇上。霍金龙狐疑地问:“说曹操曹操就到！你们俩是不是做好了套子让我钻？”夏猴子说:“这可是‘狗咬吕洞宾——不识好人心’！我一跟你无怨，二跟你无仇，我套你干啥？”霍金龙想想也是，为了保险起见，他还是把匣子炮别在腰里，又在腿肚子上绑了把匕首。

夏猴子这么快就联络上刘家坤，跟刘家坤急于要报复大贵子有关。刘家坤让大贵子套车往乌河镇送粮食，一路上脸不跌斜心不慌，对大贵子说:“我让你跟着去见太君，也是想拥撮你！我这保安大队里缺少个副大队长，你只要肯听我的话，替我办事，我就向皇军求情，任命你来当！”

大贵子听了腿肚子发软，能像刘家坤一样身背匣子炮，腚底下骑高头大马，是他这辈子的梦想。他原以为这个梦想很遥远，却想不到只赶趟牛车，替刘能子送趟军粮就能实现了。他近乎猥琐地恭维道:“刘大队长，你就是我的再生父母。往后有用得着我王大贵的地处，我火海敢跳，刀山也敢上！”刘家坤亲切地拍着他的肩膀说:“你火海不用跳，刀山也不用上。到了乌河镇，你听我的就行。”大贵子点头如捣蒜。

刘家坤并没有像大贵子所想的身背着匣子炮，腚底下骑大马，匣子炮倒是背上了，但还是骑他的洋车子。骑车自然要快，刘家坤说："我先走着，你慢慢赶！"踏脚子一蹬，人蹿出去老远。

等大贵子赶着车找到宪兵队的时候，刘家坤早已在门口等着，跟他说有点公务要和皇军商量。大贵子抱着鞭子老实地蹲在墙角等，这时候出来一个人，对他说刘大队长传出话来，让他先去看改子。大贵子说："我这还拉着一车粮食呢！"那人就说有人帮着去卸。大贵子还没有弄明白是咋回事，车就让人赶走了。那头牛似乎通灵性似的，进门的时候竟回头深深地望了他一眼，让大贵子心里咯噔一下。

大贵子到了改子那里，还没进屋就被夏猴子看见了。夏猴子撇着戏腔笑道："踏破铁鞋无觅处，得来全不费工夫！"大贵子问啥不费工夫？夏猴子也不隐瞒，把霍金龙要见刘家坤，通过刘家坤见鹫尾的事说了一遍。大贵子惊呼道："老天爷有意啊！刘家坤和我一块来镇上了，这会儿去见皇军了！"夏猴子拍着巴掌说："正好！你现在就回去，把我说的事跟刘队长提提，我在这儿听你的信儿。"大贵子掉头就走了。

刘家坤从宪兵队大门里出来的时候，大贵子早蹲在门口打了好一阵子盹了。他把夏猴子的话一学，刘家坤兴奋得直搓掌，说："走，我们现在就去会会这个财神爷！"刘家坤走了几步，见大贵子还站在原地朝院子里张望，便问他看啥。大贵子说："你不是让人牵了我的牛车去卸粮食了吗？现在还没出来。"刘家坤含糊地说："有很多来送粮食的车，要排队，回头再来取。"

夏猴子选了家茶舍。刘家坤和王大贵进来的时候，霍金龙早已经到了。双方一阵寒暄，刘家坤笑道："霍大队长您是笑话我啊！我早就敬重您的为人，皇军那边我是有些关系，只要您愿意，我当个中间人也未尝不可。"霍金龙就问："那您何时安排我和皇军见面？"刘家坤却突然艮抻起来，道："不巧，鹫尾少佐说要到乡下巡察，这两天怕是不行了。"霍金龙心里虽急，但脸上不便表现出来，拱手道："那咱们就另约个时间，三天后还在这儿见！"刘家坤打着哈哈："到时候再看情况。这事我得先跟皇军吹个风，如果皇军有意，我就让夏老弟通知你。"

在此之前，霍金龙尽管想好了各种应对的方法，设法说服夏猴子把他引见给刘家坤，再通过刘家坤接近日本人，可是刘家坤却轻而易举地滑脱了，给了他一个模棱两可的承诺。他并不怕刘家坤要滑头，而是时间不允许，今天是他必须回山前的最后一天。

大伙儿正要散，改子意外来了，说她用干娘给的零花钱给娘扯了块花布，正好让人捎回去。她说的这人就是大贵子，只是她一直不肯叫他啥。大贵子听了忙不迭地说：“你娘还让我给你捎了块洋布呢，我刚才有事，就忘了给你。”说着，他从腰里抖搂出一块洋布来，看上去挺土气。他又对夏猴子说：“你姐还让我捎了筦子馍馍和挂面，忘在牛车上了，一会儿我去拿。”夏猴子说：“姐夫这就见外了，守着咱自家的布店却搬着石头上山，你这不是成心笑话我和你弟妹嘛！”

霍金龙见改子不期而至，脸上露出喜悦的神情，说：“女孩子家还有嫌花布多了穿不了的？改子小姐，他们拿多少你就留多少，不够我再给你凑！”说着，他从兜里掏出三块大洋，塞到改子的手里。刘家坤见了，笑道：“闺女漂亮了有人疼。改子，你可是掉进福窝窝里啦！”

改子没想到霍金龙会掏钱给自己，还叫她小姐，不知该咋办好。她今天纯粹就是冲着霍金龙来的。这阵子不知为啥，她心里总跟掏空了似的。她本以为来到乌河镇，自己会有所改变，可是住了一段时间就索然无味了。她觉得自己根本是不属于城里的人，无法在这里扎下根，就像浮萍一样随波逐流。她曾把命运寄托在马六子身上，可是他神秘地消失了。而霍金龙的出现，令她怦然心动，她忽然觉得这才是她理解中的姑爷，威武雄壮，风流倜傥。昨儿见他一面后她酝酿了一夜，决定今天贸然再见他一回，哪怕是传递一个暧昧的眼神也好。

姨夫见她还在犹豫，催促道：“还不快接过来，谢谢霍先生！”改子听他这么一喊，懵懂间便接了过来，无意中碰到了霍金龙的大手，那手温暖有力。刘家坤在风月场中磨炼已久，不无醋意地说道：“改子，这钱可是霍大队长的一片心意，你可要好生收藏！”

大家都在拿着改子开玩笑，大贵子却沉不住气了，他的牛车还在日本宪兵队的院子里。刘家坤说：“我骑着洋车子，和你走不到一块儿。我先走，你自己去牵回来就行了！”说完，他和霍金龙又是拱手又是作揖，送起来没完。大贵子指望不起，拔腿往宪兵队跑。等他到了宪兵队门前的时候，才发现大门紧闭。他刚靠近门口，一个日本兵就端着枪过来，凶巴巴地呵斥他。他比比画画，说要进去牵他的牛车，日本兵则坚决地摇着头。大贵子绝望了，坐在地上痛哭起来，哭了半天脑袋瓜子才猛省过来，这事都是按照刘家坤的主意办的，解铃还需系铃人，得找他解决！他一骨碌爬起来，跌跌撞撞地出城而去。

霍金龙此次下山，从某种程度上说一无所获，但又可以说收获颇丰。当霍金龙盘算着如何向相如莲汇报的时候，黄国品已经摸到了村外的花沟。黄国品两次回家心情截然不同，头一回可以用狼狈不堪来形容，而这回却是带了部队的任务，光明正大地回来。他让两个战士在山上等着，自己一个人摸进村去。

周大牙为了交粮跟大贵子生了一通气，病了，连吃了几副中药都不见效。后来也没现钱了，他就这么干挨着，这两天连地都不能下了，整天躺在炕上唉哼（山东方言：呻吟）。小乔也没了心情，灰头土脸。好在天无绝人之路，正当全家走投无路的当口，黄国品出现了。

黄国品一进门，周大牙就从炕上坐了起来，惊恐地说道："贤婿，你咋这时候回来了？"黄国品大大咧咧地说："我自己的家，咋就不能回来？"周大牙说："这阵子鬼子和保安大队天天来村里催粮催命，弄得人心惶惶。你咋这么不看眼色，回来自投罗网？"黄国品笑起来，拍了拍身上背的匣子炮，说道："他刘能子能来，为啥我就不能来？我也不是吃干饭的！岳丈，实话告诉你，我是奉了命令，下山来收缴军粮的。"

听说女婿也是下山来收军粮的，周大牙有些疑惑，前不久还偷偷摸摸跟做贼似的，才过几天就这么大摇大摆地回来了？黄国品似乎看出了他的心思，说道："我还带着两个战士，这会儿在山上等着。"周大牙转惊为喜，问道："那能不能公开？"自从贤婿跑上山，自己一直夹起尾巴来做人，而今女婿衣锦还乡，他还不兴挺挺腰杆子？黄国品大大咧咧地回答："随便！"周大牙这才彻底放下心来，问贤婿管着多少人。黄国品说有一百多号人，周大牙心想这差不多赶上刘家坤人数的三倍了，便说道："刘能子整天耀武扬威，如果你敢公开，我就跟他叫叫板，这家伙欺人太甚！"

黄国品早就猜到老丈人的内心活动了，就是刘能子占了小乔的事，这俨然已经成了一块心病。其实这何尝不是他的心病，但是临下山时，相教导员千叮咛万嘱咐，桃花峪是敌占区，不到万不得已，一定不要暴露身份。但看着老丈人和小乔期盼的眼神，他又觉得不表现得英勇一点不过瘾，便故意含糊地说："其实，上次和刘能子较量过一次了，如果不是鬼子帮忙，我就拿下夏庄据点了！"

周大牙听罢惊讶地问："就是马寡妇哭坟那一回？"黄国品不清楚这事，问："啥……哭坟？"周大牙便把那天的事戏说了一遍。黄国品乐了，拍着巴掌说："还有这一出？"小乔插嘴道："还有更好的哪！大贵子听信了刘家坤的话，去乌河镇给皇军送粮食，人回来了，牛车没回来，马寡妇哭天号地，向他要牛车。"

黄国品跟老丈人说话也没觉得说刘家坤如何，但"刘家坤"这三个字从小乔嘴里说出来，他就有点吃味，人都让人家睡了还说得这么若无其事。他便觉得荡然无趣，转了话题，让丈母娘做点饭给山上的战士送去。周大牙叹道：

“你这一走，咱家就跟塌了顶梁柱一样，哪还有心思过日子，仅剩的一点棒子也让大贵子敛走了，还真拿不出像样的吃的来。”

黄国品一听来了气：“我可是都跟上级夸了海口，我到桃花峪手到擒来，现在连两个人的口粮都凑不出来，咋让我支嘴？”周大牙哭丧着脸说：“实在是凑不出来啊！”突然，他眼前一亮道：“这事还得找李望彦。上次咱家的棒子还是他帮着凑齐的。”黄国品心里有芥蒂，在村里的时候，跟李望彦总有种话不投机的感觉，但眼下他是八路军了，就应该学会掉过腚来看问题。这次下山寻粮要有人配合，只有他最合适，黄国品忙吩咐老丈人去找李望彦一趟。

周大牙急匆匆地去找李望彦，这时候在马寡妇家里，却继续进行着关于那架牛车的大战。大贵子去送粮把牛也送进去了，这无论如何让马寡妇接受不了。

当日擦黑，大贵子抱着鞭子回到家的时候，马寡妇问：“咋光你回来了，头牯呢？”大贵子说：“刘能子让我去给皇军送粮，结果头牯让皇军牵走了。”马寡妇感到不妙，惊呼起来：“大贵子，你这是让刘能子操弄了！啥叫他先走，分明他就是金蝉脱壳。我看咱的牛八成让日本人宰了吃了！”

大贵子一听便感到天晕地眩，号叫道：“怪不得刘家坤躲着不见我，原来是耍我。我王大贵一心为他，他却这样对我，看我不跟他拼了！”说罢他就冲出了门，马寡妇追着他的背影喊：“大贵子，要么你把咱家的牛要回来，要么你就死在外头别回来！”一些走在街上的乡亲们纷纷打听,幸灾乐祸地说：“活该！谁让他拿刘能子的冷腚当热脸贴来。”

大贵子怀着必死的决心去找刘家坤理论，周大牙却正去找李望彦。身上的病明明还没有好，刚走几步，他便虚汗淋漓，于是在马寡妇门前的青石上坐下来喘口气。远远见贾仙桃端着个洗衣盆子从河边回来，天气虽冷，但她却挽着袖子，胳膊让风淬得通红。周大牙好久没心情跟村里人说话了，看见贾仙桃竟有种惺惺相惜的感觉，主动打招呼：“长喜家的，这么冷的天了，还去洗衣裳？”

贾仙桃却不清楚此时周大牙的心情，过去他当保长的时候没少调戏过她，即使后来不当保长了，眼神也总带着钩子似的。于是，她冷笑道：“不是说你病了吗，咋有力气坐在这里看女人？”周大牙脸一红，便不停地咳嗽，过了好一阵子，才透了一口气，说道：“看我都成病秧子了，还有心跟你开玩笑？我就是告诉你一声，我家贤婿回来了，你家刘长喜也没个信儿？”

贾仙桃不知他说的是真是假，仍扯着个三步架子，说：“你家女婿是你家女婿，我家喜子是我家喜子，你把他们俩扯一块儿干啥？”周大牙说：“两人一天去投的八路，咋就不能扯到一块儿？我就是想告诉你，我家贤婿回来了，连人带枪回来的，这回咱这军属也该扬眉吐气了！”

贾仙桃见他说得认真，忙放下盆子走到他身边，换了一副笑脸问道：“他周叔，你家女婿来了几个人？”周大牙说三个。贾仙桃又问：“他就没说我家喜子为啥没回来？”周大牙摇了摇头，他压根儿就没想起来问刘长喜的事。不过看到贾仙桃失望的神态，他安慰道：“你也甭担心，我家贤婿都回来了，你家长喜说不定哪天就会回来，到时候桃花峪可就是八路的天下了，还怕大贵子这种人？”

隔墙有耳，马寡妇人在天井里，两人的谈话一句不落地听到了，觉得来气，开了门，指桑骂槐地骂道：“真是抻不长长煮不圆圆，蒸不熟煮不烂。这青天白日的，是哪家的狗在门外头吊秧子啊！”

周大牙一看是马寡妇，吓得起身就溜，贾仙桃却不吃这一套，回敬道：“拾金子拾银子还有拾骂的？你是七国难找八国难寻，煮着熟蒸着烂。大贵子是你啥人，提提他名字你巧叫唤？”

这下子把马寡妇嘴堵住了，她纳闷这两个平时不对门不对路的人咋又说到一块儿了呢？她又想起那头牛，竟一阵心酸上来，一腚坐到地上呜呜地哭起来。

周大牙见马寡妇一腚坐到地上哭号，怕再惹上麻烦，逃离似的离开了这个是非之地，来到李望彦的马车店。几天不见，周大牙的脸消瘦成一把刀，让人为他捏了一把汗，李望彦不无关切地说：“大老远跑我这里来干啥？”周大牙解嘲道：“无事不登三宝殿。我是来搬救兵，找你商量筹粮的！”

李望彦以为还是大贵子敛粮那事，便笑着说：“难道这事你没听说？大贵子家的牛顶了粮食了。”周大牙摆手说：“不是这事，这次我是替我家贤婿来求你，帮山上的八路筹粮食。”

黄国品在哪里？山上的八路又是啥时候的事？李望彦听他说得蹊跷，便说道：“你沉住气慢慢说。黄国品回来了？”周大牙要了口水喝，这才慢慢把黄国品如何下山，如何替八路军筹粮的事一一道给他听，末了他故意奉承地说道：“望彦哥，你可是咱村里的智多星、顶梁柱，说啥也得给拿个主意！”

智多星谈不上，顶梁柱更是周大牙给他戴的高帽子，李望彦根本承受不起，但是黄国品下山筹粮却不能不引起他的重视。刘能子刚在桃花峪篦了一遍，黄国品又来筹粮。国民党就靠搜刮民脂民膏过日子，整天征粮逼税不稀罕，但八路军筹粮还是头一回听说。李望彦觉得这件事挺棘手，先不说真假，光是一个月两回筹粮就让乡亲们的囤里见了底，何况他山上还多养着几张嘴。

这年头骗子多，来头也多，再说他黄国品真是八路军的人？冷不丁冒出这么档子事来，总得有个时间消化。倒不如退一步静观其变，摸清楚了情况再说。

想到这里，他推脱道："周兄，你进门就说筹粮，我有点弄不明白，这国民党兴苛捐杂税，八路也兴这个？再说了，即使真有此事，你当过保长，人缘肯定比我强，也摸行道，是捐是敛是摊派，比我有数。"他这一撤腿，周大牙措手不及，叹道："望彦哥，你笑话我了不是！我要是有招还来求你？我那保长还不是刘能子封的，如今早让人撸了。"

不管周大牙如何自贱，把他捧得跟天神似的，李望彦就是坚决不伸头，一一挡回去道："你这是抬举我，我也不好办。年景不好，我一大家子也是吃了上顿没下顿，心里正发愁呢！"周大牙见对方不为所动，坐在那里不走。李望彦看他一心想讨个定心丸，说道："你先回吧，回去告诉你姑爷，咱们齐头想办法。"

周大牙总算从李望彦的嘴里讨了句话，回去跟女婿汇报。望着周大牙离去的背影，李尹氏也感到了问题的严重性，迟疑地问："她爹，你真打算为黄国品筹这军粮？"李望彦含混地回答："我也没答应他。不过既然黄国品回来了，怕是真的带来了任务。八路军是仁义之师，帮他们筹划些粮草是正当的事。我只是觉得这其中还有些事没弄明白，再说一时也找不到解决的办法。"

靠从乡亲们牙缝里挤出一星半点的粮食怕也无济于事，李望彦整个下午都在考虑应对的策略，但想来想去没有一样是现实的。正在无计可施，他忽然想起大贵子曾说过一事，刘家坤同时从好几个村子里征粮，却没有送给乌河镇上的皇军，那天他送去的也只有一牛车粮食。按此推断，刘能子肯定把其他的粮食私吞了，藏起来了。这倒是一条可以利用的线索，打听好他把粮食藏在哪里了，然后找个机会弄出来。不过李望彦清楚，刘家坤一向精明，从他手里弄出粮食比从猴子手里抠枣还难，要计划周全。

再难也是一条可以蹚的道，李望彦当即决定再去找找大贵子，从他嘴里套出点话，但马寡妇说大贵子一大早就去了据点，去找刘能子质问牛的事。李望彦不露声色地说："王保长这事做得也太糊涂，刘能子是啥人？比猴还精，王保长能对付得了他？"马寡妇哭天抹泪地说："那也不能白吃这个哑巴亏，大贵子不行，老娘我出面，也豁出去了，非讨个公道不可！"李望彦劝道："他身后有日本人，你去更是于事无补。马嫂子如果信我，就让我想法子替你出这口恶气，讨回牛钱。"

马寡妇闻听此言，忙说：“望彦哥如果肯替俺寡妇娘儿们出这口气，您就是俺的救命恩人，我让大贵子听你差遣，他嘴里要敢说个‘不’字，我立马就废了他！”李望彦正颜说道：“这事你就甭管了，我会见机行事。这事你嘴要严，不管对谁都不能说。”马寡妇发着毒誓：“我要是说了，天打五雷轰！”

李望彦做完这一切，才迈着轻松的步子去见黄国品。黄国品见李望彦主动上门献策，犯了疑心，心想这可不是一般性的问题。他恨刘能子，又从内心里惧怕刘能子，上次不摸深浅误打误撞，结果死了山猫子，受了组织处分，这回说啥也不能贸然行事。他对李望彦说，这事要先请示上级，便婉转地拒绝了。可是随着他在桃花峪待的时间越长，他的心情就越焦虑，根本无啥良策。

大贵子又吃了闭门羹，蹲在据点外的树底下等了半天也没人搭理他，到快晌午的时候，肚子饥困得不行，这才怏怏回村。

李望彦去找大贵子，大贵子不在，又跟黄国品话不投机，便扭头往回走。去的时候他心里就嘀咕，这事没那么简单，依他对周大牙爷儿俩的了解，他们心眼小得赛过针鼻，遇事总是疑神疑鬼，患得患失。果不其然，黄国品事到临头推三挡四，但李望彦深信他这是一个好主意，黄国品这人牵着不走撵着倒退（山东方言：退，读 tu），过后一准会回头来求他。他不看僧面看佛面，如果黄国品真的是为山上筹措军粮，就是遇到天大的困难，他也义不容辞。

眼下愁的还是不摸据点的情况，没想到一抬头看到了大贵子，他忙打招呼道：“王保长，你又到据点找刘能子了？牛车的事我听说了，你这般守株待兔也不是法子。”

啥叫守株待兔大贵子稀里糊涂，但是他都等了好几回也没见着刘家坤的面。他没好气地道：“就是腚底下蹲出坑来，我也在这儿等！我就不信他能躲到天边去。”李望彦道：“犟也没用，还是动动脑筋，想想办法。”大贵子嘟囔道：“想啥办法能把我家的牛弄回来？”李望彦说：“牛肯定回不来了。也是你鬼迷心窍，现在才觉得吃亏上当了！”大贵子脸红一阵白一阵，说：“我也没想到刘能子心眼这么不好使，早知道这样我就不帮他收粮食。”李望彦道：“改过自新还不晚，有件事我正想跟你说。”

他这才悄声告诉大贵子，刚才见着黄国品了，身背盒子炮，腚后头跟着勤务兵。此话一出，可把大贵子吓坏了，他忙拉住李望彦的衣袖子问：“望彦哥，你说的可是真的？周大牙没把我逼他家交粮的事说给女婿听？”李望彦故意道：“你想想，一拃不如四指近，人家能不告诉他？我都问过了，人家不但把你逼粮的事说了，还说你咒人家闺女跟刘能子通腿儿。黄国品一听就火了，非找你算账不可，你这可是惹下大麻烦了！”

听了李望彦的话，大贵子后悔得直扇着自己的脸，扇一下骂一句：“我真是傻瓜！我真不是男人！这黄国品要是找我秋后算账咋办啊！”李望彦见自己的话起了作用，有意添油加醋地说道：“是啊，夜儿晌午周大牙还跟我说，抽空要跟你当面对质！”

三五句话把大贵子吓得汗流浃背，他拉着李望彦的胳膊一口一个望彦哥，说这事得帮着说和说和。李望彦见时机成熟，就对他说：“俗话说，行要好伴，住要好邻。我听说黄国品也是替山上筹备粮草，你索性就帮他一把，将功补过，他还会记恨你？”

大贵子还没明白过来，李望彦干脆利落地告诉他，进据点摸清刘家坤贮粮的地处，让黄国品劫了送上山。

大贵子听罢，吓得筛糠道：“这是要我的命啊！如果这样，还不如我不要那头牛了呢！”李望彦道：“我这也是为你好，你琢磨着办吧！”说罢，他扭头就走了。

刚过晌午，大贵子就找到店里来了，说他想开了，是刘能子不仁在先，他王大贵子不义在后。“你前脚走，后脚我就去据点了。二臭子说刘能子搜刮了少说也有几万斤粮食。”李望彦问：“你都见到了？”大贵子信口道：“没见着！好几万斤粮食，一大堆，他不放在据点会放哪儿？二臭子说后面有座仓库，上着锁，白天黑夜有人站岗，连他也没进去过。”

李望彦暗喜，果然不出所料，于是说道：“你这就去亲口告诉黄国品，让他们早做准备。”大贵子踌躇道：“我去？我去岂不是去送死！黄国品正记恨着我呢，还不用匣子枪把我打成肉筛子？”李望彦说：“你就说是我让你去的，他不会把你咋样！”但他特别警告大贵子：“这事人命关天，你再管不住嘴，两头都不会放过你！”大贵子连连点头称是：“这还用说，我再嘴碎也不能拿身家性命开玩笑。”

李望彦让大贵子直接去找黄国品，一是因为他保长的身份是个极好的掩护，二是让大贵子掺和在其中，省得他往歪处里使劲。他则背后里使劲。后晌的时候，他又亲自去了周大牙家，跟他爷儿俩商量筹粮的办法。能劫了据点的粮食最好，但三个人对付上百号人，还要运走粮食，困难也不小。

“这要等我跟上级取得了联系再做定夺！”黄国品又老调重弹。李望彦心想，该说的也都说了，该做的也都做了，万般都是凭着良心。再说这样的大事，黄国品真的做不了主，是得跟上级汇报，并且要策划周全。他临走时再三承诺，如果有需要他会帮忙。

李望彦告辞往回走，路过马寡妇家的时候，看到一个女人背着娘花柴。原来是没烧的了，马寡妇到坡里拾柴火去了，偌大的柴火垛子背在肩上，步子走得很沉重。李望彦心想，农家人离了牲口还真难，特别是个寡妇家。

心里不是滋味，他回到家就把见到的情景说了。李尹氏叹道："我早看出来了,你这阵子心神不宁。冲着马寡妇,你就先把咱栏里的骡子给她牵过去吧！"李望彦高兴起来，学了句戏文："知我者夫人也！"李尹氏嗔怪道："你说这是啥事啊！牛让鬼子吃了，我们倒替他们受过。"李望彦说："开春咱家里的牛就要生了，生了小的，送给他们家一头，把骡子换回来。"李尹氏嗤鼻道："你这是算的啥账，生了小的就不是咱家的了？"

李尹氏吩咐望生把骡子连夜就送过去。听说要送骡子给大贵子家，望生说啥也不干。李望彦瞪眼骂他："婊子生的，这还由得了你了？"凯儿也噘着嘴不愿意。

简师重新复课了，但珂儿爹却不愿让闺女再回去上课，珂儿自己也不想学了。凯儿有心去趟镇上说服珂儿，但李尹氏始终不同意她去。凯儿见把骡子送人，拦住道："娘啊，你把我送出去得了！"娘点划着她的额头，笑着道："送谁也不能把老生子闺女送出去。"凯儿斥问："大贵子仗着当保长，谁也不放在眼里，你们咋还讨好这样的人？"娘说："大人之间的事，你还不懂，等慢慢长大了，你就明白了。"

望生见凯儿都说服不过，也就死了心，含着泪给骡子擦了身子，又去抓了把黑豆喂给它，这才牵着它朝马寡妇家走去。

马寡妇刀子嘴豆腐心，见望生牵了骡子来，感动得不知说啥好，忙捧了一捧长果往他兜里塞，嘴里一边说："孩子，回去告诉你哥你嫂，就说我改天亲自上门道谢！"谁知望生把长果全给倒回桌子上，闷声闷气地说道："你给俺看好就行！俺哥说了，明年开春，俺牵小牛犊子来换！"

马寡妇做梦也想不到天底下还有这样的好事，竟一时间泪如雨下。大贵子狐疑地说："李望彦咋就这么慷慨？咱家丢了牛，他送自家的骡子给咱，这里头就没有盘算？"马寡妇指头肚子剜在他脸上，冷笑道："你这人咋就一肚子坏肠子呢！人家好心帮咱，你却瞎猜疑人家。"

大贵子觉得说啥他也不信，便把李望彦让他打听据点粮食的事细述了一遍。马寡妇果然不以为然："刘能子不是什么好东西！他都能算计咱家的牛，为啥咱就不能算计他的粮食？我倒觉得望彦哥这个主意出得不赖。你要是早听人家的话，也不至于吃这么大的亏。"大贵子不吱声了，心里还是觉得别扭。马寡妇一心想着她的头牯，嘱咐道："望彦哥咋说就咋办，只要换回牛来就好；

换不回来也得跟棒子作一样的价！”大贵子嘟囔出声道：“美得你！”不知是觉得理亏还是过于异想天开，马寡妇破例没还嘴。

李望彦建言献策，刘能子的据点里藏有粮食，但黄国品思来想去拿不定主意。事情过去好几天了，他借口向上级汇报的日子已过，也没有想出更好的办法来。他倒是抽空到夏庄据点侦察了一下情况。据点前有封锁沟，后有高高的围墙，四角还修有炮楼子，壁垒森严，根本靠近不了，去劫粮明摆着是拿鸡蛋往石头上撞。

离教导员指定上山的日子越来越近了，他一天比一天焦虑。下山后他又和小乔睡在一个炕头上，山里那种艰辛的苦旅生活蓦然而止，每日可以拥着小乔睡到大天亮。他这才感叹，不经意的一步棋，竟然与当初的设想相差了十万八千里。吃苦他不怕，关键是吃苦能换来啥。现在看来，除了换来个名不副实的名声，荣华富贵一样也没有。小乔虽然没有埋怨他，但从女人慵懒的态度里，他敏锐地感觉到了冷淡，这才让男人心里更恐惧。

这天早上，黄国品醒来，突然心生一计，既能筹到粮又不费那么多周折。他忙跑到柴屋里，叫起两名战士，把他的想法告诉了他们，又觉得有点冒险。两名战士一个姓胡，叫胡得海，绰号胡闹；一个叫张大山，人们都喜欢叫他山子。胡闹说：“甭说旁的！中队长，这几天俺都看到了，你家里口粮不够，还勒紧裤腰带让给我们吃，我们再不替您支嘴，那还叫兄弟吗？”张大山帮腔道：“是啊，你是队长，你说咋干咱就咋干！”

见两人异口同声，黄国品觉得底气大增，说道：“我得到确切情报，保安大队手里有几万斤粮食，藏在夏庄据点里。仓库把守很严，即使山上同志全部下来也未必强攻得进去。但我发现一个重要的情报，刘家坤和一个人有着特殊的瓜葛，这个人救过他的命。不如我们把这个人绑了，让刘家坤拿粮食来赎。这样不费一枪一弹，我们就把粮食搞到手了！”

两人一听，天下还有这么容易的事？胡闹就问：“你说的这个人是谁，有这么大魅力，让汉奸都舍命救他？”黄国品冷笑道：“这人叫李望彦，曾是刘家坤的救命恩人，他被绑了票，刘能子肯定能救。他不救也不要紧，我还设了一计。李望彦在村里威望很高，让桃花峪的村民联合起来找刘能子施压，还有他的老婆，她可是十里八乡最有能耐的女人……总之我们多管齐下，不怕他刘家坤不就范。”

八路也兴绑人？胡闹和山子都拿不定主意，迟疑地问这犯不犯纪律。黄国品果断地一挥手道：“事就这么定了！出了事我兜着。你们绑了人不要回小马峪，就在大马峪住下。等收到了粮食，我们一起进山。”两人见他筹划得如此周密，想都没有多想，只等天黑行动。

天黑前，李尹氏提前回家做饭。李望彦稍后一步，叮嘱望生上好门板，关好门，这才一个人朝村子里走去。走不多远便觉得身后有动静，他正在疑惑间，两个身穿便衣的人端着枪从树后跳出来，指着他道：“你叫李望彦？”李望彦警觉地往路中央跳了一步，说道：“二位好汉，你们是谁？”一个说：“我们是谁并不重要。我们是来请你的，只要你承认是李望彦，就跟我们进山一趟，我们保证不伤害你！”

李望彦见他们并无恶意，问他们有啥事。胡闹就说：“不瞒你说，我们是抗日救国军，下山来征粮食。”李望彦听罢，笑道：“原来是八路，黄国品前几天下山来，说好了向刘能子要粮，难道你们不是一块的？”张大山听罢心里一怔，表面上却不动声色，说道：“啥黄国品，我们不认识这个人。我们是直接从山上下来的。”胡闹见他如此说，也跟着帮腔道：“是啊，我们不认识你说的人。我们奉命来绑票，让刘家坤拿粮食赎人！”

说罢，他们一个用枪点着李望彦，一个掏出绳子来绑人。李望彦心里疑惑，怎么又出来一伙抗日救国军的人？黄国品说过，他带了两个人下山，就住在家里，但这俩人却口口声声说不认识他，难道真的另有隐情？他已跟黄国品大致商量好，去刘能子那里弄粮食，只等上级指示，难道还会用这种绑票的方式解决？

但不管咋样，眼前的这俩人要武力绑他，他反抗或不反抗都于事无补，倒不如顺着他们，如果他们是跟黄国品一伙的，只要见着黄国品的人就清楚了。他扬手制止住他们，说道：“不用绑，我跟你们走就是！”

胡闹说：“行是行，得按江湖规矩，蒙上你的脸。”李望彦冷笑道：“要真按江湖规矩，你们就不会干这背后打偷锤的事了。好汉做事好汉当，你得通知我家人。”张大山说：“这不用你操心，我们上级早已写好通告，贴到你家门上了！”说完，他们用黑布蒙上李望彦的眼，硬拽着他走了。

李尹氏回家做饭，左等右等丈夫不来，等到天黑了也没见影子，心里一阵莫名其妙的烦躁，心想莫非有啥事，便掩了门，提着马灯回头去迎。在街上碰上了马家旺，他正准备打更，问她这么晚了去哪儿？李尹氏就说去迎迎李望彦。马家旺开玩笑地说：“望彦哥又不是那种不顾家的人，有啥不放心的。”李尹氏就说：“说好回家吃饭，可这天都黑半天了还不回来，让人不放心。”马家旺说：“你一个女人家黑灯瞎火地往村外跑，就让人放心啊！我反正巡夜，就替你上店里跑一趟！”李尹氏听他说得有理，就挑灯站下来，看着马家旺夹着梆子出了村。

马家旺赶到马车店，见早已漆黑一团，敲着门哗啦子喊了一阵，望生莽莽撞撞地来开门，说哥早就走了。马家旺一听慌了神，又问了一遍：“他真没在店里？”望生点头道：“傍黑就走了！”马家旺顾不得再说话,扭头就往回蹽。

马家旺跟李尹氏一说，李尹氏也慌了，往常有事他都是先吱一声。马家旺安慰她说，说不定事急，先去谁家办事了。

两人又等了一阵子，看天色将近半夜了，这才觉得情况不妙。马家旺说：“嫂子,你说这事咋办？要不行我就叫起大伙来帮着找找？”李尹氏也没了主意，急得团团转，最后说：“都这么晚了，打扰邻氏百家也不好，就等到明天。天明他还不回来，再发动大伙儿去找！”李尹氏暗藏了一个想法：李望彦有可能上山找陆辰岗去了。

李尹氏等了一黑夜，也没见李望彦回来，天蒙蒙亮的时候，她听到天井里有动静，走出来观望，见地上有一团纸，展开一看，顿觉五雷轰顶，丈夫居然被绑票了！

纸条上写着：

为支援前线抗战，我军拟对桃花峪征收军粮。鉴于特殊形势和任务，我们暂且将你村李望彦扣押，直至七天之内组织粮食一万斤，交到抗日救国军手中。

抗日救国军白云山支队

就在李尹氏收到不明信件的同时，大贵子也在天井里发现了内容大致一样的信。不光是这两封，夏庄据点的哨卡上，一大早来了个要饭的老头，说受人之托送封信给刘大队长。哨兵赶紧拿着信给刘家坤。刘家坤撕开信一看，原来是李望彦被绑了，让他拿一万斤粮食去赎。刘家坤急忙把马大臭叫进来，让他回趟桃花峪，打听打听这是不是真的。

马大臭很快就回来报告说，真是李望彦出了事。“望彦嫂正在家里急得哭呢！说倒出空来就来找你。”刘家坤说：“又不是我绑了她家男人，她来找我干啥？”大臭子说：“干啥？你是保安大队的大队长啊！人在你的辖区被绑了，自然找你！”刘家坤恼羞成怒，骂道：“狗屁，你咋胳膊肘子往外拐？”马大臭嘟囔道：“向人难向理，人家还是你的救命恩人哪！”

刘家坤想说“他救我一命，我还欠他一辈子”，但话到嘴边又咽了回去。

他觉得这事蹊跷，关键是还点名道姓地要他拿粮食来赎，他们咋就知道他据点里有粮食呢？想到这，便带上几个人，亲自去桃花峪看个究竟。

刘家坤还没进村，就见大贵子拎着个粪叉子堵在路上，恶狠狠地说：“你个嘟了子（山东方言：一种可叫的蝉），可露头了！”刘家坤眼一瞪道：“大贵子，你还有完没完了？听说你天天蹲在据点门口打听我的去向！是你自己把牛车送给皇军的，咋还赖在我头上？今们我来是处理望彦哥的事的，人命关天，你少在这里胡搅蛮缠。如果李望彦有个三长两短，看我咋收拾你！”

他这一番移花接木竟然把大贵子唬住了。大贵子咽了口唾沫，委屈地蹲在地上呜咽起来。倒是李尹氏不让他，说道：“刘大队长，你也是一方治安官，李望彦也算是掏出心来对你，如今他不明不白地被绑票了，你得给个说法！”刘家坤假意劝慰道：“嫂子，你放心，望彦哥是我的救命恩人，滴水之恩当涌泉相报，我咋能不管？我现在就去找皇军想办法，上山讨剿这些人！”李尹氏冷笑一声：“等你找日本人上山讨剿，怕是黄花菜都凉了！山上要的是粮食，听说都贮在你的据点里，你就不兴拿出万把斤，换回他来？”

刘家坤吃了一惊，忙遮掩道：“谁说我据点里有粮食？我收的粮食一粒不少都给皇军送去了。”这时候大贵子跳起来，说道：“瞎说！我就拉了一车，牛还让皇军给吃了。这十好几个村，每村一车该是多少？你都独吞了！”

刘家坤见大贵子揭他的老底，恼羞成怒：“大贵子，你少在这里瞎扯！你说话之前先要掂量掂量自己的身份，你是桃花峪的保长，吐个钉就是铆！”大贵子发疯似的跳着脚：“我还狗屁保长啊！我当保长连一头牛都保不住！”

这时候，村公所外围了一层又一层乡亲们，大伙儿都是听说李望彦被绑票的消息赶来的，七嘴八舌地指责刘家坤中饱私囊、见死不救，把刘家坤说得脸红一阵白一阵。他就是有一千张嘴也说不清，只好硬着头皮对大家说道：“诸位乡亲，我和大家一样着急，也很同情望彦嫂的遭遇。我现在就回去商量咋营救望彦哥！”

大家还围着他不让走，水兽带头喊道：“谁知你说的是真是假？我们要看行动！”苏婶子也领着一帮娘儿们喊：“空口无凭，立字为证！”

刘家坤心里不服气：又不是我绑了李望彦，咋把气都撒在我的身上？但他嘴上不敢说，李望彦在乡亲们心目中的地位不可小觑。于是，他拍着胸脯子说道：“不用立字据，我用人格担保！我回去就查点一下，如果真像你们说的有粮食，就拿出来换李望彦！”

李尹氏听他当众表了态，对乡亲们挥了挥手，让大家都静下来，然后对他说：“刘大队长，我可是信了你的话。我等你三天，如果三天还不见我丈夫回来，我就带人闹你的据点！”

这场意外让刘家坤措手不及，李望彦被绑事先连一点征兆都没有。他被绑就被绑了，跟他有何关系？李尹氏偏偏向他要人。据点里那些粮食都是他从老虎嘴里抠下来的，指望着粜到黑市上换点真金白银，现在倒好，被人盯上了。刘家坤百思不得其解，大伙儿是咋知道的？不光知道他据点里有粮食，连拿牛顶粮的事也知晓得一清二楚，这要是一传十、十传百，老百姓都不信任他了，他今后还咋在这个地盘上混？

对于李尹氏来说，丈夫是她的全部，是这个家的全部。从听说丈夫被绑票那一刻起，她就感觉天塌地陷了，下决心要营救出他来。开始的时候，她以为真是抗日救国军所为，但冷静下来一想，才对那封信产生了怀疑。山上的人不可能连丈夫的名字都知道得那么详细，而且这封信是隔墙投进天井里的，鸡不鸣狗不叫，如此说来肯定是熟人所为。丈夫跟她说过山上下来征粮的事，也跟她透露过算计刘能子粮食的想法，知道这件事的也就三两个人。如此小的范围，那这个熟人不是别人，就是黄国品！李尹氏想不明白的是，丈夫如此帮他，他却恩将仇报，换来的不是感激而是伤害！她有必要当面锣对面鼓地问清楚。

李尹氏抬腿就去找周大牙。她无论咋喊，里面一个吭气的都没有。其实这时候周大牙全家都在家里，黄国品也在。他让胡闹和张大山押着李望彦进了山，自己写了信，让老丈人分别投到李望彦和马寡妇的天井里，静等事态发展。他自认为这回事情办得挺光棍，不费吹灰之力就搞到了粮食，还报了刘能子上他媳妇的一箭之仇。他甚至想，这才是开始，接下来他会在刘能子进山送粮的时候，打他一个埋伏，夺他几条枪。如果抓到这个家伙，那更是胜利，先骟了他一解心头之恨。

正在他得意的时候，听得有人敲门，一瞧是李尹氏，老丈人顿时慌了手脚。黄国品倒不着急，说：“她来有啥用，人又不是我绑的。”

绑票这事黄国品并未出场，老丈人也只是知道他写了几封信让自己去投。不过绑人这么大的动静，周大牙还是感觉出来了，猜了个八九不离十。他弄不明白女婿这是转了哪根筋，放着李望彦帮他不用，却行出这种土匪绑票的事来，这要是让乡亲们知道了，还不平了他的房子，铲了他家的祖坟？

李尹氏找上门毕竟不是好事，若当面锣对面鼓地一对质，他的阴谋就暴露在了光天化日之下。不管怎么说，他下山的事是悄悄进行的。他对老丈人说：“你就去跟她说，我根本不在家。她要实在不死心你就说我早就进山了，跟绑她男人这事根本不沾边！”

周大牙听女婿这么说，硬着头皮去开门。李尹氏一看他躲闪的眼神便知道他在撒谎，一把推开他闯进院子里，掐着腰大声道：“周家女婿，你听好了！俺家男人跟你远无冤近无仇，你这样恩将仇报，将来是要遭老天报应的！我在这里撂下一句话，你为八路筹粮我没话说，各为其主，但是我家男人若有个啥闪失，哪怕是丢了根汗毛，可别怪我李尹氏话没说到！”

李尹氏气哼哼地走了，周大牙提醒说：“贤婿，你还不了解这个女人，她有个兄弟在国军当团长，上次大贵子就差点让他拿马刀劈了！”黄国品撇嘴道：“此一时彼一时！黄河一战，国军望风而逃，这会儿还不知在哪儿呢！”周大牙说：“听村里人说，他这个兄弟没走远！上回鬼子进村，花沟里响过一阵枪声，大伙都觉得奇怪，没准就是他那个兄弟。”

黄国品倒吸一口冷气，这才意识到自己麻痹大意了，在家里躲着肯定不安全，不管是鬼子还是国军，只要围住家，他就是插翅也难逃。周大牙建议黄国品到花沟里躲一躲，他每天派小乔进山送饭。

李尹氏奔波了一天，丝毫没有丈夫的消息，心里七上八下的。凯儿住校，望生被派去接她回家。凯儿进门就一头扎在娘的怀里哭开了，李尹氏也陪着她哭，哭过之后心情竟然好了许多。她对凯儿说，她爹也不是被土匪绑了票，而是山上的抗日救国军，不会出大问题，只要凑齐了粮，爹就会回来。凯儿想起上回山上下来的那个姐姐就是救国军的人，她不相信八路军的人也会绑人。

经凯儿提醒，李尹氏也想起这人来，想起那个女子柔柔的目光，恍然大悟地说：“看我一急把她给忘了。他们都是正义之师，咋会无辜绑人！”凯儿说：“不行我就上山去找她。如果是他们绑了我爹，我就让他们放爹回来！”李尹氏凄然道：“白云山那么大，你到哪里去找？我早打发人村里村外、上上下下找过了。”

李尹氏挎了个篼子，里面盛了些吃的，想到山上一趟，把事情跟辰岗说说，让他帮着想办法。她一路走进花沟，花沟的小道跟鸡肠子一般，庄稼盖满了坡，人走进去几乎没过头顶。突然，她听到了一串脚步声，由远而近。谁这么晚了还在山上转悠？她急忙躲到一块大石头后面，想看个究竟。等这人走近了，她才看清楚原来是小乔，胳膊上也挎着个篼子。这就等于告诉李尹氏，她也有着同样的目的。李尹氏心里有了底，只要盯住小乔，就一定能找到黄国品。她现在反而不急了，她要先见到陆辰岗，让他替姐拿个主意。

陆辰岗在山上住着，一直寻摸着下山找点事做，不然憋屈得难受。鲁战强的伤这阵子稍有起色，王钢钉就跟他商量，听说白云山西边有国军的队伍，不行就投奔他们去。鲁连长的伤一天也不能等了，再等就只有死。满开春也觉得在这里堵得慌。能归队当然好，但这只是道听途说，还带着伤员，找不到怎么办？遇到敌人怎么办？鲁战强挣扎着说："陆团副……你和望彦哥都仁至义尽了，就让我走吧！能找到部队是命大，找不到我也不连累大家……"陆辰岗板起脸来道："我们兄弟一场，谁也不能死！我这就下山跟望彦哥和嫂子打招呼，我们一块儿走！"

几个人正说着话，李尹氏摸进洞口来了。陆辰岗惊诧地问："姐，这么晚你咋来了？"这一句话把李尹氏的悲怆引出来了，她哭泣道："辰岗，不好了，你哥被人绑票了？"

听说望彦哥被人绑票，在场的人都无比惊讶，是谁竟敢绑望彦哥？李尹氏把事简要一说，陆辰岗疑惑起来："按理说，八路军军纪严明，有三大纪律八项注意，不会做这事！"

李尹氏掏出信给陆辰岗看。陆辰岗辨认着说："肯定是有人冒充的！这年头啥人都是打着抗日的旗号，拉山头占地盘，说不定是土匪！"李尹氏说："我倒是希望让真正的抗日救国军绑了去，他们只是为粮，你哥性命无忧。"

陆辰岗详细询问情况，李尹氏就把自己对周大牙女婿的怀疑说了一遍。陆辰岗断然说："姐，你猜得没错，就与这个黄国品有关！我们现在就下山抓人，抓到人就水落石出了。"

李尹氏说，刚才上山的时候，看到黄国品的老婆从花沟里出来，由此推论，黄国品肯定藏在沟里。陆辰岗乐得一拍巴掌道："他只要躲在沟里就跑不了！"他们商定，第二天一早，下山设伏抓人。

第二天一大早，刘家坤准备到乌河镇去办一件事。这件事十分机密，就连臭子兄弟也被蒙在鼓里。头天在桃花峪，话赶话地就把据点里藏粮食的事和李望彦联系到一块儿了，这让他十分懊恼。救国军绑了李望彦要军粮，咋就把信送给他？李望彦媳妇一口咬定他要管，他竟然鬼使神差地答应了，还信誓旦旦地拍胸脯说，就是砸锅卖铁也要把李望彦换回来。

后晌躺在床上，刘家坤扑落着肚皮仔细一想，才意识到白天说话脑袋瓜子发热了。他当这个保安大队长不容易，日本人不赏识，老百姓瞧不起，八路军千方百计地算计。他好不容易弄到这点粮食，却要白白拿出来送人，岂不是要了他的命！但是话都已经说出来了，万一老百姓进据点找算他咋办？他想来想去，还是觉得得赶紧把粮食粜到黑市上去。只要粮食出了手，李尹氏就是找上门来，也无话可说。于是，他一大早就叫上大臭子，朝乌河镇而去。

刘能子最近配了辆偏三轮摩托，马大臭当司机，到宪兵队现学了两天，回来就开，这样来去镇上就快多了。电话也通了，情报来去快得很。粜粮的事不能让日本人知道，他早就找好了一个下家，这人叫吴天常。

吴天常专做黑市买卖。以前也有过这种情况，刘家坤把从乡下搜刮来的金银首饰、名人字画、红木家具、粮食送到他那里倒卖，吴天常抽个零头，大头给他，很讲信用。刘家坤跟吴天常不熟，有时候想摸他的底，但都被打太极挡了回去。这回刘家坤急于把粮食出手，免得到时候鸡飞蛋打。

他们转眼到了镇上，找到吴天常的住处。吴天常探出头来瞅了半天，直到确保没有人跟踪，才回身关上门，问他："你咋想起到我这儿来了？"刘家坤说："我是无事不登三宝殿！"吴天常阴冷地一笑："我是大白日都怕鬼叫门！"刘家坤听罢说道："看来我们还真有缘，我有时候感觉自己就像个鬼。"

两人边调侃着边穿过窄长的过道，走进屋子。屋子里光线昏暗，散发着一股浓重的霉味。刘家坤忍不住咳嗽起来，忽然觉得这屋子里还有另外一个人的气味，不禁警惕地问："你屋子里还有谁？"吴天常暗自吃惊，不过很快就镇静下来，不动声色地说："你整天仨盘子六个碗，兴你就不兴旁人？"他说的盘子和碗暗指女人。

说到女人，刘家坤放下心来。他说明了来意，有三万斤粮食急于出手。吴天常惊愕道："这么多？皇军查得非常厉害，小家小户很难一口吞下，大户人这时候都不敢出手，如果被查到私自倒粮，轻则倾家荡产，重则抓去坐牢，丢了性命。"刘家坤说："我也顾不得这么多了，正因为查得紧，所以我才找你。我知道你水深，养得了大鱼！"

吴天常见刘家坤急于脱手这批粮食，伸出仨指头。刘家坤一看，逢十抽三，心疼地从椅子上跳起来，说道："老兄，你这是乘人之危啊！"吴天常不紧不慢地说："此言差矣！我如果要是乘人之危，就不是三成，而是四成五成了。谁不知道现在日本人正四处筹粮，你放着大队长的位子不好好坐，竟然克扣粮食偷出来卖。这要让日本人发现了，你我都是死罪！"

刘家坤听他这话，抱拳道："服了！啥事也逃不过你的火眼金睛。我愁的正是这事，所以要急于脱手。不瞒你说，我舍命弄到这么点粮食，不但怕日本人知道，就连山上的八路也得防着。前两天他们就盯上了我，绑了桃花峪的李望彦，让我拿粮食去赎，你说我能干这种孙事？"

此话一出口，吴天常脸色陡变，急切地问："李望彦让人绑了？"刘家坤见他神情有异，疑惑地反问："你认识李望彦？"吴天常马上换回笑脸，摇头说道："我不认识，我是惊讶这八路军也兴绑人？"刘家坤叹道："自古兵就是匪，匪就是兵！他八路军难道还真成了菩萨军？"

两人商定，尽快成交。吴天常拿出一包大洋扔到他怀里，说："按老规矩，我先付你一成，其余货到交清。"刘家坤掰开纸包，看到全是光鲜的大洋，心里一阵高兴，把所有烦恼都抛到了脑后。

吴天常却没有把这事抛到脑后头，当他听到"李望彦"三个字的时候，怎么也平静不下来。他便是当年那个吕无常。自从上海滩失意，他一直过着漂泊不定的生活，家以及那二亩薄地只不过是他漂泊历程中的栖息地、落脚石，他梦里都是挥戈在沙场上的壮烈。然而他重出江湖之后，并没有预期的辉煌，他在外徘徊了几年，便又回到了乌河镇。他感觉自己是被江河大浪小浪推到岸边的废人，已经无力再洄游到江河湖海的中心，更不敢妄称鹰击长空鱼翔浅底了。于是，他摇身一变，做起了最不起眼的小市民，收集点古玩字画，倒腾点黑市上的紧俏商品，了此残生。而当听到刘家坤提起李望彦时，在乌龙河边的点点滴滴记忆刹那间又重现了。他敬重李望彦哥的为人，一直无以报答。他竟然被绑票了，自己一定得设法救他。救李望彦的关键是这批粮食，他必须先稳住刘家坤，把这批粮食弄到手。

吴天常跟刘家坤在外间里谈生意，无意中被躲在里屋的一个人听到了，这个人便是马德昌。马六子和吴天常在鬼子占领乌河镇之前还形同陌路，但是战争把两个人紧密地联结在一起了。国民政府撤离前，临时招募了一批特工，马德昌和吴天常便是其中之二。组织告诉马六子的联络下线，便是一个叫吴天常的看门人。

而位于德胜街上的这家独门独院，是吴天常的住处兼联络站。准确地说，吴天常不是马德昌的核心领导，核心是一个叫娘花糖的人，通过马六子传达指示，遥控指挥吴天常。马六子也没见过这个人，每次收集完情报，他按照事先的约定，夹在书和报刊里，放到吴天常的门口，由一个神秘的人拿走。

马德昌那天去桃花峪，本想营救被鬼子围困的乡亲，谁知跟鬼子交上了火，还被子弹咬了一口。他挣扎着回到乌河镇，伤口出血不止，人昏倒在炕上。后来的记忆都模糊不清了，清醒过来的时候，他已经躺在黑暗的屋子里，吴天常正低头打量他。他咧开干裂的嘴唇，有气无力地开着玩笑："我以为是光明呢，原来是你的脑袋瓜子！"吴天常嘿嘿地拍着脑门子说："有那么亮？你三天没醒，我可是三天没让剃头匠刮了，不然比这还亮。"

马六子说要不是组织救他，他早就没命了。吴天常说他这人有女人缘，在他昏死过去那会儿，有好几个女人来找他，他怕她们暴露了马六子的身份，才把马六子转移到这儿来。

提到几个女人，马六子“哑巴吃饺子——心里有数”，但他坚决不承认，是因为长了张小白脸才吸引她们的，更何况他只是喜欢改子一个人。至于其他人，他不能断定是谁，乌河镇针鼻子大小，他受了伤，认识他的人越少越安全。

马六子听说望彦叔被绑了票，急忙追问。吴天常就问他：“你也认识李望彦？”马六子说：“岂止认识，我们是一个村的，我爹跟他还是把兄弟。”吴天常说：“既然如此，我们就得想法子救他！我已经答应了刘家坤，先付了定金。”马六子问他准备咋救人，吴天常说下策是在刘家坤的粮食出手前劫了换回李望彦，上策是刘家坤的粮食到手以后再去换人。

马六子催他赶紧行动，吴天常冷笑道：“粮食是好搞到手，可你我就都暴露了，怕救不出李望彦，我们都得先搭进去。得想一个万全之策，既救了人，又不暴露身份。”

一句话让两个人都陷入了沉默，马六子表示伤也好利落了，再回桃花峪打探一下情况。吴天常关照他：“咱首先说好，这可不属于咱们潜伏的任务，再出人命没人能救你。”马六子说：“我爹在那儿，倒是好掩护。”两人说好，马六子去桃花峪侦察，吴天常在镇上坐镇，等着刘家坤，见机行事。

当马六子重新潜回到桃花峪的时候，陆辰岗等人也正按照事先的推断，埋伏在花沟等小乔进山送饭。小乔故意磨蹭到傍晌才出门，而陆辰岗他们隐藏在草丛里，却是一分钟比一分钟更焦虑不安。

正当三个人怀疑小乔会不会来的时候，小乔出现在小道的尽头。她走走停停，到沟口站下了，她这是在观察动静。她装作剜野菜的样子，没等蹲下来就又往前走了。

不大的工夫，小乔就消失在一处乱石堆后面。陆辰岗对俩人打了个手势，率先猛扑过去。

黄国品做梦也想不到小乔腚后头跟着人，说时迟那时快，他正要去摸枪，但陆辰岗已经一个鹞子翻身到了近前，用枪抵住他的太阳穴道：“你还是不要乱动才好，论身手、论枪法你都比不上我！”这话正点在黄国品的死穴上，他玩笔杆子行，玩枪根本不行。他不得已举起双手道：“好汉一看就是行伍出身，兄弟佩服！你不会是刘能子的人吧？”陆辰岗冷笑道：“我要是他的人，你早就没命了。”黄国品问：“那兄弟是哪方面的人？”陆辰岗挺了挺胸脯说：“国军！”

这时候王钢钉和满开春也包抄过来，见长官已经缴了对方的枪，上前按住了黄国品。小乔开头吓得惊叫了一声，扑倒在碎石地上，腿软软地挪不动地。现在眼看着黄国品被抓，刚想哭号，却被陆辰岗瞪了一眼，吓得赶紧捂住嘴，再不敢吱声。黄国品壮着胆子道："那咱们算是友军了，我是白云山抗日救国军的人。"陆辰岗冷笑一声："既然是抗日救国军的人，那为什么藏在这里？"黄国品说："我下山执行任务！"陆辰岗故作不知地问："能告诉我执行什么任务吗？"黄国品咬牙道："这是军事秘密，恕我不能说！"陆辰岗冷笑着说："你不说就说明是说谎。我们现在就押你走！"

说罢，陆辰岗命令用绑腿把他反绑起来。黄国品见三个人来真格的，口气软了几分，说道："咱们都是打鬼子的，不妨告诉你。我是带队下山为部队筹粮食的。"陆辰岗嗤鼻道："下山筹粮？谁信！你带的人筹的粮呢？"

黄国品听他问人和粮，闭着嘴不说话，王钢钉不耐烦地说道："甭跟他废话了！他到现在还'煮熟的鸭子——死嘴硬'，干脆扔下湾里喂了鱼！"

一句话把黄国品吓住了，赶紧道："我们抓了个人质，正等人拿粮交换。"

陆辰岗见他吐了实话，也就不再跟他打哑谜，单刀直入，说他们早就知道他绑了人，想拿着人质换粮食。黄国品惊愕地说不出话来，他自以为这事做得天衣无缝，谁知他们早就盯上了自己。如今人都被绑了，索性来个死猪不怕开水烫，说道："既然你们都知道了，那我也没必要说了。我的人已经上山，你们想截也晚了，你就说想把我咋办吧！"

这倒让陆辰岗措手不及，他沉吟着说："绑人筹粮，这不是君子作为，更不符合你们八路军的政策。我来找你，就是想让你放了我哥，至于你想要粮食，咱们可以想办法解决。"

黄国品冷笑一声："想办法？如果能想出好办法，我还出此下策？"陆辰岗正色道："老百姓是我们的衣食父母，你却不顾道义，绑架百姓，索取粮食。你有何颜面见桃花峪的乡亲？"

黄国品自知理亏，蹲在地上不吭气。陆辰岗救人心切，对他说，早在下山的时候，就计划好要帮友军的忙，关键是得双方配合。黄国品听罢，也就退一步说，只要能弄到粮食，他绝不为难李望彦，马上就传信放人。

既然如此，陆辰岗说出了他的计划：趁着天黑下山，佯攻夏庄据点，逼刘家坤连夜交粮。黄国品吃过亏，问要是刘能子硬不交咋办？陆辰岗说："我们攻他的据点，他焉有不交之理？"黄国品说："他就是交，那也是好几马车，咋运出来？"陆辰岗道："这你也不用愁，我们提前动员乡亲们，准备好马车就是！"

黄国品还是觉得这主意不可行，刘能子人多势众，肯定会跟他们打，最熊（山东方言：无能）也是缩在据点里不出来,等待鬼子救援。陆辰岗道：“这他不敢，他据点里的粮食肯定是背着鬼子克扣的，咋会让鬼子知道？到时候我在前面打，你在背后造造声势，好像有千军万马就行。他刘家坤肯定乖乖地交出粮食。”

黄国品也实在想不出其他破绽来了，便犹豫地答应帮忙。王连长在一旁哼道：“话可说清楚，是我们帮你的忙，不是你帮我们。”

不管谁帮谁，都是救人。陆辰岗去告诉姐姐，黄国品则扶着瘫软的小乔潜回家中，找老丈人商量下一步的打算。周大牙叹息道：“既然事情都出了，索性就把事情做到底，半途而废才骑虎难下！”黄国品下保证说：“李望彦这边肯定出不了事，我一再吩咐他们俩，人要看管好。”

两人商量，由周兴财进山把李望彦带到山口，黄国品则陪着打据点，这边一旦弄到了粮食，就往约定地点集中。

刘家坤从乌河镇回去，弄了一桌子好菜，叫大臭子喊来几个知己的兄弟，吃饱了执行任务。大伙儿吃得狼吞虎咽，只有二臭子不动碗筷，对大伙儿说：“你们知道这顿叫啥饭吗？这叫断头饭,吃完了去送死！”大臭子踢了兄弟一脚，骂道：“啥叫断头饭？刘大队长要往镇上运粮食，我看你是我兄弟才捎上你吃顿好饭，换了旁人想都甭想！”

大伙儿酒足饭饱，集合在仓库里，大半天也没见刘大队长分派任务。熄灯号吹过以后，刘家坤才出现，说粮食是送给乌河镇的皇军的，事要做得天不知地不知，如果哪个敢透露出半点风声，别怪他翻脸不认人！

听他这么一说，大家都低着头不说话。还是二臭子发问，仓库里也没见着粮食啊，连辆大车也没有。刘家坤诡秘地一笑，说这不用大伙儿操心，车和粮食都在夏庄牛嫂的野味店里。

二臭子这才恍然大悟，原来刘能子唱的是空城计。大伙儿正要走，突然外面传来一声枪响，紧接着有人冲着据点喊起话来：“刘能子听着，我们是白云山抗日救国军，拿人换粮的期限已到，今们是最后一天，我们特来取粮食！”

刘家坤听罢心里咯噔一下，心想早不来晚不来，偏偏要出发的时候来，所以闷着头不应声。紧接着,从不同的方向响起了激烈的枪声,随后又有人喊道：“据点里的人听着！你们已经被包围了，如果哪个反抗，算计我们，我们就一锅端了它！”

这四周一喊，刘家坤惊出一身冷汗，敌人已经悄悄包围了据点。虽说他早就做了种种防范，但关键时候还是有人来搅局。幸亏他把粮食藏在牛嫂那里，不然运出据点都成问题。另外，卖粮的事是瞒着日本人的，抗日救国军包围了据点，口口声声要粮食，这要是传到鹫尾耳朵里，还有他的好果子吃？一不做二不休，要早做决断，赶紧走人。

他忙命令大臭子带人出据点，不料已经晚了，门前来了一队人马，堵住了去路。李尹氏坐在车辕上，冲着哨兵喊："据点里的兄弟们，麻烦你们把刘家坤喊出来，我有事找他！"哨兵回答："我们大队长不在家！"

躲在人群中的陆辰岗高喊一声："那可别怪爷爷我不客气了！"说着，他举枪就射，随着枪响，哨兵头顶上的一盏灯被打灭了，玻璃碎片炸了士兵一脖子。这些人哪见过这阵势，吓得急忙钻到沙包后面不敢露头。有个队员想放黑枪，陆辰岗早已看在眼里，一梭子打过去，险些击中他的脑袋，吓得他趴在地上不敢动了。陆辰岗高喊："你们最好不要做无谓的反抗，我们个个都是神枪手，说打你蒜瓣子，不打你牛蛋子！"

经他这么一喊，保安大队的人个个趴在原地，不敢贸然动手，有人赶紧向刘家坤报告。

刘家坤来到前门，听到枪声四起，不知道外面埋伏着多少人马，一时不知如何是好。再看前门也被堵上了，他现在要是冲出去，无疑是白白送死，倒不如关起大门来更保险。于是，他吩咐手下赶紧把大门关了，机关枪架好，没有他的命令，谁也不要出击。

据点内和据点外双方对峙起来。看来前门是出不去了,不过这也难不倒他。原来在修封锁沟的时候，他顺便挖了一条暗道通往外面。这条暗道在仓库的后面，深约三尺，盖了石板，蓬了棘针，预备应急之用。此时据点外四面呐喊，他便想到从这里把人放出去。只要粮食上了路，他就没有后顾之忧了，和救国军耗到天明也有胆。

他急忙命人搬开石板，底下果然现出一条通道。大臭子问："大队长，我去镇上找谁？"刘家坤见他磨蹭,怒骂道："不是跟你说了嘛！先找牛嫂拉粮食，后去乌河镇找吴天常。我都安排好了。"

大臭子应着，带领手下钻进了沟里。百步外就是一片隐蔽的树林子，这十几个人转眼就消失得无影无踪。

刘能子见手下神不知鬼不觉地出了据点，认为万事大吉，这才迈着从容的步子朝据点大门走去。他要面见李望彦的妻子李尹氏，告诉她粮食早让皇军拉走了，如果不信，她可以打开粮仓亲自查看。粮食没有了，她也就死了心。

刘家坤打开据点大门的时候，李尹氏早已率众等在那里，耐着性子对他说：

“刘大队长，你答应过要拿粮换我家丈夫，现在三天的时限已到，我带着乡亲们来拉粮了！”刘家坤听罢道：“你先让那些围我据点的人撤了，咱们再说话，免得他们打我的黑枪！”李尹氏冷笑道：“你放心，只要你的人不开枪，我保证他们不伤你一根寒毛！”说罢，她跟身后的人低语了两句，枪声果然停了下来。

刘家坤摆出一副愁苦的样子说：“望彦嫂，我正愁着没法见你！我是说过用粮食换望彦哥这话，可是天有不测风云，从桃花峪回来的当天，皇军就来了，说你们村收缴的粮食不够数，我就把我据点里的粮食抵上了。”马家旺气恼地道：“撒谎！前天就拉走了，你咋不早说？到我们找上门来你才说。”

刘家坤见有人插话，横起脸来道：“嗑瓜子嗑出臭虫来，我跟望彦嫂子说话，也轮得着你搭腔？”马家旺不甘示弱，上前一步道：“咋着，你出尔反尔，还不让人说话？”

说好的事变了卦，李尹氏心里一急，指着他的鼻子说道：“刘能子，说出来的话，泼出去的水，咋能说变就变？我男人要是有个三长两短，咱们可有算不完的账！”刘家坤佯装无辜地摊开双手道：“嫂子，话可不能这么说。皇军说要粮，我有啥办法，我也是胳膊拧不过大腿。要不这样，你等我带领兄弟们上山，跟抗日救国军拼个鱼死网破，就是豁上这条命，也要把望彦哥救出来！”

说罢，他装模作样地拔出枪，在空中一挥，喊道：“兄弟们，愿意跟我救望彦哥的都站出来！”队员们纷纷响应，举起枪喊道：“跟他们拼了，救出望彦哥！”

这倒将了李尹氏一军。马家旺忙和李尹氏低语商量，这样下去事情耽搁下来不说，粮食的事怕也就黄了。李尹氏也看出来了，刘能子不过是在拖延，眼下她要的是粮食，于是说道：“各位兄弟，你们的好意我领了。山上要的是粮食，而不是诸位的性命。你们这么一闹腾，怕是没事也惹上事，我丈夫早就让人撕票了！”

众人一听这话有理，就停住了脚步。刘家坤本来耍了个小心眼，占了上风，心里正得意，见李尹氏戳破了他的阴谋诡计，有些恼羞成怒，冷笑道：“要救人你不允许，要粮我又没有，嫂子你说该咋办？”马家旺说：“我们也不是不信你，就是觉得莽撞救人非上策。我们还是看看粮食在不在据点再说！”

刘家坤等的就是这个结果，凭他说，这些人死也不相信，但如果让他们亲眼到据点看看，找不到粮食也就死心了。换句话说，李望彦再死再活跟他就无关了。他假意道：“你们想到据点里看，心情我理解，但是我这里是军事禁地，一般人不能进，更甭说你们当中还藏着八路！这要是乘机混进去，我岂不白吃哑巴亏？”李尹氏道：“你守信，我们自然也守信。”然后，她叮嘱陆辰岗不要出面，她只带着几个人进去。刘家坤这才痛快地答应，但丑话搁在头里，乡亲们找不到粮食，就老老实实地回去，关于救李望彦的事，从此也跟他毫不相干。事已至此,李尹氏爽快道：“好！有的话就拿粮换人,没有的话，你走你的阳关道，我过我的独木桥！”

刘家坤当即放人进入据点，大伙儿里里外外前前后后地搜了一遍，半粒粮食也没看见。

一行人沮丧地回到马车店，伏八爷叹道，早知如此，还不如不去闹这一趟，这明摆着是替刘家坤推卸掉了责任。马家旺不同意：“这只是个意外，明摆着的事，不论据点有没有粮食，刘能子都不会救望彦哥。”水兽在一旁说道：“不如我现在就带几个人，绑了黄国品去山上换人。”李尹氏拦住他说：“你也不用去，辰岗派兄弟跟着他哪！无论事成与否，他们都会来吱一声。”

果然，不一会儿，院子里有动静，开门一看，正是陆辰岗，押着黄国品。贾子勇一把抓住他的脖领子骂道：“好你个人面兽心的东西！竟然敢绑望彦叔当人质，你这算哪门子抗日救国军！”水兽也上前踹了他一脚道：“原来是你干的好事！如果不看在小乔姐的面子上，我非扔你到乌龙河里喂王八！”

黄国品见众人同仇敌忾，哭丧着脸道：“我这也是一时糊涂，不过我已经吩咐过手下，要好吃好喝地伺候着望彦叔。如今这事也干不成了，我就上山放望彦叔回来。”

事已至此，大家心里都稍稍平静，只有黄国品哭丧着脸。李尹氏对大家说：“周家女婿身为公家人，也是身不由己。只要望彦平安无事，咱就既往不咎了！还是尽早让他上山换回人来。”

陆辰岗说：“不能光听他说，我陪着他上山。”黄国品急于脱身，说道：“放心，我保证不跑！我岳丈岳母、老婆孩子都在桃花峪，能跑哪儿去？”陆辰岗还是不放心，找了根绳子来，绑了黄国品的手，连夜进山。

那天黑夜，李望彦被绑着一路朝白云山而去，临天明的时候，来到大马峪。尽管一路上被蒙了眼，但李望彦还是借助山势辨别出这是到了哪儿。

爬过一道石堰，在一片相对开阔的菜地里，两人站下了。这里三面环山，一面朝河，十分隐蔽。沟底有一座趴屋子，石头垒的，无窗无脊。胡闹说：“咱把丑话说到头里，我们队伍有规定，你只要服管，我们不会伤害你。可你要想逃跑，那就别怪我们不客气了！”

李望彦心想，他们就是为了粮食，只要筹粮到手，自然会放他回去，便对他们说："你们用不着这么严实地看管我，我不跑。"张大山说："怕你受委屈，我在地上铺了黄草，每天给你送吃送喝。"说罢，他拧开门环上的铁丝，把李望彦推了进去。

李望彦被质押在山中，倒也能安然入睡，但桃花峪的乡亲们却不知情。由于李尹氏和陆辰岗的营救计划是在暗地里进行，所以大多数人都蒙在鼓里，并不清楚事情的来龙去脉。事件不断发酵，先是三五人议论，后是大伙儿聚集在老槐树底下发感慨，都认为这是天大的事，非得大贵子这个保长出面，号召大伙儿一起解决不可。

事情寄希望于大贵子牵头，这可令他始料不及，可见李望彦是民心所向。随着日子一天天过去，救人却始终没有进展，大伙儿情绪日渐浮躁，便约合着找上了大贵子的门。

大贵子这保长也当得窝火，牛让鬼子糊弄了去，马寡妇整天脸耷拉得像个黑茄子，动不动就指桑骂槐："活着真没用！死了算了！"

拾金子拾银子没有拾骂的，大贵子捂着耳朵装听不见。马寡妇骂着没了精神，便把话题转到了绑李望彦的人身上："这是哪个挨千刀的干的好事？"大贵子说："还能有谁？就是黄国品干的！"马寡妇哼道："既然知道是他干的，你去让他放人啊！你当着个保长干啥吃的，就专门吓唬女人，干吃人家妈妈？"

大贵子摸贾仙桃妈妈的事早就传到马寡妇耳朵里了，她没事就拿出来涮弄一番。大贵子尴尬地说道："这是哪儿跟哪儿啊！听说李望彦媳妇早就找了他的国军兄弟，押着黄国品进了山，这两天就换回人来！"马寡妇呛道："你说换人就换人？这都过去三天了，换的人到底在哪儿？不用哪儿跟哪儿，咱家头牯没了，还是人家望彦哥把自家的骡子送过来。如今人家有难了，你倒当缩头乌龟了！"

大贵子烦嚷道："我这哪是缩头乌龟？就屁大的保长，谁拿着当回事？那天刘能子来，还是我抡着棍棒要砸他，他才答应拿粮食换人。"

说到拿粮食换人，马寡妇又纠结起来："咱家的牛说啥也不能便宜这些人！你说啥也得带这个头，能要回多少粮食就要回多少，弥补咱家的损失，弥补咱欠望彦哥家的情！"

"他马嫂子，啥欠不欠的。要说欠，是我们家欠乡亲们的！"话音未落，李尹氏一脚门里一脚门外，说道，"不能再奚落王保长了！人家为望彦这事都跟刘能子翻了脸，我这想夸他几句还没来得及哪！"

马寡妇听李尹氏这么说，就笑脸迎上来："他婶子，我这也是为望彦哥的事着急，在这里话赶话。"李尹氏说："大伙儿的心意我都记着哪！我来还是催着王保长，多给刘能子点压力，好让他拿出粮食来！”大贵子为难地说：“夜儿你不是亲自到据点里看了，半点粮食都没瞧见。刘能子一步仨心眼，一般人根本对付不了他！”马寡妇瞪他一眼说：“那这事也不能便宜了他！”

经她这么一鼓劲，大贵子便叫马家旺敲梆子，集合全村的人，再到据点讨叫。

李尹氏这次是有意而为之，夜儿后晌，她已安排好人上山去接李望彦，但她左思右想，觉得这事说啥也不能便宜了刘能子。她还有一种担心，刘能子已经知道陆辰岗就在附近，若他缓过气来，肯定揪着这事不放，不如就此多给他些压力，让他自顾不暇。

梆子声再次在桃花峪响起，伴随着马家旺沙哑的嗓音：“诸位乡亲，有钱出钱，无钱出力，无力出人！全体村民到夏庄据点，为李望彦请命！”

随着他的喊声，人们都扔下手中的活计，从村子的各个角落向着村公所集中，其中有老人，有孩子，也有女人。没有花言巧语的动员，没有痛哭流涕的煽情，马家旺挥了挥手，大伙儿都朝着数里外的据点走去。那条很久都没人走的大道上，浩浩荡荡，黑压压一片。脚下蹚起的浮土翻腾，卷到了半空，远远望去，如黄龙一般。

这天晌午，刘家坤的心情其实并不轻松，因为他刚刚得到消息，昨儿黑夜，从牛嫂店里偷运出去的粮食，被一伙不明身份的人劫了。

马大臭脸上青一块紫一块地跑回来报告了这一噩耗。刘家坤问：“你咋这时候才回来？”大臭子带着哭腔道：“甭提了，这时候回来还是人家手下开恩，不然怕连小命都没了。”刘家坤实在不明白，大臭子是从封锁沟偷着走的，怎么会被人发现？押车的十几个人倒是平安无事，但粮食一粒不剩。

大臭子描述说，昨夜他们一出牛嫂的野味店，就让人给围住了，那伙人蒙着面罩，手提快枪。刘家坤气急败坏地问：“看清楚他们的长相没有？”大臭子说：“枪顶着头，他们蒙着脸，又黑咕隆咚的，哪能看得清。”二臭子在一旁添油加醋地说：“我感觉是山上的八路，跟打据点的是一伙人！”大臭子则摇头道：“我看不像。我们走的时候，他们还在据点外喊话呢！再说了，如果是救国军的人，他们干吗蒙着脸呢？”

经兄弟俩这么一说，在场的人都觉得蹊跷。大臭子说：“乖乖，他们认得我们！这下子可惨了，往后我们还不小命不保？”刘家坤听罢破口大骂道：“你们不心疼我的粮食，开口闭口就是你们的小命，几个土八路就把你们吓成这样？”

刘家坤怒火中烧，李望彦一家居然勾结八路打他的主意，顺着这条线，定要找到山上的人和他丢失的粮食。

他正在发狠的时候，哨兵跑进来报告说，桃花峪来了一群人，堵在门口，口口声声要他们拿粮食换李望彦。刘家坤听罢，再也压抑不住怒火，提枪上膛，冲出屋子，嘴里吼着："换李望彦？我的粮食被人劫了个精光，我上哪儿弄粮食去！"哨兵说："我也这么说了，可他们就是不走"刘家坤边走边说："不走你就开枪，打死一两个挑头的，看谁还不怕死，在这里起哄！"

他到了门口一看，果然黑压压的一片。刘家坤耐住性子喊："乡亲们，我刘某人对望彦哥也深表同情，可是一家不知一家的难处，我本是答应救人的，也准备了一点粮食，可是夜儿我这里遭了袭击，粮食被山上的抗日救国军劫走了！你们要是通情达理，那就回去，别跟着闹。这要是让皇军知道了，准没你们的好果子吃。"

马寡妇站在人群里大声道："刘大队长，你好赖也是个爷儿们，是爷儿们嘴里吐钉就是个铆！救望彦哥可是你亲口说的，现在又反悔了，咋让人信服你？你口口声声说这是抗日救国军所为，可在你的地盘上，咋叫人家占了便宜？你就不怕我们闹到皇军那里去？"

听她这么一说，刘家坤立刻就换了一副笑脸："马嫂子，你咋也这么说？我也没说不救，是我好不容易筹的粮让人给劫了。"

大伙儿正僵持在那里，水兽从后面钻进来，附在李尹氏耳朵上小声说了几句，李尹氏惊愕地说道："水兽，现在这时候可不是说着玩的！"水兽瞪眼道："咋是说着玩呢，这时候我还能说瞎话？真是望彦哥回来了，人已经在店里了。"

原来，刚才一村人集合去据点，水兽半道上想起自己下的网，便想溜出来看看再去。不料网被河里的杂草给缠住了，等他下河清理完毕的时候，人群早已没了影。他拔腿就去撵，老远见一个人悠悠而来，不看则已，一看吓了一跳，原来是望彦哥。

他连忙迎上去说："望彦哥，一村人正为了你去夏庄据点闹呢，你倒神不知鬼不觉地回来了！"李望彦笑呵呵地说："抗日救国军收到了粮食，就放我回来了。"水兽惊诧地说："这事从头到尾我都清楚，从你被绑票到逼着刘能子献粮，再到嫂子领着乡亲们到据点去闹，就没见一粒粮食，你却说山上收了粮食放你回来了！"

李望彦感叹一声："千真万确！这咋好，让全村人为我一个人冒风险！我这走了一夜的路，腿脚累了，你快把乡亲们喊回来！"

李望彦自被人绑上山，一连几天，除了有人送饭之外，没有任何人跟他交流。正当他沉不住气的时候，山下来人赎他了。

两人把他的眼睛蒙了，用绳子牵了朝着山下走。来到一处平坦处，听得有人说，就在这里交换吧！随后，有人给他摘了眼罩。他这才看清，对面山坡上站着几个蒙面人，身后停着三辆马车，车上装满了粮食。

对面的人大声道："救国军的兄弟，三大车的粮食，少说也有一万斤，够换回望彦哥了吧！今们我们就做成这笔买卖，可我得告诉你们，这是第一回，也是最后一回。如果再见着你们打着抗日的旗号行这种不义之举，别怪我们不客气！"

李望彦听着这声音好熟悉，可一时半会儿想不起是谁，黑暗里也看不清楚脸。这时候，对面又传来了熟悉的喊话声："望彦哥，让你受委屈了！等你走出二里地的时候，我们再放马车！"

李望彦顾不得多想，蹽开大步朝山路奔去，直到走出二里地，回头再瞧，这两伙子人早没了人影。

李望彦被绑票的事情终于有了一个圆满的结局，这让桃花峪所有的乡亲们都松了一口气，尤其是李尹氏，经历过这场变故，终于认识到丈夫在乡亲们心中的地位，埋怨之余更多的是欣慰。桃花峪的乡亲们以他们朴素的情感，昭显着患难与共的可贵，这是用多少钱和粮食都无法换来的。这件事也提醒李望彦夫妇，这个世界远远不都是善良和纯洁，需要他们认真地去甄别和对待。

李望彦一直在想那几个神秘地营救他的人，这声音太熟悉了，他后悔没有问一问恩人姓甚名谁。李尹氏似乎更理解丈夫，劝他道："好人总有好报！总有一天，能打听出救你的恩人是谁。"李望彦叹气道："我只是感觉，那天救我的人是一个故人……"李尹氏问是谁，李望彦一字一句地说：

"吕——无——常！"

李望彦的猜测没错，那个蒙面人正是吕无常，不过他现在叫吴天常。而站在他身边的，是马六子。马六子去桃花峪打探情况，回来说据点不好摸，吴天常就琢磨，等刘能子把粮食运到镇上再截就暴露了，最好在野外打埋伏。两人带着队伍一路寻来，正好遇上有人佯攻据点。吴天常便让马六子远远躲着，静观其变，说不定就会有好果子吃。果然不出所料，据点前面闹得欢，后面沟里钻出十几个人来，趁着夜色直奔夏庄。

吴天常暗中窃喜，一路跟踪到了夏庄村外，见这伙人从店里牵出三驾大车，车上装满了粮食，直奔乌河镇，这才意识到刘能子耍了个金蝉脱壳之计。

等这伙人上了大道，一行人便从灌木林里钻出来，一声咋喊。大臭子等人见黑乎乎的枪口对着脑袋，早吓得腿一软跪倒在地。吴天常乘势道："各位，今们对事不对人。我们既不要枪也不要人，命也是你们的，只要这三车粮食。如果识相，就都给我乖乖地趴在地上，等兄弟走远了，你们再回去报告也不迟。如果哪个胆敢耍心眼子，小心秋后算账！”

马六子上前把这伙人的枪都卸了，远远扔到沟里，然后命令他们都趴在地上，直到大车完全没了影子，才放他们回去。

而在山上，当吕无常看到久未谋面的望彦大哥时，真想摘下面罩来叫一声，可是他清楚地意识到，如果相认，望彦哥肯定会打听他的一切，那么他这些年来的苦心经营就会暴露，他就不再是来无影去无踪的吕无常。还有他的组织，经过多年的蛰伏，现在已小有名气，也有一伙地痞流氓充当他的先锋。他一旦缠绵于儿女私情，这一切都会暴露。

这个结局皆大欢喜，唯有刘家坤难以释怀。他咽不下这口气，决心要查清绑票事件背后的真相。李望彦被救国军绑了票，他们咋就知道他有粮食？黄国品、刘长喜、李望彦……山上的抗日救国军，传说中的国军……哪个又是组织者？他把粮食藏在牛嫂的店里，临走前才告诉了大臭子。从乌河镇这边排查，自己要卖粮的消息也只有吴天常知道，凭自己跟他多年的交情，他不会因为几车粮食就出卖自己。马大臭描述说，这些人身手不凡。他思来想去，怎么也想不出是谁来，一切都是无头案。看来，还是先稳住桃花峪这头，从抗日救国军那头找缺口再说吧。

上次在夏猴子那里，他见到了霍金龙，两人曾约定三日后见面，现在十来天过去了，他把这事忘到了脑后。他何不利用霍金龙打探一下山上的情况？至于黄国品这边，他先压而不动，啥时候把他和小乔的关系抖落干净了再对付黄国品也不迟。

霍金龙在乌河镇和刘家坤粗略一谈，觉得有机可乘。他所谓的机就是借刘家坤和日本人拉上关系，试探一下深浅，但更多的还是恋着改子，借这事往乌河镇跑。自从邂逅这个漂亮的小女子，他便忘不下了，连梦里都是她飘忽的影子。上次下山打探情报空手而归，这让他在相如莲那里十分尴尬，而黄国品却大获全胜，弄上山三马车粮食。相如莲觉得这事蹊跷，问黄国品下山如何开展的工作，黄国品支支吾吾地说他老丈人在其中帮了大忙。王宝斗把胡德海和张大山叫到一边，又是哄又是训，终于套出了实话。相如莲听罢拍案大怒：“抗日队伍，咋能干这种违反组织原则和群众纪律的事！”

把黄国品绑了来再三逼问，黄国品终于承认了绑票的事。相如莲严肃地说道：“我们虽然缺衣少粮，但我们是人民的军队，人民群众是我们的衣食父母。这样做不但违反了纪律，也破坏了军民关系，影响极坏！”她马上召开了全体大会，撤了他的中队长职务，并报告上级对他进行处理。

黄国品被押去禁闭室，他还想指望霍金龙帮他说话，没想到霍金龙却举双手赞成，乘机说，上次下山事情没办好，说好再回去取情报。相如莲迟疑地问：“你觉得这时候下山合适吗？”霍金龙拍着胸脯子说：“我速去速回，现在咱们部队兵强马壮，就差一场胜利扬名立威了！”

相如莲想不出不让他下山的理由，只好答应，但心里总有些莫名的担忧，便安排王宝斗陪着去。王宝斗斗争经验丰富，不管有啥情况都会从容应对。霍金龙起初不愿意，但相如莲坚持这样做，他也提不出反驳的理由，两人当天黑夜就借着月明下山了。

霍金龙和王宝斗下山的当天夜里，刘家坤也赶到了乌河镇，他左思右想，这条线索不能轻易放过。他当这个保安大队长以来从没有干过一件让皇军满意的事，鹫尾渐渐失去了对他的欣赏，这无论如何不是好兆头。霍金龙主动送上门来，他不能放过这个立功的好机会。这次丢粮黄国品有最大的嫌疑，他碍于小乔一直没有下手，然而霍金龙就不同了，自己完全可以套紧套牢他，说不定会逮住条大鱼。

刘家坤去见夏猴子，他是这件事的牵线人，顺便看看改子还在不在。霍金龙一见改子，牛蛋子就像被吸住了，她就是一块诱饵。他可以一箭双雕，牢牢地掌控住改子，让霍金龙自投罗网。

刘家坤破例提了盒荣宝斋的点心和一斤安溪的绿茶，这让夏猴子受宠若惊。孙渔儿倒是清醒，哼道：“黄鼠狼给鸡拜年，没安啥好心！”她一轮风到里间去了，让改子端茶上水。刘家坤说他这次来就是为前不久跟霍先生的约定。夏猴子说因为最近忙一直没顾得上打听，霍金龙也没捎回来消息。听说没有消息，刘家坤觉得送礼送瞎了，说先去鹫尾太君那里坐坐，只把点心放下，绿茶提走了。

听说他要去见鹫尾，夏猴子从心眼里打怵，心想跟霍金龙的事最好不要让皇军知道，免得节外生枝。刘家坤打着哈哈道：“知道，知道！你对我还有啥不放心的。利害关系我还是懂的。”然后他瞄了改子一眼，说：“就冲改子我也不能不装叔，人家霍先生对改子可是有情有义的。”说得改子红了脸，白他一眼道：“刘大队长，你们大男人家谈事情，可不好掺和俺们女人家。”

刘家坤前脚走，霍金龙后脚就进了门。夏猴子惊叹道：“你早来十分钟，就能见到刘大队长了！”霍金龙说他这也是紧赶慢赶，说罢拎过一口袋山核桃来，说从穷山沟里来，没啥稀罕的，算是见面礼。夏猴子知道他这是冲着改子来的，便对改子喊：“我和你干娘年纪大了，牙口不好，你霍哥背这么沉的东西来，你就收起来慢慢吃吧！”霍金龙笑着说，他哪有这么大力气，还有一个兄弟跟他一起下山，现在人在旅馆里，核桃也是他背下来的。

这边说话，刘家坤那边已经走进了鹫尾的办公室，鹫尾最近迷上了喝茶，见他提了上等的安溪绿茶来，高兴地请他入座一同品尝。刘家坤腚坐在日本人的榻榻米上，但满脑子跑偏。鹫尾似乎觉察出了他的不安，说道：“听说刘大队长的据点最近不安宁，地下抵抗组织蠢蠢欲动？”

刘家坤故作镇静地呷了一口茶，含糊其词地说道：“也不是没有一丝风吹草动，前天半夜里还有人骚扰，但是皇军声威所在，我们一出动他们就吓得无影无踪了。”鹫尾冷笑道：“我是觉得有必要提醒你，凡事要跟皇军报告，不然出了事我可保不了你。”刘家坤连忙点头如捣蒜：“请鹫尾少佐放心，我刘家坤就是您一手栽培起来的，说啥也不会瞒着您！”

他决心表到这种程度，鹫尾露出满意的微笑，说他会随时到夏庄据点去看看。刘家坤急忙站起来，双腿并拢：“鹫尾太君，我刘某人随时欢迎您莅临检查！”鹫尾茶喝得兴奋，马上就去穿鞋子，说要去夏庄转转。这可难住了刘家坤，他这趟到乌河镇可是来会霍金龙的，再说桃花峪的逼粮风波刚过，据点里里外外议论纷纷，鹫尾这时候去，哪个地方出了差错他也承受不了。

他迟疑地站在那里不说话。鹫尾道：“刘大队长，我看你心不在焉，有什么事比陪皇军喝茶还重要？”

鹫尾此话一出，刘家坤就感到了后悔，干吗这么沉不住气，让他看出了破绽？本来这事他想瞒着皇军，没想到脸上没有把持住，透给了鹫尾。鹫尾是个精明的人，啥事也瞒不过他，刘家坤索性说道：“鹫尾少佐，此事本来是想办成之后再告诉你的。既然你问，我就实话实说。我这次来镇上，是要与一个人会面……”

鹫尾急忙问是什么人，刘家坤就把霍金龙的情况说了一遍。鹫尾吃惊道：“那不就是我们一直想抓捕的人，你还等什么，不立刻抓起他来？”刘家坤说道：“我想先摸清他的来龙去脉再抓也不迟。”

鹫尾兴奋地搓着双手说：“这可是一条大鱼，希望你不会让他脱钩跑掉！”刘家坤也似乎忘了前嫌，眉飞色舞地说：“我早就布置好了，先用鱼饵吸引他，进而钩住他，顺着鱼线摸到更大的鱼。”

鹫尾见他说得如此有把握，问他有什么鱼饵？刘家坤含笑道：“不用我下，早就有了，是女人！”听说是女人，鹫尾更来了兴趣，非要问是哪里的女人。刘家坤想起鹫尾好色，觉得话说得太过了，忙改口道：“我的意思是说，我想找个女人把他勾引住。”鹫尾有些失望，对他说：“那我就静听你的佳音。不过我可提醒你，这事你不能办砸了！”刘家坤连忙打包票。

刘家坤重返夏猴子那里，夏猴子叫起来：“今们这是咋了，跟走马灯似的你来他去。霍大队长刚回去你又来了！”刘家坤说：“你没问他住哪里？”夏猴子说：“问是问了，他也没说。不过，他说等会儿再来。”刘家坤心想这事心急吃不得热豆腐，便一边喝茶一边等。

果然，到傍晚的时候，一个酒馆的小伙计找上门，说一位茶客请刘大队长过去喝茶。夏猴子一拍桌子道：“定是霍金龙无疑！”

夏猴子借口说警局里有事躲开了，刘家坤只好独自前往。这喝茶的地处叫福缘茶庄,在杂巷里,四面有出口,客多人杂。他知道这是霍大胡子有意防着,便故意放慢了脚步。

小伙计引他上楼，果然见霍金龙靠窗坐着。两人面对面坐下，霍金龙开门见山：“上回说的事不知你运作得咋样了？”刘家坤也不客套,胸有成竹地说：“既然我答应霍兄，自然就能做得到。不瞒你说，刚才我去见鹫尾太君了，他答应跟霍兄合作。”

霍金龙没想到日本人这么痛快，有些狐疑，刘家坤信口开河地说：“皇军说，合作的事全权交给我了。你先提条件拿方案。”霍金龙笑道：“这么说我是找对朋友约对人啦！”

霍金龙还是觉得这事有点过于简单，追问道：“刘大队长，这事你帮这么大忙,有啥要求没有？”刘家坤道：“能有啥要求？只是日后你跟皇军合作得好，飞黄腾达，我刘某人从中分得一杯羹就满足了。”霍金龙信口说道：“我的事就是兄弟你的事。有钱大伙儿赚。”

他再追问一遍：“果真没其他要求？”刘家坤说：“既然霍兄再三问，我也不妨直说。兄弟没别的要求，就是想通过你打听一个人……”霍金龙不知他问的是谁，便说道：“只要是我知道的，一定告诉你！”刘家坤说：“这个人你认识，就是桃花峪的黄国品。听说他也在你们的队伍里？”

霍金龙听他提黄国品，心里打了个转，故意含糊其词，说民国的时候倒是跟他有过交往,但自从日本人打过来后就再也没有他的消息。刘家坤说：“听说他也参加了救国军，你们怎么会没有联系？”霍金龙见他急头赖脸的样子，猜想一定与他跟黄国品的女人有关，便故意不说。刘家坤不死心，还想从霍金龙嘴里掏出点啥,突然从楼梯口传来一阵急促的脚步声。霍金龙感到了危险，伸手去布褡子里掏枪，但还不等他掏出枪来，一把枪早已顶住了他的太阳穴。

刘家坤吓了一跳，拿枪的这人是鹫尾。

刘家坤没有想到鹫尾会尾随而来抓人。霍金龙眼看一把枪顶在头上，放弃了抵抗，镇定自若地站起来，双手微微上举，这让鹫尾错认为他要投降。就在他探过身去缴枪的时候，霍金龙却突然发力，用脚一蹬桌子腿，桌子连同枪便向他这边歪去，随之他握住枪把，抬手就是一枪。

对面一个鬼子立刻毙命。鹫尾扑过去和霍金龙厮打在一起。刘家坤不知道此刻帮谁更好，站在原地发呆。就在这时，出口处闪进一个人来，手中的枪弹无虚发，很快两个日本便衣便倒在地板上。

听到枪声，更多的鬼子冲上茶楼，堵住了楼梯口，想逃跑几乎没有可能。刘家坤清楚，此时日本人已经占了上风，如果不再好好表现一下，就有可能被误会。他迅速朝楼梯口的人扑过去，不料对手来了个顺手牵羊，撸住他的脖子，用枪口顶着他的太阳穴，大声喝道："都退回去，不然我先一枪结果了他！"

这才是越帮越忙，鬼子兵有一刻的迟疑，鹫尾狞笑道："你的指挥官已经被我们抓住了，还是乖乖地投降吧！我以人格担保，保证不会伤害你！"王宝斗同样冷笑一声，回击道："鬼才相信你的话！"鹫尾指着四面包围上来的人说道："我早已布下了天罗地网，你已经无路可逃！"

王宝斗借着余光朝四下打量，楼梯口上下被封死，想从枪口中突围出去简直不可能。他唯一可以利用的就是左边半开的窗户，他慢慢撸着刘家坤的脖子朝窗边挪动。鹫尾显然发现了他的企图，举枪就射……

说时迟那时快，霍金龙突然挣脱开鬼子，一头朝鹫尾撞去。"快跑！"这大概是他最慷慨也是最壮烈的一举了，王宝斗抓住这千钧一发的机会，把刘家坤朝鬼子怀里一推，然后纵身跃出窗台……

刘家坤在这个过晌午遭遇了过山车，等他清醒过来的时候，王宝斗早已不知去向。霍金龙愤怒地骂着："你个汉奸卖国贼，竟然出卖老子，你不得好死！"

刘家坤被骂得满脑门子是火，从地上爬起来，气急败坏地扇了他一耳光，怒骂道："霍大胡子，奶奶的，不是我刘家坤想暗算你，实在是你不走运。本来我还念点旧情，你这一骂反而让我俩彻底反目成仇了。从现在开始，你是死是活与我无关！"

鹫尾立刻把霍金龙押到宪兵队审问。夏猴子听到消息赶紧张罗着让渔儿到乡下躲一躲。霍金龙可是冲着他来的，被鬼子知道了肯定连带他一家。改子最好是也躲躲。

改子却不想走，问姨夫鬼子为啥要抓霍先生。夏猴子说日本人抓人还管啥理由，看谁不顺眼就抓。“你不是也知道嘛，这个霍先生是从山上下来的。”改子偏偏不信这个邪：“山上下来的咋了，我还是从山上下来的呢！”夏猴子不知道咋回答她，苦笑道：“你们不是一座山。我的意思是说，你们不是一路人！”

不管是不是一路人，但改子自从见了霍金龙就喜欢上了这个男人，一直盼着再有他的消息，没想到他却被捕了，心里有种酸酸的委屈。尽管改子有一千个不愿意，但还是听从了姨夫的劝，转身回屋收拾衣物。霍金龙被捕的消息是刘家坤通知他们的，他说他过晌午就回据点，可以捎改子一块回去。

改子等了半天也没见刘家坤开车来接她。

刘家坤没去接改子是因为他陪着鹫尾审讯霍金龙了。霍金龙开始一问三不知，但当刘家坤和他一一对质的时候，他就不再坚持了，一脸沮丧地说：“我的身世就不用说了，刘大队长都熟悉。”

刘家坤当然熟悉他，霍金龙在国民政府的时候可是呼风唤雨的人物，手下有二百多号人，一色的洋枪，不管是镇压学潮还是商界开业，他的人往那里一站便是一种震慑。而至于他咋在日本人占领之前南下,又咋回到了白云山，刘家坤就不清楚了，但是他变身抗日救国军是真，夏庄据点不安宁说不定就是他的人搞的鬼。擒贼先擒王，顺藤摸瓜，就能一举全歼山上的人。

说到这儿他有些得意了，甚至暗中赞许鹫尾做事英明果断，上前再三劝道：“霍老弟，我本是想引见你给皇军，但没想到鹫尾太君爱才心切提前行动了。这样也好，咱们就开门见山。你把你山上有多少人，下山的意图是啥告诉皇军，我则以老朋友的身份保你平安无事！”

鹫尾在一旁听了，说道：“刘队长说得没错！我之所以用这种方式请你来就是爱贤若渴。你们是老朋友，我们是新朋友。”霍金龙冷笑一声：“我跟鬼子做朋友，你给我开出啥条件？”鹫尾见霍金龙话有缝隙，问道：“霍先生，你想要什么条件？”

这倒把霍金龙问住了，刚才他不过是凭着一时之勇信口开河，根本就没想到跟日本人谈条件。王宝斗逃走了，返回山上向相如莲做了汇报，她一定会想方设法营救。他现在要做的就是有意拖延时间，等待救援。他支吾地说：“太君想给我啥条件？”

鹫尾似乎早就看透了他的内心：“霍先生之前是警备大队的人，你如果能下山投靠皇军，我依然可以让你坐回你的位置。据我所知，你在乌河镇喜欢上一个女人，这个女人是桃花峪的，一个保长的女儿。如果你能答应我，我也保证成全你这个心愿。”

霍金龙暗自吃了一惊，心想这样隐秘的事他也知道了？他如果答应就是叛变投敌，但如果不答应就会遭受牢狱之灾，甚至有可能伤及改子。身为男子汉大丈夫，他可不想让无辜的人为他受苦。他冷笑起来：“我斗胆问一句，太君是咋知道我喜欢这个女人的？”

鹫尾似乎对自己的攻心战术十分满意，露出得意的笑容：“要想人不知，除非己莫为！在乌河镇没有什么能瞒得过皇军的眼睛。”霍金龙听罢，叹道：“服了！我就听皇军的吩咐，你们想让我咋办就咋办！”

鹫尾把霍金龙从刑具上放了下来，并把他请到茶室，甚至把刘家坤也赶到了走廊上。

两人的谈话涉及啥，刘家坤一概不知。他坐在冷板凳上，过了一个钟头，鹫尾才招呼他进去。鹫尾一反常态，夸他在这件事上做得非常好，说这几天忙于春季扫荡，等忙完了会亲自去他那里。刘家坤试探地问霍金龙交代了啥有意义的线索，鹫尾说这不是他该问的，他们已经把霍金龙放了。

鹫尾轻易放走霍金龙让刘家坤很吃惊，好不容易抓到条大鱼却轻而易举地就让他重新鱼游入海。如果不是在这一个小时内达成啥重要的共识，鹫尾是无论如何也不会这么痛快地撒手的。

天黑的时候，刘家坤才回据点，而这时候改子早已到了村头上。她看见李尹氏正在上门板，便先打招呼。看是改子，李尹氏问她怎么这么晚才回来，改子掩饰说她想娘了，在城里待不住了。李尹氏夸她道：“看来没白在城里待，嘴也学巧了！”

李望彦扛着镢从坡里回来，见状说天这么晚了，让望生送送她。改子嘴里说不用，但望着黑咕隆咚的田野还是不肯挪步。进村要经过河边，那里不久还死了人。望生不情愿地倒背着手倚在门框上，李尹氏嗔骂道：“婊子生的，还愣着干啥，快去送送你姐！”改子看他憨厚的样子，逗他道：“望生，按辈分你还得叫我一声姑姑。你一个大小伙子家送送姑姑有啥了，又吃不了你！”望生羞得满脸通红，嘴里嘟囔着：“瞎话！”便头也不回地朝村子的方向走去。改子谢了李望彦夫妇，跟在望生的后头，竟拉下了不短的距离。

月亮升起来的时候，刘家坤回到夏庄据点。他之所以承诺走的时候接上改子，就是想讨她一个好。改子女大十八变，几年前还是黄毛丫头一个，转眼就成漂亮的大姑娘了，看着都让人舒心。但他眼下心情却并不那么好，就把接人的事给忘了。日本人的狗鼻子尖啊，似乎早就闻到什么味了，所以才借着霍金龙的事敲山震虎，他如果还麻木不仁，怕是日后惹一腚的不利落。

心情不好，刘家坤便喊马大臭过来陪他喝酒。酒喝得高了，满脑子始终是那三车粮食。这哑巴亏吃得太窝囊，打碎了牙还得往肚子里咽。他琢磨来琢磨去，觉得这事跟李望彦有关。他被绑票，李尹氏来闹，山上的人包围据点，口口声声都是他那笔粮食。会不会是他们事先探好了消息，谎称是山上要粮，有组织有预谋地诈他，唱了一出苦肉计？

他又问了一遍马大臭，李望彦真回来了？大臭子道："这还用问，咱们去乌河镇前就回来了！"刘家坤沉吟道："那他没说……是咋回来的，有没有拿粮食换人？"大臭子支吾起来，他实在不知道这方面的消息。自从他进了保安大队，乡亲们见了他都避瘟神一般，躲得远远的。他顺嘴说道："管他咋回来的，反正是山上的人放了他！"

大臭子看出了上司的不快，心生一计："抗日救国军能玩绑票的把戏，逼着你交粮换人，你咋就不能学学他们，也耍点手段？"刘家坤正有此意，只是一时还没有想出拿手的手段来，便让他出个主意。马大臭说："听说这事是因黄国品筹粮引起的，黄国品和刘长喜肯定是八路无疑，你就抓了他们的女人，逼他们现身！"

一句话说得刘家坤心里打了个闪，这岂不就是一个挺好的主意！用女人套男人就是最好的陷阱。如果说这个诱饵还不算险恶的话，那他再放出话来，人不下山，期限一到就把女人交给日本人。那么纵是死，两个男人也会灯蛾扑火。

枕着大臭子的这个阴谋，刘家坤好好地睡了一夜。在两个女人的选择上，他的天平左右摇摆了好一阵子。他最终还是倾向于选择贾仙桃。把小乔也放在他的阴谋里，总感觉到有一丝良心不安。小乔每次和他偷情都让他无比怜爱，不到万不得已他不能动她。

刘家坤在实施他的阴谋之前，决定先去桃花峪打探一下情况。凭着过去的经验，无论这事牵扯不牵扯李望彦，他都是绕不过去的一个坎。他得事先把李望彦谋划在其中，不然李望彦从中攮上一棒槌，那十有八九就得泡了汤。

李望彦正准备到桃园子里去干活。刘家坤假意地打着招呼："望彦哥，又欢蹦乱跳地回来了！"李望彦听他这么说，嗔怒道："大早上就听黑老鸹叫，心想就不是别人！"刘家坤嘿嘿笑着，从洋车子上骗下腿来，说："话还分好赖？自从你被绑了票，我可是茶不思饭不想，一心想把你救出来！"

嗔拳不打笑面，李望彦呵呵笑道："有你这份心我就万分感激了！这么早来桃花峪，是喝茶还是另有公干？"

刘家坤倒想讨杯茶喝，但看李望彦端着个架势，根本没有伺候他的意思，便顺坡下驴说："公干，公干！"李望彦说："既然你有公干，我就不侍候你了，下坡干活去了！"说罢，他吆喝着望生，推着车头也不回地走了。刘家坤扭头去找大贵子。

大贵子这几天心灰意懒，不单是他这保长当得窝囊，白白让刘能子骗走了一头牛，更重要的是前两天他跟在李望彦媳妇腚后头起哄，回来让马寡妇骂了个狗血喷头，说他办事顾头不顾腚。大贵子不满地道："嘴是两片皮，反正都是你！不是你让我去帮李望彦？现在倒好，我又顾头不顾腚了！"马寡妇剜他一眼说："我让你去，是因为全村人都去，你又是保长，你咋也得帮个人场。可你不该硬上人前疯。"

经她这凉水一泼，大贵子才如梦方醒，后悔得想撞墙钻地。这事总得有个补救，但是他又不摸刘家坤的底，急得跟热锅上的蚂蚁似的。没想到一早刘能子就找上门来了，而且脸上完全看不出有啥过节儿。他心里一高兴脸上就溢出来，忙打招呼道："刘队长，今们可是日头从西边出来，俺正想去看你，还没倒下空来，你倒先来了！"

刘家坤对他还是心有芥蒂，乜斜他一眼，不阴不阳地说："等你想起我来，那才是日头从西边出来呢！李望彦被绑票跟你有啥关系，看把你精爽的，有哪一样是把我放在眼里？"

马寡妇见刘能子说话难听，急忙打圆场道："大贵子是啥脾气你还不清楚？他就是直肠子，一张嘴就能看见腚眼子。你帮着他当上的保长，他能反到哪里去？你不看僧面看佛面，就全当是他放个了屁犯了回浑。"

经她这一说，刘家坤便借坡下驴："我这人就是软耳朵，听不得好听的，我就让大贵子这一回。要是今后还像那天一样不看事，这保长我就另请高明。"

大贵子忙拱手作揖，嘴里诺诺地赔着不是。刘家坤嘴上不说，心里却在暗笑，他哪是听这俩老东西在这里胡晕，他完全是冲着贾仙桃的事来的。

刘家坤打刘长喜媳妇的主意，来找大贵子，是因为他作为外村人，想要在桃花峪抓人怕很难办到。虽说打着日本人的旗号强行抓人也行，但那样就跟桃花峪彻底撕破了脸皮，以后谁能保证他们不还以颜色？更重要的是，他腚沟里不争气，整天迷恋着小乔，常来常往，万一要让村里逮住就没有退路了。一定得想个两全其美的办法，鸡不叫狗不咬地把贾仙桃弄出村。他对马寡妇说："你就先忙着吧，我找王保长有点事，去村所公谈！"说完他便拉着王大贵出了门。

村公所到处布满了灰尘，刘家坤进门就皱起眉头。王保长急忙喊人过来打扫厅堂。刘家坤挥手道："算了，我也坐不住，就是找你来商量个事。"

听说刘家坤是专程找他商量事的，大贵子挺了挺胸脯子道：“啥叫商量，你有事吩咐就是！”刘家坤点头道：“那行，咱就明人不说暗话，我这次来桃花峪是想抓个人。”

大贵子听说又是抓人，忙问抓谁，刘家坤不说反问：“你认为我会抓谁？”大贵子老半天也没想起来他会抓谁，只好讪笑道：“大队长，你就甭戏弄我了，你说抓谁咱就抓谁。我王大贵就是你的一杆枪，你指哪儿打哪儿！”

刘家坤露出满意的笑容，拍着他的肩道：“这才是你应有的本分！不瞒你说，我这次抓的人你做梦也想不到，是个‘抗属’！”王大贵子听不懂啥叫抗属，刘家坤冷笑一声：“你是真听不懂还是装糊涂？抗属就是抗日救国军的老婆。”

大贵子一听脱口说道：“你要抓黄国品的老婆？”刘家坤见他一根筋，没好气地训道：“我说过抓小乔吗？”大贵子张嘴愣了半天才如梦方醒，一拍大腿道：“哎呀，我咋把她给忘了！贾仙桃不就是你说的这个抗属嘛！”

既然把话都挑明了，两人便商量着怎么把贾仙桃弄出村。刘家坤的意思是让大贵子出面骗她，大贵子却心有余悸，倒不是怕贾仙桃，而是怕马寡妇。刘家坤不耐烦地说：“这又不是让你跟她私奔，是帮我个忙，把她骗出村。”

大贵子还是把头摇得跟拨浪鼓似的。他心里明白，把贾仙桃骗出村容易，但如果让乡亲们知道了，还不剥他的皮抽他的筋？可这事如果不帮忙，他和刘家坤刚刚恢复起来的关系又面临着破裂，他真是两头都坐蜡。

他挠着头皮想了半天才想出一个两不得罪的主意。贾仙桃有好赶集上店的毛病，干脆就在赶集的路上绑她的票，这样他既不出面，也不会惊动桃花峪的人。刘家坤问贾仙桃不去赶集咋办，大贵子说她不去，他可以叫改子约着她去。刘家坤听了乐得直拍巴掌。

早晨起来，贾仙桃连打三个喷嚏，心里就犯嘀咕，这是啥人惦记着她？她刚掩上门就遇到大贵子赶着骡子往后山坡上慢悠悠地走，他还笑着说望彦哥家的这头骡子挑食，总怕喂不熨帖瘦了，所以去后山坡上放放，啃点青草。

寒冬腊月山上山下的草都枯了，哪里还有青草？只是贾仙桃太粗心，没有听出话外的弦音，而是说：“听说改子回来了？俺姐妹一向说话投机，还没有见到过她呢！”大贵子忙说：“那还不好说，回头我就叫她来找你拉呱！”

那天晌午，贾仙桃上墙头摘囊瓜，刚借着梯子爬上去，改子姣美的脸蛋便从墙外面冒出来，嘴甜甜地叫道：“仙桃姐，俺看你来啦！”

贾仙桃属于那种见谁漂亮都喜欢的女人。她心里高兴嘴上却不饶人，嗔怪道：“按辈分你该叫我婶，咋又叫开我姐了？那我叫你娘啥？”改子口齿伶俐地道："娘是娘，我是我。谁让你长得这么年轻好看来！"

贾仙桃听不得旁人说她好看，一说身子就飘飘然了。改子说："明天是夏庄集。你经常去赶集，带上我行不？"贾仙桃正愁一个人闷呢，于是说："那咋不行，明日去的时候我叫上你！"

她俩的谈话水兽顺耳朵听到了。马寡妇本是不同意闺女去夏庄的，这人刚从镇上回来，还没新鲜够就到外面疯，但大贵子说夏庄集最近来了卖洋布的，花色很好看。马寡妇在家里关起庙门来起年号，织的老粗布花样少，没人愿意买，何不让改子去学学？马寡妇动了心，说："也行！我和改子到集上转转。"大贵子拦住她道："赶着去夏庄集近啊！你年纪也不小了，凡事让闺女多出出头。我看改子这孩子挺机灵，心气也大，不妨就让她闯闯！"马寡妇见他说得有理，叹了口气："也是！可是我总是不放心她一个人到外面转悠。"大贵子乘机说："她一个人去不放心，就叫她找个伴。贾仙桃经常赶集上店，就叫改子跟着她。"

第二天太阳升得大高高，改子和贾仙桃才袅袅娜娜地出了村。走到河边，见蹲着个人，是水兽披了件蓑衣在晒老爷爷。问她俩这是去哪儿。改子不想理他，贾仙桃却不管这一套，笑骂道："死水兽，披着个蓑衣在这里吓人啊！俺和改子去赶集，你馋的话也跟着去。"

贾仙桃是戏弄他，水兽偏不吃这一套，腾地站起来，双肩一抖，卸下蓑衣道："你以为俺不敢啊，去就去！"他这一抖不要紧，吓得两个人高声尖叫。原来水兽根本没穿衣裳。两个女人拼命逃跑，乐得水兽哈哈大笑。

等跑出老远，改子才站下，说："姐，都是你惹的！水兽是啥德性你又不是不知道。"贾仙桃不以为然地说："他也就是装猫变狗，你见他啥时候祸害过人？"改子觉得在理，水兽是好占女人的便宜，但他这人嘴巴严实，要不然她早就没脸见人了。

经过这场小虚惊，俩女子的心里都蓬蓬勃勃地滋生出一丝欲望，话题也就转向男女的事。贾仙桃说："实话告诉姐，你碰过男人没有？"改子摇头。贾仙桃笑道："不像，俺会看人，俺一看你这腰这胯就知道你碰过男人了。"改子死咬着不承认，但脸先红了，心也怦怦直跳。贾仙桃说："姐也不是外人，都是从闺女长大的，心里想啥都一清二楚。只是做女人难，不管你心里有啥做过啥，只要不说就没人知道。"改子"嗯哪"地应着。

两人只顾说话，突然听到后面有脚步声，想躲闪已经晚了。身后扑上来两个男人，一人抓住一个，低声喝道："我们是乌河镇侦缉队的，跟我们走一趟！"两个男人的大手粗壮有力，俩人没挣扎几下就没了力气，任凭被拖拽到慢坡里去。

改子嗓子眼像堵了娘花，想喊也喊不出来。倒是贾仙桃沉着，蹴坐在地上死活不走。抓他的男人一时倍感沉重，竟松开了手。她乘势一头朝这个男人撞去,嘴里喊道：“改子快跑！”改子被缚的胳膊一下子松了,趁机撒腿就跑。

早上李望彦和望生正在坡里干活，李尹氏坐在井台上，一边看着车水一边纳鞋底，三人忽然听到了被风撕裂得断断续续的喊声。望生指着远处说：“哥,嫂,俺听着有人喊！”李尹氏搭手朝着远处眺望,见坡里一个红色的影子,仿佛一只跑动的狐狸时隐时现。后面两个灰色的影子在追，仿佛两只灰狼。

李望彦脸色却骤然凝固了，急促地说：“凯儿她娘，我看是有人劫道！”李尹氏也看清楚，说：“光天化日之下竟有人胆大妄为！”李望彦一边观察一边说：“我看不像是普通的贼，俩人手里都有家伙！”

仿佛应验了李望彦的话，他话音刚落，前方传来一声枪响，随着枪响，前面的红衣人扑倒在地。

李望彦扔下家什迎着红衣人倒下的方向狂奔过去。等他跑近那个倒地的人时,才发现原来是改子。改子浑身是土,见是李望彦,呜呜哭着喊：“望彦叔，快救我！”

追她的俩人已步步逼近，李望彦顾不得危险，伸手拦住他们：“二位，你们大白天的追一个闺女干啥！”来人冷笑道：“干啥？我们是在追捕抗日军属！你是谁？快闪开！”李望彦见这俩人身着便衣，手提匣子枪，就断定是便衣队的人，于是镇定说道：“你们追捕抗日军属咋追到这闺女的头上来了？我认识她，她是我们村王保长的闺女！”

俩人似乎有些意外，对视了一下，其中一个问：“你说的可是真的？”改子已经坐在地上，争执道：“这还有假？桃花峪谁不知道我娘姓马，我家王大贵是保长！”对方一个人嘟囔道：“我们抓的是抗日军属，你如果不是，那跑啥？”改子道：“你们不问青红皂白就抓人，俺还以为碰上土匪了呢！”

两个人见李望彦拦住便撤腿想走。李望彦却觉得这事蹊跷，便衣队为啥平白无故地抓人？于是，他上前一步拦住他们说：“两位兄弟，只要孩子没事，我也不为难你们。告诉我你们是哪部分的人？不然你们走不了！”白脸便衣一听,冷笑一声：“笑话！我们是乌河镇侦缉队的,这里是我们的地盘,我们想来，就来想走就走，你吃了虎心豹子胆了，竟敢拦住我们？”

说着，黑脸的便衣推搡了一把李望彦硬要走。李望彦见俩人态度蛮横，改子也没有吃亏，就想息事宁人。不料改子眼泪汪汪地说道：“望彦叔，他们还逮了仙桃姐。我刚才光顾了逃命，都不知道她现在咋样了？”

这才是“老鼠拖木锨——大头在后头”。李望彦听罢,上前一步拦住他们道:“你们不能走！你们快说，把贾仙桃抓到哪儿去了？”

那人一听凶相毕露，用枪点着他的额头，恶狠狠地说：“你这个人想找死啊！我们抓抗日军属关你啥事？你再挡着道，小心老子一枪崩了你！”李望彦根本不吃他这一套，冷笑道：“反正今们我把话撂在这里了，你们不交人就甭想走！”

他说着趁对方不注意，一把抓住那人的手腕子，敏捷地一个扳腕就把他夹在肘下，顺势夺过枪来，然后用枪点住另一个黑脸的便衣说：“这里不是乌河镇,你们得说实话,是谁让你们来抓人,抓的人哪里去了？不然你们走不了！”

这一连串机敏的动作让两个侦缉队员目瞪口呆,只好乖乖就范,说道：“我们是受刘家坤之托来抓抗属的，抓了送据点去。”

这时候坡里陆续跑来许多乡亲。原来李望彦去救人，李尹氏则叫望生去村子里喊人,人们纷纷抄家伙赶了来。见李望彦已成功将两人制伏，马家旺道:“乖乖，望彦哥，你一个人抵俩，还下了他们的枪？”李望彦取下枪中的子弹，把枪扔还给他们，笑道：“哪里！是这两位兄弟主动把枪交给我保管。既然乡亲们都来了,我也就还给他们了。”俩人见一下子围了这么多人,连连点头哈腰,说他们也是为了执行公务，还望父老乡亲多多包涵!

改子见到娘的时候已经恢复了原来的刁蛮，冲着两个侦缉队员啐了一口唾沫，说道：“娘啊，今们多亏望彦叔及时相救，要不俺早被他们逮走了！”众人愤怒不已，大贵子假惺惺地问：“他们要逮你去哪儿？”改子说：“我哪知道，另外两个人绑了仙桃姐，现在也不知去向。”

众人团团地围住两个人，愤怒地质问他们把贾仙桃抓到啥地方去了，吓得俩人面如土色。黑子说：“我们也不知道，就知道抓了人送去夏庄据点。”马寡妇恨恨地道：“又是刘能子这个种，咋就整天盯着咱桃花峪不放？这回说啥咱也不能让他抓咱们的人。”马家旺干脆说道：“咱们现在就去找他要人，他放回贾仙桃还好，不放咱就扣押了他的人，俩换一个！”

大伙儿七嘴八舌地议论，都觉得马家旺说的这办法好。李望彦却觉得这事要考虑周全，不如先回村商量一下再做定夺。大伙儿扭了两个侦缉队员的胳膊，浩浩荡荡朝村里走去。

另外两个侦缉队员押了贾仙桃，一溜小跑进了夏庄据点。

尽管贾仙桃费尽力气挣扎，但最终还是没有逃出俩人的手掌心。她又惊又怕,半道上尿了裤子,这让她又羞又恨。刘家坤一见她裤裆里又是水又是泥,故作怜悯地说："这是唱的哪一出啊！我本是请你来说说话的，可这些队员太粗鲁，咋能让你湿着身子来见人？"说罢，他吩咐手下提来一大桶开水，又搬来木盆让她洗澡。贾仙桃夹紧了裆说："老娘洗巴干净了，正好得你的意啊！臭男人，小心我一头撞死在你面前！"

刘家坤心想这娘儿们太暴烈，如果打她的主意，说不定真一头撞死在他面前，那他的计划就打水漂了。他忙敛起笑容，一本正经地吩咐大臭子找来一套军装，自己则躲了出去。贾仙桃洗了换上，低头一瞧，穿着保安大队的黄皮竟别有一番韵味。

贾仙桃刚换洗完毕，刘家坤又急不可待地回来了，张嘴就打听刘长喜的情况。贾仙桃说："你兴师动众地抓我来，原来就是打探俺男人的去向？早知道这样俺就告诉你了，他不是到南方去做买卖了？！"刘家坤道："糊弄谁啊！谁不知道他跟了黄国品，两人一块投了抗日救国军。"贾仙桃心里清楚，这时候承认无疑是找死，便故意说："他那埋汰劲儿，上山当救国军，人家谁要他？退一步说，他就是上了山我也不知道。他快两年没回家了，这会儿娶了小纳了妾也说不定。"

刘家坤耐着性子说："我找你来就是跟你说说，劝你男人下山投诚。前两天山上下来人骚扰我的据点，我琢磨着就是他捣的鬼。还有李望彦被人绑票，我猜着也是他们内部出了问题，不然他们咋知道我藏着粮食？"

贾仙桃仰脸大笑起来："大队长，你这是高抬举俺家长喜子了，就他那能耐，还能算计过你？"刘家坤把脸一沉："贾仙桃，我可是好心劝你。实话跟你说，这事皇军都知道了。你在这里咋狡辩都行，可要是我把你送到皇军那里，你就得受点洋罪吃点洋苦头了。"

贾仙桃听说这话，吓得不言语了。鬼子畜生不如，如果真落到他们手里，还指不定咋对付她。如果再拿她做引子，那自家男人可就凶险了。

见她低着头不说话，刘家坤换出一副笑脸，凑近了她说道："仙桃妹子，你也甭怕。只要按我的意思办，我就决不把你交给皇军。"

贾仙桃听他话里有话，警惕地挪挪身子说："你别是打我啥主意吧？"刘家坤赶紧拉了拉风纪扣，离开她两步说道："你想哪儿了！我的意思是说，你给你男人捎个口信，就说皇军把你抓起来了，让他下山来投降。"贾仙桃一时没了主意，表示想想再说。

四个侦缉队员去抓贾仙桃，两个人迟迟未归，这让刘家坤坐卧不安，预感到出了事。人是从镇上侦缉队借的，为的是遇事好推脱。他事先反复交代过，抓那个年龄大的，放过那个年龄小的。可是这些队员一看到改子漂亮的脸蛋儿就忘了叮嘱，惹出事来，这才被李望彦扣作了人质。

刘家坤对贾仙桃威逼利诱，似乎刚有了点眉目，却不料那边李望彦带领着乡亲们找上门来。两个侦缉队员也威胁道：“我们两兄弟还在他们手里攥着，你得想法子。他们不放人，我们自己去要！”

刘家坤说：“你们咋要？甭说你们俩，再多出十个八个也不是全村人的对手！”

两个侦缉队员也觉得人单势孤，撒腿回了乌河镇。刘家坤这才意识到闯了大祸。侦缉队的人回去一定向上司报告。抓人这事他是擅自做主的，也没告诉鹫尾太君。日本人一定会找上门来，或者插手这件事，那他就左右不了局面了，掀了他和小乔的花花腚也不是没有可能。

刘家坤缓过神来，撒腿就想追，刚到大门口便被围住了。李望彦说：“刘家坤，你能了，领着侦缉队的人来祸害老百姓！”刘家坤讪笑道：“望彦哥，您这肯定是误会了，是镇上侦缉队来桃花峪办案，我事先也不知道。听说他们抓了刘长喜的媳妇，我就把人扣下了，正愁着这事咋解决呢！”

马家旺道：“这么说俺们还冤枉你了？你扣下了贾仙桃正好，我们也扣下了侦缉队的人，咱们做个交换！我们也不找你的麻烦，大路朝天各走半边！”刘家坤皮笑肉不笑地道：“按理说是行，可是你们扣人的时候，侦缉队另外两个兄弟跑回镇上了，说是去搬兵。”

李望彦冷笑一声：“侦缉队无故抓人，如果不是我挡着，不单是贾仙桃，就是改子也惨遭毒手了。你身为保安大队长，不为百姓的平安着想，整天勾结日本人祸害自己人，我看你这个官也快当到头了。”刘家坤跌斜下脸来：“望彦哥，话也不能这么说。自从我驻扎夏庄，这地处不是天下太平？再说了，抗日救国军名为仁义之师，却也干着绑票的勾当，如果不是我多方努力，你能平安归来？”李望彦冷笑一声：“这么说我还得感激你了？据说换我的粮食就是刘大队长您的。”

千说万说刘家坤最想知道粮食的事，但又最怕李望彦说穿，急忙岔开话：“今们咱少扯淡，就说说这两名侦缉队员的事。你赶紧放人，只要放了人，我保证你们平安无事。就是皇军来了，我也办法对付他们！”

水兽说：“我们就是要换回仙桃姐！她换不回来，谁也甭想要走这两个人。”刘家坤放狠话道：“那就别怪我刘某翻脸不认人！”李望彦也同样回敬他：“我话也撂在这里了！人质换人质，鬼子来了我也这么坚持。”

两下里都放下狠话谈不拢。乡亲们用绳子牵了两个侦缉队员回村。李望彦考虑这俩人不能押在村里，免得鬼子来找乡亲们的麻烦。马家旺说：“关在你那里他们就不找麻烦？这样，我让人把他们关到后山上的羊圈里去。”李望彦摇头说：“不行，这天寒地冻的，一黑夜就冻死人。就关到我的马车店里吧。我们又不是无理取闹，鬼子来了我们也有话说。”

马家旺于是叫水兽等把人押往店里，并让他们都留下看守。李望彦说：“相了，让年轻人留下反而不好。都年轻，硬碰硬，说不定就会碰出火花来。还是让我来跟他们绕圈子吧！”

两个侦缉队员被关在牲口棚里，水兽不放心，多拴了两道绳索，并且给两个人嘴里勒了嚼子。李尹氏看到了，忙喝住他，让把嚼子给去了。水兽不以为然，李尹氏板着脸说：“兴他们不兴咱们！”

说罢，李尹氏亲自为俩人解了嚼子，感动得他们流下泪来。白脸说道：“还是嫂子通情达理，俺日后一定知恩图报！”李尹氏道：“知恩图报指望不上，只要日后你们别跟着洋鬼子祸害中国人就行！”两人连连点头称是。

李望彦静等着鬼子找上门来。那边回去的侦缉队员果然报告了上峰，上峰又报告给了皇军。鹫尾听到消息，集合队伍向夏庄据点扑来。

对于刘家坤的举动，鹫尾早已了如指掌。一直以来，夏庄据点乱象不断，先是密报有抗日救国军活动，他追击了一夜未果；后来霍金龙下山，刘家坤背着他跟霍金龙做交易。如果不是他处事果断，恐怕就失去了那次抓捕的机会。

福缘茶庄那次行动，霍金龙的同伙逃走，这无疑使鹫尾的计划大打了折扣。事情过去没几天，刘家坤又背着他私自借兵，并且出了意外，让桃花峪抓了侦缉队员，扬言换回抗日军属。说轻了这只是一个偶发事件，说重了这也许就是这一地区的真实现状。皇军把这一地方的治安交给刘家坤，他却疏于管控，让山上的抵抗组织肆意妄为。他有必要亲自出马，找出蛛丝马迹，以期达到有力反击敌对势力之目的。

见鹫尾一大早来到据点，刘家坤笑脸相迎，奉承道：“鹫尾少佐，你来得正好，来了我就有主心骨了！”鹫尾嘴角露出一丝冷笑，说：“刘大队长，你说的这是心里话？你事先为什么不向我报告，而是我闻讯找上门来你才说实话。”刘家坤被噎得说不出话来。鹫尾鼻子里哼了一声便不再理会，向关押贾仙桃的房子走去。

贾仙桃被关了一夜，心里七上八下。第二天一早，有人来送饭，她一瞧是二臭子，喜出望外。二臭子小声说：“皇军来了，大队长正陪着鹫尾少佐说话呢！”贾仙桃听了害怕起来，说：“臭子兄弟，嫂子对你不薄，你就先给我透个底，他们想把我咋样？”二臭子说：“鹫尾正跟大队长商量，咋拿你跟桃花峪交换人质。”

听到拿她换人质，贾仙桃的心里滋生出一丝希望来。二臭子前脚刚出去，鹫尾后脚推门进来了，一见面就忍不住夸她：“要洗……真漂亮！”头一句贾仙桃没听懂,大早上的洗啥澡啊,后一句她却听懂了,这是夸她。换个人说她信，不过到了鬼子嘴里，那就是黄鼠狼喜欢上了鸡。她吓得大气都不敢喘。鹫尾摇着头对刘家坤说：“扔下这么漂亮的媳妇去当八路，实在是不明智。人现在不能放，也不能亏待她。至于那两个侦缉队员，我们另想办法解救！”

保安大队在前，皇军在后，直奔桃花峪。李望彦担心贾仙桃有啥不测，更担心鬼子找上门来，就叫齐了村里的年轻人，一夜都没睡，轮流放哨。天亮的时候,水兽来报告说,一队鬼子进了夏庄据点。李望彦便对大伙儿说：“鬼子已经来了，女人和孩子都进山，老少爷儿们都抄家伙，准备迎敌！”

马家旺说黄国品走的时候兴许还留下几条枪，最好让周大牙献出来，有了枪就胆壮了不少。李望彦点头同意。水兽自告奋勇去，马家旺感叹说：“要是俺家六子在就好了！”一句话提醒了李望彦，赶紧吩咐望生，快去养参洞把陆辰岗叫下山来！

望生应着脚却不挪动，难为情地摸着后脑勺，说记不住道了。凯儿跑过来说跟望生一块去，她记得道。原来凯儿放了寒假，这阵子待在家里。她拉住望生的衣袖，嘴里说着：“望生，跟姐走吧！”望生闷葫芦似的扭头走了，他嫌她还不肯认他当叔。

鹫尾和刘家坤直奔桃花峪，还没到村口，李望彦就带领着乡亲迎出来，像堵了一道墙。鹫尾见被挡住去路，一挥手，鬼子兵便散开，端着刺刀，冲着众乡亲们。李望彦见此情景，对着刘家坤大声说道：“刘大队长，你这是啥意思？我们可是前来欢迎皇军的！”

鹫尾听罢,拄着战刀,操着不标准的中国话说道：“李掌柜的,既然是欢迎，咱们就明人不说暗话，我是来带回人质的。希望你们马上放人，不然你要对所有的后果负责！”李望彦不卑不亢地道：“人肯定要放，可是刘队长那边还关着我们桃花峪的人，我夜儿就提出来了，双方对等交换！”

刘家坤听罢黑着脸道：“李望彦，你现在可是跟皇军在说话，贾仙桃的男人是抗日救国军的人，她是抗日军属。难道你想帮助抗日分子？”

听他这么说，李尹氏帮腔道：“话可不能这么说，你这是有意往人身上泼脏水。你又不是不知道李望彦的脾气，他就是爱打抱不平。当年他还不是一样救你？不是我笑话你，你们男人生就好勇斗狠，有能耐就兵对兵将对将找他男人干，干吗拿着女人做挡箭牌？”

几句话臊得刘家坤脸通红，挥手道：“嫂子，这里没你女人的事，咱俩说不着话！”马家旺接话道：“望彦嫂的话就是我们桃花峪乡亲的心里话，今们你们不交人，我们也就不交，不信咱就这么耗着，看谁耗过谁！”鹫尾见他如此说，火便往上烧，恼羞成怒地喊着：“我喊三声，如果你们还不让开路，我就开枪了！”

眼看局面就要升级，大贵子不知从哪里钻出来，高声喊道：“太君，手下留情！”

大贵子早不出面晚不出面，关键时候出面是有他的想法的。刘家坤抓贾仙桃，事先是跟他做了商量的。他之所以敢用改子引出贾仙桃，是因为刘家坤打了包票，绝不伤害改子。当然做这事是有风险的，但大贵子决心走一步险棋，求得能在皇军面前显摆显摆花花腚眼子。这事他瞒着马寡妇，所以当听说改子险些被侦缉队员抓了去的时候，他也惊出一身冷汗。李望彦领人到据点里闹，又给他提供了更大的机会。只要是李望彦出面，这事刘家坤肯定压不住茬儿，关键时候还需要他出面扭转乾坤。

改子差点被抓了去，这无论如何也让马寡妇咽不下这口气，她不知前因，只认后果，所以跟大贵子发火，骂他当个保长有名无实。大贵子说：“刘能子是想抓贾仙桃，抓改子是凑巧的事。”马寡妇听他话里有话，问咋是凑巧？大贵子忙改口，说他这也是听刘能子说的。

好在马寡妇并没有往多处想，毕竟是自家改子邀着人家去赶集的，所以她十分同情贾仙桃，对大贵子说：“这事说啥你也得管！”大贵子摊摊手说：“一头是刘家坤，一头是李望彦，我咋管？”

大贵子一直躲在后面不露头。这事还得看火候。眼下两军对垒，李望彦也没了招，他才出面叫停，正好突显了他保长的身份。

李望彦见这时候王保长主动出面，便退一步让他站到前面。刚才他也觉得跟鬼子明火执仗地干不是明智之举。鬼子是强势，弱势在桃花峪一方，万一鬼子动了武，受难的就是老百姓，但是又不能不压制住鬼子的嚣张气焰。慑于淫威而退让，这些人必然得寸进尺，那救出贾仙桃的机会就小了。鬼子拿她当诱饵，局面更不可收拾。他忙退后一步笑道：“王保长，你来得正好！皇军要进村带人，我咋跟他们说也没用，你看这事咋办？”

他这一退，大贵子便云里雾里地飘到了前台，就忘了自己吃几碗干饭，拍拍胸脯子说：“望彦哥放心，我不会眼看着乡亲们吃亏而不管。既然皇军要来带人，咱就先放了他们，再让他们放了贾仙桃。”

水兽一听来了气，说道：“这不等于没说！要是咱放了人，刘家坤也放了人,还在这里顶啥牛?”马家旺也说:“是啊,正因为谈不妥,所以才这么僵持着。你就跟皇军说,咱们都退一步,双方坐下来商量。”

刘家坤站在那里累得腿抽筋,一听这个主意好,赶紧和鹫尾嘀咕,然后说:“既然王保长出面,咱们就坐下来谈判。”鹫尾让士兵把守住门口,放李望彦等人到店里谈判。

鹫尾之所以盯上了桃花峪,是因为抓了霍金龙,两人达成秘密协议,鹫尾放虎归山,让霍金龙伺机策动兵变。兵变后的安置也谈好了,让他当皇协军司令。而对于保安大队,鹫尾多有失望,如果一切进展顺利则可以收编它。

近一段时间以来,他从多种渠道得到情报,桃花峪一带抗日救国军活动频繁,而周大牙的女婿黄国品去向不明,这难道不可以做出合理的推论:他投靠了八路,然后下山跟皇军作对?最近镇上还疯传一个说法,说地下组织从他的眼皮底下劫去了几万斤粮食,送给了山上的八路,如果这个消息成真,那么就意味着皇军处心积虑封锁和绞杀抗日武装的战略落了空,他怎能无动于衷?

如果说鹫尾事先并不清楚刘家坤的这个计划,或者说鹫尾看了刘家坤的女人就对刘家坤另眼相看,那就太小看他了。他一直不动声色地盯着刘家坤的一举一动。他本想借助霍金龙反水掏空山上,而刘家坤却半路上杀出这么一举。虽说跟他的设想有些距离,但是借助抗属引八路下山也不失为一盘好棋。这样进可以渔翁得利,退可以把责任推到刘家坤身上。而王保长此时跳出来,无非给了皇军更多的迂回选择,他何不静观其变或者说坐享其成?他“要洗”了一句便率先走了进去。

刘家坤跟在鹫尾的腚后头一步三个艮扽,他猜不透鹫尾的心思,尤其是鹫尾抓了霍金龙又秘密放了,更让他心存疑惑。这俩人背着他,葫芦里卖的一定是毒药。抓贾仙桃是谋划已久也好,心血来潮也罢,总之已经是泼出去的水,无法收回,一切只能硬着头皮走下去。他此时更需要有人来替他垫背,这样他才能有回旋的余地,所以大家一坐定,他便对大贵子拍桌斥道:“出了这么大的事,你咋这时候才露面!”

大贵子赶紧表白,他也是刚听说就赶过来了。刘家坤说:“现在知道也不晚。你就给皇军说说,侦缉队来抓个抗属,咋就会被你的村民给扣了?要严格说起来,这就是叛乱,皇军是要追究责任的。”

鹫尾一听,这是刘家坤又把责任往他身上推,急忙纠正道:“王保长,你跟村民们说,皇军绝没有怪罪的意思。这事是刘大队长做的,还是由他跟村民们协商解决。”

刘家坤本是想吓唬李望彦的，没承想日本人不给面子，于是转过脸对李望彦说：“你可是都看到了。本来出了这么大逆不道的事，皇军是要追责的，可现在宽宏大量，你们更应该珍惜！”李望彦根本不吃这一套，说：“刘队长，本来这事就与皇军无关，是你私下唆使人干的。现在倒好，把账赖在皇军的头上。”

刘家坤被将了一军,窘迫地说道：“我这也是被逼上梁山。”李望彦说：“你咋知道刘长喜媳妇是抗属？他跟周大牙的女婿下了江南做生意，这事全村上上下下都清楚，说不定再过个月儿半载的就回来了。”刘家坤冷笑道：“回来？怕是带着队伍攻打我的据点吧！”

李望彦见他黑下脸，执意得寸进尺，心想如果不点住他的死穴，他还会扎煞，于是冷笑一声，说道：“守着太君咱们把话说到明处，黄国品和刘长喜确实是去了南方，不信咱们可以找周大牙当面对质。你要是硬把他的女人往抗属上靠，不行我把小乔也叫来，你绑了她俩一块给皇军。”

他一提小乔，刘家坤脊梁上就放了冷汗，抓小乔来，他的花花腚不就暴露了？光暴露了他的花花腚还好说，但是皇军要是对小乔男人感开了兴趣，那他就彻底完蛋了，就证实了黄国品的身份，就证实了他隐瞒不报，证实了他跟救国军有脱不清的干系。他恼羞成怒道：“李望彦，这说贾仙桃，跟小乔有啥关系？现在就俩条件，要么交人，要么皇军进村自己找！”

李望彦见刘家坤因此而变脸，觉得这刀子捅到他的软肋上了，他肯定会极力掩饰，这倒对结局有好处。只是无端把周大牙一家推进火坑，他不忍心，于是说：“既然如此，不如我提出个条件，我们把人放了，你们也不能把人带走。”

刘家坤却不买账，叫道：“这不等于没说？放了她，那谁能保证她不跑？”李望彦拍拍胸脯子说：“我以我的人格担保！”

鹫尾一直坐着不说话，听到李望彦说话，突然冷笑道：“那谁来担保你？”李望彦见鬼子说话，心想这事他们是铁了心要带人，便也冷笑一声，说：“要是太君这么说，我也就没法子了。是你们抓人在先，在皇军的王道乐土上都能发生绑票，还咋让人信服！”

李望彦的话深深刺痛了鹫尾，他狞笑道：“正因为是在皇军的王道乐土上，所以我才如此怀柔，你们反而得寸进尺。既然如此，我提一个折中的方案！你们马上放了侦缉队的人，我让刘队长放了贾仙桃。但是她人不能回家，就关在你的马车店里，由你做担保人！”

鹫尾这个主意不可谓不阴险，大伙儿都替李望彦捏着一把汗。李尹氏一听也急了，急忙跑出来俯在男人耳朵上小声说：“凯儿她爹，鬼子这事没安好心，人关在咱家里，跑了咋办？”李望彦叹道：“这也算是最好的结果了。”他挺了挺胸道：“太君，君子一言，驷马难追！咱们就这么定了。不过我附加一个小条件，把人关在我这里可以，但不能我一个人做保人，刘大队长得算一个，王保长也得有一份。”

大贵子听李望彦口口声声叫他保长，拍着胸脯道：“加俺就加俺！俺保证贾仙桃她跑不了！”刘家坤却不同意，冷笑道：“李望彦，你死还要拉个垫背的！”

然而鹫尾已经站起身来了，拍着刘家坤的肩膀，夸他在这件事上做得非常聪明。刘家坤讨好地说：“皇军就放心地回去瞧好吧！”谁料鹫尾却轻轻地摇了摇头，说皇军从即日起要进驻夏庄据点，吩咐他马上叫人腾出后院来。

刘家坤心里仿佛吃了鸡屎，这才是偷鸡不成反蚀把米，他还没有把抗日救国军引下山来，倒是把日本人引来了。有日本人整天待在据点里，他优哉游哉当草头王的梦就蓦然而止了。

鬼子当天就进驻了夏庄据点，保安大队住前院，鬼子住后院，无论办事走路总觉得腚后头长着眼。刘家坤灵机一动，找鹫尾说要在中间安一道门。鹫尾狐疑地问他是不是怕皇军碍事，刘家坤连摇头带摆手，说绝没有非分之想，只是保安大队要跟老百姓打交道，怕里头有坏人。鹫尾“要洗”了一句，脸上挂起和蔼可亲的笑容，上次他上了牛嫂的炕也是同样的表情。

贾仙桃被押解到马车店的当天，李望彦叫李尹氏搬到店里陪她。陆辰岗下山的时候鬼子已经走了。李望彦说店里有人气了，他就甭再来回跑，扮作店里的伙计，灯下黑更安全。李尹氏却担心大贵子认出他来。李望彦冷笑道：“他如果敢告密，我先拧下他头来！”他嘴上虽然这么说，但心里还是一沉。

这头安置好，那头李尹氏就去找大贵子。马寡妇却说他去镇上送改子了，这闺女在镇上住上了瘾，家也链不住她了。李尹氏说：“闺女大了不由娘，她有她的梦想！”马寡妇听李尹氏这么说眼圈就发红。李尹氏乘机说：“不管啥身份了，有王保长这么个知根知底的男人在身边，后半辈子你也就无忧了。”马寡妇拉起她的手，真情地说：“也就是在你面前我才流软泪。做女人不易，我嫁了马家更不易。”李尹氏忙说：“一家有一家的活法，都这么大年纪了，还想推了重来？”

一句话说得马寡妇破涕为笑，说道：“他婶，俺家大贵子就是一根筋，总想着出人头地。往后还望望彦哥多指点。”李尹氏说：“有你这么想我也就不多说啥了。夜儿鬼子来，大家都说他这保长当得称职！”马寡妇听人夸他，说道：“话不说不透，他一直记恨着你家那个当国军的兄弟。上回望彦哥被绑票，他不也在人群里吗，大贵子可是一个屁也没敢放。我早就警告他了，愧对谁也不能愧对乡亲。他要是敢给个脸色，俺都不依！”李尹氏笑道：“一看姐就是深明大义的人！”

李尹氏回到店里时，贾仙桃正站在天井里，说：“望彦嫂，刘家坤抓我抓得急，我换洗衣裳也没带，还穿的是黄皮。我能不能找件衣裳再回来？”李尹氏说：“按理我信得过你，可是怕保安大队的人信不过你。”贾仙桃说：“他们人都回去了，我去去就来！”

贾仙桃这两天经历了可怕一幕，好在望彦哥出面相救才得以暂时解脱，但是早晚还是会被带走。与其坐以待毙，还不如想法子逃出去。更让她担心的是刘长喜，他万一来营救她岂不自投罗网？所以她才想出了这个主意，假意回家，实则逃跑。至于她跑了会不会连累李望彦一家，她想都没想，也顾不得那么多了。

贾仙桃见李尹氏没有阻拦，出了马车店就跑，可是没等她跑几步，树林里就蹿出一个人来，一个别腿放倒了她，然后拎起她的裤腰带扔回院子里，粗声粗气地说：“李掌柜的，你看管的人咋跑出去了？现在我替你抓回来了。如果下回还跑，我可要把人带走了！”

贾仙桃趴在地上哭得一塌糊涂，连两条狗看了都悲伤地呻吟起来。李尹氏叹了口气：“仙桃，别光想着跑了。我就猜得出来，这鬼子咋会这么轻易放你走！你安心住着，咱们日后再想办法。”

日本人囚禁了贾仙桃，改子却回到了乌河镇。虽说改子生就的胆大，但是经历生死一劫还是让她好长时间定不下神来。鬼子抓了霍金龙，但并没有影响到夏猴子，这让一家悬着的心放了下来，加上改子也回来了，粗布店重新开张。

改子听说她不在的这些天，经常有一个人在门前转悠，这人把帽檐压得低低的，没人能看清他的脸。孙渔儿猜是侦缉队的人，但夏猴子说侦缉队没有这号人。她心里有了数，断定这个人是马六子。

马六子与改子的恋情起于青梅止于竹马，来得快，去得也匆忙。改子由爱生恨，她现在基本认可了马六子离她而去的现实。娘经常说男人都不是好东西，得不到着迷，一旦得到了就厌倦。她与马六子的这场恋爱看来也没有逃脱这个诅咒。好在这个时候她又被另一个男人吸引了，不然她一定会疯掉。

和霍金龙见面也就那么几回，但改子对她的思念一点也不比思念马六子差,每次想起来心尖尖儿都疼。感情就是这么怪,她也把持不住,唯有由着它来。改子听说马六子来找过她，多少有点失望。如果这个人是霍金龙该有多好！可是他却被鬼子抓了去，鬼子是放了他还是仍然关押着他都不知道，她叹自己的命咋会这么不顺，她喜欢上谁，谁就成了鬼子捉拿的对象，她不知道未来还有啥坏事情在等待着自己。

正当改子胡思乱想的时候，姨夫却带回来了一个令人吃惊的消息：霍金龙到了镇上。改子不相信："他不是让鬼子抓去了吗？"夏猴子说："我也纳闷，可是千真万确！听说日本人抓他的第二天就放了他。他回山上拉回一百多号子人，现在都在宪兵队的院子里呢！"改子惊骇地说："那岂不是人家说的汉奸？"夏猴子不满地白她一眼道："这话咋说得这么难听，啥叫汉奸？你姨夫我也给日本人干事，我也是汉奸吗？"改子道："你不是，可霍金龙这种行为就是！"夏猴子叹气道："兵荒马乱的，人要活着，要混饭吃。跟着谁干并不重要，重要的是别草菅人命，做个糊涂的中国人就好。"改子心里乱了，不知该咋做才好。

夏猴子说得没错，霍金龙被抓，鹫尾让他谎称自己逃脱了，返回山上，择机行事。事也凑巧，王宝斗回到山上，把在乌河镇的经过一一告知相如莲。相如莲让他带人趁着夜色下山救出霍中队长。

王宝斗得了将令，亲自挑选了十几名战士寻路下山。快到乌河镇的时候，前面突然响起了枪声。大伙儿正在踌躇，见从封锁沟里爬上一个人来，仔细一瞧正是霍金龙。霍金龙惊喜交加地说："是王政战！如果不是遇到你们，我这还摆脱不了鬼子呢！"王宝斗更是又惊又喜："这么说，你逃出来了？"霍金龙得意地说："这些人想要抓住我还差点功夫。我杀了看守，跳窗逃跑的。"大伙儿看霍中队长毫发无损，便簇拥着他返回了营地。

那几天相如莲接到命令，要到泰沂山区开会，临行前他把王宝斗和几个积极分子秘密叫到一起，叮嘱他们要严控部队下山，遇到问题不要急于处理，等她回来再行解决。黄国品还被关在禁闭室里，王宝斗问："你这一去十天半月，一个月也说不定，就这么关着他？"相如莲说："关着比放了强，先委屈他几天。我不在家，如果放出他来，他跟霍金龙串通一气，你会压不住。"

霍金龙返回白云山营地便酝酿着反水。相如莲走的第二天，霍金龙便招集班长以上人员秘密开会。王宝斗听刘长喜跑来报告，惊呼道："不好，这个霍金龙要反水！"他带领战士朝营地跑去，路过禁闭室的时候，见房门大开，黄国品不在了，两名站岗的战士死在地上，顿时天晕地转，霍金龙竟然拉着队伍跑了。

王宝斗琢磨他不可能在一两个时辰说服全部战士下山投了鬼子，忙吩咐四处寻找，终于在一间屋子里找到了剩余的人，全部被缴了械，手脚捆上。他们说，大家都睡下了，突然冲进来一伙人，都是霍金龙的旧部，用枪指着他们的头，逼问愿不愿意跟霍金龙下山。愿意的穿上衣裳走，不愿意的绑起来押到房子里。刘长喜气红了眼，要去追，王宝斗拦住说："现在战士们哪还有战斗力？再说这会儿霍金龙早跑了，哪能追得上。"

霍金龙带队伍逃到乌河镇，被集中安置到郊边的一所军营里，四周高墙林立，并且拉了铁丝网，门口有日本人看守，跟进了监狱差不多。黄国品一念之差被关了禁闭，本无心投靠日本人，霍金龙亲自上门去解救，懵懂中跟着拔腿就跑。等清醒过来已经晚了，他蹲到地上号叫道："霍金龙，你个王八蛋，你这是害了我啊！"霍金龙冷笑道："我这是救你于水火之中！你不但不领我的情还骂我！"黄国品叹道："这迈进乌河镇容易，可是出去难，从今们起我就算是汉奸卖国贼了，走到哪里都有人指我的脊梁骨，我老婆孩子也成了汉奸家属。"霍金龙更是嗤之以鼻："你还拿他们当宝？谁不知道小乔跟刘家坤有一腿！"黄国品更是绝望，拔枪连发三弹，咬牙切齿地道："刘能子，我与你不共戴天！"

霍金龙被封为皇协军第六团，先前已经有五个团了，不过都溃不成军。他这支队伍大多数人当过警察，人员素质较整齐。鬼子占了王家油坊，把它改造成一处劳工营，平时这些皇协军是守备，忙的时候就是装卸工。这事让霍金龙有冤无处申，这才意识到给人当狗的日子不好过。他出门都要向皇军请假，而且身后永远跟着两个扛枪的鬼子。后来时间长了，鹫尾才放松了警惕，撤了那俩人。霍金龙这才打算去见一个人，这个人就是改子。

改子那天刚刚卸了门板，就有人提着点心盒子进了铺子，她不看则已，一看芳心乱颤，原来是霍金龙！上次见霍金龙的时候他身着便装，而此时此刻他穿着崭新的黄军装，身背匣子炮，腰系牛皮带，看上去格外魁梧英俊。他身后跟着俩勤务兵，走到哪儿这俩人就跟到哪儿，更是威风八面。改子忍不住问道："你咋这身打扮？"霍金龙微然一笑道："不好看吗？不好看我立马回去换了！"改子定下神来笑道："这有啥不好看的。我只是看不明白，你穿的这是哪部分的军服？"

霍金龙看改子脸上并没有厌倦的神情，镇静地说道："穿哪部分的并不重要，重要的是心里想啥！"改子听出他话里有话，有心逗他说出来，便微微低頷，抿嘴一笑道："你心里想啥？"霍金龙见改子两眼又清又澈，大胆地望着自己，浑身打个激灵，冲动地向前抓住她的小手道："俺心里想的就是你！如果不是为了你，我也不下山。我就是想娶到你，给你好生活……好日子过！"

这一气表白连他自己也感到惊诧，他这才相信人不能走火入魔，一旦走火入魔，啥事都做得出来。改子听到他这么说反而冷静下来，抽出手淡淡地说："咱俩认识的时候不多，了解得也少，还是慢慢相处吧！你要是真心喜欢俺，就抽个时间来提亲。俺还是黄花闺女，可不兴偷偷摸摸地乱来。"

她这欲擒故纵的话一出，果然令霍金龙抓狂。他对女人颇有见地，而改子一脸的羞涩让他感觉从未有过的新鲜。这好比在空谷看到一朵刚刚开放的野花，散发着清新和芳香，他有啥理由不采到手？

霍金龙第二天就决定正式向改子提亲，可夏猴子说这事他做不了主，得找马寡妇去提。霍金龙恍然大悟："人家有爹有娘，我在这里跟你废话干啥？"夏猴子听他这么说，不满地道："霍司令，话可不能这么说。改子爹娘都是乡下人，我的话就是圣旨！你得罪了我就等于得罪了圣上，小心我给你说坏话。"

见他板着个猪头充大脸，霍金龙心想，关键时候不能得罪改子身边的人，于是换作一副笑脸，说道："只听说改子有娘，咋就没听说过她爹？"夏猴子打着哈哈："一言难尽，说来话长……简单地说，马大姐家里那个觅汉就是她亲爹！"

霍金龙立刻听懂了他的话，连连摇头笑道："不简单，不简单，那个王大贵如今不是当保长了？"夏猴子说："正是！"霍金龙说："实话说，依我现在的身份，只有我选择他们的份儿，没有他们选择我的份儿。"夏猴子觉得这霍金龙也太摆谱了，前不久还是山大王，才当了司令几天就这么显摆，便冷笑道："霍司令，虽说改子家在乡下，可改子那是一朵水仙花，人见人爱！这乌河镇没一个能比得上！"霍金龙忙收敛笑容，点头哈腰道："那是自然，不然我也不会冒昧求亲。"

霍金龙决定亲自去乡下提亲，他央求夏猴子陪他，谁知夏猴子局子里有公务脱不开身。他快快不乐地返回司令部，一抬头看见黄国品站在院子里，眼前猛然一亮，便主动打招呼："黄副司令，来乌河镇有些日子了，咋不见你回家看看？"

黄国品是下山有些日子了，可他一直没有回过老丈人家，其中的原委不言而喻。头天还是抗日救国军，一觉醒来就成了皇协军，这反差也太大了。不仅如此，重要的是从此改变了他的志向。自从鬼子占领了中原，他做梦都想跟鬼子轰轰烈烈地干一场，成就一番大业，可是到头来却竹篮打水一场空，轻而易举地投降了日本人。还有老婆小乔,自从知道了她跟刘家坤的关系以后,他就觉得这事腌臜。他在前方卖命，老婆在后院放火，这不能不说是做男人的一大失败。

霍金龙见黄国品在院子里，就对他说这两天有点重要的事，要到桃花峪去一趟。“我对山里不熟，正想找你带路呢！”

黄国品一听，不屑地说：“桃花峪就在夏庄据点西面，一条大道走到黑就是，有啥不熟的？我就不陪你去了！”霍金龙点着他的额头说：“我知道你小子心里有鬼！在山上的时候，你整天吵着嚷着要下山，我拦都拦不住。如今到了镇上，你反而不去了？”黄国品脸一红，道：“我知道瞒不过你，可是我这顶绿帽子戴得太腌臜了，还咋有脸回去？”

霍金龙嘿嘿一笑：“说腌臜也腌臜,说不也不。咱们男人在外哪个老实过?咋兴咱就不兴女人？再说了，过去你是山上的人，回去总是偷偷摸摸，生怕被逮住。现在不一样了，你是皇协军的副司令，就连刘家坤也怕你三分。”黄国品叹道：“我也这么想过，可是他刘能子有鹫尾在背后撑腰，我新来乍到的，日本人不信任咱。别还没收拾了他，反而让他收拾了咱！”

见他有活口，霍金龙抓住时机劝道：“所以我说咱要抓紧努力做出点成绩来给皇军看看。待时机成熟，兄弟先替你除掉刘家坤！”

一席话说得黄国品心气高起来，拱手道：“我就跟定霍司令了！你说啥就是啥。你说去桃花峪,我就陪着你一条道走到黑！”霍金龙拍着他的肩道：“这才是真男人！俗话说‘君子报仇，十年不晚’！总有一天，咱会把乌河镇也踩在脚下！”

刘家坤抓贾仙桃引刘长喜下山，这个设想不错，但万万没想到引来了日本人驻守，事已至此也就只能吞下这个苦柿子。这边还没有结果，乌河镇那边又传来霍金龙下山投降的消息，并且被委任为皇协军司令，这让刘家坤倒吸一口冷气。

刘家坤清醒地意识到，现在不是羡慕嫉妒恨的时候，他最担心的还是黄国品下山了没有，他如果也投了皇军，那今后麻烦就大了。黄国品肯定知道他跟小乔有一腿，一旦采取报复行动，他还真防不胜防。于是，他拐弯抹角地问鹫尾少佐，霍金龙的队伍中有没有一个叫黄国品的？鹫尾点名道姓地说：“你是说周大牙的女婿黄国品？”刘家坤见皇军对答如流，于是说道：“当初桃花峪有两个人神秘失踪。一个是刘长喜……就是贾仙桃的男人，一个是黄国品……”没等他说完，鹫尾就说：“就是小乔的男人，他现在是皇协军副司令。我听说小乔非常漂亮！”

一直以来刘家坤担心这段情史暴露，但显然鹫尾啥都知道了，那么他有意抓贾仙桃而故意隐瞒小乔这事，鹫尾也一定猜得出原因来。

鹫尾看他狼狈不堪的样子，兀自笑了，说："刘大队长，不要在皇军面前耍小聪明，其实你的一举一动都在我严密掌控之下。你唯一要做的就是跟皇军保持一心。"刘家坤打了好几个立正，他很想让鹫尾看出来他是多么忠诚于皇军，从内心里感激皇军。

正在这时，霍金龙却不期而至，由黄国品领路朝桃花峪悠悠而来。这支队伍一路走走停停，赏景一般。

黄国品的心情却跟霍金龙不同，霍金龙想的是如何把求亲的事办利落，而黄国品却是一步一滴血。他一心抗日救国上了山，没想到最终却是以皇协军的身份返乡。老丈人咋看他？小乔咋看他？桃花峪的乡亲们咋看他？然而生米已煮成熟饭了，离桃花峪越近，他的脚步越沉重。

夏庄炮楼近在眼前，霍金龙对勤务兵说："快去据点通报，就说我们要进去拜见刘队长！"黄国品犹犹豫豫地说："我就不进去了吧！"霍金龙笑道："咱起先是咋说的？君子报仇，十年不晚！你听我的，见了刘家坤该咋说咋说，收拾他不在这一时半会儿。"黄国品听罢一跺脚，挺胸道："听你的！"两个人便下了马，朝据点走去。

刘家坤听说是霍金龙前来拜见，亲自出门迎接，不曾想第一个照面的却是黄国品。他心里有鬼，手放在腰间就没挪开，岂料黄国品主动伸出手来，笑容满面地道："刘队长，好久不见，久仰久仰！"

这些天来，刘家坤一直都在苦思冥想着如何对付这个男人，没想到却是自己吓唬自己，人家压根儿就没在意，或者说他根本就不知道老婆裤裆里那点臊事。这让他心中窃喜。这竟跟唱戏一般，一会儿是红脸，一会儿是白脸，完全凭着戏里的情节换装。他故作惊讶地道："黄兄有幸见过，霍司令倒是第一次。"霍金龙一言戳穿道："刘队长就不要演戏了，我们战前就见过面。上回在乌河镇我们也接过头，咋，这才几天就喝了迷魂汤？"

听霍金龙揭了他的短，刘家坤脸红到脖子根，忙掩饰道："霍司令果然快人快语，我是跟你开个玩笑。"霍金龙摆摆手，不客气地说道："刘兄，今后咱们都是替皇军效力了，你还要多帮帮兄弟。"刘家坤见霍金龙主动求和，也就收起脸上的邪气，郑重地点头道："好说好说，今后互相提携！"他回头问黄国品："不知黄兄此次下山，皇军有何重用？"霍金龙故作惊讶地说："你还不知道？黄兄现在可是我的副司令了！镇上的军务多，黄兄就是我的左膀右臂，一般都是他替我处理。"他这番话本是有意说话给刘家坤听的，他也斜着眼一瞧，果然见刘家坤腮帮子直抽，知道敲在他的疼处了，忍不住一阵狂笑。

茶没喝凉，霍金龙便起身告辞，说要去桃花峪。刘家坤说："既然霍司令要去马寡妇家提亲，我就陪着。王大贵是保长，好摆划，可马寡妇却是个软硬不吃的女人，弄不好会骂出你来！"

他本意是想泼盆子冷水，但霍金龙哪会被这种雕虫小技吓倒，宽容地笑道："我就是去提亲，一家女，百家提，她骂我干啥？刘队长如果公务忙就不必陪我。"刘家坤说："既然用不着我陪，我就去一趟李望彦的马车店。店里还关着个抗日军属。"

听说李望彦的马车店里关了抗日家属，黄国品很奇怪，忙问关了谁。刘家坤说："还有谁？就是刘长喜的媳妇贾仙桃！"

刘能子抓了刘长喜的老婆，这可是黄国品意想不到的。如果眼下他还在山上，是不是刘能子也同样抓了他的老婆？这个刘能子太歹毒，谁碗里的肉他也敢吃，谁窝边的草他也敢啃。将来自己立住脚跟了，一定先除掉这个不仁不义的家伙。

这样想着，他用眼乜斜刘家坤，没想到刘能子也一直瞅着他，想从他的脸上看出端倪来。于是，他装出一副吃惊的样子来，说道："刘长喜也投了山上？我咋不清楚？当初我俩一块上山，他半路上说拉肚子，人就溜了，我还以为他早回来了呢！"这回轮着刘家坤一脸吃惊的样子了，想装模作样地问几句，但黄国品不再理会他，三队合一，浩浩荡荡朝着桃花峪进发。

这支混合了皇协军和保安大队的队伍在大道上一露面，李望彦就得到了消息，对望生说快去通知乡亲们。李望彦则迎出门。刘家坤见了，夸道："望彦哥，士别三日，当刮目相看！"李望彦冷笑道："刘大队长，前两天我去堵你的据点大门，你不是也想一枪崩了我，可还不是转眼又成了朋友。"刘家坤尴尬地笑道："你说得对！朋友嘛，打打闹闹影响不了感情。"

李望彦第一次见霍金龙，但黄国品他却认识，见他身穿皇协军军装，暗自吃了一惊，嘴上说："这不是周保长的贤婿嘛，啥时候投了皇军？"

黄国品脸红一块白一块，答不让话来，离绑票筹粮才几天，他就转换了角色。但该发生的都已经发生，一切都成了过眼烟云。他意味深长地望了李望彦一眼，抱拳道："望彦叔，以前的事咱就不提了，从今们起我就是皇军的人啦，请多多关照！"

贾仙桃这些天吃喝不愁，竟过得比在家里还舒坦。刘家坤假惺惺地说："仙桃妹子，你必须尽快和你男人取得联系，劝他早日下山归顺皇军。"贾仙桃不以为然地说："咋告诉他？你们把我关在这里，我想回趟家都不准。要不你们放我回去，我亲自上山把他劝回来！"刘家坤冷笑起来："女人家，耍这些小心眼没用。我再给你三天时间。三天一到，你的男人如果还不来，我就把你押到乌河镇，交给宪兵队！"

刘家坤稍后几步去了村里。这时候霍金龙早已带领手下来到街上。八个士兵抬了两个半人高的食盒，还有两抬抬杠，上面搭了绫罗绸缎。霍金龙则下马步行，一路引来不少人围观。有人认出黄国品，见他一身戎装，更为惊讶，马上就有人跑去通报周大牙。

周大牙听说是贤婿回来了，起初有些不相信，但报信的人说得有鼻子有眼，一行人朝马寡妇家去了。他急忙赶到马寡妇门前，见这里早已挤满了人，大伙儿踮起脚朝天井里张望。有人看见了他，就点拨道："周保长，你女婿荣归故里了，就在马寡妇家里呢，还不快回去准备准备！"

周大牙嘴硬，不屑地说道："他回来就回来，准备个啥啊！"乡亲们发出"咿"的埋怨声，说道："你女婿可是当大官了。第一次回来，说啥也得像模像样地招待，备它七个盘子八个碗。"

经人这么一撮弄，周大牙也激动起来，尽管还没见着贤婿的影，看不清他当的是啥官，但他回来总归是大好事。从此以后，他在桃花峪又可以直起腰板来了，女儿小乔又可以相夫教子，过上安稳幸福的日子了。想到这里，他扭头就跑。

大贵子和马寡妇早上起来，头没梳脸没洗，就有人敲门，两人猜不出有啥事，心里咯噔一下。刘家坤的声音响起来："王保长，咋这么久还不开门？让两位司令久等！"

一听有啥司令来了，两人更是慌得拔不开栓，拿不准这是不是刘家坤开的玩笑。马寡妇跺脚道："开门看看不就知道了？大清早的就登门，总不会是报丧吧！"王大贵子嗔怪地斜她一眼，埋怨道："大清早的，这是说啥话！"说罢便去开门。

门一拉开，大贵子登时惊得说不出话来，门前头站着两个军人，一个是黄国品，另一个是位彪形大汉。在他们的身后则站着四个背枪的士兵。再往街上瞅，地上摆着盛满礼品的大食盒，他忙道："刘大队长，这大清早唱的是那一出啊！"刘家坤打着哈哈："哪一出？王保长，马家祖坟里冒青烟了！皇协军的霍司令亲自上门提亲来了，还不快接进屋里！"

这时候马寡妇也慌里慌张地挤出门来，说道："啥霍司令，提……啥亲？"

霍金龙猜想这八成就是准丈母娘了，上前一步，单腿跪拜，说道："您老人家就是改子娘吧？我叫霍金龙，原来是白云山抗日救国军的，现在是驻乌河镇皇协军司令官！前几天在镇上有幸目睹您闺女的芳容，过目难忘。我也从未婚配，所以今们前来提亲！”

一席话让马寡妇呆若木鸡，一大早她就被这突如其来的所谓喜事打晕了。她还从来没有想过改子要出嫁，人家早已盯住并且前来提亲了。

黄国品见俩人站着发呆，笑着解释道：“说皇协军司令你们兴许听不懂，说民国时候的县警备大队你们总该知道，霍司令过去就是大队长！”

经他这一说，两个人更是目瞪口呆，民国时候县警备大队可是赫赫有名，大队长的名字更是如雷贯耳，只是从来没见过。这也难怪，他们就是一介草民，做梦也想不到他会看上自家的闺女。仿佛是平地一声惊雷，冥冥之中一家人连准备都没有，老天爷就把这红绣球抛了过来，他是接也得接不接也得接。

刘家坤见俩人还站在那里犹豫，催道：“咋，就让人在这大街上站着？还不快让到家里去！”

不等回话，一行人稀里哗啦地拥进了马家的院子，而跑回家的周大牙却怀揣个热罐子，吆喝着小乔赶紧收拾庭院，准备饭食。

小乔这阵子心灰意懒，听爹说黄国品回来了，喜出望外，但觉得事情有些意外。他回来不直接来家，待在马寡妇那里干啥？她便懒在那里不动。周大牙催她道：“我的小姑奶奶，你不是整天盼着他回来！现在人到家门口了，你咋又不动弹了？”小乔说：“他这一走就是好几年，这回来也不急着回家，我伺候他有啥意思？”周大牙叹道：“男人有男人的事业，再说贤婿不在家这几年，你也有对不住人家的地处。”

小乔听爹这么说，顿时泪如雨下，呜咽道：“爹，别人不理解闺女，你咋也这么说？我做出不好的事来还不是为了你！”话一出口，周大牙就后悔得想扇自己的腮帮子，即使是闺女再不对，也不能当面揭她的伤疤。他忙赔着笑脸说道：“小乔，爹这张嘴也没个把门的，全当放了个臭屁，你也别放在心上。反正是女婿也回来了，往后咱们谁也不提这一章，重打锣另开张。”

小乔不再言语，张罗着为黄国品准备饭菜，但等了两个时辰也没见他的影子，就再叫爹去打听。周大牙沮丧地回来说，黄国品提完亲就回镇上了。小乔听罢就坐到地上号开了：“咋会这样呢，他这是变了心，不要俺娘儿俩了！”周大牙安慰小乔道：“兴许是贤婿公务繁忙。”老婆说：“不就是偏趟腿（山东方言：绕路）走几步路？公务再繁忙也不至于到了家门口都不回来。”周大牙心里直打鼓，不知黄国品心里到底是咋想的。

黄国品过家门而不入，让周大牙一家子接下来不知该如何应对。一家人正长吁短叹，有一个人主动找上门来，这个人不是别人，正是刘家坤。

刘家坤这趟上门有自己的打算，霍金龙来桃花峪提亲，同时点燃了他内心的希望之火，自个儿也老大不小了，光靠饥一顿饱一顿地打野食吃不是办法，说啥也得娶个媳妇留个后。他也想娶个像改子一样的黄花大闺女，但是扳着手指头捋了一遍，能盖过改子的还真没有，倒不如现实点好，趁着黄国品夫妻有痕，说服周大牙，娶了小乔。

他进门就挑拨说黄国品反水投了皇军，周大牙听得心里直打鼓："这不就是人家常说的汉奸？"刘家坤白他一眼道："这叫啥话，他是汉奸，那我是啥？你是啥？按你的说法，我们都成了汉奸？"周大牙满腹怨气地道："我的保长早就叫你撸下来了，我说啥也算不上汉奸。做汉奸是要被骂八辈子祖宗，被人挖祖坟的！黄国品之所以不回来，是怕挨骂，给周家人丢脸。"刘家坤嗤鼻道："算了吧！他不回来是厌倦了你家小乔，我来就是跟你说这件事，假如他真不想要小乔了，我刘家坤就做个顺水人情，娶你闺女做妻！"

周大牙听罢怒不可遏："你这是啥话？我家闺女平日里大门不出二门不进，贤惠端庄。如果不是你强行使坏，她能做出对不住丈夫的事？现在可倒好，你做个顺水人情，你赚了便宜还卖乖啊！"

说罢，周大牙拖出个二齿钩子来要赶他出门。刘家坤急忙改口道："周保长，我不是这个意思。我的意思是说，我不忍小乔落到空里头。只要你同意，我保证明媒正娶她。我好赖也是个大队长，还能保护不好你们家？"周大牙跳着脚，歇斯底里地大叫："别叫我保长，我跟你说过多少遍了，我早就不是保长了！"岂料刘家坤扑哧一笑，道："谁说的，桃花峪谁当保长，我一句话！只要你答应我的条件，我回头就去跟皇军打报告，让你重新当回保长！"

这一承诺可非同小可，周大牙举起的胳膊戛然停在了空中，瞪眼问他："你可不是开玩笑？"刘家坤正经地道："你看我像开玩笑的样子？我来就是跟你商量这事的。"

周大牙扔了二齿钩子，重新把刘家坤请到屋里。周大牙说："黄国品是俺亲自选的乘龙快婿，如今两人鸡蛋有缝，你有推脱不了的干系。咱丑话说在前头，小乔也不是没人要没人养。如果我放出话去，上门提亲的会挤破头！"

"那是！我改日就备厚礼上门提亲。"刘家坤嘴里应着，心里却盘算着咋跟黄国品斗这个法，这才是重头戏。表面上看黄国品休了小乔，但是藕断还连着丝。黄国品眼下风头正盛，搞不好就会把他拉下马来。他唯有抱紧鹫尾这棵大树才能扎得深立得牢。至于娶小乔，那都是后话了。小乔虽说是个回头（山东方言：离过婚的女人），是块回锅肉，但谁说回锅肉就不好吃？他一样吃得腮帮子流油，到那时生米煮成熟饭，他黄国品再后悔也晚了。

刘家坤走后，周大牙便套上车，亲自拉着小乔去了一趟乌河镇。他认为人活一世，“礼义仁智信、温良恭俭让”一个字也不能缺。小乔有错但事出有因，让一个女人来扛起所有的罪孽说不过去。既然有错在先，就要承认，黄国品在娶小乔之前也不是完美无瑕，小乔初嫁时可是百分百的黄花闺女，只不过婚后错走这一步。她已经惩罚了自己，这样就扯平了。周大牙想拉着她去赔个礼道个歉。如果黄国品摒弃前嫌和小乔重归于好，他也就不说啥了；如果黄国品一意孤行，他就断然和他一刀两断。刘家坤早已对小乔垂涎多时，做个顺水人情也未尝不是一个好的选择。

小乔拗不过爹的软缠硬磨才上了车。她委身于刘家坤，早有种破罐子破摔的念头，而对于最终东窗事发，她也是做好了充分的准备。身为女人，被动的多，主动的少，只有任其自然。自从嫁给黄国品，日子过得懵懵懂懂，并不知道自己的幸福在哪里。她被动地接受这个男人就像被动地接受刘家坤一样。唯一的区别，一个是明媒正娶，一个是鸡鸣狗盗。但人有脸树有皮，让她屈身去求一个男人，她还是十万分的不愿意。一路上小乔黑乎着脸，一副任人宰割的样子。倒是周大牙满怀着希望，反复告诫她到了那里咋说，只要黄国品回心转意，比啥都强。

周大牙急着往镇上赶，黄国品却奉命进山去剿匪。相如莲回到白云山，就以留下的战士和上级配备过来的老战士为基干，迅速扩充兵源，不到几个月的工夫就又有一支抗日队伍——“独立大队”。相如莲任政委，王宝斗任大队长。新来的飘华任参谋长。刘长喜因为立场坚定任独立大队副队长。相如莲表示，眼下最重要的任务就是寻机下山打一个漂亮仗，消除霍金龙和黄国品反水造成的坏影响。

听说打仗，王宝斗跃跃欲试：“过去咱们的队伍泥沙混杂，现在好了，清一色的无产阶级战士，打仗拧成一股绳，劲也往一处使！”

飘华戴着副眼镜，更像一个沉静的书生。他有更深的思考：“打仗不单单是图痛快，更重要的是要打在敌人的痛处。”刘长喜说：“要说有震慑作用的话，就先打皇协军！”飘华说：“知己知彼方能百战不殆。你是地道的山里人，就交给你一个任务，下山侦察一下敌情。”

听说下山侦察敌情，刘长喜来了精神。相如莲叮嘱，任务就是摸清乌河镇到夏庄敌人布防的情况，但绝对不能跟敌人较劲，更不能打草惊蛇。她说李望彦一家是好人，有事可以找他们商量。刘长喜道：“放心吧，我有啥解决不了的难题，一定去找他们。”

周大牙父女赶车去镇上，黄国品却不在，正在宪兵司令部开会，准备次日的清剿。桥下彻说皇协军新成立，没有老本可吃，唯有在冬季行动中好好表现。他特别提醒黄国品，皇军注意到了他的一举一动，他非常具有带兵打仗的才华，希望能在今后的战斗中发挥聪明才智。黄国品下意识地双脚并拢打个敬礼，满心都是战斗的情怀。

霍金龙去桃花峪提亲，数天过去了，马寡妇没说同意，但也没有明确反对。当时倒是大贵子一脸的惊喜，悄悄地拉黄国品到一旁，说沉住气，有啥消息他就亲自去镇上告诉二位。所以这些天，霍金龙一直寝食不安，盼望着桃花峪方面传来好消息。皇军安排冬季扫荡，他谎称身体不舒服，全权让黄国品代劳。

周大牙找到司令部，说要见黄国品。霍金龙无不惋惜地说道：“不巧，黄副司令刚刚走，你从西门进，他从南门出。”周大牙叹道：“咋就这么不巧，看来老天爷是想断我们爷儿俩的后路啊！”霍金龙故作不知：“啥大不了的事值得你老人家发这种狠话？别人不了解，我可是了解，黄副司令在山上的时候就不断念叨，说一朝进城当了官，一定把小乔接到城里来住。”

小乔闻听这话，忙不迭地问：“霍司令，他真这么说过？”霍金龙纯粹是信口开河，在马寡妇那边赚个好话，而这爷儿俩却信以为真，追着他问了上句问下句。

霍金龙眼见得不能脱身，便把两人让到屋里一坐，心想小乔跟刘家坤有一腿，这岂不正是一个可以利用的机会？一直以来，刘家坤借跟鹫尾的关系，想风就是风，想雨就是雨，就连自己也是差点栽在他手里，这一箭之仇他不能不报。他初到乌河镇，根基不深，要想取得皇军的信任，就必须在最短的时间内把这些保安队、维持会统统收编起来。日本人早就不满中国人一窝蛇，你缠着我，我缠着你，早就想树立一个绝对统一的权威，他何不借着这个机会施展抱负？

局要破，人要打压，关键是手段要高明。刘家坤是两朝元老，左右逢源，在皇军面前一定不说自己的好话，而这爷儿俩的突然造访让霍金龙看到了一个机会，这就是利用他跟黄国品的矛盾，把两人的缝隙撬大，这样一来做掉他就成为了可能，而这根撬棍就是小乔。

他把周大牙请到上座，沏了一壶好茶，劝道：“刚才见你寻人心切，我也就没有说实话，其实黄副司令早就变了心。男女之事不是你我能左右了的，听天由命吧！”

周大牙瞪着个牛屎蛋子不知所云。霍金龙一拍桌子，干脆说道："看你是个老实人，我就实话实说吧！你家闺女跟刘队长的事那是人人皆知，黄国品能咽下这口气？你还上门来找他，当着这么多部下，他的脸往哪儿搁？如果不是赶巧不在家，肯定会挨枪子！"

周大牙不听则罢，一听气得身子筛起糠来："这么说这件事没有挽回的余地了？可怜我一世英名，都让这个不争气的闺女给毁了。"霍金龙说："其实在儿女私情上也没有对错。黄国品明媒正娶不假，刘家坤和你家闺女偷情也是事实。两个男人比起来，我倒更欣赏刘家坤。"周大牙更是摸不着头脑，拱手道："霍司令，你干脆就说吧，是啥意思。我该咋理这桩无厘头案？"

霍金龙仰脸长叹道："人的命，天注定！黄副司令回来，我再跟他谈谈。他要是回心转意，咱就啥话不说；他要是主意已决，你就干脆断了这个念想，把小乔嫁给刘家坤！"

周大牙听罢，脱口问："你也这么想？"霍金龙观察着他的脸色，笑着说："不是我这么想，是事实明摆在这里，强扭的瓜不甜。还不如劝闺女就此回头，嫁了刘家坤。人家也是堂堂的保安大队长，一样风光。"

一不做二不休，霍金龙挑动周大牙把闺女嫁给刘家坤的第二天，又亲自去了趟夏庄据点。刘家坤对此感到惊诧，霍金龙咋这么热心起他跟小乔的事来了？在对待小乔的问题上，他一直抱着玩玩的想法。小乔是有夫之妇，最容易惹火烧身。那天他去周大牙家，头脑一热说要娶她，可是回头一想，啥娶啊嫁的，再好的女人一搞到手就没有味了，还是偷着过瘾，正所谓"妻不如妾，妾不如偷"。

他正在心猿意马，霍司令求见，一进门就满面春风地说："刘队长，我给你道喜来了！"刘家坤惊诧道："这不逢年不过节的何喜？"霍金龙就把在镇上跟周大牙说的话全盘端出。刘家坤哭丧着个脸道："我还以为啥喜呢，这你老兄可是害我！"霍金龙不解："何以是害你？"

刘家坤便把事情的利害说了一遍，霍金龙听了哈哈大笑，说道："我的想法和你正相反。小乔是被黄国品扔了的女人。小乔咋样？相信我不说，你也是'哑巴吃饺子——心里有数'。咱先不说小乔，就说你这个准丈母爷，那也是桃花峪的乡绅名士。你占足夏庄的风头，再给老丈人巴结个保长干干，这好事还有旁人干的？"

一席话说得刘家坤哑口无言，不过他仍然迟疑地道："道理都对。只是这样做，今后就跟黄国品撕破脸皮了，成了冤家对头。"霍金龙笑道："你以为现在就不是？早就结下仇了。不过你放心，我霍金龙也不是吃素的，有事我会帮你！”

刘家坤颇感意外：“霍司令，兄弟想问你为啥帮我？”霍金龙笑说：“我也是性情中人。我这是回报你当初的引见之功。当初没有你向皇军告密，哪有我霍金龙的今天！”刘家坤听他说得有理，拱手道：“既然霍司令这么热心撮合，我也就恭敬不如从命！”

刘长喜带着任务潜回家里，见铁将军把门，攀着院墙跳了进去。拨开门闩进屋一瞧，炕上桌上全是土，这才着了慌。水兽打门前走，听到天井里有动静，隔着门劈缝朝里张望，见黑暗中有人，以为是小偷，便大声叫喊：“谁在屋里头啊？再不出声，我可就喊人啦！”

喊声引来周围的狗一阵狂叫。里面的人急忙跑过来小声说：“快别喊了，我是刘长喜！”

水兽喜出望外，问他咋这时候回来了，说仙桃嫂子让鬼子抓去了，关在望彦哥的马车店里。刘长喜一听就急了，问：“咋叫鬼子抓了去还关在望彦哥的店里？”水兽说：“一言难尽，你还是亲自上望彦哥店里看看吧！”

刘长喜脚下生风，几步便赶到马车店外，看到大门紧闭，心想鬼子咋会把媳妇囚在这里，这其中肯定有阴谋。于是，他脚步慢下来，蹲下来装作系鞋带，四下里瞅寻，这一瞅寻不要紧，发现不远处有俩人影。他迅速跳进路旁的沟里，猫腰朝后墙跑去，双手扒墙，双脚用力一蹬，人便轻松地跃上墙去。

刘长喜双脚刚刚落地，突然脚被啥绊了一下，没等反应过来就重重地摔了个狗啃屎，随后腰里的枪被下了。他惊得出了一身冷汗，想回头看，那人把枪口对准他的后脑勺，低声说：“别动，动一动就打死你！”

刘长喜脊梁被膝盖结结实实地顶着，胳膊也被反缚在后面，只好顺从地被押着朝屋里走去。进到屋里，李望彦一眼就认出他来，喊道：“辰岗，你从哪里抓来的这个人？”陆辰岗说他翻墙进来，自己碰巧正在墙根溜达，就上前把他抓住了！刘长喜见到李望彦，忙说：“望彦哥，你从哪里招来这么个人？好身手，我刚一进来就让他把枪给缴了。”

李望彦哈哈大笑，揽住两个人的肩膀说道：“这才是大水冲了龙王庙，一家人不认一家人啦！”然后他就把两个人相互介绍一番，陆辰岗惊诧道：“原来你是山上的友军，误会误会！我把你当成鬼子便衣了，差点就拧断你的脖子。”刘长喜道：“陆团副手脚干净利落，若真是鬼子进来，也早让你结果了性命！”李望彦问长喜子咋这时候下山，刘长喜告诉他，自己是下山执行侦察任务的，顺便回家看看媳妇，没想到她人被鬼子抓了。李望彦说：“你媳妇是在我家里，不过你这时候找上门来有点危险，刘能子在门外设了便衣。”

李望彦领着刘长喜去西屋里看贾仙桃。陆辰岗则到门口去放风，见望生扒着门框朝外面瞅，便问他瞅啥，望生说外面有人。陆辰岗倒吸一口冷气，让望生盯紧着点。

刘长喜下山本打算先见见贾仙桃，然后去乌河镇，却万没想到媳妇被囚在李望彦的马车店里。贾仙桃一见到刘长喜，悲喜交加，扑到他怀里痛哭起来。男人一走就不回家，她让鬼子抓了好多天了，梦里都是让男人来救她，但是她又害怕因此连累了男人，心里备受折磨。她正陷入绝望之际，男人却不期而至。

她喜极而泣地说道：“你咋这时候才来，再晚来几天，就怕见不到我了！”刘长喜为她擦了一把泪，说：“我一直不知道你被鬼子抓了，要是知道早就下山救你了！”贾仙桃说：“你这话谁信？你不知道，我被关在这里的每一天都是咋过的，我一天也不想待在这里。最好现在就走！”说着她便慌不迭地打起包袱要走。

两人走到门口，突然看见李尹氏堵住了去路。她冷笑地说：“咋着，长喜子，不打声招呼就走啊！”刘长喜见了李尹氏，这才清醒过来。刚才一直沉浸在儿女情愫里，忘了李望彦一家还是保人。刘长喜来看媳妇，李望彦便觉得这事复杂了。当初鬼子之所以同意把贾仙桃押在马车店，明里是给李望彦一个人情，暗里却是方便引刘长喜上钩。他们在马车店前前后后都布了暗探。鬼子这一计很刁，人搁在这里就是陷阱，人若放走李望彦一家就要担责。刘长喜鲁莽地闯进来，他们不可能看不见，一会儿就会上门抓他。

李尹氏苦笑道：“长喜子，我不是反对你俩走，只是你得等你望彦哥一句话，他正在跟辰岗商量这事呢！”刘长喜听了，接连点头，说：“也是！嫂子，刚才进屋看见仙桃被关着，我心里就急，一急忘了还有保人这档子事。按理说您和望彦哥拿命来保，我该好好谢谢你们，只是我这次回来还有重要的军令在身，急着要走，所以这事要特事特办，要快！”

兴许是求生心切压过了乡情，他的话还未说完，贾仙桃就拨拉开刘长喜，哀求道：“望彦嫂，你和望彦哥舍命保我，大恩大德我终身不忘！就让我们走吧！你也看到了，我都让鬼子囚了好些天了。刘长喜今们要是救不出去，我怕就要被抓到乌河镇上去了，抓了去恐怕性命都难保。”

说罢，贾仙桃扑通跪下去，弄了李尹氏个措手不及。她急忙上前搀扶，说道：“仙桃，你这是干啥？我也没说不让你走，就是让你等等。你望彦哥正在商量咋对付鬼子。”贾仙桃说：“那就来不及了！”

话音未落，猛听到前门被砸得嘭嘭响。望生急匆匆地跑回来说，鬼子和保安队的人来了。李尹氏听罢头就嗡的一声炸开了。刘长喜顾不得再说啥，拔腿就想走，不成想被贾仙桃一把拉住，哭号着说："刘长喜，你不能一个人走，你走我这辈子怕是就见不着你了。今们无论是死是活你都得救我！"

说罢，她抱着刘长喜一条腿不放。李尹氏知道再拖延谁也走不了啦，一狠心一跺脚，说道："长喜子，你就带着贾仙桃跑吧！鬼子追究起来，是死是活我认了！"刘长喜顾不得多想，跪地磕了三个响头，拉起媳妇翻墙而去。

霍金龙没有跟着队伍进山清剿，原因还在于日本人要在铁路沿线建造大型货运站，他接受了桥下彻大佐另一项任务，押着劳工清理周边建筑。自从日本人强行征用珂儿爹家的油坊后，王家的生意便无法再经营下去。珂儿辍学后，父亲给她找了一个私塾先生，每天教两个小时的功课，其余时间便任由她到处跑。她百无聊赖，掺和在一群女人中间打麻将，甚至谈情说爱，马六子便是这时候出入她家最多的客人之一。

马六子潜伏在乌河镇，任务是受娘花糖的暗中指挥，搜集敌伪情报，破坏日本人的铁路运输线，当然也包括惩恶除奸的任务。日本人要在这一地处修建大型货场，他一直关注着此事的进展。而出入于王珂家则更多的是因为他跟珂儿耳鬓厮磨久了，生出了恋情，上次负伤是珂儿第一个发现并且救了他，令他十分感动。

伤愈不久，马六子主动找上门去，感谢珂儿对他的关心。他拍着胸脯子说道："滴水之恩当涌泉相报！珂儿，如果今后你遇到啥困难就找我，我一定帮你。"珂儿噘嘴道："还今后，明天我就居无定所了。鬼子要把我爹的油坊开辟成货场。"马六子说："这事重大，我做不了主。不过也不是鬼子想干啥就干啥，这是在中国的土地上。"

油坊前的小巷子里第二天就发生了一桩凶杀案，两个搞测绘的日本工程师被人抹了脖子。鬼子封锁了整条街道，搜索了半天也没任何线索。珂儿吓得住进了附近一家宾馆。

这天夜里，有人轻轻敲窗户，珂儿一看，原来是马德昌。珂儿问："半夜三更的，你咋从窗户上爬上来了？"马德昌说："我不走窗户走大门，让鬼子抓了我去？"

珂儿犹豫着该不该大半夜的让一个男人进屋，但是最终还是冲动战胜了理智。马六子冻得浑身哆嗦，又饥又渴。珂儿忙找出点心让他填饱肚子。马六子炫耀地说他杀了俩鬼子，整个乌河镇都在通缉他。珂儿惊讶地说："原来街上的鬼子是你杀的，你不害怕？”马德昌说：“开始我也是害怕，可想想鬼子一旦征了你爹的油坊，你就没家了，我胆子也就大了，一刀一个，全抹了脖子……”

他做了个抹脖子倒下的动作，逗得珂儿笑个不停。珂儿说：“你一个人单打独斗能成啥气候？”马德昌四仰八叉地躺在珂儿的床上，说：“我不是一个人在战斗，光乌河镇就有上百人的地下组织成员。”珂儿听了惊讶起来：“我以为国民政府的人都跑光了呢！”马德昌信口说：“没跑光，你爹也是地下组织的成员。”

这话更把珂儿惊着了，她瞪大眼瞧着马六子：“你胡扯，我爹就是一个卖油郎，他懂啥叫抗战，啥叫地下组织？”马六子道：“本来我不该透露给你这个消息，可是你也算是我的知己朋友了，告诉你也无妨。你爹就是我们的成员，我怀疑他就是我的头……娘花糖！”

经他这信口一说，珂儿兴奋起来，她无意间竟然认识了地下抵抗组织，而这人又是她十分熟悉的同乡，甚至连爹都成了地下特工。“那你说，我能不能也加入你们的组织？”马德昌想了想，郑重地道：“按理说行！只不过你还太小，小孩子是不能加入我们组织的，不然那不成童子军了。”

珂儿不服气地道：“我咋是小孩子，我都十八了！”马六子瞥了她一眼，信口说道：“小就是小，你连胸脯子都还没发育，咋就成了大人？”珂儿听了，她红着脸骂起来：“你该死！有你这样跟女孩子说话的？人长不长大跟胸脯子有啥关系！”

见她生气了，马德昌便坐起身，嬉皮笑脸地说：“是没关系，全当我胡说。咱孤男寡女的就别说这种话了，还是说说今后晌咱咋睡觉？”

一听说马六子要在她的房间里睡觉，珂儿就惊呼起来，一个男人家咋能睡在她的房间里？马六子道：“我咋就不能在你房间里睡？鬼子四处通缉我，可他们做梦也想不到我会睡在一个千金小姐的闺房里。”

经他这一说，珂儿也觉得有道理，但还是心有余悸，提出来约法三章：她睡床上，他睡地上；他睡觉不能脱衣裳，要在脚脖子上拴个铃铛。马六子一一答应。只是珂儿在他的脚脖子拴个铃铛，稍微一动就会响个不停，开始几天还好，到了第三天，珂儿就主动要求他摘掉了。马六子夜里睡觉总是翻身，铃铛响个不停。几天下来，珂儿眼圈都黑了。

这种情况持续了好几周。有天早上，珂儿醒来的时候，看见床头坐着一个人，正深情地望着她。她睡眼蒙眬，猛地坐起来，甩过枕头去，边砸边骂道：“死六子，你坐我床头看啥！”床头上的人并没有动，而是一把接住枕头，抱住她的肩头说："珂儿，做啥梦呢，我是你爹！"

珂儿睁开眼，看到果然是爹坐在身边。她喜极而泣地说："爹，你扔下闺女不管，这些天去哪儿了？"爹说："爹有事，走得急，没顾得上跟你说。"珂儿说："你走后不久，咱家就来了鬼子，如果不是马六子出手相救，我兴许就见不到你了。"爹抚摸着她的头说："往后爹就哪里也不去了，专心守着你……保护你，谁也甭想欺负我女儿！"爹问她："你刚才一口一个马六子，这几天他常来看你吗？"珂儿不好回答，乜斜着眼巡视了一圈房间，根本没有马六子的影子，连睡在地上的被子都没有，于是信口说："没有！就是听说咱街口的鬼子是马六子杀的。"

爹回来的第二天就出了事。他刚走近油坊就被一群鬼子包围起来，鹫尾说："王先生，我已经暗中盯你多时了，你是国民党地下组织的成员，代号棉花糖。现在你就乖乖地跟我回去，不要做无谓的反抗！"

王先生大笑道："鹫尾，你无非就是想霸占我的油坊，说我是地下组织成员只是个借口。"鹫尾冷笑地摇摇头："我的话千真万确。我对你了如指掌，包括你的女儿多大，住在哪里，我们都一清二楚！"王先生怒斥道："小鬼子我警告你！我们有啥过节儿你冲我来，不要拿孩子要挟我！"鹫尾脸上始终挂着冷笑："那是你这么认为，在我眼里，你女儿早已出落成漂亮的大姑娘了，我会对她格外关照。"

他的话里充满了淫意，珂儿爹早已按捺不住心中的怒火，从腰间拔出枪来朝他射击。鬼子密集的子弹朝他打去，他晃了晃就倒在油坊前的空地上。

第二天，珂儿才知道爹出了事，当她从睡梦里醒来的时候，床前依然坐着一个人。她以为是爹，伸出胳膊搂住他的脖子道："爹，又看女儿！"来人不回答，小心翼翼地搂抱住她，拍着她的背说："珂儿，快，穿上衣裳，咱们走！"

珂儿大惊失色，推开一看，原来是马六子。马六子不容置疑地拉起她就跑。在他们走后几分钟，霍金龙带着人包围了这家宾馆，但他们看到的只是凌乱的斗室和尚留有体温的被窝，珂儿已经像一条鱼儿一样潜进茫茫人海里。

再说桃花峪，那天李望彦的店里来了鬼子，还没等他想出对策，鬼子就破门而入。鹫尾用枪顶住他的心口窝，吩咐手下四处里搜查。李望彦挣扎着道："你们这是唱的哪一出？"刘家坤冷笑道："李望彦，这怪不得别人，谁让你隐瞒刘长喜不报！"李望彦装作吃惊地说："刘长喜来过，我咋不知道？我刚才去她女人屋里，她人好好的还在。"

正在这时，李尹氏大声喊着从后院跑过来："可不得了啦，贾仙桃跑了！"她略带夸张的喊声和表情果然起到了效果，所有人的注意力立即被吸引了过去，呼啦拥向后院。

关押贾仙桃的房门大开，屋内空空如也。李望彦佯装气急败坏地跳着脚，奚落道："孩儿她娘，我让你把门锁上，看看，咋让她跑了呢！"李尹氏争辩说："门是上了锁的，可是让人砸开了。刚才的时候人还在，就是跑这会儿也跑不远！"

刘家坤赶紧吩咐手下房前屋后地搜，结果连个人影也没找到。鹫尾冷笑一声，说道："你们夫妻就不要演戏了，我的人早就报告说有个陌生人进了你们的店，我确信就是刘长喜。"

李望彦赔着笑脸说："鹫尾太君，贾仙桃跑了实属意外，这可不是闹着玩的事。老百姓咋也不敢拿着脑袋开玩笑。再说你们店外头还有人，咋也没逮住？"

刘家坤气急败坏地说："李望彦，你咋还猪八戒倒打一耙？你少在这里装疯卖傻，我的人把这里围得水泄不通，没人帮着他们说啥也跑不了！"李尹氏抢白道："刘大队长，说话可要有根据。我们咋帮着他们来？你围得水泄不通，人咋还跑了？"

仨人争吵不休，鹫尾摆摆手，恶狠狠地说："那就怪不得皇军了！当初咱们是有协定的，你们担保贾仙桃不跑，如今她不知去向，我只有抓李望彦回去！"

李尹氏听说要抓人，一步挡在他面前，说："你们不能说抓人就抓人，贾仙桃跑了是真，但罪不该俺男人一个人顶。"鹫尾皮笑肉不笑地问："夫人，我不抓你的丈夫顶罪，我抓谁？"李尹氏冷笑着问："王保长也是保人，还有刘大队长。你的人四面埋伏，不是也没撞见人影？"

经她这一搅和，鹫尾也乱了方寸，瞪着眼对刘家坤道："把她说的这些人统统地带回据点，我亲自审问！"

鬼子抓了李望彦扬长而去。鬼子前脚走，李尹氏连忙打发望生去叫马家旺。望生回来说，进村的时候碰上了大臭子，他是奉命去带大贵子的，结果没找着人。原来大贵子去了镇上，躲过了这一劫。大臭子留下话，他人一回来就要立刻去夏庄据点报到。

这事牵扯到了大贵子，让李尹氏心有歉意，想抽个机会跟马寡妇说说，没想到她闻讯先赶过来了，说："他不是口口声声说是桃花峪的保长吗？想逞这个能，就得拿出能耐来。想办法救望彦哥要紧！"李尹氏说："话是这么说，可是这事还是连累大伙儿了。凯儿他爹也是为了刘长喜媳妇。"马寡妇叹了口气："嫂子说得是，她一个女人家到了鬼子手里还有好？望彦哥是真爷儿们，做得对！"

两人正说着话，大贵子回来了，听说李望彦让鬼子抓了，还牵扯到自己，立马跟李尹氏翻了脸，跳着脚道："李望彦家的，没有你这么攀人的！你这不是明摆着把我往鬼子大狱里推？"马寡妇却不吃他这一套，剜着手指头骂开了："别踩着鼻子上脸！你咋不想想你这保长是咋当上的？望彦哥是咋给咱家牲口使唤的？你若不帮望彦哥，就从我家里滚出去！"

马寡妇一发狠话，大贵子就没症候了，委屈地嘟囔道："我也没说不管，我这就去据点。"说罢，他穿上蒲袜子，蹚着雪赶紧到夏庄据点里去。

大贵子一溜歪斜地赶到据点时，刘家坤正想躺下睡觉，一见他，瞪着赤狗子眼骂道："操！你是小鬼缠身啊，你还想不想让我睡了？"大贵子委屈地捂着冻得通红的鼻子说："大白天的睡啥觉？我也不想来，可哪架得住娘儿们说啊！你就告诉我，李望彦到底咋着了？"刘家坤说："你要不来我还得让人去绑你。皇军押着李望彦回了乌河镇。"大贵子一听就蒙了，说："大队长，这是你谋划的，人也是你抓的，咋让皇军知道了呢？"刘家坤说："这事我哪能瞒得住。鹫尾听说就亲自来了，人也是他下令抓的。"

听他这么说，大贵子跺着脚道："这下子结下仇了，李望彦若真有个三长两短，他那兄弟还不剁了咱们！"刘家坤听大贵子说"兄弟"二字，问道："啥兄弟？就是他店里那个叫望生的孩子？"大贵子跺着脚说："不是。我是说他屋里的那个娘家兄弟，以前在国军里当团长。"

听大贵子这么一说，刘家坤瞪着牛蛋子问："你说的可是真的？最近你见到他了？"大贵子说："见是没见着，可我感觉他一直在。你抓了李望彦，得小心他找你！"

几句话说得刘家坤害了怕，他忙说："大贵子，这事你可得给我打探好了，万一他要找我麻烦，我放过你，皇军也放不过你！"

大贵子见他吓得脸色煞白，换作一副笑脸道："话虽这么说，可事在人为。只要李望彦没事，他兄弟能咋着？都是本乡本土的，李望彦还救过你的命，说啥你也不能落井下石。"刘家坤听罢跌斜下脸来，但语气明显软了不少："你这是啥话，啥叫落井下石？望彦哥是我的救命恩人，你就是不说我也会保他。"

大贵子从据点回来就径直到店里说明情况。听说男人被带到了镇上，李尹氏就急了。鬼子进门的时候，李望彦推了陆辰岗一把，让他到地窨子里躲躲，这会儿他沉不住气地道："我这就去镇上救我姐夫！"李尹氏拦住他道："他被押哪儿都不知道，咋去救？再说你对乌河镇不熟悉，进去还不是睁眼瞎。"

大贵子再次见到陆辰岗，心有余悸，但眼下目标一致，也就摒弃前嫌，说道："这事不能怨这怨那的，要怨就怨望彦哥多管闲事，怨长喜子不仁不义！"

马家旺赶着骂道：“屁！你就别在这里发牢骚了，先想想办法，救出望彦哥要紧！”陆辰岗叹道：“哥一身英雄侠胆！可惜他帮的这些人不是蟊贼就是山寇。哥平安回来还罢，如果他有啥三长两短，我一个也不放过他们！”马家旺说：“我琢磨着还是先去乌河镇，摸清楚望彦哥关在哪里为好。”

大伙儿商量着咋去镇上打听情况。马寡妇说孙渔儿的男人在侦缉队，定知道李望彦关在哪儿。大贵子乐得一拍大腿道：“对啊！侦缉队跟宪兵队腚对腚，找他保准能打听到消息！霍金龙投靠日本人，还是他牵的线。”

提到霍金龙，马寡妇脸上有些不自在。霍金龙前两天还上门来提亲，虽说她没答应，但是暗地里对这门亲事挺期待。改子早晚要出嫁，把她嫁给谁一直是个难题，先前曾传过她跟马六子有来往，但现在马六子不知去向。霍金龙虽说身世复杂，但却是乌河镇上数一数二的人物。闺女嫁给他肯定穿金的戴银的，吃香的喝辣的。至于有人说他是汉奸，这也可以不去想，他看上去还算正当人。还有大贵子，如果做了霍金龙的老丈人，那他这个保长就坐踏实了，谁也夺不了权。

想到这里，马寡妇便轻笑道：“这事好办，霍司令前几天还上门求亲，不行我就去找找他，让他想想办法。”李尹氏道：“那当然好，只是这事千万别跟相亲挂一块，不能为了李望彦而委屈了改子。”马寡妇道：“这有啥委屈的，一码归一码！我不答应他娶改子，难道他就不帮人办事了？”她当即让大贵子套车，去镇上找霍金龙。

凯儿从学校赶回来，听说爹让鬼子抓了去，哭得眼跟铜铃铛似的，非要到乌河镇上去救爹。陆辰岗劝道：“这事由我去干,你好好上学就行。”凯儿说：“鬼子是啥人你们又不是不知道，他们心狠手辣，啥也做得出来。怕是救晚了，爹会出事。”这话把大伙儿的心系子都提了起来，李尹氏说：“不行，我还得亲自去镇上打听！”凯儿缠着娘道：“我陪你去！珂儿在镇上，她情况熟，一定能打听出爹的下落。”

望生就套上车陪嫂子去乌河镇。三个人前脚走，刘家坤后脚就带人包围了马车店。刘家坤隔着院墙喊话：“国军兄弟，我知道你在店里。你已经被包围了，插翅难逃。如果想活命的话，就赶紧出来投降！”

原来大贵子透露陆辰岗暗藏在李家，本意是吓唬刘能子，让他办事考虑后果，没想到刘家坤暗中狂喜，仿佛抓住一根救命稻草。这才是“踏破铁鞋无觅处，得来全不费工夫”，抓不到抗日救国军，抓个国军也是大功劳。想到这儿，他立马集合队伍包围了马车店。

刘家坤喊了一阵子，听不见里面有动静，担心人跑了，就挥枪让手下往里冲。两个队员踹开门，里面空空如也，仔仔细细地搜了一遍，结果啥也没有发现。刘家坤不死心，再次让手下搜仔细点，终于在后院发现一个窨子，窨子的底部有一块石头，搬开这块石头就是一条狭窄的暗道，一直通往山里。

这个发现非同小可，他这才意识到，这个他一直以来视为救命恩人的人，身上竟藏着这么多不为人知的秘密。如果以此深挖细找，定会找出一系列围绕着桃花峪所发生的事件的线索。这个李望彦一直不显山不露水，周旋于日本人和他之间，他竟没有对其产生半点怀疑。大臭子问要不要报告给太君，刘家坤突然摇摇头说不。

刘能子抄了马车店，并发现了暗道，李尹氏却并不知情，她正在赶往乌河镇的途中。她一时不知从哪儿下手。凯儿说就先去找珂儿，珂儿家的油坊她记得。但等到了油坊街，她们才发现这里早被圈了起来，新建了一座劳工营，不少劳工被鬼子押着在空地上干活。

凯儿正四处张望，一个皇协军喝了一声，问她来这里干啥。凯儿心里充满了胆怯，但还是说找她的同学王珂。“就住在里边的房子里！”她指着前面的地方说。皇协军说这里早就被皇军征用了，现在是劳工营和油库。凯儿还试着往里闯，皇协军催促道：“再不走，鬼子就过来了，你就走不了啦！”

凯儿退回来，不无沮丧。娘说：“既然找不到珂儿，咱们也去马寡妇她干姐妹那里。”说罢让望生赶紧踅头。望生却坐着没动，凑近她小声说：“嫂子，你眼别斜，墙角有个人，一直盯着咱们看呢！”

李尹氏斜眼一瞄，墙后面果然露出个帽檐来。李尹氏说：“咱这么明显，他也躲着不敢出来，说明不是鬼子的人。不行你就过去会会他！”

望生听了便跳下车，几步堵住墙后头的人，大喝一声：“好汉，既然敢盯我们的梢，难道就不能露脸，让我看看你是谁？”戴帽子的人站下了，慢慢转过身来，这一转身让所有人都怔在那里，原来是马六子！

马六子说：“我本来是不想见你们的，谁知你们非逼我现身。”李尹氏见到马六子，不由得惊喜地说：“好你个六子，长出息了，见着自家人也不打招呼！”马六子说：“婶子，不是不认自家人，是在这种场合见面不合适。”李尹氏叫道：“那有啥不合适啊？你爹还以为你失踪了呢！”马六子说：“失踪是没有，就是怕常去看他，给他带去麻烦。”

马六子问他们来这种地处干啥，一句话问得李尹氏阴沉下脸来：“能干啥，你望彦叔让鬼子抓了，我们是来打探情况的。”

马六子吃了一惊，问这是啥时候的事。凯儿嘴快，说就是今天。马六子说：“不瞒你们，这地处过去是油坊，如今被改建成了鬼子的货场，旁边是劳工营。

望彦叔要是被鬼子抓来镇上，一般会先到宪兵队，过两天才会关到这地处！”

李尹氏说：“镇上咱没人啊，你快给想想法子。”马六子为难地道：“你乍一说我也没有好法子。不过你们这样四处瞎撞也不是办法，别人还没救出来你们再出点子啥事。这事交给我来办，你们现在就打道回府！”李尹氏还想再多说几句，见有人朝这边走过来，马六子招呼也不打，拉了拉帽檐子匆匆而去。

李尹氏无功而返，马寡妇却收获不小。马寡妇把李望彦的事一说，夏猴子感叹道：“李望彦挺聪明一个人，咋就干这种不着边的事？给抗日军属当保人，人家一跑，不就把自己给陷进去了。”孙渔儿催道：“闲屁少放！你就快说说能不能找上人！我不止一回听姐提起过这人，说他在桃花峪挺有威望。”马寡妇接话道：“那还用说！不然我也不会跑这么远来镇上托人。”夏猴子肯定地说：“只要人押到镇上，保证就在宪兵队！”马寡妇听罢吓得脸都白了，忙问：“人押在宪兵队，不会吃啥苦头吧？”夏猴子沉吟道：“难说！”孙渔儿果断地说：“那你一刻也不要耽误，现在就去宪兵队打听。真要是让鬼子上了刑，那委屈可就吃大了。”夏猴子应着，骑着洋车子走了。

事办完了，马寡妇才想起改子，便到店面上看她。马寡妇把李望彦被抓的消息告诉了她。没想到改子不惊，反而说道：“这事你咋不早说？霍金龙现在可是皇协军的司令，黄国品也是副司令了，找他们保准能给放了！”

马寡妇听了，惊喜地拍着大腿：“哎呀，天爷爷，我咋把这茬儿给忘了？”可她转念又泄了气，嘟囔道：“你说得倒轻巧！人家是大司令，能听我一个老婆子的话？”改子自信地说：“你没试咋知道。我觉得他巴不得你去找他！”马寡妇问：“此话怎讲？”改子笑而不答，马寡妇道：“我也知道，我去找不是不行，可是……他的前提条件是要娶你做媳妇，这可不是一天半天就能决定的。”改子红着脸,小声说：“那你多少日子能决定？”马寡妇见改子神情有异，半天转不过弯来，直到改子挑帘出去了，她才回过神来，感情这是改子同意这桩婚事。

马寡妇心里如吃了个涩柿子，涩得吐不出舌头，回头便把改子的话告诉了孙渔儿。孙渔儿听罢咯咯地笑起来，拍着她的肩道：“老姐妹，不是我说你，这事你就少见多怪了。改子和霍金龙早就一见钟情了，还是俺家老夏从中牵的线。”

马寡妇更是惊诧，孙渔儿说：“都是年轻人之间的事，你多问个啥？只等水到渠成，你当丈母娘就行了！”马寡妇哼道：“她敢！”孙渔儿嗤鼻道：“谁怕你！改子嫁了霍司令，这可是打着灯笼都难找的好事儿，说不定今生今世你就沾了小闺女的光。”马寡妇还是心有余悸，说：“我给个汉奸当老丈母娘，这要辱我老马家八辈祖宗啊！”

孙渔儿奚落道：“你别张口闭口老马家，你家仨孩子哪个有老马家的血脉？家门都改了，还好意思开口！”一席话奚落得马寡妇说不出话来，牙一咬脚一跺道：“跟谁不是过！”说罢，她就去皇协军司令部找霍金龙。

霍金龙这几天愁得茶不思饭不想，去桃花峪提亲也有几日了，咋就没有动静？黄国品出主意说，不行就让刘家坤再去说说。霍金龙说：“这人心眼不好使，让他去给我提亲，该成怕也成不了。”黄国品听霍金龙如此说，心里泛起一股酸味，但嘴上却说：“不会吧！”霍金龙想都不想：“有啥不会？当初他跟你还不是一样称兄道弟，到头来照样瞒着锅头上炕！”

霍金龙信口开河，黄国品却听得心跟针扎似的一阵阵揪着痛。黄国品对刘家坤充满了仇恨。其实他早就看出来刘家坤是花花肠子，对谁家都贪心。他故意让刘家坤再去催亲，为的就是让两个人产生矛盾，借霍金龙除掉刘家坤。这是他最如意的盘算，即使除不掉，也至少替他出一口恶气。没想到霍金龙一眼就看穿了他的小把戏，直截了当地拿小乔来恶心他。不过霍金龙说罢便觉得说得有点重，好赖他也是自己的副手。老婆成了人家掌心的玩物，心里肯定不好受，他恶言恶语，无论道义上还是人情面子上都过于刻薄，于是赔着笑脸道：“黄副司令，我也不是故意恶心你，我也是为了改子的事吊在半空里，心里烦，所以说话不好听。你大人有大量。”

黄国品说他也没往心里去，然后转身出了门，却和一个人撞了个满怀……

和黄国品撞个满怀的就是马寡妇。马寡妇先打着招呼：“是周家女婿啊，我来找霍司令，不知在家不在家？”黄国品说：“霍司令刚好在家。刚说到你，你就来了！”马寡妇问：“说我啥来？”黄国品道：“还能有啥，就是司令上门提亲的事。你好几天不回话，搓揉得他脸都不是正色了。刚才我还宽慰他说，女孩子终身大事要慎重，考虑几天也是应该的。”

马寡妇听罢，笑得脸成一朵菊花，连连点头：“是啊，是啊！改子的终身大事，大人咋能说啥是啥，还要自己同意才行！”黄国品看她满面春风，试探地问：“这么说改子同意了？”马寡妇反而矜持起来：“她倒是没说同意，我就是找霍司令来说说。”

黄国品怏怏地走了。马寡妇直到看不见他的人影了，才走进霍金龙的办公室。

马寡妇回来就径直去找李尹氏，告诉她从霍金龙那里打听到的消息。霍金龙说李望彦被关进了宪兵队。放走抗日军属是重罪，皇军很生气，因此给他上了老虎凳。李尹氏听罢流下泪来，叹道：“这是替人受过啊！”马寡妇唏嘘道：“谁说不是！幸亏我去得及时，不然望彦哥还得受更多的苦。”

她说她从这里走就直奔皇协军司令部，女婿二话没说就直奔宪兵队，说啥也要保下望彦哥来。

李尹氏惊诧起来，问道：“张嘴闭嘴你女婿，咋，你答应改子的事了？”马寡妇掩饰不住内心的喜悦，说：“刚才一急就忘告诉你了。头几天不是霍金龙上门来提亲，俺一直没答应。后来，我一想，救人救急，所以……”

李尹氏听罢沉下脸来：“他马嫂子，俺当面把话说清了，我找你帮忙不假，可没让你搭上闺女一辈子的幸福。如果是因为这个，我心里不安生，李望彦也不会同意。”

马寡妇知道这回牛皮吹得有点大，窘迫地干咳两声，挤出一丝笑容来，说道：“也不完全是这样，我事先也是征求了改子的意见，她早就对霍金龙有好感。”

她见大伙儿都对她的话题不感兴趣，改口道：“霍金龙发了话，人是从老虎凳上卸下来了，但是还关在宪兵队里，要想营救，怕得找上日本人才行。”李尹氏问哪个日本人，马寡妇说：“还有谁？就是那个鸟尾巴，刘能子跟他最熟。不过……不知刘能子接不接这口。”马家旺叹道：“难！他从来对望彦哥就是口服心不服，如今又有鬼子给他撑腰打气，他能帮着救望彦哥？”李尹氏道：“一时半会儿也没啥好办法，有病乱投医，明天我就去找他！”

李尹氏还没有去，刘家坤就来到了桃花峪。夜儿他带人包围了马车店，并没有搜到陆辰岗的人影，却发现了暗道。他叮嘱手下不要吱声，以便引陆辰岗下山再一网打尽。他今天的主要任务不是来公干，而是去见小乔。黄国品躲着周大牙爷儿俩的事传到他的耳朵里，他是又惊又喜，此时不去，更待何时？于是，第二天，他就备了厚礼到周大牙家求亲。

周大牙没见上姑爷，心里已明白了七八分，觉得这南蛮子太无情。如果黄国品休了小乔，那他这些年所有的运筹，所有的打算都统统落了空，闺女娘儿俩也失去了依靠，今后一家人咋过？想到这些，他精神恍惚，觉也睡不好。

夜里头睡不好觉，早上起来眼皮水肿，头重脚轻。屋里出奇地冷，他伸头一瞧，天井里不知啥时候竟下了一层雪。他忙系上扎腰子，摸起个扫帚清扫。这时候门哗啦子被拍得砰砰响起来，随后传来了刘家坤的公鸭嗓子：“周保长在家吗？”

周大牙怀疑耳朵听错了，已经好久没有听人叫他保长了。这声音响亮而瓷实，震得他每一根神经都颤抖。他故意扯着嗓门问：“谁啊？”

刘家坤在外面回答：“还有谁，我……刘家坤！”

听刘家坤报出大名，周大牙就在心里咯咯地笑了。他盼望的事终于有了着落，但开门的时候还是故意拖拉了一会儿，以至刘家坤脚指头都冻得麻了，站在那里不停地跺着脚。周大牙拉开门说：“今们日头从西边出来？刘大队长亲自上我的门。”刘家坤搓着手说道：“日头照例从东边出来！我这不是一大早就给你送礼来了嘛！”

说罢，他朝身后摆摆手，周大牙这才看到雪地上还站着两个士兵，抬着一只大食盒，盒子里盛满了礼品。他故作惊诧地问：“刘队长，你这是干啥？”刘家坤不答话，而是眯缝着眼嘿嘿一乐，然后突然单腿上前一跪，拱手道：“周老泰山在上，受小婿一拜！”说罢，容不得周大牙发愣，他又双手撑地磕了三个响头。

这可真把周大牙吓住了，他忙伸手去搀扶，一边说：“刘……大队长，这可使不得。我啥时候成你老泰山了，你又啥时候成了我女婿？”

刘家坤嬉皮笑脸地说道：“事到如今，我也就不掖着藏着了。上去好几年，我就喜欢你家小乔，可是有个黄国品夹在中间，我也不好明着来。现在好了，他俩断了瓜葛，我再不上门求亲就太不识抬举了，所以今们斗胆叫你一声老泰山！”

周大牙虽说早就心里有数，但这懵头一说还是觉得太突然，急忙摆手道：“这事可是不兴这么说的。小乔虽说和黄国品分开了，可还缺一纸休书。你要想娶俺家小乔，就得等他拿出休书来！”

刘家坤说：“啥休书不休书的，赶明日我在村公所一吆喝，老少爷儿们知道就行了。再说我今们这么兴师动众地上门，还不叫明媒正娶？”

周大牙头摇得跟货郎鼓似的：“不行就不行！你要真是相中了俺闺女，你就得托上媒人，正式到我家来提亲。”刘家坤吃了一迎门杠，心里憋屈。来之前他想得挺简单，拿点彩礼，把这事跟周大牙说透也就成了，没想到周大牙却要让他请媒人。他心想你家小乔也不是啥黄花大闺女，自己都用了好几年了，不过就是求个明里来往，咋还这么拿巧呢？于是，他撂下一句道：“既然这样，你礼先收下，我改天再来，到时候带媒人来就是！”

说罢，刘家坤扬长而去，倒给了周大牙一个下不来台。

小乔在院子里支棱着耳朵听，喜上眉梢。虽说她从心底里不喜欢刘家坤，但是毕竟苟且多年，给她一个正果也未尝不可。黄国品离她渐行渐远了，远得都过了奈何桥，想指望他陪着走完西天的路怕是难了，还拿捏啥？以后的日子不求太好，只求有个归宿也就知足了。

想到此，她便大着胆子走出门去。当刘家坤拔腿要走的时候，她柔声叫住他，微笑地说道："咋了，你上门求亲，我爹考验你一下也不行啊？还撅腚就走，哪有你这样的女婿！"

刘家坤见是小乔，还口口声声叫他女婿，赶忙站下道："哪里，是你爹跟拦路虎似的拦着，就是不让我进，所以我才说去找媒人。"小乔说："啥媒人不媒人的，你刘家坤头一回上我家也没叫媒人，不是想咋的也就咋的了，今们倒人物起来了。"

刘家坤被她说红了脸，尴尬地说："你甭旧事重提了，我今们可是正儿八经地上门求亲。你要是愿意就让我进去！"小乔侧身让开，刘家坤挺着胸脯子大摇大摆地进了周大牙的门。

有关刘家坤在周家说了啥做了啥，没有人打听得到，可这却把李尹氏急坏了。她一大早听说刘家坤来了桃花峪，想找他说说李望彦的事；后来听说他是带着彩礼来的，心想让人家从从容容办完这件大事再说。可等了半天也不见他出来，到门口去问，大臭子说，刘大队长吩咐了，除非死了亲爹的事，其他的事一律不得打扰。李尹氏推开他说："出了事我担着，你甭管！"便拍打着门环子要见他。大臭子一把拉住她，哀求地说："望彦嫂，你就给我个面子，这门实在不能敲，他那脾气你又不是不知道，说一枪毙了俺也不稀罕。你就再等等，他早上跟皇军请了一天的假，天傍黑一定回去。"李尹氏说："好，我就再等等。"

刘家坤本来就没打算早回去，他期盼已久会小乔，咋会甩这么重的礼却空手而归？他派二臭子去马寡妇的饭铺子里订了几个菜，便和准老丈人喝上了。俩人开始还爷儿们相称，几盅子下肚，周大牙就直扳着刘能子的肩膀叫兄弟，被灌得溜到桌子底下去了。这正应了刘能子的心情，他借着休息一下，便钻进小乔的房里，只磨蹭到傍擦黑才出来。

傍晚时分，刘能子略显疲倦地出了周家大门，没想到李尹氏还在大门外等他。李尹氏说："我也算没打扰你的好事，你今们得帮我个忙，也算是帮李望彦。"刘家坤摆手道："望彦嫂，你甭说了，我刘家坤没那本事，帮不上忙。谁让他当初逞能替人当保人。你当那些救国军是好东西？"说罢，他一甩手走了。

李尹氏欲哭无泪，她现在唯一的希望就是指望陆辰岗能帮上忙。

陆辰岗当天逃过刘家坤的追捕之后，返回山上。满开春蹲在洞口，见他回来，拉住他的衣襟说："陆团副，你先别进洞，王连长正在发牛脾气呢！"

陆辰岗问他发啥脾气，满开春小声说：“这两天你不在山上，鲁连长人快不行了。”

陆辰岗往洞口走去，满开春继续跟在后面唠叨着：“陆团副，王连长不让我说，他说你光顾自己，兄弟情都没有了，他今们后晌就走，让我跟着他。”

陆辰岗站下了，心里很惭愧。是啊，这么多天来，兄弟们一直躲在山洞里，他却独自下山。鲁连长的伤口久治不愈，身体已经瘦成一架骷髅。让兄弟们如此陪他，他心里万分过意不去，依王钢钉的火暴脾气，早就尥蹶子了，他必须果断下决心放他们走。

洞里弥漫着一股浓烈的令人窒息的霉味，深处没有一丝光线，只能听到自己的脚步声和呼吸声。陆辰岗试图睁大眼睛辨清洞内的方向，但是仿佛有一团霾挡在面前。他忍不住轻轻叫了一声：“王连长！你在哪儿！”

黑暗中并没有任何回声，身边却突然爆发出一阵狼嗥般的哭声，随之一个人扑到他身上，用拳头狠命地擂着他：“你为啥这时候才回来，鲁连长死不瞑目啊！你这个混蛋，把兄弟们扔在山洞里不管，自己却下山享清福。如果不是你，鲁连长能死在这里吗！”

王连长哭着吼着，声音在洞穴里来回撞击，仿佛一只只蝙蝠穿来穿去。陆辰岗任凭王钢钉打他，站在原地一动不动，他感到全身的骨架都快被击碎了。洞里漆黑一团，或许鲁连长的遗体就在脚下，他踏上前一步就会把他薄薄的胸骨踩碎。满开春却再也忍受不住黑暗，划亮一根洋火，眼前骤然雪亮。就在这一瞬间，他看到王钢钉满头是血，眼球暴突，几乎是声嘶力竭地大声喊：“不要点灯！”

火光霎时被吹灭了，四周又重新陷入黑暗。陆辰岗对着黑暗说：“王连长，我对不住兄弟们，对不住鲁连长！你们跟着我出生入死，却活得人不人鬼不鬼。从今天起你们解脱了,你们走吧！我留下完成我还没完成的事。如果还有来生，不管你们愿意不愿意，我们还做兄弟！”

说罢，他踉踉跄跄地朝着一线光明走去，那儿是洞口，天空透着淡淡的湛蓝，湛蓝的开空上面浮着亮晶晶的星星。他站在洞口，呼吸着新鲜的空气，感觉到抛弃压抑是件多快乐的事，他恨不得立刻融入这无边的夜色中去。

身后传来满开春绝望的呼喊：“陆团副，你真扔下我们走了？”陆辰岗于黑暗中抓住灌木的树枝，攀上石阶，用足最后的力气回答：“是，大路朝天，各走半边！你们多保重！或许天明鬼子就会来搜山，你们今黑夜就走，走得越远越好！”

满开春问：“那鲁连长咋办？”陆辰岗仰天大笑：“身为军人，马革裹尸。

天当被，地当炕，也算是厚葬了！”

鬼子天明后并没有来搜山，这得归功于刘家坤，他并没有及时向鹫尾汇报他在马车店的发现。这一天他躲在小乔的炕上过足了瘾，待他酒足饭饱，淫虫子也跑得差不多了的时候，腾出空来梳理这几天发生的事，才意识到他的这个决定是错误的，贻误了军机。

从马车店逃跑的那个人极有可能藏在附近山上，上几次据点被骚扰就是此人所为，留着这么一个隐患，他咋能够安心地躺在女人怀里睡大觉？李望彦被抓有可能引发一系列的治安问题，说不定会一把火烧到乌河镇去，如果是这样，鹫尾怪罪下来，他就得吃不了兜着走。想到这儿，他便浑身冒出冷汗来。

李望彦的被抓是在情理之外，又在情理之中，谁让他多管闲事，连抗属也敢私放。这年头这种闲事是能管的吗？刘家坤当面推脱了李尹氏，但回去冷静一想，才觉得这事做得太绝了。他跟李望彦多年磕磕绊绊的，但总起来说还是交情大于恩怨。李望彦是桃花峪的一杆大旗，一呼百应，要是李望彦果真出了事，还真没有其他人能替代得了他。再说他刚向小乔求了婚，打算十天半个月就把喜事给办了，他可不想前脚进桃花峪，后脚就让乡亲们给撵出来。想把婚礼办得热热闹闹，非李望彦当证婚人莫属。李望彦一来，他跟小乔的婚姻就得到了认可，不然就打了折扣。凡事都要留个后手，既杀杀李望彦的威风，又不至于要他的性命才是最理想的结果。

刘家坤马不停蹄地直奔乌河镇。鹫尾刚从桥下彻那里回来，商量如何处置李望彦。刘家坤借着坡下驴，说：“我也是为这事来的，顺便再给你汇报点事。”鹫尾面无表情地问他：“你说李望彦这件案子，皇军该如何处置？”

刘家坤观察着鹫尾的脸色，斗胆说：“依我对这事的理解，皇军抓李望彦是迫不得已，处置起来也有点骑虎难下。”鹫尾听着这话不顺耳，恶语道：“皇军想抓谁就抓谁，怎么叫骑虎难下？”

刘家坤知道此路不通，赶紧换了一个话题，拐弯抹角地说：“鹫尾少佐，你还记得九月的那个黑夜，咱们被人牵着鼻子，在慢坡里转了一夜……”

鹫尾并没有忘记那个耻辱的黑夜，他带领士兵在野地里奔跑了一夜却毫无收获，而刘家坤旧事重提，似乎在告诉他一个现实，桃花峪有抵抗力量活动，这抵抗力量不是黄国品和刘长喜他们，而应该另有其人。

鹫尾似乎有了一点兴趣，转身问他：“你的另有其人指的是谁？”刘家坤说：“国军的散兵游勇啊！那天后晌我们穷追猛打，难道他们有分身术？再说他们使的家伙也不一样，枪声听起来那叫一个脆！嘎嘎嘎……跟炒豆子似的。”

他忘乎所以起来，嘴里学着匣子炮的响声，这让鹫尾蹙起了眉头。不过他还是露出一丝鼓励的笑容，听刘家坤继续说下去：“我琢磨了很久，从井上君失踪到有人骚扰据点，再到刘长喜两口子逃跑，一定跟这股抵抗势力有关。”

鹫尾冷笑一声，说道：“你说这些无非是让我相信，桃花峪所发生的一切都不是内部人干的，而是外来的散兵游勇干的。进一步说，也跟李望彦没有关系。”

说罢，他盯着刘家坤，想从刘家坤的脸上看出破绽来。这的确让刘家坤心里发虚，脊梁上冷汗直冒，但是他脸上始终保持着灿烂的笑容。

“太君误会了，我哪敢替李望彦开脱，只是……”他打住了话，欲言又止地看着鹫尾。鹫尾挥手道：“我们是朋友，你但说无妨！”

刘家坤心里暗自笑了，把他的想法全盘托出：“我们这里每年都有一个打兔子节。我们这是山区，野兔子多，专门祸害地里的豆子。于是，每到重阳节这一天，各村各户集中起来，拉网把草里的野兔子都蹚起来，然后乱棍打死！”

这可是一个新鲜的主意，鹫尾还是头一次听说，不过他立即和皇军当前进行的大扫荡联系到一块了，拍着他的肩道：“要洗！”

既然鹫尾又要洗澡，说明他认可了刘家坤的主意，刘家坤乘机说：“这事非李望彦不可，他在这十里八乡最有号召力！”

他再次闭上嘴听鹫尾的意见。鹫尾似乎沉默了一会儿，说道：“我实话告诉你，即使你不来，皇军也会放了李望彦。皇军之所以放了他，不是他没有罪，而是他的疑点太多，皇军要放长线钓大鱼。”

见刘家坤装出一副迷惑不解的神情，鹫尾说：“李望彦在宪兵队用刑时被打断了腿，现在站不起来了，你可以先领他回去。皇军把这个人情给你。他腿伤养好后，皇军还向你要人，要把他发配到劳工营里去。”

刘家坤背后吹起一阵凉风，惊呼道：“那不是要发配到大日本国去？”鹫尾对他说：“这事我唯一告诉了你，传出去，让李望彦跑了，我拿你是问！”

李望彦被抬回来的时候，大腿红肿，骨头断了，刺激得肌肉周围水肿。李尹氏急忙搬来药先生给丈夫诊治，除了接骨，草药消肿，还服一种祖传接骨丹。只见药先生翻过黑碗，在碗底磨上几圈，开价就要半头骡子钱。要吃两回，就是一头骡子。李尹氏咬牙道：“那也得吃！”李望彦说：“咱家那头骡子不是让马家牵去了，咋张得开口要？”望生在一旁说：“有啥不好要的！哥遇到了大事，要回骡子来治病，天经地义，我这就去牵！”李望彦眼一瞪，说道：“能得你！”吓得望生脚钉在原地不动了。

马家旺把望彦哥的事跟药先生一提，药先生破例答应先治好了腿伤再收钱，骡子就先搁在这里。他小心翼翼地取出一个皮袋子，从里面取出一片指甲盖大小的红东西来，在碗底里滴上几滴水，然后轻轻研磨，倒在酒盅子里，对李尹氏说："这可是破血本了！掺着黄酒服下，骨头接得特别快。如果是年轻人，后晌都能听见骨头嘎巴嘎巴响。"马家旺见他不过研磨了两三下就停下手，惋惜地叹道："就这两下，就半头骡子？"望生心里想的是，这又不是蜀黍秆子拔节，哪会嘎巴嘎巴响？

乌河镇全体鬼子出动进行大扫荡，桃花峪的方向是重点。皇协军、维持会、保安大队赶着各村征集来的人，学着轰兔子的方式一处不落地篦。刘家坤把指挥部设在了李望彦的马车店里，为此鹫尾直摇头，说把指挥部设在这么一个前不着村后不着店的地方，犯了兵家之大忌。刘家坤忙问设在哪里，鹫尾说就设在村子里。

"我已经想好了，就设在你未来的老丈人家。"

这句话把刘家坤惊出一身冷汗，把老虎领到家无论如何是件危险的事。接受牛嫂的教训，他无论如何也不能让鹫尾见上小乔的面。但看鹫尾严肃的表情，他知道此事不能更改。他正在无计可施，鹫尾突然哈哈大笑，说道："刘大队长，我跟你开个玩笑，临时指挥部就设在村公所里。不过你得找人来做饭！"刘家坤这才转忧为喜，想起了马寡妇，便先把她卖了，连连道："保证让皇军吃上可口的饭菜，马寡妇的菜大大地好！"

鬼子的搜山行动整整进行了三天，不过一无所获，只是在回马峪的方向发现天空盘旋着许多黑老鸹。霍金龙看出了破绽，夜鸟不归，下面必有情况。黄国品不懂这种奇门遁术，问："这后山上经常有鸟盘旋，有啥奇怪的？"霍金龙命令士兵无论如何也要爬上山顶。

士兵带回来的消息令人激动又无奈，他们在山谷里发现了一个山洞，但已空无一人，洞内飘着淡淡的烟味，说明近期还有人活动。士兵们还发现了火烧的痕迹，从留下的骨骸判断，这人是被烧掉的。

三天过去了，进山搜索的行动一无所获，霍金龙把这一情况报告给了鹫尾。鹫尾命令留守的刘家坤就从桃花峪开始查起，特别叮嘱要紧盯住李望彦。马寡妇在一旁听了笑道："望彦哥现在还躺在炕上养伤，他会有分身术？"说得在场的人哑口无言。

李望彦的嫌疑可以排除，但刘家坤却暗中加强了岗哨，希望暗道能钻出个八路或者国军来，这样他就可以捉了，堂而皇之地到皇军那里领赏。

陆辰岗却侥幸没有走暗道。那天他逃出马车店，就觉得这条暗道不能再使用了，敌人肯定发现了。他径直去了乌河镇，正是这一念之差，阴差阳错地躲过了伏兵，却也错过了和李望彦会面的机会。

李望彦回到马车店的当天，刘能子就在门口派人看守，即使李尹氏和望生出门，身后也总跟着个影子，吓得乡亲们都不敢同他们打招呼。这一天跟腚狗换成了二臭子，李尹氏问他："臭子，鬼子搜山，抓没抓到人？"臭子摇摇头说没有，李尹氏松了口气，回头学给丈夫听。李望彦说："只要没事就好！"李望彦又叮嘱她，这阵子家里也不安生，别叫凯儿回来了，住校。

过了几天，李望彦便挣扎着想起来，伤筋动骨一百天，李尹氏急忙阻止他。李望彦坚持要下地，望生就爬到树上，找了个杈把砍了，做了一副拐递给哥。李望彦试了试觉得不错，摸着他的后脑勺夸道："望生，能了你啦！"

到了第十天，李望彦就拄着拐走上了大街，众人看了都称奇。水兽从冰窟窿里提溜出鲫鱼来，扔给他，让他熬汤喝补补。李望彦说："你还是自个儿留着吧！"水兽黯然地说："我老娘上了西天，那里不兴喝鱼汤。"药先生又来了两趟，喝下他的家传秘方，李尹氏夜里还真听见丈夫的骨头嘎巴嘎巴响。李尹氏又宽慰又担心，宽慰的是丈夫身体恢复得很快，担心的是腿好了鬼子又会把他抓去。

在这种宽窄交织的日子里，山上的相如莲也没有轻心，正在盘算着如何进入乌河镇。刘长喜喜滋滋地回来，身后还跟着个漂亮的女人。王宝斗问他任务完成得咋样，刘长喜说他还没去侦察呢，先回了趟家，结果发现鬼子抓了他媳妇，心里一急就先救她出来了，送上山然后再下山也不迟。

王宝斗一听就急了："你还是军人吗？全队的人都在等你的情报，你却救你媳妇去了。这要影响部队的行动，你知道不知道？"刘长喜见他这么不近人情，回敬道："先救我媳妇有啥错？我是她男人，难道我能看着她被鬼子抓去？万一要有个三长两短，你负责啊！"

王宝斗被噎得说不上话来，拉着他就去找相政委。刘长喜把回家遇到的情况说了一遍，相如莲觉得情有可原。"既然是突发情况，这个人应该救！"王宝斗还是坚持认为他拖延了部队的行动计划。飘华冷静地问王宝斗，如果是他下山执行任务，遇到群众有难，是先救群众还是先执行任务？一句话把王宝斗问住了，他嘟囔着说："那是得先救群众，不过……他救的是他媳妇！"相如莲说："一样，他媳妇也是群众一分子。"

正当刘长喜以为事情过去了，王宝斗却嗅出了破绽，问他："既然你们是从看守的老乡家里逃出来的，那岂不是连累了这家人？"刘长喜见瞒不过，懊悔地说："谁说不是，媳妇是救出来了，可也肯定连累望彦哥一家。"相如莲听罢，脸色凝重地对他说：“刘长喜同志，比起你擅自违抗命令来，这个错误犯得更严重！你就没想想，你带媳妇跑了，鬼子会咋对付这位老乡？”

刘长喜脸上冒出冷汗来，这的确是个严重的问题，他两口子跑了，把李望彦夫妇推给了鬼子。望彦哥和嫂子对他刘长喜一向不薄，他却给他们带来这么大的伤害。于是，他请战道：“相政委，给我个机会，让我再下山一趟。如果望彦哥一家有啥事，我就是死也要把他们救出来！”王宝斗打住他道：“得！你还想再犯错误？部队攻打乌河镇的任务已经让你耽误了，你还是在山上好好反省吧！”

相如莲忧心忡忡，她到过桃花峪的这家马车店，女主人的纯朴和善良还让她记忆犹新，作为人民军队的指战员，她决不能看着老乡因为战士的失误而遭遇危险。她立即开了一个临时党小组会，提出暂停刘长喜的副大队长职务，另派一个人下山侦察。飘华说这事还是他去，再出点岔子部队就更被动了。他打扮成一位书生，手提一个柳条箱，直奔山下。

他在一个小站上了火车，这样当他从乌河镇火车站出来的时候，俨然一个从省城归来的莘莘学子，拉住一个黑狗子连问这附近哪有旅馆。黑狗子冲他骂道：“臭四眼子，读书都读成傻瓜了？明明眼前头的招牌上就写着‘悦宾楼’，你竟然看不到！”

看不到是假的，飘华的眼镜也不是近视的，他只是装神弄鬼地迷惑敌人。而这种方式十分奏效，他接连误闯了几处鬼子岗哨，都让鬼子给轰了回来。他甚至装作撞到电线杆上，点头哈腰地说对不起，这让轰他的鬼子十分开心。

他转了一天，基本已经把乌河镇兵力布防的情况摸清楚了。重点是一个军火仓库，一个油料仓库。军火库在铁道南边，是用货场改造的，有一个中队的鬼子把守。油料库则在城中，是用油坊改建的，也有一个中队的鬼子把守着。两者比较，军火库在郊外，打起来伤不着老百姓，但是仓库四周是空地，不容易接近。而油料库设在人口密集场所，如果不慎失火或者爆炸，会伤及附近的居民。

夜幕降临的时候，飘华再一次怀抱一本书走出小旅馆，遇到盘问就说是读夜校的学生。他选择油料仓库作为侦察目标，打算近距离观察一下。

冬天日短，五点钟天就完全黑下来了，街上灯火阑珊。小北风嗖嗖地钻进脖子里，冻得人六神无主。他把围巾绕了好几道，这才钻进油坊街的小胡同里。这里黑咕隆咚，一个人影也没有。围墙的外面是两个岗亭子，值班鬼子戴着棉帽子，抱着枪，缩在里面一动不动。飘华先学狗叫又学猫叫，都不能吸引他出来。他这才翻开书，摸出截铅笔头认真地画起来。

他刚画了几笔，就听得不远处传来几声猫叫。他心里暗笑，万一真招来公猫就热闹了，却突然听出这猫叫声也是人扮的，急忙潜伏下来观察。看到两个人影鬼鬼祟祟地朝着岗亭子靠近，他急忙后退几步，藏在阴影里。

俩人行动敏捷，尤其是前面那个黑衣人，时而跃起，时而匍匐，嘴里含着一把刀，三步两步就蹿到岗亭子跟前。守卫似乎并没有意识到即将到来的危险，仍然一动不动。

飘华意识到他得马上阻止这一行为。杀一个鬼子容易，但如果引起敌人的警惕，下一步行动就会受到很大影响。但是已经来不及了，那人已经伸手拉开岗亭的门……

说时迟那时快，他扬手扔出一块小石子，不偏不倚打在门玻璃上，声音虽说不大，但足以惊醒里面的鬼子。鬼子打个激灵，站起身持枪朝外走。黑衣人见势不妙，朝着岗亭后面的黑暗处滚过去。

太险了！幸好街市那边嘈杂不堪，掩盖了这边的动静，不然黑衣人凶多吉少。飘华正暗暗庆幸，不料后脑勺被一只冰冷的枪口顶住了，随后传来一声低沉的断喝："不准出声，出声我就打死你！"

飘华只得举起双手乖乖地就范。黑衣人走过来，薅住他的脖领子，把他摔到地上，恼羞成怒地说："我看看这是谁，竟然破坏我的行动！"

两个人同时打量着飘华，一个声音说："是个学生！"

飘华惊讶地发现，这个说话的人竟然是个女人。另一个黑衣人语气也似乎因为他是学生而有些缓和了，问道："这么晚了，你为啥在油库周围转悠？"飘华本能地瞅了瞅他手中的那把刀,那是一把特工专用的匕首。看到这把匕首，他就基本判断出对方是啥人了。他镇静地说："二位不要紧张，咱们借个地处说话。"

二人见他不慌不乱，不免惊诧。持刀人说："王珂，他要是跑，你就开枪！"叫王珂的女人点点头，又把枪举起来对着他。飘华看着她拿龙捉虎的样子笑起来："看来这位女士也从没使过枪，还是收起来吧，我不会跑。"这下子把俩人说愣了，持刀人警惕地说："人不可貌相！看来你也不是个白面书生。好，咱们就借个地处说话！"

三个人重新回到大街上，王珂先自惊叫了一声，对飘华说："我认识你！你是简师的那个飘华！"飘华十分惊诧，在这儿谁会认识他？持刀人更是摸不着头脑，说道："你们认识？"珂儿快嘴说道："我叫王珂，简师二班的，比你矮两级。咋，认不出我？李凯你总该认识吧，我们是同学！"

飘华恍然大悟，在简师二班的确有两个小校花，一个叫王珂，一个叫李凯。眼前这个清癯的女子正是王珂，只是她看上去更成熟了，像个大人了。飘华不禁哑失失笑："果真是你！那……你们这是想干啥？"

珂儿指着持刀人介绍说："他叫马六子，是驻乌河镇的特工，我们是来暗杀鬼子的！"马六子听珂儿这么描述他，不满地皱起眉，说道："报上我的大名——马德昌。这特工也是你满世界乱宣传的？万一你同学是汉奸咋办，我不就暴露了？"珂儿白他一眼道："哪有那么多汉奸！飘华同学当初可是学校进步师生的楷模，他要能当了汉奸，那全中国都是汉奸了。"

她这句玩笑话缓和了刚才的紧张气氛。马六子说："他乡遇故知，别站在外面了。我都冷得扛不住了，咱们去找个小吃店，我请你们吃饭。"飘华说："你们这么随意杀人，会遭到鬼子报复的，也不益于开展行动。"马六子见他说话有板有眼，不禁问道："你是干啥的？咋还一套一套的？"飘华忙说："我在学校惯出来的坏毛病，你们别当真。不过打鬼子不能凭一时之勇，要学会动计谋，干就干出点名堂来！"马六子不屑地嘟囔道："秀才造反，十年不成！我倒想要看看你干出点啥名堂？"飘华自知不是争辩的时候，退一步说："还是不说了吧，你不是冷得顶不住了吗？前面有家煮锅子店，我们先进去暖和暖和。"

巷口果然有一家煮锅子店，冒腾腾的热气，空气中弥漫着一股蒸煮的油香。

珂儿和马六子巧遇飘华，三个人围坐着锅台吃煮锅子。第二天，凯儿陪着爹到乌河镇上看伤。大马峪的药先生来过两趟以后就没了踪影，知情的人说山上被鬼子封锁了，进不来出不去。李尹氏提议还是找懿仁堂的范先生，李望彦说："相了，过几天骨头就长住了，又碍不了啥事。"李尹氏坚持要去："骨头长住了，你咋会整后晌巧叫唤？"

范先生身体大不如从前了，开错药方子也是常事，病人因此少了，没事坐在太阳地里晒老爷爷。李尹氏他记不得了，但却认出了凯儿，颤颤巍巍地说："这个闺女我还记得。那年曾来我这里看过病。还领过一个男人来看枪伤。"三个人大惊失色，还是凯儿反应快，对爹说："老先生肯定吃错迷魂药了，把我和珂儿混了。"

李望彦的骨头虽说接上了，但有错位，范先生说硬伤怕凉，回去灌个温葫芦熨烫几天就好了。果然半个月后疼痛减轻，他能自由下地活动了，只是左腿走路有点踮。童言无忌，凯儿惊呼道："爹，你腿看上去咋瘸了？"李尹氏嗔怪道："这妮子，咋说话这是！"李望彦在天井里走了两趟，果然有点踮脚，自嘲地笑道："幸亏不找媳妇了，不然还真难看。"李尹氏执意要找那个药先生，说要了半头骡子钱，结果把丈夫治成了瘸子。李望彦笑道："相了，人家这不是把骨头给接上了，又没打包票说腿不会瘸。”

马车店的岗哨没几天就撤了，刘家坤说他跑得了和尚跑不了庙。刘家坤这阵子忙着选个良辰吉日准备娶了小乔，去尚河庄找罗瞎子算了一卦。罗瞎子说他的福星在西北，灾星在东南。至于哪日是良辰吉日，罗瞎子说，腊月初八是个好日子。卦象上称：丙不修灶必见灾殃 戌不吃犬作怪上床。刘家坤瞪着小眼问：“啥叫修灶，何为吃犬？”罗瞎子摇着脑袋瓜子说天机不可泄，让他回去自己琢磨。

刘家坤忙回去找老丈人商量，俩人按着罗瞎子的话捋了一遍，周大牙倒吸一口冷气。这西北不就是李望彦的马车店？这东南便是乌河镇。刘家坤不屑道：“他李望彦算我哪门子福星？这些年他压得我抬不起头来。”周大牙说这得看咋理解。“谁是福星咱先不细讨论，可贤婿，你说东南方向的祸星又是谁？”

刘家坤想都没想便脱口而出道：“那还用说，当然是黄国品了。我娶了他的女人，他能善罢甘休？肯定要跟我作对！”周大牙撇嘴道：“黄国品这人我清楚，他也不是那种蛇蝎心肠的人。他扔了你拾着，你情我愿，他咋会成了你的祸星？”刘家坤听他这么说，问不是他还有谁？周大牙眉毛拧成一股绳，半天才一字一句地说道：“霍——金——龙！”

一言既出，刘家坤一阵心悸，即使是和黄国品有夺妻之恨，他都从来没有这么害怕过。霍金龙不过是个皇协军司令，他会威胁到自己？

见刘家坤不吭声，周大牙更坚信他的预测，对刘家坤说道：“黑吃黑是常有的事，得防着这个霍金龙点儿。”刘家坤强打着精神说：“他一个小小的皇协军司令吃不掉我。哪天我在鹫尾面前奏他一本,这皇协军司令就是我的啦！”这回该轮着周大牙目瞪口呆了，没想到他还有如此大的野心。

刘家坤忙着选日子成亲，霍金龙也没有闲着，也找了位算命的大师算了一卦。师不同门，算出来的结果也不一样。他选定的日子是腊月初七。七的谐音是起，乐得霍金龙心花怒放。既能升官又娶了娇妻，哪个男人有这样的好运？他张罗着买宅子、看家具、包馆子、下帖子，几天之内就张罗齐了。倒是改子那里磨蹭起来,奁房(山东方言：嫁妆)要全新置办,金银首饰要现打,绫罗绸缎要现从苏杭订，就连首饰盒子都是找木匠现制作的，选的是市面上紧缺的金丝楠木。孙渔儿吃味又说不出来，赔着笑脸说：“面料咱铺子里有现成的，咋还费这些心思？”改子笑道：“干娘又不舍得陪送，我哪敢要。”一句话说得夏猴子直拿眼白瞪自己女人，心里说：“你这不是自找没趣嘛！”

黄国品才是自找没趣，进山扫荡路过夏庄据点，拐进去讨杯茶喝。按理说他跟刘家坤水火不容，可这会儿却就是恨不起来。刘家坤热情地说道：“既然来了，光喝杯茶咋行，咱兄弟俩得喝两盅。”

喝着酒的工夫，刘家坤耐不住，就把腊月初八娶亲的事透露给了他。黄国品听罢从腰间拔出匕首插在桌子上，咆哮道：“刘能子，你是啥意思吧！你占了我的女人还想显摆是吧？咱俩刀尖子上说话！你扎我一刀，我扎你一刀，谁先认熊谁就输了。”刘家坤问他：“熊了咋说？不熊又咋说？”黄国品说：“你若输了，就甭想娶小乔；我若输了，给你俩牵马坠镫！”

杠抬这份儿上立马见了分晓，刘家坤一把按住他的手说道：“兄弟这是何苦，我不过就是捡了你扔的便宜货。你黄副司令前程远大，绝对在霍金龙之上。如若成全哥哥我，从此咱们就是生死兄弟，决不反悔！”

刘家坤说这话纯粹是权宜之计。他娶媳妇关黄国品个屁事啊，但因为隔着小乔这层关系，他就是硬不起来。他也觉得黄国品可怜，老大不小的了，弄了个鸡飞蛋打。更重要的是，如果他想娶小乔，还差黄国品一纸休书，何不趁着这个时候提出来？于是，他故意一拍桌子道：“老弟，他霍金龙不是在乌河镇上买了幢宅子吗？他有我就得有，我有你也得有！赶明日我就挨着他家也买一幢，不……是两幢。你一幢我一幢！”

黄国品虽说酒入愁肠，但人醉心不醉，听说刘家坤要掏钱给他买幢宅子，故意问道：“此话当真？”刘家坤摇晃着拔出桌上的匕首，递给他说：“让这把匕首做证，我若反悔，白刀子进去红刀子出来！”黄国品当即拍案而起：“刘大队长，你若买宅子送我，我马上一纸休书休了小乔，成全你们！”

刘家坤果然没有食言，几天后去找黄国品，拉起就走，黄国品问去哪儿，他神秘地说到了你就知道了。两人坐着黄包车穿过几条街，来到乌河镇最繁华的地段。黄国品伸头瞧着，耿耿于怀地说：“霍金龙的宅子就是在这儿买的？”刘家坤得意地说：“他买得起，咱也能买得起！”

刘家坤领着他来到一幢新宅子前，扔给他一串钥匙，说道：“自己开门看吧！我这可是特意为你挑了套好宅子！”黄国品如雷贯耳，呆在那里不动。刘家坤真在乌河镇给他买了一幢宅子。他哆嗦着手开了锁走进去。天井不大，三间大北屋，东西一厢一厨一厕，小而玲珑，关键是宅子临河，透过青砖花墙一眼就能看到鳞次栉比的下河全貌。想不到他漂泊多年，竟以这样的方式得到这套不错的宅子。

但不管咋说，除了这宅子里还缺少位女主人，黄国品一切都有了。虽说这离他想象的功成名就有天壤之别，但毕竟比有些人活得逍遥自在。然而人生是啥，人活着的目的何在，他却想都没有想好，也没能逃脱出宿命的安排。刘家坤说这幢宅子的位置在霍金龙的前面，他的宅子就在黄国品的后面，三家屋檐盖着屋檐，正如他们的关系一样，你中有我，我中有你。而自感命薄缘悭的黄国品一纸休书休掉了伴他多年的结发之妻，在这青砖灰瓦的小街上彻底迷失了方向。

霍金龙的婚期定在腊月初七，而刘家坤的婚期定在腊月初八，这让刘家坤多少感到一丝不快，仿佛被人抢了彩头。黄国品替他出主意，把这头彩再抢回来。刘家坤为难地说道："这我哪敢啊！他是司令，我是队长，论官大小都比不过他。"

黄国品冷笑道："他抢在你前头，皇军肯定会去给他捧场，这才是问题的关键。"刘家坤听了，心里着急起来，如果请上皇军参加婚礼，那该是多大的荣耀。他犹豫地道："可……这日子上月就定下了。"黄国品不以为然地说："皇上登基大典还兴改呢！我这可是为了小乔才给你提这个醒。"

黄国品嘴上这么说，心里的想法却十分歹毒，他就是想让两个人产生矛盾，他好来个鹬蚌相争，渔翁得利。往后的事他还想不清楚轮廓，但至少事情向着他认为好的方向发展。

听他如此说，刘家坤果然中招，一拍桌子道："罗瞎子算着我东南方向有祸星，看来果真如此！我也豁出去了，就提前一天，跟他平起平坐。我明天就去请太君。桥下彻大佐到最好，他不来，至少鹫尾少佐到场做我的证婚人。"

刘家坤第二天就去见鹫尾，鹫尾举起大拇指赞道："要洗，这么快就旧人换新人啦！"一句话说得刘家坤脸红脖子粗。鹫尾说他和霍金龙都是皇军最看重的人物，这事先不能定，得和桥下大佐好好商量再定。

鹫尾找桥下彻大佐商量，准确地说是汇报。桥下彻听罢不悦地说，这些人太缺乏奉献精神，把自己的利益看得比天还重。鹫尾说中国人向来讲究先成家后立业，他们俩娶亲符合皇军的利益。桥下彻不懂，鹫尾说："俩人一个身为皇协军的司令，一个身为保安大队的大队长，如果他们成了家，那就有了牵扯。今后只要我们牢牢地控制住他们的家人，还怕他们不为我们卖命？"

一席话让桥下彻也要洗澡了，他明确地表示他去参加霍金龙的婚礼，鹫尾参加刘家坤的婚礼。鹫尾说："其实阁下大可不必分得那么清楚，据我所知，这两家的新宅都在一起，您可以同时参加两个人的婚礼！"

进了腊月，突然变了天。小北风嗖嗖地刮着，冻得场院里的鸡都缩了脖子，无精打采，不肯觅食了。水兽早上没晒到太阳，浑身冰凉，也就格外没有精神，蜷缩在河边的石头后面避风。不过通往乌河镇的大道上却格外热闹。马大臬骑着电驴子来回跑了好几趟，每一趟都冻得鼻涕楞腾，恨不得把鼻子摘下来夹到腚沟里暖和着。

周家打好几天前就盘锅头垒灶，支棚子扎席，把肉菜豆腐都过了油。大臭子哪里也不去，偏偏三趟五趟地往李望彦家跑。水兽很想去看看，又贪恋那点热乎地处，懒洋洋地待着没动。

大贵子早早地就过去给周大牙帮忙，他贪恋公事上的那点饭菜，白面馍馍和白菜炖松肉。凡公事上帮忙的都管够，这是桃花峪的传统。苏婶子带着一群女人给新娘缝铺盖装箱子，还要给新娘开锁子。小乔是回头，算不上新娘子，苏婶子自作主张地说："该咋开还咋开！做女人一辈子，遇上一回喜事不难，但遇上两回百里挑一。"

她这一通胡诌让周大牙两口子听了很熨帖，小乔扭捏地说："她婶子，你咋说咋是！"头一回开锁子，闺女会被那细细的头发丝绞得吱呀怪叫，小乔自知比不得当年做黄花闺女了，叫出来让人笑话，眼泪在眼窝子里打转，就是不吱声。苏婶子看着可怜，柔声说道："丫头她娘，要是疼你就哭出来！过门的时候哭哭好，这叫喜泪。"一句话勾起了小乔的心事，喜不叫喜，怕是闺女从此成了前窝里的孩子，不禁泪流满面。

大臭子的电驴子跑第三趟的时候，把刘家坤驮了来。他走进店里满脸堆笑地喊着："望彦哥，腿好利落了吗？"李尹氏手里端着个洗手盆，一脚门里一脚门外，朝着喊声泼过去，嘴里说道："大早上的就听着夜猫子叫，不吉利！"

刘家坤厚着脸皮接过话："骂得好！嫂子，换了我也骂。"李望彦知道这是刘家坤又有事求人了，在堂屋里接话说："凯儿她娘，人家都不生气了，你还和畜生生啥气，就让刘能子进来吧！"

刘家坤挑帘子进屋，说："望彦哥，上回那事我就不解释了，你啥都明白，我这也是身不由己。明天是我大婚，还得搬你当主婚人！"李望彦说道："你是大人物，我可给你当不了这主婚人。"刘家坤笑道："你就甭推辞了，我铁了心请你！工夫不多了，我还有许多事要忙活。"

他不等回话就转身出去了。这时从院子外赶进来两驾马车，拉着砖头、石灰膏和麻刀，就要往下卸。李尹氏急忙上前阻拦，说："这是干啥？"二臭子嬉皮笑脸地说："大队长说要给嫂子家盘锅垒灶。"李尹氏怒目道："我们店里好好的，有锅有灶，用得着盘？"

刘家坤说："嫂子，没旁的意思，就是图个吉利。我从夏庄请来了大师傅，保证比你原先的锅灶要好得多！"说罢不容分说，指挥着手下干活。手下人来了不少，有的卸料，有的抡锤，有的扒砖，三下五除二就把灶屋里弄了个样儿翻天，重盘炉另垒灶，这倒把在场的人都弄愣了。

一直到了太阳西斜，灶屋里的事才弄好。李尹氏到里面一看，炉灶盘得工工整整，台面上还铺了洋瓷砖，擦出来铮明瓦亮。点把火往阔落里一填，风箱一拉，火就哼哼地燃烧起来了。她回屋对丈夫一说，李望彦也百思不得其解，想问刘能子这是唱的哪一出。刘家坤早拔腿走人了，说赶明儿一早就来接李望彦过去，就是抬也得抬他当证婚人。

刘家坤心想事成，东南方防小人，防着霍金龙，西北行好事，帮着李望彦盘锅垒灶，只等腊月初七吹吹打打地接小乔成亲。他却没有想到，在东南方向的乌河镇，还有一伙子人在打他的主意，这就是在煮锅子店的飘华三人。

那天后晌，三个人围坐在煮锅子前边吃边聊，气氛相当融洽。马六子问飘华现在做啥事，飘华扎瞎话说他替油贩子搞点洋油啥的。珂儿首先看出了问题，飘华一身洋学生打扮，不像买卖人。“俺爹才真正是鼓捣油的，满身都是油花子味。可你不像，你装扮得像个书生，恰恰不是书生，明白人一眼就能看出来。”

飘华脸上不动声色，但心里还是吃惊不小，心想几年不见，这小丫头脑袋瓜子见长了,于是打诨道：“改天我认识认识你爹。”马六子冷幽默地说：“你得到阴曹地府去见他老人家了，一般他还不太欢迎你这样的。”飘华没想到出口伤人，珂儿并不在意，冲着马德昌瞪眼道：“我爹欢迎你这样的行了吧！”俩人已经亲密成了一个人,经常互拿对方的缺点开玩笑。马六子一针见血地说：“说实话吧，你打油库的主意干啥？”飘华以退为进地回答：“你干啥我干啥！”马六子说：“我是想炸了它,你也是？”飘华不动声色地说：“就凭你们两个人，能炸得了油料库？”

马六子听飘华质疑他，撇嘴骂了一句粗话：“泰山不是垒的，你这副德性，只要靠近油库三十步以内，我就算服你！”飘华闷头喝了一口热汤，自顾说道：“我记得这句坎子还有一句，叫‘灶门爷爷不是画的’，改天我就画给你看看！”

眼看着俩人话不投机，珂儿急忙岔开，说：“飘华，你好久没见凯儿了吧？”提到凯儿,飘华的脸上果然现出少有的温柔,说道：“李凯也该是大姑娘了吧？”珂儿不满他的口气，噘嘴道：“啥叫该是，跟我同岁，人家也出落成大姑娘了，比我还漂亮！”

飘华听了差点笑呛了，道：“言外之意，你也很漂亮啊！”一句话把马六子也逗乐了，说道：“整天臭美，终于有说实话的了。”眼见得两个男人话又投机起来，珂儿提议道：“我都好长时间没见过凯儿了，明天我们去趟桃花峪咋样？”飘华随着说：“我也正好想去桃花峪，咱们一道去！”马六子反对：“我这样人不人鬼不鬼的，咋去？”飘华倒痛快，说：“你可以不去，我陪这位漂亮女士去，只要你放心就行！”

飘华说罢转过话题，问他俩：“听说那里有个据点，大道边上有个马车店？”马六子说：“你说的是夏庄，刘能子的保安大队就在那里驻防。”珂儿却对他后面的话更感兴趣，笑道：“你说的这个店，就是望彦叔的马车店。”飘华惊讶地问：“你咋知道？”珂儿笑得更开心了：“凯儿的爹就是望彦叔，望彦叔就是马车店的主人。”一句话说得飘华心里透亮起来，他露出一缕微笑，对珂儿说：“原来如此！”

刘家坤上李望彦店里盘炉灶，人还没撤走，珂儿和飘华便进了门。李尹氏一见珂儿，便埋怨起来：“珂儿，你这阵子躲到哪里去了，我和凯儿上镇上都找不到你人影。”珂儿说：“婶儿，我现在居无定所，你哪能找得到我。往后还是我来找凯儿方便。”

李尹氏说：“凯儿每天很晚才回来，你是等她还是先到村里看看？”珂儿说：“我回村里看啥？爹都把宅子卖了，我才不分那个心。我早晚等没事，就是怕凯儿这位同学等不及。”说罢用手去指飘华。李尹氏见飘华白面书生一个，长得也人相，便盛情道：“这位同学，你和凯儿是同学，我咋不认得？”飘华礼貌地回答：“婶儿，我高李凯两级。”

既然高两级，李尹氏不认得正常，便客气地问家是哪里。飘华顺嘴说，家是乌河镇上的，眼睛却对院子里的人感兴趣，问：“婶儿，咋还有保安大队的人来帮着盘炉灶？”李尹氏没好气地回答：“不提不生气。谁知刘能子咋想的？腊月初七他要娶媳妇，却跑到我们店里盘炉灶。”飘华问：“就是保安大队长刘家坤？”李尹氏回答：“不是他是谁？”

李望彦听说凯儿来了同学，起身出来见客，让望生到灶屋里给客人烧水。阔落是新盘的，湿气太重，烟在烟道里打转，就是不往烟囱里钻，气得他嘟囔着骂：“这个刘能子，想起一出是一出！”

话音未落，一个年轻人的身影出现在灶屋的门口，说：“望彦叔，你就甭忙活了，我们还有急事，坐一会儿就走。”李望彦望着这个英俊的年轻人，不无好感地说：“你是凯儿的同学，到我这儿来，不吃饭就走咋行？”飘华说：“来日方长，我来是想问你一下，你的腿好些了吗？”李望彦吃了一惊，心想他新来乍到，咋知道自己腿伤的事？飘华似乎看破了他的疑惑，笑着说：“我刚才听王珂同学说的。”李望彦爽口笑道：“蚊子咬一口，蚂蚁踢一脚，没啥了不起！”飘华还是语重心长地叮嘱：“望彦叔还是多保重！我知道你是为了他人才受的委屈，相信好人会有好报的。”李望彦心里的疑惑更大了，小小年纪竟表现得如此沉稳。他心里疑惑嘴上却不说，回敬道：“相了！我也没打谱求啥回报，都是乡亲，不言谢。”

凯儿比平时回来得早。刘家坤让大臭子送压箱子的钱，半道上遇到了凯儿，用电驴子把她捎回来了。

凯儿在店里一露头，珂儿便欢呼着扑上来，两人搂着又哭又亲。凯儿说：“我还以为你失踪了呢！”珂儿说：“比失踪还险！”凯儿说：“今们后晌就住在我这儿，好好跟我说说。”珂儿躲闪着她的目光，说道：“再说……”凯儿立刻读懂了她眼神后面的东西，叹息道：“珂儿，你大了，也改变了很多。”

凯儿一眼就认出飘华来了，望着他英俊的脸，脸红得说不出话来。飘华说：“没想到一别数年，你还是老样子！”凯儿听他这么说话，扑哧笑出声来，说道：“咋还会是老样子？光你长年纪，难道我就不长？”

飘华的额头已经长出深深的车道沟，一扬眉一低头都有种深刻的韵味。凯儿望着眼前这位曾经崇拜甚至说暗恋的校友，内心有一种淡淡的甜蜜。他们谈起了简师同学的近况，谈起了每个老师的特点，后来又谈到了各自的人生道路。凯儿说：“你还没说，这几年走了，到底都干了些啥？”飘华含糊地说：“我走得很远，也经历了很多事，要讲给你听，三天三夜也说不完。”凯儿听了哈哈大笑起来，但只有她自己知道，她是用笑声掩饰失望的情绪。她开玩笑地说道：“那你就说三天三夜！反正我们店里有客房，随便你住到啥时候。”飘华却突然说：“我今天早晚得走，咱们后会有期！”

霍金龙和刘家坤的婚礼选在同一天进行。天蒙蒙亮，两队迎亲队伍就浩浩荡荡朝着桃花峪进发。霍金龙的队伍这边发一声喊，锣鼓喧天，唢呐齐鸣；刘家坤那边也不甘示弱，摇旗呐喊，锣鼓助兴。这样比着闹着，两队人马竟然拖延了时间，快到正午了，村头上迎宾的人们还没见到人影。

水兽早早地缩在石头后头晒老爷爷，本打算抢个头彩，堵住迎亲的人们要个喜饼喜糖吃，但直到快晌午了也没见到人影。村头聚集了不少看热闹的人，贾子勇、周书平竹竿上分别挑了鞭炮。按照常规，只要迎亲的队伍在村头露面，两家就抢着燃放，谁放在前头谁家光棍，这叫抢头彩。

俩人较着劲看谁眼疾手快。一个点着香火，一个嘴里叼着烟卷。没想到大道上过来的是霍金龙，后头还跟着四个鬼子，原来这是鹫尾特意安排的。周书平手一慌，香火就触到了火鞭的信子上，哧溜一下，信子冒起一股浓烟，火鞭也就噼里啪啦地响了起来。

贾子勇眼看得周书平失了手，乐得拍着巴掌大笑，没想到刘家坤跟着一步就到了。大臭子趺斜下脸来说："把这两挂鞭都给我点了，少一响我扭下你脑袋瓜子！"吓得贾子勇赶紧去点火鞭。火鞭一点，刘家坤的脸上才好看了许多。李望彦从人群中挤出来，笑道："二位新郎官，都是一个村的，谁先谁后都一样，一挂迎接霍司令，一挂迎接刘队长！"

霍金龙却不买他的账，冷笑道："李掌柜的，看来你的腿伤好了，皇军可是捎话，让你跟我们回去！"李望彦不卑不亢地说："如果霍司令认为还关得不够，随时可以带我走。"霍金龙显然被他的气势镇住了，打马朝村而去。

李望彦本不想参加刘家坤的婚礼，无奈一大早周大牙就亲自上门来喊，觍着脸说："望彦哥，不看僧面看佛面，全当是帮老弟了。小乔这闺女命苦，好不容易有了个归宿,你和嫂子就成全成全她！"李尹氏说："巴掌不打笑脸人。不管刘能子咋不是，看在乡亲们的面子上，这公事你得帮！"

李望彦一出现在公事上，乡亲们脸上都露出发自内心的笑容。马家旺说："我说啥来，啥时候也离不了望彦哥！大贵子刚才还跟我打赌，说冲刘能子和黄国品弄的那一出，你就不会来。"李望彦说："相了，都是过去的事了，谁还整天背着老皇历过日子。不管咋说，这是咱桃花峪嫁闺女，说啥我也得来帮忙。"

梧桐子关心他的腿，李望彦拍拍大腿里子说道："不碍事，也就是少用这条腿抻点劲。"提到前不久村里发生的事,大伙儿愤愤不平起来,传怀哥说："这长喜子也太不仁义，说跑就跑了，弄得望彦哥替他们顶罪。"玉俭哥叹道："这人一有个出息就变，听说他可是八路……还当了官。"马家旺怒道："八路都是些仁人君子，就他这种行事，官也当不长！"

传怀见他说到八路，便半真半假地道："马六子他爹，你家六子可是国民党，你光说八路好，犯不犯相？"马家旺没想到他会扯出来如此敏感的话题，压低了声调："干吗把我家六子扯进来？六子可早就退出来了，现在单干。"李望彦嘘了一声，制止住大伙儿，说道："莫谈国事，小心隔墙有耳！"

正说着，大贵子来了，进门就嚷嚷："望彦哥，一大家人都等着你，你咋还在这里磨蹭？"原来马家亲戚友人都来了，乱哄哄地挤在院子里，没个人指挥，马寡妇便把大贵子叫过来，问李望彦咋这时候还没来。大贵子赌气地说，早就没跟他说。马寡妇听罢张口就骂："你狗肉包子上不了大席！咱家这种大事咋能离了望彦哥？快去请他来！"大贵子刚才见他在村头上，八成是上周大牙门上了。马寡妇更是急眼道："快去把他请过来！他若不来，八抬大轿抬也得把他抬来！"大贵子这才着了慌，赶紧去周大牙家里请人。

李望彦见大贵子来叫他，知道肯定是马寡妇的意思，就对大贵子说，先帮着周兴财这头，看看有啥不周的地处，然后就过去。大贵子哪里肯答应，站在原地不动。马寡妇的话就是圣旨，他急头赖脸地说："两头都要顾，你也得分个轻重缓急。先甭说我这头的女婿是霍司令，就是论身份我也是个保长，咋就不能先上我那头？"

一句话说得大伙儿都哄笑起来，马家旺讥讽道："敢情望彦哥都忘了你还是保长来！那周大牙是啥？"传怀嘴豁得把不住门，脱口而出："前保长！"大伙儿又是一阵哄笑。大贵子却笑不出来了，恼怒和无奈交织着写在脸上，说道："我没空跟你们闲磨牙，鹫尾太君来了，正在村里转，说不定哪会儿就给你们好看！"

一言既出，如投石惊林，刚才还满脸是笑的人们瞬时都闭上了嘴。鬼子上门相当于阎王到家，哪个保证不碍眼？大伙儿的眼前马上浮现出大根子血淋淋的脑袋瓜子。还是李望彦冷静，对他说道："王保长，皇军的事你甭担心，我放下这头马上就过去。"大贵子满怀希望地说："望彦哥，我可沏好茶等着你！"

马家旺不明白李望彦为啥接这屎盆子的活，愤愤不平地说："望彦哥，你这是犯贱毛病！鹫尾就是一只狼，你的腿伤还没好，咋就能忘了？"李望彦笑道："咱们这辈子都是吃过苦受过难的人，说句不中听的话，除了狗屎和炉渣没吃过，咱们还有啥没吃过的？他砸断我左腿，我还有右腿撑地，我就不信我站不直身子！"

桃花峪这边热热闹闹地发送闺女，而在乌河镇上，两场婚礼也正在热热闹闹地筹备。桥下彻决定参加两位手下的婚礼，既有安抚的成分，也有凑热闹的意味。不过他不放心乌河镇的治安，严令把守好各个关卡，并且增派了岗哨。

改子早在三天前就被接回了娘家，这会儿身穿大红袄，头披蒙头红，坐在炕上羞答答地等待良辰美景的到来。她期待着丈夫魁梧的身影挑帘而入，有力的臂膀抱起她，抱到轿子里，然后她乘着这顶花轿颤巍巍地飘进小桥流水的乌龙镇，走进属于自己的新家里，开始相夫教子的幸福生活。

而几乎同时，小乔也如期盘腿坐在炕上。不过她跟改子的头婚心情略有差别。改子大闺女上轿头一回，满心都是憧憬，而小乔则五味俱全。往事滚滚而来，她竟分不清她是在哪儿，这是嫁给谁……

娘抱着丫头过来让她看一眼。这是乡下的规矩，回头再嫁的时候，前窝里的孩子是不能随着娘去的，只好寄存在娘家，这让小乔十分难过。丫头似乎还不懂事，看娘穿得山青水绿地坐在炕上，挣脱姥娘爬到她身边，撒娇道：“娘，我也要跟着你出嫁！”小乔把女儿搂在怀里，哽咽地说：“丫头，娘今们不能带你，往后你就跟姥娘在一块，说不定哪天娘就又回来抱你了……”

娘觉得小乔的话不吉利，急忙上前，嘴里吐着唾沫星子：“呸呸呸！大婚的日子，不能说这不吉利的话！”小乔说：“吉利的话都说一箩筐了，这不该啥样还是啥样？”娘烦嚷道：“你还想啥样？这嫁的是十里八乡最有权势的男人了。比起当年我嫁给你爹，烧高香了。”小乔不语，露出一丝凄婉的微笑，兴许只有她自己心里最清楚，这辈子的命到底是喜是忧。

腊月初七这两场婚礼，相如莲早已了如指掌。飘华把一切都摸清楚以后，便连夜上山。相如莲最关心的还是李望彦以及他家人的安危，听说鬼子已经放了人，放下心来，对王宝斗说，大敌当前，亟须用人，先起用刘长喜，待上级有新的指示再做进一步处理。飘华说这事就过去吧！刘长喜是一个地道的农民，能有这样的觉悟算是不错了，就来个下不为例。刘长喜感动得泪流满面，说：“我再不会犯纪律了！我跟望彦哥是乡亲，将来一定抽机会报答！”

飘华对乌河镇敌人的防守情况做了详细汇报，并提出意见：趁着霍金龙和刘家坤娶亲的机会，混进镇里炸了油料库和军火库。相如莲沉吟道：“依我们目前的兵力，同时袭击两个目标有困难，我们可以选择其一。”飘华道：“如果非得二选一的话，那炸油料库比炸军火库更有条件。”相如莲说：“油料库在城中，如果控制不好有可能伤及无辜群众。”飘华说道：“说来话长，我找到了这家油坊的主人，她说周围二百米内早就被鬼子清了场。还有国民党的地下组织，也会帮我们的忙。”一席话说得大家目瞪口呆。他出去几天，竟然连国民党的地下组织都联络上了。

讨论来讨论去，最后形成决议，相如莲和刘长喜带两个中队埋伏在通往乌河镇的路上，飘华和王宝斗带一个中队在军火库和油料库之间设伏。如果军火库之敌防御松懈，就炸军火库；如果油料库有缝隙，就炸油料库。三个中队互相支援，相如莲还负责佯攻阻击夏庄增援之敌。

腊月初七这天，风和日丽，两支迎亲的队伍一路比拼着朝桃花峪而来。相如莲和刘长喜埋伏在山坡上，眼睁睁看着鬼子和霍金龙从眼前过去。刘长喜恨恨地道：“这么好的机会,就这么白白放过他们了。”相如莲自信地道：“别急，早晚有他们好看的！”

陆辰岗辞别兄弟下山，王钢钉的话好像烧红的钢钉滋滋地灼烧在他心口上，然而他已经无路可退。当初带兄弟们滞留在白云山上就是一个死结。他一直觉得欠哥嫂一个情，这个情大得死都无以回报，所以他才撇下兄弟们一个人下山去救人。

镇上最容易藏身的地方是火车站和劳工营。站台边上有个招人的窗口，陆辰岗谎称良民证丢了，工头说皇军查得紧，他没有良民证，不能出头露面，工钱自然要比其他人低。陆辰岗说只要给口饭吃就行。工头露出冷笑,说："兄弟，我不管你有啥目的，但不能在我这儿惹事，不然我立马让宪兵队抓你！"

这一天毫无收获，这里没有李望彦。第二天，他就转悠到油料库附近。这里的招工似乎更加严格，不但要良民证，还专挑身强力壮的人。陆辰岗在附近转了一天，也没有机会靠近。后来他偷到一张良民证，照片上的人跟他长得差不多，这才顺利地报上了名。

陆辰岗被分派到炭场干活，他搞不清鬼子运这么多煤炭到这里干什么，后来他发现，在这些煤炭底下有一个非常大的油罐，上面的炭堆不过是伪装而已。

陆辰岗被这一发现震惊了。他试着用铁锨挖掘了一下,看这个油罐有多深。鬼子看出了异常,不由分说便把他拖进一座铁皮房子里。陆辰岗挣扎着大声问："为啥把我关到这里来？"看守说皇军认为可疑的人员都关到这儿，不是吃枪子就是被送到大日本干苦力。陆辰岗陷入了彻底的绝望，他没有救出望彦哥，反而身陷囹圄。

鬼子并没有对他进行审讯。这天霍金龙和刘家坤举行婚礼，人手紧张，警戒全部交给了黄国品。他已完全从失意中解脱出来了,部署好油料库的警戒,便马不停蹄地去军火库察看，责任重大，懈怠不得。

这天，几十里地之外的两场迎亲仪式也渐入佳境。霍金龙身穿紫花长袍、黑色马褂，头戴大礼帽，胸戴大红花，看上去神清气爽。队伍刚来到街上，便被一群看热闹的老人和孩子围住，又是撒糖果又是撒喜饼，惹得人们争相去抢。

早有人报到马家，马寡妇端坐在太师椅上，单等新女婿进门来请安。可是只闻得喇叭在街上响个不停，却就是没人进来拜她。原来霍金龙被人关在了大门外，隔着门缝索要红包，要了一包又一包，贪婪地要不够。霍金龙眼见得时辰近了,脸上有些不耐烦。李望彦恰好赶到,大声道："霍司令新婚大喜，还要赶时辰，大家伙儿适可而止！"大伙儿这才开了门，簇拥着新郎官拥进天井里。

庄户人家发送闺女，头一天都是把闺女安置在正屋的炕头上，由娘陪着吃睡。改子盘腿打坐在炕上，穿了大红的棉裤袄，梳了辫子，齐了刘海，又开了锁子，便静等着男方来娶人。谁知左等右等，人到了天井里，却就是不见进来，正掀开蒙头红来问，见霍金龙一脚门里一脚门外进到屋里打场子，就被人按着下跪磕头，嘴里念念有词地说：“岳母在上，受小婿霍金龙一拜！”

马寡妇眼见得人高马大的女婿跪倒在脚下，慌忙起身，搀扶起他道：“霍司令这可使不得。男儿膝下有黄金，咋能说跪就跪呢！”

霍金龙心里说这哪里是为你啊，但脸上却露出憨厚的笑容，说道：“从今往后我就是你的金龟婿了，甭说跪这一回，就是今后娘让我天天跪，我都心甘情愿！”一句话说得马寡妇老泪纵横。

马寡妇哭着送女儿出门，隔着一条街，周大牙那边却显得异常平静。当刘家坤的轿子停在大门外，周大牙要背女儿出门的时候，小乔早已下到地上，走出屋子。她站在天井里，深深地环视四周，似乎是想记住此情此景，甚至连爹娘都没有看一眼，就径直朝门外走去。刘家坤刚觉得这场迎亲少一点热闹，小乔已经在门外催了：“家坤，就等你啦！”

刘家坤应着，三步并作两步出了大门，从马大臭手里接过马缰绳，翻身上了马，问道：“霍金龙走了没有？”马大臭说：“刚刚上轿。”刘家坤急匆匆地说：“要赶在他前头！”一行人便马不停蹄地出了村。

刘家坤和霍金龙一前一后争着往镇上赶，没想到却早已进了抗日救国军的埋伏圈。眼见得他们越来越近，刘长喜说：“相政委，这乌河镇两股伪军可全部在这里了，现在正是消灭他们的好机会。”

相如莲却在等待乌河镇那边打响第一枪，她沉吟道：“队伍里有老乡，不能现在就打。我们的任务就是打阻击，牵制敌人。”等刘家坤的队伍过了伏击点，而霍金龙的队伍尚有一段距离的时候，她才果断地命令战士们开枪射击。

枪声在晌午的慢坡里响起，这无论如何也让刘、霍俩人始料不及。这抗日救国军竟然敢在太岁头上动土，选择他们大婚的日子动手，是可忍孰不可忍！霍金龙拔出枪来，冲着士兵们高声喊叫着：“保护好新娘子，无论如何也要冲过去！”

刘家坤突然听到后面枪响，翻身下马，顾不得一身崭新的行头，滚倒在壕沟里，观察了半天也没发现有人冲过来，心想这无非是些散兵游勇，只要稍跑几步就可以平安脱险了。现在他反而有点幸灾乐祸，霍金龙肯定落到后头了，皇军也将首先参加他的婚礼。他吩咐马大臭保护好小乔，不要理会后面的追赶，先回乌河镇再说。

迎亲队伍遇袭是霍金龙万万没有想到的，临行前鹫尾特意交代过，顺便把李望彦也带回来，所以临走的时候，霍金龙把大贵子叫到跟前，小声吩咐他无论如何也要把李望彦带上，就谎称乌河镇那边也需要他操办。

李望彦听大贵子这么说，笑道：“霍司令可真会开玩笑！我一个乡巴佬，城里的规矩咋懂，还是让他另请高明吧！”刘家坤在一旁听了，也破口骂道：“挖墙脚啊！要说去镇上也是跟着我，他可是我这头的证婚人！”说罢，他让大臭子赶大贵子走。

大贵子没有完成女婿的任务，垂头丧气地回来，霍金龙一听就发了飙，亲自跑过来把刘家坤拉到一边说：“我是奉了太君的命令来带李望彦的！”刘家坤疑惑地说：“鹫尾太君的意思，咋没跟我说？”霍金龙说：“可能怕你下不了手，所以才让我带人！”刘家坤犯了犹豫，忍了气说：“你带归你带，但得等我完事再带人！”霍金龙说：“那没问题，这事不能声张，一切到了镇上再说！”两人都闭了口，只等带李望彦走。

两个人商量着带走李望彦，李望彦却还蒙在鼓里。但是，要想人不知，除非己莫为，两人的谈话还是被一个人听到了，这人就是水兽。他本是瞧了东家又瞧西家，来凑热闹的，见霍金龙和刘家坤凑在一起嘀嘀咕咕，就知道没好事，伸耳朵一听，惊出一身冷汗来。他再想去通知李望彦已经来不及了，李望彦早已被皇协军的人夹在队伍里朝村外走去。

水兽三步并作两步就朝村外蹿去，躲在大石头后面设法通知望彦哥，可是当李望彦过来的时候，他却傻了眼，四个鬼子紧紧地围住他，根本没有机会。他不由得大声喊起来：“望彦哥，你千万别跟着他们走，他们要抓你去给鬼子！”

李望彦听了警惕地停住脚，问水兽：“水兽，你满嘴里胡咧咧的啥？”水兽跳着脚道：“我没有胡咧咧，我是听霍狗日的和刘能子亲口说的，把你诳出村，然后就抓你！”李望彦听罢便转身质问霍金龙：“霍司令，有这事？”霍金龙慌忙掩饰道：“你不要听他胡说！”说罢挥手让手下去抓水兽。水兽已经顾不得害怕，继续跳着脚高声喊：“我没有胡说，我说的句句是实！”他说着挣脱了抓他的人，一头朝几个皇协军撞去，嘴里同时喊着：“望彦哥，快跑！他们没安好心！”

李望彦腿瘸着，显然跑不动，但水兽手脚麻利，左突右跑让皇协军没办法。霍金龙气急败坏，朝着手下喊道：“给我抓住这个野兽！”十几个皇协军立刻朝他围拢过去，水兽眼看就被抓住了。说时迟那时快，李望彦突然大吼一声，一个扫堂腿朝鬼子扫去，鬼子猝不及防，纷纷倒下。水兽借这一机会猛地跃起，慌不择路，朝着河边奔去。

水兽兔子一般惊慌地跳进河里就不见了身影，水面上只翻卷着一层层浪花。霍金龙气不打一处来，抡起枪柄朝着李望彦砸去，李望彦的额头顿时鲜血直流。他似乎还不解气，命令士兵朝河里开枪，顿时枪声大作。李望彦忍住剧痛，对他吼着："他半人半兽，你不能伤他！"

但他的话没有半点作用，皇协军仍然拼命地打着枪，枪声在河边回荡。被子弹击中的水面翻卷着一个个小小的旋涡，仿佛有一条大鱼在游动。然而不一会儿，这个旋涡的水便成了红色，泛起巨大的气泡。岸上的人显然看到了这一切，正在疑惑的时候，一个赤条条的人从水中冲天而起……

这冲天而起的人竟是水兽！只见他面目狰狞，手里举着一根木棍，仿佛豹子一般身手敏捷地纵身上岸。这木棍一头钝一头尖，沥沥地滴着河水，朝着霍金龙猛扎过去……

李望彦被眼前的情景惊呆了，水兽的胸部显然中了枪，仿佛钻进一条条蚂蟥，汩汩地往外冒着鲜血。鲜血无声地流淌着，滴在地上……他一边追赶着，一边运足了力气高喊着："望彦哥，快跑！"

这是水兽唯一的呐喊。霍金龙狼狈且绝望，他做梦也没有想到会被一个全身赤裸、手拿钝器的野人追赶。水兽的脚步离他越来越近，他深感那只淋着泥和水的木棍胜过最锐利的兵器。他强作镇定了一下，转过身，两腿下蹲，做好了格斗的准备。

就在这时，两个鬼子端着刺刀从斜面冲过来，朝着水兽的两肋猛刺过去。

李望彦听到了锐器穿透肌肉的声音。伴随着这种声音，一股鲜血从水兽的胸膛里喷射出来。水兽的身体开始站立不稳，他试图用最后的力气掷出那根木棍，但是他此时一点力气都没有了，晃了晃便僵挺地向前扑去。

鬼子兵似乎并不打算放过他，刺刀在他身上可怕地拧动着，肌体割裂的声音嘎嘎作响。李望彦冲上去想救他，可是被人死死地按倒在地。

水兽的冒死营救并没有让李望彦逃脱，很久以后，李望彦一直想不明白，在那种敌众我寡的情形下，水兽为什么要冒死救他。

霍金龙杀死了水兽，押着李望彦仓皇地逃出了桃花峪。追赶的枪声紧一阵疏一阵。改子已吓得没了力气，嘴唇乌青，半天说不出话来。霍金龙拿了件军大氅替她披上，改子这才止住颤抖。他想对她笑一笑，还没等笑容从改子的脸上展开，乌河镇的方向就传来一声惊天动地的爆炸声，整个大地都在颤抖。霍金龙望着爆炸的方向，大惊失色道："是军火库！"

发生爆炸的正是乌河镇上的军火库。霍金龙暗自叫苦不迭。怕啥来啥，他早在来之前心里还嘀咕，今们是他和改子大喜的日子，千万别出差错，但还是来了，这不是成心跟他过不去吗？这军火库的防卫一直由他负责，一旦皇军怪罪起来,他就是有天大的理由也担当不起。他气急败坏地对手下喊:“快快!直接去军火库!”

军火库的爆炸正是独立大队所为。按照行动方案,相如莲迷惑、牵制据点和娶亲的敌人,飘华负责袭击乌河镇。夜里部队便在镇外的封锁沟里隐蔽起来,飘华和王宝斗选了十几个机灵的战士,换上便衣混进了城里。炸药事先都做了伪装,用油布包好,藏在宰杀的猪羊肚子里,很容易就混过了检查哨。

一直到这时候,在先炸军火库还是油料库的问题上,还是没出现好的契机。虽然油料库在城中心,鬼子防守松,但是搬着炸药在城里转悠目标太明显。两人正在踌躇,就见黄国品带领着一队皇协军朝着军火库的方向走去,他们不由得心中暗喜,远远地跟在后头。飘华兴奋地说:“我们车上推的是猪肉,何不打着给皇军送猪肉的幌子混进去。”王宝斗问咋混,飘华说:“就说是黄国品让送的,慰劳皇军的。”王宝斗听了拍巴掌笑道:“参谋长,真有你的!”于是,他们让战士们藏在军火库外面做好接应,俩人一人推起一辆小车朝岗哨走去。

这天,黄国品有意躲开刘、霍俩人的婚礼跑来值班,并不像他对皇军说的那么高尚,而是图个眼不见心不烦。一个是他的顶头上司,一个是他老婆的后任,说啥他也崇高不起来。

他在城中油料库那里转了一圈,看没有啥异常,便转到军火库这边来,同样平安无事,于是钻进值班室取暖。军火库是用机车修理库改建的,窗子全用砖堵上,四周垒起了水泥防爆墙。值班室大房子里套小房子,进入到小房子里,外面就是放炮也听不见。

飘华和王宝斗镇静自若地靠近岗亭。岗亭里的皇协军上前盘问,飘华就说是黄副司令让他们来送猪肉的。士兵看到黄国品刚刚进去,几乎没有任何怀疑就放他们进去了。

黄国品在值班室待了一会儿,见没什么情况,便出了门朝大门口走。值班的士兵见了,忙赔笑着打招呼:“黄副司令,还是您老人家想着弟兄们!”黄国品不知所云:“霍司令大婚,我帮着照看着点,也是应该的。”皇协军说:“还是啊!要不是黄副司令想着兄弟们,今们晌午能吃上肉喝上酒?”

黄国品起初没在意,半天才琢磨过来,有人送来了酒肉。他忙问是谁送的,士兵笑了,说:“你老可真会开玩笑!你让人送了两扇子猪肉,两坛子酒,刚送到食堂去。”黄国品听罢大惊失色:“莫非……”这个念头他还没想完,突然听到食堂的方向有人喊:“不得了啦!有人点着炸药了,军火库要爆炸了!”

话音未落,就见从食堂的方向跑过来两个人,前面的人十分陌生,但后面的人却是王宝斗……那个王政战！只见两个人手里挥着枪，见人就打，枪枪毙命。这王宝斗是山上的人，他出现在军火库绝不是来送猪肉和白酒的，只有一种可能，他们装作送酒的偷偷进来，车里面藏有炸药，这会儿已经点燃了……

他掏枪朝着两人射击，警报声也尖厉地响起来。飘华和王宝斗被压制在房子的一角动弹不得。随着时间一分一秒过去，这里将会化为一片乌有。王宝斗急红了眼，冲着飘华喊："参谋长，队伍还需要你带，再不走就来不急了！"飘华道："你看看咋走？还没等我们站起来，就会被打成马蜂窝。"

千钧一发之际，大门外突然传来了激烈的枪声，原来是战士们接应来了。趁着敌人火力被压制的一刹那，王宝斗用力推了飘华一把，飘华便离开了墙角。

飘华试图引开敌人，一边跑一边高喊："黄国品，炸药就要爆炸了，你还不跑，就跟着吃炸子吧！"他这一喊，动摇和瓦解了敌人。黄国品也顾不得再射击，起身跟着就跑。

这种混乱持续了不到一分钟，仓库的方向便传来一声巨响，随即腾起一股烟雾。紧接着，一声比一声更大的爆炸声响起，整个大地都在震动。飘华已经冲出来了，他这才意识到王宝斗并没有跟在后面。他回头寻找，然而现场一片狼藉，根本没有战友的影子。

军火库的爆炸声令整个乌河镇为之震动。八路军竟然来了个声东击西，趁着婚礼把皇军最重要的军火库给炸了。对于这样的结果，鹫尾无论如何都难以接受，桥下彻也惊得目瞪口呆。他一直自信地认为乌河镇固若金汤，而随着这一声爆响，他的所有自信都化为乌有，抗日力量闹到他的心脏里来了，而且是打在他的七寸上。

鹫尾立即赶往宪兵司令部，桥下彻把所有的愤怒都凝聚到了他的胳膊和手掌上，鹫尾的脸被打成了紫茄子。他在承受了上峰疾风暴雨般的怒骂和体罚后，断定这肯定是八路军组织的行动，利用婚礼把所有注意力都吸引过去，乘机实施了对军火库的破坏。

桥下彻则承受着更大的压力，乌河镇作为武汉会战的战略物资供应仓库，由于他的过失已经彻底毁了，这直接影响到日军快速向南推进。八路军下一步的目标肯定是油料库无疑，桥下彻不敢再懈怠，命令鹫尾跑步到油料库。

改子和小乔还没有举行婚礼就遭遇到事故，心中忐忑不安，接下来她们都不知道命运会掌握在谁的手里。

军火库爆炸的时候，黄国品离得稍远，这让他侥幸逃脱一死，但还是被巨大的气浪推出数丈远。整个人被火燎得仿佛一块烤地瓜，破衣烂衫的，在寒风中瑟瑟发抖。他对赶过来的桥下彻和鹫尾说，他刚巡逻到此就发现八路已经放置好了炸药，他拼命阻止，但还是晚了一步。桥下彻问："这么说，你看到了他们？"黄国品确定地说："看到了，是两个人！"

桥下彻暴怒得像头狮子，嘴里不停地咒骂着："巴嘎！就两个八路，你们却制止不了，统统该死了死了的！"黄国品自知失言，急忙纠正，是两个人抱着炸药包冲进来，身后有近百人做掩护，他带领十几个手下根本抵挡不住，手下全部战死了。

地上躺满了皇协军的尸体，其中也包括皇军士兵的尸体，桥下彻彻底相信己方被击垮了，但他依然不死心地问："那两个人在哪儿？他们上百人是怎么混进城的？"黄国品说那两个人已经被炸得无影无踪了，至于抗日救国军是如何混入戒备森严的乌河镇的,那就只有问霍金龙和刘家坤了。桥下彻命令道："这些人肯定还在城里，现在你立刻去城里，给我全城搜查，一个也不能让他们跑掉！"黄国品大声回答："大佐放心，我刚才就分兵两路，一路派去守备油料库，一路搜索躲在城里的敌人。"桥下彻这才露出一丝难得的微笑，拍拍他的肩说道："要洗！黄副司令，你是皇军真正的朋友。我要嘉奖你，同时也会追究其他人的责任。"

黄国品得到桥下彻的肯定，像得到皇上的加封一样，兴奋得走路都想尥蹶子。军火库被炸，炸得好，炸得及时，这一炸就炸出霍金龙和刘能子的罪名来了，炸出他升官晋爵的机会来了。

他立刻返回油料库布置防卫，在进出的路口加派了岗哨，对靠近油料库的民房全部清场并在全城搜查，凡有可疑人员一律先逮捕关押。桥下彻随后下达了一条特别命令，整个乌河镇的安全由黄国品全权负责，皇协军和保安大队他都有权调动，这等于免了霍金龙和刘家坤的职。

折腾了一天也没有丝毫的结果，当一身疲惫的霍金龙回到新房的时候，蜡台上的红蜡烛早已经燃烧殆尽，软软地淌了一地。改子也早揭了蒙头红，坐在炕头上发呆。早上她还沉浸在无限幸福里，憧憬着洞房花烛夜的种种浪漫，而此刻她只想吃上一顿热乎乎的面条，好好睡上一觉。她受了一天的惊吓和冷落，所有的温馨和热闹都被这场爆炸扰乱了。

见到霍金龙进来，她在黑暗中说："金龙，我们的婚礼就这么结束了？我还算不算你的新娘？"霍金龙心里很乱，他更没有想到自己一心想风风光光娶到手的改子，会以这样的形式问他，他支支吾吾地说："这事……咱们改天再办。我今们实在是太累了。"

改子捧着脸哭起来:“难道我改子的命就这么苦，连天地也没有拜……”霍金龙想说人都娶进门了，拜不拜天地还哪有这么重要，但他还是忍住了，伸手替她擦拭腮上的泪水。改子就势抱住他的胳膊哭得梨花带雨，这几乎把霍金龙所有男人的情欲都激发了出来，他几乎粗暴地剥开她的衣裳，在改子呼天号地的咒骂中完成了夫妻的媾和。

小乔的情况比改子要好些，她本来就没有往好处指望，因此也就没有太多的失望。当刘家坤在天黑前回到新家的时候，她早已做好了一碗荷包蛋，端到了这个尚没有拜天地的男人面前。刘家坤狼吞虎咽地吃起来，吃到半晌突然停住了，说:“今们是咱们大喜的日子，我是该先吃饭，还是该先办事?”小乔脸一红，佯嗔道:“三句话不离老本行!”刘家坤叹道:“以前都是偷，现在好不容易明着了，说啥也不能放过你!”

两人酒足饭饱上炕，可是只进行到一半刘家坤便败下阵来，说:“黄国品这回得着势了，皇军让他统管三军!”小乔问啥叫统管三军，刘家坤说:“统管三军就是霍金龙听他的，我也全都得听他调遣!”

小乔身子明显激灵了一下，嘴里说:“也罢!省得你整天打打杀杀的，往后你这个保安大队长也甭干了，我们就过普通人的日子。”“女人见识!”刘家坤彻底没了兴趣，一骨碌从小乔肚皮上翻下来，嘴里说道，“这宅子，这吃的穿的用的，哪样能自己飞来?我不干大队长，怕是咱们得喝西北风!”

小乔觉得黄国品没有那么多的城府，犟嘴道:“好歹他跟咱们有那么一层关系，他能吃了咱还是喝了咱?”刘家坤恶狠狠地道:“哪层关系?横竖都是鸡巴惹的祸!他吃不了咱也喝不了咱，可是能灭了咱!”

乌河镇的军火库被炸，处理结果最终落到霍金龙和刘家坤的头上。霍金龙负主要责任，革职查办，贬到油料库当看守;刘家坤调去重修军火库，负责做监工，他的保安大队长职位暂时由马大臭顶替。至于黄国品，则正式荣升为皇协军的司令，统管三军。

李望彦在油料库见到了黄国品。那天黄国品去检查防务，手握马鞭，脚穿高筒马靴，一身戎装，跟在桥下彻身后，满脸都是傲慢。他笑着说:“望彦叔，想不到我们会在这里见面!”李望彦说:“我也想不到，你不是投抗日救国军了，咋穿着皇协军的皮?”

黄国品干咳了两声，说:“都是老皇历了，一言难尽。”李望彦点点头:“有一句俗话，叫‘鱼找鱼，虾找虾，乌龟找个鳖亲家’”!黄国品听了哈哈大笑:“望彦叔，你都到这地步了还忘不了寒碜我。念在你跟我前岳丈是乡亲们，我不怪你。往后你要用得着我，就跟我说。”

李望彦第二天被押到军火库清理废墟。他突然看到一个熟悉的身影，差点失声叫出来——陆辰岗！陆辰岗也认出了李望彦，悄悄地同他打着手势。

刘家坤名义上是被派去修军火库，实则被安排看管民夫，光杆司令一个。李望彦说："哈哈，刘能子，你也有不得志的这一天！"刘家坤红着脸说："望彦哥，我可没想往死里整你，是霍金龙的主意，你可不能落井下石。"李望彦冷笑道："狗欢挨砖头，人欢栽跟头！"

黄国品陪着鹫尾来检查，刘家坤厚着脸皮上前搭话，黄国品眼皮都不抬一下，等鹫尾过去以后才停住步子说："刘能子，你有啥屁快放！"刘家坤说："好歹咱们兄弟一场，我奋斗了这么多年，没有功劳也有苦劳。你就去跟皇军说说，我还干我的保安大队长。我保证，你让我干啥我就干啥！"

黄国品凑到他耳朵上小声说："我让你干啥你就干啥，我要是让你骟了㞗蛋呢？"刘家坤看他两眼冒绿火，知道他还没忘夺妻之恨，吓得夹着裆道："早知如此我不娶小乔啊，现在你领回去也行！"黄国品拍着他的肩，阴笑道："你就留着慢慢享用吧！"

刘家坤并没能好好享用小乔，当天后晌他就放了空炮。他自己也纳闷，跑烟花柳巷没问题，就是跟小乔使不上劲，肯定是背着黄国品的阴影。他从此不碰小乔一指头。

小乔独守空房，很快就在城里待腻歪了，想回娘家。她跟刘家坤一说，刘家坤没好气地回道："这才来了几天就想着回去？我可告诉你，你回去了就别再回来！"

小乔闲来无事到改子家串门。宅子在一条街上，只是小乔觉得初来乍到，自己又是回头，所以平时很少出头露面。改子却不一样，不管婚礼进行得顺不顺，但总算圆了她的城里梦，整天缠着霍金龙去下馆子。霍金龙前身是司令，甭说吃个破馆子，就是十里洋场吃的穿的玩的哪一样不是手到擒来，哪个要是敢歪歪嘴角子，轻则匣子炮顶着太阳穴，重则墙角后头吃两拐，顶得走路腚锤子疼。自从被革了职，他的脸就不那么好使了，走哪儿都遭白眼。气得改子骂："这些狗眼看人低的东西！有朝一日我男人再当回司令，有你们好看的！"掌柜的不恼，嬉笑道："霍太太，我们是人眼看狗低！等你男人官复原职，我们还拿他当神伺候着。"

那天改子在外面吃了一肚子气，甩了霍金龙往回走，刚到胡同口，便见小乔在街口等她，不禁笑着打招呼："小乔姐，你咋有空过来了？"小乔说："我咋就不能过来？我本是到你家坐坐的，见锁着门，刚想走，你们就回来了。"

改子说：“本是想出去吃顿饭，可是生了一肚子气，早早就回来了。”小乔问生啥气，改子就把在馆子里的遭遇说了一遍。小乔听罢叹口气，劝她说：“跟这种人也值得生气？我看人家霍司令天生就有官相，说不定哪天皇军一高兴，他又是司令了。”

霍金龙不语，改子却口无遮拦，说道：“他嘴笨得像棉裤腰，哪有你先前那口子会来事，人家时机抓得好，趁着咱们结婚，把大权一下子就抢过去了。”一句话刺得小乔脸上挂不住，说：“都是哪辈子的事了，啥我过去那口子？我早就忘了他是谁了。”

改子也觉得说过了，便拉起小乔的手，说啥也得到她宅子里坐坐。小乔本想找改子说说话，但看到霍金龙站在一旁，反而不想去了，推辞道：“刚才一阵想见你，说说话；现在看到你好多了，你们还是快回去吧。”

小乔辞了改子，刚出胡同口，便看到黄国品带着勤务兵下了车，准备去宅子里。黄国品最近好运连连，不但当上了司令，而且商会会长见他前途无量，专门送他一辆车。黄国品从此出来进去的都可以乘车，阵势一下子威风了不少。

平时黄国品住在司令部，但突然之间，他想好好让霍金龙和刘家坤开开眼，所以选了四个勤务兵，跟随他到宅子转转。这四个勤务兵身强力壮，一边俩站在车踏板上，提溜着匣子炮，威风八面。他没想到遇上了小乔。

经历了这场婚变，小乔憔悴了不少，倒比原来更加楚楚动人。尽管黄国品对小乔的情意早已扫除得干干净净，但此时见到她还是感觉到一丝惊艳，便站下来跟小乔打招呼。没想到小乔根本不搭理他，扭身钻进了小胡同。等黄国品追过去，小乔早已顺着河边消失得无影无踪，巷子里空留下她的淡淡余香。

这种猫戏老鼠或者说老鼠戏猫的游戏一直持续到来年的春上。黄国品不想卖掉这幢宅子了，因为他在这里不仅能看到小乔，还能看到改子，而这两个女人的背后是霍金龙和刘家坤，他正是通过这层关系让两个男人每天感知到他的存在。两个人见他从来都是低眉顺眼，双腿情不自禁地打立正，嘴里喊着：“黄司令好！”他则面无表情地从鼻子发出轻蔑的哼声，一切是那么惬意而自然。

不久后，他报请皇军同意，升霍金龙当了油料库的中队长，升刘家坤当了军火库的副中队长，感动得两个人痛哭流涕。改子提了点心来答谢，说：“黄司令，感谢你还惦念旧情。”黄国品微笑道：“其实我不是念霍金龙的旧情，我就是冲着改子你！”一句话让改子震惊不已，好几天都不敢露面。

刘家坤听到这个任命，回到家对小乔大打出手。小乔煎熬不过，质问为啥往死里打她？刘家坤冷笑道：“我就不信，我睡了他的女人，他会好好地提拔我！要不就是你俩还藕断丝连。”

小乔欲哭无泪，指着他的鼻尖骂道：“刘能子，你是卑鄙小人！当年你是咋对黄国品的？现在人家不计前嫌想帮你一把，你却往人身上扣屎盆子！”刘家坤暴跳如雷：“你们俩这是往我头上扣屎盆子，我后悔当初鬼迷心窍娶了你！”从此他再也没回过家。

离军火库爆炸两个月后，乌河镇又发生了一件大事，劳工营发生了犯人暴动。鬼子前来镇压，双方发生了激战，整个乌河镇都为之震动。大家都在黑暗里屏住呼吸，等待着曙光降临。在经过了长达数分钟的激战之后，枪声零落下来。正当大家感觉到失望的时候，一声更加剧烈的爆炸惊天动地，连火车都被震出了轨。人们朝着爆炸的方向眺望，发现在镇子的上空冒起一股巨大的蘑菇云，那朵浮云的下面正是油料库所在之处。

天色大亮的时候，人们悄悄传着八路军炸毁了油料库的消息。同时，关押在劳工营即将被送上火车的三百名犯人，成功突破鬼子的封锁线，逃进了白云山。

夏猴子的说法最可靠，他说皇军早就侦察到这次行动了，通知马大臭加强了白云山方向的警戒，密招霍金龙和刘家坤一暗一明做配合，并承诺成功后俩人官复原职。两个人给皇军跪下，发誓与油料库共存亡！

鹫尾亲率黄国品重兵埋伏，然而还是百密一疏，当兵力和注意力都集中到白云山方向的时候，乌河镇上却有一窝隐藏在地下的兔子准备破这张网。这窝兔子便是马德冒和他的地下抗战组织。

吴天常打算对油料库动手，马六子第一个同意。其实他的意见完全来自珂儿，油料库的前身是珂儿家的油坊，她不能眼睁睁看着鬼子肆意占着，那样爹在九泉之下都不会瞑目。吴天常打算强攻，他召集全城的地下组织成员，准备趁鬼子不备，一把火烧了油料库。马六子却不同意，说当初八路军袭击军火库是出奇制胜，而这次不同，鬼子防范十分严密，他们几十个人根本不是对手。

珂儿拧着眉毛不说话。俩人商量来商量去，还是“老母猪吃西瓜——无从下口”。马六子便讨好地问珂儿有啥主意。珂儿说：“我还真有招对付他们！要是说起这油坊，我再熟悉不过了。从哪条街进，从哪条胡同出，我都知道得一清二楚！”

两人见她谈吐淡定，便认真地听她往下说。珂儿说：“从外头攻不进去，我们就来个内部开花！如果有内应，就没有不行的。”

经她这一点拨，两个人都乐得拍大腿，但是里应外合，说起来轻松，谁做内应？这一下子难倒了三个人。珂儿说：“车到山前必有路，我们先去侦察一番再说。”

三个人乔装打扮一番抵近侦察，可油料库岗哨重重，根本接近不了。正当绝望的时候，珂儿一眼认出了李望彦，他正夹在回劳工营的人群里。李望彦竟然被鬼子抓到了乌河镇，进了这里意味着啥人们都清楚，他们无论如何要先救出李望彦，毁掉油料库倒在其次了。

镇商会要举办一场正月慰问演出会。桥下彻为了宣传王道乐土，专门安排他们到劳工营演出。鬼子如临大敌，大门紧闭，任何人不准进出。珂儿早就认识吕会长，所以混进演出的队伍根本不是问题。比起花钱从戏班子里包女戏子，珂儿更清丽可人，又不花钱。演出到一半的时候，珂儿借口找人帮着搬道具，指名要李望彦。鬼子看李望彦腿跛着，要洗地点点头。于是，珂儿便把营救计划告诉了他。

李望彦道：“你们千万不要为了我费心。”珂儿说：“这不是我个人的想法，主意已定，两天后有人会在街头放焰火，吸引鬼子的注意力，你则设法从劳工营逃出来，马六子负责接应，越墙逃走。”

计划已定，李望彦悄悄做着准备，然而这事还是被霍金龙看在眼里。原来戏班子进门时，他就发现了里面的陌生面孔，怀疑这其中有诈。他把这一消息密报给了桥下彻，桥下彻让他盯紧珂儿，同时加强对劳工营的监视。

两天后，营救计划正式开始。首先由吴天常带领一支舞龙队在华灯初上的时候舞上大街。二十几个人舞的是两条火龙，火龙嘴里不停地喷着火，并且沿途燃放鞭炮，这吸引了不少人驻足观看。隔着一箭之地便是油料库的正门，舞龙的队伍在这里停下来，用火旗旐打开场子，便锣鼓喧天地表演起来。本来鬼子是严控市民黑夜上街的，但元宵节期间类似这种民间舞龙表演却不好禁止。鹫尾生怕这其中有诈，立令禁止：“军事重地附近不准玩耍！”吴天常急忙上前作揖道：“太君，我们是商会专门慰劳皇军的，这舞火龙、盒子灯可有百年特色，务必请皇军欣赏。”

他说罢一挥手，把盒子灯点燃起来，燃烧的灯芯里垂挂下两行金碧辉煌的焰火大字，上联是：“大东亚共荣共圈”，下联是：“大皇军奇人神兵”。只这一下就把鹫尾看得呆了，他从来没有看到过如此美丽的中国焰火，带头要洗要洗地鼓起掌来。舞龙人看了更加卖力，只见火龙起舞，一会儿口吐金星，一会儿上下翻飞，眼花缭乱。

趁着舞龙队吸引住鬼子的注意力，马六子带人朝劳工营摸去。街上人声鼎沸，反而衬托出这片罪恶之地的宁静。马六子顺着墙壁溜到了高墙下面，展开一卷毛毯朝墙上的铁丝网扔去，然后借助人梯轻轻一跃，便无声地翻墙进入院中。

那天霍金龙本不值班，但桥下彻大佐让他盯紧劳工营，把握这次机会就显得很重要，所以他天黑以后还在劳工营里转悠。

早上临出门时，改子让霍金龙早回去，说好久都没上街了，过了年要回娘家，总得买件新衣裳。霍金龙说："过门的时候，我给你置办了多少行头，够你穿个三年五载的了！"改子冷笑道："就你那仨核桃俩枣，打发要饭的啊！当初要不是看你当司令，说啥我也不会嫁给你！"霍金龙听罢，心寒地摇头道："不过就是一次小挫折，你就这样看我。凡事十年河东十年河西，你走着瞧！"

一直等到玉兔东升，霍金龙也没有影子，改子觉得郁闷，便站到胡同口看市景。下河这片宅子靠近河岸，高高矮矮，十分雅致。正是华灯初上、夜色阑珊之时，改子呼吸着清冷的空气，觉得很符合此时的心情。表面上看繁华无限，其实走进去才内心仓皇。这样想着竟有两行清泪顺着腮流下来。她刚想转身回去，猛然看见身后站着一个人……

这个人是黄国品！那天，到市井巡察，看离自家的宅子近，便让手下在街口等着，一个人到宅子里坐坐。刚走进胡同，便看到月光下有个美人儿站在河边赏风景。平时黄国品也常见到改子，但从来都不正眼看她。而在这个月明星稀的后晌，他突然发现改子竟是那么美。身穿一件月色的长袍，披一条碎花的围巾，玉树临风一般，这让所有的女人都黯然失色。原来霍金龙拥有这么漂亮的一个女人！他不禁感慨万端，站下来打招呼道："改子好有闲情雅致，这么晚了，一个人站在河岸上看风景。"

改子看是黄国品，月明下一身戎装，不禁说道："吓我一跳！我以为是谁呢，原来是黄司令。"黄国品谦逊地说："啥司令不司令的，我这个司令可是霍老弟坐了不坐的。"改子嗤鼻道："他会不想坐？跟你相比，怕是他没这个本事。"黄国品继续撑着面子说瞎话："可不能这么想，霍老弟的本事大着哪，我这个司令早晚还得还给他。"改子冷笑起来："难说，就他那傻样子，怕日本人也不欣赏他。说好早回来陪着我去扯布，可月明都大高高了还不见人影。"

黄国品听她这么说就笑起来："我说大后晌的咋一个人站在冷风里，原来是等着霍老弟去扯布。看这老弟也不怜香惜玉。我正没事，不如我陪你去。"改子推脱说："这哪儿行，你公务在身，哪能劳你大驾。"黄国品呵呵一笑："哪是劳啥大驾，我是正好顺路，护送你一程。"

改子还在扭捏，黄国品朝暗处摆摆手，立刻跑出来两个年轻的士兵。黄国品吩咐道：“今们后晌你们俩就伺候好改子小姐，她不管进了哪个铺子，相中了哪家的面料，一律挂我的账。”

当霍金龙忠于职守继续在劳工营巡察的时候，改子已走上灯火通明人流如织的大街，身后跟着两个年轻帅气的士兵，她走到哪儿这两个人就跟到哪儿。改子仿佛置身梦里，她有心拒绝这眼前的诱惑，但却没有勇气。她相中了一块面料，士兵上前坚决而有礼貌地阻止住她付钱，说：“我们司令说了，所有的钱都由他付，你只管选就行！”

掌柜的脸上露出惊讶而羡慕的表情，这足以让改子满足。她脑子里钻进一个念头：如果当初她嫁给霍金龙，没有那场变故，是不是也是同样的结果？命运太会捉弄人，一场爆炸竟然改变了她的人生。

改子上街，霍金龙并不知情，他正沿着铁丝网小心巡察，刚走到僻静处，突然听到隐约的声响。一个黑影从墙上跳下来，落地无声，转眼就不见了。他警惕起来，掏出枪猫腰观察。

这人正是马六子。当时他翻进院子，三蹿两滚就躲到劳工营屋后的黑影里，小声地敲击着墙体。这是他跟李望彦约定的信号。墙体立刻发出有节奏的回音。李望彦小声对大伙说：“工友们，我们很快就会被押送到东洋去，今们后晌有一个逃跑的机会，希望大家遇事不慌，听我指挥，咱们从这里逃出去！”

他这一说，大伙儿都惊骇不已，紧张中透着兴奋。李望彦扒着窗棂子朝外瞅了片刻，然后吩咐：“等外面的人拧开锁，咱们一个个悄悄地出去，要有秩序，不能挤，也不能抢！”

趁着李望彦动员的空隙，马六子又转到其他铁皮房子后面，同样发出敲击的信号。这里关着陆辰岗，他对大伙儿说：“这是地下组织的信号，我早已侦察好了，大伙儿出了门，就朝西南方向跑，那里有人接应。”大伙儿都无声地点着头。

当铁皮门被打开的时候，李望彦第一个冲出来，让大家朝院墙底下跑，他自己则蹲下来观察着周围的动静。马六子见他蹲着不动，焦急地说：“望彦叔，你咋还不跑？”李望彦说：“六子，不瞒你说，我得先去救一个人！”马六子听他这么说，无声地笑着说：“就那位国军兄弟？他早就跑了，也是我开的门！”

李望彦这才放心下来，猫腰朝着墙根跑，然而这时候高墙外却突然传来了激烈的枪声。

枪声来自舞龙的现场。原来一个队员别在腰间的枪无意中露了出来，惊尾迅速地拔枪射击。吴天常见势不妙，抡起手中的火旗旒砸过去，这玩意儿是紫铜铸造，又沉又重，砸在鹫尾的手上，痛得他手一哆嗦，枪便掉在地上。吴天常发一声喊：“弟兄们，抄家伙！”舞龙人全都扔了手里的家什，抄起枪和砍刀同鬼子拼杀起来。

枪声惊动了油料库内的鬼子。警报声尖厉地响起。霍金龙刚才明明看到院子里有人，这会儿却一个鬼影子都没有，便对鬼子大喊：“太君，马上开灯，刚才我看见院子里有人！”鬼子立刻打开了探照灯，照得院子里雪亮。李望彦刚跑几步便被明晃晃的探照灯罩住，其他人也同时暴露在鬼子的眼皮底下，岗楼上的鬼子开始发话：“你们统统地站在原地，否则格杀勿论！”

鬼子的机枪嘎嘎地响起来，织成一张网，把逃跑的人们团团包围起来。有人被这枪声吓破了胆，惊叫着抱头乱跑，鬼子的机枪毫不客气地用点射把这个人打成了马蜂窝。李望彦绝望地望着死去的工友，大声对大伙儿喊：“大家都不要动，瞅准机会再跑！”

绝望的人们双手抱头，蹲下身子……

就在大家陷入绝境的时候，身后突然响起一声清脆的枪响，随之岗楼上的探照灯灭了，四周都陷在黑暗里。千钧一发之际，李望彦朝大家发一声喊，大伙儿便发疯似的朝着墙根跑去。

原来这一枪是马六子打的，眼见得人们被鬼子的火力压制在院子里，马六子甩手就是一枪，然而鬼子只是迟疑了一下，密集的子弹便泼了过来。

李望彦眼都红了，众人都拥挤在不大的院子里，除非投降，没有别的选择。这时墙外的吴天常也从枪声里判断出大墙内遭受的危险，如果这些人不在最短的时间内冲出来，就会被全部屠杀，那他们付出的努力就白费了，死去的战士们血就白流了。眼下唯有冲向鬼子，同他们来个鱼死网破。

他发一声喊：“兄弟们，跟鬼子拼了！”便抽出大刀朝着劳工营围墙杀过去。鹫尾眼见得这些人疯了一般朝着油料库的方向接近，急忙阻拦。

吴天常忽然感觉到后脑勺有风，头一偏肩膀上便挨了一刀。原来是鹫尾砍过来的一刀，这一刀又狠又重，他甚至能听到肩胛骨被砍断的声音，手中的大刀也被震落到地上。他下意识地一闪，腾出另一只手攥住刀刃，向前一拽便把鹫尾连人带刀带到怀里。左臂已完全使不上劲了，他用另一只胳膊抱住这个又矮又瘦的鬼子滚倒在地。

墙外酣战，墙内的人们也不能坐以待毙，李望彦大声对马六子说：“六子，再犹豫怕这些兄弟们都得完了，得想法子把墙推了！”马六子听了精神为之一振，回应道：“好，就按你说的办！”说罢他扫出一梭子子弹，趁着枪声稀疏的一瞬间，朝一堆油桶滚过去。

原来马六子看到墙角立着十几个油桶，鬼子的机枪也不敢朝着这边扫射，断定里面有汽油，正可以利用这一掩护靠近围墙。他从地上摸起一块砖头，解下扎腰（山东方言：类似腰带的布）包裹起来，然后举过头顶，冲着鬼子大声喊：“岗楼上的人听着！我手里有炸弹，你们必须马上停止射击，不然我就炸了这些油桶！”

这一声喊果然奏效，岗楼上的枪声立刻停了。霍金龙也蹲下来，冲着他喊：“你是李望彦吗？现在咱们谈谈条件，我保证你们的安全。”

李望彦听霍金龙喊他的名字，应声道：“是我！我们可以谈判，但是你要首先保证不再开枪。”说罢，他站了起来。

马六子一看，焦急地说：“望彦叔，你疯了，鬼子有啥好信任的，还是我来拖住他们，你带人把墙推了。”李望彦小声说：“在鬼子的枪口底下咋推？还是先出去通知外面的人，用炸药把墙炸开。”

马六子听他说得有理，奋力滚动着油桶朝他靠近，嘴里喊着：“望彦叔，快，踩着油桶上去，鬼子不敢开枪！”

他的这一举动立刻被霍金龙识破了，霍金龙惊叫道：“不要让他跑了！”便不顾一切地扑过来。千钧一发之际，马六子推了李望彦一把，嘴里吼着：“望彦叔，还不快走！”

事不宜迟，只见李望彦一个纵身，左腿踏上了油桶，他抬动右腿时才感到仿佛灌了铅，一点力气也没有，那条伤腿偏偏在这时候出了问题。眼见得他身子一歪便朝地下倒去，两个工友不顾一切地冲过来，抱起他的双腿，用力朝墙头一扔。李望彦顿时身轻如燕，朝墙外翻去。

霍金龙手中的枪响了，两个工友扑倒在地，他跟着狞笑地扑过来。马六子扔掉砖头，冷笑着对他说：“霍金龙，你赢了，不要再伤害别人。”

李望彦翻出墙来，就势一滚便到了地上。突破薄薄的一墙之隔，他感到了自由的可贵，连空气都觉得新鲜。墙根下无人，战斗仍在稍远的小巷里进行。左腿已经完全不听使唤，他只能半跳半爬地向着有枪声的方向前行。只行了短短的几秒钟，他便看到了厮杀的人群。他不顾一切地冲着他们喊：“谁是吴天常，需要炸药把墙炸开！”

没有人回应他，李望彦绝望了，墙里的弟兄们还在等待着他救援，生死就在一瞬间。

正当他再往前走的时候，突然看到两个打斗的人影，其中一个人喊：“我就是吴天常，要炸弹！火药箱里有！”李望彦不知道火药箱在那儿，吴天常已经扑倒了，身后站着两个端着刺刀的鬼子，显然是他们用刺刀刺中了他。

李望彦捡起地上的一把大刀便朝两个鬼子冲去，这把刀刀锋奇快，寒光一闪，两个鬼子没有任何反抗，脖子就被割断了，温热的鲜血溅了他一脸。他机智地大喊起来：“墙外的弟兄们，快拿炸药炸开墙！”

这是他急中生智的一喊，也是绝望的一喊，成败就在此一举！随着他的喊声，许多人影朝着墙根拼命地跑，导火线嗞嗞地冒出火光。只有片刻的工夫，墙角处便爆发出剧烈的爆炸声，一声，两声，三声……

爆炸声震得人耳朵发聋，随着爆炸声，高高的围墙轰然倒塌……

早在大墙倒塌的前一秒钟，被围困的劳工们还处在生死一刻。霍金龙带着人包围过来，而且包围圈越缩越小。马六子扔掉那枚假炸弹之后，绝望地举起双手，他意识到这次行动彻底失败了。几经谋划，死了那么多人，却冲不破这最后一堵墙，只换来一个结果，用他的自由换得了望彦叔的自由。不过这也值了，他自从加入地下组织就誓言为自由而战，牺牲自己换取他人的自由本身就是一种荣耀，珂儿也会理解他。

十余支枪口一齐对准他，霍金龙冷笑道：“我说劳工营里没有人敢带头暴乱，你是从外面进来的？”马六子冷笑一声：“没错，我的任务是救望彦叔，他出去了，我的任务就光荣完成了。”霍金龙道：“李望彦跑了是可惜，不过他跑了和尚跑不了庙，你没听见大墙外面的枪声吗，那是皇军在剿灭接应之敌。”

霍金龙上前缴了他的枪，命令把其他人赶到院子中央集合。他似乎对今晚的战果十分满意，得意忘形地喊道：“兄弟们，这次我们可立大功了！”

皇协军们发出了胜利的狂笑，岂料笑声未落，墙外突然三声巨响，巨大的墙体应声崩塌。霍金龙猝不及防，哼都没哼一声就被压在了墙下面。绝望中的人们见到了生的希望，不顾一切地朝断墙跑去。李望彦在外面兴奋地挥手喊着：“不要朝一个方向跑，分散开！”大伙儿沉默不语，却步调一致地四散奔逃，直到看到院墙里空空如也，李望彦才松了一口气。

但是他马上又陷入了忧虑，逃出的人中没有陆辰岗。

陆辰岗去了哪里是一个谜，后来马六子回忆说，他已经明确通知地下组织要劫营。跟他一个屋子的人也证实，在动员逃跑前他还一直在。李望彦只能凭着大家的描述和后来发生的事推演和还原事情的真相。

当时陆辰岗并没有迷失或者掉队，而是在第一时间冲出铁皮房子，跟在大伙儿的后头朝外逃。他在跑的过程中脚下被绊了一跤，摸到了一根管子，这才想起来这根管子是通往地下油料库的。鬼子把油料库延伸到劳工营的下面，这样既可以掩人耳目，又以人当盾牌。身为军人的他比普通的百姓更多出一根神经、一种责任，那就是消灭鬼子、保卫国家。而此时此刻，他正好不经意地骑在了这条日本虎的虎背上，他不能错过这个机会。他趁乱离开了人群，独自朝油料库的方向摸去，他想要炸掉这座油料库。

哨兵的注意力完全被劳工营吸引过去了，墙头的探照灯也全部朝着那个方向扫，油料库这边反而安静多了，他几乎没费任何力气就靠近了铁丝网。劳工营和油料库之间有几十米的开阔地，即使劳工营这边打得天崩地裂，油料库方面的鬼子警卫也不为所动。甭说是人，就是一只蠓虫子也飞不过去。

他正陷入绝望，突然想起平日里的一个怪现象，从不见鬼子从大门里进进出出，但是劳工营这边时常冒出三三两两的鬼子。难道这两者之间有秘密通道？他顺着铁管子的方向朝前面找下去，果然在东南角有个不起眼的便门。这个便门被房子遮挡着，从劳工营的方向根本看不到，鬼子平时就从这里穿越，此刻也没有任何防守，陆辰岗轻而易举地穿了过去。

接下来的发现令陆辰岗激动不已，他已经钻进了鬼子油料库的中心，虽说是深夜，但仍然灯火通明。如果想法子把这里炸了，望彦哥和那些劳工兄弟们逃生的机会才可能更大。此时陆辰岗后悔来镇上之前把枪埋了，现在赤手空拳，甚至连一把匕首都没有。

然而他充满了信心，找到武器并不困难，他钻到油料库狭窄的空间里，听到了一种声音，这是汽油在管道里流淌的哗哗声。这些油料装进汽车、装甲车里，就把那些死铁疙瘩变成了杀人的活机器，变成了恶魔。他身为军人，有责任阻止它。

他钻进去寻找着破坏它们的机会，用火攻是最好的方法，油遇火就会燃烧或引起爆炸。但最终他还是失望了，这里几乎不可能找到火，其他引火的东西也一点都找不到。

他突然在一条管道接口处发现了一个阀门，旁边有一台发电机，这显然是为停电准备的。他灵机一动，只要打开这个阀门放出汽油，利用发出来的电造成短路就会引发一场火灾。

隔壁的枪声已经稀落了，劳工营的人要么已突围出去，要么已被抓回，留给他的时间不多了。主意已定，他迅速打开阀门，管口嘶嘶地响了一阵便流出淡黄色的汽油来。陆辰岗看着它哗啦啦地流到地下，竟像看着黄河水流进庄稼地那样咧嘴笑起来。

警报器红灯闪烁起来，尖锐的声音在狭小的空间里横冲直撞。鬼子被惊动了，喊叫着朝这边奔过来。一切来得那么突然，让陆辰岗措手不及。鬼子已经跑到了铁梯口，他甚至看到了他们脚上穿的专用防火胶鞋。容不得多想，他只是凭着残存的意识，箭步朝发电机冲去。

他握住了发电机的绳子，在手里挽了两圈，左脚蹬在机身上奋力一拽，发电机迟疑地抗拒了一下，便发出低沉的怒吼。

鬼子显然已经看到了他，立刻包围过来。他们惊骇而迷惑地望着陆辰岗，不知他是从哪里跑出来的，他要做什么。陆辰岗手舞足蹈地在鬼子面前跳着笑着，充满挑衅地大声说道："哈哈，你们不知道半夜三更我是从哪里来的吧？我是从地狱里来的，是来炸死你们这些乌龟王八蛋的。你们现在快逃吧，这里马上就要变成一片火海了！"

地上淌满了汽油，鬼子不敢开枪。如果击中汽油就会引发火灾，他们试图活捉他。这时候地面上传来了接连的爆炸声，大地都在抖动，陆辰岗精神突然一振，望彦哥他们已经成功逃出去了！他没有退却的希望了，却也没有留下的遗憾了。陆辰岗朝着爆炸声的方向大声喊道："望彦哥，跑啊！"便毅然扑向配电盘。配电盘上有两根指头粗的电线，一红一绿，分别代表着零线和火线。他双手用力一拔，两根线便攥在手里。直到这时，鬼子才明白了他的意图，惊恐地扑过来。陆辰岗双手一合，两根电线带着一团腾起的火焰朝地面戳去……

如果说吴天常带人炸开了劳工营的院墙，李望彦等才突出了院子，那么陆辰岗引发的油料库大爆炸，真正为数百名劳工出逃打开了一条生命的通道。冲天的大火烧红了整个天空，街道上飘起了厚厚的灰尘，仿佛寒冬天里下起了一场大雪。

现场留下了几十具尸体，这些都没有引起桥下御的关注，他只注意到了两个人，一个是被墙砸死的霍金龙，一个是被鹫尾砍掉肩膀流血而死的吴天常。鹫尾描述，就是这个光头胖子跟他恶斗了十几个回合，最终被他杀死。他期待桥下御给他一个大大的要洗，然而却被桥下御狠狠地打了十几个耳光。桥下御咬牙切齿地说："鹫尾少佐，你中了他们的声东击西之计，让我们损失惨重。"

刘家坤上前认了半天，惊骇道："太君，我认识这个人，他在乌龙镇上开着一家店，名叫吴天常。"桥下御又是劈头盖脸地打了刘家坤几巴掌，巴嘎巴嘎地说："既然认识，为什么他藏在眼皮子底下这么久，竟然没有被抓起来？"

刘家坤捂着红肿的脸进吴天常的店里搜查，啥也没发现，倒是发现了一些珍玩。刘家坤如数送到桥下御的办公室里，这才换得桥下御一句话："刘家坤，我任命你为皇协军副司令，协助黄司令追剿逃出去的劳工，包括乌河镇的地下组织。如果人追不回来或者查不出来，我拿你是问，屠了这座城！”

刘家坤诚惶诚恐，虽说皇军给他的是一个死结，但毕竟皇军又重用他了，这比起死去的霍金龙无疑是幸运。

遭受了军火库和油料库连续被炸，桥下彻离上峰追究他责任的日子不远了，但他还是决定为霍金龙举行一个隆重的葬礼。作为这次事故最大的责任人鹫尾，事后将被送交军事法庭接受审判。走之前，他也要举办一场告别宴。

黄国品在这场变故中没被追责实属幸运。当时他正在街面上巡逻，听到枪声第一个跑到现场，在油料库爆炸的一瞬间，他勇敢地扑到桥下彻的身上，用身体挡住砸下的石块，这让桥下彻在处理责任人的最后关头改变了主意。

霍金龙的葬礼改子自然得参加。改子从新娘子到寡妇只有短短几个月的时间，当丈夫的尸体抬到跟前的时候，她甚至都没有勇气看一眼。她对于霍金龙至死都是陌生的。黄国品陪同头戴绢花、白衣素缟的改子出席葬礼，站在改子的身后，当改子哭昏过去的时候，他恰到好处地揽住了她细弱的双肩。这让改子有了某种依靠，俯在他肩膀上哭得梨花带雨，连黄国品都忍不住流下悲伤的眼泪来。

作为新荣升的副司令，刘家坤这种时候理所当然来悼念，他破例带上了小乔。小乔拒绝参加，但刘家坤说：“你不看僧面看佛面，改子可是你们桃花峪的，你们同一天出嫁。她比你年轻，男人就死了，可你活得好好的，还有啥不知足的？”

当小乔被胁迫到葬礼现场的时候，改子已经哭得浑身都没了热气，头拱在黄国品的怀里发抖。黄国品乜斜着小乔，看到她煞白的脸，知道到了该他表现的时候，便紧紧地搂住改子的腰，轻轻地哄她，这让改子更是感动得哽咽不止。小乔咬紧嘴唇，二话没说，扭头就走。

小乔在霍金龙葬礼的第二天便悄悄出了乌河镇，回桃花峪看望爹娘和闺女。周大牙一见小乔脸瘦成一把刀,就知道闺女这日子过得不顺。娘骂道：“这个挨千刀的刘能子，糟蹋了我闺女啊！当爹娘的咋就鬼迷心窍，非让闺女嫁这么个没良心的种！”小乔哭中带笑地说：“闺女嫁给了城里人,不愁吃不愁穿，往后我来得少了，你们可看好咱的丫头……”

周大牙听她话不着边际，警惕地说：“闺女，咱可别有啥想不开，比起改子来咱强八倍。”小乔点头说：“那是！她不过跟男人过了仨月的好日子，又跟她娘一样成了寡妇！”

小乔在娘家住了一天，把娘家的被褥都翻洗了，又给丫头做了身新棉裤袄，便说要回镇上。周大牙说：“这大年下的，不兴多住几天？”小乔说：“咋说镇上还有个家，转过年去我再回来。”周大牙在前，女人在后，手里牵着小丫头，三个人把小乔送到村外。往常这时候，水兽常常跳出来，拦住去路，嬉皮笑脸地讨点便宜，然而今天那块大石头后面再也跳不出他的身影来了。周大牙唏嘘不止，对闺女道：“小乔，爹娘腿脚不方便了，要不就用推车送你回镇上了。”小乔说：“前面不远就是夏庄据点，我让大臭子开电驴子送我回去！”

小乔话音未落，就见大道上尘土飞扬，有一辆马车飞奔过来，马车后面跟着两个士兵，车上坐着的竟是改子。改子头上戴着一朵白花，见是小乔，跳下车来说：“小乔姐，我是回来看看娘的，还要接着回去。”小乔惊讶道：“这人还没进家，咋就急着回去？你男人刚走，一个人住那么大的宅子，不瘆得慌？”改子负气地道：“人活的就是一口气，死了死了！总不能他走了我就不过了。”小乔叹道：“也是！”

小乔抬头看天色不早，告辞想走，改子拦住她说：“姐，你甭急着走，黄国品来了，说是到夏庄视察，过晌午就回去。这车这马都是他的，咱们一块儿走就是！”

小乔见改子这么说，心里泛起一阵滋味，改子却浑然不觉地说：“你甭不好意思，男人就是驴，用得着的时候骑着，用不着的时候牵着，不中意的时候杀了吃肉。”说罢，她摘下头上的白花扔到沟里，匆匆走了。

小乔实在不想见到黄国品那张脸，特别是想到霍金龙葬礼上的一幕，就心里寒战，便郁郁而行。她刚拐过路口，瞧见李望彦的马车店，决定过去打个招呼。

李尹氏正在门口，亲热地跑过来拉着她的手，问起她的生活来。小乔说挺好。李尹氏早看在眼里，幽幽说道：“过日子，难免勺子碰锅沿，有啥事都往好处想就好了。”小乔难过地说：“望彦叔的事我都听说了，可惜我帮不上忙。我只是听小道消息，油料库炸了，劳工营的劳工都跑了。”

李尹氏听了又惊又喜，忙问这消息属实不属实。小乔说：“鬼子封锁了消息，连改子男人下葬都是秘密的，没跟任何人说起。”

李尹氏又是一惊，忙问：“你说的可是真的？这是啥时候的事？”小乔说：“这事能有假，前日我亲自去了葬礼现场。刚才在村头我也见到改子了，她回娘家看看。看样子连马寡妇也瞒着了。”李尹氏叹道：“这够她娘儿俩难过一阵子了。”

李尹氏心想，既然劳工营的人已经跑了，这都三天了也没见丈夫的人影，便有一种不祥的预感，嘴上却安慰地说："千人千条命，他命中该咋着就咋着了，愁也没有用。"小乔急于要回去，李尹氏喊望生送送她。小乔千推万辞，但李尹氏始终坚持，她只好坐到望生的推车上。临行前，李尹氏把望生拉到一旁，叮嘱他到了镇上一定仔细打听打听情况。

望生并没有带回来有用的消息，乌河镇上人人自危，噤若寒蝉。他想靠近现场，但远远地就被呵斥开了。李尹氏把小乔带回来的消息告诉了马家旺，马家旺说："不管有没有望彦哥的消息，这劳工营炸了营，本身就说明事情有了转机。"李尹氏担心地说："可三天了，也没有凯儿她爹的消息。我这心里沉不住气。听说那天鬼子打死了很多人。"马家旺判断说："要是望彦哥有个啥闪失，鬼子早找上门来了。没有动静说明他没事。"李尹氏商量道："我想亲自去镇上打听打听。"马家旺点头说："行是行！不过遇上这么大的事，怕是没人敢跟你接近。"李尹氏想到了改子，对他说："听说马寡妇的女婿死了，改子今们回娘家来了，不行我就去见见她。"马家旺无语，李尹氏趔头就去了马寡妇家。

马寡妇这丈母娘当得不顺，先是找了个当皇协军司令的女婿，她正幻想着跟着闺女进城享清福，可这司令的位子当即便让日本人给撸了。撸了就撸了，改子总算嫁给城里人了，可是这城里人的太师椅还没坐热，大贵子突然回来说，霍金龙死了，这让马寡妇仿佛坐二踢脚升上了天，又一下子扎到了地里。

尽管改子进村之前把头上的花摘了，但是她素衣素袄、脸色憔悴，马寡妇还是看出了端倪。刚追问几句，改子便哇的一声哭出声来。马寡妇也从椅子上出溜下来，坐在地上拍着大腿号起来："这是哪个挨千刀的！放着好好的日子不过，专门去打劳工营，把俺女婿也白搭进去了！"

大贵子更是沮丧不止，坐在门石嵌子上骂大街，说这些人都该让皇军杀了砍了，好好的一个人说没就没了，这让改子年纪轻轻的咋过？改子已经哭够了，阴沉着脸对娘道："哭你女婿就能活过来？你都能守一辈子活寡，我难道就不能？"马寡妇没有想到小小的改子竟说出这样的话来，惊得目瞪口呆。

马寡妇家正上演哭丧的双簧戏，黄国品一脚门里一脚门外进来了，假意地说道："马婶子，我是代表皇军来看望你老人家的。霍兄光荣殉职，桥下彻大佐特意让我送来三十块大洋。"说罢，他挥挥手让士兵端过来一个盒子，里面果真有三十块大洋，银光闪闪的。其实他是假传圣旨，这钱是黄国品出的，是他从商户那里讨来的，就是为了讨改子个欢喜。

两个女人见钱眼开，马寡妇拧把鼻涕抹到裤腿上，站起来说："既然人都没了，哭也哭不回来，就让他安稳入土吧！"说罢，她让大贵子备香和纸，到坡里烧烧以示祭奠。

这时候黄国品正准备到上房里喝茶，李尹氏一头撞进来，见了黄国品，追问道："黄国品，我本是找改子的，今们见到你了，正好！我家男人被你们抓了去关在劳工营。听说这劳工营都让人给一锅端了，我男人咋还没有回来？"黄国品冷笑道："你从哪儿听来的消息？"李尹氏说道："全乌河镇的人都知道了，你还想瞒着谁？我男人一不犯法二不犯罪，你们凭啥抓他！"

黄国品本想发发飙，让人见识一下他当司令后的脾气，但只听改子插嘴说："是啊，黄司令，你好赖也是半个桃花峪人。这事都知道了，你咋还瞒着盖着？望彦叔是好人，皇军也不能不认好人吧！"

见改子发话，黄国品缓和了脸说："我说过，我已经跟桃花峪没有半点关系了，但看在改子的面子，上我还是告诉你，李望彦是被抓了劳工。劳工营被劫之前，我也的确见到过他本人。可是那天发生了劫营，劳工不是被打死就是跑了，皇军正在核实情况。"李尹氏一听就跳了起来，愤然说道："你们抓了人却不管人的死活！再说这事都过去三天了，你们连吭都不吭一声。黄国品，你是司令，这事我就找你！你要是不给我个准信，我就去镇上找日本人要人！"

守着马寡妇母女，黄国品实在不想跟李尹氏撕破脸皮，他耐着性子说："望彦婶子，我今们不是为着望彦叔的事来的，也真不摸情况。这事要找你就找刘能子！"李尹氏道："我找他干啥，他不是连大队长都给撸了？"黄国品好人做到底，小声凑过来说："我本不该透露给你的。这两天刘家坤正在处埋尸首，不行你就过去看看。要是望彦叔不在那里，八成人就跑了！"马寡妇问："他人跑了，日本人能咋样？"黄国品不阴不阳地说："我可以睁一只眼闭一只眼，装作啥事不知道。可刘能子不一定，他刚官复原职，正在兴头上。"

李尹氏还没来得及去找刘家坤，刘家坤就带领着人找上门来了，虚张声势地说："望彦嫂，我是奉了皇军的命令来你店里搜查的！李望彦从劳工营里跑了，如果回来，让他马上去皇军那里自首，既往不咎！"

李尹氏斥道："刘能子，我还没向你要人，你倒好意思来我家搜查了。我家男人是被你们抓走的，你现在反而找上门来，看我不跟你拼了！"说罢举着擀面杖追过来。

士兵一看头儿被追赶，上前举起枪托子要打，刘家坤忙制止住，说道："你们谁也别动手。嫂子打兄弟你们也敢拦？"这倒把手下弄迷糊了，站在那里看着李尹氏追着他满院子跑。刘家坤边躲边小声道："嫂子，你下手轻点，我告诉你个好消息，埋尸首的时候，我挨个看了，里头根本没有望彦哥，他八成逃了！”

李尹氏听罢停下手来，呼呼喘着粗气问：“你说得可是实话？”刘能子指着头顶发誓说：“我有半句假话，天打五雷轰！”李尹氏气哼哼地说：“你若骗我，出门就挨枪子儿！”刘家坤听着不顺耳，跌斜下脸来，对搜寻的鬼子、伪军挥挥手，一伙子人乱哄哄地退了。

这年冬天，关于李望彦是跑还是死了，一直没有准确的消息。李家的桃园子在来年开春开出了最浓、最艳的花朵。但细心的人们发现，这不是桃树长得好，而是因为没有人修枝，树长疯了。

桃花峪的乡亲们发现马车店的生意大不如从前了，缺少了车水马龙的热闹，缺少了和和美美的笑声。李尹氏天天神情恍惚。凯儿去了省城上学，偶尔回家探望，也是一个温文尔雅的大学生模样了，见人总是礼貌地打着招呼。

马车店里里外外都由望生打点，他做事还是毛手毛脚，地里的活儿也是现学现卖。马家旺倒是常去马车店坐坐，但两人无语，李尹氏给他冲上一壶茶，马家旺边喝茶边闷着头抽烟。过年的时候，李尹氏在放佛龛的地方摆了个牌位，在上面供上了香。马家旺觉得不吉利，说：“望彦嫂，望彦哥没说死，你摆这么个玩意儿干啥啊！”李尹氏叹息道：“这都过去多久了，他要是跑了，早回来了；即使不回来，也该捎回个信来了，八成是人没了。”

李尹氏哽咽起来。她一哭，凯儿眼里也含着泪，在爹的牌位前放上几张学习成绩单，抽泣地说：“爹，凯儿就要大学毕业了！你在天之灵保佑女儿平平安安，保佑俺娘永远年轻……漂亮！”李尹氏嗔怪道：“这是啥话？你爹不在了，娘再年轻漂亮有啥用？”

到了开春化冻的时候，李尹氏找出男人的一些衣物，对望生说：“选个好天的日子，通知乡亲们，做个衣冠冢，你哥也算是正式入土为安了！”

李尹氏选了个黄道吉日，让马家旺做主持，凯儿和望生披麻戴孝，给李望彦下葬。西山寺里的和尚，桃花峪的乡亲们，都来送葬，气氛庄严悲哀。李尹氏手牵着凯儿，虽然没有泪水，但脸上挂满悲伤。凯儿一路走一路哭泣。

到了墓地，望生点着一把柴火，围着事先挖好的坑熏了一遭，嘴里念诵着：“哥，我给你温温炕……”李尹氏接过望生的话，大声说：“李望彦，你这辈子无德无才，能有这么多乡亲们来给你送行，兄弟给你温炕，闺女给你披麻戴孝，值了！”马家旺庄重地说：“望彦哥，我马家旺这辈子没有服气的，就服你！桃花峪的父老乡亲们最敬重谁？也是你！自打鬼子来了，咱桃花峪陆续走好几位了，都在黄泉路上等着你哪！你紧走慢走，捎上他们。即使到了阴曹地府，他们还指望你领头指路啊！”

给李望彦立衣冠冢的消息当天就传到了夏庄据点，马大臭骑着高头大马来了，站在地头沉着脸不说话。二臭子跟在腚后头，肩上换了匣子炮。马家旺对他说：“大臭子，好歹你也是从桃花峪出去的，从你娘辈上说，你得叫叔。如今李望彦没了，不指望你打幡守灵，你行行善事，别找乡亲们的麻烦，望彦哥在天之灵就得到安慰了！”

二臭子觉得这话不中听，斥道：“马家旺，这臭子是你叫的？我哥现在是大队长，我也是队副了。往后桃花峪地面上的事，我们哥儿俩说了算。李望彦没不没跟我们没关系。只要你们不惹是生非，皇军不追究，我们就不追究，大家相安无事！”

马大臭瞪了兄弟一眼，道：“有哥我在，这儿没你说话的份儿！”吓得二臭子赶紧闭了嘴。马大臭翻身下马，走到李望彦的坟冢前，请了三炷香，扑通跪倒，对着拜了拜，然后说：“望彦哥在上，今们我马大臭给您祭拜了！往后你在天上我在地上，咱们大路通天各走半边！您老若是有心，就保佑我飞黄腾达，保佑我辖的地片平安无事。若这两样都做到了，我每年给您坟上添土加金！”他这一跪下，士兵也都齐刷刷地跪了一地，让李尹氏深感意外。

后来，油料库爆炸有很多说法。有人说是山上的八路干的，有人说是国民党地下组织所为，但有一个事实无可争辩：出事的第二天，鬼子在城门楼上挂出了一串人头示众，说他们就是夜袭劳工营和油料库的人。挂在柱子第一位的是吴天常，他的模样清晰可辨，秃头赤面，上嘴唇长有八字胡。据说他死时面带微笑，即使挂在城楼上也依然如故。夏猴子说，皇军吩咐人头要挂上七七四十九天，并且派人日夜看守。然而在一个月黑风高夜，他的人头还是被神不知鬼不觉地摘走了。在挂人头的地方，换成了一张纸，上面写着：“君战蛟川北，我战东海东。君骑五龙马，我控连钱骢。”

下面没有落款，字体刚劲，墨透纸背。桥下彻召集镇上所有文人墨客来猜笔迹，大家都直呼这个人字写得好，却始终猜不出写字的人是谁。

李望彦衣冠冢埋下的某天夜里，在离他的坟一箭之地，也就是吕无常遗留的那片土地上，又添一抔新土，这是一个无字冢，坟头很小，没有任何标志，只是在坟前的地上插有一枝桃花。那桃花分明是夜里折下来的,早上看的时候，枝头还带着露水，鲜艳无比。

那年春天注定是个多事的春天，小乔回到乌河镇的第二天就吊死在宅子里。刘家坤直言晦气，通知周大牙收尸。周大牙哭天号地地赶到镇上，雇了辆马车拉回闺女安葬。出殡那天，刘家坤没有来，派马大臭送来十块大洋。

黄国品也派人送来十块大洋。周大牙哭着跟在闺女的灵车后头骂：“畜生啊，猪狗不如的东西哪！”众人侧目，不知道他是骂刘能子还是骂黄国品。

大约在惊蛰前后，乌河镇也传来了改子的消息，说要改嫁了。夏猴子最有发言权，他说这事是日本人提出的，尊重了中国人的习俗。改子在男人死后三个月内冲喜，否则三年内不能再嫁。这个新的金龟婿便是黄国品。

黄国品接受了霍金龙和刘家坤的教训，关起门来办喜事，从新娘子家到新郎官家一路警戒，如临大敌。马寡妇早几天就被接到了镇上，按照改子事先的要求，娶亲这天改子不挂花不披红，而是上了黄国品接她的轿车，出了镇子，来到埋葬霍金龙的地方。改子让黄国品在地头等着，她一个人走到地里，坐在坟前一边烧纸一边哭泣。改子哭一声笑一声，嘴里诵道：“霍金龙，我改子最看中的是你，可是你没有这个命。从今们起我就嫁给黄国品了。这是我最后一次给你烧纸。咱们说好，从今往后，你就从我心里走了，梦也不能托给我！”

回去时，改子路过小乔的宅子。自从小乔上吊以后，这幢宅子就锁着，房前屋后长满了荒草。改子从那儿经过，突然感觉凉风阵阵，吓得她全身哆嗦了一下，回到家里便觉得小腹疼痛，血淋不止，呼天号地地让黄国品陪她去医院。医生说她动了胎气，小产了。马寡妇心里纳闷，三个月前改子还在守寡，这孩子显然不是霍金龙的血肉。

这个不该出生的孩子是谁的种已经不重要了，重要的是改子又要嫁给皇协军司令黄国品了。婚礼这天，改子脸色蜡黄，但还是硬撑着举行完了仪式。刘家坤备了厚礼前来贺喜，这份厚礼中包括他卖了几次都卖不出去的那幢宅子的房契。

改子把房契扔了出来，黄国品却阴着脸捡起，对她说：“人死如灯灭，没有魂啊鬼啊的事！这幢宅子少说也值三百大洋，留着说不定以后还有用。”

那幢宅子以后果然有用，到日本鬼子投降，国民政府派大员来接收的时候，这幢宅子已经翻了一倍的价钱了。黄国品拱手送了人，这人便是马德昌。

马六子在那次营救劳工营以后和珂儿神秘消失，在日本人投降的前夕才回到乌河镇，这时候他已经是国民党派驻该地区的接收大员了。珂儿已经成婚，姑爷就是这位国民政府的钦差。珂儿站在曾经是父亲油坊的废墟上，对他说：“马六子，我还要这片地，恢复起爹的油坊。”马六子嗤笑道：“妇人之见！就算建起油坊一年能赚多少钱？还不如我一句话，黄国品就乖乖地送我一幢宅子。”珂儿说：“我不喜欢那幢宅子，感觉阴气挺重，每次进去身上就嗖嗖地起鸡皮疙瘩。”马六子不以为然地笑道：“我杀的人多了，会怕这个？”珂儿也见惯了杀人，但是心里依然害怕。有天做梦，她梦见一个女人嘤嘤地哭泣，仔细一看是小乔……

李望彦生死的猜疑一直持续到了抗战结束。到了来年的夏天，白云山新起了一支起义队伍，领头人是一个叫李瘸子的人，取名白云山抗日游击队。他神出鬼，没反奸锄恶，杀鬼子，端炮楼，令敌伪闻风丧胆。

军火库一战，王宝斗光荣牺牲，组织经过慎重考虑，任命刘长喜为独立大队大队长。据知情人报，油料库爆炸和劳工营被劫，独立大队并没有行动，肯定是另有人所为。这一战虽说给敌人以重创，但却死了数十名劳工和地下特工，尸首挂在城门上示众，独立大队不能坐视不管，商量下山营救。

正当他们商量如何营救的时候，却传来消息：一夜之间，乌河镇上的尸首都不见了。飘华分析说，这支号称抗日游击队的队伍便是先前从乌河镇劳工营突围出来的劳工，如果没有猜错，这个叫李瘸子的人就是李望彦。

太平洋战争爆发以后，飘华根据工作需要，要调到北方城市开展地下斗争，他在晚春的一天路过桃花峪。他径直走向马车店，是因为他轻车熟路还是心里惦记着一个人就不得而知了。

他推开门的时候，看到院子已经破败不堪，但是仍然有人在活动。这是一个身材魁梧的年轻人，警惕地打量着他，说店主人不在，店里早就不接待客人了。飘华说他不住店，就是进来讨碗水喝，顺便看一下老同学。年轻人似乎认出了他，说凯儿也不在，她正在省城读书。飘华问她啥时候回来，他说她七月里就该毕业了，到那时候就该回来了。

飘华很失望，在本子上写了一个城市的地址，撕下来递给他，说道："麻烦你等她回来的时候，把这张字条给她，就说我来找过她。"望生并不接，而是说："俺不识字，俺嫂子这会儿在坡里，你直接给她吧！"

飘华朝着坡里走去，果然在桃园子里找到了李尹氏。他笑着打招呼："李婶，我是李凯的同学飘华，今天路过此地，来看看你和叔。"李尹氏眯起眼来打量着他，眼里竟有一抹温柔，笑着说："记起来了，你就是那个挺帅气的小伙子。可惜凯儿不在家，她爹……也永远看不到你了。"

她说着用手指着地里一座坟。飘华顺着她手指的方向，看到有两座坟茔，小心翼翼地问："这座是叔的坟，那座呢？"李尹氏警惕地瞥他一眼，嘟囔道："他的一个朋友。"

飘华完全从她的眼神里读懂了一切，小声询问道："婶儿，我能拜一拜二位长辈吗？"李尹氏不置可否。飘华上前一步，双手合十，拜道："望彦叔在上，我飘华虽是晚辈，但仰慕你的为人。身为黎民百姓，却能率众揭竿而起，实乃英雄盖世！如果不是我有事要远行，一定跟定你，并肩抗击倭寇！还有这位前辈，青山处处埋忠骨，何须马革裹尸还。我羡慕你有望彦叔这样的朋友！”

李尹氏以一种欣慰的目光望着他，接着他的诗背诵下去：“落红不是无情物，化作春泥更护花。年轻人，你要去哪儿？”飘华似乎被问住了，支吾地说：“我要到北方一段时间……”然后他把那张纸条递给李尹氏。李尹氏平静地看了一眼，说：“你还年轻，应该有更高的志向，更远大的抱负。”飘华说：“我去短则一年，多则数年，也许是一辈子。请你告诉李凯，不管我去哪儿，走多远，我选择的都是一条通向光明的大道！”李尹氏笑了，对他说：“你也放心，我就守着这片桃园子。凯儿他爹也永远守着这片桃园子。每当春天你看到这片桃园开满了花，那就是我们在！”

飘华满眼含着感动，一步步离开这片土地。他已经走出很远了，还能看到大地上一片殷红，一直融入心底……

2016 年 11 月 8 日于新簃园